에세

___

1

에세

Les Essais

1

미셸 드 몽테뉴

심민화 최권행 옮김

민음사

옮긴이의 말

인간적인, 너무나 인간적인

"여기 이것은 진솔한 책이다.": 1580년 『에세』의 초판 출간에 서문을 대신해서 넣은 「독자에게」의 첫 문장, 독자가 맨 처음 만나게 되는 몽테뉴의 문장이다. 이어 그는 자기가 죽은 다음 자기를 추억할 친지들을 위해 "꾸밈없이 솔직하고 자연스러운 보통 때의 내 모습"을 그린 것이라고 집필과 발간의 취지를 밝힌다. 『에세 1』 8장, 『에세 2』 8장에서 글쓰기의 보다 구체적인 상황과 동기를 피력하기도 하고, 『에세』가 대중적 성공을 거두자 몽테뉴도 친지를 넘어 보편적인 독자들을 의식하게 되지만, 자기 책의 주제요, 소재가 자기 자신, 즉 '나'이며 그 '나'는 꾸밈없이 솔직한 자기 모습이라는 점은, 세 권으로 불어난 1588년판(생전 마지막판)을 넘어, 그 판본('보르도본'이라 부르는)의 여백에 수기로 첨가한 부분에서도 끊임없이 강조된다. 이십여 년 동안 1000여 쪽(우리 번역서로서는 총 1988쪽)이 넘는 글에서 자기를 솔직하게 그리고 있다면 그를 알기 위해 그의 글을 읽는 것 이상 무엇이 더 필요할 것인가. 다만 자기 책의 수명을 자신의 사후 오십 년 이상으로 내다보지 않았던(『에세 3』 9장) 그와 우리 사이에 가로 놓인 반 천년의 거리를 뛰어넘어, 저자 스스로 자기와 동일동체라고 한(『에세 2』 18장) 이 책을 만나려면 최소한의 정보는 필요할 것이다.

"이곳은 내가 태어난 곳이요, 내 조상들 대부분이 태어난 곳이다. 그들은 이곳을 사랑하고 당신들 성(姓)을 붙여 주었다."(『에세 3』9장): 그가 태어나(1533년) 활동한 시기는 16세기, 프랑스에서 르네상스가 개화한 시기요, 중세에서 근대로 넘어가는 변혁의 시대였다. 왕권의 강화로 인한 정치 권력의 중앙 집권화, 인문주의의 확산, 종교 개혁이 이 변혁의 핵심 요소들이다. 모두 몽테뉴의 인생과 깊은 연관을 가진 이 세 요소 중 그의 출생과 신분에 관여한 것은 첫 번째, 즉 정치 권력의 중앙 집권화이다. 정치 권력의 중앙 집권화는 왕권 강화와 봉건제의 약화를 의미하고, 그것은 도시의 자유민으로서 상업에 종사하여 부를 쌓고, 그것을 기반으로 점차 왕권에 속한 행정 조직과 사법 조직에 참여하게 된 제삼계급(시민)의 약진과 평행한다. 몽테뉴는 위의 인용문에서 마치 자기 가문이 대대손손 몽테뉴 영지(몽테뉴는 원래 지명(地名)이다.)에서 살아온 귀족인 듯이 말하고 있지만, 실은 제삼계급 귀족화의 본보기라 할 만하다. 몽테뉴가의 신분 상승은 보르도에서 청어와 물감 등의 원거리 무역을 통해 부를 쌓은 증조부가 몽테뉴 성(城)과 영지를 사들임으로써 시작된다. 이어 조부는 자식들을 보르도의 사법계와 종교계에 진출시키는 한편 가업이던 장사를 접고 지대(地代)에만 의지해 살기 시작한다. 몽테뉴 성에서 태어난 첫 세대는 아버지 피에르였다. 그는 프랑수아 1세를 따라 이탈리아 원정에 참여함으로써 무관 귀족의 면모를 보냈고, 보르도 정계에 진출하여 시장에까지 올랐다. 아버지에 이어 몽테뉴 성에서 태어난 우리의 미셸은 법관으로 일하다 서른여덟 살에 몽테뉴 성으로 은퇴해 살아간다. 그때까지 몽테뉴 일가는 주로 본래의 성 '에켐'을 사용했고, '몽테뉴'라는 성은 미셸이 은퇴한 이후에야 공식적으로 굳어진다.

〔 6 〕

거짓을 무엇보다 싫어했고, 자기 책을 진솔한 책이라고 소개한 그가 왜 자기 집안이 유서 깊은 귀족인 것처럼 썼을까? 그가 말한 '진솔함'과는 상관없는 사실이었기 때문일 수도 있고, 혈통 귀족의 최고 가치인 용덕보다 "신실함으로 유명했던 조상"과 "너무도 선량하셨던"(『에세 2』11장) 아버지의 덕목을 더 높은 가치로 여겼기 때문일 수도 있다. 또는 그에게 너무 높지도 너무 낮지도 않은 신분으로 살아가게 해 준 조상들의 신분 상승 염원을 채워 주고 싶었을지도 모른다. 자기 글에서 아버지 피에르를 언급할 때 그는 자주 "나의 선하신 아버지(mon bon père)"라고 불렀고, 자기 서재에 책들과 함께 조상들의 유품을 간직했다. 아무튼 그의 신분이 지닌 애매함과 이중성을 아는 것은 이름, 명예, 위대성, 미덕 등의 주제를 다루는 그의 입장에 대한 가볍지 않은 힌트가 된다.

"우리 집안은 오래전부터 학문하는 사람들에게 문을 열어 놓았고"(『에세 2』12장): 아버지 피에르는 이탈리아 원정에서 인문주의자들의 최신 교육론을 접하고, 그것을 아들의 양육에 적용했다. 인문주의자들은 당대의 억압적이고 폭력적이기까지 한 교육 관행을 비판하고, 오늘날로 말하자면 자기 주도 학습과 비슷한 교육 방식을 주창했다. 그는 아들이 라틴어를 모국어 배우듯 자연스런 방식으로 배우기를 원하여, 프랑스어를 모르는 독일인 라틴어 교사에게 안겨 자라게 하고, 식솔들 모두 간단한 라틴어를 배워 어린 미셸 앞에서는 라틴어만 사용하게 했다. 아들의 연한 뇌에 충격을 주지 않기 위해 악사를 고용해 음악 연주로 잠을 깨웠을 뿐 아니라, 보르도의 귀족 학교였던 기엔 학교에 기숙생으로 보낼 때는 너무 엄격한 훈육에서 아들을 보호할 사람을 딸려 보낼 정도였

옮긴이의 말

다. 라틴어에 이미 통달해 있던 미셸은 학교의 배려로 라틴어 수업 대신 자기 방에서 그리스 로마의 고전들을 섭렵했고, 기엔의 교사였던 저명한 인문학자들은 그렇게 읽은 고전 텍스트들을 분석하는 철학적 방법을 가르쳤다. 보르도와 툴루즈에서 법학을 공부하고 페리괴의 지방 법원에서 법관직을 시작한(1554) 몽테뉴는 법원 통합으로 1557년 보르도 법원의 평정관이 된다. 그리고 거기서 라 보에시를 만난다.(1558년)

　"만일 나더러 왜 그를 사랑했느냐고 묻는다면 나는 다음과 같이 답할 수밖에 없을 것 같다. '그가 그였기 때문에, 내가 나였기 때문에'라고."(『에세 1』 28장): 몽테뉴보다 세 살 위인 라 보에시는 열여덟 살*에 「자발적 복종」이라는 정치적 소논문을 써서 이미 유명했고, 시(詩)로도 문명(文名)을 날리고 있는 수재였다. 소문을 통해 서로에 대해 알고 있던 두 사람은 "만나자마자 얼싸안았고", 이후 "두 영혼이 이어진 이음매조차 찾을 수 없는" 친구가 된다.(『에세 1』 28장) 그러나 만난 지 사 년 만에, 몽테뉴의 애통 어린 표현에 의하면 "32년 9개월 17일밖에 안 되는 나이에"** 라 보에시가 갑자기 병으로 사망한다. 라 보에시는 임종 시 자기의 서가와 책들, 자기가 쓴 글들을 몽테뉴에게 맡기고, "내 자리도 있겠지?"라

---

*
몽테뉴는 「우정에 관하여」에서 열여섯 살이라고 쓰고 있는데, 몽테뉴 생전에 출간된 모든 판에는 열여덟 살로 되어 있다. 아마도 친구의 조숙한 천재성에 대한 자부심이 기억을 왜곡했을지 모른다. 아무튼 그가 법령이 정한 나이보다 이 년이나 일찍 법관에 임관된 것을 보면 보기 드문 수재였음을 알 수 있다.
**
아버지에게 보내는 편지에서.

〔 8 〕

고 물었다. 몽테뉴는『에세』초판을 출간하며 그를 기리는「우정에 관하여」를『에세 1』정중앙에 놓음으로써 그 수수께끼 같은 유언에 답한다. 그리고 화가가 가장 중요한 대상을 화폭 한복판에 정성을 다해 그려 넣듯, 자기 책 한복판에 친구의「자발적 복종」을 싣고 나머지는 자신의 '허접한' 글들로 채우려 했으나,「자발적 복종」을 개신교 개혁파들이 자기들의 목적을 위해 유포시키고 있어 포기했다고 밝힌다.(『에세 1』28장)

누군가『에세 1』을 "몽테뉴가 라 보에시에게 바친 봉분"이라고 했지만, '죽음'은 몽테뉴의 평생에 걸친 주제 중 하나가 된다. 친구가 죽은 지 십칠 년 후, 스위스, 독일, 이탈리아를 돌며(1580년 6월부터 1581년 11월까지) 쓴『여행 일기』에서 몽테뉴는 "라 보에시 경에 대한 생각에 하도 깊이 빠져들어 너무 괴로운 나머지 오랫동안 마음을 추스를 수 없었다."라고 썼고, 말년에는 고대인의 편지들을 다룬 장의 여백에 수기(手記)로, 라 보에시를 상기하며, "예전처럼, 나를 지지하고 고양시키는 사람"에게 "말할 수 있었다면", 에세 대신 편지 형식을 취했을 것이라고 적어 넣는다.(『에세 1』40장)

라 보에시의 죽음(1563) 이후, '선하신 아버지' 피에르가 가족력이 있는 신장 결석 발작*으로 갑자기 타계하고(1568), 아우가 스물셋의 나이에 정구를 치다 공에 맞은 후 죽고(1569), 태어난 지 두 달 된 첫 딸이 죽고(1570), 그간에 몽테뉴 자신도 낙마 사고(1568~1569?)로 가사(假死) 상태에 이르는 경험을 하게 된다. "이처럼 잦은 예들이 이처럼 예사로 우리 눈앞을 지나가는데, 죽

*

몽테뉴도 마흔다섯 살이 되는 1578년에 최초로 신장 결석 증세를 겪고, 이후 내내 고통받는다. 위에서 말한 여행도 온천을 찾아 탕치한다는 명목으로 떠난 것이다.

〔 9 〕

옮긴이의 말

음에 대한 생각을 어떻게 떨쳐 버릴 수 있으며, 어떻게 매 순간 죽음이 우리의 멱살을 쥐고 있는 듯 느끼지 않을 수 있겠는가?", "매 순간 나는 내가 내게서 빠져나가는 것 같다."(『에세 1』 20장)

　"나는 내전으로 인해 고삐가 풀린 이 악덕(잔인성)의 믿기 어려운 예들이 넘쳐 나는 시절을 살고 있다. (……) 전에 없던 고문과 새로운 살인법을 만들어 내려고 머리를 쥐어짜는 괴물 같은 마음씨들이 있다는 게 내 눈으로 보기 전엔 믿어지지 않았다."(『에세 2』 11장): 죽음은 그의 주변에만 있지 않았다. 몽테뉴가 근친들의 죽음을 경험하는 중에 프랑스도 죽음의 시대로 접어든다. 르네상스와 더불어 시작된 종교 개혁의 물결, 가톨릭 세력과 개신교도 사이의 분쟁이 왕권 다툼과 얽혀 마침내 내전으로 돌입한 것이다. 그리고 30여 년간 8차에 걸친 내전으로 프랑스를 피로 물들이게 된다. 위그노* 전쟁이라고도 부르는 이 긴 전쟁(1562-1598)은 모든 이념적 내전이 그렇듯, "온갖 군사적 야만 행위"를 표출하며, "제 살을 물어뜯고 제 독으로 스스로를 파괴하는"(『에세 3』 12장) 최악의 양상으로 치닫는다. 설상가상 페스트까지 덮친다.
　비록 종교 개혁으로 인한 갈등이 비등하고 있었으나, 프랑스에서 16세기 전반은 르네상스의 인본주의가 빠르게 개화한 희망의 계절이었다. 16세기 후반은 인간성과 문명에 대한 환멸의 시절이었다. 공상과 미신이 뒤섞인 세계관을 배경으로 오만 학설이 충돌하는 고대의 유산은 일원적이고 폐쇄적인 중세에서 탈피할 수 있는 근거와 동력을 제공했지만 그것에서 탄력을 받아 도약한 근

*
프랑스에서 개신교도를 부르던 명칭.

〔 10 〕

대에 의해 부정될 수밖에 없었다. 유대인 박해, 신대륙의 유린 등 나라 밖에서 들려오는 흉문(凶聞)과, '신의 이름으로' 눈앞에서 벌어지는 종교 전쟁의 잔인한 살육은 인간 이성의 윤리적, 기능적 능력에 열광했던 르네상스 초기 근대인들의 자부심을 무너트렸다. "철학은 궤변을 늘어놓는 시(詩)에 불과하다." "인간의 학문이 단 한 가지라도 올바르고 정확하게 알고 있다면 내가 틀린 것이다."(『에세 1』 12장) "우리가 그들(식인종)을 이성의 규율에 의거해 야만적이라고 말할 수는 있겠지만, 모든 야만성에 있어 그들을 능가하는 우리 자신과 비교해서는 그렇게 말할 수 없다."(『에세 1』 31장) 르네상스의 시혜를 담뿍 받으며 성장하였고, 수많은 고대인들의 삶과 행적, 수없는 말과 글을 인용하는 몽테뉴가, 그에 못지 않게 부단히 설파하는 이런 냉소적 구절들은 이 시대적 변전(變轉)을 증언한다. 몽테뉴는 마치 죽기 전에 마쳐야 할 일처럼, 돌아가신 아버지의 명을 받아 번역해서 인쇄에 넘겼던 레몽 스봉의 신학서 『자연 신학』을 출간하고(1569), 세상을 뜬 라 보에시의 논문들을 간행한 뒤(1570), 법관직을 사직하고 조상들이 마련해 준 몽테뉴 성으로 은퇴한다.(1571)

"글을 써 볼까 하는 망상을 내 머릿속에 처음 넣어 준 것은 몇 년 전 나 스스로 몸담은 고독의 울적함에서 비롯된 멜랑콜리, 그러니까 나의 타고난 기질과는 상극인 심정이었다."(『에세 2』 8장): 그렇다고 그가 염세적인 마음으로 세상을 등진 것은 아니다. 은퇴 후에도 그는 사람들과의 교제를 이어가며, 환란에 휩싸인 나라가 요구하면 가톨릭파와 개신교파의 중재자로 일하고, 보르도의 시장직도 역임했다.(1581~1585) 법관직을 떠나 은퇴한 것도 조상

〔 11 〕

옮긴이의 말

들이 정성을 쏟은 몽테뉴 성의 개축을 완수하고, 고대인들이 권하고 인문주의자들이 선망했던 사색적 삶(vita contemplativa)을 살아 볼 생각에서였다. 돌아오자마자 그는 창고로 쓰이던 망루를 손보아 서재를 꾸미고, "공직의 속박에서 벗어나 박식한 여신들(뮤즈들)의 품 안에서", 자기만의 자유와 평온과 여가를 누리겠다는 취지의 현판까지 단다.(부록 「몽테뉴의 서재와 천장의 금언」 참조)

그러나 그는 그 '자기만의 방'에서 정신적 위기를 맞는다. 텅 빈 시간은 그를 자유와 평온, 사색의 즐거움이 아니라 악몽과 우울로 몰아갔다. "고삐 풀린 말처럼 내달리는 정신", "그것이 쏟아 내는 악몽과 환상적인 괴물들"(『에세 1』 8장)이 만들어 낸 울적함과 멜랑콜리에서 벗어나기 위해 그는 자기 정신의 움직임을 글로 기록하기로 한다. 계획에 없었던 그 글쓰기는 자기 정신을 관찰하고 제어하여, 자신의 본래 성정과 반대되는 우울에서 벗어나고, 그리하여 스스로 자기 정신의 고삐를 쥔 자가 되기 위한 '자기 탐구'의 방편이었다. 이것이 죽기 직전까지, 생각거리를 스스로에게 부여하고 자기 내면의 움직임을 기록하는 글쓰기의 시작이다.

"이것은 세상에 단 하나밖에 없는 종류의 책으로, 외골수의 황당무계한 구상에서 나온 것입니다."(『에세 2』 8장): 위와 같은 사정으로 시작된 몽테뉴의 글쓰기는 107편의 짧고 긴 에세들로 죽을 때(1592)까지 이어졌다. 사건이 아니라 생각을 기술하는 몽테뉴의 에세들은 낙마 사고 같은 몇 가지 경우를 제외하면 자신의 체험을 구체적으로 서술하지 않는다. 의문을 자극하거나 마음을 사로잡는 주제가 떠오르면 서적에서건 풍문에서건, 역사적 사실이건 일상 범사에서 겪은 일이건, 그와 관련해서 떠오르는 예화들을 나열하고 대비시키며, 서로 상충하고 모순되는 사례들이 만들어 내는 불확실성 속에서 자기 마음의 움직임을 살폈다. 그리하여 107가지 다양한 제목 아래, 인간사를 만드는 온갖 정념과 인간 세상의 오만 양상이 펜 끝에 소환되어, 마치 법정에서처럼 그의 정신, 마음, 영혼 안에서 서로 반박하거나 거들며 '나, 미셸'을 드러내고, 증언하고, 만들어 간다. 그렇게 그가 잡탕, 랩소디, 잡담, 잡동사니 글 다발, 횡설수설이라고 자진 폄하하며, "주목할 만한 점이라고는 그 괴상함뿐"(『에세 2』 8장)이라고 한 이 괴물 같은 글쓰기를 통해 그 또한 시시각각 변화하는 한 존재, '미셸 드 몽테뉴'의 움직이는 입체적인 초상화가 그려진다.

'나', '너', '우리': "여기 이것은 진솔한 책"이라는 선언으로 시작한 「독자에게」는 "그대('너 tu')를 위해서가 아니라" 친지들을 위한 '사적 목적'으로 이 책을 내놓는다고 밝힌 뒤 이렇게 끝맺는다. "그러니 독자여, '나' 자신이 내 책의 재료이다. 그러므로 이처럼 경박하고 헛된 주제에 그대('너')의 한가한 시간을 쓰는 것은 당치않다. 그럼 안녕." 독자를 친밀한 사람에게나 쓰는 이인칭 단수로 부르며, 밀어내는 듯 당기는 이 야릇한 초대는 역설적으로, 대번에, 독자를 몽테뉴와 독대한 대화 상대자로 만들면서 그의 사사롭고 내밀한 '자아 탐구'에 끌어들인다.

이 이상한 초대는 400년에 걸쳐 매우 유별난 반응을 꾸준히 이끌어 냈다. "『에세』를 읽다 보면 내가 쓴 것 같은 느낌이 든다."(16세기 시인 타브로), "이 책에서 내가 본 것 모두 몽테뉴의 것이 아니라 내 안에 있는 것이다."(17세기 사상가 파스칼), "전

〔 13 〕

옮긴이의 말

생에 내가 직접 쓴 것 같은 기분이 든다."(19세기 수필가 에머슨), "그가 바로 나 자신인 것 같다."(20세기 소설가 지드) ……그리고 "책이라기보다 인생의 동반자" 또는 "최상의 친구"라는 현대 아마존 구매자의 독후감에 이르기까지,* 한결같이 저자와 독자 자신의 동질성과 이 책이 주는 위안을 표현하고 있다. 이 동질감은 어디서 오는 것일까? 질문을 바꿔 고대와 중세의 독자도 이런 동질감을 느낄 것인가? 다시 질문을 바꾸면 고대와 중세에 『에세』가 쓰일 수 있었을까? 어리석지만 이 질문들은 『에세』가 지니는 역사성, 그리고 우리와의 관련성을 밝히는 출발점이 된다.

　고대와 중세에도 '자기 성찰'은 자기 수련의 주요 항목이었다. 그 성찰은 대개 특정 지도자를 중심으로 형성된 철학적, 종교적 유파들의 집단적 강령에 따라 수행되었고, 각자 자기 마음속의 불순함을 제거하여 정화된 영혼을 집단이 추구하는 가치와 진실로 모아들이고자 하는 수련이었다. 반면 몽테뉴의 자아 탐구는 우선 자기의 '실재(réalité)'를 확인하고, 자기답지 않은 우울에서 벗어나 자기를 재정립하려는 자기의, 자기에 의한, 자기를 위한 시도였다. 몽테뉴는 멋진 현판까지 만들어 붙여 정성껏 치장한 서재, '자기만의 방'을 떠나지 않았고(『에세』는 서재에서만 썼다.), 거기서 맞닥뜨린 정신적 혼란을 제거해야 할 것으로 여기지도 않았다. 오히려 그가 처음 자기 안에서 발견한 것은 그 혼란된 정신 이외에는 내 것이라고 할 만한 것이 아무것도 없다는 사실이었다. "나는 내가 가진 게 달리 아무것도 없이 텅 비어 있음을 발견하고, 나 자신을 재료와 주제로 제시했다."(『에세 2』 8장) 그리고 그 나답지

사라 베이크웰, 『어떻게 살 것인가』(책읽는수요일, 2012), 14쪽.

〔 14 〕

않은 멜랑콜리에서 벗어나기 위해 "나 자신", 즉 "정신의 어리석음과 기이함을"(『에세 1』 8장) 관찰하기 위해 기록하기 시작한다. 그렇게 내면으로 돌려진 그의 의식은 자기 안에서 인간 정신의 잡다함과 유동성을, 인간 감각과 이성의 허술함과 편파성을 발견하고, 그 한계를 보편적 인간 조건으로 인식한다.

이런 인식으로 그는 퓌론주의(회의주의)를 사물에 대한 가장 진정성 있는 시각으로 받아들여, '내가 무엇을 아는가?(Que sais-je?)'를 좌우명으로 삼지만, 그의 퓌론주의는 거기까지일 뿐 퓌론주의가 제안하는 '무견해(無見解)로 관습에 순응하는' 삶의 방식은 받아들이지 않는다. 위에서 그가 관찰하여 기록한다고 하지 않고, 관찰하기 위해 기록한다고 한 것에 주목하자. 기록은 현상 그대로를 글로 고정하는 일, 회의주의가 말하는 판단정지(에포케, Épochè) 상태의 기술(記述)이다. 거기까지가 몽테뉴의 퓌론주의이다. 그것에 가해지는 '관찰'에는 비판적 의식("정신의 어리석음과 기이함"을 기록하여)과 "시간이 흐르면 정신으로 하여금 스스로 그것을 부끄러워하도록 만들 수 있으리라는 희망"을 담은 실존적 기획이 수반된다. 이처럼 판단정지에 의한 현상학적 기술은 자기에 대한 자신의 주도권을 회복하고, 비판적 의식을 동반한 '주관적 견해'를 가지고 자기 삶의 주인으로, '주체'로 사는 길을 연다. 그리고 3권에 가면 이런 선언에 이른다. "나는 나를 판결하기 위해 내 법률과 재판정을 갖고 있다."(『에세 3』 2장) 종족, 동업조합, 가문 등 보편적이고 집단적인 형태하에서만 자기를 이해했던 중세인의 자기 인식을 탈피한 '정신적 개인'인 근대인*의 선언이다.

*
야코프 부르크하르트, 이기숙 옮김, 『이탈리아 르네상스의 문화』(한길사, 2003), 201쪽.

그 '주관적 자아'는 외부, 다시 말해 나와 타인들이 함께 어우러진 세상과의 접촉에 의해 더 잘 드러나고 벼려진다. "나는 나 자신을 장악하여 다룰 수 있는 상태를 견지하지 못한다. (……) 주변 상황, 동반자, 하다못해 내 목소리의 떨림까지도, 내가 나만을 위해 캐내어 사용하려 할 때 얻어 내는 것보다 더 많은 것을 내 정신에서 이끌어 낸다……. 내 생각을 조사 검토해서보다는 우연히 나 자신을 알게 되는 경우가 더 많다."(『에세 1』 10장) 그렇기에 세상은 "우리를 올바른 각도로 보기 위해 들여다봐야 하는 거울"이며, 우리 머리는 "남의 머리에 대고 문질러 가다듬어야" 한다.(『에세 1』 26장).

보편적 인간 조건을 말할 때 그는 '우리(nous)'를 주어로 말한다. "우리는 모두 조각들로 이루어진 데다 어찌나 종잡을 수 없는 잡다한 구조로 되어 있는지 조각들 하나하나가 매 순간 제멋대로 논다."(『에세 2』 1장) "우리 모두는 속이 빈 허당이다."(『에세 2』 16장)

자기의 견해를 말할 때 주어는 당연히 '나(je)'이다. 그럴 때 그는 자기가 말하는 것이 그저 상대적인, 보편적 인간 조건 안에서 있을 수 있는 '개인적' 견해이고, 사유와 경험에 따라("시간이 흐르면") 달라질 수 있는, 진리가 아니라 지금 여기에서의 생각임을 강조한다. "이 에세들은 나의 변덕스러운 생각이요, 그것들을 통해 내가 하려는 것은 사물에 대한 지식을 주는 것이 아니라 나에 대해 알게 하려는 것이다."(『에세 2』 10장) 나는 이 글들을 내가 믿는 것들로서 내놓는 것이지 믿어야 할 것으로서 내놓는 것이 아니다."(『에세 1』 26장) "다른 이들은 사람을 만든다.(가르친다.) 나는 사람을 이야기하고 그중 한참 잘못 만들어진 한 특정인을 그려 보

〔 16 〕

인다."(『에세 3』 2장) 이때마다 호명되지 않은 '너(tu)'의 자리가 마련되고, '너'의 견해를 가질 자유, 나아가 그 견해를 바꿀 자유가 보장된다. "사람은 누구나 인간 조건의 온전한 형태를 지니고"(『에세 3』 2장) 있기에, "나는 모든 인간을 나의 동포로 생각한다. (……) 폴란드 사람도 프랑스 사람처럼 껴안는다."(『에세 3』 9장)

종(種)으로서의 닮음은 우리를 동포가 되게 한다. 개개인의 다름은 우리를 대화하게 한다. '우리'이며 각각 개인인 독자는 지금, 몽테뉴와 동일한 보편적 인간 조건을 지닌 그와 동등한 '주체'로서, 그리고 우리와 마주한 한 근대인의 후예로서 라 보에시가 일찍 죽지 않았다면 그에게서 받았을 편지들을 읽고 있는 것이다. 친구의 '진솔한' 자기 토로엔 공감이 따른다. 보편적 인간 조건을 공유하고 세상을 헤쳐 가며 '나'를 만들고 또 변화하는 한 인간으로서의 공감 말이다.

환멸과 폭력의 시대를 살면서 몽테뉴는 인간의 비참, 세상의 비참을 넘어 '세상 저편', 또는 '무덤 저 너머'를 추구하지 않았다. 죽음은 삶의 매 순간을 강렬하게 만드는 배수진이 되고, "매 순간 내가 내게서 빠져나가는 것 같다."라던 그의 인식은 글을 쓰면서 "시간의 신속함을 내 민첩함으로 나꿔채고 싶다."라는 적극성으로 바뀐다.(『에세 3』 13장) "죽음이 삶의 목표(le but)"라던(『에세 1』 20장) 그가 "죽음은 삶의 끝(le bout)이지 목표(le but)가 아니다. (……) 삶 자체가 삶의 목표이자 목적이어야 한다."(『에세 3』 12장) 라고 말한다. 고삐 없는 말처럼 내달리던 영혼의 불안정성은 자신과 토론하는 영혼의 자유로운 운동성이 된다. 그는 자기 정신의 산물을 '팡테지(fantaisie, 망상)', 또는 '레브리(rêverie, 몽상)'라고

〔 17 〕

부르기를 그치지 않는데, 그것은 인간 정신에 대한 인본주의의 자화자찬을 비웃는 명칭이기도 하지만, 한편으로는 영혼에게 수다(volubilité)의 자유를 보장하면서, 다른 한편으로는 내일 새롭게 주어질 대상 세계의 가능성을, 새로운 '나'의 가능성과 함께 보장하는 명칭이기도 한 것이다.

이처럼 인간에 대해서나 세상에 대해서나, 삶이 종지부를 찍을 미래에 대해서조차 환상 없이 오직 현실과 현상, 실재를 움켜쥐고, 인간으로서 인간답게, 잘 살고 잘 죽는 길을 찾기 위해, 죽기 직전까지 "세상에 잉크와 종이가 있는 한" 기록될 지금/여기(hic et nunc)의 시간, 부정에서 긍정으로 이행하는 시간, 『에세』를 읽으며 우리도 그 시간에 실려 간다. 『에세』를 읽다 보면 니체가 왜 그를 '승리자'라고 부르며, "승리자와 함께하면 행복하다."(『반(反)시대적 고찰』)라고 했는지, 왜 아마존 구매자가 이 책을 "최상의 동반자"라고 했는지 이해하게 된다. "인간적인, 너무나 인간적인" 이 책이 니체에게(그리고 몽테뉴의 동포인 모든 독자에게) 준 행복감과 위안에 기대어, 이 소개 글의 제목을 니체에게서 빌려와도 큰 문제는 없으리라.

———————

이 책의 제목 『에세』와 그 밖의 외래어 표기에 관하여: 몽테뉴는 글쓰기를 시작한 지 칠 년째 되던 해, 그간에 쓴 글들을 묶어 '에세(Les Essais, 에세들)'라는 제목으로 초판 출간함으로써 새로운 글쓰기 형식의 탄생을 알렸다. 에세(essai)는 '시험하다', '검사하다', '경험하다', '처음 해 보다', '해 보려고 애쓰다'를 뜻하는 동

[18]

에세 1

사 '에세이예(essayer)'에서 그가 만들어 낸 명사이다. 여기서 영어로 통용되는 글쓰기 형식 '에세이'가 나왔다. 에세이는 다시 우리말 '수필'을 대신해 쓰이기도 한다. 용어들의 이런 변화와 쓰임의 확장은 이 책의 우리말 제목을 정하는 데 고심하게 했다.

먼저 일본어 번역판에서 가져왔으리라고 추정되는 우리말 초역의 제목 '수상록(隨想錄)'이 익숙하긴 하나 '부창부수(夫唱婦隨)', '수행원(隨行員)'에서 보듯, 그저 상념을 따른다는 수동적 의미가 강하여 배제되었다. 붓 가는 대로 쓰는 글이라는 '수필(隨筆)' 역시 몽테뉴가 자기 글쓰기에 붙인 이름에 담고자 한 의미와 거리가 멀다. 위에서 보았듯이 몽테뉴의 글쓰기는 자기답지 않은 상태에서 벗어나기 위해서, 나아가 "자기를 탐구하고", "자기의 원본을 뽑아내며", 자기를 알고 또 만들기 위해 애쓰는 능동적이고 적극적이며 '힘든' 노력(essayer)이요, 그 과정의 기록이다. 몽테뉴는 말한다. "우리 정신의 행보처럼 정처 없는 행보를 좇는 것, 우리 정신의 내적 주름들의 불투명한 심연까지 파고드는 것, 움직이는 정신의 그 미묘한 음조를 고르고 잡아내는 것은 까다로운, 생각보다 훨씬 까다로운 시도"(『에세 2』 8장)라고.

'에세'에서 나왔으나 문학적 형식의 명칭으로 굳어지고 더 널리 쓰이는 '에세이'로 하자는 제안도 있었으나, 첫째는 몽테뉴가 만든 명칭을 영어로 변형시킨 '에세이'를 몽테뉴 책의 제목으로 쓰는 것은 몽테뉴에게 미안한 일이기 때문에, 둘째는 '더 널리 쓰인다'는 바로 그 사실 자체 때문에 배척되었다. 이 둘째 이유에 대해서는 사라 베이크웰이 한 말로 대신한다. "몽테뉴는 '에세'라는 장르를 창조했다. 오늘날 '에세이(essay)'라는 말을 들으면 가슴이 덜컥 내려앉는다. (……) 학교나 대학에서 추천 도서를 제대로 읽었는지

〔 19 〕

확인하기 위해 내주는 숙제, 지루한 서론과 대충 휘갈겨 쓴 결론을 (……) 두 개의 포크처럼 맨 앞과 맨 뒤에 붙여 놓고 다른 작가들의 주장들을 짜깁기해 놓은 글들을 떠올리는 사람이 많다."

이처럼 '에세'에서 그 정수(精髓)를 걸러 내고 틀만 남겨 적용성을 확장한 '에세이'는 몽테뉴가 붙인 '에세'라는 명칭을 대신할 수 없다.

이런 취지로 이 책의 본명을 그대로 쓰기로 결정한 후에도 문제가 뒤따랐다. 사실 'essais'의 발음은 '에세'가 아니라 '엣세' 또는 '에쎄'이기 때문이다. 그러나 외래어 표기법을 준수해야 한다는 출판사의 방침을 따르고, 이미 많은 해설서, 학술적 논문에서도 '에세'를 사용하고 있는 점을 감안하여 '에세'로 정한다. 독자들은 그것을 '엣세' 또는 '에쎄'로 읽어 주기 바란다.

이참에 수없이 등장하는 인명과 지명들에서도 어쩔 수 없이 타협적인 방식을 취했음을 밝힌다. 원어명으로 부르고 표기하는 원칙으로 세워져 요즘에는 마오쩌둥(중자음은 쓰지 않는다는데 왜 안 쓰는지, 왜 이 이름에는 쓰는지?) 장제스 등이 보편적 호칭으로 쓰이지만 모택동, 장개석이 더 편한 사람들도 여전히 많은 것처럼, 서양, 특히 고대 문명에서 등장하는 인물들의 이름은 그리스어, 라틴어, 영어 호칭이 뒤섞여 혼란스럽다. 우리는 원어명을 쓰는 것을 원칙으로 하되, 이미 널리 알려져 굳어져 버린 인명이나, 여러 이름으로 부르지만 더 많이 쓰이는 이름들은 그대로 남겨 두기로 했다. 원명을 써도 누구인지 쉽게 유추할 수 있는 경우에는 원명으로 (예를 들어 피타고라스는 퓌타고라스로, 알렉산더는 알렉산드로스로) 표기하고, 여러 나라 말로 전해지는 경우에는 가장 많이 알려진 이름으로 (예를 들어 유피테르 대신 주피터로, 베누스 대

〔 20 〕

신 비너스로) 통일한다. 과도기의 혼란으로 너그러이 받아들여 주기를 부탁드린다.

'보르도본(l'Exemplaire de Bordeaux)과 A, B, C 표식에 관하여: 그러므로 이 책은, '나에 관한 책'이라고 할 때 곧 떠올릴 수 있는 연대기적 자서전도, 고백록도 아니다. 따라서 꼭 첫 장부터 순차적으로 읽어야 할 필요는 없다. 물론 전체를 다 읽다 보면, 위에서 말했듯이, 이십여 년에 걸친 몽테뉴의 '이행-움직임'에 우리도 실려 가고, 삶에 대한 그의 변화된 자세를 따라가게 될 것이다. 그렇지만 그 '움직임'은 한 편의 에세에서도 드러난다. 몽테뉴가 끊임없이 자기가 다룬 주제로 되돌아가 매 장마다 새로운 생각을 첨가해 가며 발간했기 때문이다. 문단들 앞에 붙여진 작은 A, B, C는 그 안내 표식이다.

『에세』는 몽테뉴 생전에 다섯 번 발간된 듯하다. 지금까지 알려지고 보존된 것은 1580년, 1582년, 1587년, 1588년판 네 판이지만, 몽테뉴가 개인적으로 갖고 있던 1588년판『에세』의 여백에 빼곡히 수기를 첨가하면서, 그의 손으로 "6차 출간을 위한 것"이라고 명시해 놓았기 때문이다. 나중에 '보르도본'이라고 불리게 된 이 몽테뉴 개인 소장본은 몽테뉴의 사후 부인에 의해 페이양 수도원 도서관에 기부된 뒤 오랫동안 잊혔으나, 20세기 들어* 그것을 원본으로 하는 새로운 판이 발간되고, 보르도본의 사진 복사본이

---

*

그때까지는 보르도본을 필사한 것으로 추정되는 자료를 토대로, 몽테뉴가 '수양 딸'이라고 부른 애독자 마리 드 구르네(Marie de Gournay)가 편집 출간한 1595년판이 결정판으로 여겨졌다.

옮긴이의 말

만들어지자, 각 장을 구성하고 있는 지층이 드러났고, 몽테뉴가 새로 발간할 때마다 덧붙인 부분들이 구별되었다. 본문에 붙어 있는 A, B, C는 그 지층을 구별해 주는 기호이다. 그 기호의 의미는 아래와 같다. 작은 글씨로 붙어 있는 이 기표에도 관심을 가지며 읽는다면 몽테뉴 사유의 움직임과 변화를 느낄 수 있으리라.

A: 보르도의 시몽 밀랑주 출판사에서 두 권으로 출판한 1580년판과 1582년판에 실린 부분.(1587년 파리의 장 리세 출판사에서 출간한 3판은 1582년판과 동일하다.)

B: 1588년 파리의 랑젤리에 출판사에서 3권의 열세 장이 추가되면서 책 전체에 첨가된 부분.

C: 몽테뉴가 갖고 있던 1588년판(보르도본)의 여백에 수기로 빽빽이 첨언한 부분.

『에세』 안의 인용문들에 관하여: 몽테뉴가 언급하는 수많은 인물과 인용문들을 보고『에세』를 읽으려면 고전에 대한 사전 지식이 필요할 것이라고 짐작할 필요는 없다. "친지들에게 (……) 보통 때의 내 모습"을 전하고 싶어 썼다는 그의 글을 읽기 위해 머리를 싸매고 공부부터 하는 것은 몽테뉴가 원치 않을 것이다. 또 그 공부가 필요하지도 않은 것이, 몽테뉴 자신이 인용들에 대해 이렇게 말하고 있기 때문이다. "나는 이 장식들이 나를 뒤덮고 나를 가리도록 하려는 것이 아니다. 그것은 내 의도와는 반대이니, 나는 오직 나의 것만을, 그리고 원래 내 것인 것만을 보여 주기를 원한

〔 22 〕

다." 몽테뉴가 본문 중에 인용한 말 이외에 인용의 출처를 거의 밝히지 않은 것에는 나름의 이유가 있었던 것이다.* 그저 인용들을 가져다 쌓아 놓고 젠체하는 문집본을 비판한 뒤, 그는 이렇게 말한다. "수많은 인용들에서 어떤 것을 훔쳐다 변장, 변형시켜 쓸 수 있으니 나는 아주 편하다. 원래 의미가 무엇이었는지 이해하지 못한 탓이라는 평을 들을 것을 무릅쓰고, 나는 그것들이 완전히 겉도는 남의 글이 되지 않도록 내 손으로 어떤 특별한 방향성을 부여한다."(『에세 3』 12장) 이런 연유로 그는 인용에 관해 독자에게 아주 간단한 주문만을 남겼다. "인용한 것에서는 내가 내 주제를 두드러지게 할 수 있는 뭔가를 고를 능력이 있었는지를 볼 일이다."(『에세 2』 10장)

　　이 책의 번역은 2006년도 서울대학교 인문학연구원의 지원을 받아, 심민화와 최권행이 공역하는 것으로 계획되었다. 홀수 장은 최권행이, 짝수 장은 심민화가 번역하고, 한 장씩 번역이 끝날 때마다 토의, 수정, 보완하며 진행하자는 것이 애초의 생각이었고, 1권은 그렇게 진행했다. 그러나 그 과정이 너무 긴 시간을 필요로 했기 때문에 2권은 심민화가 3권은 최권행이 모두 번역한 뒤 번갈아 손보기로 했는데, 그조차 만만치 않아 전 권의 번역이 마감되기까지 십 년 이상이 걸렸고, 출간까지 다시 그 반의 시간이 더 흘렀다. 『에세』를 붙들고 있던 시간이 길다 보니 책을 보시면 가장 기뻐하실 부모님들 모두 세상을 떠나셨다. 번역을 시작한 2007년 즈

────────

* 그의 의도와는 달리 당대의 인문학자들이 인용 출처를 다 밝혀 냈고, 우리도 밝히고 주석도 달아 놓았다.

〔 23 〕

음 불문학자 정명환 선생님께서는 그해에 새로 나온 플레이야드 판 『에세』와, 드장의 『몽테뉴 사전』, 도널드 프레임의 영역본 『에세』를 꼭 참조하라며 격려해 주셨다. 그 후에도 여러번, 작년 가을까지, 출간 진행에 대해 묻곤 하시던 선생님께서는 지난 3월에, 겨울의 끝자락, 봄이 오고 책도 곧 나오려는데 끝내 보지 못하시고 돌아가셨다. 국어학자 이익섭 선생님은 당신의 저서를 준비 중이셨는데도, 『에세 1』과 『에세 2』의 초벌 번역을 읽어 주시며 어색한 문장과 어휘들을 집어 주셨다. 가장 큰 감사를 담아 먼저 드리고 싶은 분들 중 단 한 분만이 강건하시니 슬픈 중에도 기쁘고, 기쁜 중에도 슬픈데…… 긴 시간 동행해 준 몽테뉴가 속삭인다. "기쁨은 늘려야 한다. 그러나 슬픔은 할 수 있는 한 쳐내야 한다."라고. (『에세 3』 9장) 함께 고전을 읽으며 30여 년 이어 온 '명륜독회'의 젊은 연구자들, 그중에도 밤낮을 가리지 않았던 나의 질문을 받아 주셨던 몽테뉴 연구자 이선희 선생이 이 기쁨을 기꺼이 나누어 늘려 주시리라 믿으며, 이 책을 펼쳐든 모든 독자를 위해서도 몽테뉴의 마지막 말을 빌려 기원한다. 부디 '건강과 지혜, 진정 유쾌하며 사람들과 함께 어우러질 수 있게 하는 지혜'(『에세 3』 13장)를 얻고 누리시기를…….

2022년 봄
심민화

몽테뉴로 이어진 길

『에세』의 손우성 선생님 번역본『수상록』을 통해 몽테뉴를 처음 만난 것은 근 사십 년 전이다. 심민화 선생과 함께 새 번역을 시작한 것은 십오 년 가까이 되었으니, 꽤 오랫동안 몽테뉴를 궁금해하던 친구들도, 구순을 훌쩍 넘기신 어머니도 이제는 "거몽…… 뭐라던 사람 어찌 됐냐?"라며 작가의 이름을 잊어갈 지경이 되었다. 혼자 하는 작업이었다면 지금도 어딘가에서 헤매고 있을 텐데, 서로 격려하고 함께 토론하며 여기까지 올 수 있었다. 심민화 선생이 작품에 대한 상세한 해설과 발간 원칙을 설명해 주셨으니 나는 짤막하게 개인적 소회를 적는다.

종교가 '이데올로기'가 되어 유례없이 잔인한 내전을 겪은 16세기 프랑스는 페스트라는 재난이 함께 했다고 하니 그 역사는 우리네 경험과 그리 멀리 있지 않다. 이 어둡고 우울한 시간을 살아가던 몽테뉴에게서 신기하다고 느껴지는 점은, 그를 떠올릴 때면 늘 낙관이 밴 미소가 그려진다는 것이다. 심지어 어딘가 장난기를 머금고 있는 듯싶기도 하다. 그가 인용했던 라틴 격언, "그대 지혜에 한 조금 어리석음을 섞으시라."는 내가 새겨 두고 싶은 가르침이 되었다. 몽테뉴가 나를 보면 "자네 어리석음에 한 조금 지

혜를 섞으시게." 하고 농반진반 장난을 걸어올 것만 같기도 하지
만. 사회의 토대로서의 '연민'과 관계의 기초로서의 '우정'을 이야
기하는 그를 읽어 가면서 ── 어느 시대 누구에겐들 그렇지 않을까
만 ── 우리에게도 누군가를, 누군가의 마음과 영혼을 만나는 일이
삶의 방향과 모습을 형성해 간다는 것을 절실히 느낀다. 그러니
내게는 몽테뉴라는 평생의 벗을 만난 것이 적잖은 행운인 셈이다.

　　몽테뉴를 만나는 길로 처음 이끌어 주고 격려해 주시던 스승
들, 그중에도 타계하신 김광남 선생님, 홍승오 선생님, 정명환 선
생님께 이 책은 마음으로 올리는 향불이 될 것 같다. '서울대 인문
학 연구원'과 '프랑스고전문학 연구회' 동료들, 초고를 읽어 준 벗
들, 제자들에게도 고마운 마음을 전하고 싶다. 몽테뉴를 '물러섬과
나아감'의 변증법으로 읽도록 가르쳐 준 학담 스님, 미황사 부도암
에서 오랜 작업을 지켜 주시며 문답을 나눠 주신 현공 스님, 그리
고 여러 고비에도 늘 함께해 주어 삶의 풍경이 때로 진경산수(眞
景山水)가 되게 해 주었던 박형선, 윤경자 님께도 감사드린다.

　　예전에 책을 읽다 보면 지은이나 옮긴이의 후기에서 자주 '강
호(江湖) 제현(諸賢)의 지도편달을 바라마지 않는다.'라거나 그 비
슷한 구절을 만나곤 했다. 나는 그 말이 그저 하는 형식적인 겸양
으로만 알았다. 그러나 이 짧은 감사의 글을 적는 순간, 여느 책과
마찬가지로 우리 삶과 역사의 정신적 유전자로 전화(轉化)되어 갈
이 책 속 단어 하나 문장 하나마다 그것이 온전히 생생한 우리말
로 살아 있기를 바라게 된다. 이정화 선생을 비롯한 민음사 편집
부에서 어려운 작업을 통해 문장을 가다듬고 책 매무새를 가꿔 주

〔 26 〕

에세 1

셨다. 읽는 이들도 기꺼이 가르치고 다듬어 주시기를 간절히 빌고
싶다.

2022년 봄
최권행

옮긴이의 말

일러두기

1 원본으로는 몽테뉴가 남긴 '보르도본'을 따른 Michel de Montaigne, *Les Essais*, Edition Villey-Saunier, PUF. 2004를 주 텍스트로, 마리 드 구르네가 몽테뉴 사후에, 보르도본의 복사본에 기반해 출간한(1595) Michel de Montaigne, *Les Essais*, I, II, III, Pléiade, 2007/ *Les Essais*, édition réalisée par Jean Céard et autres, La Pochothèque, 2002를 함께 고려했다.

2 더불어 주석과 번역상의 난제 해결을 위해 현대프랑스어판 Montaigne *Les Essais* Adaptation en français moderne par André Lanly, Quarto Gallimard 2009/ 영어 번역판(미국) *The complete Essays of Montaigne*, translated by Donald M. Frame, Stanford University Press, 1958, 영어 번역판(영국) Michel de Montaigne, *The complete Essays*, translated by M. A. Screech, Penguin Books, 2003/ 독일어 번역판 Michel de Montaigne, *Essais*, Erste moderne Gesamtübersetzung von Hans Stilett, Eichborn Verlag, Frankfurt am Main, 1998을 참조했다.

3 당대와 몽테뉴 특유의 어휘나 주제들은 *Dictionnaire de Michel de Montaigne*, Publié sous la direction de Philippe Desan, Honoré Champion, 2007을 참고했다.

에세 2

에세 3

독자에게[1]

　독자여, 여기 이 책은 진솔하게 쓴 것이다. 처음부터 내 집안
에만 관련된 사적인 목적 이외에 다른 어떤 목적도 없었음을 밝혀
둔다. 그대를 위해서나 내 영광을 위해서 쓰겠다는 생각은 추호도
없었다. 내 역량은 그런 계획을 세울 만하지 못하다. 나는 그저 내
집안사람들과 친구들을 위해, 내가 세상을 떠난 뒤(머지않아 그렇
게 될 것이니) 내 처신이나 성격의 특징들을 여기서 찾아보며 그렇
게 해서 그들이 나에 대해 알고 있는 바를 더 온전하고 생생하게
간직할 수 있게 하려 했던 것이다.
　이것이 세상의 호의를 얻기 위한 것이었다면, 나는 나를 더
잘 장식하고 공들여 제시했을 것이다.[2] 나는 사람들이 여기서 꾸

1

이 글은 1580년 3월 초판 간행 때 쓰였다. 여기서 당시 자기의 에세(essais)들에 대한
몽테뉴의 인식을 읽을 수 있다. 그것은 글을 쓰기 시작했던 시기(1572년)의 인식과도,
마지막 생전판이 출간된 시기(1588년)의 인식과도 다르다. 전자는 『에세 1』 2장부터
20장에, 후자는 특히 『에세 3』 2장에 잘 나타나 있다.

2

생전판들에서는 "빌려 온 멋진 것들로 나를 장식하거나 조심스레 가장 좋은
방식으로 쓰려고 긴장했겠지만"으로 되어 있었으나, 보르도본에서 이 부분을
지우고 그 위에 수기로 위와 같이 써 넣었다. 1595년판에는 생전판의 뒷부분("가장
좋은 방식으로……긴장했겠지만")을 빼고 "빌려 온 멋진 것들로 나를 장식했을

밈없이 솔직하고 자연스러운 보통 때의 내 모습을 봐 주기 바란다. 왜냐하면 내가 그려 보이는 건 바로 나이기 때문이다. 공공에 대한 예의가 내게 허락했던 한에서, 내 결점이며 생긴 그대로의 내 모양이 여기서 읽힐 것이다. 여전히 대자연의 원초적인 규범 아래 아늑한 자유를 누리며 산다는 저쪽 나라들에서 태어났다면 장담컨대 나는 정녕 기꺼이 나를 통째로 적나라하게 그렸을 것이다.

그러니 독자여, 나 자신이 내 책의 재료이다. 그러므로 이처럼 경박하고 헛된 주제에 그대의 한가한 시간을 쓰는 것은 당치 않다.

그럼 안녕, 몽테뉴로부터,

1580년 3월 1일[3]

것이다."라고만 되어 있다.

3

이 날짜는 1580년판(초판) 것이고, 1588년판에는 1588년 6월 12일(출판일)로 바뀌었는데, 몽테뉴는 1588년판인 보르도본에 다시 초판 날짜로 고쳐 써 넣었다. 1595년판은 이상하게도 두 판을 섞어 1580년 6월 12일로 표기했다. 우리는 보르도본에 몽테뉴가 고친 날짜, 즉 초판 날짜를 따른다.

에세

Les Essais

1장
우리는 다양한 방법으로
비슷한 결말에 이른다

^A 우리 때문에 비위가 상해 화가 치민 사람들이 복수할 수 있는 기회를 잡아 우리를 마음대로 처분할 수 있게 되었을 때, 그들의 마음을 눅이기 위한 제일 흔한 방법은 고분고분한 태도로 그들의 마음을 움직여 자비와 연민을 끌어내는 것이다. 하지만 그와는 정반대의 방법인 당당함과 꿋꿋함을 통해서도 때로 동일한 효과를 얻기도 한다.

오랫동안 우리 기엔 지방을 지배했던 영국 왕태자 에드워드⁴는 그 됨됨이나 운수로 적잖이 위대한 자질을 엿볼 수 있었던 인물인데, 리모주 사람들에게 몹시 마음이 상해 무력으로 이 도시를 점령했다. 잔혹하게 도륙당하는 백성들, 여자며 어린아이들이 그의 발밑에 몸을 던지며 살려 달라고 외쳐도 미동도 않던 그는 도시 안으로 더 깊숙이 진격하다 프랑스 귀족 세 명이 승승장구 중인 에드워드 자신의 군대 전체에 맞서 믿을 수 없는 용기로 분연히 싸우고 있는 모습을 목격하게 되었다. 이 대단한 용덕을 높이 여겨 존경심을 품게 된 그는 비로소 분노를 누그러뜨리고 세 귀족

4

에드워드 흑태자(Edward the Black Prince, 1330~1376). 에드워드 3세의 아들.
티모주 포위공격은 1370년의 일이다.

〔 39 〕

은 물론이고 도시의 모든 주민을 용서했다.

에피루스의 군주였던 스칸데르베그[5]가 자기 부하 한 명을 죽이려고 쫓아갔는데, 아무리 애걸하고 하소연해도 도저히 군주의 분노를 가라앉힐 수 없자 이 병사는 마침내 칼을 빼어 들고 군주와 맞서기로 결심했다. 이 단호한 태도에 군주는 갑자기 분노를 눅이게 되었으며, 부하가 이처럼 명예로운 태도를 취하는 것을 보고 그를 용서했다. 스칸데르베그가 얼마나 용맹하고 강한 사람인지 미처 그의 이야기를 접해 보지 못한 사람들은 이 일을 달리 해석할 수도 있을 것이다.

황제 콘라트 3세는 바이에른 공작 겔프를 포위하고 그가 아무리 굴욕적인 항복 조건을 제시해도 꿈쩍도 하지 않았다. 황제는 귀족 여인들이 이고 질 수 있는 것만 갖고서 두 발로 성 밖으로 걸어 나갈 경우 그들의 명예와 생명을 보장해 준다는 것 말고는 어떤 양보도 하려 들지 않았다. 그러자 이 담대한 귀족 여인들은 자기네 남편과 아이들 그리고 겔프 공작까지 직접 어깨에 들쳐 메고 나설 생각을 했다. 이토록 대단한 여인들의 용기에 황제는 너무 감격한 나머지 기쁨의 눈물을 흘리며, 자신이 공작에 대해 품고 있던 격렬하고 파괴적인 증오심을 모두 털어 버리고, 그 뒤로는 공작과 그를 따르는 이들을 인간적으로 대해 주었다.

B 나라면 이 두 가지 방식 모두에 마음이 쉽게 움직였을 것이다. 사실 동정을 느낄 때나 고결한 모습 앞에 설 때나 내 마음은 놀랄 만큼 약해져 버리기 때문이다. 어쨌든 내 생각에 나는 존경심보다는 동정심에 더 쉬이 손들 것 같다. 하지만 연민은 스토아 철

5

1405~1468. 본명은 제르지 카스트리오리(Gjergi Kastrioti). 알바니아 군주.

〔 40 〕

학자들이 보기에 사악한 정념이다. 그들은 고통받는 자들을 구해야 한다고는 생각하지만, 그들 때문에 마음이 흔들리거나 연민에 빠지는 것은 반대한다.

A 그런데 앞의 예화들이 적절해 보이는 것이, 두 가지 방식 모두를 겪어 본 인간의 마음이 그중 한 가지에 대해서는 조금의 동요도 없이 태연자약하고, 다른 한 가지에 대해서는 누그러지는 것을 알 수 있게 해 주는 까닭이다. 동정심으로 마음 아파하는 것은 만만하고 유순하며 무른 심정의 탓으로, 여자나 어린애, 그리고 속인들처럼 성품이 나약하기 그지없는 자들이 빠져든다. 하지만 눈물과 간청을 경멸하고 미덕이 지닌 성스러운 이미지에 대한 경외심으로만 마음을 바꾸는 것은 강력하고 완강한 영혼들이 하는 바로서, 이는 남성적이고 꿋꿋한 힘을 사랑하고 존중하기 때문이다.

하지만 도량이 그다지 크지 않은 사람들에게도 놀라거나 찬탄하는 마음이 비슷한 효과를 가져올 수 있다. 그 증거로 테베 사람들을 들 수 있으리라. 그들은 자기 장수들이 규정에 따라 미리 정해진 기간 이상으로 직무를 수행한 데 대한 책임을 물어 이들을 사형에 처할지를 재판하던 중이었다. 그들은 갖가지 공격 앞에 무릎을 꿇고 그저 간청과 탄원만으로 자신을 방어하려 한 펠로피다스를 어렵사리 용서했다. 반면 에파미논다스가 자신의 전공(戰功)을 더없이 당당하게 이야기하고, 테베인들의 배은망덕을 자부심에 찬 C 오만한 A 태도로 비난했을 때는 사람들이 투표용 공을 집어 들 엄두도 내지 못한 채, 그가 지닌 대단한 용기를 한없이 칭송하며 흩어지고 말았던 것이다.

C 디오니시우스 1세[6]는 오랜 시간 극도의 어려움을 겪고서야 레기움시를 함락시킬 수 있었는데, 그 도시를 결사적으로 수호했

던 용장 피토를 붙들게 되자 그를 처절한 복수의 본보기로 삼고자 했다. 그는 우선 피토에게 그의 아들과 혈족들을 전날 어떻게 모두 물에 빠뜨려 죽였는지 말해 주었다. 그 말을 듣고 피토는 그저 그들은 자기보다 하루 먼저 행복을 맛본 것이라고 대꾸했다. 그러자 그는 피토의 옷을 벗기게 하고 망나니들에게 그를 온 시내로 끌고 다니면서 치욕스럽고 잔인한 채찍질을 안기고, 그를 향해 더럽고 추악한 욕설을 마구 퍼붓게 했다. 그러나 피토는 여전히 또렷한 의식을 가지고 조금도 용기가 꺾이지 않았다. 오히려 단호한 얼굴로, 자기 조국을 폭군의 손아귀에 넘겨주기를 거부해서 죽으니 자신의 죽음은 명예롭고 영광스러운 대의(大義)라고 소리치면서, 머지않아 신들이 폭군에게 복수를 해 주리라고 외쳤다. 그러자 자기네 우두머리가 승자인데도 불구하고 부하들이 이 유례없는 용덕에 놀라 패배한 적장의 도발적인 태도에 분노하기는커녕 마음이 약해지고, 심지어 반란을 일으켜 자기 상관들 손에서 피토를 구해 낼 생각까지 하는 것을 병사들의 눈길에서 알아낸 디오니시우스 1세는 모욕의 행진을 멈추게 하고 몰래 그를 바다에 수장시켜 버렸다.

　A 확실히 인간이란 놀라우리만치 헛되고 가지가지이며 물결치듯 변화하는 존재이다. 인간에 대해 변함없이 일관된 판단을 내린다는 것은 어려운 일이다. 폼페이우스로 말할 것 같으면 마메르티움시에 대해 몹시 격앙되어 있었지만 시의 공적인 책임을 홀로 지고서 자기 혼자 처벌되는 것 말고는 다른 용서를 구하지 않으려 했던 시민 제논의 덕성과 고결함을 생각해 마메르티움시 전체를

6
B.C. 432년경~367. 시칠리아 시라쿠스의 참주

〔 42 〕

용서했다. 그러나 독재관 술라와 마주 서게 된 이도 페루지아에서 제논과 마찬가지의 덕성을 보였지만, 자신을 위해서나 또 다른 시민을 위해서나 아무런 소득을 얻지 못했다.

B 처음 이야기한 예들과는 정반대되는 것이지만, 인간 중에서 가장 대담하고 패자에게 관대했던 알렉산드로스 대왕[7]은 지난한 어려움 끝에 가자시를 함락하고, 그곳 사령관 베티스와 마주쳤다. 시를 포위 공략하는 동안 그는 이 장수의 용기에 대한 경탄할 만한 증거들을 보았던 터였다. 부하들은 다 떠나고 무기는 온통 망가진 데다 온몸이 피와 상처로 뒤덮인 채, 그는 사방에서 공격해 오는 수많은 마케도니아 병사들과 맞서 끝까지 싸우고 있었다. 승리의 대가가 너무 비싸기도 했지만, 특히 자기 몸에 두 군데나 부상을 당한 것에 화가 치밀어 알렉산드로스는 이렇게 말했다. "베티스, 너는 네가 바랐던 식으로는 죽지 못할 것이다. 포로를 상대로 고안해 낼 수 있는 온갖 고통을 네가 맛봐야만 한다는 것을 알아 둬라." 상대방은 담담할 뿐만 아니라 도도하고 오만하기까지 한 태도로 아무 말없이 이 협박을 듣고만 있었다. 알렉산드로스는 고집스럽고 당당한 그의 침묵을 보고 생각했다. '저자가 무릎을 꿇지 않다니? 한마디의 하소연도 새어 나오지 않다니? 너의 침묵을 정말로 내가 부숴 주리라. 네 입에서 말 한마디 끄집어 낼 수 없을지는 몰라도 적어도 신음 소리는 나오게 해 주겠다.' 그의 울화는 광기로 바뀌어, 베티스의 발뒤꿈치에 창을 꿰게 한 뒤 수레 뒤에 매달아 산 채로 끌고 다니다가 갈기갈기 몸을 찢게 했다. 대담성이라는 것이 알렉산드로스에게는 너무 평범한 일이라, 조금도 놀

7
B.C. 356~323. 마케도니아의 왕.

1장 우리는 다양한 방법으로 비슷한 결말에 이른다

랍지 않아서 대단찮게 여겼던 것일까? ^C 아니면 그것은 온전히 자기만의 속성이어야 해서, 다른 사람 안에 대담함이 깃드는 모습을 높은 데서 내려다보려니 어쩔 수 없이 시기심이 솟구친 것일까? 그것도 아니면 그의 분노는 원래 격렬한 것이어서 자기에 맞서는 어떤 것도 못 견뎌 했기 때문일까? 사실 그의 분노가 고삐를 조일 수 있는 것이었다면, 테베시가 함락되고 유린되던 때, 그리하여 더 이상 자신들을 방어할 수단이 없던 그 많은 용맹스러운 패자들이 잔혹하게 칼끝에 꿰이는 모습을 보았을 때 그 분노는 누그러졌으리라. 6000명이나 되는 사람이 살해되었는데도 그중 누구도 도망치거나 살려 달라고 애걸하는 모습을 보이지 않았다. 그러기는커녕 여기저기 길 도처에서 의기양양한 적들을 향해 자기들에게는 명예로운 죽음이 필요하니 어서 덤비라고 맞서는 것이었다. 아무리 치명적인 부상을 입은 자라도 마지막 숨을 거두는 순간까지 복수하려 들지 않는 이가 없었고, 저마다 절망이라는 무기를 들고 적 하나라도 죽여 자기의 죽음을 위로하려 하지 않는 이가 없었다. 그러나 이토록 참혹한 지경을 헤쳐 가던 그들의 용기는 어떤 연민도 불러일으키지 못했고, 온종일이 걸려도 알렉산드로스의 복수심은 채워지지 않았다. 이 살육극은 흘릴 수 있는 마지막 피 한 방울까지 남김없이 흐르도록 계속되었고, 노인, 여자, 어린애 등 무장하지 않은 자들 앞에 와서야 멈추었으며, 그들 중 3만 명이 노예로 끌려갔던 것이다.

〔 44 〕

2장
슬픔에 관하여

ᴮ 나는 이 정념[8](슬픔)에 가장 덜 사로잡히는 사람들 축에 속하며, ᶜ 그것을 좋아하거나 좋게 평가하지도 않는다. 비록 세상 사람들은 정가(正價)라도 매겨진 양 특별한 호의로 그것을 떠받들곤 했지만 말이다. 저들은 슬픔으로 지혜, 미덕, 양심을 치장한다. 어리석고도 기괴한 장식이다. 이탈리아인들은 훨씬 어울리게 심술에다 같은 이름을 붙였다.[9] 왜냐하면 슬픔은 언제나 해로우며 언제나 분별없기 때문이다. 또 스토아 학파는 언제나 비겁하고 비천

8
passion. 대개 정열, 열정으로 번역하지만 외적 자극에 의해 우리가 겪는 모든 동요와 반응을 일컫는다. 비겁, 두려움, 미움 등 부정적인 감정도 포함하고 통증 같은 육체적 고통까지 아우른다. 중세 토미즘의 전통이나 데카르트의 『정념론』과는 달리 몽테뉴는 정념을 정의하려는 목적 없이 다만 정념이 우리의 실제 삶에 작용하는 방식을 기술하려 한다. 정념이 어떻게 판단과 의지를 무력하게 만드는지를 살펴 그 지배력을 약화, 통제하는 기술을 익히려는 것이다. 이 점에서는 정념에 대한 전통적 대응과 크게 다르지 않으나, 정념이 우리 안에 본성적으로 내재하고, 살기 위해 필수적인 생명의 기능이며, 나아가 비범한 행동을 가능하게 하는 원동력이 되기도 하는 것을 인정한다.(『에세 2』 12장) 정념이 만들어 내는 마음의 드라마를 전편을 통해 끊임없이 제시하는 「에세」를 한 비평가는 '정념의 극장'이라고 부르기도 했다. 여기서는 포괄적 의미로 쓰일 때는 '정념'으로, 애정의 적극성과 강도를 강조할 때는 '열정'으로 맥락에 따라 번역한다.
9
이탈리아의 tristezza는 '슬픔'과 '고약함'을 동시에 뜻한다.

〔 45 〕

한 것으로서 자기네 현자들에게 그 감정을 금했다.

  ᴬ 그런데 이런 이야기가 있다. 이집트의 왕 프사메니투스가 페르시아의 왕 캄비세스에게 패해 잡혔을 때, 포로가 된 자기 딸이 물을 길어 오라는 명을 받고 하녀 차림으로 자기 앞을 지나가는 것을 보고, 친구들이 모두 그의 곁에서 울며 슬퍼하는데도 한마디 말도 없이 묵묵히 땅만 보고 있었고, 잠시 후 자기 아들을 죽이려 끌고 가는 것을 보면서도 똑같은 침착성을 유지하더니, 포로들 중 끌려온 친지 한 사람을 알아보고는 자기 머리를 치기 시작하며 앞장서서 극도의 괴로움을 드러내더라는 것이다.

  이 이야기는 우리가 최근에 본 프랑스 왕공들 중 한 분[10]의 이야기와 쌍벽을 이룰 만하다. 그분은 체류 중인 트렌토에서, 온 집안의 지주요, 영광이었던 맏형[11]의 사망에 연이어 두번째 희망이던 아우[12]의 사망 소식까지 듣게 되었다. 이 두 번의 애사를 감탄스러우리만큼 의연하게 견딘 그가 며칠 뒤 자기 수하 중 하나가 죽게 되자 이 마지막 참사에는 완전히 넋을 잃고 말았다. 이전의 꿋꿋함은 간데없이 어찌나 슬퍼하고 원통해하던지, 어떤 이들은 이 마지막 충격만이 그의 급소를 찌를 수 있었던 것이라고 주장하기까지 했다. 그러나 사실인즉 이미 슬픔으로 꽉 차서 넘칠 지경이었기 때문에 별것 아닌 일 하나라도 더 얹히자 인내의 방벽이

10
샤를 드 기즈(Charles de Guise, 1571~1640). 로렌의 추기경.
11
프랑수아 드 기즈(François de Guise,1519~1563) 공작. 1563년 2월 24일
오를레앙에서 암살당했다.
12
클뤼니의 사제. 1563년 3월 6일에 사망했다.

〔 46 〕

무너지고 말았던 것이다.

(내 생각에) 우리 이야기도 그렇게 판단할 수 있을 것이다. 그 이야기에서, 캄비세스가 프사메니투스에게 아들과 딸의 불행에는 미동도 않다가 친구의 불행에는 그토록 참을 수 없어 하는 까닭을 묻자, 그가 "마지막 불행만이 눈물로 표할 수 있는 것이었고, 앞의 두 불행은 표현 가능한 모든 수단을 한참 넘어서는 것이었기 때문이요."라고 대답했다고 덧붙이고 있지 않다면 말이다.

이피게네이아의 희생 장면[13]을 그릴 때, 그 아리따운, 죄 없는 소녀의 죽음에 대해 각자가 기울이는 관심의 정도에 따라 참관자들의 고통을 묘사해야 했던 고대 화가가 생각해 낸 것도 아마 이 주제와 연관되리라. 자기 기교의 마지막 역량까지 다 짜낸 그는 소녀의 아버지 차례가 되자, 어떤 모습으로도 그 같은 슬픔을 표현할 수 없다는 듯 얼굴을 가린 모습으로 그렸다.

저 가련한 니오베[14]가, 일곱 아들을 잃은 뒤, 이어 같은 수의 딸을 잃고서 이 과도한 상실을 감당할 수 없어,

고통 때문에 굳어 버려,

13
트로이 전쟁을 배경으로 하는 에우리피데스의 『아울리스의 이피게네이아』의 중심 사건. 그리스 원정대의 총사령관인 아가멤논은 원정을 가로막는 역풍을 잠재우기 위해 그의 딸 이피게네이아를 희생으로 바치라는 신탁을 받는다. 부정과 왕의 의무 사이에서 갈등하던 아가멤논은 결국 신탁을 받아들여 딸을 제물로 바친다.
14
그리스 신화 속 인물. 일곱 딸과 일곱 아들을 둔 그녀는 아폴론과 아르테미스 두 남매밖에 두지 못한 여신 레토보다 자기가 더 훌륭하다고 뽐내다 레토의 분노를 샀다. 레토는 아폴론에게는 니오베의 아들들을, 아르테미스에게는 그녀의 딸들을 죽이게 했다.

[47]

그만 돌이 되어 버렸다고 시인들이 상상했던 것도 바로 그런 이유에서이다. 그들은 우리 능력의 한계를 벗어나는 사건들이 덮쳐 올때, 우리를 얼어붙게 하는 저 눈앞이 아득하고 말문이 막히며 귀가 먹먹한 혼미 상태를 표현하고자 한 것이다.

사실 불행의 충격이 극에 달했다고 하려면 온 영혼을 뒤흔들어 영혼으로부터 활동의 자유를 앗아 가야 할 것이다. 최악의 소식이 벼락처럼 닥쳤을 때 온몸이 포박된 듯 얼어붙어 옴짝달싹할 수 없게 되고, 그 결과 눈물을 흘리고 한탄을 쏟아낸 후에야 영혼이 이완되어 사지도 풀리고, 녹고, 숨통이 트여 편해지는 것처럼 말이다.

B 그리고 마침내 간신히 고통이 목소리에 길을 터 주었다.

베르길리우스

C 페르디난트 왕이 헝가리의 왕 요한네스의 미망인을 상대로 벌인 전쟁 때, 부다 부근에서 독일 대장 라이샤크는 교전 중 누구 눈에나 더할 나위 없이 훌륭히 싸워 모두가 한마음으로 애도하는 한 기사의 주검을 옮겨 오는 것을 보았다. 다른 이들과 함께 누구일까 궁금해하던 그는 사람들이 시신의 갑옷을 벗기자 그 기사가 바로 자기 아들임을 알게 되었다. 모두 눈물을 흘리는 가운데 오직 그만이 아무 소리도 내지 않고 눈물도 비치지 않은 채 두 다리로 꼿꼿이 서서 고정된 눈길로 아들의 주검을 응시했다. 그러더니 끝내 슬픔의 힘이 그의 생기를 얼어붙게 해 그렇게 뻣뻣한 상

태로 땅바닥에 쓰러져 죽고 말았다.

> [A] 얼마나 뜨거운지 말할 수 있는 자는
> 그다지 뜨겁지 않은 불 속에 있는 것
> 페트라르카

이라고, 도저히 견딜 수 없는 열정을 표현하고 싶은 연인들은 말한다.

> 정녕 가련하도다, 나여!
> 사랑이 내게서 감각을 앗아 갔나 보오.
> 그대를 보자마자, 레스비아여, 나 넋을 잃어,
> 더 이상 할 말을 찾지 못하니.
>
> 내 혀는 굳어 버리고,
> 묘한 불길이 사지를 내달리며,
> 귀는 웅웅거리고,
> 밤이 내 두 눈을 덮치오.
> 카툴루스

[B] 이처럼 생생하고 불에 굽듯 최고조의 열광 상태에서는 탄식을 늘어놓고 생각을 펼쳐 놓을 수 없다. 그럴 때는 영혼이 깊은 상념에 짓눌리고, 육신은 사랑으로 녹초가 되어 기운이 쑥 빠져 버린다. [A] 바로 그 때문에 때로 쾌락의 제단 바로 앞 계단에서, 그토록 시의적절치 않게 연인들을 덮치는 뜻밖의 침체가 야기되고, 극

[49]

2장 슬픔에 관하여

도로 뜨거운 열정의 힘이 오히려 그들을 얼어붙게 하는 것이다. 음미하고 소화할 수 있는 정열은 모두 시시한 것들뿐.

> 작은 슬픔들은 말하고, 큰 슬픔은 침묵한다.
> 세네카

^B 마찬가지로 뜻밖의 기쁨도 우리의 얼을 빼놓는다.

> 내가 다가가는 것을 본 순간,
> 사방에서 몰려드는 트로이 군을 알아본 순간,
> 넋이 빠져, 마치 불가사의한 환영을 보고 질린 듯,
> 굳어 버린 채, 그 광경을 응시하더니, 뼛속까지 온기를 잃고
> 그녀는 실신했다.
> 그러고 나서 한참 후에야 말문이 트였다.
> 베르길리우스

^A 자기 아들이 칸 전투에서 무사히 돌아오는 것을 보고 너무 기뻐하다 죽은 로마 여인, 기쁜 나머지 죽음으로 건너간 소포클레스와 참주 디오니시우스,¹⁵ 로마 원로원이 자기에게 내린 영예에 관한 소식을 읽다가 코르시카에서 죽은 탈바 말고도, 우리 시대에는 지극히 바라 마지않던 밀라노 함락 소식을 듣자 극도의 희락 상태에 들어 열이 올라 죽은 교황 레오 10세도 있다. 인간의 허약

15
비극 작가 소포클레스와 디오니시우스 두 사람은 아테네 비극 경연 대회에서 상을 받고 지나치게 흥분하다 죽었다는 설이 있다.

〔 50 〕

함에 대한 좀 더 유명한 증거로서 고대인들이 기록한 바에 따르면,
변증법 교사 디오도루스는 자기 학교에서 사람들이 지켜보는 가
운데 다른 이가 제기한 논거에 응수하지 못하자, 지독한 수치심에
사로잡혀 그 자리에서 죽고 말았다고 한다.

   [B] 나는 그같이 격렬한 정념에 사로잡히는 일이 거의 없다. 나
는 천성적으로 감수성이 둔하다. 뿐만 아니라 나는 날마다 이성적
성찰로 그것을 덮어씌워 무디게 만들고 있다.

2장 슬픔에 관하여

3장
우리 마음은 늘
우리 저 너머로 쏠려 간다

^B 닥쳐올 일에 대해 우리는 전혀 힘을 쓸 수 없고, 심지어 지난 일에 대해서보다 더 속수무책이니, 사람들이 늘 미래의 일에만 급급한 것을 나무라며, 현재의 복을 붙들어 그것에 만족하라고 가르치는 이들은 인간의 과오 중 가장 보편적인 것을 지적하는 것이다. 자연 자체가 자기 작품이 지속되게 하는데 ^C 우리의 지혜보다 행동이 더 절실하다 보니 다른 많은 그릇된 생각들처럼 그런 그릇된 생각을 주입하여 ^B 우리를 그쪽으로 이끈 것인데, 그것을 감히 과오라고 부르겠다면 말이다. 우리는 편안하게 제 집에 머무는 적이 없고 늘 저 너머로 나가 있다. 두려움, 욕망, 희망은 우리를 미래로 집어던지며, 지금 있는 것을 느끼고 생각하지 못하게 하며 앞으로 올 일, 심지어 우리가 더 이상 존재하지 않을 때의 일에까지 정신을 팔게 한다. ^C "미래를 근심하는 영혼은 불행으로 짓눌린다."(세네카)

플라톤에서 자주 언급되는 위대한 가르침은 네 일을 하고 너를 알라는 것이다.¹⁶ 두 부분으로 된 이 가르침은 각각 우리의 의

16
"너 자신의 일인 바를 행하고 너 스스로를 알라."라는 오래된 격언은 특히 플라톤의
『티마이오스』에서 인용되고 있다."

〔 52 〕

무 전체를 담고 있으며 하나가 다른 하나를 포함하고 있기도 하다. 자기 일을 하려는 사람이라면 첫 번째로 알아야 할 것이 자기가 누구이고, 자기에게 적합한 것이 무엇인지를 깨닫는 것이다. 그리고 자기를 아는 사람은 자신과 무관한 일을 자기 일로 삼지 않고, 무엇보다 자신을 사랑하고 가꾼다. 헛된 일이나 쓸모없는 생각과 계획을 거부하게 되는 것이다. "어리석음은 자신이 원하는 것을 얻어도 만족하는 일이 없는 것처럼, 지혜는 지금 있는 것에 만족하며 결코 자신을 불만스럽게 여기지 않는다."(키케로)

에피쿠로스는 현자에게는 미래에 대한 예견이나 염려가 없다고 말한다.

B 죽은 이들과 관련된 법 중에서 왕들의 행적을 그 사후에 판별하도록 만들어 놓은 법은 내 생각에 아주 마땅해 보인다. 왕이란 법의 주인은 아닐지라도 법과 어깨를 나란히 하는 이들이다. 정의가 그들의 머리를 누를 힘이 별로 없는 만큼 그들의 사후 명성과 그 후손들의 복락에 정의가 행사되도록 하는 것은 일리가 있다. 우리는 흔히 사후 명성과 후손의 복을 목숨보다 더 중요하게 여기니 말이다. 이 관습은 그것을 지키는 나라들에 특별한 이익을 가져다주며, C 자신들이 못된 군주들과 엇비슷하게 기억되는 것을 불평할 B 선한 군주들에게는 바람직한 일이다.

C 우리는 어떤 왕에게든 똑같이 복종하고 따를 의무가 있다. 복종은 왕이라는 역할과 관련되는 것이기 때문이다. 그러나 애정은 물론이고 존경으로 말하자면 그것은 오직 왕들의 덕성을 향한 것일 수밖에 없다. 정치적인 안정을 생각한다면, 그들이 권위를 유지할 수 있어야 하고 그러기 위해 우리의 지지가 필요한 동안은 웬만한 인물이 아닐지라도 그들을 참고 견디며 그들의 악덕을 감

3장 우리 마음은 늘 우리 저 너머로 쏠려 간다

취 주고 대수롭지 않은 행동에 대해서도 지지를 보여 줄 필요가 있다. 그러나 군신 관계가 끝난 뒤까지 우리가 정말 느끼고 있었던 바를 표현하지 못하게 하는 것은 정의를 위해서도 우리의 자유를 위해서도 올바른 노릇이 아니다.

주인의 결점을 잘 알면서도 조심스럽고 성실하게 자기 주인을 섬긴 영광을 그 신하들에게서 빼앗는 것도 마땅한 일은 아니다. 그것은 썩 좋은 모범을 후손들이 알지 못하게 하는 것이기 때문이다. 그리고 개인적으로 은혜를 입은 것을 중시해 칭찬할 만하지 않은 왕을 사후까지 옹호하는 사람들은 공적인 정의를 희생시키고 사적인 의리를 앞세우는 데 치우친 자들이다. 왕정 아래 자라난 자들의 언어는 늘 어리석은 과시와 공허한 증언으로 이루어져 있다고 말한 티투스 리비우스의 말은 사실이다. 각자가 너나없이 자기 왕을 최상의 가치와 최고의 위대성을 가진 인물인 양 치켜세우기 때문이다.

네로의 면전에서 느낀 그대로를 이야기한 두 군인의 거침없는 태도는 나무랄 수도 있다. 무엇 때문에 자기를 해치려 했느냐는 네로의 질문에 한 사람은 이렇게 말했다. "당신이 그만한 가치가 있는 분일 때 나는 당신을 사랑했다. 그러나 당신이 부모를 죽이고 불을 지르며 어릿광대요, 서커스의 마부가 된 뒤로는 당신에게 마땅하게 증오하는 것이다." 또 다른 자는 왜 자기를 죽이려 했느냐는 물음에 "당신의 계속되는 악행을 달리 고칠 방법이 없어서 그랬다."라고 말했다. 그러나 그가 죽은 뒤 그와 그의 포악하고 사악한 행위에 대한 공적이고 보편적인 증언들은 앞으로도 영원히 그렇게 남을 것인데, 건전한 분별력을 가진 사람이라면 누가 이것을 나무라겠는가?

[54]

그토록 고결한 정치 체제를 가졌던 라케데모니아에 이토록 기만적인 의식이 있었다는 것이 나는 불쾌하다. 그곳에서는 왕이 죽고 나면 모든 동맹 세력과 이웃 국가, 노예들과 남녀 모두가 함께 어우러져 슬픔의 표현으로 이마를 베고 탄식과 울부짖음 속에, 그가 어떤 사람이었든 돌아가신 이는 자기네 왕들 중 가장 빼어난 왕이었다고 말했으니 말이다. 그들은 공적에 바쳐야 할 찬사를 지위에 바치고, 최고의 공적에 바쳐야 할 찬사를 가장 최근 그 지위를 누린 자에게 바친 셈이다.

모든 것을 휘저어 보는 아리스토텔레스는 아무도 죽기 전에는 행복하다는 말을 들을 수 없다고 한 솔론의 말을 따져 보며, 순탄하게 살다 죽었는데 나중에 그 명성이 훼손되고 후손이 비참하다면 그 경우에도 행복한 사람이라고 할 수 있는지 생각해 본다. 살아 움직이는 동안 우리는 어디든 기대에 차서 마음에 드는 곳으로 옮겨다닌다. 그러나 존재 밖으로 나가면 우리는 여기 이 세상의 것과는 아무런 소통도 할 수 없다. 그러니 솔론에게는 이렇게 말하는 것이 좋으리라. 인간은 이 세상에 없고서야 행복할 수 있으니 그렇다면 그 누구도 행복할 수 없노라고 말이다.

> B 자기 뿌리를 온전히 들어 내어,
> 삶 밖으로 자기를 내던지기는 어렵다.
> 저도 모르게 자기의 무언가가
> 이승에 존속하리라 상상하는 것이다.
> 죽음이 쓰러뜨린 육체에서
> 인간은 완전히 벗어나 해방되지 못한다.
> 루크레티우스

〔 55 〕

^A 베르트랑 뒤 글레캥은 랑콩 성을 포위 공격하다 오베르뉴 지방의 르 퓌 부근에서 죽었다. 나중에 항복하게 된 성안 사람들은 성의 열쇠를 죽은 이의 몸 위에 갖다 놓아야 했다.

베네치아 군대의 장수 바르톨로메오 알비아노는 브레시아에서 벌어진 전투에서 숨을 거두었는데, 그 시신을 베네치아로 운구하려면 적지인 베로나를 지나야 했다. 그 휘하의 군사 대다수가 베로나인들에게 요구해 안전 통행을 보장받자고 했다. 그러나 테오도로 트리불치오는 이 주장에 맞서, 주력 부대를 이끌고 가다 필요하면 전투를 해서라도 적지를 돌파하기로 했다. "살아 있는 동안 한 번도 적을 두려워한 적이 없는 이가 죽어서 그들을 두려워하는 모습을 보이는 것은 적절하지 않다."라는 것이 그의 말이었다.

^B 사실 비슷한 이야기로, 그리스인들의 법에 의하면 아군 전사자를 매장하기 위해 적에게 시신을 돌려 달라고 요청하는 자는 승리를 포기하는 것이어서 승전 기념비를 세울 자격을 잃었다. 그런 요청을 받은 쪽은 그것으로 이미 승리를 굳히는 셈이었다. 그런 이유로 니키아스는 코린트인들을 상대로 한 전쟁에서 확실한 우세였음에도 승리를 놓쳤고, 반대로 아게실라우스는 보이오티아인들을 상대로 싸우다 매우 의심쩍었던 승리를 공고히 할 수 있었다.

^A 우리가 우리 자신에 대한 심려를 이 생애 너머까지 확장할 뿐 아니라, 흔히 하늘의 돌보심이 무덤까지 우리를 따라와 우리 유골에까지 이어진다는 믿음이 예나 지금이나 통하지 않았다면, 앞의 이야기들이 이상하게 들릴 수도 있으리라. 이 점에 대해서는 우리 시대 말고도 옛날의 예가 너무 많아 내가 길게 이야기할 필요가 없을 정도이다. 영국 왕 에드워드 1세는 스코틀랜드 왕

〔 56 〕

에세 1

로버트와의 긴 전쟁 중에 자기가 있으면 늘 일이 유리하게 전개되어 자신이 몸소 이끈 전투는 항상 승리하는 것을 보았다. 그는 죽으면서 아들에게 엄숙히 맹세하게 하여, 자기 시신을 삶아 그 살과 뼈를 바르게 했다. 살은 땅에 묻고 뼈는 보관했다가 군대를 이끌고 스코틀랜드인들과 전쟁을 벌일 때면 늘 가지고 다니게 한 것이다. 마치 운명이 승리를 자기 팔다리에 숙명처럼 매달아 놓았다는 듯이.

  [B] 위클리프의 과오를 옹호하려다 보헤미아 전체를 혼란에 빠뜨린 얀 지슈카는 자기가 죽으면 살가죽을 벗겨 그것으로 북을 만들어 적과 싸우는 전쟁터에 가져가라고 유언했다. 이렇게 하면 자기가 지휘하던 전쟁에서 확보한 유리한 상황을 지속시킬 수 있으리라 생각한 것이다. 어떤 신대륙 주민들은 스페인인들과 싸우기 위해 자기네 장수 한 사람의 뼈를 가져가기도 했는데, 그가 살아 있을 때 거둔 승리를 상기하려 한 것이다. 그곳의 다른 민족들 역시 전투 중 사망한 용맹한 전사들의 시체를 끌고 다녔는데, 자기들에게 행운을 가져다주리라는 믿음에서, 또 좋은 모범으로 삼기 위해 그러는 것이었다.

  [A] 처음에 든 예들은 지난 행적으로 얻은 명성만 고인의 무덤에 남겨 두는 셈이지만, 방금 이야기한 예들은 거기에 직접적인 효력까지 덧붙이려는 것이다.

  장수 바야르의 경우는 이 두 가지가 적절히 섞여 있다. 화승총 공격을 받아 치명상을 입었다고 느낀 그는 전장에서 물러나 있으라는 충고에 대해, 적에게 등을 보이는 짓은 평생 한 적 없는 자신이 죽을 무렵이 되어 그럴 수는 없노라고 대답했다. 힘이 아직 남아 있는 동안 온 힘을 다해 싸우던 그는 기운이 다해 말에서 미

3장 우리 마음은 늘 우리 저 너머로 쏠려 간다

끄러질 참이 되자 집사장을 불러 자기 시신을 나무 밑에 눕히되 얼굴은 적을 향하게 하라고 지시했다. 집사장은 그의 말대로 해 주었다.

이 점에 관해 지금까지 이야기한 것들 못지않게 주목할 만한 예를 하나 덧붙여야겠다. 지금 치세 중인 펠리페 2세의 증조부, 황제 막시밀리안 1세는 무엇에나 출중하고 뛰어난 자질을 두루 갖춘 사람이었는데 무엇보다 외모가 수려했다. 그러나 그가 가진 기질 중 다른 왕들과는 반대되는 것이 하나 있었으니, 왕들은 극히 중요한 일을 빨리 처리하기 위해 이동식 변기를 임시 왕좌로 쓰기까지 했는데, 그는 가까운 시종 누구에게도 탈의실에 앉아 있는 모습을 절대 드러내지 않았다. 소변을 보려면 남의 눈에 띄지 않는 곳으로 갔으며, 의사에게건 그 누구에게건 사람들이 가리고 다니는 신체 부위를 감추기 위해 마치 처녀처럼 조심스러워했다. B 나역시 입은 몹시 대담하지만 기질상 이런 수치심을 가지고 있다. 피치 못할 경우나 쾌락을 위한 일이 아니라면 나는 관습이 보이게 하지 말라고 명하는 신체 부위나 행동을 누구에게도 내보이지 않는다. 남자에게, 특히 나 같은 직분을 가진 남자에게는 어울리지 않을 만큼 나는 그런 일들이 힘들다. 그러나 막시밀리안 황제의 태도는 A 미신에 가까울 정도여서, 그는 유언으로 분명히 밝히기를, 자기가 죽으면 시신에 속바지를 입히라고 했다. 아예 유언 변경서를 작성해, 속옷 입히는 자의 눈을 가리라고까지 했어야 할 노릇이다. C 키루스[17]는 자녀들에게 자신의 영혼이 육신을 떠난 뒤에는 그들도 다른 누구도 자기 몸을 보거나 만지지 않게 하라고

17
키루스 2세(B.C. 585?~529). 고레스 대왕이라고도 부르는 페르시아 제국의 창건자.

명령했는데, 이는 그가 지닌 어떤 경건한 태도 때문이라고 생각한다. 키루스에 대해 기록한 역사가[18]나 왕 자신은 두 사람 모두 다른 위대한 점도 많았지만 평생 종교에 대한 특별한 관심과 경외심을 보여 주었기 때문이다.

B 어느 귀족이 나와 인척간인 이에 대해 전해 준 이야기는 마음에 거슬렸다. 평화 시에나 전시에나 두루 알려진 인물로, 고령에 결석으로 몹시 고생하며 자기 궁에서 죽어 가던 그는 자신의 영예로운 장례식을 준비시키는 데 전심전력하면서 최후의 시간을 보냈다는 것이다. 그리고 자기를 찾아오는 귀족 누구에게나 장례 행렬에 참석하겠다는 약속을 받아 내려 했다. 임종을 눈앞에 둔 그를 보러 온 왕에게까지 간절히 애원해 왕의 가족 전체가 발인식에 참석해 줄 것을 부탁했다. 자기 정도의 사람에게는 그렇게 해야 마땅하다는 여러 가지 이유와 사례를 들어 기어이 왕의 약속을 끌어내고는 자기 기분에 맞게 장례 순서와 계획을 마련하게 된 것에 만족해하며 숨을 거둔 모양이다. 나는 이토록 집요한 허영을 본 적이 없다.

이와는 반대로 마음을 쓰는 경우도 주위에서 이따금 보는데, 내 생각에는 앞의 경우와 사촌간으로 보인다. 즉 이 마지막 순간마저 자기 장례를 어떻게 치를지 생각에 생각을 거듭한 끝에, 난데없으리만큼 엉뚱한 구두쇠가 되어 하인 한 사람에 등불 하나로 장례를 치르게 하는 경우 말이다. 이런 성미를 두고 칭찬하는 이야기도 있다. 마르쿠스 아이밀리우스 레피두스가 했던 지시를 두고 하는 말이지만, 그는 상속자들에게 자기가 세상을 뜨면 지금껏

18
크세노폰.

3장 우리 마음은 늘 우리 저 너머로 쏠려 간다

해 오던 관례에 따른 장례를 치르지 말라고 했다. 우리가 어찌 쓰일지 알 수도 없고 느낄 수도 없게 될 지출과 호사(豪奢)를 피하는 것이 절도이고 검소함일까? 이거야말로 손쉽고 돈 안 드는 개혁 아닌가.

   ^C 만약 장례식에 대해 어떤 규정을 마련해야 한다면, 다른 인생살이에서 그러하듯 이 경우에도 각자가 자신의 사회적 처지에 맞는 척도를 가져야 하리라 생각한다. 철학자 리콘은 현명하게도 친구들에게 부탁하기를, 자기 육신은 그들 생각에 제일 적당한 장소에 안장하고 장례식은 너무 성대하지도 너무 인색하지도 않게 치러 달라고 했다. ^B 나라면 이런 예식은 그저 관습이 처리하도록 하겠다. 그리고 내 일을 맡게 된 ^C 첫 사람들의 분별에 맡겨 두겠다. "그것은 자기 자신을 위해서는 조금도 애쓸 필요가 없는 일이고, 자기 가족을 위해서는 소홀히 해서는 안 될 일이다."(키케로) 그리고 한 성인은 이런 성스러운 말을 남겼다. "장례 절차, 장지 선택, 운구 의식 같은 것은 죽은 자를 위해서라기보다 살아 있는 자들을 위로하기 위해 행하는 것이다."(성 아우구스티누스) 그래서 소크라테스는 자신의 최후가 다가오자 장례를 어떻게 치러 드리면 좋겠느냐는 크리토의 질문에, "자네들 좋을 대로 하게."라고 말했던 것이다.

   ^B 이런 일에 내가 더 마음을 써야 한다면, 살았을 때 착수해서 자기 묘의 반듯하고 자랑스런 모습을 음미하고, 대리석에 새겨진 자기 죽음의 모습을 보며 기꺼워하는 자들을 따라 하는 것이 더 멋질 것 같다. 무감각의 상태로 제 감각을 즐겁고 흡족하게 만들고, 죽음으로써 삶을 살아갈 수 있는 자들이라니, 복도 많으신지고!

   ^C 나는 인민의 지배가 가장 자연스럽고 공정한 정치라고 생각하지만, 아테네인들이 저지른 저 비인간적인 불의를 생각하면 모

든 민주정에 대해 자칫 화해할 수 없는 증오심을 품을 지경이다. 스파르타를 상대로 벌인 아르기누사이 해전에서 용맹한 장수들은 일찍이 그리스 군대가 바다에서 치른 어떤 전투보다 더 위태롭고 격렬한 싸움을 승리로 이끌고 돌아왔다. 그런데 그리스인들은 그들에게 한마디도 자기 변호를 할 기회를 주지 않고 사면 가능성도 배제한 사형을 선고했다. 그 이유란 것이, 일단 승리를 거둔 뒤에 전투를 멈추고 아군의 시신을 거두어 장례를 치르지 않고 전쟁의 법칙이 제공하는 기회를 이용해 적군을 계속 무찔렀다는 것이다. 그리고 디오메돈의 처신으로 인해 이 처형은 더욱 가증스러운 일이 된다. 사형 판결을 받은 이들 중 하나인 디오메돈은 군인으로서도 정치인으로서도 빼어난 덕성을 가진 사람이었다. 그는 자기들에 대한 사형 언도를 듣고 나서야 입을 떼기 위해 앞으로 나섰는데 그때에야 비로소 사람들이 잠시 잠잠해지고 그의 말을 들으려 했다. 그런데 그는 그 기회를 이용해 자신의 정당성을 주장하고 이 잔인한 판결의 명백한 불의를 드러낸 것이 아니라, 판관들의 안전이 위협받는 일이 없도록 마음을 썼다. 그는 판결에 대해 신들이 판관들을 축복해 달라고 빌고 나서, 자신과 동료들이 빛나는 승리를 거두게 해 준 신들에 대한 감사의 표시로 신들에게 맹세한 것이 있는데, 그 맹세를 지키지 못해 행여 그리스인들에게 신들의 분노가 내리는 일이 없도록 맹세의 내용을 그들에게 알려 주었다.[19] 그러고 나서 다른 말은 전혀 하지 않고 어떤 타협도

19

B. C. 1세기의 고대 그리스 역사가. 디오도루스 시클루수가 쓴 『세계사』에 디오메돈의 연설이 나온다. "아테네 시민들이여, 당신들이 우리를 두고 내린 판결이 나라에 유식하고 명예롭게 되기를 신들께 빌겠다. 그러나 승리를 위해 우리가 신들께 바친 서원을 우리는 행할 수 없는 형편이 되었으니, 당신들이 그 비용을

3장 우리 마음은 늘 우리 저 너머로 쏠려 간다

시도하지 않은 채 당당하게 처형대로 갔다. 몇 해 뒤 운명은 '이에는 이'의 법칙으로 그리스인들을 벌했다. 아테네 해군 제독 카브리아스가 스파르타의 장군 폴리스를 상대로 벌인 낙소스섬 싸움에서 전황이 유리해져 매우 중요한 의미를 지닌 승리가 눈앞에 있는데도, 앞선 사람들의 불행을 자신도 겪고 싶지는 않았기에 승리의 열매를 놓아 버렸던 것이다. 그래서 바다에 떠 있는 아군들의 시신 몇 구를 수습하느라 대군이었던 적군이 안전하게 도망가도록 놔두었던 것인데, 이 고약한 미신 탓에 나중에 그 대가를 톡톡히 치러야만 했다.

죽은 뒤 네가 어디 있을지 알고 싶은가?
장차 태어날 영혼들이 사는 그곳이다.
세네카

여기, 다른 시인은 영혼도 없는 육신에 평안의 감각을 다시 부여하고 있다.

그가 저를 받아 줄 무덤을,
삶의 무게를 벗어 버린 그의 육신이 불행을 피해 쉴 안식
처를 갖지 못하게 하라.
엔니우스, 키케로의 인용

하긴 자연이 우리에게 보여 주는 것처럼 많은 것들은 죽어서

지불하여 행해 주는 게 마땅하다. 구원자 주피터와 아폴로, 공격해야 할 여신들께 만약 우리에게 승리를 안겨 주시면 공물을 바치겠다 약속하고 맹세했으니 말이다."

〔 62 〕

도 여전히 삶과 불가사의한 관계를 유지해 간다. 포도주는 수확 당시 포도나무가 어떤 계절적인 변화를 겪었느냐에 따라 지하 창고에서 다르게 익어 간다. 사람들 말에 따르면, 멧돼지 고기는 소금 저장통에서도 살코기가 변하는 법칙에 따라 그 맛과 상태가 달라진다고 한다.

3장 우리 마음은 늘 우리 저 너머로 쏠려 간다

4장
정념의 진짜 대상을 놓쳤을 때,
영혼은 어떻게 그 정념을
엉뚱한 것에 풀어놓는가

[A] 지독한 통풍을 앓는 우리 고장의 귀인 한 분은 의사들한테 소금간을 한 육류를 일절 금하라는 압박을 받으면 버릇 삼아 이렇게 재미있게 받아치곤 했다. 그처럼 심하고 고통스러운 병에 대해 탓할 만한 뭔가가 있으면 좋겠고, 때로는 순대, 때로는 소 혓바닥이나 햄에 대고 소리를 지르고 저주를 퍼부으면 고통이 좀 덜어지는 것 같다고 말이다. 그러나 분별 있게 말하자면, 후려치려고 들어 올린 팔이 목표물을 맞히지 못하고 바람만 날리면 우리 자신에게 고통을 주고, 어떤 전망이 근사해 보이려면 시선이 어정쩡한 허방에서 길을 잃고 흩어져서는 안 되고, 적당한 거리에서 그것을 받쳐 주는 목표 지점을 가져야 하듯이,

[B] 바람이 빽빽한 숲의 저항에 부딪히지 않으면,

제 힘을 잃고 허공으로 흩어지는 것처럼,

루카누스

[A] 동요되어 움직이기 시작한 마음은 붙잡을 것을 주지 않으면 제 안에서 길을 잃고 마는 것 같다. 그래서 항상 기대어 작용할 만한 무언가를 마음에 제공해야 하는 것이다. 플루타르코스는 원숭이

나 강아지에게 애착을 갖는 사람들에 대해 말하기를, 우리 안에 있는 사랑하려는 마음이 합당한 대상을 얻지 못해 허망하게 있느니 차라리 시시한 가짜 대상이라도 만들어 내는 것이라 했다. 우리는 격정에 빠진 영혼이 무엇에 대해 행동하지 않기보다는 차라리 때로는 자기 자신의 신념조차 거슬러 가며, 그릇되고 터무니없는 이유를 만들어 가면서 저 자신을 속이는 것을 보게 된다.

   ^B 그래서 짐승들은 저에게 상처 입힌 돌이나 칼을 공격하고, 제가 느끼는 고통에 복수하려고 자기 몸을 덥석 물어 분풀이를 한다.

> 그래서 리비아족 사냥꾼이 가죽 끈에 묶인 창을 던지자,
> 창에 맞은 파노니아의 곰이 더욱 난폭해진다.
> 곰은 자기 상처를 문대며 뒹굴더니, 미친 듯 격노하여,
> 살에 박힌 촉을 물고, 저와 함께 돌아가는 쇠붙이를 쫓는다.
> 루카누스

   ^A 우리에게 닥친 불행에 대해 무슨 까닭이든 꾸며 내 붙여 보려 하지 않는 일이 있는가? 옳건 그르건 덤벼들 대상이 필요해서 아무것에나 분풀이를 하지 않는 일이 있는가? 그 불행한 탄환을 발사해 네가 그토록 사랑하던 동생을 죽게 한 것은 네가 쥐어뜯는 금발 머리채도, 분한 마음에 벌게지도록 그리도 가혹하게 두드려 대는 새하얀 가슴도 아니다. 다른 데 화를 내라.

   ^C 리비우스는 스페인의 로마 군단이 명장 형제[20]를 잃고서

20
푸블리우스 스키피오, 크나에우스 스키피오 형제.

4장 정념의 진짜 대상을 놓쳤을 때, 영혼은 어떻게 그 정념을 엉뚱한 것에 풀어놓는가

"모두 눈물을 흘리며 자기 머리를 때렸다."라고 말한다. 그것은 관습이다. 철학자 비온은 슬퍼서 머리털을 쥐어뜯는 왕을 보고 "저 양반은 털을 뽑으면 슬픔이 경감될 줄로 생각하는가."라고 익살을 떨지 않았던가? ᴬ 돈을 잃은 것에 대해 앙갚음하지 않고는 배길 수 없어 카드를 씹어 삼키거나 주사위 통을 입에 쑤셔 넣는 것을 보지 못한 사람이 있는가? 크세르크세스 황제는 ᶜ 보스포루스해(海)를 후려치고 사슬로 묶어 오만 가지 욕설을 퍼부으라고 명했으며,[21] 아토스산에 보내는 결투장을 썼다. 또 키루스는 전군에 명해 여러 날 동안 긴두스강에 복수하게 했다. 그 강을 건널 때 느낀 공포를 되갚아 주려고 말이다. 칼리굴라[22]는 어머니가 그 집에서 즐거워했다는[23] 이유로 매우 아름다운 집을 허물어 버렸다.

ᶜ 내가 어릴 때 평민들이 하던 이야기가 있다. 이웃 나라의 한 왕이 하느님에게 몽둥이찜질을 당하자 복수를 맹세하고는 십 년 동안 기도도 하지 말고, 그분에 대해 말하지도 말며, 자기가 권좌에 있는 한 그분을 믿지도 말라고 명령했다는 것이다. 그들이 그 이야기를 통해 그려 보이고자 한 것은 어리석음보다는 이야기 속

21
"보스포루스해(海)를 후려치고 사슬로 묶어 오만 가지 욕설을 퍼부으라고 명했으며"까지는 보르도본의 친필 첨가 부분으로, 1595년판에는 나오지 않는다.
22
로마의 3대 황제(12~41). 즉위 초에는 민심 수습책으로 환영받았지만 점차 독재자로 방탕한 생활을 하고 원로원과 대립하다 암살당했다.
23
빌레는 여기 쓰인 le plaisir가 '불쾌 déplaisir'의 착오라고 추정한다. 세네카는 "칼리굴라는 어머니가 얼마 동안 유폐되었던 헤르쿨라눔의 아름다운 집을 헐어 버렸다."라고 쓰고 있기 때문이다. 그러나 네로의 어머니(칼리굴라의 누이)가 그 집에서 애인과 만났기 때문이라는 설도 있어 착오 지점을 확정할 수 없다.

〔 66 〕

나라의 타고난 오만이었다. 그 둘은 언제나 한 쌍을 이루는 악덕
이지만 사실 그런 행동은 어리석음보다는 불경(不敬) 쪽에 좀 더
가깝다.

　　ᴬ 바다에서 폭풍을 만나 혼쭐이 났던 아우구스투스 카이사르
는 넵투누스 신에게 앙심을 품었다. 그래서 복수한답시고 서커스
대행렬 때 제신들의 열에서 넵투누스의 초상을 치워 버리게 했다.
이 일에서 그는 앞의 사람들보다 한층 한심하고, 후에 그가 게르
마니아에서 보인 행동에서보다 한심하다.(독일에서 퀸틸리우스 바
루스에게 맡긴 부대가 패하자, 카이사르는 분노와 절망에 사로잡혀
"바루스, 내 병사들을 내놓아라!" 하고 고함치며 성벽에 머리를 박았
다.) 왜냐하면 ᶜ 벼락이나 번개가 칠 때면 하늘을 향해 타이탄²⁴적
인 복수의 활을 쏘아 대며, 화살을 먹여 신을 정신 차리게 하겠다
고 했다는 트라키아인들처럼 ᴬ 신에게 대거리를 하거나, 운명에게
우리의 호령에 복종하는 귀라도 있다는 듯 운명을 향해 욕을 해 대
는 자들의 행위에는 불경함까지 곁들여 있어 그 어떤 광증(狂症)
도 능가하니 말이다. 그런데 플루타르코스에 나오는 옛 시인이 말
하듯,

　　　　돌아가는 일들에 결코 화를 내서는 안 되느니.
　　　　그것들은 우리의 분노에 아랑곳하지 않는다.

　　ᴮ 하지만 우리 정신의 무절제에 대해서는 아무리 욕을 퍼부어
도 충분치 않으리라.

24
신과 겨룬 그리스 신화의 거인족.

4장 정념의 진짜 대상을 놓쳤을 때, 영혼은 어떻게 그 정념을 엉뚱한 것에 풀어놓는가

5장
포위된 곳의 우두머리가 협상을 위해
성 밖으로 나서야 하는지에 관하여

^A 로마인들의 총독 루시우스 마르시우스는 마케도니아 왕 페르세우스와의 전쟁에서, 자기 군사를 정비하는 데 필요한 시간을 벌기 위해 타협책이 될 만한 제안을 했다. 경계를 푼 왕은 며칠간의 휴전을 허락했는데, 이로써 적에게 단단히 무장할 기회와 여유를 준 셈이었다. 이 때문에 왕은 결정적인 몰락을 자초하게 되었다. 그런데 선조들의 관습을 기억하는 원로원 노인들이 마르시우스의 처신은 ^C 전통적인 ^A 자기네 전투 방식에 정면으로 위배되는 것이라고 비난했다. ^C 그들의 말에 따르면, 싸움이란 용덕으로 하는 것이지 술책이나 기습, 혹은 야간 전투는 안 되며 도주하는 척하거나 뜻밖의 역습을 벌이는 것도 금물이었다. 전쟁은 반드시 선전 포고 후에 개시해야 하며, 전투 장소와 일시를 분명히 밝히는 경우도 자주 있던 것이 자기네 방식이라는 것이다. 이런 생각을 하고 있었기에 그들은 자기 왕 피루스를 배반하고 넘어온 의사를 피루스에게 돌려보내고, 팔리스키인들에게 그들의 못된 교사를 되돌려 보낸 것이다.²⁵ 이야말로 참으로 로마인다운 방식으로

25
피루스를 독살해 주겠다고 로마인들에게 은밀히 제안했던 의사와, 팔리스키 귀족 가문 아이들을 로마인들에게 넘겨주려 했던 교사의 이야기이다.

〔 68 〕

서, 힘으로 승리하는 것은 술책을 써서 승리하는 것보다 자랑스럽지 못하다고 여겼던 그리스인들의 교지(巧智)나 카르타고인들의 교활함과는 다른 것이다. 속여 넘기는 것은 잠시 통할 수 있다. 그러나 계략이나 운수 탓이 아니라, ᴬ 정정당당한 전투에서 군인 대 군인으로 맞서 싸우다 용기가 부족해서 졌다는 것을 아는 자만이 ᶜ 자신의 패배를 인정한다. ᴬ 덕이 있다 할 만한 저 사람들의 말을 보면 그들은 아직 이런 멋들어진 말을 받아들이지 않았음을 알 수 있다.

> 용기이건 계략이건, 싸우는 사이에 아무려면 어떤가?
>
> 베르길리우스

ᶜ 폴리비오스[26]에 의하면, 아카이아인들은 어떤 식으로든 전쟁에서 속임수를 쓰는 것을 혐오했다. 적의 사기가 꺾인 경우 말고는 승리로 여기지 않았기 때문이다. 또 다른 이는 이렇게 말했다. "덕스럽고 지혜로운 자라면 진정한 승리는 정직성도 명예로움도 저버리지 않고 거두는 승리뿐임을 알아야 한다."(플로루스)

> 만사의 주인인 운명이 누구에게 제국을 맡기려는지, 그대인지, 나인지, 용기로써 가려 보자.
>
> 엔니우스, 키케로의 인용

우리가 입만 열면 야만인들이라고 불러 대는 나라 중 하나인

26
B.C. 200?~118? 그리스의 역사가.

5장 포위된 곳의 우두머리가 협상을 위해 성 밖으로 나서야 하는지에 관하여

테르나테 왕국[27]의 습속은 전쟁을 하기 전 반드시 상대국에 선전 포고를 하며 자기들이 어떤 방법을 사용해 전쟁을 할 것인지, 어떤 사람 몇 명이 어떤 장비를 갖추고 어떤 공격 무기와 방어 무기를 쓸지에 대해서까지 상세하게 밝힌다. 그러면서도 적들이 항복해 협정에 응하지 않을 경우에는 최악의 행위도 정당시하며, 배반이나 교활한 술수를 비롯해 승리를 얻는 데 필요한 어떤 수단의 사용도 비난받을 이유가 없다고 생각하기도 한다.

옛날 피렌체인들은 기습 공격으로 적을 이기려 드는 태도를 맹렬히 배척했기 때문에, 자기 군대를 전투에 내보내기 한 달 전부터 매일같이 마르티넬라라는 종을 울리며 전쟁을 예고했다.

^A 그들보다 덜 양심적인 우리는 전쟁을 어떻게든 유리하게 치르는 자에게 승리자의 영광을 돌리며, 스파르타의 장수 뤼잔드로스 이래 사자 가죽으로 충분치 않을 경우에는 여우 가죽을 조금쯤 덧대야 한다고[28] 이야기하는데, 우리가 기습 공격을 가장 흔한 일로 여기게 된 것은 이런 관습 때문이다. 우리는 또 우두머리가 적을 가장 경계해야 할 때는 협상하고 협약을 맺을 때라고들 한다. 바로 그런 이유에서, 우리 시대 전쟁에 참여하는 모든 사람은 예외 없이 포위된 곳의 지도자가 협상을 위해 몸소 밖으로 나가서는 안 된다고 말한다. 우리 부모들 시대에 나소 백작에게서 무종을 지키려 했던 몽모르와 라시니가 비난받는 것도 그 때문이다. 그러나 이런 조건에서도 안전과 유리한 점을 확보해 둔 채 성 밖으로

27
인도네시아의 섬 중 하나.
28
마키아벨리의 『군주론』은 사자의 용맹과 여우의 교활함을 군주에게 요구하고 있다.

[70]

나서는 경우라면 변명의 여지가 있을 것이다. 레조시에서 레스쿠트의 영주가 협상하자며 다가왔을 때 귀도 란고네 백작이 취한 태도가 그런 것이었는데(뒤벨레의 말을 믿자면 그렇다. 귀차르디니는 백작 말고 자기가 그렇게 했다고 말하고 있다.), 란고네는 자기 요새 근처에 바짝 붙어 있었던 것이다. 협상 도중 갑작스런 혼전이 잠깐 벌어지니 레스쿠트의 영주와 그를 수행하던 부대는 힘쓸 도리가 없어졌다. 그 와중에 알레산드로 트리불치오가 살해되고 영주 자신도 안전을 위해 백작의 말을 믿고 그 뒤를 따라 성안으로 들어가 공격을 피해야 했다.

B 노라시에 있던 에우메네스는 그를 포위한 안티고누스에게 협상하러 나오라는 압력을 받았다. 안티고누스는 몇 차례 중재자를 보내더니, 에우메네스가 자기 앞에 나서는 게 마땅한 것이, 자기가 더 위대하고 강한 자이기 때문이라고 했다. 에우메네스는 내 두 손에 칼을 쥐고 있는 한 어느 누구도 나보다 더 위대하다고 생각하지 않노라고 당당하게 대꾸한 뒤, 자신의 요구대로 안티고누스가 조카 프톨로메우스를 인질로 넘겨주지 않는 한 그의 말에 응할 수 없다고 거절했다.

A 하지만 공격하는 자의 말을 믿고 밖으로 나온 게 다행이었던 사람들도 있다. 상파뉴의 기사 앙리 드 보가 그런 경우인데, 그는 포위 공격을 지휘하고 있던 바르텔르미 드 본과 영국인들에 의해 코메르시 성에 갇혀 있었다. 이들은 밖에서 성 대부분을 이미 무너뜨린 뒤라 포위된 자들을 폐허 속에 절멸시키려면 이제 불만 지르면 되는 상황이었다. 바르텔르미 드 본은 앙리에게 당신 스스로를 위하는 일이니 나와서 협상을 하자고 촉구했다. 네 번째로 밖에 나온 앙리는 두 눈으로 직접 몰락 직전의 자신을 보게 되었

〔 71 〕

고, 적에게 특별한 고마움을 느꼈다. 이들 적의 배려로 그와 그의 부대가 항복한 뒤에야 성 갱도에 불을 지르게 되었고, 나무 버팀목들이 쓰러지면서 성 전체가 완전히 무너져 내렸다.

B 나는 다른 사람의 약속을 쉽게 믿는다. 그러나 내가 기꺼이 그 사람의 진실함을 믿어서가 아니라 절망적인 상황에 용기가 없어서였다고 혹 남들이 생각할 여지가 있을 때는 마음이 쉬 내키지 않을 것이다.

에세 1

6장
협상할 때가 위험하다

^A 어쨌든 최근에 나는 인근 뮈시당에서 우리 군대에 의해 강제로 쫓겨난 사람들과 그들과 한편인 이들이, 협상이 계속되고 있고 조정이 진행되는 중인데 자기들을 덮쳐 박살 낸 것은 배반이라고 아우성치는 것을 보았다. 다른 세기였다면 아마도 그 말이 옳아 보였으리라. 하지만 방금 말한 것처럼 우리 식은 그런 법칙과는 완전히 동떨어진 것이고, 그러니 실행 각서에 마지막 도장을 찍기 전에는 서로에게 신의를 기대해서는 안 된다. 그러고도 조심해야 할 일이 많은 판에.

^C 또한 승리로 방자해진 군대가 항복한 도시에 듣기 좋은 달콤한 말로 방금 한 약속을 지킬 거라 믿고 병사들이 마음대로 들어올 수 있도록 서둘러 문을 열어 주는 것은 언제나 위험한 생각이었다. 로마 집정관 루시우스 아에밀리우스 레길루스는 무력으로 포카이아를 취하려 애썼으나 그 도시 주민들이 비길 데 없이 용감하게 잘 방어해 시간만 낭비했다. 하여 그는 그들을 로마인의 친구로 받아들이고 동맹 도시 자격으로 입성하기로 협약을 맺어 적대 행위에 대한 그들의 공포를 불식시켰다. 하지만 더 위풍당당해 보이려고 군대를 거느리고 입성하고 나자 무슨 수로도 자기 병사들을 통제할 수 없었다. 그는 눈앞에서 도시의 대부분이 유린당

[73]

하는 꼴을 지켜볼 수밖에 없었으니, 탐욕과 복수의 권리가 그의 권위나 군대의 규율보다 우세했던 것이다.

^A 스파르타의 왕 클레오메네스는 전쟁 중에는 적들에게 어떤 악행을 저질러도 정의의 문제를 넘어서는 것이니 신들이나 인간에 대한 공경과 배려에 저촉되지 않는다고 말하곤 했다. 그러고는 아르고스인들과 칠 일간의 휴전 협정을 맺은 뒤 사흘째 되는 밤 모두가 잠들어 있을 때 그들을 덮쳐 무너뜨렸다. 휴전 협정에 밤에 관한 말은 없다고 주장하면서. 그러나 신들이 이 교활한 배신을 복수해 주었다.

^C 카실리눔시는 협상을 벌이며 안전을 보장받으려고 시간을 끄는 중에 급습을 당해 점령되었다. 그런데 이런 일은 여러 세기에 걸쳐 가장 정의로운 지휘관들과 가장 완벽한 로마 민병대가 자행했던 일이다. 왜냐하면 우리가 때와 장소에 따라 적의 비겁을 이용하는 것과 마찬가지로 적의 어리석음을 이용하지 말라는 법은 없기 때문이다. 또 분명 전쟁에는 이성 자체를 훼손하는 합리적인 특권이 당연히 많다. 그래서 "누구도 타인의 어리석음을 이용하려 해서는 안 된다."(키케로)라는 규범이 전시에는 통하지 않는다.

그렇지만 크세노폰이, 자기가 완벽한 황제로 그리고 있는 사람[29]의 언설과 다양한 무훈을 통해 전쟁의 특권에 부여한 범위에 대해서는 놀라지 않을 수 없다. 위대한 지휘관일 뿐 아니라 소크라테스의 수제자 중 하나인 철학자로서 이런 일에 대해 대단한 권위를 지닌 저자인데 말이다. 아무리 전쟁이라도 무소불위를 허용하는 그의 면책 범위엔 동의할 수 없다.

29
크세노폰이 『키루스의 교육』에서 이상적인 군주로 제시한 페르시아의 키루스 대왕.

^A 도비니 경이 카푸아시를 포위 공략할 때였다. 그가 무시무시한 포격을 쏟아붓자, 그 도시의 수장인 파브리치오 콜론나 경이 요새 꼭대기로 올라가 협상을 시작했다. 그러자 콜론나 경 수하들의 경비가 느슨해졌고, 그 틈을 타 우리 병사들이 그 도시를 점령해 박살을 냈다. 그보다 더 최근에 이부아에서 있었던 일로, 그곳 영주 줄리아노 로메로는 원수(元帥) 각하와 협상하기 위해 성 밖으로 나오는 우를 범한 뒤 돌아가 보니 자기 성이 점령된 것을 알게 되었다.

우리가 당한 일도 말하지 않고 끝낼 수는 없다. 우리 엄호하에 옥타비아노 프레고소 공작이 지휘하던 제노아를 페스카라 후작이 공략할 때였다. 양자 사이의 협정이 거의 체결되었다 싶을 만큼 결정적인 시점에 이르렀을 때 스페인인들이 슬그머니 성안으로 밀려들어 완전한 정복자처럼 행세했다. 또 후일 황제[30]가 친히 리니앙바루아를 공략할 때에도 그곳 사령관 브리엔 공작은 부관 베르퇴이유를 협상에 내보냈는데, 한창 교섭 중에 그 도시는 함락되고 말았다.

> 행운으로 얻었건 꾀로 얻었건,
> 승리란 언제나 가상한 것
> 아리오스트

이라고 저들은 말한다. 철학자 크리시푸스는 동의하지 않았을 것

---

³⁰
스페인의 카를로스 1세. 신성로마제국의 황제로서는 카를 5세로 프랑스인들은 샤를캥이라고 불렀다.

이고, 나 역시 그런 의견이 별로 탐탁지 않다. 크리스푸스는 경주
하는 자들은 빨리 달리는 데 온 힘을 기울여야지 적수를 손으로
잡아 저지하거나 딴죽을 걸어 넘어뜨리는 것은 용납할 수 없다고
말했다.

[B] 그리고 한층 더 고결하게, 저 위대한 알렉산드로스는 야음
을 틈타 다레이오스를 공격하라고 설득하려는 폴리페르콘에게 말
했다. "승리를 훔치는 것은 내게 합당치 않다. 승리를 수치스러워하
느니 차라리 운명을 한탄하는 편이 낫다."(퀸투스 쿠르티우스)

> 그(메젠티우스)는 달아나는 오로데스를 등 뒤에서 공격하여,
> 상대가 볼 수 없는 화살로 쓰러뜨리는 것은 자기답지 않은
> 일로 여겨,
> 그에게 달려가 마주 보고 일대일로 맞붙었으니,
> 기습이 아니라 오로지 무력으로만 이기고 싶었기 때문이다.
> 베르길리우스

7장
우리 행동은 의도에 따라
판단해야 한다

^A 죽음은 우리가 지닌 의무를 모두 면제해 준다고들 한다. 나는 이 말을 이상한 방식으로 받아들인 사람들을 알고 있다. 영국 왕 헨리 7세는 막시밀리안 황제의 아들이자, 더 명예로운 쪽으로 이야기하자면 카를 5세의 아버지인 돈 펠리페와 협약을 맺었다. 네덜란드에 피신하고 있던 자신의 적, 백장미파의 서포크 공작을 돈 펠리페가 자기에게 넘겨주면 대신 공작의 목숨은 건드리지 않겠다고 한 것이다. 그러나 죽음을 앞둔 헨리 7세는 아들에게 유언을 통해 자기가 죽는 대로 곧 서포크 공작을 살해하라고 지시했다.

알바 공작이 혼 백작과 에그몬트 백작을 상대로 최근 브뤼셀에서 일으킨 비극에는 눈길을 끄는 대목이 많다. 그중에서도 특히 에그몬트 백작이 자신의 맹세와 확언을 믿고 알바 공작에게 항복하러 온 혼 백작이 마음에 걸려 자기 먼저 처단하라고 집요하게 요구한 것이 그렇다. 죽음으로써 혼 백작에 대한 짐을 벗고자 한 것이다.

헨리 7세는 죽음을 통해 자기가 한 약속의 부담에서 벗어난 것 같지 않은 반면, 에그몬트 백작은 죽음이 아니더라도 그 빚에서 풀려난 것으로 보인다. 우리는 우리가 가진 힘과 수단을 넘어서까지 책임질 수는 없다. 일의 결과나 이행은 완전히 우리 능력

[77]

밖의 것이고, 우리 능력 안에 있는 것은 정녕 우리의 의지뿐이기 때문이다. 따라서 인간이 지켜야 할 의무의 모든 원칙들은 의지에 근거를 두고 세워진다. 그러므로 에그몬트 백작의 경우 비록 약속을 이행할 능력은 자기 손 안에 없었지만 영혼과 의지는 자신의 약속에 충실했으니, 혼 백작은 죽고 그 혼자 살아남았다 하더라도 분명히 그 의무를 이행한 셈이다. 그러나 영국 왕은 고의로 약속을 저버렸으므로 자기가 죽고 난 뒤로 실행을 미루어 놓았다고 해서 그의 배신이 용서될 수는 없다. 헤로도토스가 기록한 석공도 마찬가지인데, 자기 주인이었던 이집트 왕의 보물에 대해 평생 충직하게 비밀을 지키다 임종 때 자식들에게 그 위치를 알려 준 그 역시 용서받기 어렵다.

ᶜ 나는 우리 시대 사람 여럿이 남의 재산을 가로챘다는 사실에 가책을 느낀 나머지 자기가 죽고 난 뒤 유언을 통해 보상해 주겠다고 결심하는 것을 보았다. 그토록 다급한 일을 두고 늑장을 피운 것이나, 그에 대해 별다른 괴로움도 느끼지 않고 스스로는 그리 손해 보는 일도 없이 잘못을 대강 벌충하려 드는 것은 값진 행동이라고 할 수 없다. 그들은 진정 마음에서 우러나오는 무엇으로 빚을 갚아야 마땅하다. 무겁고 힘든 책임을 감당할수록 그들의 만족감은 더 정당하고 온당한 것이 된다. 속죄하려면 짐을 져야 마땅하다.

평생 숨기고 있다가 마지막 유언을 통해 자기 측근에 대한 증오를 드러내는 자들은 더 못된 사람들이다. 모욕당한 사람이 그들을 기억할 때마다 분노하게 해 자신의 〔사후〕 명예를 배려하지 않은 셈이며, 죽음에 대한 경외심에서라도 자기의 적개심을 죽여 버리지 못하고, 그것을 자기들 삶 너머에까지 계속 살아남아 있게

〔 78 〕

함으로써 자기 양심에 대해서는 더욱 배려하지 않은 셈이다. 자기들이 소송 내용을 들을 수 없게 되는 날 이후로 판결을 미뤄 두는 못된 재판관인 셈이 아닌가.

할 수만 있다면 나는 내 삶이 먼저 공공연하게 말하지 않은 것을 내 죽음이 말하게 하지는 않겠다.

7장 우리 행동은 의도에 따라 판단해야 한다

8장
무위(無爲)[31]에 관하여

^A 노는 땅이 기름지고 비옥하면 수천 가지 쓸모없는 잡초들만 무성해지듯, 그래서 그 땅을 쓸 만하게 유지하려면 우리 용도에 따라 어떤 씨앗들에 알맞게 개간해서 파종해야 하듯, 또 우리가 보듯이 여자들이 보기 흉한 살덩이와 살집은 혼자서도 잘 만들어 내지만[32] 본연의 훌륭한 생산 활동을 위해서는 다른 씨앗을 받아 수태해야 하듯이 정신도 마찬가지이다. 굴레를 씌워 강제로 어떤 주제에 몰두하게 하지 않으면 모호한 상상의 벌판에서, 절도 없이, 여기저기로 마구 뛴다.

> ^B 마치 청동 항아리의 흔들리는 물결이
> 해나 달의 빛나는 이미지를 반사할 때,
> 반사광이 사방으로 날아다니다 공중으로 솟구쳐 올라
> 천장 가두리 장식 대리석을 치는 것처럼.

베르길리우스

---

³¹
oisiveté. 르네상스기의 의미로 페트라르카가 유행시킨 개념, '공부에 전념하기 위해 공적 의무를 떠난 상태'를 말한다.
³²
플루타르코스의 「결혼의 강령」에서 원용.

〔 80 〕

^A 그리고 이렇게 동요할 때면 어리석은 생각이건 망상이건 정신이 못 만들어 내는 것이 없으니,

그것은 병자들의 망상 같은
환영들을 만들어 낸다.
호라티우스

확고한 목표가 없는 영혼은 길을 잃고 만다. 사람들이 말하듯 도처에 있다는 것은 아무 데도 없다는 뜻이기 때문이다.

^B 어디에나 있는 자는, 막시무스여, 아무 데도 없는 자이다.[33]
마르시알리스

^A 최근에 나는 되도록 어떤 일에도 관여하지 않고 오직 편안하고 호젓하게 얼마 남지 않은 여생을 보내기로 결심하고 고향으로 은퇴했다. 내 정신에 베풀 수 있는 호의로, 완전한 여가 상태에서 내키는 대로 자신과 대화를 나누다가 마음대로 멈추고, 자기 안에서 평정을 되찾도록 내버려 두는 것보다 더 큰 호의는 없을 것 같았다. 세월이 흘러 정신에 무게도 더해지고 성숙해졌으니, 이젠 그런 경지에 도달하기 더 쉬우리라고 기대했다. 하지만 내 생각과는 반대로,

여가가 정신을 사방으로 흐트려,

<hr>

33
자신이 위에서 번역한 시구를 다시 라틴어로 인용한 것.

8장 무위(無爲)에 관하여

고삐 풀린 말이 된 정신은 남을 위해 쓰이던 때보다 백배나 잡다한
상념거리를 제게 주어 내달리는 것을 보게 된다. 그것이 어찌나 많
은 악몽과 환상적인 괴물들을 낳아 두서도 목적도 없이 이것저것
쌓아 올리던지, 나는 정신의 어리석음과 기이함을 내 마음대로 관
찰하려고 그것들을 기록하기 시작했다. 시간이 지나면 정신 스스
로 그것들을 부끄러워하게 할 수 있으리라는 희망에서 말이다.

에세 1

9장
거짓말쟁이들에 관하여

^{A} 기억력에 대한 이야기에 끼어들기에 나보다 더 적절하지 않은 사람은 없을 것이다. 내게서는 기억력의 흔적도 찾기 어려울 정도이며 그 심각한 처지가 나만큼 끔찍할 정도인 사람을 찾기도 어려우리라고 생각하기 때문이다. 나의 다른 능력은 어느 것이라 할 것 없이 모자라거나 남과 비슷하지만, 기억력만은 내가 유별나고 희귀한 경우여서 그 점에서는 가히 이름을 얻고 명성을 떨칠 만하다고 생각한다.^{34}

^{B} 기억력 부족으로 내가 겪는 불편함이 적지 않은 것 말고도 —^{C} 기억력이라는 것이 사람에게 꼭 필요하다는 사실을 생각하면, 플라톤이 그것을 위대하고 강력한 여신으로 부른 것도 옳은 일이다.^{35} —^{B} 우리 지방에서는 누군가가 분별력이 없다는 말을 하려면 그 사람의 기억력이 형편없다고 말하는 까닭에, 내가 나자신의 기억력 부족을 한탄하면 사람들은 나를 나무라며 못 믿겠다고 한다. 내가 나를 어리석은 사람이라고 한 것처럼 말이다. 사

34
1588년 이전판들에서는 이렇게 덧붙이고 있다. "여기에 관해 몇 가지 놀랄 만한 이야기를 할 수도 있겠지만 당분간은 하던 이야기를 계속해 나가는 것이 낫겠다."

35
플라톤, 『크리티아스』.

〔 83 〕

람들은 기억력과 이해력을 구별하지 못한다. 그것이 나를 훨씬 더 불리하게 만든다.

그러나 그것은 부당하다. 경험에 비춰 보면 오히려 빼어난 기억력이 한심한 판단력으로 이어지는 경우가 많기 때문이다. 세상 무엇보다 친구 노릇을 제일 잘하는 나인데, 내 병을 자책하는 바로 그 말을 내가 은혜를 모르는 사람이라는 뜻으로 사용하는 것 역시 대단히 부당하다. 기억력이 없는 것을 가지고 그들은 내 마음가짐을 비난하며, 타고난 결점을 가지고 양심이 삐뚤어졌다고 비난하는 것이다. "그 사람 이런 부탁, 저런 약속을 잊어버렸어." "그 사람 자기 친구들을 전혀 기억 못 해. 그 사람 나를 위해 이 말 하는 걸, 이 일 하는 걸, 이 말 하지 말아야 할 걸 전혀 생각 못 했어." 하고 그들은 말한다. 나는 확실히 쉽게 잊곤 한다. 그러나 친구가 맡긴 일을 소홀히 하다니, 그런 일은 있을 수 없다. 가련한 내 처지를 받아 주어야지, 그걸 악의로 여겨서는, 더구나 내 기질과는 상극인 그런 악의로 여겨서는 안 된다.

그래도 나로서는 좀 위안되는 것이 있다. 첫째로 ^C 나의 그런 약점 덕에 쉽게 빠져들 수도 있었을 잘못, 즉 야심이라는 더 나쁜 결점을 고칠 수 있는 방법을 알게 되었다. 세상 일로 타협과 교섭을 맡게 된 자에게 기억력 부족은 견딜 수 없는 결점이기 때문이다. 또 자연이 하는 일에서 보이는 몇 가지 비슷한 사례가 이야기해 주듯, 자연은 내게 기억력이 희미해져 가는 정도만큼 다른 능력들은 일부러 더 강화해 놓았다. 기억력 덕분에 남들의 착상과 견해가 또렷이 생각났더라면, 세상 사람들이 그러듯이, 나 자신의 정신과 판단력이 가진 힘을 써 볼 생각도 않은 채 다른 사람의 자취를 따라가기만 하면서 내 정신과 판단력은 편히 쉬고 늘어지게

〔 84 〕

놔두었을 것이다. ^B 기억력이 부족하다 보니 내가 하는 말은 더욱 짧아지는데, 기억의 창고는 생각의 창고보다 늘 물건이 더 많게 마련이기 때문이다. ^C 만약 내 기억력이 좋았다면 내 친구 모두를 온갖 수다로 귀가 먹먹하게 만들어 놓았으리라. 이야깃거리를 다루고 써먹는 재주야 타고났으니, 무궁한 소재가 이 재주를 깨어나게 해 내 이야기에 신바람을 불어넣고 이리저리 사방으로 끌고 다닐 것이기 때문이다.

    ^B 생각보다 기억을 더 잘한다는 것은 안된 일이다. 내 가까운 친구 몇몇을 보면 알 수 있다. 기억력 덕분에 무엇인가를 완전하고 생생하게 떠올릴 수 있으니 그들은 정작 할 이야기는 너무 뒤쪽으로 돌려놓고 쓸모없는 잔가지들로 채워, 좋은 이야기일 경우 그 좋은 점을 질식시키고, 그렇지 않을 경우에는 기억력 좋은 그들의 행운을 우리가 저주하게 만들거나 판단력 나쁜 그들의 불운을 저주하게 만드니 말이다. ^C 일단 말문이 터지면 끝내거나 도중에 자르기가 몹시 어렵다. 말의 힘을 알아보는 제일 좋은 방법은 얼마나 정확하고 분명하게 멈출 줄 아는지를 보는 것이다. 평소 요령 있게 이야기할 줄 아는 사람들 중에서도 이야기를 멈추고는 싶은데 그러지 못하는 경우를 보았다. 어디서 멈춰야 할지를 찾으면서도 한없이 객설을 늘어놓으며 마치 기력이 쇠해 쓰러지는 사람처럼 질질 이야기에 끌려가는 것이다. 옛일의 기억은 남아 있지만 자기가 그 이야기를 몇 번 했는지는 기억 못 하는 노인들은 특히 위험하다. 대단히 흥미로운 이야기가 어떤 영주의 입을 통해 몹시 지겨운 이야기로 바뀌는 것을 본 적도 있다. 듣고 있는 사람 모두가 수십 번은 들은 이야기였던 것이다.

    ^B 두 번째로 내가 위안을 느끼는 것은, 저 옛사람이 이야기했

〔 85 〕

9장 거짓말쟁이들에 관하여

듯, 내가 받은 모욕을 실제보다 덜 기억한다는 점이다. ^C 자신이 아테네인들에게 당한 치욕을 잊지 않기 위해 식탁에 앉을 때마다 시동이 다가와 귀에 대고 "전하, 아테네인들을 기억하소서." 하고 세 차례 이야기하게 한 다리우스 1세처럼[36] 내게도 옛일을 속삭여 주는 사람이 하나 필요할 듯싶다. ^B 내가 다시 찾게 되는 장소나 다시 읽는 책들이 항상 신선한 새로움으로 나를 향해 미소 짓는 것 또한 나의 위안이다.

^A 자기 기억력이 충분히 든든하다고 느끼지 않는 사람은 거짓말쟁이가 될 생각을 말아야 한다는 것은 터무니없는 말이 아니다. 내가 알기로, 언어학자들은 '거짓을 말하다(dire mensonge)'와 '거짓말하다(mentir)'를 구분한다. 그들의 구분에 따르면 '거짓을 말하다'는 진실이 아닌데 진실인 줄 알고 이야기하는 것이고, 이 단어의 어원인 라틴어의 '거짓말하다'는 자기 양심을 거슬러서 그렇게 한다는 뜻을 함축하고 있다. 그러므로 후자는 자기가 아는 것과 반대로 말하는 사람들에 대해서만 쓰는 말인데, 내 이야기는 바로 이런 사람들에 관한 것이다. 이들은 중심 틀과 내용 전체를 지어내던가 진짜 핵심을 감추거나 바꿔 놓는다. 원래 일의 핵심을 감추거나 바꾸는 사람들에게 다시 한번 그 이야기를 해 보라고 하면 그들은 당황하지 않기가 어렵다. 원래 상태의 일이 가장 먼저 기억에 들어와 자리를 잡았고 의식과 지식을 통해 각인되어 있는 터에 지어낸 것을 그것이 밀어내며 그 사람 머리에 떠오르지 않기란 어려운 일이다. 지어낸 허구는 그 자리에서 단단히 버틸 힘이

36
B. C. 550~486, 페르시아 황제. 그리스로 진격한 그는 B. C. 490년 마라톤에서
패배한다.

〔 86 〕

없어 이리저리 밀리게 되고, 처음 알았던 진짜 상황이 매번 머릿속으로 흘러들어와 가짜였건 왜곡된 것이었건 갖다 붙인 조각들의 기억을 흐릿하게 만들어 버리는 것이다. 완전히 꾸며 낸 이야기의 경우 그 허구성을 흔들어 대는 정반대의 기억이 작용하지 않는 까닭에 앞의 경우보다 실수를 저지를 염려는 덜 해도 될 듯싶다. 하지만 이 경우 역시 원래 어디를 쥐어야 할지 알 수 없는, 내용 없이 텅 빈 것인 까닭에 아주 단단히 기억해 둔 것이 아니면 기억에서 늘 빠져나가게 되어 있다.

[B] 이런 일을 나는 여러 번 경험했는데, 자기들이 협상 중인 사업에 얼마나 유리할 것인가 혹은 눈앞에 버티고 선 고관대작들의 비위를 얼마나 맞춰 줄 것인가에 따라 말 바꾸는 일을 직업 삼아 하는 자들이 난처해지는 경우를 재미있게 구경할 수 있었다. 이들은 자신의 진실과 양심을 상황에 종속시키려 하지만, 상황 자체가 이리저리 바뀌게 되어 있어 그들의 말 역시 상황에 따라 달라지지 않을 수 없다. 그래서 같은 사물을 두고도 어떤 때는 잿빛이라 하고 어떤 때는 노랗다고 하게 된다거나, 이 사람에게는 이렇게 말하고 저 사람에게는 저렇게 말하는 일이 생긴다. 사람들이 서로 모순되는 이 말들을 들고 와 비교해 보는 일이 어쩌다 생긴다면 그 멋진 기술이 어떻게 되겠는가? 그들의 말이 아무렇게나 이리저리 뒤얽히는 일이 자주 있는 것은 그만두고라도 말이다. 그도 당연한 것이, 한 가지 주제를 두고 그때마다 만들어 낸 그 많은 외양을 다시 떠올릴 수 있는 기억력이 어디 있을 수 있겠는가? 내 시대의 적잖은 사람들이 이 그럴싸한 수완으로 이름난 이들을 부러워하는 것을 보았다. 평판은 그럴싸할지 모르지만 실제 소득은 아무것도 없는 것이 이 수완임을 그들은 모르고 있다.

〔87〕

9장 거짓말쟁이들에 관하여

진실로 거짓말하는 것은 못된 악덕이다. 우리가 사람인 것도 그렇고 우리 서로가 연결될 수 있는 것도 그렇고, 그 모든 것이 말을 통해 가능해지는 일이다. 거짓말하는 것이 얼마나 끔찍하고 심각한 일인지 안다면 그 죄를 화형에 처한다 해도 다른 범죄의 경우보다 정당하게 여겨야 할 정도이다. 내 보기에 사람들은 흔히 어린 아이들의 죄 없는 실수를 엉뚱하게 처벌하면서 즐거워한다. 그리고 아이에게 무슨 영향이 남는 것도 중대한 결과가 생기는 것도 아닌데 그저 무분별한 행동을 한 것을 두고 아이들을 괴롭힌다. 오직 거짓말하는 것, 그리고 그보다는 덜하지만 드세게 고집 피우는 것 정도가 그 씨앗이 보이자마자 더 자라기 전에 즉각 꺾어 놓아야 할 결점들이다. 이런 것들은 아이들과 함께 자라난다. 한번 이 잘못된 궤도에 올라선 혀는 다시는 그 길에서 끌어내릴 수 없을 정도이니 사뭇 경이로울 지경이다. 그런 까닭에 다른 점에서는 그토록 점잖은 사람들이 거짓말하는 버릇을 버리지 못해 그 버릇의 노예가 되어 있는 경우가 생기는 것이다. 내게 재단사 견습공이 하나 있는데 나는 그가 참말을 하는 것을 들어 본 일이 없다. 진실을 말하는 것이 자신에게 유익한 경우마저 그렇게 못하는 것이다.

만약 진실과 마찬가지로 거짓도 단 하나의 얼굴을 가졌다면 대처하기가 나을 것이다. 거짓말쟁이가 하는 말의 반대를 사실로 여기면 될 테니까. 그러나 진실의 뒷면은 무수한 모습을 하고 있고 그 영역 또한 무한하다. 퓌타고라스 학파는 선을 확실하고 한정된 것으로, 악은 무한하며 불확실하다고 여긴다. 과녁에서 빗나가는 길은 무수히 많지만 과녁에 도달하는 길은 오직 하나이다.

물론 나는 한 번의 뻔뻔스럽고 엄숙한 거짓말로 확실한 극도의 위험을 벗어날 수 있는 경우에도 끝까지 나를 지킬 수 있을지

〔 88 〕

는 모르겠다. 옛날 한 교부[성 아우구스티누스]는 뜻 모를 낯선 언어를 말하는 사람과 있기보다 평소 알고 있는 개와 함께 있는 것이 더 낫다고 말했다. "그러므로 인간에게 낯선 이방인은 인간이 아니다."(플리니우스) 그리고 거짓된 말은 침묵보다 얼마나 더 상종하기 어려운가.

A 프랑수아 1세는 밀라노 공작 프란체스코 스포르차의 대사이자 둘러대기 잘하는 것으로 유명한 프란체스코 타베르나를 이런 방법으로 궁지에 몰아넣었다고 자랑하곤 했다. 대사는 자기 주인인 밀라노 공작을 변명하기 위해 국왕에게 급파되었는데, 사안이 지극히 중대했다. 즉 프랑수아 1세는 얼마 전 이탈리아에서 밀려난 터라 이탈리아의 정세, 특히 밀라노 공국의 상황을 수시로 파악하기 위해 겉으로는 개인 사업차 와 있는 민간인 행세를 하지만 사실은 대사 역할을 수행할 측근 귀족 한 사람을 밀라노 공작 곁에 두기로 했다. 황제 카를로스의 조카딸이자 덴마크 왕의 딸이며 현재 로렌 지방의 상속녀가 된 미망인과 결혼 계약을 협의하는 중이어서 특히 더 황제에게 종속되어 있던 밀라노 공작은, 프랑스와 어떤 실제적인 관계를 갖거나 협의를 한다는 사실이 드러날 경우 상당한 불이익을 각오하지 않으면 안 될 형편이었던 것이다. 이 일에 적절하다고 여겨진 사람이 밀라노 귀족이자 왕실 시종이던 메르베유라는 인물이었다. 그는 대사직과 관련된 비밀 신임장과 교서는 물론, 겉으로 내세우기 위한 목적의 개인 사업에서 공작이 여러 가지 편의를 봐줄 것을 부탁하는 추천장을 가지고 파견되었다. 그가 너무 오래 밀라노 공작 곁에 머물러 있다 보니 카를 황제가 눈치를 채게 되었고, 우리 생각으로는 그 때문에 다음과 같은 일이 발생한 듯하다. 즉 밀라노 공작이 어떤 살인 사건을

9장 거짓말쟁이들에 관하여

평계 삼아 이틀 만에 재판을 뚝딱 해치운 뒤 한밤중에 메르베유의 목을 치게 한 것이다. 프란체스코 타베르나 경은 이 사건에 관해 날조된 이야기를 길게 늘어놓을 채비를 하고 프랑스에 왔는데 (프랑수아 1세는 사건의 해명을 요구하며 기독교 세계 내 모든 군주와 밀라노 공작에게까지 이미 직접 서한을 보낸 터였다.) 아침 집무 시간에 그의 이야기를 듣게 되었다. 프란체스코 경은 몇 가지 그럴싸한 이유를 열거하면서 자신의 공작이 우리 쪽 사람을, 민간인 신분의 귀족이자 개인 사업차 밀라노에 온 밀라노의 신민으로만 알고 있었다는 점을 논변의 토대로 삼으려 했다. 그 사람은 그밖의 다른 어떤 인물로도 행세한 적이 없다면서, 그가 프랑스 왕실에서 일했다는 사실도, 왕이 그를 알고 있다는 사실도 몰랐는데 하물며 그를 대사로 여길 수는 없는 노릇이라고 했다. 국왕은 국왕대로 여러 가지 반박과 질문으로 프란체스코를 압박하면서 갖가지 책임을 추궁하다 마침내 남의 눈을 피하기라도 하려는 듯 야밤을 틈타 처형한 사실을 두고 그를 몰아붙였다. 그러자 당황한 이 불쌍한 친구는 짐짓 당당하게 그런 처형을 대낮에 집행한다는 것이 국왕 폐하를 존경하는 공작으로서는 몹시 송구한 일이었다고 대답하는 것이었다. 자기 이야기를 스스로 이렇게 뒤집어 놓았으니 그의 낯빛이 어땠을지 누구나 짐작할 수 있을 것이다. 그것도 프랑수아 1세같이 눈치가 예리한 분 앞에서 말이다.

교황 율리우스 2세는 영국 왕에게 대사를 보내 프랑스 왕과 맞서 싸우도록 부추기려 했다. 대사가 자신의 임무를 설명하자 영국 왕은 그에 답하면서 프랑스 왕처럼 강한 상대와 싸우기 위해서는 상당한 채비를 해야 하는 어려움을 길게 설명하며 여러 가지 이유를 내세웠다. 그러자 대사는 자기도 나름대로 그 점을 고려해

에세 1

봤으며 교황에게 직접 말씀드린 바 있다는 식으로 적절치 않게 대꾸했다. 자신을 즉각 전쟁으로 끌어넣기 위해 찾아온 사람이 그 소임과는 영 동떨어진 이야기를 하는 것을 보고 영국 왕은 대사가 개인적으로는 프랑스 편이라는 것을 어렴풋이 느끼게 되었고 나중에 사실로 확인했다. 이 사실을 전해 들은 교황은 그의 재산을 몰수했고, 그는 목숨만 겨우 부지할 수 있었다.

10장
재빨리 또는 굼뜨게 말하는 것에 관하여

^A 모두에게, 모든 은사(恩賜)가 주어진 적은 없다.
라 보에시³⁷

그래서 말 재주에서도, 어떤 이들은 즉각적으로 쉽게 말하는 재주를 타고나 너무도 달변이라 어떤 분야에 대해서건 막힘이 없다는 소리를 듣는 반면, 그들보다 굼뜬 이들은 미리 공들여 생각한 연후가 아니면 도무지 말을 꺼내지 못하는 것을 보게 된다.

부인들에게 그들의 가장 아름다운 부분이 지닌 장점을 이용하여 놀고 운동하라고 하듯, 이처럼 판이한 말솜씨의 장점을 두고 같은 식으로 충고하자면 (우리 시대에는 설교자와 변호사들이 그 주된 종사자인 것 같으니) 내 생각에는 굼뜬 이는 설교자가 되는 것이 좋고, 재빠른 이는 변호사가 더 알맞을 것 같다. 설교자의 임무는 설교자가 원하는 만큼의 여유를 가지고 준비할 수 있게 해주고 그의 활동은 하나의 선을 따라 일관성 있게 중단 없이 진행

37
몽테뉴는 이 장의 서두에서 1563년에 죽은 그의 유일한 친구 라 보에시의 시구를 최초로 인용하고 있다. 죽은 친구에 대한 경의의 표현인 동시에, 1570년 몽테뉴가 전념했던 라 보에시 전집 출간 작업과 『에세』 사이의 연관성을 드러낸다.

〔 92 〕

되는 반면, 만사에 관여하는 변호사의 일은 매 시간 변호사를 투기장 안에 밀어 넣고, 상대편의 예상치 못한 응수가 그를 그가 취해 온 노선 밖으로 밀어내니, 그럴 때 그는 즉각 새로운 입장을 취해야만 하기 때문이다.

하기는 마르세유에서 있었던 교황 클레멘스와 국왕 프랑수아의 회담에선 정반대의 일이 일어났다. 그때 일평생 변호사석에서 일했고, 명성이 높은 변호사 푸아예 씨는 교황 앞에서 연설하는 임무를 맡아 오랜 시간 준비했을 뿐 아니라 사람들 말로는 완벽하게 준비된 연설문까지 가져갔다고 한다. 그런데 연설해야 하는 날, 다른 왕공들을 대리해 배석한 대사들을 불쾌하게 할지 모르는 말을 할까 봐 우려한 교황이 자기 보기에 가장 시의적절한 주제를 왕에게 제안했고, 불행히도 그것은 푸아예 씨가 준비한 것과는 전혀 다른 것이었다. 따라서 준비해 온 연설문은 무용지물이 되어 즉시 다른 것을 마련하지 않으면 안 되었다. 하지만 그럴 자신이 없었으므로 대신 뒤벨레 추기경이 그 임무를 떠맡았다.

B 변호사의 일이 설교자의 일보다 더 어렵다. 그러나 내 생각인데, 괜찮은 설교자보다는 괜찮은 변호사가 더 많다. 적어도 프랑스에는.

A 불시에 순발력을 발휘하는 것은 지능의 속성에 가깝고, 느리고 침착하게 작동하는 것은 판단력의 속성에 더 가까운 것 같다. 하지만 준비할 시간이 없으면 아예 벙어리가 되는 사람이나, 준비할 시간이 주어져도 더 낫게 말하지 못하는 사람이나 이상하기는 마찬가지이다. 전하는 말에 의하면 카시우스 세베루스[38]는 생각해

38
1세기 로마의 웅변가, 작가. 너무 열정적이고 충동적인 그의 연설을 두려워한

10장 재빨리 또는 굼뜨게 말하는 것에 관하여

보지 않고 말할 때 말을 더 잘했다고 한다. 그리고 그것은 그의 민첩성보다는 타고난 복에 기인한다는 것이다. 말하는 중에 방해받으면 오히려 그것이 그에게 득이 되곤 했고, 그의 적수들은 분노가 그의 달변을 배가시킬까 봐 그를 공격하는 걸 두려워했다고 한다.

나도 끙끙대며 미리 열심히 생각해 두는 것을 견디지 못하는 그런 유의 천성을 경험으로 알고 있다. 그런 부류는 경쾌하고 자유롭지 않으면 쓸 만한 것을 하나도 만들어 내지 못한다. 우리는 노력이 큰 부분을 차지하는 작품들에 대해, 노고가 그 작품들에 새겨 놓은 뭔가 껄끄럽고 거친 점을 빗대어 기름과 등잔 냄새가 난다고 말한다. 하지만 그것이 아니라도 물살이 크고 거칠 땐, 밀어닥치는 제 힘 탓에 트인 구멍이 있어도 빠져나가지 못하는 수가 있는 것과 마찬가지로, 잘하려고 애쓰는 마음, 너무 맹목적이 되어 온통 자기 계획에만 쏠려 있는 영혼의 노력은 영혼을 쳇바퀴에 밀어 넣어 꺾어 놓고 방해한다.

내가 말하는 그런 천성은 강렬한 정념, 예를 들어 카시우스의 분노 (그런 정념의 운동은 너무 맹렬할 수 있으니까.) 같은 것에 뒤흔들리거나 찔리지 않아야 한다는 특성도 있다. 그런 성향은 충격이 아니라 고무(鼓舞)를 원한다. 그것은 예기치 않게 즉석에서 생긴, 우연한 호기로 인해 달아오르고 깨어나길 원한다. 저 혼자 가면 그것은 질질 끌며 맥이 빠진다. 신바람이 그것의 생명이요, 매력이다.

B 나는 나 자신을 잘 제어하여 다루지 못한다. 그 일엔 나 자신보다 우연이 더 많은 권리를 갖고 있다. 주변 상황, 동반자, 하다

아우구스투스 황제에 의해 크레타섬에 유배되었다.

못해 내 목소리의 떨림까지도 내가 나만을 위해 캐내어 사용하려 할 때 얻어 내는 것보다 더 많은 것을 내 정신에서 이끌어 낸다.

그렇기 때문에 내 정신을 드러내는 데는 내 말이 글보다 낫다. 가치라곤 없는 것들 중에서 선택하는 게 가능하다면 말이다.

^C 또한 내가 나 자신을 찾으려 하는 곳에서는 나를 발견하지 못하는 수도 있다. 내 생각을 조사하고 검토하는 일을 통해서보다는 우연히 나 자신을 알게 되는 경우가 더 많다. 쓰다 보면 내가 뭔가 예리한 말을 하게 될지도 모른다.(물론 다른 이들에게는 우둔한 말이나 내게는 예리한 뭔가라는 뜻이다. 이런 말치레는 그만두자. 각자 자기 역량에 따라 판단할 일이니.) 시간이 지나면 내 글의 요지를 완전히 잊어버려 내가 말하려 했던 것이 무엇인지 알지 못한다. 그리고 때로는 타인이 나보다 먼저 그것을 알아낸다. 만일 그런 일이 일어날 때마다 그 구절들을 면도칼로 긁어낸다면 내 책에는 아무것도 남지 않을 것이다. 다른 어느 날에는 우연이 내가 말하려 했던 바를 대낮보다 환히 내게 밝혀 주리라. 그리하여 더듬고 망설이던 내 꼴에 내가 놀라게 되리라.

10장 재빨리 또는 굼뜨게 말하는 것에 관하여

11장
예언에 관하여

^A 신탁으로 말하자면, 예수 그리스도가 세상에 오기 훨씬 전부터 신용을 잃기 시작한 것이 분명하다. 신탁이 약화되어 가는 이유를 찾기 위해 키케로가 고심하는 것을 볼 수 있으니 말이다. ^C 그는 이렇게 말한다. "지금만이 아니라 훨씬 오래전부터 왜 이 같은 신탁이 델포이 신전에서 더 이상 나오지 않는 것일까? 오늘날에는 사람들이 신탁만큼 경멸하는 것도 없을 지경이다." ^A 그러나 제물로 쓰인 짐승을 해부해 끌어내는 예언이나 ^C (플라톤은 이들 짐승의 내장 기관이 가진 자연적인 구조를 부분적으로 예언과 결부시켰다.) ^A 암탉이 땅을 긁는 모습 혹은 새가 하늘을 나는 모습에서 ^C "우리는 어떤 새들은 징조를 보여 주기 위해 태어났다고 여기며,"(키케로) ^A 번개가 내리치거나 강물이 휘돌아 나가는 모습에서 끌어내는 예언도 있고, ^C "내장을 보는 점술사는 많은 것을 분별해 내며, 천기를 살피는 점복관은 많은 것을 미리 내다보고, 허다한 일이 신탁을 통해 알려지는가 하면, 점으로, 꿈으로, 계시로 수많은 것이 알려진다."(키케로) ^A 옛사람들이 공사 간 일처리에 의지했던 예언들은 우리 종교가 폐지했다. 그래도 여전히 별이나 귀신, 신체의 모양, 꿈 따위로 점치는 방법이 남아 있는데,³⁹ 마치 눈앞의 일을 소화하는 데 일거리가 부족하다는 듯, 미래의 것을 예견하는

[96]

데 시간을 낭비하는 모습은 우리의 천성이 얼마나 호기심으로 들
끓고 있는지를 보여 주는 두드러진 예이다.

  B 올림푸스의 주인이여, 그대는 왜
  다가올 운명의 타격을 섬짓한 징조로 미리 알게 하여
  인간의 불행에 이런 번민까지 더해 주려 했는가?
  그대의 계획이 무엇이든 불시에 급습하라, 우리 운명을 어
  둠의 장막으로 감싸라,
  그리하여 두려움 속에서도 희망이 인간의 권리로 남게 하라.
  루카누스

  C "다가올 일을 알아봐야 아무 쓸모가 없다. 얻는 것도 없이 괴
로워한다는 것은 비참한 일이다."(키케로) A 사실 오늘날 점의 권위
는 훨씬 떨어졌다.

  그 때문에 나는 프랑수아 1세의 산맥 저편(이탈리아) 원정
군 부관인 살루초 후작 프랑수아의 경우가 주목할 만하다고 생
각한다. 그는 프랑스 왕궁에서 비할 바 없는 총애를 받았고, 그
의 형이 몰수당한 후작령도 왕의 은혜로 자신이 돌려받았던 터이
다. 나중에 알려진 바이지만, 그럴 이유도 전혀 없고 자신의 애정
도 국왕을 향해 있음에도 불구하고 그는 황제 카를 5세에 유리하
고 우리 왕국에는 불리하게 만들어진 그럴싸한 예언이 사방에 퍼
지자 잔뜩 겁을 먹었다고 한다. 특히 이탈리아에 이 황당한 예언

이 장은 노스트라다무스의 예언이 유행하던 시대 분위기를 성찰한 것이다. 카트린
  드 메디치의 왕실에서는 여러 점성술사들을 초빙해 예언을 듣곤 했다.

이 널리 퍼졌는데, 로마에서는 우리가 망하리라 지레 짐작하여 은행에서 막대한 금액이 환전되기도 했다. 후작은 프랑스 왕가와 자기의 프랑스 친구들 앞에 불가피하게 다가올 불행에 대해 가까운 사람들에게 여러 차례 한탄하더니 어느 날 돌연 입장을 바꾸어 카를 황제 편에 가담했다. 어떤 별자리가 무엇을 예고했는지는 모르지만, 결과적으로 사태는 그에게 지극히 불리하게 돌아갔다. 그러나 그는 서로 상반되는 정념에 찢긴 사람으로 처신했다. 여러 도시와 군대가 그의 수중에 있고 안토니오 데 레이바 휘하의 적군이 몇 걸음 바로 앞에 버티고 있는데 우리는 그의 배신을 모르고 있었으니, 그가 하려고 했다면 훨씬 더한 일도 가능했기 때문이다. 그런데 그의 배신에도 불구하고 우리는 포사노[40] 말고는 사람 하나 도시 하나도 잃지 않았다. 포사노도 오랜 전투 끝에 내준 것이다.

> 지혜로운 신은 미래의 일을
> 짙은 어둠으로 감춰 두며
> 필요 이상으로 불안해하는 인간을 조롱한다.
>
> 날마다 "오늘 하루 잘 살았다,
> 주피터가 내일 하늘에 검은 구름을 드리우건 빛나는 태양
> 을 뜨게 하건
> 내게 무슨 상관이랴."라고 말할 수 있는 자는
> 제 운명의 주인이고

40
피에몬테 지방의 도시.

〔 98 〕

에세 1

삶을 행복하게 누리는 자이다.

호라티우스

현재에 만족하는 우리 영혼은
내일 무슨 근심이 있을지 괘념치 않으리.

호라티우스

^C 그리고 반어적으로 이야기한 다음 말을 그대로 받아들이는 사람들은 잘못 생각하는 것이다. 즉 "다음 두 가지 진술은 상호의존적이니, 예언이 있다는 것은 신들이 있다는 것이고, 신들이 있다는 것은 예언이 있다는 것이다."(키케로) 파쿠비우스[41]는 훨씬 더 지혜롭게 이렇게 말했다.

새들이 하는 말을 알아듣고,
자기 마음속보다 짐승의 간에서 뭘 알아내는 자는
믿어 주기보다 그저 들어 주기만 하는 것이 나으리라.

소문이 자자한 토스카나 사람들의 점술은 다음과 같이 태어났다. 농부 한 사람이 쟁기로 땅을 깊이 갈다 얼굴은 어린애이나 노인의 지혜를 가진 반신(半神) 타게스가 거기서 나타나는 것을 보았다. 사람들은 너나없이 그곳으로 몰려들었고, 그리하여 이 점술의 원칙과 방법이 담긴 그의 말과 지식을 받아 적어 수백 년을

41
마르쿠스 파쿠비우스(B. C. 220~130). 고대 로마의 극작가.

[99]

고이 간직해 온 것이다. 탄생 경위와 성장 경위가 잘도 어울린다.[42]

   [B] 나는 그런 몽상에 기대느니 차라리 주사위를 던져 내 일을 해결하겠다.

   [C] 그리고 사실 세상 어느 나라에서나 운수라는 것에 권위의 큰 몫을 맡겨 왔다. 플라톤은 자기가 자유롭게 구상한 국가에서 여러 가지 중요한 일의 결정을 운수에 맡긴다. 그중에서도 덕성스러운 사람들끼리의 결혼을 제비뽑기에 따르라고 한다. 이 우연에 맡겨진 결정을 몹시 중대하게 여겨, 여기서 태어나는 아이들은 국가가 양육하게 하며 사특한 사람들 사이에서 태어난 아이들은 내버리라고 한다. 하지만 내버린 아이들 중에서도 성장 과정에서 우연히 좋은 자질을 보이면 불러들이고, 키우는 아이들 중에서도 미성년기에 별다른 가능성이 없어 보이면 추방한다.

   [B] 책력(冊曆)을 연구하고 주석을 달면서 지금 일어나고 있는 일을 두고 책력의 권위를 들이대며 여기 쓰인 대로라고 하는 사람들이 있다. 그 많은 이야기를 하다 보니 개중에는 진실도 있고 허위도 있을 수밖에 없으리라. [C] "종일 활을 쏘고 있다 보면 몇 번쯤 과녁을 맞추는 일이 왜 없겠는가?"(키케로) [B] 그들이 하는 말이 어쩌다 맞는다고 해도 나는 그들을 조금도 더 낫게 평가하지 않는다. 그들이 항상 거짓말하기를 규칙이자 진리로 삼는다면 차라리 그들의 말이 덜 오락가락할 것이다. [C] 더욱이 아무도 그들의 엉터리 예언을 기록하지 않는다. 흔하고도 무한하기 때문이다. 어쩌다 들어맞은 예언을 높이 평가해 주는 것은 그 경우가 드물고 믿기 힘

42

타게스는 현재 토스카나 지방에 살던 에트루리아인들의 신으로 그곳 주민들에게 점술이며 제물로 바친 짐승 내장을 보고 길흉을 판단하는 법 등을 가르쳤다고 한다.

〔 100 〕

들며 희한하기 때문이다.

무신론자로 불렸던 디아고라스가 사모트라케섬에 왔을 때, 누군가 난파선에서 살아난 자들이 그곳 사원에 바친 서원과 도판들을 그에게 보여 주며 말했다. "자 보시오, 신들이 인간사를 돌보지 않는다고 이야기하는 당신은 신들의 은총으로 목숨을 건진 이 많은 사람들에 대해서는 어찌 생각하시오?" 그러자 그는 "그게 이렇소." 하며 대답했다. "물에 빠져 익사한 사람들은 저기 그려져 있지 않은데, 수적으로는 그 사람들이 훨씬 많다오." 키케로에 따르면, 신의 존재를 인정했던 모든 철학자 중 오직 콜로폰의 크세노파네스만이 모든 종류의 점술을 뿌리뽑으려 했다고 한다. 그러니 B 우리 왕들 중에 이런 허망한 것에 매달리다 피해만 입은 이를 가끔 보게 되는 것도 C 그리 놀랄 일은 아니다.

여기 적는 두 가지 기적을 내 눈으로 확인했다면 좋았겠다. 칼라브리아의 수도원장인 요아킴이 장차 교황이 될 사람들 모두의 이름과 풍모를 예언해 두었다는 책과, 황제 레오가 장차 황제들과 그리스 총대주교들을 예언해 두었다는 책이 그것이다. 내가 내 눈으로 확인한 것은, 세상이 어지러워지니 사람들이 자기들에게 닥친 운명에 놀라 아무렇게나 미신에 빠져들듯, 자기들 불행의 이유와 조짐이 이미 오래전 하늘에 나타났으리라 여기며 그것을 찾으려 든다는 것이다. 우리 시대는 이런 행태가 퍼져 나가기에 썩 좋은 토양을 제공하고 있어서, 나는 그들을 보며 이것이 머리 좋고 할 일 없는 사람들에게는 좋은 소일거리일 뿐 아니라 매듭을 엮고 풀듯 하는 이런 미묘한 일에 숙달된 사람은 어떤 글에서건 자기들이 원하는 바를 찾아낼 수 있으리라는 생각이 들었다. 그러나 그들이 이리저리 해 볼 수 있는 좋은 기회를 갖게 되는 것은 무

〔 101 〕

엇보다 예언에 담긴 묘한 말들이 애매하고 흐릿하며 엉뚱해서이다. 후세 사람들이 마음 내키는 대로 의미를 부여할 수 있도록 예언서의 저자들은 명확한 의미를 전혀 제시하지 않는다.

ᴮ 소크라테스의 다이몬[43]은 아마 이성의 판단을 기다릴 새 없이 그에게 떠올랐던 어떤 의지의 충동이었을 것이다. 소크라테스처럼 정화된 영혼, 지혜와 덕성의 끊임없는 훈련으로 준비된 영혼에서라 생각해 본 일 없는 이해할 수 없는 경고들이라도 따를 만한 가치가 있는 중요한 것이었으리라. 누구나 자기 내면에서 그런 꿈틀거림을 느낀다. ᶜ 격렬하고 우연히 즉각 떠오르는 생각 같은 것 말이다. 우리의 신중한 지혜라는 것에 별로 권위를 인정하지 않는 나로서는 그런 생각에 어느 정도 권위를 부여하고 말고는 나 스스로 알아서 할 문제이다. ᴮ 내게 떠올랐던 몇 가지 생각은 ᶜ 이치상으로는 허술한데 나를 설복하거나 만류하는 힘은 강했고 (소크라테스의 다이몬은 만류하는 경우가 더 많았다.) ᴮ 그 생각을 그대로 받아들인 나는 크게 도움을 얻고 다행스러운 결과를 얻었다. 그렇다면 이런 생각에는 무엇인가 신의 숨결 같은 것이 깃들어 있다고 판단해도 좋을 것이다.

<hr />

43
『소크라테스의 변론』에서 소크라테스는 갑자기 자기 행동을 제어하는 내면의 소리를 다이몬이라 부르고 있다. 그는 그것이 격려의 소리인 경우는 없고, 금지의 소리였다고 말한다.

에세 1

12장
의연함에 관하여

ᴬ 과감하고 의연해야 한다고 해서 우리를 위협하는 불행이나 난관으로부터 힘 닿는 한 스스로를 지키려 해서는 안 된다는 것까지 의미하지는 않으며, 따라서 불시에 그런 일들이 덮쳐 올 것을 두려워하지 말라는 뜻도 아니다. 그와는 반대로, 우리를 불행으로부터 지켜 줄 수 있는 정당한 방법은 모두 허용될 뿐 아니라 칭찬받을 만한 것이다. 그리고 의연함의 능력이란 주로 대책 없는 난관을 끈기 있게 감당하는 것에서 발휘된다. 그러니 우리에게 가해오는 타격을 막아 내는 데 유용하다면 몸을 어떻게 움츠리건, 손에 쥔 무기를 어떻게 휘두르건 흠 될 것이 없다.

ᶜ 매우 호전적인 많은 나라들이 전투에서 도주를 주된 장기(長技)로 삼아 적들에게 얼굴보다는 등을 보이는데, 이때가 그 적들에겐 더 위험하다. 터키인들은 그런 행위로 얻은 바가 꽤 있다. 플라톤에서[44] 소크라테스는 용기란 '적들과 맞서 자기 열을 굳게 지키는 것'이라고 정의한 라케스[45]를 놀리며 "그래 적들에게 자리

---

[44]
플라톤의 저서 『라케스』를 말한다.
[45]
아테네의 장군으로 '용기'를 다루는 플라톤의 대화편 『라케스』에 등장한다.

〔 103 〕

를 내어 줌으로써 쳐부순다면 그것이 비굴한 일인가?"라고 말한다. 그러고는 아이네이스의 도주 기술을 찬양했던 호메로스를 인용한다. 그러자 라케스가 생각을 바꿔 스키타이인들은 흔히 그렇게 도망치며, 나아가 결국 기병들에게는 일반적인 행동임을 인정하자, 소크라테스는 다시 그 어느 나라보다 굳게 버티며 싸우도록 훈련시키는 나라인 스파르타의 보병을 예로 든다. 그들은 플라타이아이 전투 때 페르시아의 보병 밀집 부대를 돌파할 수 없자 흩어져 퇴각하는 꾀를 냈다. 도망치는 줄 알고 따라오게 만들어 밀집된 덩어리를 부수고 흩트리기 위함이었다. 그렇게 해서 그들은 승리를 얻었다.

스키타이인들에 관해 사람들이 말하는 바에 따르면, 다레이오스가 그들을 정복하러 갔을 때, 그들 왕에게 늘 자기 앞에서 후퇴만 하고 전투를 피한다고 비난을 퍼부었다. 그러자 인다티르세스(이것이 스키타이 왕의 이름인데)는 다레이오스든 살아 있는 어떤 인간이든 무서워서 그러는 게 아니며, 자기네에게는 경작한 땅도, 도시도, 지켜야 할 집도 없고, 적이 그것들을 이용할 것을 두려워할 필요도 없으니 그게 바로 자기 민족이 전진하는 방식이라고 답했다. 하지만 물어뜯고 싶을 만큼 배가 고프다면 우리 조상들이 묻혀 있는 곳 가까이 접근해 보아라, 그러면 거기서 상대를 만나게 될 것이라고 말했다.

ᴬ 하지만 전쟁에서 흔히 당하는 일로, 포격전 중에 적의 포대가 일단 이쪽을 향해 조준한 뒤엔 포탄을 맞을까 봐 움직이는 것은 적절하지 않다. 포격의 강력함과 빠르기로 볼 때 피하기는 어려우니 더더욱 그러하다. 그럴·때 손을 쳐들거나 고개를 숙여 공연히 동료들에게 웃음거리가 되는 이도 많다.

〔 104 〕

카를 5세가 프로방스로 우리를 치러 왔을 때, 아들을 정탐하러 온 구아스트 후작은 마을에 접근할 수 있도록 몸을 가려 주었던 풍차의 엄호에서 벗어나자 원형 경기장 위를 거닐고 있던 본발의 영주들과 아주누아의 판관들에게 들키고 말았다. 그들은 포병 대장인 빌리에 영주에게 그의 위치를 알렸고, 포병 대장이 어찌나 정통으로 장포를 조준했던지 대포에 불을 당기는 것을 본 후작이 한쪽으로 몸을 던지지 않았다면 필경 포탄이 몸에 명중했을 것이라고 한다. 몇 년 전 왕[46]의 모후[47]의 부친인 우르바노 공작 로렌조 드 메디치가 이탈리아 비카리아트 지방의 몬돌포 광장을 공략했을 때도 그와 같았다. 그가 자기 쪽을 향한 포대에 불을 붙이는 것을 보고 오리가 잠수하듯 고개를 숙이고 몸을 굽힌 것은 아주 잘한 일이었다. 그러지 않았다면 그의 머리 위를 스쳤을 뿐인 그 포탄이 필시 위장에 박혔을 테니 말이다. 사실 나는 그런 행동들이 의식적인 것이었다고는 생각하지 않는다. 그렇게 갑작스런 상황에서 포의 조준이 높은지 낮은지 어떻게 판단할 수 있단 말인가? 운수가 그들의 공포에 유리하게 작용했다고, 다른 경우에는 같은 동작이 포격을 피하기는커녕 오히려 그 안으로 뛰어드는 짓이 될 수도 있다고 생각하는 게 더 쉽다.

B 예상치 못한 곳에서 화승총 터지는 소리가 귀를 후려쳐도 나는 떨지 않을 거라고 자신할 수 없다. 나보다 훨씬 용감한 사람들조차 떠는 것을 보았으니 말이다.

46
앙리 3세.
47
카트린 드 메디치.

〔 105 〕

^C 스토아 학파도 그들 현자의 영혼이 불시에 그를 덮친 광경이나 상황에 처음부터 저항할 수 있다고 말하지는 않는다. 자연의 속박에는 굴복할 수밖에 없듯 현자도 하늘이나 무너지는 건물이 내는 굉음에는 지고 만다고, 예를 들어 핏기가 가시거나 오그라든다고 인정한다. 다만 다른 정념에 대해서나 마찬가지로, 그의 판단력이 건전하고 완전하게 유지되고, 이성의 토대가 눈곱만큼도 영향을 받거나 변질되지 않으며 자신의 공포와 고통에 전혀 동의하지 않을 따름이다. 현자가 아닌 사람은 첫 번째 단계에서는 마찬가지 반응을 보이지만, 두 번째 단계에서는 전혀 다르게 반응한다. 그에게서는 정념의 작용이 표면에만 머무르지 않고, 이성이 자리 잡고 있는 곳까지 파고들어 그것을 오염시키고 부패시키기 때문이다. 그는 그 정념에 따라 판단하고 정념에 순응한다. 너무도 웅변적으로, 완벽하게 표현한 스토아 학파 현자의 상태를 보라.

아무리 눈물이 흘러도, 그의 영혼에는 흔들림이 없다.

베르길리우스

아리스토텔레스 학파의 현자도 마음의 동요를 면치 못한다. 그러나 그는 그것을 다스린다.

에세 1

13장
왕끼리 회동하는 의식에 관하여

^A 아무리 하찮은 주제일지언정 이 허술한 책⁴⁸ 속에 한자리
를 차지하지 못할 이야기는 없다. 우리네 통상적인 관례로 보건
대, 비슷한 지위의 사람에게는 물론이거니와 더 높은 지위의 사람
에게는 더욱 그가 찾아오겠다고 미리 알렸는데도 집을 비우는 일
은 커다란 결례가 될 것이다. 나바르의 왕비 마르그리트는 이 점
에 대해, 사람들이 흔히 하듯 찾아오는 이를 맞으러 귀족이 집 밖
으로 나서는 것은 그 손님이 아무리 지위가 더 높다 하더라도 결
례라고 덧붙였다. 그리고 그저 손님과 길이 어긋날까 하는 염려
때문만으로도, 그를 맞기 위해 집에서 기다리는 것이 더 정중하고
공손한 태도이며 손님이 돌아갈 때 배웅하는 것으로 충분하다고
말했다.

^B 내 집에서 모든⁴⁹ 의례적인 행사를 끊고 사는 나는 맞을 때
건 배웅할 때건 그런 공허한 허식을 대체로 잊고 지낸다. 그 때문

48
원문의 'rapsodie'는 원래 서사시를 낭송하고 다니던 그리스 음유 시인을 뜻하는
'rhapsode'에서 나온 말로 음유 시인의 작품을 뜻한다. 19세기에는 광상곡이라는
음악의 형식이 되기도 했는데 여기서는 조야한 글이라는 의미로 쓰였다.
49
1595년판에서는 '모든' 대신 '가능한 한'으로 적고 있다.

〔 107 〕

에 화를 내는 이도 있다. 그러나 나더러 어쩌란 말인가? 나 자신을 매일 화나게 하느니 차라리 단 한 번 그 사람을 화나게 하는 것이 더 낫다. 그러지 않고는 끊임없는 예속 상태에 빠져들게 된다. 자기의 누옥까지 그런 격식을 끌고 온다면 궁정 생활의 굴레를 빠져나온 게 무슨 소용 있으랴?

  ^{A} 지위가 낮은 사람이 지정된 장소에 먼저 와 있는 것은 모든 종류의 모임에서 통용되는 규칙이다. 높은 지위의 사람을 기다리는 것이 더 적절하기 때문이다. 하지만 교황 클레멘스와 프랑수아 1세가 마르세유에서 회합할 당시, 왕은 필요한 준비를 지시한 뒤 도시에서 멀리 나아가 머물면서, 그곳에 온 교황이 자기를 만나기 전 이삼 일간 여유를 갖고 쉬도록 배려했다. 마찬가지로 교황과 황제가 볼로냐에서 만날 때도 황제는 교황이 먼저 들어가게 하고 자기는 그 뒤에 들어왔다. 왕들이 회동할 때는 더 유력한 자가 다른 이들보다 먼저 정해진 장소에 와 있는 것, 그 모임이 열리는 곳의 주인보다 먼저 와 있는 것이 일반적인 의례라고들 한다. 그 이유는 힘이 덜한 자들이 더 강력한 자를 만나러 온 것이지 그 반대가 아님을 보여 주기 위해서라는 것이 그들의 설명이다.

  ^{C} 각 나라뿐 아니라 각 도시도 나름의 특별한 예법이 있으며 각 직업도 마찬가지이다. 나는 어린 시절 우리 프랑스인의 예법이 무엇인지 모르지 않을 만큼 세심한 교육을 받았고, 사람들과 잘 어울리며 지내 올 수 있었다. 예법 강의라도 할 수 있을 정도이다. 나는 기꺼이 이 예법을 따르려 하지만 그렇다고 비굴할 정도로 거기에 얽매여 내 삶을 답답하게 만들고 싶지는 않다. 예법에는 이러저런 귀찮은 형식이 담겨 있는데, 실수가 아니라 잘 판단해 그것을 빼놓는 경우라면 그 때문에 품위가 떨어지는 것은 아니다.

〔 108 〕

너무 예의를 차리다 결례를 범하고 너무 정중해서 남에게 폐가 되는 사람들을 나는 자주 보았다.

　그럼에도 불구하고 사람 사이의 예법을 안다는 것은 매우 유익한 일이다. 그것은 우아함이나 아름다움과 마찬가지로 사회적인 관계를 맺고 친숙해지는 과정으로 가는 첫걸음을 마련해 준다. 그리하여 다른 사람의 예를 보고 우리가 배우고, 또 우리에게 무슨 가르칠 만하고 전할 만한 점이 있으면 우리의 예를 돋보이게 제시할 수 있는 문을 열어 준다.

13장　왕끼리 회동하는 의식에 관하여

14장
좋고 나쁜 것은 우리 견해에 달려 있다[50]

ᴬ 인간은 (고대 그리스인들의 격언이 말하기를) 사물 자체가 아니라 사물에 대한 견해 때문에 번뇌에 빠진다. 만일 모든 것에 대해 이 명제가 참됨을 입증할 수만 있다면 우리의 가련한 인간 조건을 완화하는 데 큰 도움이 되리라. 왜냐하면 불행이 우리 안에 들어오는 것이 오직 우리의 판단 때문이라면, 그것을 무시하거나 좋은 일로 만드는 것도 우리 능력에 달린 것으로 여겨지니 말이다. 모든 것이 우리에게 달려 있다면 왜 우리가 주인으로서 그것들을 다스리지 않을 것이며, 우리에게 유익하도록 조절하지 않겠는가? 우리가 불행 또는 고통이라고 부르는 것이 그 자체로서 불행이나 고통이 아니고, 단지 우리 생각이 그 사물에 그런 성질을 부여한 것이라면 그것을 바꾸는 것도 우리에게 달려 있다. 그러니 우리에게 선택권이 있고 그 무엇도 우리에게 강요하지 않는데 우리를 가장 괴롭히는 쪽으로 스스로를 비끌어 매어 병, 궁핍, 멸시 같은 것에 시큼하고도 기분 나쁜 풍미를 부여하는 우리는 괴상하게

<hr/>

50

이 장은 몽테뉴가 죽은 뒤 구르네 양이 편집한 1595년판에선 40장으로 옮겨졌는데 사후본에서 유일하게 위치가 달라진 장이다. 몽테뉴 자신이 지시한 것인지 구르네양의 뜻에 의한 것인지는 알 수 없다.

〔 110 〕

정신 나간 존재들이다. 우리가 좋은 맛을 부여할 수 있다면, 운명은 단지 재료만 제공할 뿐 그것에 형태를 주는 것이 우리 자신이라면 말이다. 그런데 우리가 불행이라고 하는 것이 그 자체로 불행한 것이 아니라거나, 또는 적어도 그것이 무엇이건 간에, 그것에 다른 맛, 다른 얼굴을 부여하는 것은 우리에게 달려 있다는 주장이 유지될 수 있는지 따져 보자. 결국 다 같은 말이니 말이다.

만일 우리가 두려워하는 그런 일들의 고유한 본성이 그 자체의 권한으로 우리 안에 들어올 만한 영향력을 지녔다면 누구에게나 비슷한 모습으로 들어올 것이다. 인간은 모두 같은 종에 속하고, 아주 강한 사람이나 아주 약한 사람을 제외한다면 동일한 수단, 동일한 기관을 가지고 느끼고 판단하기 때문이다. 그런데 그런 일들에 대한 우리 의견이 갖가지인 것을 보면 그 의견들이 사물과 우리 사이의 조율을 통해 우리 안에 자리 잡는다는 것을 분명히 알 수 있다. 어떤 이는 우연히 사물을 있는 그대로 받아들이겠지만, 수많은 다른 이들은 그것에 새롭거나 상충하는 본질을 부여한다.

우리는 죽음, 가난, 고통을 우리의 가장 큰 적으로 여긴다. 그런데 누가 모르는가? 어떤 이들이 끔찍한 것 중에서도 제일 끔찍한 것이라 부르는 그 죽음을 다른 이들은 이승의 고통이 끝나는 유일한 항구, 자연이 내려 주는 지복, 우리 자유의 유일한 지주, 모든 불행을 한 방에 날려 버릴 처방이라고 부른다는 것을. 어떤 이들이 두려움에 떨면서 죽음을 기다릴 때, 다른 이들은 사는 것보다 더 쉽게 죽음을 견딘다.

B 그런 자는 죽음이 쉬워서 불만이다.

14장 좋고 나쁜 것은 우리 견해에 달려 있다

죽음이여, 비겁한 자의 목숨 빼앗기를 경멸하라,

오직, 용감한 자들만의 몫이 되어라!

루카누스

^C 하지만 이런 영광스러운 용자들은 제쳐 두자. 헤로도토스는 그를 죽이겠다고 위협하는 리시마쿠스에게 대답했다. "독파리 한 마리의 힘에 필적하려고 애꺼나 쓰겠구나……." 대부분의 철학자는 의도적으로 죽음을 당기고, 서두르고, 도왔다.

^A 일반 백성들이 사형장으로, 그냥 죽는 것도 아니고 수치와 때로는 심한 고통까지 당하며 죽으러 끌려가면서, 어떤 자는 고집 때문에, 어떤 자는 타고난 우직함 때문에 너무도 태연해서 평소와 다른 모습을 전혀 보이지 않는 것을 우리는 얼마나 많이 보는가. 그들은 집안일을 챙기고, 친구들의 가호를 청하며, 노래 부르고, 훈계하고, 사람들과 담소하고, 거기에 농담까지 섞어 넣고, 지인들을 위해 축배까지 든다. 소크라테스처럼 말이다. 교수대로 끌려가던 어떤 자는 오래된 빚 때문에 한 상인한테 멱살을 잡힐 위험이 있다면서 다른 길로 가자고 청했다. 또 한 사람은 사형 집행인에게 자기는 간지럼을 잘 타서 웃음보가 터져 몸을 떨게 될지 모르니 목은 건드리지 말아 달라고 부탁했다.

또 다른 이는 바로 그날 구세주와 함께 식사를 하게 될 거라는 고해 신부에게 이렇게 대답했다. "당신이나 가시오, 나는 단식 중이니." 한 사람은 마실 물을 달라고 했다가 형리가 먼저 마시고 주자 매독에 걸릴까 봐 그가 마신 물은 마시지 않겠다고 했다. 저 피카르디 사람의 이야기는 모두 들어 보았을 것이다. 그가 교수대에 올랐을 때 사람들이 한 젊은 여자를 보여 주고 (우리 재판소도

[112]

종종 허용하는 대로) 그녀와 결혼하면 목숨을 붙여 주겠다고 했다. 그는 잠깐 살펴보더니 그녀가 다리를 저는 것을 알아차렸다. "밧줄을 묶어, 묶으라고, 다리를 절잖아." 또 덴마크에서 참수형을 받게 된 어떤 사람에 대해서도 같은 이야기가 전해진다. 그 역시 같은 조건을 제시받고 거절했다. 그에게 주려는 소녀가 뺨은 처지고 코는 너무 뾰족하다면서. 이단으로 고발된 툴루즈의 한 하인은 자기는 함께 옥에 갇힌 젊은 학자 주인이 믿는 것을 모두 따라 믿었을 뿐이라면서도 자기 주인이 틀릴 수 있음을 받아들이느니 차라리 죽기를 택했다. 우리는 루이 11세가 아라스시를 점령했을 때 그곳 백성들 중 대다수가 "왕 만세!"라고 외치기보다는 차라리 교수형을 당하고 만 것을 책에서 읽게 된다.

C 나르싱가 왕국[51]에서는 오늘날까지도 제관(祭官)이 죽으면 그의 부인까지 산 채로 매장한다. 다른 여자들은 자기 남편의 장례식에서 그저 꿋꿋하게가 아니라 즐겁게, 산 채로 불타 죽는다. 그리고 사망한 왕을 화장할 때면 비와 첩들, 총신, 관리, 하인 할 것 없이 모두 떼를 지어 자기네 상전과 함께 불 속에 뛰어들려고 어찌나 기쁘게 달려 나오는지 마치 왕의 주검과 길동무가 되는 것을 영광으로 여기는 것 같아 보인다.

A 또 어릿광대의 미천한 마음으로도 죽을 때조차 익살을 포기하지 않았던 자들이 있다. 어떤 자는 형리가 밧줄에 매달자 소리 질렀다. "잘들 해 보라고!"[52] 그가 늘 읊조리던 후렴구였다. 또

51
인도 벵갈만에 위치한 왕국.
52
Voque la galle. 직역으로는 "갤리선의 노를 저어라." 관용적으로는 "될 대로 되라지!"라는 의미로 쓰이지만 문맥에 어울리도록 번역한다.

14장 좋고 나쁜 것은 우리 견해에 달려 있다

다른 자는 곧 숨이 넘어가게 되어 난롯가에 볏짚 매트를 깔고 뉘어 놓고 의사가 아픈 데가 어디냐고 묻자 "매트와 불 사이."라고 대답했다. 그러고는 종부 성사를 위해 신부가 병으로 오그라들어 마비된 발을 찾으니 "거기 있을 거예요, 다리 끝에."라고 말했다. 하느님의 가호에 몸을 맡기라고 하는 사람에게 그는 물었다. "누가 거기 가는데?" 상대방이 "하느님만 좋으시다면 바로 당신이 곧 가시게 되리다."라고 그가 대꾸했다. "내일 밤엔 거기 가 있으면 오죽이나 좋을까." 그 말에 상대가 다시 "그러니 그분의 가호에 맡기기만 (se recommander) 하시오. 곧 가게 되리다."라고 하자 그가 대답했다. "그러면 내가 직접 내 추천장(recommandations)을 가지고 가는 게 낫겠구먼."

우리가 밀라노에서 치른 마지막 전투 때, 실지(失地)와 탈환이 거듭되고 전운(戰運)이 너무도 변덕스럽게 바뀌는 것에 지친 백성이 차라리 죽기로 결심했는데, 선친에게 들은 바로는 일주일 새 스물다섯 가문의 수장이 스스로 목숨을 끊었다고 한다. 이는 크산토스인들의 도시에서 일어난 사건과도 비슷하다. 브루투스에게 포위되자 크산토스인들은 남자, 여자, 어린애들이 뒤엉켜, 여느 사람들이 죽지 않으려고 하는 그 어떤 짓도 살지 않기 위해 하지 않은 게 없을 만큼 어찌나 죽으려고 미쳐 날뛰었던지, 브루투스가 겨우 구할 수 있었던 것은 극소수에 불과했다.

C 어떤 견해든 모두 목숨 걸고 지키려 들 만큼 강력하다. 페르시아 전쟁 때 그리스가 맹세하고 지킨 저 아름다운 서약의 첫 번째 조항은 그리스의 법률을 페르시아의 그것과 바꾸느니 그들 하나하나의 목숨을 죽음과 바꾸리라는 것이었다. 터키인들과 그리스인들의 전쟁에서 얼마나 많은 사람이 세례를 받기 위해 할례를

포기하느니 차라리 참혹한 죽음을 받아들였던가? 이런 예는 어떤 종교에서나 찾을 수 있다.

카스티야의 왕들이 자기네 땅에서 유대인들을 쫓아내자, 포르투갈 왕 후안은 한 사람에 8에퀴씩 받고 얼마 후 떠난다는 조건으로 자기 땅을 그들에게 빌려주었다. 그러면서 아프리카로 가는 배를 마련해 주겠다고 약속했다. 약속을 지키지 않으면 노예로 남아야 한다는 그날이 오자 형편없이 초라한 배에 오른 이들은 선원들에게 거칠고도 야비한 대접을 받았다. 다른 여러 부당한 짓은 차치하고라도, 바다 위에서 전진과 후진을 반복하면서 그들의 식량이 바닥날 때까지 시간을 끌다가, 터무니없이 비싼 값에 너무 오랫동안 자기네 것을 사 먹게 해 빈털터리로 만든 뒤 셔츠 바람으로 육지에 내려놓았던 것이다. 뭍에 남아 있던 사람들에게 이 비인간적인 처사가 전해지자 대부분이 차라리 노예로 남기로 결심했다. 어떤 자들은 종교를 바꿀 듯한 태도를 보였다. 후안의 뒤를 이어 왕위에 오른 마누엘은 처음에는 그들을 풀어 주었다가 후에 생각을 바꿔 정해진 시간 안에 자기 나라에서 나가라면서 항구 세 곳을 지정해 주었다. 우리 시대 최고의 라틴 역사가인 오소리우스 주교에 따르면, 마누엘 왕은 자기가 베푼 자유로는 그들을 그리스도교로 개종시키지 못해서, 그들의 동포들이 당했듯 선원들의 도적질을 당하면서, 막대한 부를 누리며 편히 살던 나라를 떠나 낯설고 물 선 곳에 내던져지는 난관이면 그들을 개종시킬 수 있으리라 기대했다는 것이다. 그러나 그의 기대를 저버리고 그들 모두 떠나기로 결정하자 그는 약속했던 항구 중 두 곳을 봉쇄해 버렸다. 불편하고 긴 여정으로 인해 이탈자들이 생기게 하거나, 아니면 그들을 한 군데로 몰아 그가 고려하고 있던 처형을 최대

14장 좋고 나쁜 것은 우리 견해에 달려 있다

한 손쉽게 하기 위해서였다. 그래서 그는 열네 살 이하의 아이들을 모두 부모 손에서 떼어 내어 부모의 시선과 간섭이 미치지 않는 곳, 우리 종교에 따라 교육받을 곳으로 보내라고 명령했다. 결과는 끔찍한 광경을 빚어냈다고 한다. 부모 자식 간의 자연적인 애정과 옛부터 내려온 신앙에 대한 열정까지 이 난폭한 명령에 저항했던 것이다. 아비와 어미 들의 자살은 예사요, 더 심한 경우에는 그 잔인한 명령에서 구하려는 사랑과 연민에서 어린 자식을 우물에 던져 넣고 죽은 것이다. 그러는 동안 그들에게 지정된 기간이 지나가 버렸고, 달리 방법이 없던 그들은 다시 노예 신분이 되었다. 그중 몇몇은 그리스도교인이 되었다. 하지만 습관과 세월이 그 어떤 억압보다 강력한 충고자임에도 불구하고, 백 년이 지난 오늘날까지 그들의 신앙이나 그 후손들의 신앙에 대해 신뢰하는 포르투갈인은 매우 적다.[53] "우리 장군들뿐 아니라 군대 전체가 확실한 죽음을 향해 돌진한 일이 얼마나 많았던가!"(키케로)

B 나는 절친한 친구 하나가, 그럴싸한 명분을 내건 갖가지 죽음의 얼굴들이 그의 가슴속 깊이 박아 놓아 나로서는 도저히 가라앉힐 수 없는 진정한 애정으로, 온 힘을 다해 죽음을 추구하는 것을 보았다. 그러더니 그는 명예라는 후광을 두른 죽음을 보자마자 그 첫고등에 이렇다 할 이유도 없이 사납고도 열렬한 갈망으로 죽음으로 돌진했다.

A 우리 시대에도 어린아이들까지 그저 조금 힘들 것이 무서워서 목숨을 끊는 예를 많이 본다. 이를 두고 한 고대인은 말한다.

53
1595년판에는 다음 귀절이 이어진다. "카스텔노다리시에서는 쉰 명의 알비파 이단자들이 자신의 견해를 부정하느니 산 채로 불에 태워지는 것을 감내했다."

비겁한 자들조차 은신처로 선택한 것을 우리가 두려워한다면 무엇인들 두려워하지 않겠느냐고. 우리 시대보다 나았던 여러 세기에 걸쳐 의연히 죽음을 맞이했던 사람들, 또는 이승의 불행을 피하기 위해서만이 아니라 더러는 단지 사는 것의 권태를 벗어나거나, 저승이 더 좋을 거라는 기대에서 죽음을 기다리거나 일부러 추구하기도 한 남녀고하 온갖 유파의 일람표를 여기서 늘어놓는다 치면 결코 끝을 내지 못할 것이다. 그에 관한 예가 그처럼 무수하니 사실 죽음을 두려워한 사람들을 세는 편이 더 나을 것이다.

후자의 예는 딱 하나뿐으로, 이런 것이다. 철학자 퓌론[54]이 어느 날 배를 타고 가다 큰 풍랑을 만났다. 그는 그의 곁에서 잔뜩 겁을 먹은 사람들에게 거기 있던 돼지들을 가리키며, 돼지들은 폭풍을 전혀 염려하지 않는 점을 들어 그들을 격려했다. 그렇다면 우리가 그토록 찬양해 마지않는 이성, 그것 때문에 우리가 모든 피조물의 주인이며 황제로 자처하는 그 이성의 장점이 우리를 괴롭히기 위해 우리에게 주어졌단 말인가? 사물에 대한 지식이 무슨 소용인가, 그것이 없었더라면 우리가 누릴 평안과 고요를 그것 때문에 잃어버리고 우리가 퓌론의 돼지만도 못한 입장에 처하게 된다면? 우리의 가장 위대한 자산으로 주어진 지성을 우리의 파멸을 위해 쓸 것인가? 제각각 제 연장과 방법을 제 유익을 위해 사용하게 한 대자연의 계획, 사물의 보편적 질서를 거스르면서?

"좋다, 죽음에 대해서는 당신의 논리가 쓸모 있다 치고, 궁핍에 대해서는 뭐라고 할 건가?" 하고 사람들은 내게 말할 것이다. C 아리스티포스와 히에로니무스, 그리고 A 대부분의 현자들이 최

54
B. C. 360~275. 그리스 회의주의 철학자. 피로니슴의 창시자.

14장 좋고 나쁜 것은 우리 견해에 달려 있다

고의 악이라고 한 고통에 대해서는? 말로는 그것을 부정하는 사람들도 실제로 당하면 인정하지 않던가. 포시도니우스가 지독하게 고통스러운 병으로 괴로워하고 있을 때, 그를 보러 온 폼페이우스는 철학에 관한 그의 논설을 듣기에는 아주 성가신 시간을 골랐다며 사과했다. 포시도니우스가 말했다. "고통에 져서 철학을 논하지 못하다니, 천만의 말씀이요." 이 말과 더불어 그는 고통을 경멸하는 말을 쏟아냈다. 그렇지만 고통이 여전히 제 일을 하며 쉴 새 없이 그를 압박했다. 그러자 그가 소리 질렀다. "그래 봤자 소용없다. 고통아, 내가 너를 불행이라고 부르지 않는 한." 저들이 그토록 대단하게 여기는 이 이야기, 그것이 고통을 대수롭지 않게 여기는 데 무슨 보탬이 되는가? 그는 말만 가지고 싸우고 있다. 그런데 극심한 고통이 그를 뒤흔든 게 아니면 어째서 하던 말을 중단했는가? 그것을 불행이라고 부르지 않는 것을 왜 그다지도 장한 일로 생각하는가?

고통의 경우에는 전부가 상상은 아니다. 그 밖의 것은 견해의 문제이지만, 여기서는 확실한 인식이 제 역할을 한다. 우리의 감각 자체가 그것의 판관이다.

감각이 진실하지 않다면, 이성 역시 온통 오류일 뿐.

루크레티우스

피부더러 가죽 채찍으로 맞는 것을 간지럼이라고 믿으라 할 것인가? 입맛에게 알로에를 그라브산 포도주로 믿게 할 것인가? 이 점에서는 퓌론의 돼지도 우리 편이다. 죽음 앞에서는 겁 없이 태평한 돼지이지만, 때리면 소리 지르며 아파한다. 하늘 아래 살

〔 118 〕

아 있는 모든 것에서 나타나는 자연의 법칙, 고통을 가하면 떨기 마련인 그 자연의 법칙을 우리가 깨부수겠다는 말인가? 나무들조차 상처를 내면 신음하는 것 같다.

죽음은 일순간에 일어나는 일인 만큼 추론을 통해서만 느낄 수 있다.

죽음은 이미 지나갔거나, 앞으로 올 것이다.
죽음에 현재란 없다.
라 보에시

죽음은 죽음을 기다리는 것보다는 괴롭지 않다.
호라티우스

수많은 짐승, 수많은 사람이 위협을 견디기보다는 차라리 죽음을 택한다. 그리고 사실 죽음에서 우리가 주로 두렵다고 하는 것은 죽음의 통상적인 전조, 즉 고통이다.

^C 그렇지만 어느 교부의 말씀에 따르면, "죽음에 뒤따라 오는 일만이 죽음을 불행으로 만든다."[55] 그런데 나는 그보다 더 사실에 가깝게, 죽기 전 일이건 죽은 후 일이건 죽음과는 아무 상관이 없다고 말하련다. 우리는 그릇된 이유를 대고 있는 것이다. 나는 경험을 통해 알게 되었다. 죽음에 대한 견디기 힘든 상상이 오히려 우리로 하여금 고통을 견딜 수 없게 만들고, 고통이 우리를 죽음으로 위협하기 때문에 갑절로 심하게 고통을 느낀다는 것을. 그런데

55
아우구스티누스, 『신국』에서 인용.

14장 좋고 나쁜 것은 우리 견해에 달려 있다

이성이 그처럼 갑작스럽고, 그처럼 피할 수 없고, 그처럼 느낄 수 없는 죽음을 무서워하는 우리의 비겁한 마음을 들추어 나무라니, 우리는 비교적 용납될 만한 다른 평계를 대는 것이다.

어떤 불행이건 그 불행 자체 이외의 다른 위험이 없으면 우리는 위험하지 않다고 말한다. 치통 또는 통풍이 제아무리 고통스러워도 사람을 죽게 하지 않으니 누가 중병으로 치는가? 그런데 죽음에서 주로 고통만을 문제 삼기로 하면 어떨까. [A] 궁핍에서처럼 말이다. 궁핍에서 우리가 두려워하는 것은 배고픔, 추위, 더위, 근심에 찬 불면의 밤들이 우리를 고통의 품 안에 던져 넣는다는 사실뿐이다.

그러니 고통만 문제 삼기로 하자. 나도 기꺼이 고통이 우리 삶의 최악의 사고(事故)라는 데 동의한다. 나 자신 고통을 제일 싫어하고 피하며, 이제껏 그것과는 별로 교제하지 않았음을 천만다행으로 여기는 보통 사람이니 말이다. 하지만 고통을 없애지는 못할망정 참을성으로 덜어 보고, 육체가 고통에 시달릴지라도 영혼과 이성만은 강건한 상태로 유지하는 것은 우리에게 달려 있다.

그렇지 않다면 누가 우리에게 덕, 용기, 힘, 관용, 그리고 결단에 대한 신념을 불어넣을 수 있었겠는가? 도전해 볼 만한 고통이 없다면 그런 가치들이 어디서 활약하겠는가? "용덕은 위험을 탐한다."(세네카) 맨땅에서 잠을 자고, 완전 무장한 상태로 대낮의 더위를 견디고, 말고기나 당나귀 고기를 먹고, 자기 살을 째어 뼛속에 박힌 탄알을 빼내는 걸 보며, 다시 꿰매 곱지 말라고 지지고, 상처의 깊이를 알려고 찔러 보는 것을 견디지 않아도 된다면 우리가 보통 사람보다 나을 것이 무엇인가? 현자들이 말하는 것은 불행이나 고통을 피하는 것과는 거리가 멀다. 똑같이 선한 행위 중에서 선택해야 한다면 가장 고통스러운 행위가 가장 바람직하다고 그들은 말한다. ^C "사실 사람이 행복한 것은 경박(輕薄)과 동류인 즐거움, 쾌락, 웃음과 놀이 중에 있을 때가 아니다. 우리는 흔히 단호하고 의연하게 슬픔을 견딜 때 행복을 느낀다."(키케로) ^A 이런 까닭에 위험한 전쟁을 통해 무력으로 얻어 내는 정복이 완전히 안전한 상황에서 외교적인 실리를 얻는 것보다 나을 게 없다고 우리 조상들을 설득하기란 불가능했다.

> 비싼 대가를 치르고 얻은 미덕에 더 큰 기쁨이 있다.
>
> 루카누스

더구나 우리에게 위안이 되는 사실은 고통이 격하면 짧고 길면 가볍기 마련이라는 것이다. ^C "중하면 ^A 짧고, 길면 가볍다." 고통이 지나치다고 느끼면, 오래 느끼지 않을 것이다. 고통이 저를 끝내거나, 아니면 너를 끝내 줄 것이다. 이쪽이건 저쪽이건 결국 마찬가지이다. ^C 네가 그것을 지고 가지 못하면 그것이 너를 떠메고 갈 것이다. "크나큰 고통은 죽음이 끝장내 준다는 것, 자잘한 고통은 숨 돌릴 틈을 많이 주고, 중간 정도의 고통은 우리가 다스릴 수 있다는 것을 기억하라. 이처럼 우리는 고통이 가벼우면 견딜 수 있고, 참을 수 없이 클 때는 피할 수 있다. 극장에서 나가듯 우리를 불쾌하게 하는 삶을 떠나 버림으로써."(키케로)

^A 고통을 겪을 때 우리가 그토록 안달하게 되는 것은 가장 큰 만족을 마음에서 찾는 데 익숙하지 않기 때문이요, ^C 마음에 충분히 관심을 기울이지 않기 때문이다. 오직 마음만이 우리의 조건과 태도를 관장할 수 있는 지상권자인데 말이다. 육체에는 정도의 차

[121]

이가 있을 뿐 한 가지 행보, 한 가지 자세밖에 없다. 마음은 온갖 형태로 다양하게 변하면서 육체의 느낌과 다른 모든 사건을 저 자신에, 자기 상태(어떤 상태이건)에 복속시킨다. 그렇기 때문에 우리는 마음을 공부하고 탐구해 그것이 지닌 전능한 잠재력을 일깨워야 하는 것이다. 어떤 이유, 어떤 명령, 어떤 힘도 마음이 기울고 선택하는 것을 막을 수 없다. 마음은 수천 가지 갈림길을 취할 수 있으니 그 많고 많은 길 중에서 우리의 안위에 적합한 길을 선택해 주자. 그러면 우리는 모든 상처에서 보호될 뿐 아니라, 마음만 동의한다면 그 상처와 불행 자체로부터 영광과 자부심을 얻게 될 것이다.

마음은 무엇이건 무차별적으로 저를 위해 이용한다. 오류나 꿈까지 우리를 안심시키고 만족시키는 충실한 재료로서 마음에 유용하게 봉사한다.

우리 안에서 고통과 쾌감을 날카롭게 만드는 것이 우리 정신의 민감성임은 쉽사리 알 수 있다. 정신에 코뚜레를 끼운 짐승들은 자기 본연의 감정을 몸이 자유롭게 표출하도록 내버려 둔다. 그 결과, 짐승들이 비슷한 동작으로 반응하는 것에서 보듯, 그 감정들은 거의 모든 종별로 동일하다. 만일 우리가 육체의 문제에서 사지(四肢)가 자기 소관에 따라 내리는 판단에 끼어들어 방해하지 않는다면 우리가 더 편하리라는 것, 그리고 자연이 몸에게 쾌락에 대해서나 고통에 대해서 적절하고 적당한 절도를 부여했으리라는 것은 믿을 만한 일이다. 자연은 공평하고 보편적이니 올바르지 않을 수 없다. 그런데 우리는 자연의 법칙에서 벗어나 우리 망상의 종잡을 수 없는 자유에 빠지고 말았으니, 적어도 그 망상이 가장 유쾌한 쪽으로 기울도록 우리 자신을 돕자.

[122]

에세 1

플라톤은 우리가 고통이나 쾌락에 격렬하게 사로잡히는 것을 우려한다. 그것이 마음을 얽매어 육체에 지나치게 집착하게 만든다는 것이다. 나는 차라리 반대로, 그 격렬한 몰두가 마음을 육체에서 떼어 내고 분리시켜서 두렵다고 하겠다.

^A 우리가 달아나면 적이 더 사나워지는 것과 똑같이, 두려워 떠는 것을 보면 고통은 더 오만해진다. 당당히 맞서는 이에게 고통은 훨씬 얌전한 모습을 보일 것이다. 팽팽히 긴장하고 그것에 대항해야 한다. 밀려 뒷걸음치면 우리를 위협하는 파국을 지레 불러들일 것이다. ^C 몸을 꼿꼿이 가누면 더 든든히 짐을 질 수 있듯, 마음 또한 그러하다.

^A 그렇지만 나처럼 뱃심 없는 사람의 구미에 딱 맞는 예들을 들어 보자. 거기서 우리는, 어떤 천 위에 놓아 두느냐에 따라 더 선명해지거나 흐릿해지는 보석처럼, 고통도 우리 마음에서 우리가 내주는 만큼만 자리를 차지한다는 것을 알게 될 것이다. 성 아우구스티누스는 말한다. "고통에 몰두하면 할수록 고통을 더 많이 느낀다." 치열한 전투에서 열 번 칼에 찔리는 것보다 외과의사의 면도날에 한 번 베이는 것이 더 아프다. 산통은 의사나 하느님까지도 대단하다고 인정한 바요 우리가 몹시도 요란스럽게 치르는 것이지만, 누구 하나 대수롭게 여기지 않는 나라들도 있다. 스파르타의 여인들은 별도로 치더라도, 우리 보병대에 있는 스위스 병사의 아내가 아이를 낳았다고 해서 달라지던가? 남편 따라 종종걸음치고 있는데, 어제 배 속에 담고 있던 아이를 오늘은 업고 있는 것이 다를 뿐이다. 우리가 거두어 준 저 가짜 이집트 여인들,⁵⁶ 그 여

56
집시들을 뜻한다.

14장 좋고 나쁜 것은 우리 견해에 달려 있다

자들도 가까운 강에 가서 갓 낳은 아이를 씻기고 자기도 씻는다. ^C 날마다 아이를 배는 일만큼이나 낳는 일도 몰래 해치우는 수많은 처녀들 말고도, 로마의 귀족 사비누스의 정숙한 아내는 남을 배려해, 혼자, 아무 도움도 없이, 소리도 신음도 내지 않고, 쌍둥이를 낳는 해산의 수고를 견뎠다.

^A 스파르타의 보잘것없는 한 꼬마는 여우를 훔쳐(스파르타인들은 우리가 벌을 두려워하는 것보다 도둑질을 망쳐 조롱당하는 것을 더 두려워했으므로) 자기 망토 안에 감췄는데, 도둑질을 밝히느니 차라리 여우가 자기 배를 파먹는 걸 참았다. 또 다른 아이는 제물을 바치는 제사에서 향을 피우던 중 숯이 소매 속으로 떨어졌는데, 제사를 방해하지 않으려고 뼈까지 타도록 가만히 있었다.

이것 말고도 단지 담력을 알아보기 위한 시험으로 그곳의 교육 방식에 따라 나이 일곱에 죽도록 매를 맞으면서도 낯빛 하나 바꾸지 않았던 예가 허다하다. ^C 키케로는 이 아이들이 떼로 싸우는데, 때리고, 차고, 물어뜯으며 결국 기절해 자빠질 때까지 졌다고 인정하지 않는 걸 보았다. "습관은 천성을 결코 이길 수 없다. 천성은 꺾을 수 없는 것이기 때문이다. 그런데 우리는 무기력, 쾌락, 한가함, 게으름, 나른함으로 우리 마음을 타락시켰다. 그릇된 견해와 나쁜 습관으로 나약하게 만들었다."(키케로)

^A 스카이볼라⁵⁷의 이야기는 다들 알고 있다. 적장을 죽이러 적진에 스며들었으나 뜻을 이루지 못하자, 그는 가장 기묘한 꾀로 실패를 만회하고 조국의 짐을 덜어 주고자, 그가 죽이려던 왕 포

57
B. C. 6세기경 로마 장군. 오른손을 불에 넣고 견딘 일로 얻은 별명으로
무키우스(왼손의 사람) 스카이볼라라고 부른다.

르세나에게 자기의 계획을 자백했을 뿐 아니라, 그의 진영에는 그 계획에 동조한 로마인 공범이 아주 많다고 덧붙였다. 그러고는 자기가 어떤 자인지 보여 주기 위해 장작불을 가져다 달라고 한 뒤, 그 불에 자기 팔이 타고 구워지는 것을 보며 견뎠다. 적장조차 끔찍해서 불을 치우라고 할 때까지 말이다.

뭐라고? 자기 몸을 절개하는 동안에도 읽던 책을 계속 읽었던 사람은 어떠냐고? 고문을 가하면 가할수록 조롱하고 비웃던 사람, 그래서 분통이 터진 형리들이 더욱 잔인하게 다루며 점점 심하게 온갖 고문을 고안해 연달아 가해도 당해 낼 수 없어 손들게 만든 사람? 하지만 그는 철인(哲人)이었다. 그래? 카이사르의 한 검투사는 사람들이 자기 상처를 후비고 도려내는 것을 내내 웃으며 견뎠다. ^C "아무리 보잘것없는 검투사일지라도 신음하거나 안색을 바꾼 자가 있었던가? 누구 하나 비굴한 모습을 보였던가? 서서 싸울 때만이 아니라 져서 쓰러질 때라도? 쓰러져 죽음의 칼을 받을 때 누구 하나 고개를 돌리는 걸 본 적이 있는가?"(키케로)

^A 여자들도 여기에 넣자. 파리에서, 단지 새 살의 신선한 톤을 얻기 위해 박피를 하는 여자들에 대해 들어 보지 못한 사람이 있는가? 좀 더 부드럽고 윤택한 목소리를 내기 위해, 또는 치열을 더 가지런하게 만들려고, 싱싱한 생니를 뽑는 여자들도 있다. 이런 식으로 고통을 경시하는 예를 우리는 얼마나 많이 보는가? 여자들이 못 하는 게 뭔가? 무엇을 겁내는가? 조금이라도 예뻐질 가망이 있다면.

^B 새 얼굴을 만들어 갖겠다고,
공들여 흰 머리를 뽑고 살갗을 벗기는 여자들.
티불루스

[125]

14장 좋고 나쁜 것은 우리 견해에 달려 있다

^A 창백한 안색을 갖기 위해 모래를 먹고, 재를 삼키며, 일부러 복통을 일으키려고 애쓰는 여자들을 나는 보았다. 스페인 여자들 같은 몸매를 만들기 위해서라면 어떤 고통인들 마다하랴? 졸라매고, 죄고, 옆구리 생살에 큰 상처까지 내며, 때로는 그러다 죽기까지 한다.

^C 자기 말을 보증하기 위해 자해하는 것은 오늘날 여러 나라에서 흔한 일이다. 우리 왕은 폴란드에서 본 유명한 예들과, 당신 자신이 연관된 예⁵⁸를 이야기하곤 한다. 프랑스에서도 몇몇 사람이 그것을 흉내 냈던 것을 알고 있지만, 나는 그 외에도 맹세의 열렬함과 확고부동한 마음을 입증하기 위해 머리에 꽂고 다니던 송곳으로 일부러 자기 팔을 네다섯 번 찍어 살이 찢어지고 피가 나게 한 소녀⁵⁹를 본 바가 있다. 터키인들은 사모하는 여인을 위해 자기 몸에 커다란 칼자국을 낸다. 그러고는 그 자국이 영원히 남도록 재빨리 불을 가져다가 피가 멈추고 상흔이 남을 때까지 믿을 수 없을 만큼 긴 시간 동안 상처를 지진다. 그것을 본 사람들이 글로 쓰기도 하고 내게 진실이라고 맹세도 했다. 하지만 그들 중에서는 매일이라도 10아프로(터키 화폐)만 주면 자기 팔이나 엉덩이에 깊은 자상을 낼 사람을 찾을 수 있는 바에야.

58
앙리 3세. 앙리 3세는 프랑스 왕이 되기 전 폴란드 왕이었다. 그는 샤를 9세의 뒤를 이어 프랑스 왕이 되었는데, 폴란드를 떠나 올 때 그곳 재상이 충성심을 증명하려고 자기 팔을 칼로 찔러 내보였다.

59
마리 드 구르네가 편집한 사후본에는 "블로와 삼부회의에서 막 돌아와 피카르디에서 한 소녀를 보았다……."라고 함으로써 이 소녀가 피카르디 출신, 즉 구르네양임을, 그리고 이 일이 블로와 삼부회의가 열린 1588년의 일임을 알리고 있다. 몽테뉴의 수기 첨가엔 없으므로 구르네양이 넣은 것으로 추정된다.

〔 126 〕

^A 이런 증인들을 보다 가까이, 우리가 더욱 필요로 하는 곳에서 찾을 수 있어서 다행이다. 그리스도교는 그런 예를 넘치도록 제공하니 말이다. 우리의 거룩한 인도자가 모범을 보인 뒤, 많은 이들이 신앙심에서 십자가를 지기 원했다. 성왕(聖王) 루이는 그의 고해신부가 노령을 이유로 면제해 줄 때까지 말총 속옷을 입고 지냈으며, 금요일마다 전속 사제에게 그가 항상 상자에 넣어 가지고 다니던 다섯 개의 쇠고리로 자기 어깨를 후려치게 했다고, 전적으로 믿을 만한 증인[60]이 알려 준다. 기엔의 마지막 공작이요, 이 공작령을 프랑스 왕가와 영국의 왕가에 나눠 준 알리에노르[61]의 아버지 기욤은 참회를 위해 생의 마지막 십 년 내지 십이 년간 종교복 안에 갑옷을 입은 채 한 번도 벗지 않았다. 앙주의 백작 풀크는 주님의 무덤 앞에서 목에 밧줄을 매고 하인 두 명에게 자기를 후려치게 하려고 예루살렘까지 갔다. 하지만 우리도 여전히 성금요일이면 여기저기서 살이 찢어지고 뼈가 드러나도록 자기 몸을 치는 수많은 남녀를 보지 않는가? 나도 자주 보는데, 별로 마음이 끌리지는 않는다. 그들 가운데는 돈을 받고 남의 신앙을 보증해 주는(그들은 가면을 쓰고 있으니까.) 이들도 있는데, 그만큼 큰 고통을 대수롭지 않게 여김으로써 돈 욕심보다는 신심의 충동이 더 크다는 것을 과시하려고 그렇게 한다고 한다.

^C Q.(퀸티우스) 막시무스는 집정관인 자기 아들을, M.(마리우스) 카토는 법정관에 선출된 아들을, L.(루시우스) 파울루스는 며

60
루이 성왕의 전기를 쓴 장 드 조앵빌.

61
프랑스 왕 루이 7세의 부인이었다가 이혼한 후 나중에 영국왕 헨리 2세가 되는 노르망디 공작과 재혼했다.

14장 좋고 나쁜 것은 우리 견해에 달려 있다

칠 사이로 죽은 두 아들을, 평온한 얼굴로 매장하고 상심한 기색을 전혀 내비치지 않았다.

전에 나는 우리 시대에도 어떤 이가 교묘하게 하느님의 심판을 따돌렸다고 말하곤 했다. 하루 새에 다 큰 자식 셋이 횡사했으니 쓰라린 벌로 여길 법하건만, 그는 그 일을 거의 상처럼 받아들였으니 말이다.[62] 나도 젖먹이들이었지만 아이들 두셋을 잃었다. 애석치 않은 바는 아니지만 울고불고하진 않았다. 사람 속을 그처럼 아프게 하는 일은 별로 없지만 말이다. 통상적인 애사들 중 내게 닥친다 해도 슬플 것 같지 않은 일, 내게 닥쳤으나 대수롭지 않게 느꼈던 일이 많은데, 세상이 그 일들을 어찌나 끔찍한 것으로 그려 보이는지, 얼굴이 붉어지지 않고는 사람들 앞에서 나의 무심을 자랑할 생각도 못 할 것 같다. "여기서 우리는 슬픔이란 자연의 산물이 아니라, 견해의 산물임을 알게 된다."(키케로)

B 견해란 강력하고 대담하고 절도를 모르는 상대이다. 알렉산드로스와 카이사르가 흥분과 난관을 추구했던 것만큼 열렬히 안전과 평안을 갈구한 자가 과연 있을까? 시탈케즈의 아버지 테레즈는 전쟁을 하고 있지 않으면 자기가 자기 마부와 하등 다를 게 없는 것처럼 느껴진다고 말하곤 했다.

C 집정관 카토는 스페인의 여러 도시를 완전히 장악하기 위해 주민들의 무장을 금했다. 그뿐이었는데, 그 도시들의 많은 사람이 스스로 목숨을 끊었다. "무기 없이는 살 수 없다고 생각하는 사나운 나라이다."(티투스 리비우스) B 알다시피 얼마나 많은 이들이 친지

62
1595년판에는 "그 일을 하늘의 특별한 호의와 상으로 여겼다. 내게는 그렇게 괴물 같은 기질은 없지만,"이라는 표현이 덧붙어 있다.

[128]

들에 둘러싸여 자기 집에서 보내는 고요한 삶의 달콤함을 버리고 사람이 살 수도 없는 끔찍한 사막을 찾아가, 비루함, 천함, 세상의 멸시에 몸을 던지며 기꺼이 그런 삶을 추구하기까지 하는가. 최근에 밀라노에서 죽은 보로메오 추기경은 높은 신분, 막대한 부, 이탈리아의 분위기, 그의 젊음 등 모든 것이 그를 방탕으로 끌어들일 만한 환경에 있었는데도 엄격한 생활 방식을 고수했다. 여름에 입던 옷으로 겨울을 날 정도였고, 잠자리라고는 밀짚뿐이었다. 업무 이외의 남는 시간에는 무릎을 꿇고 앉아 내내 쉬지 않고 공부에 매진했다. 약간의 물과 빵을 책 옆에 놓아두었는데, 그것이 식사를 위해 마련해 둔 전부였다.

나는 오쟁이 진 상황을 이용해 돈도 벌고 승진도 한 자들을 알고 있다. 그런 호칭만으로도 많은 사람이 질겁을 하는데 말이다.

시각은 우리의 감각 중 가장 필요한 것은 아닐지 몰라도 적어도 가장 즐거운 감각이다. 하지만 우리 사지 중에 가장 즐겁고도 유익한 것은 우리를 만드는 데 봉사하는 것들이 아닐까 한다. 그런데 단지 너무 사랑스럽다는 이유만으로 꽤 많은 사람이 그것을 죽도록 미워하고, 귀하고 가치 있기 때문에 멀리한다. 자기 눈을 찌른 사람도 눈에 대해 같은 생각을 한 것이다.[63]

ᶜ 가장 평범하고도 건전한 축에 속하는 사람들은 자식을 많이 두는 것을 큰 복으로 여긴다. 나와 몇몇 이들은 아이가 없는 것을 그만큼 큰 복으로 생각한다. 사람들이 탈레스에게 왜 결혼하지 느냐고 물으면 그는 자손을 남기고 싶지 않아서라고 대답한다.

우리의 견해가 사물에 가치를 부여한다는 것은 우리가 사물

63
B. C. 5세기경 그리스 철학자 데모크리투스를 가리키는 듯하다.

14장 좋고 나쁜 것은 우리 견해에 달려 있다

의 가치는 평가할 생각도 않고 우리 자신에게만 신경을 쓰는 많은 경우에 저절로 드러난다. 우리는 사물의 질도 유용성도 고려하지 않고, 그것을 살 때 치르는 돈만 생각한다. 구매 금액이 그 사물의 본질의 일부이기라도 하다는 듯이. 그러고는 사물이 우리에게 가져다주는 것이 아니라 우리가 사물에 부여한 것을 그 사물의 가치라고 부른다. 이런 점에서 우리가 대단히 세심한 지출관리자임을 알게 된다. 지불한 액수가 무거우면, 바로 그 무겁다는 사실 때문에 유용한 것이 된다. 우리 견해는 지출이 헛된 것이 되도록 내버려 두는 법이 없다. 구입 금액이 다이아몬드에, 난관이 덕에, 고통이 신심에, 쓴맛이 약에 가치를 부여하는 것이다.

   B 그토록 많은 이들이 부(富)를 건져 올리려고 사방을 뒤지는 바로 그 바다에, 어떤 이는 가난에 도달하기 위해 자기 금화들을 던져 버린다. 에피쿠로스는 부란 고통을 덜어 주는 것이 아니라 고통의 종류를 바꾸는 것이라고 말했다. 사실 결핍이 아니라 풍요가 오히려 탐욕을 만든다. 이 문제에 관해 내 경험을 말하고자 한다.

   나는 유년기가 지난 뒤 세 가지 조건의 삶을 살아 보았다. 이십여 년 가까이 이어진 첫 번째 삶에서는 우연 말고는 달리 돈을 가질 방법이 없고 규칙적이거나 고정된 수입이 없어 타인의 결정과 도움에 의존해 지냈다. 돈을 쓰는 것이 운수 소관이었던 만큼 즐거웠고, 근심도 덜했다. 그보다 더 잘 살았던 적이 없다. 친구들의 돈주머니가 닫히는 것을 보게 되는 일은 결코 일어나지 않았다. 나는 무슨 일이 있어도 내가 돈을 갚기로 약속한 기한을 넘기지 않는 것을 최우선으로 삼았고, 그처럼 경제적인 충성으로 보답하며 그 어떤 속임수도 쓰지 않는 방식으로 그들을 만족시키기 위해 내가 바치는 노력을 보고, 친구들이 몇 번이라도 변제 기한을 연장해

에세 1

주었기 때문이다. 남에게 돈을 지불할 때면 나는 자연스레 어떤 쾌감을 느낀다. 마치 어깨에서 귀찮은 짐을 내려놓는 것 같고, 노예 상태에서 벗어나는 느낌이다. 또 거기에는 올바른 행위를 하고 타인을 기쁘게 한다는, 우쭐해지는 약간의 만족감도 들어 있다. 흥정하고 계산해서 돈을 치러야 하는 일은 예외이다. 그런 일을 맡길 사람을 찾아내지 못하면 나는 수치스럽고도 무례하게, 되도록 지불을 미루기 때문이다. 말승강이가 두려워서인데, 내 기질이나 말하는 방식이 거기에 전혀 적합하지 않다. 흥정만큼 싫은 게 없다. 그것은 순전히 속임수와 뻔뻔함으로 이루어지는 거래이다. 한 시간 동안의 입씨름과 흥정 끝에, 댓 푼 정도 득을 보려고 두 사람 모두 자기가 말한 것, 자기가 장담한 것을 저버린다. 그래서 나는 늘 불리한 조건으로 돈을 빌리곤 했다. 면전에서 빌려달라고 할 용기가 없는 탓에 편지의 요행에 의지했기 때문인데, 편지는 압박 효과가 그다지 없고 상대방의 거절을 손쉽게 해 준다. 나는 궁한 상황의 해결을 별들에게 맡겨 버리곤 했다. 차후 신중함이나 판단력에 의존해 해결할 때보다 훨씬 즐겁게, 훨씬 자유롭게.

꼼꼼한 관리자들 대부분은 이처럼 불확실한 상태로 살아가는 것을 끔찍한 일로 여긴다. 첫째, 그들은 대다수 사람들이 그렇게 살고 있다는 것을 짐작도 못 한다. 바람과도 같은 왕의 은총이나 운수의 호기를 잡겠다고 얼마나 많은 점잖은 사람들이 안정된 삶을 내동댕이쳤으며, 오늘도 여전히 그렇게 하는가? 카이사르는 카이사르가 되기 위해 자기 재산을 다 쓰고도 금 100만 량의 빚을 졌다. 또 얼마나 많은 상인이 소작지를 파는 것으로 무역을 시작해, 그 돈을 인도로 보내는가.

14장 좋고 나쁜 것은 우리 견해에 달려 있다

광풍이 몰아치는 바다를 수없이 가로질러!

카툴루스

요즘처럼 신심이 메마른 세상에서도 많고 많은 수도회가 매일 저녁거리를 하늘의 아량에 기대하며 속 편히 살고 있다. 둘째, 그들은 자기네가 의지하고 있는 그 확실성이 우연 못지않게 불확실하고 위태로운 것임을 짐작도 못한다. 내게는 2000에퀴의 수입 너머에 있는 가난이 마치 내 곁에 있는 것만큼이나 가까이 보인다. 운명이란 우리의 부에 빈곤으로 통하는 구멍을 백 개나 낼 수 있을 뿐 아니라, ^C 흔히 최상과 최하 사이의 중용을 모르니 말이다.

운수란 유리로 된 것, 번쩍이는 순간 깨진다.

푸브릴리우스 시루스

^B 또한 운명은 우리가 쌓은 모든 방벽과 제방을 엎어 버리니, 갖가지 원인으로 인해 빈곤이, 부를 전혀 갖지 못한 사람의 집만큼이나 흔하게, 부를 지닌 사람의 집에도 기거하는 것을 보게 된다. 그리고 어쩌면 빈곤은 혼자일 때가 부와 함께 있을 때보다는 덜 불편할 것이다. ^C 부유함은 수입보다 정돈된 생활에서 나온다. "저마다 제 손으로 자기 운수를 짓는다."(살루스티우스) ^B 그리고 내가 보기엔 편치 못하고, 쩨쩨하며, 바쁜 부자가 그저 단순히 가난한 사람보다 더 가난한 것 같다. "부의 한복판에서 궁핍한 것이 가난 중에서도 가장 힘든 가난이다."(세네카)

가장 권세 있고 부유한 왕공들이 대개 가난과 결핍으로 말미암아 극도로 궁핍에 빠진다. 오죽하면 제 백성의 재물을 부당하게

〔 132 〕

빼앗는 폭군이 되는 것인지, 그보다 더한 궁굼이 있겠는가?

B 나의 두 번째 삶은 돈을 갖게 된 상태였다. 나는 돈에 매달려 일찌감치 상황이 허락하는 바에 따라 상당한 액수를 따로 비축해 놓았다. 통상적인 지출보다 많이 가지고 있어야 가졌다고 할 수 있고, 아무리 확실한 수입이라도 아직 수중에 들어오지 않은 것을 믿을 수는 없다는 생각에서였다. 나는 생각했다. '갑자기 이런저런 사고가 생기면 어쩐단 말인가?' 그런 헛되고 그릇된 상상 끝에 꾀를 내어 여분의 저축을 마련해 불시에 닥칠 수 있는 모든 불편에 대비하려 했다. 그런 일은 거의 무한정 일어날 수 있다고 논박하는 이에게는, 모든 것에 대비할 수는 없어도 어떤 것들, 나아가 많은 것에 대비할 수 있다고 답하기까지 했다. 그러나 괴로운 염려 없이 지낼 수는 없었다. C 나는 돈을 비축해 둔 것을 비밀에 부쳤다. 자신에 대해 그렇게도 서슴지 않고, 그토록 많이 말하던 내가, 내 돈에 대해서는 거짓말을 할 수밖에 없었다. 부유하면서 가난해지고, 가난한 채로 부를 쌓아 가면서, 자기 재산에 대해서는 정직하게 털어놓지 않아도 좋다고 양심에게 허락해 준 사람들처럼 말이다. 가소롭고 수치스러운 조심성이다.

B 여행이라도 갈라치면, 충분히 준비한 것 같았던 적이 한 번도 없었다. 게다가 돈을 많이 지니면 지닐수록 염려가 늘었다. 어떤 때는 길이 안전한지 두려웠고, 어떤 때는 짐꾼들이 믿을 만한지 걱정되었다. 내가 아는 다른 사람들이 그러듯이 가방이 내 눈앞에 없으면 도무지 안심이 되지 않았다. 돈궤를 집에 두고 오면 성가신 의심과 상념이 숱하게 밀려드는데, 더 나쁜 점은 누구와도 그것에 대해 말할 수 없었다는 것이다. 나는 항상 그쪽에 정신이 팔려 있었다. C 모든 것을 따져 보았을 때, 돈을 버는 것보다 그것

[133]

14장 좋고 나쁜 것은 우리 견해에 달려 있다

을 지키는 것이 더 힘들다. ^B 꼭 지금 말한 것만큼 노심초사하지는 않았다 하더라도, 적어도 그렇게 하지 못하게 나 자신을 막느라 애를 먹었다.

돈을 저축해 얻은 이익은 거의 없거나 전혀 없다. ^C 돈이 많다고 해서 ^B 지출이 덜 부담스러운 것은 아니었다. 철학자 비온이 말하곤 했듯이, 숱 많은 사람이건 대머리건 머리털을 뽑히면 화가 나게 마련이니 말이다. 당신이 어느 정도 큰 재물에 익숙해지고 거기에 마음까지 심어 놓으면, 그 재물은 더 이상 당신에게 봉사하지 않는다. ^C 당신은 그것을 축낼 생각을 감히 하지 못할 것이다. ^B 당신에게는 그것이, 손대면 무너질 건물처럼 보일 것이다. 그것을 떼어 쓰려면 필요가 당신의 목을 죄어야만 한다. 전에 옷가지를 저당잡히고 말을 팔 때는, 따로 꾸려 놓은 그 사랑스러운 돈주머니에 구멍을 낼 때만큼 속상하고 섭섭하지 않았다. 게다가 문제는 이 욕망에 확실한 한계를 정해서 ^C (좋다고 생각하는 일에는 한계를 정하기가 어렵다.) ^B 어느만큼만 절약할 것인지 정하기가 어렵다는 것이었다. 우리는 끊임없이 덩어리를 불리며 이 액수에서 저 액수로 한도를 높여 가다가, 비천하게도 자기 재물을 즐길 권리를 스스로 박탈하고, 모으는 것만 기꺼워 쓰지는 못하고 지키기에 급급해진다.

^C 이것이 부의 사용법이라면, 부유한 도시의 문과 성벽을 지키는 자들이 제일 큰 부자이겠다. 내가 보기에 돈 많은 사람은 모두 인색하다.

플라톤은 육체적 또는 인간적 자산을 이렇게 정렬했다. 건강, 아름다움, 힘, 부. 그리고 그는 말했다. 지혜의 조명을 받기만 하면, 부란 눈먼 것이 아니라 아주 통찰력 있는 것이라고.

〔 134 〕

^B 디오니시우스 2세⁶⁴는 이 점을 멋진 행동으로 보여 주었다. 그는 자기 부하인 시라쿠사인이 땅에 보물을 숨겨 두었다는 말을 들었다. 디오니시우스가 그 보물을 가져오라고 명하자, 부하는 몰래 얼마간을 떼어 내고 나머지를 갖다 주었다. 떼어 놓았던 보물을 가지고 그는 다른 도시로 갔다. 재물을 모을 욕심을 잃고 나자 그는 거기서 전보다 더 여유롭게 살게 되었다. 그 소식을 듣고 디오니시우스는 부하가 재물을 쓰는 방법을 배웠으니 기꺼이 돌려준다면서 나머지 보물을 돌려주게 했다.

나는 몇 해 동안⁶⁵ 그 지경으로 살았다. 어떤 착한 다이몬⁶⁶ 이 고맙게도, 저 시라쿠사인처럼 나를 풀어 주어 절약 습관을 버리게 했는지 모르겠다. 큰돈을 쓰는 여행의 즐거움이 어리석은 망상을 엎어 버렸다. 그렇게 해서 나는 세 번째 방식의 삶, (내 느낌대로 말하자면) 말할 것도 없이 훨씬 즐겁고 잘 조절된 삶으로 돌아왔다. 그것은 지출을 수입과 나란히 달리게 하는 것이다. 어떤 때는 이것이 앞서고, 어떤 때는 저것이 앞선다. 하지만 그 둘이 서로를 저버리는 일은 거의 없다. 나는 그날그날의 햇볕으로 살면서, 현재의 일상적 필요를 채우기에 충분한 것을 지니고 있음에 만족한다. 비상시의 필요에는 세상의 온갖 비축으로도 충분히 대처할 수 없을 테니까. ^C 운수가 제게 대항할 충분한 무기를 우리에게 주리라고 기대하는 것은 어리석은 일이다. 운수와 싸우려면 바로 우

<hr/>

64
B. C. 397?~343? 시칠리아의 시라쿠사의 참주로 디오니시우스 1세의 아들.
65
1588년판에서는 '4, 5년'으로 밝히고 있다.
66
11장 「예언에 관하여」 참조.

14장 좋고 나쁜 것은 우리 견해에 달려 있다

리 무기로 싸워야 한다. 운이 좋아 손에 넣은 무기는 우리를 배반할 것이다. ^B 내가 돈을 모은다면 그것은 오직 가까운 장래에 쓰고 싶어서이다. ^C 아무짝에도 쓸모없는 땅을 사기 위해서가 아니라 즐거움을 사기 위해서 말이다. ^C "구매 열정을 갖지 않는 것도 하나의 부요, 탐욕스레 사지 않는 것도 수입이다."(키케로) 나는 재물이 없어도 별로 겁나지 않으며, 그것을 늘릴 욕심도 없다. "부의 열매는 풍요요, 풍요의 척도는 만족이다."(키케로) ^B 자연히 인색해질 나이에 나를 바로잡는 일이 일어났다는 것, 늙은이들 사이에 그토록 흔한 병, 인간의 모든 어리석음 중에서도 가장 어리석은 그 병에서 내가 해방되었다는 것이 얼마나 고마운지!

^C 페라울라스[67]는 행운과 불운, 두 가지 운수를 다 경험한 뒤, 재물이 늘었다고 먹고 마시고 자고 아내를 안는 욕망까지 커지지는 않는다는 것을 깨달았다. 게다가 한편으론 내게도 그랬듯이 성가신 재산 관리까지 어깨를 짓누르는 것을 느끼자, 자기의 충실한 친구로서 부를 열망하는 한 가난한 젊은이를 만족시켜 주기로 결심했다. 그는 그 젊은이에게 과할 정도로 엄청난 그의 재산과, 그의 선한 주군 키루스의 관대함과 전쟁이 날마다 불려 주는 것까지 모두 선사하고, 자기를 손님이요 친구로 보살피며 정중히 부양할 임무를 맡겼다. 그들은 이후 매우 행복하게 살았고, 두 사람 모두 자기 처지의 변화에 만족했다. 이것이야말로 내가 기꺼이 흉내 내고 싶은 방식이다.

나는 또 나이 든 한 고위 성직자의 행운을 높이 칭송한다. 그는 그의 지갑, 그의 수입, 그의 지출을 때로는 자기가 고른 하인에

<hr />

67
크세노폰의 저서에 나오는 키루스 왕의 신하.

게, 때로는 다른 이에게 깨끗이 맡겨 버리고, 긴 세월을 그런 유의 일들에 대해선 마치 남의 일처럼 까맣게 모르고 지냈다. 타인의 선함에 대한 신뢰는 그 자신의 선함에 대한 가볍지 않은 증거이다. 그렇기 때문에 하느님이 기꺼이 그것을 돕는다. 그래서 그 성직자에 대해 말하자면, 나는 집안의 질서가 그의 집보다 더 한결같이 위엄 있게 유지되는 집을 보지 못했다. 근심하거나 신경 쓰지 않고 자기 가진 것으로 넉넉히 충당할 수 있을 만큼 자신의 필요를 딱 알맞게 조절한 사람, 지출이나 돈 모으기 따위에 방해받지 않고, 자기에게 더 적합하고 더 편안한 다른 일들을 마음이 원하는 바에 따라 추구할 수 있는 사람은 행복하도다.

B 그러므로 여유와 궁핍은 각자의 견해에 달렸다. 부도 영광도 건강도 그 소유자가 그것들에 부여한 만큼만 아름답고 즐거운 것이다. C 각자 어떻게 느끼느냐에 따라 행복하거나 불행한 것이다. 행복할 것이라고 여겨지는 사람이 행복한 것이 아니라, 자기가 행복하다고 생각하는 사람이 행복하다. 바로 그럴 때에만 믿음이 알맹이를 갖게 되고 현실이 된다.

운수는 우리에게 이롭지도 해롭지도 않다. 그것은 단지 우리에게 재료와 씨앗을 제공할 뿐이다. 운수보다 더 강력한 우리 마음이 운수를 제 맘대로 해석하고 제 식으로 써먹는다. 저를 행복하게 만들지 불행하게 만들지를 정하는 유일한 원인이며 주관자로서.

B 외부에서 오는 것들의 맛과 색은 우리 내부에서 구성된다. 옷을 입으면 더워지는 것이 옷의 열 때문이 아니라 우리 자신의 열 때문인 것과 같다. 옷은 우리 자신의 열을 보호해 키워 줄 뿐이다. 옷을 둘러 추운 몸을 보온하는 사람은 냉기를 보호하기 위해

〔 137 〕

14장 좋고 나쁜 것은 우리 견해에 달려 있다

서도 같은 방법을 쓸 것이다. 사실 그렇게 해서 눈이나 얼음을 간수한다.

^A 당연히 게으름쟁이에게 학업이, 술꾼에게 금주가 고통인 것처럼, 방탕한 자에게 검약은 형벌이요, 허약하고 나태한 사람에게 운동은 고문이다. 다른 것도 마찬가지이다. 사물 자체가 그토록 고통스럽고 힘든 것이 아니라, 우리의 허약함과 비겁이 그렇게 만드는 것이다. 위대하고 고매한 것을 가려 내려면 그만큼 위대하고 높은 마음을 지녀야 한다. 그렇지 못하면 우리는 그것에 우리 자신의 악덕을 넘겨씌울 것이다. 곧은 노도 물에 잠기면 휘어 보인다. 무엇을 보느냐만이 아니라 어떻게 보느냐도 문제인 것이다.

그런데 참, 죽음을 대수롭게 여기지 말며 고통을 견디라고 제각각으로 설득하는 수많은 논설 중에 왜 우리는 우리에게 딱 들어맞는 것을 찾지 못할까? 남을 설득하는 데 쓴 그 수많은 공상들 중에서 왜 각자 자기 기질에 제일 잘맞는 것을 자기 자신에게 적용하지 않을까? 불행을 뿌리 뽑을 강력하고 효과적인 약을 소화해 내지 못한다면, 적어도 불행을 완화하는 약이라도 먹어야 한다. ^C "쾌락 가운데에서나 고통 가운데에서나 우리는 경박한 편견, 우리를 나약하게 만드는 어떤 편견에 지배된다. 그것 때문에 마음이 물러져서, 이를테면 물같이 되면, 우리는 벌에 쏘이기만 해도 소리를 지르지 않고는 못 배긴다……. 모든 것이 자기를 제어하는 능력에 달려 있다."(키케로)

결국 고통의 쓰라림이나 인간의 허약함을 아무리 내세워 봐도, 철학에서 벗어날 수는 없다. 그래 봤자 철학은 이런 난공불락의 답변으로 방어할 테니 말이다. 필요에 시달리는 삶이 나쁘다면, 적

어도 필요에 시달리는 삶, 그것을 반드시 살아야 할 필요는 없다.[68]

C 자기 탓이 아니고서는 아무도 오래 고통받지 않는다.

죽음도 삶도 견딜 용기가 없는 사람, 저항할 의지도 도망칠 의지도 없는 사람, 그런 사람을 어쩌겠는가?

세네카의 『루실라우스에게 보내는 편지』에 나오는 문장.

14장 좋고 나쁜 것은 우리 견해에 달려 있다

15장
요새를 사수하려 분별없이 집착하면 처벌당한다

^A 다른 덕성도 그렇지만 용맹에도 한계가 있다. 이 한계를 넘는 순간 우리는 어느덧 악덕의 길 위에 서 있게 된다. 이 한계를 잘 알지 못하면 용맹에서 무모함, 고집불통, 어리석음으로 나아가게 되는 것이다. 경계 지대에 가까울수록 어디가 한계인지 아는 것이 참으로 어려워진다. 군사 원칙으로 보면 더 이상 지탱할 수 없는 요새를 고집스레 방어한 자들을 극형까지 포함해 중형에 처하는 우리의 전시 중 관습은, 이 같은 점을 고려한 끝에 생겨난 것이다. 그렇게 하지 않으면, 처벌은 없을 거라는 생각에서 닭장 하나를 사수하려고 온 군대가 매달려 있는 일도 없으리란 법이 없다. 프랑스 대원수 몽모랑시는 파비아를 포위할 때 티치노강을 건너 산 안토니오 교외 지역을 점령하라는 명령을 받았다. 다리 끝에 있는 탑 안의 병사들이 마지막까지 완강히 저항하는 바람에 진군에 난관을 겪은 그는 탑을 점령하고서 적병들의 목을 모두 밧줄에 매달아 처형했다. 그리고 그 뒤, 왕세자를 따라 알프스 너머로 이탈리아 원정을 갔을 때, 우리 군사들이 빌라노 성을 무력으로 함락하고 포악해진 상태에서 그 안에 있던 모든 사람을 지휘관과 기수만 남기고 도륙했는데, 대원수 몽모랑시가 이 두 사람마저 목을 매달아 처형했던 것도 마찬가지 이유에서였다. 같은 지역, 토리노시의

〔 140 〕

총독이 된 지휘관 마르탱 뒤 벨레도 그곳의 지휘관 생 보니를 같은 방식으로 처형했다. 그의 부하들이 모두, 도시가 함락될 때, 학살되고 난 뒤였다.

하지만 어떤 요새가 튼튼한지 허술한지에 대한 평가는 그것을 공격하는 군사력이 어느 정도인지에 따라 결정되는 것이어서, 장총 두 자루 앞에서는 마땅히 버텨야 하지만, 대포 서른 문이 위협하는데도 마냥 맞서고 있는 것은 미친 짓이다. 더군다나 승전군 군주의 탁월함이나 그 명성, 그에게 바쳐야 할 존경 등도 고려하고 보면, 그 반대쪽 추의 무게가 조금 더 나가게 하는 것은 위험한 일이다. 이런 사정 때문에 어떤 이들은 자신과 자신의 힘을 지극히 높이 여기면서, 세상에서 누군가가 자신에게 반항하는 일은 있을 수 없다고 생각하기도 한다. 그래서 행운이 그들 편에 있는 동안은 저항하는 자가 그 누구든 칼끝에 꿰고 마는 일이 생긴다. 동방의 군주들이 그랬고 지금의 그 후계자들도 마찬가지이지만, 그들이 항복을 요구하거나 도발하는 형식은 오만하고 방자하며 야만적인 강박으로 가득하다.

^C 신대륙 원주민의 땅을 야금야금 먹어 들어가던 포르투갈인들은 그 지역에서, 왕이나 그를 대리한 장수가 직접 나서서 싸우다 승리할 경우, 패전국의 누구도 몸값 지불이나 사면 협상의 대상이 될 수 없다는 것을 보편적이고 침해할 수 없는 철칙으로 삼고 있는 나라들을 보았다.

^B 그러므로 할 수만 있다면, 판관이 된 무장한 승전군 적장의 손아귀에 떨어지는 일만은 어떻게든 피해야 할 것이다.

15장 요새를 사수하려 분별없이 집착하면 처벌당한다

16장
비겁함에 대한 벌에 관하여

^A 전에 나는 대단히 훌륭한 지휘관이기도 한 어떤 공작이, 군인이 비겁했다는 이유로 사형받을 수는 없다고 주장하는 것을 들었다. 식사 중이었는데, 불로뉴를 넘겨주고 항복한 죄로 사형선고를 받은 베르뱅 영주의 재판 이야기를 막 듣고 나서 한 말이었다.

사실 우리의 연약함에서 비롯된 과오와 악의에서 비롯된 과오를 엄격히 구별하는 것은 옳은 일이다. 후자의 경우에는 자연이 우리 내면에 새겨 놓은 이성의 법칙을 의식적으로 거스르는 것이지만, 전자의 경우라면 바로 그 자연을 우리 쪽 증인으로 부를 수 있을 것 같다. 우리에게 그 같은 결핍과 결함을 넣어 준 장본인으로 말이다. 그래서 많은 사람들이 양심에 반해서 저지른 일밖에는 비난할 수 없다고 생각했다. 이단자나 무종교인들을 극형에 처하는 것을 비난하는 사람들의 견해, 변호사나 판사가 무지로 인해 직책상 실수를 범했다면 책임을 물을 수 없다는 의견 등은 부분적으로 이런 법칙에 근거를 두고 있다.

그런데 비겁함으로 말하자면, 수치와 불명예를 안겨 줌으로써 벌하는 것이 가장 흔한 방식임이 분명하다. 그런 규칙을 처음으로 실시한 사람은 입법가 카론다스⁶⁹라고 한다. 이전의 그리스법은 전투에서 달아난 자들을 죽음으로 벌하곤 했는데, 카론다스

[142]

는 그런 자들을 다만 여자 옷을 입혀 광장에 사흘 동안 앉혀 두라고 했다. 그런 수치로 분기충천하게 해서 그들을 다시 쓸 수 있게 되기를 바랐던 것이다. [C] "피를 쏟게 하기보단 차라리 피가 솟구쳐 얼굴을 붉히게 하라."(테르툴리아누스)

[A] 로마 법도 고대에는 도망친 자들을 사형에 처했던 것 같다. 율리아누스 황제가 파르티아인들을 공격할 때 등을 보이고 달아난 열 명의 군사에 대해 지위를 박탈하고 사형에 처할 것을 명했다고 암미아누스 마르셀리누스가 전하면서, "고래(古來)의 법에 따라"라고 쓰고 있는 것을 보면 말이다. 하지만 이 황제는 다른 곳에서는, 같은 잘못을 저지른 자들에게 군 행낭 깃발 아래 포로들과 함께 있으라는 벌만 내렸을 뿐이다. [C] 칸의 탈주병들, 그리고 같은 전투에서 풀비우스가 퇴주할 때 그를 따른 자들에게 내린 로마 시민의 가혹한 판결도 사형까지 가지는 않았다.

그렇지만 수치를 당한 자들이 절망에 빠지면 냉랭해지다 못해 적개심까지 품을 수 있음을 경계해야 한다.

[A] 선대에, 한때 샤티용 원수의 부관이었던 프랑제 경은 샤반 원수에 의해 뤼드 씨 대신 푸엔테라비아 총독으로 임명되었는데, 스페인인들에게 항복했다는 이유로 귀족 신분을 잃게 되었다. 그 자신뿐 아니라 후손까지 평민이 되어 인두세를 내야 하고 무기를 소지할 수 없다는 선고를 받았다. 이 혹독한 판결은 리옹에서 집행되었다. 나사우 백작이 기즈에 입성했을 때 거기 있던 모든 귀족들도 같은 벌을 받았고, 이후 같은 일이 이어졌다.

하지만 무지이건 비겁함이건 도무지 통상적인 경우로 볼 수

69
B. C. 7세기~6세기의 그리스 철학자, 입법가.

〔143〕

16장 비겁함에 대한 벌에 관하여

없을 만큼 지나치게 졸렬하고 두드러진다면 그것만으로 몽니와
악의의 충분한 증거로 여겨 벌하는 것이 옳을 것이다.

17장
몇몇 대사의 특징

^A 남과의 대화를 통해(이것이야말로 세상에서 가장 훌륭한 학교 중 하나이다.) 항상 무엇이든 배워 보려고, 나는 여행 중에 만난 이야기 상대를 그들이 제일 잘 아는 것에 관한 화제로 이끄는 방법을 고수한다.

> 뱃사공은 바람에 대해서만 말하게 하고
> 농부는 황소에 대해, 병사는 자신의 상처에 대해,
> 양치기는 양 떼에 대해서만 말하게 하라.
>
> 프로페르티우스

사람들은 흔히 이와는 반대로, 자기 직업보다는 남의 직업에 대해 이야기하려 하며, 그렇게 함으로써 자기가 새로운 명성을 얻는다고 여긴다. 스파르타 왕 아르키다무스가 페리안데르를 두고, 형편없는 시인이라는 평판을 얻으려고 훌륭한 의사의 영광을 버렸다고 비난한 것이 그 증거이다.

^C 다리를 놓고 기계를 만드는 자신의 기발한 창의력을 보여 주려고 장황하게 늘어놓는 카이사르를 보라. 그런데 자신의 직분과 관련된 일이나 용맹성, 자신의 용병술에 대해 이야기할 때는

〔 145 〕

또 얼마나 말수가 적은가. 그가 세운 전공은 그가 빼어난 무장임을 충분히 보여 준다. 그는 자기 직업과는 좀 동떨어진 영역인 훌륭한 기사(技士)로도 알려지고 싶은 것이다.

법관으로 일하는 어떤 사람은 얼마전 자기 직업은 물론 다른 온갖 것에 대한 책들이 빼곡히 들어찬 서재로 안내를 받았을 때는 이야깃거리를 하나도 찾지 못하더니 서재의 나선형 계단 위에 쳐 놓은 방책을 보고서는, 수많은 장교와 병사들이 매일 보고도 주목한 적도 거슬린다고 여긴 적도 없는 그것을 두고, 혹독하고 엄숙하게 토를 다는 것이었다.

디오니시오스 1세는 그 지위에 걸맞게 전쟁터의 훌륭한 장수였지만 특히 시를 통해 자기를 내세우고 싶어 조바심을 쳤는데 시에 대해 그가 아는 것이라고는 아무것도 없었다.

> A 둔한 소는 말안장을 제 등에 얹고 싶어 하고,
> 말은 쟁기를 끌고 싶어 한다.
>
> 호라티우스

C 이런 식이라면 당신은 결코 값진 일을 해낼 수 없다.

A 그러니 우리는 언제나 건축가이건 화가이건 제화공이건 그 밖의 누구든, 모든 이가 자기 사냥감을 뒤쫓게 해 줘야 한다. 이 점과 관련된 이야기로, 나 역시 누구나 관심을 갖는 역사책을 읽는데, 그 저자가 누구인지 알아보는 버릇이 있다. 만일 글쓴 이가 다른 직업이 없는 전업 문인이라면, 내가 그 책에서 배우는 것은 주로 문체와 언어이다. 의사가 쓴 책이라면 풍토와 기후, 왕들의 건강과 기질, 상처와 질병에 대해 쓴 부분을 더 신뢰하게 된다. 법률

〔 146 〕

가의 저술인 경우, 이런저런 권한을 둘러싼 논란이나 법 체계, 통치 체제의 확립 혹은 그 비슷한 것들에 관한 언급을 받아들여야 한다. 그가 신학자라면 교회와 관련된 일들, 교회의 검열, 사면, 결혼에 관해 쓴 이야기를, 군인이라면 자기들 직분에 관해 쓴 것, 특히 글쓴 이 자신이 직접 참전한 전투에 관한 이야기에 주목해야 한다. 만일 저술가가 대사라면 협상과 묵계, 외교적인 관행, 그것들을 이끌어 가는 방식에 대한 서술을 비중 있게 받아들여야 할 것이다.

그런 이유에서 나는 다른 작가가 썼다면 그냥 지나쳤을 텐데, 그 분야에 정통한 드 랑제 공의 기록을 두고 유심히 주목하게 되었다. 그는 우리 측 대사로 마콩 주교와 뒤벨리 공이 참석한 로마의 추기경 회의에서, 황제 카를 5세가 한바탕 늘어놓은 훈계를 적고 있다. 황제는 프랑스를 상대로 몇 가지 모욕적인 언사를 했는데 그중에서도 자기네 장수나 군인, 신민들은 프랑스 왕 편에 있는 사람들과는 그 충성심이나 군사 능력의 수준이 다른 바, 그것이 사실이 아니라면 지금 당장 자기 목에 밧줄을 걸고 프랑스 왕의 자비를 구하겠노라고 했다.(이 점에 대해 그는 뭔가 믿는 바가 있었던 모양이다. 일평생 두세 차례 똑같은 이야기를 되풀이한 것을 보면 말이다). 또한 황제는 프랑스 왕에게 칼과 단검을 든 채 쇠망사 갑옷만 걸치고 배 위에서 싸워 자기를 꺾어 보라고 했다. 랑제 공이 이 이야기에 이어 전하는 바는, 프랑스 대사들이 국왕에게 이 일에 대한 긴급 보고서를 보내면서 일의 상당 부분을 숨겼는데, 특히 앞의 두 가지 내용을 감췄다는 것이다.

내가 이상하게 여겼던 점은, 어떻게 대사가 자기 왕에게 해야 할 보고의 내용을 마음대로 취사선택할 수 있느냐는 것이었다.

〔 147 〕

17장 몇몇 대사의 특징

그것도 그렇게 중대한 일이고 그렇게 강력한 인물이 행한 발언이고 그렇게 많은 사람이 모인 자리에서 있었던 사실을 놓고서 말이다. 내 생각에 심부름꾼의 역할이란 어떻게 일이 벌어졌는지를 그 전모와 함께 충실하게 전하는 것이다. 그렇게 해서 줄거리를 추려 판단을 내리고 선택하는 자유는 온전히 주인에게 남겨 놓기 위해서 말이다. 주인이 행여 사태를 엉뚱하게 파악해 좋지 않은 방향으로 일을 몰아가지나 않을까 두려워서, 주인에게 진실을 변조하거나 숨겨서 주인이 자기 일인데도 제대로 알지 못하게 방치하는 것은, 내 생각에는 법을 정하는 이가 할 일이지 법을 따르는 이가 할 일이 아니며, 어린아이의 후견인과 학교 선생이 할 일이지 권위뿐 아니라 신중성이나 지혜로움에 있어서도 자기가 아직 턱없이 부족하다고 생각해야 할 사람이 할 일은 아니다. 어쨌든 내가 처리해야 할 하찮은 일들을 두고서라도 나는 내 심부름꾼이 그런 식으로 일을 처리하는 것은 바라지 않는다.

ᶜ 우리는 무슨 핑계를 대서라도 남의 명령을 받는 데서 벗어나려 하며, 주인 노릇을 빼앗아 자기가 하고 싶어 한다. 누구든 날 때부터 자유와 권위를 좋아하기 때문에, 다스리는 지위에 있는 사람에게는 자기를 섬기는 사람들의 어떤 봉사도 곧이곧고 단순한 복종만큼 소중할 수 없다.

자발적인 복종이 아니라 따져 보고 하는 복종은 명령이라는 기능을 망가뜨린다. 로마인들이 다른 이보다 다섯 배는 행복한 사람이라고 하던 크라수스는 아시아에서 집정관으로 있을 때 포격용 무기를 만드는 데 쓰기 위해, 그리스인 기사에게 자기가 아테네에서 본 적이 있는 배의 돛대 두 개 중 큰 것을 가져오라고 명령했다. 이 기사는 자기 지식에 의지해 나름대로 다른 선택을 해 작

〔 148 〕

에세 1

은 돛대를 가져왔다. 그 방면에 능숙한 그가 보기에는 그것이 훨씬 편리한 것이었기 때문이다. 그의 설명을 참을성 있게 들어 주던 크라수스가 그에게 호된 채찍 형벌을 내렸다. 일의 결과를 따지는 것보다는 우선 규율을 존중하게 해야겠다고 느꼈던 것이다.

그러나 달리 생각해 보면 이같이 강요된 복종은 명확하고 확정된 명령에만 해당한다고 볼 수도 있다. 대사들의 직책은 보다 자유로워서, 여러 가지 분야에서 온전히 자신의 재량권에 따라 임무를 수행해야 한다. 그들은 상전의 의지를 단순히 집행하기만 하는 것이 아니라, 자신의 견해를 들려주어 상전의 의지를 형성하기도 하고 방향을 잡아 주기도 한다. 내가 우리 시대에 목격한 바로, 지휘자의 역할을 하던 몇몇 사람은 자신이 처한 상황에 맞게 대처하지 않고 왕의 서한에 담긴 말대로만 했다는 이유로 비난을 받았다.

안목이 있는 사람들은 페르시아의 왕들이 하던 방식을 아직도 비판하는데, 이들 왕이 어찌나 세세한 지침을 내리는지, 그의 대리인이나 감독관은 아무리 사소한 일이라도 왕의 명령이 도착하기를 기다려야 했다. 지배 영토가 그토록 광활한 만큼 당연히 명령은 한참 있어야 전달되었고, 그사이 심각한 피해를 입는 일이 자주 벌어졌다.

크라수스는 전문가에게 지시를 내리면서 그 돛대를 어디에 쓸 것인지에 관해 자기 생각을 밝혔으니, 기사의 의견을 구하며 그 기사더러 나름의 생각을 참작해 일을 처리하라는 것으로 보이지는 않았을까?

17장 몇몇 대사의 특징

18장
공포에 관하여

A 얼이 빠진 채, 머리털은 곤두서고, 목소리는 잠겨 나오지
않았다.

베르길리우스

나는 훌륭한 '자연철학자'[70](사람들 말로)가 아니어서, 어떤
원동력에 의해 공포가 우리에게 작용하는지 아는 바가 거의 없다.
하지만 공포는 참으로 기이한 정념이다. 의사들은 어떤 정념도 공
포만큼 빠르게 우리의 판단력을 평정 상태에서 몰아내는 것은 없
다고 말한다. 사실 나는 공포 때문에 분별을 잃는 사람들을 많이
보았다. 아무리 침착한 사람이라도 공포에 사로잡혀 있는 동안에
는 끔찍한 혼란을 겪는 게 분명하다. 겁에 질려, 수의를 친친 감고
무덤에서 나오는 증조부를 보거나 늑대 인간, 도깨비, 키마이라[71]

70
naturaliste. '자연주의자'라고 할 때 일반적으로 떠올리는 개념이 아니라 『에세』의
중심 주제인 '자연'과 연관해서 생각해야 한다. 20장에서 몽테뉴는 삼라만상의
어머니인 자연의 입을 통해 그 섭리를 설파하고 있다. 또 57장에서는 자연적인 것을
'일반적이고 공통적이고 보편적인 것'이라고 정의한다. 그러므로 naturaliste는
우주의 질서, 사물의 보편적 원리를 탐구하는 자이다.
71
사자의 머리, 양의 몸, 용의 꼬리를 가진 전설 속 괴물.

〔 150 〕

를 보는 범부는 제쳐 두련다. 하지만 공포에 마음자리를 덜 내줘야 할 병사들에게까지 공포가 양 떼를 갑옷 입은 기사단으로, 갈대나 수숫대를 기병과 창병으로, 아군을 적군으로, 흰 십자를 붉은 십자로[72] 둔갑시킨 일이 얼마나 많았던가!

부르봉 대군(大君)이 로마를 공략했을 때 산피에트로 지역에서 보초를 서던 한 기수는 첫 경보에 어찌나 겁에 질렸던지, 군기를 손에 든 채 폐허의 한 구덩이로 뛰어들어 성 안쪽으로 피한다고 생각하며 바깥쪽, 즉 적진을 향해 곧장 뛰었다. 천신만고를 다한 마지막 순간, 성안의 군대가 출격한 것으로 생각한 부르봉 대군의 군대가 자기를 향해 수비 대열을 가다듬는 것을 보고서야 그는 자기가 한 짓을 깨달았다. 그는 돌아서서, 자기 진영에서 300보 이상 뛰쳐나왔던 그 구덩이로 다시 뛰어들었다.

우리가 뷔르 백작과 뢰 대군(大君)에게 생폴[73]을 빼앗겼을 때, 쥘 원수의 기수에겐 일이 그렇게 다행스럽게 풀리지 않았다. 겁에 질려 혼비백산한 나머지 군기를 든 채 총안(銃眼)을 통해 성 밖으로 뛰쳐나간 그는 공격자들의 칼에 산산조각 나 버렸으니 말이다. 같은 전투에서, 어떤 귀족의 심장을 어찌나 옥죄고 얼어붙게 했던지, 아무 상처도 없이 성벽이 무너진 곳에서 뻣뻣하게 굳어 쓰러진 채 그대로 숨을 거두게 한 그 공포 역시 기억할 만한 것이다.

B 그런 공포가 때로는 한 집단 전체를 사로잡기도 한다. 게르

72

흰십자가는 개신교도 군기의 십자가이다.

73

1537년 신성로마제국 카를 5세에게 함락된 프랑스 북부의 도시.

18장 공포에 관하여

마니쿠스[74]가 독일인들을 상대로 벌인 접전 중 한 번은, 큰 규모의 두 부대가 겁에 질려 반대되는 길을 잡아 한 사단이 빠져나온 곳으로 다른 사단이 도망쳐 들어갔다.

[A] 어떤 때는 공포가 위의 두 병사에게처럼 발뒤꿈치에 날개를 달아 준다. 어떤 때는 테오필루스 황제에 대한 글에서 보듯 우리 발에 못을 박고 족쇄를 채운다. 아가레네스인들과 싸워 패배한 어느 전투에서 테오필루스 황제는 어찌나 놀라 얼어붙었던지 [B] "도와주는 것에도 겁을 낼 만큼 공포가 커서"(퀸투스 쿠르티우스) 도망칠 생각조차 하지 못하자, 마침내 그의 군 수장들 중 하나인 마누엘이 마치 깊은 잠을 깨우듯 그를 잡아끌고 흔들면서 이렇게 말했다는 것이다. "나를 따르지 않으시면 폐하를 죽여 버리겠습니다. 포로가 되어 제국을 잃는 것보다는 목숨을 잃으시는 게 나으니까요."

[C] 공포가 지닌 위력이 절정에 달하는 것은 그것이 우리의 책임감과 명예심에서 뽑아내 제거해 버렸던 바로 그 격정으로 우리를 다시 던져 넣을 때이다. 로마인들이 한니발에게 패배한 첫 번째 공식 전투에서 셈프로니우스 집정관 휘하에 있던 1만여 명의 보병 부대는 격렬한 공포에 사로잡혀 자기들의 비겁함에 내줄 퇴로를 달리 찾지 못하자, 적들이 밀집한 한가운데로 뛰어들어 수많은 카르타고인들을 살해하며 기를 쓰고 길을 뚫었다. 영광스러운 승리를 위해 치렀어야 할 값을 수치스러운 도주를 위해 치른 것이다. 내가 제일 무서워하는 것이 바로 이 공포라는 것이다.

그런 연유로 공포는 다른 어떤 시련보다 가혹한 것이다.

74
B. C. 38~9. 고대 로마의 군인.

폼페이우스와 같은 배를 타고 가다가 그가 끔찍하게 학살당하는 광경을 보게 된 그의 친구들이 느낀 애통함보다 더 당연하고 쓰라린 심정이 있을까? 그런데 다가오는 이집트 배의 돛이 불러일으킨 공포가 그 감정을 질식시켰으니, 사람들이 기록해 전하는 바에 따르면, 그들은 선원들을 재촉해서 더 빨리 노를 젓게 해 달아나는 것 말고는 여념이 없었다고 한다. 수르에 도착해 공포에서 놓여 난 다음에야 그들은 좀 전에 잃은 친구를 떠올리고, 눈물과 탄식을 그보다 강력한 다른 정념[75]이 비끄러 매놓았던 고삐에서 풀어 줄 수 있었다.

> 그때 공포가 내 가슴에서 모든 이지(理智)를 앗아 갔다.
> 엔니우스, 키케로의 인용

전투에서 잔뜩 얻어맞은 상처로 피투성이일지라도 다음 날 다시 싸움터로 보낼 수 있다. 하지만 적에 대해 참 공포를 맛본 사람은 적을 단지 바라보게조차 할 수 없을 것이다. 재산을 잃지나 않을까, 귀양을 가게 되지나 않을까, 노예가 되지나 않을까 하는 절실한 공포를 지닌 사람은 먹지도 마시지도 쉬지도 못하고 끊임없는 불안 속에 살아간다. 가난뱅이, 귀양 간 사람, 노비들은 흔히 다른 이들처럼 즐겁게 살아가는데 말이다. 그리고 많은 사람들이 극렬한 공포를 견디지 못해 목을 매고, 물에 빠지고, 절벽에서 뛰어내리는 것을 보면 공포가 죽음보다도 훨씬 더 괴롭고 견디기 어려운 것임을 잘 알 수 있다.

75
'공포'를 가리킨다.

18장 공포에 관하여

그리스인들은 우리의 판단 착오에서 연유하지 않는 다른 종류의 공포를 분간했다. 그들은 그것이 명백한 이유 없이 하늘의 충동에서 유래한다고 말한다. 한 민족 전체, 군대 전체가 그러한 공포에 사로잡히는 일도 흔하다. 카르타고에 극도의 통탄을 안겨 준 것이 바로 그런 공포였다. 그곳에서는 겁에 질린 울부짖음과 고함 소리밖에는 들리지 않았다. 경보에 응하듯 사람들은 자기 집에서 나와 서로 공격하기 시작했고, 서로서로 상처를 입히고 죽였다. 마치 상대가 자기네 도시를 점령하러 온 적이기라도 한 것처럼 말이다. 기도와 희생 제물로 신들의 분노를 가라앉힐 때까지 모든 것이 무질서요 혼란이었다. 그들은 그것을 공황(恐惶)이라고 부른다.

에세 1

19장
우리 행복은 죽은 뒤에나
판단해야 한다

ᴬ 사람은 누구든 그 마지막 날을 기다려 봐야 한다
모든 것을 끝내는 죽음이 오고 장례를 치르기 전까지는
아무도 행복했다고 단언할 수 없는 법.

오비디우스

이와 관련된 크로이소스 왕[76]의 이야기는 어린아이들도 알고
있다. 키루스 대왕에게 생포되어 사형을 언도받은 그는 사형 집행
직전에 "오, 솔론이여, 솔론이여!" 하고 외쳤다. 이 일을 보고받은
키루스가 그것이 무슨 뜻인지를 묻자 크로이소스가 대답하기를,
예전에 솔론이 자기에게 해 준 경고가 있는데 인간사는 불확실하
고 변화무쌍해 사소한 일 하나로도 이전까지와는 전혀 다른 방향
으로 치닫게 되는 법이니 아무리 억세게 운이 좋아 보이는 사람일
지언정 그 사람 생애의 마지막 날에 이르기 전에는 함부로 행복한
이라고 부를 수 없다고 하더라는 것이었다. 그리고 바로 그런 이
유에서, 페르시아의 왕이 몹시 젊은 나이에 그토록 권세 있는 자
리에 올랐으니 행복한 이라고 하는 사람에게 아게실라우스는 이

76

B. C. 595~547? 리디아의 마지막 왕.

렇게 말했다. "그렇긴 하지, 그러나 프리아모스[77]도 지금 페르시아 왕의 나이에는 불행하지 않았다네." 저 위대한 알렉산드로스의 후계자인 마케도니아 왕 중에는 로마에서 목수나 서사(書士) 노릇을 하게 된 이도 있으며,[78] 시칠리아의 참주들 중에는 코린트의 학교 교사가 된 이도 있다.[79] 전 세계 절반을 정복했으며 그 많은 군대의 총사령관이던 자가 이집트 왕 휘하의 별 볼일 없는 말단 장교들에게 목숨을 구걸하는 비참한 신세가 되기도 했다. 그 위대한 폼페이우스는 자기 삶의 마지막 대여섯 달을 연장하느라 그 큰 대가를 치렀다. 그리고 우리 부모들 시대에는 10대 밀라노 공작으로서 작심하고 이탈리아 전체를 그렇게 오랫동안 요동치게 했던 루도비코 스포르차는 로슈의 감옥에서 숨을 거두었다. 그것도 십 년씩이나 갇혀 있다가 그렇게 된 것이니, 그로서는 최악의 운명이었던 셈이다. ^C 기독교 세계에서 가장 강력한 군주의 과부로서 그 누구보다 아름다웠던 여왕은 망나니의 손에 죽지 않았던가?[80] ^A 이 같은 예는 무수히 많다. 우리가 세운 건물이 오만하게 높이 솟아 있으면 천둥벼락과 태풍이 화를 내며 달려들듯, 하늘에는 지상의

77

트로이 전쟁에서 멸망한 트로이의 왕. 그의 치세에 지배권이 확장되어 영화를 누렸으나 이 전쟁에서 열세 명의 아들의 죽음을 보아야 했고, 그 자신도 죽었다.

78

마케도니아의 마지막 왕 페르세우스의 셋째 아들은 알렉산드로스라는 이름을 가졌는데 로마에서 소목장과 대서인 일을 했다고 한다.

79

4세기경 시라쿠사의 왕이었던 디오니소스 이세를 말한다. 폭군으로 군림하던 시라쿠사에서 추방당한 그는 코린토스로 건너가 수사학을 가르치다 죽었다.

80

1595년판에는 "비열하고 야만적인 잔인함이다."라고 덧붙였다. 프랑스 왕 프랑수아 2세의 과부였던 스코틀랜드 여왕 메리 스튜어트를 가리킨다.

〔 156 〕

위대함을 시샘하는 영(靈)들이 있는 것 같으니 말이다.

> 감춰진 힘이 인간의 권능을 뒤엎어 버림으로써
> 권력자의 번득이는 채찍과 도끼를 발아래 짓밟아
> 조롱거리로 만드는 것 같아 보이는 것은 사실이다.
> 루크레티우스

이따금 운명은 오랜 세월 스스로 쌓아 놓은 것을 단 한순간에 뒤엎을 능력이 있음을 보여 주기라도 하려는 듯, 우리의 마지막 날을 때맞춰 엿보고 있다가 라베리우스가 말한 대로 우리로 하여금 이렇게 외치게 하는 것이다. "정녕 내가 단 하루만 덜 살았더라면 좋았을 것을!"(마크로비우스)

그러므로 솔론의 훌륭한 충고는 받아들일 만한 것이다. 그러나 그는 철학자이고 철학자들에게는 운명의 호의나 무심함이 행복의 자리도 불행의 자리도 차지하지 않는 까닭에, 그리고 위대함이나 권세는 별날 것 없는 자질이 우연히 갖게 된 외양에 불과한 것이어서, 나는 그가 필경 훨씬 더 멀리 내다보았으리라고 생각한다. 우리 삶의 한결같은 행복은 좋은 천성을 가진 마음이 누리는 고요와 만족, 그리고 잘 조절된 영혼의 단호함과 침착함에 달려 있는데, 삶이라는 연극의 마지막 장, 의심의 여지 없이 가장 어려울 그 최후의 부분을 어떻게 공연하는지 보기 전에는 이 행복이 그 사람 것이라고 단언하지 말 것을 그는 이야기하고 싶었던 것이리라. 다른 경우에는 언제나 가면을 쓸 수 있다. 철학에서 내놓는 멋진 이야기들은 우리에게 사실 겉치레일 뿐이다. 시련이 있어도 우리를 폐부 깊숙이까지 시험하는 것이 아니기 때문에 우리는 늘

19장 우리 행복은 죽은 뒤에나 판단해야 한다

태연자약한 얼굴을 가장할 수 있다. 그러나 죽음과 우리 자신이 맡게 되는·이 마지막 배역에서는 더 이상 그런 '척'할 수가 없으며, 평이한 제 나라 말로 또렷이 말해야 하고, 단지의 맨 밑바닥에 무엇이 들어 있는지 솔직하고 단순하게 내보여야 하는 것이다.

> 오로지 그 순간이 되어서야 진실한 언어가 가슴 밑바닥에
> 서 나오며
> 가면은 벗겨지고, 참모습이 남게 된다.
>
> 루크레티우스

　우리 생애의 다른 모든 행위를 이 마지막 한 획에 비춰 가늠해 봐야 하는 이유가 바로 이것이다. 그날은 다른 모든 날들을 심판하는 지고의 날이며, 옛사람[81]이 말했듯이 내 지난 모든 세월을 심판하는 날이다. 나는 내 평생 공부의 결과를 판정하는 일을 죽음에 맡긴다. 내 말들이 내 입술에서 나오는 것인지 아니면 내 가슴에서 나오는 것인지는 그때 알게 되리라.

　B 자기 생애 전체에 대한 평판이 좋아지거나 나빠지는 것이 그 죽음에 달려 있었던 경우를 여러 차례 보았다. 폼페이우스의 장인인 스키피오는 잘 죽음으로써, 그때까지 사람들이 가지고 있던 좋지 않은 평판을 일거에 바꿔 놓았다. 카브리아스와 이피크라테스, 그리고 그 자신 중에서 누구를 제일 높이 평가하느냐는 질문을 받은 에파미논다스는 "그 문제에 대한 결론을 내리려면 우리가 어떻게 죽는지를 보고 나야 될 거요." 하고 대답했다. 사실 누군

81
세네카.

〔 158 〕

에세 1

가의 최후에 깃들 영광과 위대함을 고려하지 않고 그를 평가한다면, 그에게서 많은 부분을 박탈하는 셈이 될 것이다.

하느님은 당신이 좋은 대로 세상사를 조절하셨다. 그러나 우리 시대에 내가 혐오해 마지않았던, 가장 타기할 만하고 수치스러운 인물들 중 세 사람은 모든 상황에서 완벽하리만큼 조절되고 절제된 죽음을 맞이했다.

당당하고 행복한 죽음이 있다. 눈부실 만큼 승승장구하던 자가 그 출세의 한복판에 있을 때 죽음이 돌연 그 실을 끊어 멋진 최후를 마련해 주는 것을 보았다. 내 보기에 그가 세운 열정적이고 야심 찬 계획들 중 그 무엇도 이 돌연한 중단만큼 고고한 것은 없는 듯 여겨졌다. 그는 맘먹었던 곳에 가지 않고도 도달한 셈이다. 그가 바라고 원했던 것 이상으로 위대하고 영광스럽게 말이다. 그리고 힘껏 달려서 얻으려던 권위와 명성을, 말에서 떨어짐으로써 당겨 얻은 것이다.[82]

다른 사람의 삶을 판단할 때 나는 항상 그 마지막이 어땠는지를 고려한다. 그리고 나 자신의 삶에 대한 주요한 관심 중 하나는 그 마지막이 잘 이루어지는 것, 즉 고요하고 담담하게 죽음을 맞는 것이다.

82
전통적으로 라 보에시의 요절을 추모하는 것으로 해석했으나 더 설득력 있는 추정은 앙리 드 기즈라고 본다. 그는 앙리 3세에 의해 암살되었다. 그렇게 본다면 앞서 그의 사촌누이인 마리 스튜어트의 죽음에 대한 암시와 짝을 이룬다.

19장 우리 행복은 죽은 뒤에나 판단해야 한다

20장
철학을 한다는 것은 죽는 것을
배우는 것이다

A 철학을 한다는 것은 죽음을 준비하는 것에 다름 아니라고 키케로는 말한다. 연구와 사색은 우리 영혼을 어느 정도 우리 자신에게서 떼어 내 육체에서 벗어난 것에 몰두하게 하는데, 그것은 죽음과 유사한, 이를테면 죽음의 실습이기 때문이다. 또는 세상 모든 지혜와 논설이 결국 한 가지, 즉 죽기를 두려워하지 말라고 가르치는 것에서 일치하기 때문이다.

정말이지 이성이 놀리는 게 아니라면, 이성은 우리의 만족만을 목표로 삼아야 한다. 그리고 이성의 모든 작업은 우리를 잘살고 편하게 해 주어야 한다. 성경에서 말하듯이 말이다.[83] 제시하는 길은 저마다 달라도 세상의 모든 견해들은 하나같이, C 우리의 목적은 즐거움(plaisir)이라고 한다. A 그렇지 않다면 사람들은 처음부터 들으려고도 하지 않을 것이다. 누가 우리의 고통과 불쾌함을 목표로 삼는 자의 말을 들으려 하겠는가?

C 이 문제에서 철학 학파들 간의 대립은 말뿐이다. "그렇게 하찮은 말장난은 넘어가자."(세네카) 철학의 말싸움에는 그처럼 신성한 활동에 속한 것치고는 좀 지나치다 싶은 고집과 까탈스러움이

83
「전도서」 3:12, 5:17, 9:7, 「집회서」 14:14.

있다. 하지만 어떤 인물을 연기하려 애쓰건 사람은 그런 중에도 항상 자기를 연기한다.[84] 철학자들이 무슨 말을 하건, 덕에서조차 우리가 겨냥하는 궁극적인 목표는 쾌락(volupté)[85]이다.

나는 철학자들의 비위를 그렇게도 상하게 하는 이 단어로 그들의 귀를 후려치는 것이 즐겁다. 만일 이 단어가 어떤 최고의 즐거움, 극도의 만족을 뜻하는 것이라면 다른 어떤 것보다 덕에 잘 어울린다. 이 쾌락[86]은 더 쾌활하고, 활력 있고, 튼튼하고, 힘이 좋은 만큼 더 진정한 쾌락이다. 그러니 그것에게 보다 듣기 좋고, 보다 부드러우며 자연스러운 즐거움(plaisir)이라는 이름을 부여했어야 했다. 우리가 힘(vigueur)에서 취해 붙여 준 이름(덕 ver-tu)[87] 말고 말이다. 그보다 차원이 낮은 다른 쾌락[88]이 그 아름다

84
천성은 드러나기 마련이라는 뜻.

85
위에서 쓰고 있는 plaisir와 지금 새로 나온 volupté는 모두 우리말로 '쾌락', '즐거움'으로 번역할 수 있다. 그러나 전자는 일상적 만족과 기쁨(당신을 만나서 기쁘다 따위)을 표명할 때도 쓰는 만큼 포괄적인 반면, 후자는 아주 생생한, 감각적, 관능적 쾌락을 의미하며, 단순히 강도만이 문제가 아니라 온 존재로 느끼는 구체적 열락을 말한다. 그러면서도 에피쿠로스 학파에서 쓰듯 도덕적 쾌락을 배제하지 않는다. 특히 그가 덕이 주는 쾌락과 육체적 쾌락을 직접 비교하며 이 단어를 일부러 채택한 것은 덕을 고행과 결부시키는 관점을 비판하며, 덕이 육체와 대립하는 의미로서의 정신에만 관계된 것이거나, 삶, 존재와 유리된 것이 아님을 강조하기 위한 것이다. 이는 26장 「아이들의 교육에 관하여」에서 철학은 즐거운 것이라고 주장하고 있는 것과 상통한다.

86
철학에서 얻는 쾌락.

87
'덕'을 뜻하는 라틴어 'virtus'의 어원은 '원기, 힘, 정력'을 뜻하는 'vis'이다.

88
육체적, 관능적 쾌락을 말한다.

20장 철학을 한다는 것은 죽는 것을 배우는 것이다

운 이름[89]을 가질 만했다 해도, 겨루어 보고 얻었어야지 특권으로 얻어서는 안 되었다. 내가 보기에 그 쾌락[90]은 불편과 장애로부터 덕만큼 정제되진 못한 듯하다. 그 쾌락은 풍미가 더 순간적이고 유동적이고 쇠잔한 것 말고도, 밤샘, 단식, 거기에 노고며 땀과 피를 거느리고 있다. 그 밖에도 특히 갖가지 종류의 격한 정념을 동반하며, 그 곁에는 하도 묵직한 포만이 따르기 때문에 고행과 맞먹는다. 자연에서 상반되는 것들이 서로 반대 항에 의해 더 활기를 얻는 것처럼, 그런 불편함들이 그 쾌락의 달콤함에 가시와 겨자 같은 자극제 역할을 한다고 여기는 것, 덕의 문제에 와서도 그와 같은 부대 사항과 난관이 덕을 압도하여 덕을 도달할 수 없는 엄격한 것으로 만든다고 말하는 것은 아주 옳지 않다. 덕에서는 불편함과 난관이 관능적인 쾌락에서보다 더 적절하게, 덕이 우리에게 주는 신성하고 완벽한 즐거움을 기품 있고 예리하게 만들며 고양시키니 말이다.

덕의 가치를 그것을 위해 지불한 대가와 견주어 재는 사람은 덕과 친한 자라고 할 수 없다. 그는 덕의 아름다움도 덕의 용도도 알지 못한다. 덕을 추구하는 것은 험난하며 힘들고 덕을 향유하는 것은 즐겁다고 가르치려 드는 자들의 말은 덕이 항상 불쾌한 것이라는 말과 무엇이 다른가? 대체 인간적 수단으로 덕의 향유에 도달해 본 적이 있기나 하다는 말인가? 가장 완전한 이들도 덕을 소유하지는 못하되, 덕을 갈망하고 그것에 다가가는 것만으로 만족

89
즐거움(plaisir)을 말한다.
90
덕보다 차원이 낮은 쾌락, 즉 육체적 쾌락.

〔 162 〕

했다.

그들의 주장은 틀렸다. 우리가 아는 모든 즐거움을 보자면, 즐거움의 추구 자체가 즐거우니 말이다. 어떤 일의 가치는 그 일의 계획에서도 느껴진다. 계획 자체가 그 일의 큰 부분이요, 그 일과 동질적인 것이기 때문이다. 덕에서 빛나는 행복과 지극한 기쁨은 덕에 속한 모든 것과 그것이 인도하는 모든 길을 가득 채운다. 처음 들어가는 문부터 마지막 장벽에 이르기까지.

그런데 덕이 베푸는 가장 중요한 혜택 중 하나가 죽음에 대한 경멸이다. 죽음에 대한 경멸은 우리 삶에 굴곡 없는 평온을 부여하고 우리에게 삶을 순수하고 즐겁게 누리게 해 주는 수단이니, 죽음을 경멸할 줄 모르면 다른 모든 쾌락도 꺼져 버린다.[91]

A 이런 까닭에 모든 계율들이 이 항목[92]에서 서로 만나 일치를 보는 것이다. 고통과 가난, 인간의 삶이 감내해야 하는 다른 변고들을 멸시하라고 가르치는 것에서도 모두 일치하지만, 죽음을 경멸하라고 가르치는 데만큼 정성을 쏟지는 않는다. 그런 불행들은 죽음처럼 필연적인 것이 아니기 때문이기도 하고(대다수 사람들이 평생 가난을 맛보지 않으며, 어떤 이는 고통이나 병도 경험하지 않고 일생을 보낸다. 백여섯 살이나 살면서 평생 한 번도 앓지 않은 음악가 크세노필루스처럼), 최악의 경우 원한다면 죽음이 모든 불행을 끝장내서 우리를 건드리지 못하게 할 수 있기 때문이기도

91
앞선 판본들에서는 여기까지 삽입된 C 부분 대신, 다음과 같은 문장으로 아래의 A와 이어진다. "그런데 죽음에 대한 공포를 극복하지 못하는 사람은 우리에게 확고한 만족감을 갖게 할 지점에 이룰 수 없다."

92
죽음의 경멸.

20장 철학을 한다는 것은 죽는 것을 배우는 것이다

하다. 그러나 죽음으로 말하자면, 그것은 피할 수 없다.

> B 우리 모두는 같은 종착점을 향해 떠밀리고 있네.
> 우리 모두의 패가 운명의 항아리 안에서 바글대고 있나니,
> 조만간 튀어나와 우리를 카론[93]의 배에 실어
> 영원한 죽음으로 데려가리라.
>
> 호라티우스

A 그러니 우리가 죽음을 두려워한다면, 그것은 지속적인 고통거리, 도저히 헤어날 길이 없는 고통거리일 것이다. C 죽음은 어디에서고 닥칠 수 있다. 그러니 우리는 위험한 고장에서처럼 끊임없이 고개를 이리저리 돌려야 한다. "그것은 탄탈로스의 머리 위에 항상 매달려 있는 바위와 같다."(키케로) A 우리의 법원은 흔히 죄인을 처형하기 위해 범행 장소로 되돌려 보낸다. 거기로 가는 길에 아름다운 집들 사이로 산보를 시키고, 원하는 만큼 기분을 북돋아 보라.

> B 시칠리아의 진수성찬도
> 그에게는 달지 않고,
> 새들의 노래도 리라 소리도
> 그를 편한 잠으로 이끌지 못하리.
>
> 호라티우스

93
그리스 로마 신화에서 죽은 자를 저승으로 운반하는 배의 뱃사공.

〔 164 〕

A 그가 그것을 즐길 수 있으리라고 생각하는가? 눈앞에서 떠나지 않는 그 여행의 최종 목적이 그 모든 즐거움을 변질시키고 시들하게 만들지 않을 것 같은가?

B 자기를 기다리는 형벌 생각에 번민하면서,
여행길을 따져 보고, 날수를 세어 보고,
남은 여정에 비추어 살 날을 꼽아 본다.

클라우디아누스

A 우리 인생의 목적지,[94] 그것은 죽음이다. 그것이 우리가 향해 가는 필연적인 목표이다. 죽음이 겁난다면, 어떻게 한 발짝이라도 고뇌 없이 내딛을 수 있겠는가? 속인의 대책은 죽음을 생각하지 않는 것이다. 하지만 얼마나 짐승같이 우매하면 그토록 무지몽매할 수 있을까? 그는 꼬리를 고삐 삼아 나귀를 끌고 가려는 위인,[95]

고개를 뒤로 돌리고 앞으로 나아가려는 자이다.

루크레티우스

그런 그가 자주 함정에 빠진다 해도 놀라울 것이 없다. 그런 자들은 죽음이라는 소리만 들어도 겁을 먹고, 대개는 마치 악마의

94
le but. 말년에 쓴 『에세 3』 12장에서 그는 이렇게 고친다. "그것은(죽음),
내 생각에 삶의 끝(le bout)이지, 목적(le but)이 아니다."

95
나귀가 어디로 가는지 보지 못하게 뒷걸음질로 가게 한다는 뜻이다.

20장 철학을 한다는 것은 죽는 것을 배우는 것이다

이름을 들었을 때처럼 성호를 긋는다. 유언장에는 죽음이라는 단어가 기재되어 있으니 의사가 최후 통첩을 하기 전에는 그들이 유언장에 손을 댈 엄두를 내리라고 기대하지 마라. 그러니 그때, 고통과 공포 사이에서 얼마나 온전한 판단력으로 유언장을 주물러 놓을지 알 수가 없다.

B 죽음이라는 음절이 너무 거칠게 귀를 때리고 불길하게 들려, 로마인들은 그것을 말랑말랑하게 만들거나 에둘러 말하곤 했다. "그는 죽었다."라고 하는 대신 "살기를 멈추었다."라고 하거나 "살았었다."라고 말한다. 삶이기만 하면 지나간 일이라도 위안이 되는 것이다. 우리도 그들의 어법을 빌려 '고(故, feu)[96] 장 선생'이라고 한다.

A 아마도 사람들이 말하듯, 지불 기한의 유예는 부채의 면제와 맞먹는다[97]는 말이 사실일 것이다. 나는 1533년, 지금처럼 한 해가 1월에 시작되는 것으로 셈하자면[98] 2월의 마지막 날, 11시와 정오 사이에 태어났다. 내가 서른아홉의 문지방을 넘은 것이 꼭 보름 전이다. 적어도 그만큼은 더 살아야 할 것이다. 그토록 먼 훗날에 있을 일을 생각하며 괴로워하는 것은 미친 짓이리라.

하지만 보라, 젊은이나 늙은이나 같은 조건에서 삶을 떠난다. C 누구도 지금 삶에 들어와 있는 것과 다른 방식으로 삶에서 나가

96

몽테뉴는 'Feu'가 être 동사의 단순과거형인 fut에서 왔다고 생각하는 듯하다. 사실 'Feu'는 '자기 운명을 완수한 자'라는 뜻의 'fatulus'에서 파생된 표현이다.

97

죽음을 생각하지 않으면, 죽음의 고통도 잊을 수 있다는 뜻이다.

98

1564년까지는 부활절에 새해가 시작되었다.

〔 166 〕

에세 1

지 않는다. ^A 게다가 아무리 노쇠한 사람이라도 므두셀라⁹⁹의 나이에 이르지 않은 한, 자기 몸 안에 이십 년은 더 들어 있다고 생각한다. 가련한 미치광이로다, 너는. 누가 네 삶의 끝을 정해 주었는가? 너는 의사들의 말을 철석같이 믿고 있다. 차라리 현실과 경험을 보라. 사물의 일반적인 행로를 보건대 너는 오래전부터 놀라운 호의를 입으며 살아온 것이다. 너는 삶의 통상적인 종착역들을 수없이 지나쳐 왔다. 사실 그런지 알아보려면, 네 지인들 중 네 나이에 못 미쳐 죽은 이가 네 나이에 이른 이보다 얼마나 많은지 세어 보라. 또 자기 삶을 명성으로 드높인 사람들의 목록을 만들어보라. 서른다섯 살 이후에 죽은 이보다 그전에 죽은 이가 더 많으리라는 데 내기라도 걸겠다. 예수 그리스도를 인간의 예로 드는 것은 완전히 타당하고 신앙에도 전혀 저촉되지 않는다. 그분은 서른하고 셋에 삶을 마치셨다. 가장 위대한 인간, 하지만 온전히 인간일 뿐인 알렉산드로스 역시 같은 나이에 죽었다.

죽음은 얼마나 많은 기습 방법을 가지고 있는가?

인간은 그때그때 피해야 할 위험을
결코 잘 예견할 수 없도다.

호라티우스

열병이나 늑막염 등에 대해서는 말도 하지 않겠다. 우리 고장 사람인 교황 클레멘스가 리옹에 입성할 때, 브르타뉴 공작¹⁰⁰이

99
성경에 나오는 인물. 에녹의 아들인 그는 969세까지 살았다.
100

20장 철학을 한다는 것은 죽는 것을 배우는 것이다

군중에 깔려 죽을 줄 누가 생각이나 했겠는가? 우리 왕 중 하나[101]가 놀이 중에 죽는 것을 보지 못했는가? 또 그의 조상 중 한 분[102]은 돼지에게 부딪쳐서 죽지 않았는가? 집이 무너질지 모른다는 경고를 받은 아이스퀼로스[103]는 항상 조심했지만 소용없었으니, 공중을 나는 독수리의 발톱에서 벗어난 거북이라는 지붕에 깔려 죽었다. 또 다른 이는 포도씨 한 알 때문에 죽었고, 한 황제는 머리를 빗다가 빗에 긁혀 죽었고, 아이밀리우스 레피두스는 자기 집 문지방에 발이 걸려 죽었고, 오피디우스는 회의실 문에 부딪혀 죽었고, 법정관 코르넬리우스 갈루스, 로마의 파수대장 티길리누스, 귀도 데 곤자가의 아들 루도비코, 만투아 후작, 그리고 더 나쁜 예로 플라톤학파의 철학자 스페우시푸스와 우리 시대의 교황 중 하나는 여자의 넓적다리 사이에서 죽었다. 가련한 베비우스 판사는 한 소송을 일주일간 유예해 주었는데, 그동안 그 자신의 유예 기간이 끝나고 말았다. 의사 카이우스 율리우스는 한 환자의 눈에 기름을 넣다가, 죽음이 그의 눈을 감겼다. 내 이야기를 넣어야 한다면, 내 아우 생마르탱 대위는 스물셋 나이에 이미 용맹을 입증하기에 충분한 공을 세운 군인이었는데, 정구를 치다가 오른쪽 귀 조금 위쪽에 공을 맞았다. 겉보기에는 멍도 상처도 없었다. 그는 그것 때문에 앉아 있지도, 쉬지도 않았다. 그런데 대여섯 시간 후 그 타격

<hr>

1305년 클레멘스 교황 서품식에서 사고사한 브르타뉴 공작 장 2세.
101
1559년에 마상 경기 도중에 죽은 앙리 2세를 가리킨다.
102
루이 6세의 아들 필리프로 타고 가던 말이 돼지와 충돌하는 바람에 죽었다.
103
B. C. 525~456. 고대 그리스의 3대 비극 시인 중 하나.

〔 168 〕

으로 인한 뇌출혈로 죽고 말았다. 이처럼 잦은 예들이 이처럼 예사로 우리 눈앞을 지나가는데, 어떻게 죽음에 대한 생각을 떨쳐 버릴 수 있으며, 어떻게 매 순간 죽음이 우리의 먹살을 쥐고 있는 듯 느끼지 않을 수 있겠는가?

당신들은 내게 말할 것이다. "아무러한들 어떤가, 어떤 식으로 죽건 걱정하지 않으면 그만이지."라고. 나도 같은 생각이다. 타격을 피할 수만 있다면, 송아지 가죽을 뒤집어써야 한다 해도 마다할 내가 아니다. 마음 편히 지내면 그만이기 때문이다. 또한 나는 남들에게는 그다지 영광스럽지 못하고, 그대가 바랄 만한 본보기가 못 될지라도 내가 취할 수 있는 제일 나은 전략을 취한다.

내 못난 점들이 내 맘에 들고 나를 속여 주기만 한다면,
미치광이, 바보로 여겨지는 것이 더 낫다,
현자가 되어 화를 내는 것보다는.
호라티우스

하지만 그런 식으로 속 편한 경지에 도달하리라고 생각하는 것은 어리석은 짓이다. 저들이 가고, 오고, 종종걸음 치고, 춤추는 동안, 죽음으로부터는 아무 소식이 없다. 그 모든 것이 아름답다. 하지만 죽음이 오면, 죽음이 혹은 그들 자신에게, 혹은 아내, 아이들과 친구들에게 찾아와, 졸지에, 속수무책으로 덮치면, 어떤 고통, 어떤 고함, 어떤 분노, 어떤 절망이 그들을 짓누르는가? 그처럼 기가 꺾이고, 표변하고, 혼란에 빠진 모습을 본 일이 있는가? 사정이 나을 때 미리 대비해야 한다. 설사 지각 있는 사람의 머리에도 그 같은 무심이 깃들 수 있다 한들, 내가 보기에는 전적으로

20장 철학을 한다는 것은 죽는 것을 배우는 것이다

불가능한 일이지만, 그 짐승 같은 무심은 우리에게 너무도 비싼 값을 치르게 한다. 피할 수 있는 적이라면, 비겁한 무기들이라도 빌리라고 충고하겠다. 그러나 그것은 피할 수 없는 것이요, ^B 도망자이건 비겁자이건 군자이건 그대를 붙들고야 말 것이므로,

> ^A 응당 그것은 달아나는 비겁한 자를 추적해,
> 용기 없는 청춘의 다리이건
> 비겁한 등이건 놓아주지 않는다.
>
> 호라티우스

^B 어떤 철갑도 그대를 덮어 주지 않는다.

> 제아무리 신중하게 강철과 구리를 둘러쓰고 숨어도,
> 죽음은 그 감춘 머리를 금세 찾아낼 것이다.
>
> 프로페르티우스

^A 그러니 꿋꿋하게 서서 이 적을 버티며 그와 싸우기를 배우자. 무엇보다 먼저 죽음이 우리에 대해 가진 가장 유리한 조건을 빼앗기 위해 통상적인 방법과는 정반대의 길을 택하자. 죽음에서 낯섦을 제거하자. 죽음을 실습하고, 죽음에 익숙해지고, 죽음만큼 염두에 두는 것이 달리 없게 하자. 매 순간 죽음을 떠올려 온갖 모습으로 상상하자. 말이 비틀거리거나 기와가 떨어지거나 핀에 찔리거나 하면, 그때마다 재빨리 곱씹는 것이다. "그래, 이게 바로 죽음이었다면?" 그러면서 정신 바짝 차리고 노력하는 것이다. 축제나 즐거운 일 중에도 항상 우리의 조건을 거듭 기억하며, 우리

〔 170 〕

의 그 희열이 얼마나 많은 방식으로 죽음에게 과녁을 제공하고, 죽음이 얼마나 사방을 공략하며 우리의 희열을 위협하는지 때때로 상기되지 않을 만큼 넋 놓고 즐거움에 빠지지는 말자. 이집트 인들이 그렇게 했다. 그들은 잔치가 한창이고 가장 즐거울 때, 죽은 사람의 해골을 가져오게 했다. 손님들에게 경각심을 불러일으키려고.

> 하루하루가 너를 비추는 마지막 날이라고 상상하라,
> 그러면 네가 기대하지 않았던 시간을 감사히 받으리라.
> 호라티우스

죽음이 어디서 우리를 기다리고 있는지 알 수 없다. 그러니 어디서나 죽음을 기다리자. 죽음에 대해 미리 숙고하는 것은 자유를 예비하는 것이다. 죽을 줄 알게 된 사람은 예속을 모른다. 죽는 법을 아는 것, 그것이 우리를 모든 종속과 속박에서 해방시킨다. ^C 생명을 잃는 것이 불행이 아님을 잘 알게 된 사람에게는 인생에 불행이란 없다. ^A 파울루스 아이밀리우스[104]는 그의 포로가 된 가련한 마케도니아 왕이 사람을 보내 자기를 그의 개선식에 끌고 가지 말아 달라고 청하자 이렇게 말했다. "그것은 자기 자신에게 청하라고 하라."

사실 모든 일에서 천성이 좀 도와주지 않으면, 기술도 책략도 그다지 나아질 수 없다. 나는 우울한 성격은 아니지만 몽상가이다. 거의 매일 죽음을 상상하는데, 그보다 더 나를 사로잡는 것도 없

104
?~B. C. 160. 고대 로마 장군, 정치가.

20장 철학을 한다는 것은 죽는 것을 배우는 것이다

다. 내 생애의 가장 혈기 방장한 시절,

> B 활짝 꽃핀 내 인생이 그 봄날을 누리고 있을 때,
> 카툴루스

A 여인네들에게 둘러싸이고 놀이에 빠져 있을 때조차, 어떤 이는 내가 무슨 질투, 또는 뭔가 불확실한 희망에 나 혼자 몰두해 있다고 생각하곤 했지만, 그때 나는, 얼마 전 누군가가 꼭 나처럼, 느긋함과 연애와 기분 좋은 시간만 머릿속에 가득 담고 비슷한 잔치 자리를 뜬 길에, 열병에 걸려 종말을 맞이한 것을 숙고하며, 같은 운명이 내 귀에도 걸려 있음을 곱씹고 있었다.

> B 순식간에 현재는 지나가고, 우리는 결코
> 그것을 되돌릴 수 없으리라.
> 루크레티우스

A 그렇다고 그런 생각 때문에 더 이마를 찌푸리지는 않았다. 그런 상념들이 주는 쓰라림을 처음부터 느끼지 않기란 불가능하다. 하지만 계속 그것들을 다잡고 다독이다 보면 오랜 후엔, 반드시 길들일 수 있다. 그러지 않았다면 나는 아마 끊임없이 공포와 광기에 사로잡혀 있을 것이다. 나만큼 목숨을 의심하고, 나만큼 목숨이 지속될 것을 못 미더워한 사람도 없으니까. 내가 지금까지 거의 중단된 바 없이 매우 튼튼하게 누려 온 건강이 내 희망을 늘여 주지 않듯, 병도 그 희망을 줄여 주지는 않는다. 매 분마다 내가 내게서 빠져나가는 것 같다. C 그래서 끊임없이 되풀이해 나 자

[172]

신에게 "다른 날 일어날 수 있는 일이 오늘 일어날 수도 있다."라고 노래를 부른다. ^A 사실 재난과 위험이 우리를 종말과 조금이라도 더 가까워지게 하는 것은 아니다. 우리를 가장 위협하는 것 같은 사고가 아니라도 우리 머리로 떨어질 수 있는 오만 가지 것들 중에 그런 위험이 얼마나 많은지를 생각해 보면, 우리가 건강하건 열병에 걸렸건, 항해 중이건 집에 있건, 전투 중이건 쉬는 중이건, 죽음은 똑같이 곁에 있음을 알게 된다. ^C "누구도 옆 사람보다 약하지 않다. 아무도 내일을 더 장담할 수 없다."(세네카)

^A 죽기 전에 해야 할 일이 있는데 한 시간 정도면 되는 일이라 해도, 내게는 그 일을 마칠 여유가 충분할 것 같지 않다.

한번은 어떤 이가 내 서판들을 뒤적이다가 비망록 하나를 발견했다. 내가 죽은 뒤에 이루어졌으면 하는 것을 기록해 둔 것이었다. 나는 솔직히 말해 주었다. 아픈 데도 없고 기분도 좋았지만 집까지 당도할 수 있을지 안심이 되지 않아, 내 집에서 십 리쯤 떨어진 곳에서 서둘러 썼노라고. ^C 끊임없이 내 생각들로 나를 품어 키우며, 또한 내 안에 생각들을 만들어 내는[105] 사람으로서 나는 언제나 되도록 준비된 상태로 있으려 한다. 그러면 죽음이 덮쳐와도 전혀 새삼스러울 게 없으리라.

^A 가급적 언제나 신발 끈을 매어 두고 떠날 채비를 하고 있어야 한다. 무엇보다 그때가 왔을 때, 오직 나 자신 이외에는 걸린 문제가 없게 해 두어야 한다.

***

105
직역하자면, '내 생각들로 나를(새가 알을 품듯) 부화시키며, 또 내 안에 생각들을 해산하는(coucher)'

20장 철학을 한다는 것은 죽는 것을 배우는 것이다

^B 왜 그토록 많은 계획을 세우느라 열을 내는가,
이 짧은 생애에?

호라티우스

^A 다른 것을 덧붙이지 않아도 여기서 해야 할 일거리가 모자라지 않을 텐데 말이다. 어떤 이는 죽음 자체보다 죽음이 영광스러운 승리의 가도를 끊어 놓는 것을 한탄한다. 어떤 이는 딸을 결혼시키기 전에 떠나야 하는 것을, 또는 자식들 교육을 감독하지 못하고 가는 것을 슬퍼한다. 마치 자기 존재의 주된 의지가지인 양, 어떤 이는 아내를, 어떤 이는 자식을 옆에 둘 수 없음을 아쉬워한다.

^C 나는 지금 이 순간, 하느님이 도우사, 그분이 원할 때는 언제라도, 삶 자체에 대한 애착 때문에 삶을 잃는 것이 슬픈 것 말고는, 그 무엇에도 연연치 않고 떠날 수 있는 상태이다. 나는 모든 인연에서 홀가분해졌다. 나 자신만 빼고 모두에게 반쯤은 작별 인사를 해 두었다. 어떤 이도 내가 마음먹은 것보다 더 깨끗이 그리고 전적으로 세상을 떠날 준비를 하지 못했고, 어떤 이도 내가 나 자신에게 다짐한 것 이상으로 세상에서 벗어나지 못했다.¹⁰⁶

^B "가련하도다, 오, 가련하도다, 나여." 하고 사람들은 말한다.
"불길한 날, 그 단 하루가 생의 모든 기쁨을 앗아 가누나!"

106
1695년판에는 "가장 완벽하게 죽은 사자(死者)들이 가장 건전하다."라는 문장이
덧붙여졌다.

〔 174 〕

루크레티우스

^A 집 짓는 자는 말한다.

내 작업은 미완인 채 멈춰 버리는구나.
거대한 벽면들은 곧 무너질 듯하다.
베르길리우스

그토록 긴 숨이 필요한 일을 계획해서는 안 된다. 또는 적어
도 기필코 끝을 봐야 한다고 열을 올려서는 안 된다. 우리는 행동
하도록 태어났으니,

한창 일을 하는 중에 죽음이 닥치기를 원하노라.
오비디우스

나는 사람들이 행동하기를 바라고, 또 ^C 생명의 기능을 할 수
있는 한 연장하기를 바란다. ^A 그리고 죽음은 내가 양배추를 심는
중에, 그러나 죽음에는 아랑곳 않고, 불완전한 채로 두고 가는 내
밭에 대해서는 더욱 무심히 그 일을 할 때 와 주기 바란다. 나는 어
떤 이가 임종 때, 우리의 15대인지 16대인지 왕에 관해 그가 집필
중이던 역사책의 맥락을 자기 운명이 끊어 놓는다고 끊임없이 불
평하며 죽는 것을 보았다.

^B 하지만 그들도 이 말은 덧붙이지 못한다.
"너 죽은 다음엔 그것들 중 어느 하나도

〔 175 〕

20장 철학을 한다는 것은 죽는 것을 배우는 것이다

너를 갈망으로 떨게 하지 못한다."

루크레티우스

^A 그런 속되고 해로운 기분은 떨쳐 버려야만 한다. 예배당에 잇대어, 또는 마을에서 가장 왕래가 많은 장소에 묘지를 만드는 것은, 낮은 신분의 백성, 여자, 아이들이 죽은 사람을 봐도 전혀 겁먹지 않도록 길들이고, 계속 유골, 무덤, 장례 행렬을 보여 줘, 우리의 조건에 대한 경각심을 불어넣기 위해서라고 뤼쿠르고스는 말하곤 했다.

^B 그뿐인가, 살인으로 잔치의 흥을 돋우고,
향연에 검투사들의 잔인한 대결을 섞는 것이 옛날의 관습,
흔히 그들이 잔들 위에까지 엎어져
식탁을 피로 흥건하게 하곤 하였다.

실리우스 이탈리쿠스

^C 잔치를 끝낼 무렵 사람을 시켜 "마시고 즐겨라, 죽으면 이렇게 될 테니까."라고 소리치며 죽음을 묘사한 거대한 그림을 참석자들에게 보여 주게 하는 이집트인들처럼, ^A 나는 상상 속에 떠올려 보는 데 그치지 않고 끊임없이 죽음을 입에 올리는 습관을 들였다. 사람들의 죽음에 대해서만큼 내가 적극적으로 캐묻는 것은 없다. 그들은 어떤 말, 어떤 얼굴, 어떤 태도로 죽음을 맞이했는가? 역사책에서도 그보다 더 주의 깊게 읽는 대목은 없다. ^C 내가 잔뜩 채워 넣은 예들만 봐도 내가 이 문제를 각별히 좋아한다는 것이 드러난다. 내가 만일 책 만드는 사람이라면, 다양한 죽음

[176]

에 대해 주석을 붙인 사례집을 만들 것이다. 사람들에게 죽는 법을 가르치는 이는 사는 법을 가르치는 것이리라.

디카이아르코스는 이와 비슷한 제목으로 책을 썼지만 덜 유용한 다른 목적에서였다.[107]

A 사람들은 내게 말할 것이다. 죽음의 실상은 상상을 무한히 초월하므로, 실제로 죽음과 맞닥뜨리면 아무리 대단한 검술로도 질 수밖에 없다고. 마음대로 말하게 하라. 아무튼 미리 생각해 두는 것이 틀림없이 크게 유리하다. 그리고 적어도 낯빛을 바꾸거나 진땀을 흘리지 않고 거기까지 가는 것이 아무것도 아니란 말인가? 그뿐이 아니다. 자연 자체가 우리에게 손을 빌려주며 용기를 북돋아 준다. 만일 짧고 격렬한 죽음이라면, 두려워할 겨를이 없다. 그렇지 않은 경우라면, 병이 깊어감에 따라 천천히 깨달으며 자연스럽게 삶에 대한 경멸에 빠져들 것이다. 나는 열병에 걸렸을 때보다 건강할 때 더 죽음을 받아들이기 어렵다는 것을 깨닫는다. 인생의 낙과 멀어지고 재미도 없어지면서 이제는 그것들에 크게 집착하지 않게 되고, 그만큼 죽음을 훨씬 덜 겁먹은 눈으로 바라보게 되었다. 이 점이 내게, 삶에서 멀어지고 죽음과 가까워질수록 이 둘의 교체를 쉽게 해 내리라는 희망을 준다. 마찬가지로 모든 일이 가까이에서보다 멀리서 볼 때 흔히 더 중대하게 여겨진다고 한 카이사르의 말[108]을 여러 기회에 시험해 보았더니, 병에 걸렸

107
B. C. 4세기경 그리스 철학자. 그의 책『인간 생명의 소멸』은 전해지지 않는다.
인간의 영혼이 육체의 각 부분의 조합에 의해 형성되며 육체와 함께 사멸한다는
반(反)플라톤적 견해를 표명하는 책이라 한다.

108
「갈리아지」에서 카이사르가 한 말은 정확히 "눈앞에 보이지 않는 위험이 대개 가장

20장 철학을 한다는 것은 죽는 것을 배우는 것이다

을 때보다 건강할 때 병을 훨씬 더 혐오한다는 것을 알게 되었다. 지금 더할 나위 없이 기분 좋고 즐겁고 힘이 넘치니, 상상으로 절반은 더 부풀린 그 반대 상태가 더 끔찍한 것처럼 보이고 실제보다 훨씬 더 무겁게 느껴지지만, 막상 어깨에 져 보면 그렇지도 않은 것이다. 죽음도 그렇게 왔으면 좋겠다.

B 우리가 겪는 일상적 변화와 쇠퇴를 통해 자연이 어떻게 우리로 하여금 우리의 손실과 악화를 느낄 수 없게 하는지를 깨닫자. 한 늙은이에게 청춘의 원기와 지나간 인생에서 남은 것이 무엇인가?

슬프구나! 노인들에게 인생에서 남은 몫이 무엇인가!

막시미아누스

C 카이사르의 근위병 하나가 지쳐 탈진한 모습으로 길에서 그를 찾아와 자살하려 하니 제대시켜 달라고 청했다. 카이사르는 그 황폐한 몰골을 바라보며 놀리듯 대답했다. "그대는 그러니까 아직 살아 있다고 생각하는군." B 만일 단번에 그런 상태로 떨어진다면 우리가 그런 변화를 견뎌 낼 수 있으리라고 생각되지 않는다. 그러나 자연은 거의 느낄 수 없게 조금씩 조금씩, 한 걸음 한 걸음, 완만한 경사로를 통해 그 가련한 상태로 우리를 굴려 보내 그것에 익숙해지게 만든다. 그리하여 우리는 젊음이 우리 안에서 죽을 때 어떤 충격도 느끼지 못하지만 사실 그 죽음이야말로 쇠약해진 생명이 완전히 죽어 버리는 죽음, 노년의 죽음보다 본질적으로 사실

심란하게 만든다."이다.

[178]

에세 1

상 더 가혹한 죽음이다. 비참한 존재에서 비존재로 떨어지는 것은, 한창 꽃핀 감미로운 존재에서 고생스럽고 괴로운 존재로 떨어지는 것만큼 대단한 일은 아니니 말이다.

   ^A 구부려 접은 몸으로는 짐을 받치기가 더 힘들다. 우리 영혼도 마찬가지이다. 적수의 공격에 맞서도록 영혼을 단련해 일으켜 세워야 한다. 영혼이 죽음을 두려워하는 동안에는 휴식이란 불가능하기 때문이다. 그러므로 만일 영혼이 죽음에 대한 두려움에서 벗어나면, 마치 인간 조건을 초월한 무엇인 듯 영혼은 자기를 자랑 삼을 수 있다. 불안도 고통도 두려움도, 나아가 가장 작은 불쾌함조차 자기 안에는 깃들 수 없다고 말이다.

   ^B 폭군의 위협적인 시선도,
   아드리아해를 뒤집어 놓는 성난 오스터(남풍)도,
   벼락을 퍼붓는 주피터의 억센 손도,
   그 무엇도 그의 굳센 마음을 흔들 수 없다.

   호라티우스

   ^A 이럴 때 영혼은 자기 정념과 탐욕을 다스리고, 빈곤, 수치, 가난, 그리고 다른 모든 풍상고초를 이겨 내는 주재자가 되는 것이다. 할 수만 있다면 그런 영예를 차지하자. 우리로 하여금 억압과 불의에 맞서고 감옥과 족쇄를 우습게 여기게 하는 진정한 자유, 최고의 자유가 거기에 있다.

   "네 손과 발에 족쇄를 채워
   잔인한 옥지기에게 지키게 하리라."

   〔 179 〕

20장 철학을 한다는 것은 죽는 것을 배우는 것이다

"내가 원할 때, 신이 몸소 나를 해방시키리라."

— 필경 이 말은 죽겠다는 말이리라. 죽음은 모든 것의 종
말이니까.

호라티우스

우리 종교의 인간적 토대 중 삶에 대한 멸시보다 더 확실한
것은 없었다. 일단 잃고 나면 애석해할 수도 없는 것을 왜 잃을까
봐 두려워해야 하느냐는 이성의 추론만이 우리를 삶에 대한 멸시
로 이끄는 게 아닌 것이다. 그리고 우리를 위협하는 죽음의 방식
이 수없이 많고 보면, 그것 모두를 두려워하는 것이 그중 하나를
감수하는 것보다 더 괴롭지 않겠는가?

^C 불가피한 일이라면 그게 언제이건 무슨 상관인가? "서른 명
의 참주가 자네에게 사형을 선고했네."라고 말해 준 자에게 소크라
테스가 말했다. "대자연이 그들에게도 같은 선고를 내렸네."라고.

모든 고통을 면하게 해 줄 길목에서 괴로워하다니, 우리는 얼
마나 어리석은가!

우리의 출생이 모든 사물의 출생을 우리에게 가져다주었듯
이, 우리 죽음 또한 모든 사물의 죽음을 가져다주리라. 우리가 백
년 전에 살지 않았다고 우는 것이 미친 짓인 것처럼, 지금부터 백
년 후에 살지 못한다고 우는 것도 미친 짓이다. 죽음은 다른 생명
의 근원이다. 여기로 들어오며, 이 생으로 들어오는 것이 괴로워
서, 우리는 울었다. 우리의 옛 껍질을 벗어야 했기에.

한 번이면 되는 일이 괴로울 것은 없다. 그토록 짧은 시간에
일어나는 일을 그토록 긴 시간 동안 걱정한다는 것이 도대체 이치
에 맞는 일인가? 오래 살건, 얼마 못 살건, 죽고 나면 매한가지이

〔 180 〕

에세 1

다. 더 이상 존재하지 않는 것에게 긴 것도 짧은 것도 있을 수 없으니 말이다. 히파니스강에는 하루밖에 살지 않는 작은 벌레들이 있다고 아리스토텔레스는 말한다. 아침 8시에 죽는 것은 젊어 죽는 놈이요, 오후 5시에 죽는 것은 노쇠해서 죽는 놈이다. 우리 중 누가 이 촌음 같은 생애를 행불행으로 논하는 걸 웃지 않겠는가? 영원, 아니면 하다못해 산, 강, 별, 나무 또는 다른 짐승들과 비교해 본다면, 우리 인생을 가지고 기니 짧으니 하는 것 역시 그에 못지 않게 우스운 일이다.

^A 대자연이 우리에게 떠나라고 강요한다. 들어왔던 것처럼 이 세상에서 나가라며 말한다. 괴로움도 두려움도 없이, 죽음에서 생으로 나왔던 그 길을 따라 생에서 죽음으로 건너가라. 너희의 죽음은 우주 질서의 한 조각이다. 세상 생명의 일부분이다.

> ^B 필사(必死)의 인간은 서로에게 생명을 넘겨주나니,
> 경주장 안의 계주 선수들처럼 손에서 손으로 불꽃을 전달한다.

루크레티우스

^A 너희를 위해 사물들의 이 아름다운 구조를 바꾸란 말인가? 죽음은 너희가 창조된 조건이요, 너희의 일부이다. 너희는 너희 자신을 기피하고 있는 것이다. 너희가 향유하고 있는 너희의 그 존재는 공평하게 죽음에도 속하고 삶에도 속한다. 너희가 태어난 첫날은 너희를 삶으로 이끌듯 죽음으로 이끈다.

우리 최초의 시간은 우리에게 생명을 줌과 동시에

[181]

20장 철학을 한다는 것은 죽는 것을 배우는 것이다

벌써 그것을 베어 냈다.

세네카

태어나는 순간부터 우리는 죽어 가니, 우리 생의
종말은 시작의 결과이다.

마닐리우스

^C 너희가 영위하는 삶 전부가 생명에서 앗아 온 것이다. 생명
은 생명의 희생으로 유지된다. 너희 생명의 끊임없는 작업은 죽음
을 짓는 것이다. 생명 안에 있는 동안 너희는 죽음 안에 있다. 너희
가 더 이상 생명 중에 있지 않을 때라면, 너희는 죽음 이후에 있는
것이기 때문이다.

또는 이렇게 말하는 것이 더 좋다면, 삶이 끝나면 너희는 죽
은 자이다. 하지만 사는 중에 너희는 죽어 가고 있고, 죽음은 죽은
자보다 죽어 가는 자를 훨씬 더 거칠게 건드린다. 훨씬 더 생생하
게, 훨씬 더 본질적으로.

^B 삶을 잘 이용했다면, 너희 몫을 충분히 누린 것이니, 만족하
며 떠나라.

포식한 손님처럼 삶을 뜨지 않을 이유가 무엇인가?

루크레티우스

삶을 이용할 줄 몰랐다면, 생명이 너희에게 쓸모가 없었다면,
그것을 잃은들 어떠하며, 그것을 더 원해 무엇할 것인가?

〔 182 〕

에세 1

무엇 때문에 불리고 싶어 하는가,

또다시 비참하게 낭비할 날들,

아무 유익도 없이 사라질 날들을?

루크레티우스

^C 삶은 그 자체로는 좋은 것도 나쁜 것도 아니다. 너희가 무엇
에 내어 주느냐에 따라 삶은 선의 자리도 되고 악의 자리도 된다.

^A 너희가 하루를 살았다면 모든 것을 본 것이다. 하루는 모든
날과 똑같다. 다른 빛도 없고 다른 어둠도 없다. 저 해, 저 달, 저
별들, 그것들의 배치, 그것은 너희 조상들이 즐겼던 그대로요, 또
지금 있는 그대로 너희 자손들을 기껍게 할 것이다.

^C 그대의 조상도 다른 것을 보지 않았고, 그대의 자손도 다
른 것을 보지 않으리라.

마닐리우스

^A 최악의 경우라도, 내 연극의 모든 막들의 분배와 변화는 일
년이면 완성된다. 너희가 나의 사계절의 변화에 유의해 봤다면,
세상의 유년, 청소년, 장년, 노년이 다 그 사계절 안에 들어 있다.
공연은 완료된 것이다. 다시 시작하는 것 외에 다른 재주란 없다.
언제나 그와 같을 것이니,

^B 우리는 똑같은 쳇바퀴를 돌며, 벗어나지 못하고,

루크레티우스

〔 183 〕

20장 철학을 한다는 것은 죽는 것을 배우는 것이다

세월은 자기 자취를 따라 끊임없이 제 궤도를 맴돈다.

베르길리우스

A 나는 너희에게 새로운 소일거리를 만들어 줄 생각이 없다.

더 이상 네 마음에 들 무엇을 궁리하고 만들 수 없으니,
모든 것이 예전 그대로일 뿐이다.

루크레티우스

이제 다른 이들에게 자리를 내주어라. 다른 이들이 너희에게
내주었듯이.
　C 공평은 공정의 첫째 조건. 모두가 당하는 일을 당하는 것을
그 누가 불평할 수 있으랴. 아무리 살아 봐도 죽어 있을 시간을 축
내지는 못하니 다 부질없는 것이다. 젖먹이 때 죽은 것이나 매한
가지로 오래오래, 너희가 두려워하는 그 상태에 있게 되리라.

원하는 만큼 수백 년을 의기양양하게 살아 보았자,
여전히 영원한 죽음이 기다리고 있으리라.

루크레티우스

B 뿐만 아니라 나는 너희를 불만이 전혀 없을 상태에 놓아 둘
것이니,

모르는가, 죽음이 별도의 너를 살려 두어
산 몸으로 두발로 서 네 시신을 굽어보며

〔 184 〕

신음하게 할 리 없다는 것을?

루크레티우스

지금 그토록 아까워하는 생명도 열망하지 않을 것이다.

그때엔 사실, 아무도 목숨이건 자신이건 걱정하지 않는다.
우리 자신에 대한 어떤 미련도 남아 있지 않을 테니까.

루크레티우스

죽음은 무(無)보다도 더 두려울 것 없는 하찮은 것이다. 무보
다 더 하찮은 것이 있을 수 있다면 말이다.

우리는 죽음을 훨씬 더 작은 무엇으로 생각해야 하느니,
만일 무엇이 무(無)보다 더 작을 수 있다면 말이다.

루크레티우스

^C 살아서건 죽어서건 죽음은 너희와 상관없다. 살아서는 너희
가 살아 있기 때문에, 죽었으면 너희는 더 이상 없기 때문에.
^A 그 무엇도 제 시간 전에 죽지 않는다. 너희가 두고 가는 시
간은 너희가 태어나기 전의 시간만큼이나 너희의 것이 아니요,
^B 너희와 상관이 없다.

돌아보라, 우리보다 앞서 지나간 영겁의
시간이 우리와는 아무 상관없음을.

루크레티우스

〔 185 〕

20장 철학을 한다는 것은 죽는 것을 배우는 것이다

^A 너희의 인생이 어디서 끝나건, 거기까지가 전부이다. ^C 삶이 유익했는지 아닌지는 기간에 달린 것이 아니라 삶을 어떻게 썼느냐에 달렸다. 어떤 자는 오래 살고도 조금 살았다. 아직 삶 중에 있을 때 그것에 유의하라. 충분히 사는 것은 너희의 의지에 달린 것이지 산 햇수에 달린 것이 아니다. ^A 너희가 끊임없이 향해 가던 그곳에 결코 다다르지 않을 줄 알았단 말인가? ^C 끝이 없는 길이란 없다. ^A 길동무가 있는 것이 위안이 된다면, 세상 역시 너희가 가는 같은 길을 가고 있지 않은가?

> ^B 모든 것이 너를 따라 죽음으로 가리라.
>
> 루크레티우스

^A 너희가 흔들리듯 모든 것이 흔들리지 않는가? 너희와 함께 늙어 가지 않는 것이 있는가? 너희가 죽는 바로 그 순간에 수많은 인간, 수많은 짐승, 수많은 다른 피조물도 죽는다.

> ^B 갓난아이의 가냘픈 울음소리에 섞여
> 죽음과 침통한 장례를 따르는
> 고통의 절규가 들려오지 않은 채
> 밤이 낮에, 새벽이 밤에 이어 온 적은 한 번도 없다.
>
> 루크레티우스

^C 죽음을 면할 수 없는 바에야 그 앞에서 뒷걸음질 친들 무슨 소용 있나? 죽음을 통해 크나큰 비참을 면하게 되었으니 죽어서 다행이었던 자들을 너희는 충분히 보았다. 반대로 죽어서 잘못된

〔 186 〕

에세 1

이를 본 일이 있는가? 너희 자신도, 다른 이도 경험해 보지 못한 것을 단죄하는 것은 아주 어리석은 일이다. 왜 너[109]는 나와 운명을 원망하는가? 우리가 네게 잘못하고 있는가? 우리가 너를 다스려야 하는가, 아니면 네가 우리를 다스려야 하는가? 네 나이는 아직 차지 않았을지라도, 네 명은 다 찼다. 어린 인간도 성인과 마찬가지로 온전한 인간이다.

사람들도, 그들의 인생도, 자로 잴 수 없다. 키론은 시간과 수명을 관장하는 신인 아버지 사투르누스에게서 불멸의 조건에 대해 듣고는 그것을 거절했다. 생각해 보라. 실로 영원한 삶이란 것이 내가 준 삶보다 얼마나 더 힘겹고 고생스러울지를. 만일 너희에게 죽음이 없다면, 아마도 너희는 죽음을 주지 않았다고 쉬지 않고 나를 저주할 것이다. 죽음의 편익을 보고 너희가 너무 탐욕스럽고 무분별하게 덥석 끌어안지 못하게 하려고 나는 일부러 죽음에 약간의 쓰라림을 섞어 놓았다. 삶을 피하지도 않고, 죽음 앞에서 겁먹고 물러서지도 않는, 내가 너희에게 요구하는 그 중용에 머무르게 하려고, 삶과 죽음 둘 다 달콤함과 쓰라림 사이에 조절해 놓았다.

나는 너희 현자들 중 맏이인 탈레스에게 사는 것과 죽는 것이 다르지 않음을 가르쳤다. 그래서 누가 그에게 "그렇다면 왜 죽지 않느냐."라고 묻자 그는 "아무래도 좋으니까."라고 아주 현명하게 답했던 것이다.

109
여기서부터 이 문단의 끝까지 자연의 대화 상대자는 너희, 'Vous'에서 단수인 너, 'Tu'로 바뀌고, 이후 두 문단 넘어 다시 '너희'가 등장한다. 갓난아이를 연달아 잃은 몽테뉴의 경험, 죽음에 대한 그의 강박관념을 상기시킨다.

20장 철학을 한다는 것은 죽는 것을 배우는 것이다

물, 흙, 공기, 불, 그리고 나의 이 전체 구조를 이루는 다른 지
체들은 네 생명의 도구인 만큼 네 죽음의 도구이기도 하다. 왜 마
지막 날을 두려워하는가? 그날도 다른 하루들만큼밖에는 네 죽음
에 기여하지 않는다. 마지막 걸음이 너를 피로하게 하는 게 아니
다. 그 걸음은 마침내 네 피로를 선언할 뿐이다. 모든 날들이 죽음
을 향해 가고, 마지막 날은 거기에 도착한다.

    A 이것이 우리 어머니인 대자연의 선한 충고이다. 그런데 나
는 자주 생각해 봤다. 우리 자신이 당하든 남이 당하든 집에서보
다 전쟁터에서 죽음의 얼굴이 비할 수 없이 덜 무섭게 여겨지는
것은 무슨 까닭이며(그렇지 않다면 군대는 의사와 울보 천지이리
라.), 죽는 것은 마찬가지인데 신분이 낮은 촌사람들이 다른 이들
보다 훨씬 꿋꿋한 것은 무슨 까닭일까 하고 말이다. 나는 죽음 자
체보다 우리가 그것에 덮어 씌운 무시무시한 얼굴과 치장들이 더
겁먹게 한다고 진심으로 믿는다. 완전히 달라진 새로운 생활 방식,
어미들, 여자들, 아이들의 울부짖음, 망연자실한 사람들의 방문,
눈물 젖은 해쓱한 얼굴로 둘러선 많은 하인들, 어두침침한 방, 불
켜진 초들, 의사들과 기도사들에게 둘러싸인 베갯머리. 요컨대 우
리를 둘러싼 온갖 공포와 질림 등이 말이다. 벌써 우리는 매장되
어 땅속에 묻혀 있다. 아이들은 친구라도 가면을 쓰고 있으면 무
서워한다. 우리도 그렇다. 사람들뿐 아니라 사물들에서도 가면을
떼어 내야 한다. 가면을 떼어 내고 보면, 우리는 그 밑에서 최근에
하인이나 순진한 하녀가 두려움 없이 넘어간 바로 그 죽음을 발견
하게 될 것이다. 저렇게 끔직하게 분장(扮裝)할 겨를을 저 분장 장
치들을 준비할 여유를 주지 않는 죽음은 복되도다!

〔 188 〕

21장
상상의 힘에 관하여

^A "강력한 상상은 실제로 바뀐다."라고 학자들은 말한다. 나는 상상의 힘이 막강함을 느끼는 편이다. ^C 누구나 그 힘을 느끼지만, 어떤 이들은 그 힘에 밀려 넘어지기도 한다. 나로서는 꿰뚫고 지나가는 듯한 느낌이다. 나의 방책은 상상의 힘을 피하는 것이지 거기에 맞서는 것이 아니다. 나는 건강하고 즐거운 사람들하고만 어울려 살고 싶다. 다른 사람의 괴로움은 실제로 나를 괴롭힌다. 내 감정은 흔히 다른 이의 감정을 그대로 내 것으로 떠안는다. 누가 계속 기침을 하면 내 폐와 목도 자극을 받는다. 사랑과 의무로 맺어진 환자보다는 별 어려움 없이 편하게 볼 수 있는 사람을 문병하는 것이 내게는 더 낫다. 나는 병을 관찰하다가 그 병을 붙들어 내 안에 기거하게 한다. 상상이 하는 대로 그냥 두고, 나아가 거기에 박수까지 쳐 주는 사람들은 상상만으로도 능히 열이 오르고 죽음에 이르는 일을 겪더라도 이상할 것이 없다는 게 내 생각이다.

시몽 토마는 당대의 대단한 의사였다. 툴루즈에 있을 때 어느 날 폐를 앓는 어떤 부유한 노인의 집에서 그와 마주쳤는데, 그는 병에서 회복할 방법을 놓고 노인과 이야기를 하다가, 그 노인이 이따금 나를 불러 함께 유쾌한 시간을 보내는 것도 한 방법일 수 있겠다고 말했다. 내 얼굴의 신선한 기운에 시선을 집중하고 한창

〔 189 〕

때의 청년인 내게서 뿜어져 나오는 활력과 경쾌함을 생각하며, 내가 머물고 있던 저 꽃피는 상태로 그의 감각을 채우다 보면 병이 호전되리라는 것이다. 하지만 그는 그 때문에 내 건강이 나빠질 수도 있다는 사실을 말해 주는 것은 잊고 있었다.

  ᴬ 갈루스 비비우스 황제는 광기의 본질과 그 작동 장치를 이해하는 데 너무 열중한 나머지 판단력이 제자리를 벗어나는 지경에 이르러 다시는 원래대로 회복할 수 없었다. 그래서 그는 지혜가 넘쳐 미치광이가 된 것을 자랑할 수 있는 자가 되었다. 더러 공포에 질려 사형 집행인이 손댈 겨를도 없이 최후를 맞는 이들도 있다. 사실은 사면장을 읽어 주기 위해 묶인 몸을 풀어 준 것인데 오로지 상상만으로 지레 사형대 위에서 뻣뻣하게 굳어 죽은 사람도 있다. 우리는 상상력이 흔드는 대로 땀을 뻘뻘 흘리기도 하고 덜덜 떨기도 하며, 얼굴이 창백해지기도 하고 붉어지기도 한다. 푹신한 깃털 요 위에 누워서도 상상의 자극을 받아 몸이 뒤흔들리는 것을 느끼며, 그 때문에 때로 숨이 넘어갈 지경이 되기도 한다. 피가 끓는 청춘은 곤히 잠든 시간에도 격렬한 상상에 빠져들다 꿈속에서 사랑의 욕구를 채우기도 한다.

> 그래서 이들은 흔히 일을 다 마치기라도 한 듯
> 둑이 넘치게 강물을 흘려보내
> 입고 자던 옷가지를 다 적시곤 한다.
>
> 루크레티우스

  그리고 잘 때는 없었던 뿔이 밤사이 돋는 일은[110] 별스럽지 않기는 하지만, 이탈리아 왕 키푸스에게 일어났던 일은 기억해 둘

〔 190 〕

에세 1

만하다.[111] 낮 동안에 황소들이 싸우는 모습에 열광하다 그날 밤 내내 꿈속에서도 자기 머리에 두 개 뿔을 달고 있었던 그에게 정말로 이마에 뿔이 돋은 것은 상상의 힘 때문이다. 크로이소스의 아들은 태어나면서부터 목소리를 내지 못했는데도 강렬한 정념에 사로잡혀 소리치다가 목소리를 갖게 되었다.[112] 안티오쿠스 왕은 스트라토니케의 아름다움이 너무 강렬하게 그 영혼에 아로새겨진 나머지 열병에 걸렸다. 플리니우스는 루시우스 코시티우스가 결혼식 날 여성에서 남성으로 바뀐 모습을 직접 봤다고 이야기한다. 폰타누스와 다른 이들도 지난 수백 년 동안 이탈리아에서 일어난 비슷한 변신의 예에 대해 이야기하고 있다. 자신과 어머니의 강렬한 열망으로 말미암아,

   이피스는 소녀였을 때의 소원을 이뤄 남자가 되었다.

   오비디우스

   B 비트리 르 프랑수아를 지나다가 한 남자를 만났는데, 수아송의 주교에게 추인을 받아 제르맹이라는 이름을 얻은 사람으로, 그곳 주민 모두가 스물두 살까지는 여자로 여기고 그렇게 보았던, 마리라는 이름의 처녀였다. 내가 만났을 당시에는 얼굴에 수염이

110
남자에게 뿔이 돋는다는 것은 그가 모르는 새에 자기 아내가 외간남자와 관계하게 된 것을 뜻한다.

111
이 이야기는 오비디우스가 쓴 『변신』에 나온다.

112
헤로도토스가 『역사』에 적고 있는 바에 따르면, 크로이소스 왕이 죽을 위험에 처한 것을 본 순간, 태어날 때부터 벙어리였던 아들이 목소리를 내기 시작했다고 한다.

21장 상상의 힘에 관하여

잔뜩 나고 나이도 들었으며 결혼은 안 한 상태였다. 그의 말을 들어 본즉 힘을 주며 뛰어오르다 보니 남자의 것이 튀어나왔다는 것이다. 지금도 그곳 처녀들 사이에 부르는 노래가 있는데, 너무 높이 뛰다간 마리 제르맹처럼 사내가 되니 조심하라는 내용이었다. 이런 종류의 일이 자주 있다고 해서 그다지 놀랄 일도 아니다. 왜냐하면 상상이 이런 일에 힘을 발휘한다면, 줄기차고도 완강하게 이 주제에 매달려서 매번 똑같은 생각과 강렬한 욕망에 사로잡히느니, 아예 처녀들 몸에 남자의 일부를 붙여 주는 편이 더 나을 테니 말이다.

  ᴬ 다고베르 왕과 성 프란체스코의 몸에 난 상처가 상상 때문이라고 생각하는 사람들이 있다. 생각 때문에 이따금 살이 제자리에서 떨어져 나간다는 것이다. 켈수스가 말한 어떤 사제는 영혼이 완전한 황홀경에 빠진 나머지 그의 육신이 오랫동안 숨을 쉬지도 감각을 느끼지도 못했다고 한다. ᶜ 성 아우구스티누스는 또 다른 이를 언급하는데, 이 사람은 탄식하고 슬퍼하는 소리가 들리기만 하면 갑자기 쓰러져 도무지 정신을 차리지 못하는데, 몸을 흔들고 소리 지르며 꼬집고 불에 그을려도 그대로이다가 이윽고 정신이 돌아오는 것이었다. 그리고 자기가 무슨 소리를 듣기는 했는데 아련히 멀리서 들려오는 듯했다며 그제야 제 몸에 데고 멍든 자국을 알아보았다고 한다. 이것이 실제 느끼고도 아닌척 꾸며 낸 말이 아니라는 것은 그동안 맥박도 숨도 멈춰 있었던 사실이 증명해 주었다.

  ᴬ 기적이나 환시, 마법, 기타 기이한 일을 사람들이 그대로 믿는 가장 큰 이유는 마음이 여린 편인 범인(凡人)들에게 상상의 힘이 주로 작용하는 탓일 것이다. 마음이 단단히 붙들린 이 사람들

〔 192 〕

에세 1

은 보이지 않는 것을 보인다고 생각한다.

저 재미있는 '고리 엮기'는[113] 요즘 사람들이 워낙 골치를 앓는 문제인지라 만나면 누구나 그 이야기만 하는데, 내 보기에는 그것도 대개는 불안해하고 두려워하다 생기는 일이다. 내가 직접 경험한 바이지만, 그에 관한 한 나 자신이나 다름없이 장담할 수 있는 사람이 하나 있는데, 그는 조금도 몸이 허약하지 않고 또 주술에 걸려 있을 리도 없는 인물이었다. 그런데 그의 친구 하나가 일을 막 벌이려던 찰나, 점잖게 굴 필요가 전혀 없는 그 순간에 이상하게 몸이 말을 듣지 않아 잠자리를 망쳤다는 이야기를 했는데, 자기도 비슷한 경우에 처하게 되자 갑자기 친구 이야기의 끔찍했던 기억이 너무 심하게 상상을 후려친 나머지 그 역시 한심한 처지가 되고 말았던 것이다. ^C 그 뒤로는 계속 같은 사태가 되풀이되었는데, 그 일에 대한 고약한 기억이 그를 짓누르고 꼼짝 못 하게 한 것이다. 그는 이 망상을 또 다른 망상으로 치료할 방법을 찾아냈다. 상대에게 미리 자기는 이러저러한 버릇이 생겼다고 이야기해 정신적인 긴장을 풀고, 상대가 이 불행을 그러려니 하고 맞이하게 함으로써 의무감을 덜면서 그의 기분이 훨씬 가벼워진 것이다. 마음의 긴장이 풀리고 차분해진 데다 몸도 정상적인 상태가 되자 그는 적당한 기회에, 자기 사정을 아는 상대에게 자기 몸을 우선 시험하고 이윽고 붙잡아 기습하게 함으로써 그 고민을 완전히 떨쳐 낼 수가 있었다. 한번 해낸 일은 정말로 몸이 불구인 경우 말고는 더 이상 제대로 안 될 수가 없는 것이다.

^A 우리 마음이 욕망과 경외심 때문에 과도하게 긴장한 상태에

113
잠자리에서 남자를 불능으로 만든다고 믿었던 마법.

있거나, 특히 달콤한 기회가 예기치 않게 또 급박하게 다가와 일을 벌이려 할 경우에만 이런 불상사가 일어날 수 있다. 이런 때는 당황하지 않을 도리가 없다. 내가 아는 어떤 사람은 ^C 이 격정의 열기를 식히기 위해 ^A 다른 데서 얼마간 정욕을 채운 육체로 일을 시도하는 것이 도움이 되었고, ^C 나이를 먹어 가면서 힘이 빠지는 덕분에 그런 쪽 능력은 더 강해졌다. 어떤 이는 몇몇 마법으로부터 지켜 줄 대응책이 있다는 친구의 장담 덕에 그런 불상사를 피할 수 있었다. 그 일의 자초지종은 내가 이야기하는 것이 낫겠다.

나와 막역한 사이인 지체 높은 가문의 백작이 결혼을 하게 되었는데, 신부가 될 아름다운 여성을 쫓아다니며 구애하던 어떤 자가 축하연에 참석하게 되어 백작의 친구들이 몹시 곤혹스러워했다. 특히 직접 혼례를 주관하며 자기 집에서 식을 올리게 한 신랑 친척인 노부인은 행여 이런저런 주술이 행해지지나 않을까 염려하다 내게 그런 속마음을 내비쳤다. 나는 염려 말고 내게 한번 맡겨 보라고 했다. 마침 내가 가지고 있던 금고 안에 자그마한 금박 조각이 하나 있었는데, 거기에는 정수리 부분의 두개골 접합부에 잘 대고 있으면 일사병을 예방하고 두통을 가라앉혀 준다는 천궁도가 새겨져 있었다. 그리고 정수리에 꼭 맞게 댈 수 있도록 턱밑에서 맬 수 있는 띠가 달려 있었다. 지금 우리가 이야기하고 있는 어이없는 짓과 사촌쯤 되는 황당한 생각이다. 이 희한한 선물은 우리 집에 머물고 있던 자크 펠티가 준 것인데, 나는 이참에 한번 이용해 보자 생각하고 백작에게 말했다. 집에 백작이 잘못되기를 비는 사람들이 있으니 다른 이들처럼 백작도 김새는 경험을 하게 될지 모른다, 그래도 꿋꿋이 잠자리에 들어라, 내가 친구 노릇을 제대로 해 주겠다, 내가 일으켜 줄 수 있는 기적이 하나 있는데,

필요하다면 그것도 아끼지 않을 참이다, 백작이 명예를 걸고 이 사실을 비밀로 간직한다는 약속을 내게 먼저 해야 한다, 사람들이 밤참을 갖다 주러 올 때, 일이 잘 안 되고 있으면 그저 내게 이러저러한 신호를 보내면 된다.

마법 이야기를 귀에 못이 박이게 듣고 생각한지라 자기 상상이 만드는 혼란에 빠져 몸이 바로 되지 않는 것을 느낀 그는 약속한 시간에 내게 신호를 보냈다. 나는 그에게 말했다. 우리를 쫓아내야겠다는 핑계로 침대에서 일어나 장난치는 척하며 내가 걸치고 있는 잠옷 가운을 뺏어라.(나와 그는 체격이 비슷했다.) 그것을 입은 채 내가 시키는 일을 빼놓지 말고 전부 따라야 하는데 우선 우리가 나가고 나면 잠자리에서 일어나 소변을 보러 가서 이러저러한 주문을 세 차례 외우고 모종의 동작들을 하는 것이다. 그리고 매 차례 내가 손에 쥐여 주는 끈을 몸에 두르는데 끈에 연결된 금박을 고환에 지그시 누르며, 새겨진 형상이 어떤 자세가 되게 해야 한다. 그런 다음 끈이 풀리거나 원래 자리에서 움직이지 않도록 단단히 조이고 나서 편안한 마음으로 과업을 성취하러 가면 된다. 잊지 말아야 할 것은 내 잠옷을 침대 위에 펼쳐서 신랑 신부 둘 다 몸을 덮어야 한다.

이런 우스꽝스러운 짓이 주효해 어떤 결과를 만들어 내는 것이다. 아무리 이상한 방법이라 해도 그것이 모종의 알쏭달쏭한 학문에서 비롯된 것이라는 관념에서 우리 생각은 헤어나지 못한다. 부질없는 모습이 되레 그런 방법에 무게를 실어 주고 존경심을 얻게 만든다. 결국 내 부적은 태양보다는 금성(비너스)과 관련된 것이고, 태양의 기운을 막기보다는 사랑의 신의 기운을 북돋는 것으로 드러났다. 내 천성과 달리 이런 일을 꾸미게 된 것은 갑자기 호

[195]

기심이 일어서이다. 교묘하게 꾸며서 하는 일은 내 천성의 적이며, 나는 장난으로뿐만 아니라 유리해지기 위해서도 내 손으로 술책을 부리는 것을 혐오한다. 행위는 사악하지 않을지라도 방법은 사악하기 때문이다.

이집트 왕 아마시스는 몹시 아름다운 그리스 처녀 라오디케와 결혼했다. 다른 면에서는 언제나 온유한 남편이던 그가 아내를 향유하는 일이 뜻대로 되지 않자 무슨 주술 때문이라 생각하고 그녀를 죽이겠다고 위협했다. 상상에서 비롯된 일의 경우 흔히 그렇게 하듯 그녀는 그에게 기도를 올리러 가라고 했고, 비너스 신에게 소원을 말하고 서약을 한 그가 공물을 바치고 제사를 드린 첫날 밤부터 신통하게도 몸이 말을 듣게 되었다.

그런데 여성들이 우리를 맞을 때 찡그리고 싸우는 듯한 얼굴로 싫은 표정을 짓는 것은 우리에게 불을 질러 놓고 불길이 사위어 들게 하는 셈이니 잘못된 일이다. 퓌타고라스의 며느리는 남자와 잠자리를 함께하는 여성은 치마를 벗을 때 수치심도 버려야 하며, 치마를 다시 입으면서 수치심을 되찾아야 한다고 말하곤 했다. A 공격수의 마음은 여러 가지 불안감으로 동요되어 있어 쉽게 기가 꺾인다. 상상이 한번 이런 수모를 맛보게 하면, (처음 갖는 잠자리에서만 상상이 이런 일을 벌이는 것은 이때의 관계가 훨씬 격렬하고 날카로우며, 처음으로 자신의 내밀한 모습을 보이는 까닭에 행여 실패할까 하는 두려움이 더욱 강해지기 때문이다.) 시작을 잘못한 탓에 낭패감으로 열이 받치고 부아가 치밀어 이 실패가 계속 이어진다.

C 신랑 신부는 시간이 온전히 자기들 것이니 준비되지 않았으면 일을 서두르지도, 시도하지도 말아야 한다. 처음 겪은 낭패에

[196]

에세 1

놀라고 절망해 줄곧 계속되는 비참한 지경에 빠지기보다는 차라리 두 사람만의 더 차분한 다음 기회를 기다리면서, 동요와 열기로 가득한 신방을 억지로 갖는 것을 무례하더라도 포기하는 것이 더 낫다. 이런 환자는 자존심만 생각해 자기를 결정적으로 입증하려고 고집하지 말고, 함락하기 전에 먼저 돌격도 해 보고 여러 차례 가볍게 건드려도 보고 위험에 노출되는 것도 해 봐야 한다. 자기 몸이 원래 말을 잘 듣는 것을 아는 이들은 그저 자기의 엉뚱한 망상을 역으로 속여 넘길 궁리만 하면 된다.

이 기관이 말을 안 듣고 제멋대로라는 지적은 옳다. 우리가 써먹을 일이 전혀 없을 때는 참으로 거북하게 불쑥 나서고, 꼭 써야만 할 순간에는 너무나 난감하게 널브러져 더없이 방자하게 우리 의지와 패권을 다투는가 하면, 머릿속으로 또 손을 써서 아무리 애걸복걸해 봐도 너무나 오만하고 고집스럽게 거절한다.

그렇지만 이 기관의 반역 행위를 비난하면서 이를 유죄 사유로 내세운 소송이 있어 이 피고가 내게 자신을 변론해 달라고 비용을 지불한다면, 나는 아마도 피고의 동료인 다른 신체 부위들에 혐의를 둘 것이다. 그것을 놓고 이런 송사를 벌이는 것은 그것의 용도가 너무 중요하고도 달콤한 것인지라 시기심이 발동한 탓이며 서로 공모해 세상 사람들이 그것을 비난하게 했다고 말이다. 자기네들 공동의 과오를 악의적으로 단 한 부분의 책임인 양 몰아가고 있는 것이다. 왜 그런고 하니, 생각을 좀 해 보시라, 우리 몸 가운데 때때로 우리 의지가 시켜도 작동을 거부하고, 시키지도 않는데 작동을 실행하는 경우가 없는 부분이 하나라도 있는가? 우리도 모르게 떠오른 얼굴 표정 때문에 숨기고 있던 생각이 훤히 드러나 함께 있던 사람들에게 속마음을 들킨 일이 얼마나 여러 번

21장 상상의 힘에 관하여

인가? 그것들은 각기 저 나름의 정념을 가지고 있어, 이 정념이 우리 허락 없이도 그 기관들을 때로는 깨우고 때로는 잠재우는 것이다.

이 기관을 생기 있게 만드는 요인이 우리도 모르게 심장과 폐와 맥박 또한 생기 있게 만든다. 마음에 드는 대상을 보노라면 미처 깨닫지 못하는 사이 우리 내부에 뜨거운 감정의 불길이 퍼져 가는 것이다. 우리 의지뿐만 아니라 생각과도 상관없이 혼자 깨어나고 혼자 잠드는 근육과 혈관이 어디 이것뿐인가? 우리는 두려움이나 욕망으로 머리칼더러 쭈뼛 일어서라고 지시하지도 않고 살갗더러 파르르 떨라고 지시하지도 않는다. 손은 흔히 우리가 보내지도 않는 곳으로 저 혼자 나아간다. 자기들 좋을 때, 혀가 굳고 목청이 막힌다. 요리할 게 없어서 기꺼이 마음을 돌리려 해도 먹고 싶고 마시고 싶은 욕구가 자기 밑에 딸린 부분들을 요동치게 하는 것은 또 다른 욕구가 하는 것과 더도 덜도 아니게 비슷하다. 그러다가도 또 자기 좋을 때 계제 사납게 우리를 떠나기도 한다. 배 속을 비우는 기관은 신장 언저리를 비우는 부분들과 마찬가지로 우리 생각과 무관하게 그리고 생각과 반대로 저 혼자서 팽창하고 수축한다. 성 아우구스티누스는 인간의 의지가 전능함을 정당화하기 위해, 엉덩이로 하여금 원하는 만큼 방귀를 뀌게 하는 사람을 본 적이 있다고 했고, 그의 주석자인 비베스는 자기 시대의 예를 덧붙이며 이 견해를 뒷받침하기를, 낭송하는 시구의 음조에 가락을 맞추는 방귀도 있다고 했지만, 그것이 이 기관이 온전히 고분고분 말을 듣는다는 것을 뒷받침해 주는 것은 아니다. 보통 이것만큼 조심성 없고 제멋대로인 기관이 어디 있겠는가? 한 가지 덧붙이자면, 내가 아는 어떤 것은 너무 거칠고 다루기 힘들어서 사

〔 198 〕

에세 1

십 년 동안 자기 주인에게 계속해서 쉬지 않고 방귀를 뀌게 하더니 결국 그를 죽음으로 인도한 경우도 있다.[114]

우리가 이런 비난을 내놓는 이유는 우리 의지의 권리를 옹호하기 위해이서지만, 이 의지야말로 제멋대로이고 순종을 모른 채 반란과 소란을 일으킨다는 것이 더 진실에 가깝지 않은가! 의지가 원해 주었으면 하고 우리가 바라는 대로 원해 주던가? 오히려 흔히 원해서는 안 된다는 것을 원하지 않던가? 그것도 명백히 우리에게 해가 되는 것을? 마찬가지로 우리 이성이 내리는 결론에 의지가 다른 기관보다 더 고분고분 따르던가?

결국 내 의뢰인을 변론하자면, 이 소송에서 의뢰인의 경우는 그 반려자인 공동 이해 관계인과 불가분하게 또 구별할 수 없게 연결되어 있는데도 오직 그를 두고서만 재판이 진행되고 있으며, 동원되는 논변이나 비난은 소송 당사자들의 특성을 고려할 때 결코 공동 이해 관계인에게 적용될 수 없고 연관될 수도 없는 것들이다.[115] 그런즉, 고소인들의 적대적인 태도와 불법부당함은 명백히 드러난 셈이다. 어찌 됐든 자연은 변호사와 판사들이 한껏 떠들고 판결해 봐야 헛일이라고 선언하며, 자신의 운행을 계속해 갈

114
구르네 편집판에는 다음과 같은 글이 덧붙여져 있다.
"그리고 신의 가호로 나는 그저 이야기로만 알고 있을 뿐이지만, 단 한 번의 방귀를 우리 배가 거절함으로써 우리가 아주 고통스러운 죽음의 문가에까지 가는 경우가 얼마나 많은가. 그리고 우리에게 어디서나 방귀를 뀔 자유를 준 황제는 그럴 수 있는 권력을 우리에게 준 셈이다."
115
1595년판에는 다음의 내용이 추가되어 있다. "왜냐하면 내 의뢰인의 본성은 이따금 분별없이 졸라 대긴 하지만 결코 거절하는 법이 없으며, 그것도 말없이 조용하게 조르기 때문이다."

것이다. 필멸의 존재들을 탄생시키는 작업을 홀로 영원히 수행해
가는 이 기관에만 자연이 어떤 특권을 주었다고 해도, 그것이야말
로 자연이 행한 합당하고 나무랄 데 없는 작업인 셈이다. 그래서
소크라테스는 생식을 신성한 행위로 보았고 사랑은 불멸을 향한
욕망으로, 그리고 불멸의 다이몬 그 자체로 여긴 것이다.

　A 아마도 이 같은 상상의 작용 때문에 어떤 이들은 이곳 프랑
스에 와서 연주창을 치료하고 가고 또 어떤 이들은 낫지 못한 채
그대로 스페인으로 돌아가는 것이다. 바로 그 때문에 이런 일을
행할 때는 마음의 준비를 하라고 요구하는 것이 관행이다. 자기들
이 만든 엉터리 탕약을 상상의 효과로 대체할 생각이 아니라면 의
사들이 왜 먼저 환자들에게 반드시 낫는다는 거짓 약속을 수없이
반복하면서 그들의 믿음을 얻어 두려 하겠는가? 의사들은 이 직업
의 대가 한 사람이 남겨 놓은 글에, 약을 보는 것만으로도 효과를
얻는 이들이 있다고 쓰여 있는 것을 알고 있다.

　내가 (앞서 이야기한) 난데없는 수작을 벌인 것은, 돌아가신
아버지의 일을 봐 주던 약제사가 생각나서였다. 그는 우직하고 허
풍이나 거짓이 거의 없는 스위스 사람으로 툴루즈에 있는 상인 한
사람을 오랫동안 알고 지내왔는데, 이 사람은 병약한 데다 결석
이 있어 이따금 관장을 해야 했다. 그래서 자기가 아픈 상태에 따
라 의사들에게 다양한 처치를 하도록 요구했다. 의사들이 불려 와
서 보면 늘 하던 치료 절차에서 빠진 것이 하나도 없었다. 그가 직
접 손을 대 보고 관장제가 너무 뜨겁지는 않은지 확인하는 일도
자주 있었다. 그가 자리에 엎드려 누우면 온갖 처치가 이루어지는
데, 한 가지, 관장 자체만은 하지 않았다. 이 의식이 끝나고 나면
약제사는 물러가고 환자는 관장을 한 것처럼 편안해져서, 실제로

[200]

에세 1

관장을 한 사람들과 비슷한 효과를 느끼는 것이었다. 의사가 보기에 효과가 충분치 않다 싶으면 똑같은 방식으로 두세 번 같은 일을 되풀이한다. 내 증인이 맹세코 이야기한 바에 따르면, 비용을 아끼기 위해(그는 진짜 관장제를 쓴 것처럼 그 비용을 지불했던 것이다.) 이 환자의 아내가 그저 미지근한 물만 넣게 해 몇 차례 시도를 했는데, 효과가 없어 들통이 나고 말았다. 그래 봐야 소용없다는 것을 알고 나서는 다시 처음 방식으로 돌아가는 수밖에 없었다고 한다.

한 여인은 빵을 먹다가 핀을 삼켰다고 생각하자 목에 견딜 수 없는 통증을 느끼는 듯 괴로워하며 소리를 질렀다. 목에 핀이 걸려 있는 것이 느껴진다고 믿은 것이다. 그러나 보기에는 부어오르지도 않고 달라진 곳도 없었다. 어떤 총명한 사람이 목으로 넘어가던 빵 조각에 잠깐 찔린 것인데 혼자만의 상상으로 그리 생각하는 것일 뿐이라고 판단하고, 여인에게 목 안의 것을 토하게 한 뒤 그 토사물 속에 구부러진 핀을 하나 슬쩍 던져 두었다. 핀을 토했다고 생각한 여인은 금세 통증이 사라졌다.

내가 아는 이야기로, 자기 집에서 사람들에게 식사 대접을 한 어떤 귀족이 그로부터 사나흘 뒤 장난 삼아 떠들기를, (음식 안에 그런 것이 전혀 없었는데도) 자기가 대접한 것이 고양이 고기로 만든 파이였다고 했다. 식사를 같이 했던 한 처녀가 이 이야기를 듣고 너무 끔찍한 생각이 든 나머지 심한 위경련과 고열에 시달렸는데 그녀를 살려 낼 수가 없었다.

짐승도 우리 인간과 마찬가지로 상상의 힘에 종속되어 있다. 주인을 잃으면 슬픔으로 죽어 가는 개들이 그 증거이다. 개들도 꿈속에서 짖고 실룩거리며, 말들도 잠든 채 히힝거리고 발버둥치

〔 201 〕

21장 상상의 힘에 관하여

는 것을 볼 수 있다.

그러나 이 모든 것은 몸과 마음이 긴밀히 연결되어 서로 자신의 경험을 알려 주기 때문일 것이다. 그런데 때로 상상은 자신의 몸만이 아니라 다른 사람의 몸에도 작용하는 경우가 있다. 페스트나 천연두, 눈병이 이 사람에서 저 사람에게로 옮는 것처럼, 몸은 자기 병을 옆의 몸에도 넘겨 주는데,

> 안질 걸린 눈을 바라보면 보던 눈도 아파지고 말 듯이
> 많은 병이 이처럼 이 몸에서 저 몸으로 옮겨 간다.
> 오비디우스

마찬가지로 격렬하게 동요된 상상도 애꿎은 대상을 능히 해칠 수 있는 화살들을 발사한다. 옛사람들 이야기에 따르면 스키타이의 어떤 여인들은 누군가에 대해 분노가 치밀어 독기가 오르면 노려보는 것만으로도 그를 죽일 수 있었다고 한다. 거북이와 타조는 그저 바라보는 것만으로도 알을 부화시키는데, 그 눈길에 수태시키는 모종의 힘이 있다는 표시이다. 마법사들의 경우, 그들의 눈은 남을 해치고 상하게 하는 힘이 있다고들 이야기한다.

> 어떤 알지 못할 사악한 눈길이 내 순한 양들을 홀리는구나.
> 베르길리우스

마법사는 내가 신용하기 어려운 탐탁지 않은 존재이다. 그럼에도 우리가 경험으로 확인하는 것은, 아이를 가진 여성들이 자기네 상상의 흔적을 태아에게 남긴다는 것이다. 무어인 아이를 낳은

〔 202 〕

에세 1

여성의 경우가 그 증거이다.[116] 보헤미아 왕이자 황제인 카를로스를 피사 부근에 사는 처녀가 알현했는데, 처녀의 온몸에 털이 무성했다. 그녀의 어미 말로는 자기 침대에 걸어 놓은 세례자 성 요한의 상 때문에 그런 모습으로 수태되었다는 것이었다.

동물의 경우도 마찬가지인데 야곱의 양들이 그렇고, 눈 덮인 산에서 흰색으로 변해 가는 뇌조와 산토끼가 그렇다. 얼마 전 우리 집에서 사람들이 목격한 일인데, 고양이 한 마리가 나무 위에 앉은 새를 훔쳐보다 둘이서 한동안 시선을 고정한 채 서로를 빤히 바라보고 있더니, 자기 상상에 취해 버렸는지 아니면 고양이가 지닌 어떤 끌어당기는 힘에 이끌린 것인지, 새가 마치 죽은 듯 고양이 발 앞에 툭 떨어져 내렸다. 매사냥을 좋아하는 사람들은 어느 매사냥꾼 이야기를 들은 적이 있을 것이다. 그는 하늘에서 맴돌고 있는 솔개를 꼼짝 않고 바라봄으로써 오직 시선의 힘만으로 새가 아래로 내려오게 할 수 있다며 내기를 걸었다는 것이다. 사람들 말에 따르면, 과연 그렇게 해내더라고 했다. 내가 인용하는 이야기들의 진위는 그것을 전하는 사람들의 성실성에 맡겨 둔다.

B 이야기들에 대한 성찰은 내 몫이다. 그것은 경험이 아니라 이성이 입증하는 바에 따라 이루어진다. 누구나 자기 나름의 예를 거기에 덧붙일 수 있다. 그런 예를 보지 못한 사람도 수많은 예가 있다는 사실은 믿지 않을 수 없으리라. 세상에 일어나는 일은 무수하고 한없이 다양하니 말이다.

<hr/>

116

흑인 아이를 낳아 간음죄로 고발당한 왕비를 위해 히포크라테스가 나서서 그녀의 무고함을 밝혀 주었는데, 그는 왕비의 침대 옆에 무어인의 초상화가 있었다는 사실을 그 근거로 들었다. 이 이야기를 기록한 것은 로마 가톨릭 4대 교부 중 하나인 성 히에로니무스이며, 그 뒤 여러 작가가 이 일화를 인용했다.

^C 내 논평이 적절하지 못하면 다른 사람이 나 대신 해 주기 바란다.

그러므로 나처럼 우리의 습속이며 마음의 움직임을 탐구해 보는 자리에서는 허구의 증언일지라도 개연성만 있다면 진실한 증언과 마찬가지로 쓰임새가 있는 것이다. 일어난 일이건 일어나지 않은 일이건, 파리에서건 로마에서건, 장에게건 피에르에게건, 그것은 항상 인간에게 일어날 수 있는 일의 한 예이며 그 덕분에 나는 인간의 가능성에 대해 유용한 것을 알게 된다. 나는 그림자에서건 실체에서건 그것을 보고 나름대로 이용한다. 그리고 이런 이야기들을 전하는 여러 가지 이설 중에서, 가장 희귀하고 기억할 만한 것을 가져다 쓰려고 한다. 어떤 작가들은 무슨 일이 일어났는지를 기술하고자 한다. 나의 목표는 할 수만 있다면, 무슨 일이 가능한지를 이야기하는 것이 될 것이다. 학교에서는 확인된 사실을 댈 수 없을 경우 유사한 경우를 상정하는 것이 정당하게 허용된다. 내 경우는 그렇게 하지 않는데, 그 점에서 나는 미신에 가까울 만큼 신중해서 어지간한 역사 기록의 충실함도 넘어설 정도이다. 내가 읽고 듣고 행하거나 말한 것 중에 이 책에 적고 있는 예화들은 아무리 사소하고 쓸모없는 부분일지라도 감히 손끝 하나 건드리지 않기로 다짐했기에 내 의식 속에서는 토씨 하나도 고치지 않았는데, 나의 무지가 어떤 수작을 부렸을지는 잘 모르겠다.

이 점과 관련하여 나는 이따금, 역사를 기술하는 일이, 신학자나 철학자, 혹은 그런 유형의 엄밀하고 보기 드문 양심과 예지를 가진 이들에게 딱히 적합할 것인지 생각해 보게 된다. 그런 이들이 어떻게 민중의 믿음을 자기 말이 진실하다는 근거로 삼을 것인가? 어떻게 일면식도 없는 사람들의 생각을 옳다고 보증할 것이

〔 204 〕

며, 모르는 자들의 추측을 확실한 현금인 양 통용시킬 수 있겠는가? 자기들 면전에서 일어나는 복잡한 면모의 행동들에 대해 재판관 앞에서 선서를 하고 증언하라면 그들은 거절할 것이다. 그들이 나서서 그의 의향은 이런 것이라고 온전히 보증해 줄 만큼 친숙한 인간이란 없다. 나는 현재의 일보다는 지나간 일에 대해 쓰는 것이 덜 위험하다고 생각한다. 필자는 남에게 빌려 온 진실에 대해서만 설명해도 되기 때문이다.

어떤 이들은 나더러 우리 시대의 사건들에 대해 써 보라고 한다. 내가 남보다 덜 편파적으로, 또 어쩌다 우연한 행운으로 다양한 당파의 우두머리들을 직접 대면할 수 있었으니 더 가까이서, 돌아가는 사정을 바라보리라 여기면서 말이다. 내가 살루스티우스 같은 역사가의 영광을 위해 이 직분의 고난을 감당할 마음이 없다는 것, 그리고 책임감과 끈기, 인내심 따위와는 철저히 담을 쌓고 지내는 사람이라는 것을 그들은 말하지 않는다. 방대한 서술이야말로 내 글쓰기 방식과 가장 거리가 멀다는 사실도 말이다. 나는 금세 숨이 차서 빈번히 문장을 끊는다. 나는 그럴싸한 구성도 전개도 모른다. 가장 평범한 일에 쓰이는 표현과 어휘에 대해서도 어린애보다 더 아는 것이 없다. 그 때문에 나는 그저 내가 말할 수 있는 것을 말해 보기로 한 것이다. 재료를 내 힘에 맞춰 가며 말이다. 나를 끌고 가는 주제를 따라가자면, 내 보조가 주제의 보조와 어긋나게 될 것이다. 내 자유는 너무 제멋대로여서, 내가 내린 판단들이 내가 봐도 그렇고 이치를 따져도 그렇고, 온당치 않을뿐더러 처벌을 면치 못할 것들도 있으리라는 사실을 그들은 말하지 않는다. 플루타르코스라면 자기가 이룩한 것을 놓고서 이렇게 말할 것이다. 자기가 든 예화들이 온전히 그리고 어느 모로나

〔 205 〕

21장 상상의 힘에 관하여

진실인 것은 다른 이들의 덕이지만, 그 이야기가 후대 사람들에게 유익한 것이 되고 우리 앞에 미덕의 길을 환히 비추게 된 것은 자기 자신의 업적이라고 말이다. 옛날 일을 두고 이렇게 혹은 저렇게 이야기하더라도 치료용 약재의 경우와 달리 위험할 것은 없다.

22장
한 사람의 이익은 다른 이의 손해이다

^A 아테네 사람인 데마데스는 자기네 도시의 장례용품 판매업자에게 유죄 선고를 내렸다. 그가 지나친 이문을 요구하고, 또 그 이문은 많은 이들이 죽지 않으면 그에게 생길 수 없다는 게 그 이유였다. 이 재판은 잘못된 것 같다. 이익이란 다른 이의 손해가 없고서는 생길 수 없으니, 그런 이유에서라면 모든 이윤을 단죄해야 할 것이기 때문이다.

상인은 젊은이의 낭비가 있어야만 장사가 잘되고, 농부는 밀 값이 비싸야, 집 짓는 이는 집들이 무너져야 돈을 번다. 사법관들은 사람들 사이의 소송과 분쟁이 있어야 일거리가 있고, 성직자들의 활동과 영예조차 우리 죽음과 악덕의 덕을 본다. 의사란 자기 친구의 건강조차 달갑게 여기지 않으며, 병사는 자기 고장의 평화마저도 기꺼워하지 않는다고 고대 그리스의 한 희극 작가는 말했다.¹¹⁷ 다른 일도 마찬가지이다. 그리고 더 나쁜 것은, 각자 자기 속을 들여다보면 우리의 내적인 소망들이 대개 남을 희생시키며 생기고 자란다는 것을 깨닫게 되리라는 것이다.

그 점을 곰곰 생각하니, 자연은 이 점에서도 전혀 자신의 보

117
B. C. 2~3세기 아테네에서 활동하던 시인이자 희극 작가인 필레몬을 가리킨다.

편적인 질서를 거스르지 않는다는 생각이 들었다. 왜냐하면 자연학자[118]들은 각 사물의 탄생과 섭생, 그리고 성장이 다른 것의 변질과 부패라고 주장하니 말이다.

어떤 사물이 변화해 그 본성이 바뀌면,
그 즉시, 전에 존재했던 사물의 죽음이 초래되기 때문이다.

루크레티우스

118
18장의 naturaliste와 같은 뜻으로 physicien.

23장
습관에 대해, 그리고 기존의 법을 쉽게 바꾸지 않는 것에 관하여

^A 어떤 시골 아낙이 갓 태어난 송아지를 두 팔에 안고 다니며 계속 쓰다듬다 보니 그 일에 익숙해져 다 큰 황소가 되었는데도 여전히 들고 다닐 수 있게 되었더라는 이야기를 처음 지어낸 사람은, 내 보기에 습관의 힘이 어떠한지를 아주 잘 아는 사람이다. 왜냐하면 습관이란 정말이지 포악하고 음흉한 여선생 같기 때문이다.[119] 습관은 우리가 모르는 새에 조금씩 우리 안에 자기가 행사하는 권위의 발판을 세워 놓는다. 이처럼 유순하고 눈에 띄지 않게 일단 시작하고 나서는 시간의 도움을 받아 그것을 고정시켜 단단히 박아 넣은 뒤, 이윽고 폭군의 성난 얼굴을 우리에게 드러내며, 그 앞에 선 우리는 감히 눈을 들어 올려다볼 생각조차 할 수 없게 되는 것이다. 우리는 자연의 규칙이 언제나 습관에 의해 깨지는 것을 볼 수 있다. ^C "습관은 무슨 일에서나 가장 힘있는 주인이다."(플리니우스)

^A 나는 ^C 플라톤의 『국가』에 나오는 동굴 이야기가 그럴 법하다고 생각한다.[120] 그리고 ^A 의학적인 추론을 자주 접어 두고 습

119
프랑스어에서 '습관(la coutume)'이 여성형인 탓에 '여선생'이라는 표현을 쓴 것.

120

관의 권위에 의지하는 의사들을 신뢰한다. 또한 습관을 이용해 독을 먹고 살 수 있게 자기 위장을 단련시킨 왕의 이야기도 믿으며, 알베르투스[121]가 전하는 것처럼, 거미를 먹고 살아가는 데 익숙해진 처녀의 이야기 역시 그럴 수 있다고 생각한다.

   B 새로운 인도라고 불리는 세상에서는 다양한 환경에 사는 수많은 종족이 거미를 먹고 살며 거미를 저장해 두는가 하면 키우기도 하는데, 메뚜기나 개미, 도마뱀, 박쥐도 마찬가지여서 기근이 들 때면 두꺼비도 금화 여섯 닢에 팔린다고 한다. 이런 것들을 익혀서 갖가지 소스에 버무려 먹는다. 또 어떤 종족들에게는 우리가 먹는 고기나 음식이 치명적인 독이 되기도 한다. C "습관의 힘은 크기도 해라. 사냥꾼들 눈밭 속에 여러 밤 지새우며 산중 태양빛에 끄떡없이 살 태우고, 손에 감는 가죽 끈 밑 쇠징에 맞아 살 찢기는 검투사들 신음 한 번 없으니."(키케로)

   우리가 일상적으로 경험하는 바이지만, 익숙해지는 것이 얼마나 우리 감각을 무디게 하는지를 생각한다면 이 기이한 예화들도 별로 기이할 것이 없다. 나일강 폭포 주변에 사는 사람들에 대한 이야기나 천상의 음악에 대한 철학자들의 생각, 즉 단단한 별들이 천상계를 굴러가다 서로를 건드리고 스치는 과정에서 경이로운 화음을 만들어 낼 수밖에 없고 이 화음의 리듬과 음조에 따라 별들의 춤도 그 궤도와 양태를 바꾼다는 것을 일부러 나가서 확인할 필요는 없을 것이다. 하지만 아무리 그 소리가 커도 이 우주 안 어떤 생명체도 그것을 들을 수가 없는 것은 이집트인들의

동굴에 갇힌 수인들은 벽에 비치는 그림자를 현실 그 자체로 여긴다.
121
13세기 독일의 신학자, 철학자.

경우가 그러하듯, 지속되는 소리에 의해 우리의 청각이 무뎌졌기 때문이다. 대장장이나 물방앗간 주인, 그리고 무기 제조공들이 만약 우리처럼 귀가 멍해진다고 하면 그들의 귀를 때리는 그 소음을 견뎌 내지 못할 터이다. 꽃향기를 배게 만든 가죽 조끼는 내 코가 즐거우라고 입는 것이지만, 한 사흘 연이어 입고 나면 주변 사람들의 코만 즐거울 뿐이다.

더 이상한 것은 한참 사이를 두고 중단된 다음에도 습관은 우리 감각에 제 인상을 결합시켜 효과를 낼 수 있다는 것이다. 이는 종탑 옆에 사는 사람들이 경험하는 바이다. 내가 거처하는 곳은 내 집의 한 탑인데, 매일 해가 뜨고 질 무렵이면 어디선가 커다란 종이 삼종 기도 시간을 알리기 시작한다. 그 소리의 울림이 얼마나 심한지 내가 있는 탑이 다 놀랄 정도다. 처음에는 견딜 수 없더니 얼마 안 있어 익숙해지다가 나중에는 별 불편 없이 그리고 잠을 깨지 않고도 지낼 수 있게 되었다.

플라톤은 호두를 가지고 노는 아이를 나무랐다. 그 아이가 "아무것도 아닌 일로 저를 나무라시네요." 하고 대꾸하자, 플라톤은 "습관이란 절대 사소한 일이 아니다."라고 말했다.

내 생각으로는 우리가 지닌 최대의 악덕들은 아주 부드러운 유년 시절부터 자리를 잡기 시작한다. 그러니 우리의 성품은 주로 유모들의 손에 의해 만들어지는 셈이다. 자기 아이가 닭의 목을 비트는 것을 보며 장난을 친다고 생각하고, 개나 고양이에게 상처를 입히는데도 운동하는 중이라고 생각하는 어머니들이 있다. 어떤 아버지들은 전혀 방어할 줄 모르는 농부나 하인을 부당하게 때리는 것을 보면서 우리 아들이 장차 씩씩한 군인이 될 조짐이라고 여기거나, 사악한 기만과 술수로 친구를 교묘히 속이는 것을 보

23장 습관에 대해, 그리고 기존의 법을 쉽게 바꾸지 않는 것에 관하여

며 우리 아들이 참 영리하기도 하다며 좋아하는 얼빠진 짓을 한다. 이런 모습이야말로 잔인성과 포악함, 그리고 배신의 진정한 씨앗들이고 뿌리인 것이다. 그런 것들은 거기서 싹이 튼 뒤 이윽고 거침없이 줄기를 뻗으며, 습관의 손 안에서 무성하게 자라난다. 그러니 아직 어려서 그러는 것이라거나 별일이 아니라는 이유로 이 못된 습벽들을 접어 두는 것은 지극히 위험한 교육 방식이다. 우선 여기서 모습을 드러내는 것은 바로 천성인데, 천성의 목소리는 아직 가녀린 까닭에 더욱 순수하고 분명한 법이다. 두 번째로 속임수는 금화 한 닢이냐 바늘 하나이냐의 차이에 따라 그 추함이 달라지지는 않는다. 그것은 그 자체가 추해서 추한 것이다. 바늘을 놓고 속임수를 쓰는 사람이니 어찌 금화를 두고서 속이려 들지 않겠는가 하고 말하는 것이, 겨우 바늘을 두고 속이려 했을 뿐이지 금화를 두고서 그럴 리는 없다고 흔히들 말하는 것보다 훨씬 더 타당하게 들린다. 악덕은 그 악한 본질 때문에 미워할 수 있도록 아이들을 정성으로 가르쳐야 한다. 그리고 그들이 행동만이 아니라 마음속에서도 악덕을 피해 갈 수 있도록 악덕 본래의 기형성을 알게 해 주어야 한다. 악덕이 쓰고 있는 가면이 무엇이건, 그것을 생각하는 것만으로도 가증스러워지도록 말이다.

나는 어릴 적부터 항상 평평하고 넓은 길을 걷도록 지도받았고, 아이들과 놀면서 속임수나 잔꾀를 섞는 것을 혐오했기 때문에 (사실 아이들의 놀이는 그냥 놀이가 아니라 아이들이 하는 가장 심각한 일임을 유념해야 한다.) 아무리 가벼운 오락을 하더라도 속임수에 대해서는, 일부러 애쓰지 않고도 자연스러운 성향에 따라, 그리고 내 내면으로부터 극도로 혐오한다는 것을 잘 알고 있다. 아내나 딸을 상대로 이기거나 지거나 상관없는 푼돈 내기를 할 때

〔 212 〕

도 진짜 내기를 할 때처럼, 마치 금화가 걸린 듯이 카드를 다룬다. 어디서 무슨 일을 하건 내 두 눈은 나를 정도(正道)에서 벗어나지 않게 하기에 충분하며, 다른 어떤 눈도 나를 그 이상 가까이서 지켜볼 수 없고, 내가 내 두 눈 이상으로 존중하는 눈도 없다.

A 최근에 낭트 출신의 키 작은 남자가 우리 집을 찾아왔는데, 태어날 때부터 팔이 없었던 그는 두 손이 맡아야 할 일을 두 발이 하도록 어쩌나 잘 숙달시켰는지, 정말이지 두 발이 자신의 원래 용도가 무엇인지 반쯤 잊고 있을 정도였다. 게다가 그는 자기 발을 손이라고 부르며, 발로 음식을 자르고 권총에 화약을 장전하거나 발사하기도 하고, 바늘에 실을 꿰고 바느질을 하는가 하면, 글을 쓰고 모자를 벗고 머리를 빗으며, 카드놀이 주사위 놀이를 할 때도 여느 사람 못지않게 능숙하게 그것을 뒤섞었다. 내가 그에게 돈을 주니(그는 자기 발솜씨를 보여 주는 것으로 밥벌이를 하고 있었다.) 우리가 손으로 하듯 한쪽 발로 그 돈을 받아 갔다. 어린 시절에 본 다른 한 사람도 팔이 없었는데, 양손잡이 칼과 미늘창을 목에 끼워 다루었다. 그는 그것들을 하늘로 던져 올렸다가 다시 붙잡고 단검을 던지며, 프랑스 땅 어느 마부 못지않게 능숙한 솜씨로 철썩철썩 채찍을 휘두르기까지 했다.

습관이 우리의 정신에 남기는 예사롭지 않은 영향들에서 우리는 그것의 효과를 더 잘 발견할 수 있다. 습관은 정신에서 그리 큰 저항을 만나지 않는 것이다. 우리의 판단이나 신조와 관련해 습관이 못 하는 일이 무엇이겠는가? 이러저런 의견이 너무 괴상하다 하여(하고 많은 위대한 민족과 유능한 사람들을 혹하게 만든 여러 종교들의 야비한 사기술은 제쳐 둔다. 이 부분이야 인간의 이성을 넘어서는 영역이니, 신의 호의로 놀라운 혜안을 갖게 된 사람이

23장 습관에 대해, 그리고 기존의 법을 쉽게 바꾸지 않는 것에 관하여

아니면 미망에 빠진다 해도 용서할 만하니 말이다.) 또 종교적인 것
은 그렇다 치고 다른 영역에서도 어떤 의견이 아무리 이상하다 싶
어도, 적당하다 싶은 지역에 습관이 나서서 그 뿌리를 내리게 하
고 법률로서 확고히 자라나게 하지 않은 것이 어디 있을까? ^C 그러
니 저 고대인의 탄식은 너무도 정당하다. "자연을 관찰하고 탐색하
는 것이 일인 자연 철학자가 습관에 의해 정신의 눈이 흐려진 사람
들을 찾아 진리의 증거를 가르쳐 달라고 하니, 이 무슨 수치스러운
일인가!"(키케로)

     ^B 인간의 상상력이 빚어내는 어떤 해괴한 환상일지라도 사람
들의 실제 관행에서 그 예를 찾을 수 없는 것, 그래서 우리 논변이
그 환상을 지탱해 주지 않거나 그에 대한 근거를 마련해 주지 않
는 것은 없다고 여겨진다. 인사를 한다면서 상대에게 등을 돌리고,
경의를 표하고 싶으면 그 사람을 절대 바라보지 않는 나라도 있
다. 어떤 나라에선, 왕이 침을 뱉으면 가장 총애받는 귀부인이 손
을 내밀어 그 침을 받는다. 또 다른 나라에서는 왕 곁에 있는 이들
중 제일 지체가 높은 사람들이 땅에 엎드려 왕의 오물을 하얀 아
마 수건에 싸서 담는다.

     ^C 여기서 잠시 짬을 내어 간단한 이야기를 하나 해 보자. 어
떤 프랑스 귀족은 늘 손을 대서 코를 푸는 버릇이 있었다. 우리 관
습에서 보면 매우 혐오스러운 일이라고 할 수 있는데, 그 점에 대
한 자기 태도를 옹호하면서(그는 재미있는 이야기를 잘하기로 유
명했다.) 내게 이렇게 되물었다. 도대체 이 지저분한 분비물이 그
무슨 특권이 있기에, 우리가 늘 부드럽고 고운 리넨 천을 준비해
그것을 받아 들고, 거기다 한 술 더 떠서 잘 싸서 우리 몸에 지니
고 다녀야 한다는 말인가? 다른 배설물처럼 처리하는 것보다 그게

〔 214 〕

에세 1

더 혐오스럽고 역겨워야 마땅하다. 나는 그의 말이 전혀 터무니없다고 생각되지 않았다. 손수건에 코를 푸는 행위의 이상함을 습관 때문에 깨닫지 못한 것인데, 다른 나라에서 행해지는 이상한 풍습 이야기로 들으면 우리는 참을 수 없는 혐오감을 느끼는 것이다.

기적이라고 하는 것들은 우리가 자연에 대해 무지한 것과 관계되는 것이지, 자연의 본질 그 자체와 관련된 것은 아니다. 무엇인가에 익숙해지면 우리가 지닌 판단력은 줄기 시작해 그 시력이 약해진다. 야만인들이 우리에게 괴상해 보이는 것이 우리가 그들에게 괴상해 보이는 것보다 결코 더하지 않으며, 우리 생각에 더 정당한 근거가 있는 것도 아니다. 이 신세계의 여러 예를 음미해 본 뒤 자신의 예들을 되돌아보며 두 가지를 제대로 비교해 볼 수 있는 이라면 누구나 이 사실을 수긍할 것이다. 인간의 이성은 우리가 가진 온갖 견해와 풍습을 그 형체가 무엇이든 엇비슷한 비율로 물들이는 염료이다. 그 형체는 소재가 무한하고, 다양성에서도 무한하다.

원래 이야기로 되돌아가 보자. 어떤 민족들의 경우에는 ^B 왕비와 그 자녀들을 제외하고는 그 누구라도 왕에게 이야기할 때 반드시 긴 대롱을 통해야 한다. 같은 나라 안에서 처녀들은 자기네의 치부를 드러내 보이고 다니며, 결혼한 여자들은 조심스레 덮어 가린다. 다른 지역에서 보이는 또 다른 관습도 이와 일정한 연관성이 있다. 즉 정숙함은 결혼하고 난 다음부터 필요한 덕목이어서, 처녀들은 마음 내키는 대로 몸을 내맡기며, 임신한 경우에는 공공연하게 적절한 약을 써서 중절을 하는 것이다. 어떤 곳에서는 결혼할 신랑이 상인일 경우 혼례에 초대받은 모든 상인이 신랑보다 먼저 신부와 잠을 잔다. 그 수가 많을수록 신부의 영예는 높아지

23장 습관에 대해, 그리고 기존의 법을 쉽게 바꾸지 않는 것에 관하여

며, 견디는 힘과 성적인 능력이 빼어나다는 칭찬을 듣는다. 관리가 결혼하는 경우도 마찬가지이며, 귀족이나 다른 사람들도 동일하다. 다만 농민이나 신분이 낮은 하층민들은 그렇지 않은데, 이 경우는 영주가 신부와 자도록 되어 있기 때문이다. 그럼에도 불구하고 그곳에서는 일단 결혼한 부부에게는 서로에게 충실할 것을 엄격하게 요구한다.

어떤 나라에는 남자들이 시중을 드는 공창(公娼)이 있고, 더욱이 남자들끼리 결혼을 하기도 하며, 여자들이 남편들과 함께 전쟁에 나가고 전투에서뿐만 아니라 지휘부에서 한몫을 하는 나라도 있다. 코나 입술, 뺨과 발가락에 반지를 차고 다닐 뿐만 아니라 무거운 황금 막대를 젖가슴이나 엉덩이에 꿰차고 다니는 나라도 있다. 식사 중에 손가락을 넓적다리와 불알과 발바닥에 대고 문지르는 곳도 있고, 자녀가 아니라 형제와 조카들이 유산을 물려받는 나라도 있다. 또 다른 곳에서는 왕위를 상속하는 것 말고는 조카들만이 유산을 상속한다. 전해 내려오는 재산 공유제를 감독하기 위해, 전권을 지닌 책임자가 모든 것을 맡아 토지 경작과 개인의 필요에 따른 수확물 분배를 처리하기도 한다. 어린 아이들의 죽음은 슬퍼하면서 노인들의 죽음은 잔치를 하는 나라도 있다. 열 내지 열두엇 되는 사람들이 아내, 남편 모두 섞여 함께 한 방에서 자는 나라도 있고, 남편이 갑작스레 죽은 경우엔 그 아내들은 재혼할 수 있어도 다른 경우엔 안 되는 나라도 있다. 여성들의 지위를 너무 하찮게 여겨, 태어나는 여자애들을 다 죽이고 필요할 경우 이웃 나라에서 여자를 사 오는 곳도 있다. 또 남편은 아무 이유 없이 아내를 내쫓을 수 있지만, 아내는 어떤 이유로도 그럴 수 없는 곳도 있고, 여성이 애를 못 가지면 남성이 여성을 팔아치울 권리가 있는 곳도 있다.

어떤 지역에서는 죽은 자의 시신을 익혀 죽처럼 될 때까지 갈아서 술에 섞어 마시기도 한다. 어떤 곳에서는 가장 바람직한 장례가 개에게 먹히는 것인가 하면, 또 어떤 곳에서는 새에 뜯기는 것이기도 하다. 행복한 혼령들은 즐거운 들판에서 온갖 안락함을 누리며 더없이 자유롭게 살고 있다고 믿는 사람들도 있다. 우리가 듣는 메아리가 바로 그 혼령들의 대답이라는 것이다. 수중전을 벌이며 물속에서 헤엄치며 활을 정확히 쏘는 곳도 있다. 복종의 표시로 어깨를 들썩 올리고 고개를 숙여야 하며, 왕의 처소로 들어갈 때 신발을 벗어야 하는 곳도 있다. 제사에 관여하는 여성들을 지키는 내시들은 매력 없는 남자로 남아 있도록 코와 입술을 베어 내는가 하면, 귀신과 통하고 신탁을 받기 위해 사제들 스스로 두 눈을 파내는 곳도 있다. 누구나 자기 마음에 드는 것을 신으로 섬기는 곳도 있는데, 사냥꾼은 사자나 여우를, 어부는 어떤 물고기를 신으로 여기고, 인간의 행위나 정념을 우상으로 섬기기도 한다. 해와 달과 땅은 주된 신인데, 하늘을 보고 땅을 만지면서 맹세를 한다. 그곳에서는 생선이나 고기를 날로 먹는다.

ᶜ 엄숙한 맹세를 하기 위해 자기 고장에서 명성이 높았던 이의 무덤을 손으로 만지며 그 이름을 부르는 곳도 있다. 왕이 가신인 제후들에게 새해 선물로 불을 보내는 나라도 있는데, 왕의 특사가 불을 가지고 도착하면 종전까지 집 안에 있던 불은 모조리 꺼진다. 그 제후 밑에 있는 사람들은 누구나 그곳으로 와서 새로운 불씨를 얻어 가야 하는데, 이를 어기면 대역죄를 저지르는 셈이 된다. 국왕이 신앙 생활에 헌신하기 위해(자주 있는 일인데) 왕위에서 물러나면, 바로 밑의 계승자 역시 그를 따라야 해서 결국

23장 습관에 대해, 그리고 기존의 법을 쉽게 바꾸지 않는 것에 관하여

왕국의 통치권이 서열 3위의 계승자에게 넘어가는 곳도 있다. 어떤 나라에서는 사정에 따라 통치 형태를 다양하게 바꾸기도 한다. 필요하다고 생각되면 왕을 폐위시키고 원로들에게 통치를 맡기는가 하면, 때로는 일반 대중이 권력을 맡기도 한다. 남자나 여자나 똑같이 할례를 받고 또 세례를 받는 나라도 있다. 단 한 번의 전쟁에서 혹은 여러 차례에 걸쳐 적의 머리 일곱 개를 베어 왕에게 가져오는 병사는 귀족이 되는 나라도 있다.

  ^B 영혼도 결국 사라지고 만다는, 희귀하고도 몰상식한¹²² 생각을 가진 나라도 있다. ^C 여성들이 신음 소리도 두려움도 없이 출산하는 나라도 있다. 어떤 나라에서는 여성들이 양쪽 다리에 구리 각반을 차고 다닌다. 그리고 이가 물면, 고결한 성품임을 보여 주기 위해 거꾸로 그 이를 물어 죽이게 되어 있다. 왕이 원하면 처녀성을 그에게 바치지 않고는 여성들이 감히 결혼할 엄두를 내지 못하는 나라도 있다. ^B 손가락으로 땅을 짚었다가 다시 하늘로 치켜올리는 것이 인사법인 나라도 있다. 짐을 나를 때 남자들은 머리에 이고 다니고 여자들이 어깨에 들쳐 메고 다니며, 여자들은 서서 오줌을 누고, 남자들은 쭈그려 앉아서 누는 나라도 있다. 우정의 표시로 자신의 피를 보내고, 경의를 표하기 위해 신에게 하듯 사람에게 향을 피우는 곳도 있다. 사촌간은 물론 그보다 훨씬 먼 사이일지라도 친척간에 결혼할 수 없는 나라들이 있다. 어린애들을 네 살까지, 흔히 열두 살이 되도록 젖을 먹이는 나라도 있는데, 그 나라에서는 정작 태어난 첫날에 젖을 주는 것은 아이를 죽이는

---

¹²²
1588년판에는 '자연에 어긋나는(dénaturée)'이라고 되어 있던 것을 보르도본에서 지우고 '희귀하고 몰상식한(rare et incivile)'으로 고쳤다.

〔 218 〕

짓이라고 생각한다. 남자애들을 벌하는 일은 아빠가, 여자애들을 벌주는 것은 엄마가 따로 맡는 곳도 있는데, 그 벌이라는 것이 두 발을 묶어 거꾸로 매달아 놓고 밑에서 연기를 피우는 식이다. 여자들에게 할례를 시키는 나라, 냄새가 나쁘다고 생각되는 것만 빼고 모든 종류의 풀을 다 먹는 나라, 모든 것이 개방되어 있고 아무리 아름답고 부유한 집이라도 문도 창도 금고도 없으며, 도둑은 다른 곳보다 두 배나 더 무겁게 처벌받는 나라도 있다. 원숭이처럼 이를 이빨로 물어 죽이는 나라에서는 이를 손톱으로 눌러 죽이는 것을 끔찍하다고 생각한다. 평생 털 한 번 손톱 한 번 깎지 않는 나라가 있는가 하면, 오른손 손톱만 깎고 왼손 손톱은 점잖게 보이기 위해 기르는 나라도 있다. ^C 몸 오른쪽 전체 털은 자랄 수 있는 한 자라게 두고, 왼쪽 털은 바싹 밀어 버리는 나라도 있다. 그리고 서로 이웃하는 지역에서 한 곳에서는 앞쪽 머리를 기르는데 다른 곳에서는 ^B 뒤쪽 머리를 기르고 반대쪽은 밀어 버린다. 집에 온 손님들에게 돈을 받고서 아버지가 아이들을, 남편이 아내들을 즐기라고 빌려 주는 나라도 있다. 제 어머니에게 자식을 갖게 하는 것이 명예로운 일이 되고 아버지가 딸들, 그리고 아들들과 관계하는 나라도 있다. ^C 어떤 곳에서는 축제가 열려 어울리면, 서로 아이들을 빌려 줘 모두가 남의 아이들과 잠자리를 함께한다.

　^A 여기서는 사람 살을 먹고 살고, 저기서는 일정한 나이가 되면 자기 아버지를 죽이는 것이 합당한 도리이다. 어떤 지역에서는 아이가 아직 엄마 배 속에 있을 때 누구는 키워서 남기고 누구는 죽여서 버릴 것인지 아버지가 결정한다. 또 어떤 곳에서는 늙은 남편들이 젊은이들더러 즐기라며 자기 아내를 빌려 준다. 또 다른 곳에서는 아내들을 공동으로 소유하는 것이 죄가 되지 않는다. 실

〔 219 〕

23장 습관에 대해, 그리고 기존의 법을 쉽게 바꾸지 않는 것에 관하여

상 어떤 나라에서는 명예의 표식으로 관계한 남자의 수만큼 예쁜 술을 치마 밑자락에 달고 다닌다. 관습은 또 여성만으로 이루어진 나라를 만들지 않았던가? 관습은 여성들 손에 무기를 쥐여 주지 않았던가? 군대를 훈련시키고 전투를 수행하게도 하지 않았던가?

철학 전체가 달려들어도 가장 현명한 자들의 머릿속에 심을 수 없었던 것을, 관습은 단 한 번의 포고로 조야하기 짝이 없는 범인(凡人)들마저 완전히 납득시키지 않는가? 알다시피 어떤 나라들에서는 사람들 전체가 죽음을 경멸할 뿐 아니라 축하하기까지 하니 말이다.[123] 일곱 살 아이들이 낯빛도 안 바꾸고 죽음에 이르도록 채찍질을 당하는 나라도 있다. 부자라는 것이 너무나 경멸받는 일이라 그 도시에서 가장 보잘것없는 사람도 길에 떨어진 돈주머니를 주으려 손을 뻗지 않는 곳도 있다. 온갖 종류의 물산이 풍요로운 곳임에도 가장 흔히 먹고 또 맛있게 여기는 것이 빵과 물냉이, 그리고 물뿐인 지방들을 우리는 알고 있다.

B 습관은 키오스섬에서 700년 동안 어떤 부인도 어떤 처녀도 자신의 명예를 더럽힌 적이 없었다는 기적을 이루어 내지 않았는가?

A 요컨대 내 생각으로는 습관이 하지 않는 것도, 할 수 없는 것도 세상에는 없다는 것이다. 그리고 내가 들은 바대로 핀다로스가 습관을 세상의 여왕이요 여제라고 부른 것은 온당한 일이다.

C 자기 아버지를 때리다가 사람들 눈에 띈 자가 그것은 자기

123
1588년판에는 이렇게 적고 있다. "그곳에서는 죽음에 대한 두려움을 경멸하며 가장 소중한 이들이 임종을 맞게 되면 큰 기쁨 속에서 잔치를 벌인다. 고통에 관해 이야기하자면, 우리가 알기로."

네 집안의 관습이라고 대답했다. 자기 아버지도 그런 식으로 할아버지를 때렸고, 할아버지는 증조할아버지를 그렇게 때렸다는 것이다. 그러면서 자기 아들을 가리키며 말하기를, 저 아이도 내 나이가 되면 나를 때릴 것이라고 했다. 그리고 아들 손에 잡혀 나와 담벼락에 부딪히며 길거리를 끌려 가던 아버지는 어느 문 앞에 이르자 이제 그만하라고 명령했다. 자기도 자기 아버지를 그 지점을 지나도록 끌고 간 적이 없으니 그것이 바로 자식들이 자기네 아버지에게 자자손손 행하던 패악질의 한계라는 것이다.

아리스토텔레스는 병 때문에 그런 만큼 습관에 의해서도 여자들이 자기 머리카락을 쥐어뜯고 손톱을 물어뜯으며, 석탄과 흙을 먹는다고 말한다. 마찬가지로 남자가 남자와 몸을 섞는 일 역시 본성만큼이나 습관에 의해서 이루어진다고 한다.

우리가 천성으로 타고난다고 말하는 양심의 계율들은 습관에서 비롯된다. 누구나 자기 주위에서 인정하고 받아들이는 견해나 풍속을 마음으로 존중하는 까닭에, 거기서 벗어나게 되면 회한을 느끼고 그것을 잘 따르면 스스로 만족감을 느끼는 것이다.

B 옛날 크레타 사람들이 누군가를 저주할 때면 신들에게 그가 부디 나쁜 습관에 빠지게 해 달라고 빌었다.

A 그러나 습관의 권능이 가진 가장 강력한 효과는, 우리가 그것에서 벗어나 우리 자신으로 돌아와 습관의 명령이 합당한지 따지고 판단하는 것이 거의 불가능할 정도로 우리를 낚아채서 장악한다는 점이다. 사실 우리는 태어나 엄마 젖을 빠는 것과 동시에 습관의 명령을 들이마시기 시작했으니, 그리고 세상의 얼굴은 그 상태로 우리 시야에 처음 들어오기 시작했으니, 마치 우리는 그 길을 따라가는 조건으로 태어난 것처럼 보인다. 그리고 우리 주위

〔 221 〕

23장 습관에 대해, 그리고 기존의 법을 쉽게 바꾸지 않는 것에 관하여

에서 옳다고 받아들이고 있고 우리 조상들이 그 씨앗을 우리 영혼에 주입한 일반적인 생각들은 그 때문에 보편적이고 자연스러운 것으로 여겨지는 것이다.

  C 그런 까닭에 습관의 틀을 벗어난 것은 이성의 틀을 벗어난 것인 양 생각하게 된다. 그런데 대개는 그런 생각이 얼마나 얼토당토않은 일이던가! 나 자신을 알려고 공부하는 우리가 배운 바처럼, 사람마다 지혜로운 금언을 듣는 즉시 그것이 어떤 점에서 자신과 관련이 있는지를 생각한다면, 누구나 그 금언이 그저 좋은 말이 아니라 자신이 지닌 판단의 일상적 어리석음을 후려치는 매운 채찍질임을 알게 되리라. 그러나 사람들은 진리의 충고와 교훈들이 사람들 일반에게 한 말이지 결코 자기에게 한 말은 아니라고 여긴다. 그래서 그것을 자기 행실이 아니라 어리석게도, 또 아무 쓸모 없이, 기억 속에 새겨 둔다. 다시 습관의 제국으로 돌아가자.

  어려서부터 자유에 익숙하고 스스로를 다스리는 데 습관이 된 나라 사람들은 다른 형태의 정치 체제를 기괴하고 자연에 반하는 것이라고 생각한다. 왕정에 익숙한 사람들은 또 그들대로 같은 생각을 한다. 백성을 괴롭히던 군주를 어렵사리 겨우 쫓아낸 뒤 이제 얼마든지 쉽게 정치 체제를 바꿀 수 있는 호기(好期)가 와 있는데도 사람들은 똑같이 고약한 인물을 새로이 군주로 앉히기 위해 동분서주하니, 이는 누구도 권위 자체를 증오의 대상으로 삼을 생각을 하지 못하기 때문이다.[124]

124
1595년판에는 다음과 같은 글이 덧붙여진다. "습관의 중재 덕분에 사람들은 누구나 자연이 마련해 준 지역에 만족하며 산다. 스코틀랜드의 야만인들은 투렌 지방에 아랑곳하지 않고 스키타이족은 테살리아 지방을 먼 산 보듯 한다."

^A 다레이오스 황제가 몇몇 그리스인에게 얼마를 주면 인도 사람들의 관습처럼 죽은 아비를 먹겠느냐고 묻자(인도인들은 아버지를 위한 무덤으로 자기들 자신보다 더 좋은 곳이 없다고 여겨 그 같은 관습을 유지하고 있었다.) 무엇을 준다 해도 그렇게는 할 수 없다고 대답했다. 그런데 인도 사람들에게 그들 방식을 버리고 그리스식으로 아버지의 유해를 태우라고 권유해 보았더니, 그들은 더 소스라치게 놀라며 끔찍해했다. 우리 모두가 이런 식이니, 관습은 만상(萬象)의 진짜 얼굴을 우리에게서 숨겨 버리기 때문이다.

> 처음 보기에 아무리 대단하고 경탄스러운 일도,
> 볼수록 조금씩 그 놀라움이 줄지 않는 경우는 없다.
> 루크레티우스

예전에 나는 우리 주위로 멀리까지 확고한 권위가 있는 것으로 받아들여진 관행 하나를 정당화해야 했다. 흔히 하듯 법률의 힘과 선례 위에 그 권위를 세우고 싶지 않았기에, 이 관행의 기원까지 거슬러 올라가며 조사를 하게 되었는데, 결국 그 토대라는 것이 너무 허술하다는 것을 알게 되었고 다른 사람에게 그 관행을 독려해야 하는 나 자신이 역겨울 지경이었다.

^C 자기 시대의 반자연적 연애 풍조를 추방하기 위해 플라톤이 취한 방식, 그가 가장 근본적이고 최상의 방법으로 생각한 방식이 바로 그런 유의 처방이었다. 즉 공공의 의견으로 그것을 규탄하고 시인들과 일반인들 모두 그런 풍조에 대해 불쾌한 이야기를 만들게 하는 것이다. 티에스테스[125]와 오이디푸스, 마카레우스[126]의 이야기가 노래의 쾌감과 함께 어린아이들의 굳지 않은 머리 속에

〔 223 〕

23장 습관에 대해, 그리고 기존의 법을 쉽게 바꾸지 않는 것에 관하여

그 같은 풍조를 혐오하는 유익한 신조를 주입함으로써, 아무리 예쁜 딸들도 아버지의 관능을 자극하지 않고, 가장 준수한 남자 형제도 누이들이 연모하지 않게 하는 처방이었다.

사실 정숙함은 아름다운 덕성이며, 그것이 얼마나 유익한지는 잘 알려져 있다. 그러나 정숙의 가치를 자연 본성에 입각해 따져 매긴다는 것은 전통, 법, 교훈 등에 입각해 정당화하는 것이 쉬운만큼이나 어려운 일이다. 기본적이고 보편적인 이치들은 철저하게 따져 보기가 어렵다. 그래서 우리 스승들은 그 표면만 대강 스치며 지나가거나 감히 건드려 볼 생각도 못 하고 단번에 관습이라는 피난처로 뛰어들어 값싼 승리를 의기양양 즐기는 것이다. 이 원초의 근원 밖으로 끌려 나가려 하지 않는 자들은 훨씬 더 큰 오류를 범하는데, 자신의 저서 곳곳에서 어떤 종류이건 근친상간의 결합은 대수롭지 않노라고 이야기한 크리시푸스[127]처럼, 거친 견해[128]를 내놓게 된다.

A 관습의 막심한 편견으로부터 벗어나고자 하는 사람은 누구

125
미케네의 전설적 왕으로 자기와 쌍둥이인 아르고스 왕 아트레우스의 아내와
간통하여 아들 셋을 낳았다가 아트레우스가 죽인 세 아들의 시체를 먹게 된다.
126
그리스인의 조상 헬레네의 아들인 아이올로스의 아들. 누이인 카나케와 사랑에 빠져
근친상간을 저질렀다. 카나케가 아버지에게 살해되자 스스로 목숨을 끊었다.
127
B. C. 280년경 스토아 학파 철학자.
128
제논의 후계자로서 『국가』에서 근친상간과 식인 풍습 등을 옹호했다. 자유연애가
성행하던 시대에 누가 인척인지를 알기 어려우므로 더러 의도적이지 않은
근친상간이 있을 수 있다고 하거나, 죽은 육신은 빈 껍질에 불과하다는 스토아적
입장을 피력한 것으로 알려져 있다.

〔 224 〕

나, 의심의 여지 없이 확고하게 받아들여진 적지 않은 것들이 거기 따라붙는 관습의 흰 수염과 주름살 말고는 아무 근거를 갖고 있지 않다는 사실을 발견하게 될 것이다. 이 가면을 벗겨 내고 사물을 다시 진실과 이성의 자리로 되돌려 놓고 나면, 자신의 판단력이 마치 완전히 뒤집힌 듯 느끼게 되겠지만 그럼에도 불구하고 이전보다 훨씬 더 확실한 상태로 돌아왔음을 느낄 것이다. 그러니 예를 들어 그에게 이렇게 물어보겠다. 어떤 나라 사람들이 전혀 이해하지도 못하는 법을 지키도록 강요당하고 혼사, 증여, 유증, 매도, 구매 등등 온갖 집안일에서 자기네 언어로는 쓰인 적도 공포된 적도 없는 까닭에 알 수도 없고 해석하고 적용하려면 어쩔 수 없이 비용을 지불할 수밖에 없는 법규들에 꽁꽁 매이는 것보다 더 이상한 일이 있을 수 있겠는가? ^C 이것은 백성들의 장사와 사업은 규제 없이 자유롭게 해 이익을 얻을 수 있게 하고 모든 다툼과 분쟁에는 무거운 세금을 부과하여 까다롭게 하라고 자기 나라 왕에게 충고했던 이소크라테스의 총기 있는 의견을 따르는 것이 아니라, ^A 이성 자체를 장삿거리로 만들고 법률을 상품으로 취급하는 기괴한 견해를 택하는 셈이다. 우리 역사가들이 이야기하듯, 로마 제국식 법을 우리에게 강제하려던 샤를마뉴에게 처음 반대하고 나섰던 것이 바로 내 고장 출신 가스코뉴 귀족이었는데, 그와 동향이라는 행운이 나로서는 뿌듯하다.

    법조계의 관행으로 판관의 직책이 매매되고, 판결이 현찰로 거래되며, 지불할 수단이 없는 사람에게는 정의가 법적으로 거부되는 나라, 그 거래의 평판이 얼마나 좋은지 예로부터 있어 온 교회, 귀족, 평민이라는 세 개 신분 말고도 소송을 취급하는 자들로 이루어진 제4의 신분이 정부 안에 생겨난 나라를 보는 것보다 더

23장 습관에 대해, 그리고 기존의 법을 쉽게 바꾸지 않는 것에 관하여

야만스러운 광경이 어디 있겠는가? 이 신분은 법을 담당하고 재산과 생명을 관장하는 권위를 가지며, 귀족 계급과 별도의 집단을 이룬다. 그리하여 한 나라 안에 명예의 법과 사법의 법이라고 하는, 여러 면에서 극히 상반되는 두 벌의 법이 존재하게 된다. (비난받은 자가 보복하는 것을 후자가 엄벌하듯, 전자는 그것을 참는 자를 그만큼 혹독하게 벌한다.) 무인(武人)의 법에 의하면 모독을 감내하는 자는 명예도 귀족 지위도 박탈당하지만, 민법에 의하면 모독에 대해 보복하는 자는 중벌을 받는다.(훼손된 명예를 법에 의지해 보상받으려는 자는 자기 명예를 실추시키게 된다. 법에 의지하지 않고 독자적으로 해결하려는 자는 그 때문에 법에 의해 처벌받고 응징된다.) 서로 전혀 다르지만 그래도 하나의 머리[129]에 속한 이 두 개의 몸 중에서, 하나는 평화를 책임져야 하고 남은 하나는 전쟁을 맡아야 하며, 하나는 자기 몫으로 돈을 벌고 다른 하나는 명예를 가지며, 하나는 지식을 또 하나는 덕성을, 하나는 말을 또 하나는 행동을, 하나는 사법 정의를 다른 하나는 용맹을, 하나는 이성을 다른 하나는 힘을, 하나는 긴 법복을, 다른 하나는 짧은 무인복을 입는다니?

　옷과 같이 범상한 것을 두고 이야기해 보자면, 몸에 편하고 쓸모 있는 것이 옷의 진짜 목적이고, 의복 원래의 우아함과 말쑥함이란 것도 이 목적에 달린 것인데, 누군가 이 목적에 맞게 옷을 입으려 마음 쓰는 사람이 있다면, 다른 것보다 특히, 우리들이 쓰는 사각모와, 우리 여성분들께서 알록달록 잡색의 술로 장식해 머리에 길게 매다는 주름진 비로드 꼬리, 그리고 우리가 점잖은 낯

129
왕을 말한다.

〔 226 〕

으로는 이름 부르기도 어려운 몸의 일부를 자랑스레 강조하고 대중 앞에 과시하는 저 쓸모없고 바보같은 불알 싸개 같은 것이야말로 내 보기에 가장 기괴하다는 사실을 환기시켜 주고 싶다.

하지만 이런 생각을 한다 해도, 분별 있는 사람은 일반의 옷 입는 방식을 거부하지 않는다. 반대로 내가 보기엔 상궤에서 벗어나 특이하게 차려입는 것이야말로 참된 이치에서가 아니라 야심과 객기가 어우러진 겉멋에서 나온 듯싶다. 지혜로운 인간은 자기 영혼을 세상의 소란으로부터 빼어내어 자기 안으로 돌이켜, 만상을 거침없이 판단할 수 있는 자유와 권능 안에 두어야 한다. 그러나 외적인 것들은 기왕에 받아들여진 방식과 관례를 온전히 따르는 것이 옳을 것이다. 공적인 사회가 우리 생각까지 간섭할 권리는 가질 수 없다. 하지만 생각 이외의 것들, 즉 우리의 행동, 우리의 일, 우리 재산과 우리 생명까지도, 우리는 사회가 쓰도록 빌려줘야 하며, 공통된 견해가 요구한다면 포기까지 해야 한다. 위대하고 선한 소크라테스가 판관에게, 그것도 몹시 불공정하고 사악한 판관에게 불복종함으로써 자기 생명을 구하는 것을 거부했듯이 말이다. 규칙 중의 규칙, 법 중의 보편적인 법은 누구나 자기 사는 땅의 법과 규칙을 지켜야 한다는 것이기 때문이다.

제 나라의 법을 지키는 것은 멋진 일.
크리스팽의 그리스 금언집에서

여기 다른 술통에서 따라 온 듯 맛이 다른 이야기가 있다. 어떤 종류의 법이든 간에 사람들이 이미 인정한 법을 바꾸는 것이, 그 법을 어지럽힘으로써 생겨날 해악보다 더 확실한 이익을 가져

23장 습관에 대해, 그리고 기존의 법을 쉽게 바꾸지 않는 것에 관하여

올지는 몹시 의심스럽다. 국가란 여러 부분이 결합되어 있는 구조물 같은 것이어서 한 부분을 움직이면 구조물 전체가 흔들리지 않을 수 없기 때문이다. 투리온의 입법자[130]는 옛 법 중 하나라도 폐지하기를 원하거나 새 법을 만들기를 청하는 자는 자기 목에 동아줄을 매고서 대중 앞에 나서라고 명했다. 그의 제안을 개개 시민 모두가 승인하지 않을 경우 즉시 목을 매달기 위해서였다. 라케데모니아의 입법자[131]는 자기가 포고한 법령 중 어느 것도 어기지 않겠다는 약속을 시민들에게서 받아 내기 위해 일생을 보냈다. 프리니스가 악기에 덧붙인 줄 두 개를 몹시 거칠게 잘라 내 버린 라케데모니아의 사법 관리는 덧붙인 줄 때문에 음악이 더 좋아졌는지, 조음이 더 완전해지는지는 전혀 고려하지 않았다. 옛날 방식을 바꿔 보려는 태도라는 점만으로도 이 시도를 단죄하기에 충분했던 것이다. 마르세유에 걸려 있는 녹슨 정의의 칼도 그런 의미를 지닌 것이다.[132]

ᴮ 나는 개혁이라면 그것이 어떤 얼굴을 하고 있건 넌더리가 난다. 이런 내 태도가 옳은 것이, 그것이 초래한 지극히 해로운 결과들을 목도했기 때문이다. 그토록 여러 해 동안 우리를 짓누르고 있는 개혁이라는 것이[133] 우리가 겪는 고초의 유일한 원인은 아니

130
카론다스. 투리온은 그리스 북서부 지역에 있는 에페이토스 남쪽의 작은 마을이다.
131
뤼쿠르고스.
132
오래되어 녹이 슨 칼이지만, 바로 오래되었다는 사실을 존중하여 다른 칼로 바꾸는 것을 금하고 있었다고 한다.
133
종교 개혁을 말한다.

〔 228 〕

지만, 그에 곁들여 그 모든 것이 만들어지고 탄생했으며, 그것과
는 무관하게 혹은 그것과 맞서서 이루어지는 갈등과 파괴마저도
이 개혁이 시발점이라고 말하는 것도 무리가 아니다. 그러니 후려
칠 것은 바로 그 개혁이다.

아아, 내가 쏜 화살이 낸 상처로 나 고통스러워하는구나.
오비디우스

한 국가에 첫 충격을 가한 자들은 그 국가가 무너져 내리는 과
정에 제일 먼저 쓸려 가기 십상이다. 분란의 열매가 그것을 초래한
자들에게 돌아가는 경우는 거의 없다. 노로 물을 내리치고 휘저어
봐야 고기를 잡아 가는 것은 다른 어부들인 격이다. ^B 이 왕정의 관
계와 조직, 그리고 저 거대한 구조물은 특히 노년기에 이 개혁으로
말미암아 여기저기 어긋나고 해체되어, 비슷한 공격이 가해지면
속수무책일 만큼 널찍히 입구를 열어 놓게 되었다. ^C 어떤 고대인
이 말하기를, 왕들의 위엄은 정상에서 중간으로 내려올 때보다 중
간에서 바닥으로 떨어질 때가 더 순식간이라고 했다.
개혁 주창자들이 더 많은 해악을 끼쳤다고는 해도, 그것을 모
방하는 자들은[134] 끔찍하고 악한 행태를 몸소 느꼈고 또 처단했으
면서도 그 행태를 본뜨고 있다는 점에서 더 사악한 자들이다. 악
행을 저지르는데도 얼마간 명예라는 것이 있다면, 모방자들은 악
행을 창안한 영광과 실행에 옮긴 용기를 창안자에게 인정해 줘야
하리라.

134
비타협적인 가톨릭 동맹 세력을 말한다.

23장 습관에 대해, 그리고 기존의 법을 쉽게 바꾸지 않는 것에 관하여

^B 온갖 종류의 새로운 방종이 우리 사회 조직을 어지럽히기에 딱 맞을 태도이며 전범을 이 최초의 비옥한 근원으로부터 잘도 끌어내며 횡행하고 있다. 사람들은 이 최초의 악을 치유하기 위해 만들어진 우리 나라의 법에서조차 모든 종류의 사악한 기도를 위한 방법을 배우고 핑곗거리를 읽는다. 투키디데스는 자기 시대의 내란에 대해 이렇게 썼다. 사람들이 공공의 악행을 두고 그 진짜 이름을 애매하거나 부드럽게 바꾸면서 악행을 변명해 주려고 보다 온건한 이름의 세례식을 행하고 있다는 것이다. 우리가 지금 그것을 그대로 경험하는 중이다. 그런데 이렇게 하는 이유는 우리의 양심과 신념을 개조해 보려는 것이라고 한다. "내세우는 말은 그럴싸하구나!"(테렌티우스) 그러나 개혁이 내세우는 최상의 핑계마저 몹시 위험한 것이다. ^C "오래된 제도를 조금이라도 바꾸려 드는 것은 동의하기 어려운 일."(티투스 리비우스) ^B 솔직히 말해서 내 보기에, 자신의 견해를 너무 높이 평가한 나머지 그것을 관철하려고 내란과 정변이라는 비상 사태 속에 공공의 평화를 뒤엎고, 그 많은 불가피한 악과 그 끔찍한 풍속의 타락을, 그것도 저 자신의 나라가 겪어야만 한다고 여기는 자들은 자기애와 자만심이 과도한 사람들일 것이다. ^C 논란의 여지가 있고 따져 봐야 할 오류를 타파하기 위해, 이미 잘 알려진 그 많은 확실한 폐악을 장려하고 고무한다는 것은 잘못된 처신이 아닌가? 우리의 양심을 공격하고 서로에 대한 이해심을 부수려는 것보다 더 나쁜 종류의 악행이 어디 있으랴?

로마 원로원은 자기네 종교 예식을 두고서 민중과 견해차가 생기자 다음과 같이 얼버무리며 빠져나갔는데, "이 문제는 자기들보다는 신들과 관련된 사항이니, 자기들이 바치는 예식이 신성 모독

〔 230 〕

에세 1

인지의 여부를 신들이 직접 확인하리라."(티투스 리비우스)라는 것이었다. 이것은 메디아인들과 전쟁을 수행 중이던 델포이 사람들에게 신탁이 내려준 응답을 본뜬 것이었다. 페르시아인들의 침입을 염려하던 델포이 사람들이 신에게 사원에 간직된 보물들을 어떻게 할 것인지, 숨겨 놓을 것인지 아니면 가지고 도망갈 것인지를 묻자 신은 아무것도 옮겨 놓지 말라고 했다. 그들 자신의 목숨이나 돌볼 것이며, 신에게 속한 것은 신이 다 알아서 살필 수 있노라고 한 것이다.

[B] 그리스도교는 모든 부분에서 최상의 정의와 유용성이라는 특징을 지니지만, 그중에서도 공권력에 대한 복종과 정치 체제의 유지를 분명하게 장려하는 것보다 더 명백한 특징은 없다. 인류의 구원을 완수하고 죽음과 죄에 대한 하느님의 영광스러운 승리를 이끌어 가면서도 우리가 가진 정치 질서를 승인함으로써만 이 사업을 이루어 가기를 원하시고, 구원을 위해 그토록 효력 있고 유익한 사업의 진로와 집행을 우리 인간들의 관습과 풍속이 지닌 맹목적인 불의에 맡기셨으니, 하느님의 지혜는 우리에게 얼마나 경이로운 모범을 남겨 주었는가? 그렇게 당신이 사랑하는 수많은 이스라엘 백성들의 순결무구한 피가 흐르도록 허락하고 더없이 귀한 그 열매가 성숙할 때까지, 그분은 오랜 시간을 견뎠던 것이다!

자기 나라의 관례와 법을 따르는 사람의 원칙과 그것을 좌지우지하고 바꾸려 드는 사람의 원칙 사이에는 엄청난 거리가 있다. 전자는 자신을 변명하기 위해 순박함과 복종, 본보기 등을 거론한다. 무슨 짓을 해도 그가 악의에서 출발할 수는 없다. 기껏해야 운이 없어서 그러는 것일 정도이다. [C] "왜냐하면 가장 명백한 증거들로 입증되고 확인된 오래된 방식에 마음이 움직이지 않을 자 누구이

〔 231 〕

23장 습관에 대해, 그리고 기존의 법을 쉽게 바꾸지 않는 것에 관하여

겠는가?"(키케로)

게다가 이소크라테스의 말처럼 모자람이 지나침보다 중용에 더 가까운 것이다.

^{B} 세상을 바꾸겠다는 쪽은 훨씬 힘든 처지에 놓여 있다. 누구든지 무엇을 선택하고 바꾸는 일에 끼어드는 자들은 판단하는 권위를 찬탈하는 자이기 때문이며, 자기가 추방하려고 하는 것이 지닌 단점과 도입하려고 하는 것이 가진 장점을 확연히 알고 있다고 스스로 확신해야 하기 때문이다. ^{C} 이처럼 평범한 고려가 내 입장을 굳혀 주었고, 보다 무모했던 젊은 시절에도 나 스스로를 통제할 수 있었다. 즉 그토록 중요한 지식에 대한 책임을 스스로 떠맡아 내 두 어깨를 너무 무겁게는 하지 않을 것이며, 내가 교육받은 적이 있는 가장 쉬운 학과, 성급한 판단을 해도 전혀 무해한 그런 학과에서 건전한 판단력을 가지고서도 감히 하지 못할 일을 이 분야에서 나서서 하려 들지는 않겠다는 것이었다. 왜냐하면 변경할 수 없는 공적인 제도나 관례를 (개인적인 이성은 사적 권한밖에 없다.) 불안정한 사적인 몽상에 종속시킨다는 것, 그리고 어떤 정부도 세속법을 거스르는 개혁조차 감내하지 못하는 터에 하느님의 법에 대항해 개변을 모색한다는 것은 내가 보기에 사악한 일이었기 때문이다. 인간의 이성이 훨씬 더 많이 관여하는데도 불구하고, 세속법은 법을 집행하는 법관들의 궁극적인 판관이며, 법관이 지닌 최고 권한조차 기껏해야 법에 관해 인정된 운용 방식을 해설하고 부연하는 정도이지 그것을 뒤집어 엎고 바꿔 놓는 것이 아니다.

우리를 어쩔 수 없이 속박하는 규칙들에 대해 때때로 하느님의 섭리가 눈감아 주는 일이 있었다 해도, 그분의 의도는 우리에게 그 규칙들을 면제해 주려는 것이 아니다. 이는 하느님의 손길

〔 232 〕

에세 1

이 우리를 다독여 준 것이므로, 우리는 그것을 모방할 것이 아니라 찬미할 일이다. 명백하고 특별한 표징이 담긴 이 비상한 예들은 그분이 인간의 범주나 능력 너머에 있는 전능한 존재라는 것을 증거하고자 우리에게 보여 주는 기적과 동일한 성격을 가진 것이다. 이를 흉내 내려 애쓰는 것은 얼빠진 불신앙이다. 우리는 이를 따라가려고 할 것이 아니라 경외감을 가지고 그것에 대해 명상해야 한다. 그것은 그분이 하시는 일이지 우리의 일이 아니다.

코타의 선언은 이 점에서 적절하다. "종교가 문제일 때면 나는 코룬카니우스와 스키피오, 스카이볼라와 신관들을 따르지, 제논이나 클레안테스 혹은 크리시푸스를 따르지 않는다."(키케로)[135]

B 하느님은 아신다, 현재 벌어지고 있는 신구교 논쟁에는 빼거나 바꿀 조항이, 그것도 방대하고 심각한 것으로 백 가지나 되는데, 양쪽 파당이 제시하는 이유와 논거를 정확하게 이해했다고 우쭐거릴 수 있는 사람이 몇 명이나 될 것인가? 몇이 있다 한들 그 수는 미미하여 우리를 동요시킬 정도는 아닐 것이다. 그런데 그들 말고 나머지 이 많은 군중은 어디로 가고 있는 것일까? 어떤 깃발 아래로 뿔뿔이 흩어지는 것일까? 그들이 주는 약은 효과 없고 잘못 쓴 다른 약들이나 마찬가지가 되어 버렸다. 그 약으로 우리 몸에서 씻어 내려 했던 체액은 열을 받고 격화되어 갈등으로 악화된 채 몸 안에 그대로 남아 있는 것이다. 약한 효력 때문에 몸속을 깨끗이 씻어 내진 못하고 우리 몸을 쇠약하게 만든 나머지, 우리 역시 자신의 힘으로는 씻어 낼 수 없게 되었다. 약의 작용으로 우리가 얻은 것이라고는 고질이 된 배앓이뿐이다.

135
앞의 세 인물은 스토아 학파이고, 뒤의 세 인물은 회의주의자들이다.

23장 습관에 대해, 그리고 기존의 법을 쉽게 바꾸지 않는 것에 관하여

^A 하지만 운수는 항상 우리 이성이 헤아리는 것 저 너머에 자신의 권위를 유지하고 있어 이따금 우리에게 너무도 급박한 필요성을 보여 주기 때문에, 법이라 해도 운수에 일정한 자리를 내주지 않을 수 없는 경우가 있게 마련이다.

^B 폭력으로 밀고 들어온 개혁에 맞서 그것이 더 이상 확대되지 못하도록 저항할 경우, 언제 어디서나 자신을 통제하고 규칙에 따라 행동한다는 것은 위험한 의무이자 불공평한 일이다. 당신이 맞서려는 그들은 마치 바람처럼 거침없이 자유롭고, 자신들의 기획을 진전시킬 수 있기만 하다면 못할 짓이 없고, 자기들 이익을 좇는 것 말고는 법도 질서도 없는 자들이기 때문이다. ^C "믿을 수 없는 인간에게 믿음을 주는 것은 해칠 무기를 쥐여 주는 꼴이다."(키케로) ^B 더욱이 건전한 상태에 있는 국가의 일상적인 규율은 이 같은 비상 사태를 염두에 둔 것이 아니다. 국가의 규율은 그 주요 부분과 기능이 한 몸 안에 잘 결합되어 있고, 그 규율을 인정하고 순종하는 데 대해 누구나 동의하는 상태를 전제로 한다. ^C 법을 준수하며 가는 길은 냉철하고 신중하며 억제된 길로서, 고삐 풀린 무법의 태도에는 맞설 수가 없다.

^A 잘 알려진 바이지만, 저 두 위대한 인물, 옥타비아누스와 카토는 아직도 비난을 받고 있다. 한 사람은 술라와의 내전에서, 또 한 사람은 카이사르와의 내전에서, 각기 법을 희생해서라도 조국을 구하고 사태를 잠재우는 대신 조국이 극단의 위기를 겪게 했기 때문이다. 사실 더 이상 기댈 데가 없는 극단적인 곤경에 처했을 때는 고개를 조금 숙이고 날아오는 주먹을 맞이하는 것이, 불가능한데도 불구하고 아무것도 양보하지 않으려고 달려들어 고군분투하다 결국은 폭력이 모든 것을 발아래 짓밟을 기회를 주는 것보다

〔 234 〕

훨씬 현명할 것이니 말이다. 법이 원하는 것을 법 스스로 할 수 없는 상태라면, 법으로 하여금 할 수 있는 일을 원하게 만드는 것이 나으리라. 법을 스물네 시간 잠재우라고 했던 이나, 한 번만 달력에서 하루를 지우게 했던 이, 그리고 6월을 두 번째 5월로 만들라고 했던 이들은 다 그렇게 한 셈이다.[136] 라케데모니아인들은 자기 나라의 규칙을 종교적으로 지키는 사람들인데, 같은 인물을 두 번 제독으로 선출할 수 없는 법에도 불구하고 뤼잔드로스가 다시 한번 이 직책을 맡을 필요성을 절감하자, 아라쿠스라는 자를 제독으로 만든 뒤 뤼잔드로스는 해군 총감독으로 삼았다. 그리고 자기네 대사 중 한 사람이 어떤 칙령을 변경시키려고 아테네인들에게 파견되었을 때도 마찬가지 수완을 발휘했다. 일단 법령이 새겨진 석판을 없애는 것은 금지된 일이라고 페리클레스가 거부하자, 대사는 뒤집어 놓는 것은 금지되지 않았으니 그냥 살짝 엎어 놓기만 하라고 조언했다. 플루타르코스가 필로포이멘을 찬양하는 것도 바로 이 점 때문이다. 태어나기를 통솔자로 태어났던 그는 법에 의거해 통솔하는 것만이 아니라 공공의 필요성이 요구하면 법 자체에 명령해 법을 통솔할 줄 알았던 것이다.

136
플루타르코스의 『영웅전』에 따르면, 알렉산드로스 대왕은 "마케도니아의 관습에서는 6월 중 군대의 출정을 금한다."라는 말을 듣고 6월을 '제2의 5월'로 바꿔 부르라고 했다고 한다.

23장 습관에 대해, 그리고 기존의 법을 쉽게 바꾸지 않는 것에 관하여

24장
같은 계획의 다양한 결과들

^A 궁정 사제장인 자크 아미오가 어느 날 내게 우리 태공 중 한 분¹³⁷(타지 출신¹³⁸이긴 하지만, 여러 정황 증거로 보아 틀림없는 우리 왕공이시다.)에 대해 이런 이야기를 해 주었다. 우리 나라 동란 초기에 루앙을 공격할 때, 이 태공은 왕의 모후인 대비로부터 그의 목숨을 노리는 음모를 알리는 편지를 받았는데, 특히 자기를 죽이려는 자가 앙주뱅 또는 망소의 귀족으로, 당시 그런 목적으로 자기 집을 드나들고 있음을 알게 되었다. 그는 그 경고에 대해 아무에게도 말하지 않았다. 그런데 다음 날 태공은 궁정 사제장과 주교 한 분을 양편에 거느리고, 루앙을 포격 중이던(마침 루앙을 포위 공격하던 중이었으므로) 생트 카트린산 정상을 둘러보고 있었다. 그때 암살 음모자로 지목된 그 귀족이 눈에 띄자 태공이 그를 가까이 불렀다. 자기 앞에 선 그자가 벌써 양심의 경고를 받아 핏기를 잃고 덜덜 떠는 것을 보고 태공이 말했다. "모모 경, 내가 그대를 부른 까닭을 잘 알고 있구려. 그대의 얼굴에 쓰여 있소. 그

137
프랑수아 드 기즈 공작을 가리킨다.
138
로렌 출신인데, 당시 로렌은 프랑스 영토가 아니었다.

〔 236 〕

대는 내게 숨길 것이 아무것도 없소. 그대의 계획을 내 진작에 알고 있었으니, 숨기려 할수록 그대의 입장만 더 나빠질 뿐이오. 그대는 이런저런 일(그 음모의 가닥들 중 가장 비밀스러운 세부 사항)을 잘 알고 있소. 목숨이 아깝거든 그 계획의 전모와 진실을 자백하시오." 그 가련한 사람은 꼼짝없이 탄로 났음을 알자(공모자 가운데 하나가 대비에게 모든 것을 실토했으므로), 두 손을 맞잡고 태공의 은혜와 자비를 구하는 것 외에 별 수가 없었다. 그는 태공의 발아래 몸을 던지려 했다. 그러나 태공은 그를 저지하고 이렇게 말을 이었다. "말해 보시오, 내가 언제 당신을 언짢게 하였소? 내가 당신 편 중 누구를 특별히 미워해서 모욕하였소? 내가 당신을 안 지가 삼 주밖에 안 되었는데, 무슨 이유로 날 죽이려 한단 말이오?" 그 귀족은 떨리는 목소리로, 무슨 개인적인 이유가 있어서가 아니라 자기 당파 전체의 명분 때문이었다고 대답했다. 그들 종교의 강적인 태공을 처치한다면, 무슨 수단을 동원하건 신심 충만한 처형이 될 거라고 몇 사람이 자기를 설득했다는 것이었다. "그렇다면," 하고 태공은 말을 이었다. "내가 지지하는 종교가 당신네가 표방하는 종교보다 온화하다는 것을 그대에게 보여 주겠소. 내가 당신에게 어떤 모욕도 준 바가 없는데, 당신네 종교는 그대에게 내 말을 들어 볼 것도 없이 죽이라고 했소. 하지만 내 종교는 당신이 아무 이유 없이 나를 죽이려 들었던 게 분명한데도 당신을 용서해 주라고 명하오. 가시오, 더 이상 여기서 내 눈에 띄지 않게 물러가시오. 그리고 당신이 현명한 사람이라면, 차후에는 더 나은 인간들을 택해 충고를 들으시오."

　　아우구스투스 황제는 골 지방에 있을 때 루키우스 킨나가 자신을 해칠 음모를 꾀하고 있다는 명백한 증거를 입수했다. 그는

24장 같은 계획의 다양한 결과들

복수를 결심하고 그를 위해 다음 날 측근 자문 회의를 소집했다. 그러나 그는 좋은 가문 출신에 대(大)폼페이우스[139]의 조카인 젊은이를 죽여야 한다는 생각에 번민으로 그날 밤을 지새웠다. 그는 갖가지 상반되는 논리들을 떠올리며 괴로워했다. "뭐냐 도대체, 계속 두려움 속에서 끊임없이 경계하며 살아야 한단 말인가? 나를 죽이려던 자는 마음대로 돌아다니게 내버려 두고? 바다와 육지를 누비며, 그토록 많은 전투와 그토록 끊이지 않았던 내전에서 구한 목숨인데, 그런 이 목숨을 노린 자를 아무 일도 없었던 듯 풀어 줘? 세계를 평정해 평화를 수립한 나를, 그냥 죽이려 한 것도 아니고 희생 제물로 삼을 생각을 한 자를 무죄 방면한다고?" 아우구스투스가 희생 제의를 드릴 때 죽이기로 한 것이 그 음모의 계획이었던 것이다. 잠시 침묵한 뒤, 그는 자기 자신에게 화를 내면서 훨씬 더 큰 목소리로 다시 말했다. "그토록 많은 사람이 네가 죽기를 원한다면, 왜 살 것인가? 너의 복수와 너의 잔인성에는 끝도 없단 말인가? 그토록 큰 해를 끼치며 보존하려 할 만큼 네 목숨이 값나가는가?" 그의 번민을 눈치챈 아내 리비아가 말했다. "여자의 충고를 들어 보시겠습니까? 의사들이 하는 방법을 쓰세요. 통상적인 처방이 듣지 않으면 의사들은 정반대로 하지요. 지금까지 엄하게 해 보았지만 얻은 것이 없으십니다. 레피두스가 살비디에누스의 뒤를 이었고, 레피두스 다음에는 무레나가, 무레나 다음에는 카에피오, 카에피오 다음에는 에그나티우스가 일어났지요. 이젠 온유와 관용이 효과가 있을지 시험해 보세요. 킨나의 죄는 드러났습니

139
그나이우스 폼페이우스 마그누스(B. C. 106-48)의 아버지. 법무관과 집정관을 지냈다.

〔 238 〕

에세 1

다. 그를 용서해 주세요. 다시는 당신을 해치지 못할 것이고, 당신을 더 영광되게 할 거예요."

아우구스투스는 자기 기분을 옹호해 주는 변호사를 만나자 마음이 편해져서 아내에게 감사하고, 측근 회의 소집을 취소한 뒤 킨나 혼자만 불러들였다. 자기 방에서 사람들을 모두 내보내고 킨나에게 자리를 권한 다음 아우구스투스가 말했다. "우선 킨나, 잠자코 들을 것을 당부한다. 내 말을 끊지 마라. 대답할 시간은 충분히 줄 것이니. 너도 알다시피 나는 내 적들의 진영에서 너를 잡아왔다. 너는 그저 내 적이었던 것이 아니라 날 적부터 내 적이었다. 그럼에도 불구하고 내 너를 살려 주고 재산까지 전부 돌려주어 결국 너무도 안락하고 부유하게 만들어 주어서 승리자들이 패배자의 상황을 부러워할 지경이 되었다. 네가 사제직을 청하기에, 늘 나와 함께 싸웠던 이들의 자제들이 원하는데도 그 누구도 아닌 네게 주었다. 이처럼 은혜를 입고도 너는 나를 죽이려 했다."

이 말에 킨나는 그런 나쁜 생각을 품은 일이 없다고 소리쳤다. "약속을 지키지 않는구나, 킨나." 하며 아우구스투스는 말을 이었다. "내 말을 끊지 않겠다고 약속했겠다? 그래, 너는 나를 죽일 작정이었다. 모일, 모처에서, 모모와 함께, 모모한 방법으로." 이 말에 킨나가 얼어붙어, 입 다물고 있겠다는 약속을 지키려 해서가 아니라 양심의 압박 때문에 침묵하는 것을 보고 그는 덧붙였다. "왜 그런 짓을 하지? 황제가 되려고? 너와 제국 사이를 가로막는 것이 나 하나뿐이라면 진정 나라를 위해 불행한 일이구나. 너는 네 가문을 지키지 못했을 뿐 아니라 최근에는 일개 해방 노예 때문에 소송에도 졌지. 다른 일에서 이길 만한 수단도 힘도 없는 네가 카이사르가 되려 해? 너의 희망을 가로막는 것이 나밖에 없다

24장 같은 계획의 다양한 결과들

면 기꺼이 내어 주마. 그런데 파울루스, 파비우스, 코실리, 세르빌리가의 사람들이 너를 그대로 둘 것 같으냐? 그 많은 귀족, 이름만 귀족이 아니라 자신의 용덕으로 가문을 빛낸 귀족들이?"

그러고도 한참을 말한 뒤(두 시간이 넘도록 내내 말했으니) "물러가라."라며 말했다. "킨나, 전에 적이었던 너를 살려 주었던 것처럼 배반자요 시역자인 너를 살려 준다. 오늘부터 우리 사이에 우정이 시작되길 바란다. 우리 둘 중 누가 신의 있게 행동하는지 보자. 목숨을 돌려준 나인지, 돌려받은 너인지." 이 말과 함께 그는 킨나를 두고 자리를 떠났다. 얼마 후 그는 킨나에게 집정관 자리를 주었다. 감히 그 자리를 청하지 못한 것을 나무라면서 말이다. 이후 킨나는 그의 굳건한 친구가 되었고, 그의 유일한 상속자로 지명되었다. 아우구스투스의 나이 마흔에 일어난 이 사건 이래 그를 노린 음모나 공격이 한 번도 없었으니, 그가 베푼 관용은 정당한 보상을 받았다. 하지만 우리의 기즈 공작에게는 같은 일이 일어나지 않았다. 그의 관대한 처사는 차후에 같은 배신의 올가미에 빠지지 않도록 보장해 주지 못했던 것이다.[140] 이처럼 인간의 지혜란 허망하고 변덕스럽다. 우리의 모든 계획, 우리의 결심이나 방비들을 가로질러 항상 사태를 장악하고 있는 것은 운수이다.

우리는 어떤 의사가 좋은 결과를 내면 운 좋은 의사라고 부른다. 마치 그들의 기술만으로는 장담할 만한 것이 아무것도 없고, 제 힘에만 의지하기에는 그 기반이 너무 약하다는 듯이. 또한 마치 운수의 손을 빌려야 효과를 낼 수 있는 것이 의술뿐이라는 듯이. 의사의 기술을 극찬하건 헐뜯건 나는 다 믿는다. 왜냐하면 고

140
기즈 공작은 앞서 말한 사건이 있은 뒤, 폴트로 드 메레에게 암살당했다.

맙게도 우리는 서로간에 아무런 거래가 없기 때문이다. 나는 다른 이들과는 반대여서, 항상 의술을 대단찮게 여겨 왔다. 그러다 병이 들면, 의술과 타협 관계에 들어가기는커녕 그것을 더욱 미워하고 무서워하기 시작한다. 그러고는 약을 먹으라고 강요하는 사람들에게, 기운을 차리고 건강을 회복해서 그들이 주는 약의 작용이나 위험을 좀 더 잘 견딜 수 있게 될 때까지만이라도 기다려 달라고 대답한다. 나는 자연에 맡겨 둔다. 자연이 자기에게 가해진 공격을 방어하고, 해체하고 싶지 않은 이 몸의 골격을 유지시키는 데 필요한 이빨과 발톱을 갖추고 있겠거니 생각한다. 몸이 병과 빈틈없이 찰싹 붙어 싸우고 있는 만큼, 몸을 구하러 달려든다는 게 행여 몸이 아니라 몸의 적수를 돕고 몸에 다른 과제를 얹어 주게 되지나 않을까 겁내는 것이다.

　　그런데 나는 의술뿐 아니라 보다 확실한 여러 기술 분야에서도 운이 큰 부분을 차지한다고 말하련다. 시인을 사로잡아 무아지경에 이르게 하는 시적 영감, 왜 그것은 운으로 돌리지 않겠는가? 시인 스스로 시적 영감이 자기 소질이나 능력을 훨씬 능가한다고 고백하며, 자기 자신이 아닌 다른 곳에서 온 것이요, 자기 능력에 속하는 것이 전혀 아니라고 인정하는데 말이다. 웅변가들도 자기가 의도했던 것 이상으로 자신을 밀어붙이는 그 비상한 충동과 동요가 자기 능력에서 나온 것이라고 말하지 않는다. 그림도 마찬가지여서 때로 화가의 손놀림에서 벗어나 화가 자신의 구상이나 재능을 능가해 버림으로써 화가의 어안을 벙벙하게 만든다. 하지만 그런 모든 작품들에서 운의 작용이 특히 명백하게 드러나는 것은, 작업자가 의도하지 않은 정도가 아니라 지각하지도 못했을 때 나오는 우아함과 아름다움에 의해서이다. 능력 있는 독자는 흔히 다

〔 241 〕

24장 같은 계획의 다양한 결과들

른 이의 글에서 저자가 의식하고 담은 것이 아닌 명문들을 발견해
내고 거기에 더 풍부한 의미를 부여한다.

　군사 작전에서도 운이 얼마나 크게 작용하는지는 누구나 아
는 일이다. 우리의 충고와 토의에도 물론 재수와 요행이 개입해야
한다. 우리 지혜가 할 수 있는 일이란 대단한 것이 아니기 때문이
다. 지혜는 예리하고 명민할수록 제 안에서 허약함을 알아보고 저
자신에 대해 더욱 경계한다. 나는 술라의 의견에 동의한다.[141] 가
장 영광스러운 전투를 가까이서 주의 깊게 들여다보면, 그런 무훈
을 성취한 사람들은 토의나 숙고는 그저 형식적으로 했을 뿐, 작
전의 가장 좋은 몫을 운에 맡기고 운수의 가호를 믿으며 모든 논
리적인 결정의 한계를 넘어가 버렸던 것 같다. 깊은 숙고 중 불시
에 이유 없는 희열이나 이상스러운 격분이 일어 그들로 하여금 겉
보기에 가장 근거가 취약한 의견을 따르도록 충동질하고, 그들의
용기를 이성이 제어할 수 없을 만큼 부풀리는 경우가 대부분이다.
그런 연유로 많은 위대한 고대 장군들이 자신의 무모한 작전에 신
빙성을 부여하기 위해 부하들에게 어떤 영감, 어떤 표징, 어떤 예
표(豫表)를 받았다고 주장했던 것이다.

　바로 그렇기 때문에, 각 사건의 다양한 특성과 여건이 야기
하는 어려움으로 인해 최선책을 간파하고 선택할 수 없는 애매하
고 당혹스러운 상황에서 가장 확실한 길은, 내 생각에는 이것이다.
즉 그렇게 해야만 할 다른 이유가 없더라도 가장 정직하고 공정한
편에 투신하는 것. 어느 길이 지름길인지 확신할 수 없으니, 언제

141
이 문장은 1582년에 덧붙여졌다. 1580년과 1582년 사이에 페트라르카의 『술라의
생애』를 읽고 생각한 내용인 듯하다.

나 곧은 길로 가는 것. 내가 방금 제시한 두 가지 예에서처럼, 공격 당한 사람이 용서를 베푼 것이, 달리 행했던 것보다 아름답고 너그러운 일임은 의심할 여지가 없다. 혹여 전자에게 일이 잘못 돌아가도, 그의 좋은 의도에 대해서는 비난할 이유가 없다. 또 반대의 행동을 취했다 한들, 운명이 정해 놓은 종말을 피할 수 있었을지는 알 수 없고, 그랬어도 그토록 현저한 선행의 영광은 잃었을 것이다.

모반을 두려워한 숱한 사람들이 수많은 이야기에 등장한다. 그들 중 대부분은 자기를 치려는 음모에 대해, 선수를 쳐서 복수하고 벌주는 길을 택했다. 그러나 그 많은 로마 황제들이 증명하듯, 그 약이 들었던 적은 거의 없다. 그런 위험에 처한 사람은 자기 힘이나 철통같은 경계에 희망을 걸어서는 안 된다. 지극히 호의적인 얼굴을 뒤집어쓴 적으로부터 자신을 보호한다는 게 얼마나 어려운 일인가? 우리를 보좌하는 사람들의 속마음과 의도를 안다는 게 얼마나 어려운 일인가? 외국 나라들을 호위병으로 삼아도, 무장한 사람들로 울타리를 둘러쳐도 소용없는 일이다. 자기 목숨을 하찮게 여기는 자라면 누구든, 언제든, 남의 목숨의 주인이 되려 할 수 있다. 그렇기 때문에 왕으로 하여금 모든 이를 의심하게 만드는 그 끊임없는 의혹은 비상한 근심거리일 것이다.

B 하지만 디온[142]은 칼리푸스가 자기의 목숨을 노리고 있다는 보고를 받고도, 적들만이 아니라 친구들까지 경계해야 하는 비

<hr />

142
B. C. 408?~354. 시라쿠사의 정치가. 플라톤의 친구로 그의 철인 정치를 실현하려다 추방되었다가 돌아와 실권을 잡았지만 친구 칼리푸스 등의 음모로 암살되었다.

24장 같은 계획의 다양한 결과들

참한 상황에서 사느니 차라리 죽는 것이 낫다면서 결코 그 진상을 조사하려 하지 않았다. 알렉산드로스는 이런 태도를 훨씬 더 생생하게 행동으로 보여 주었다. 그는 가장 아끼는 의사 필리포스가 다레이오스에게 매수되어 자신을 독살하려 한다는 파르메니온의 편지를 받자, 필리포스에게 그 편지를 읽어 보라고 내어주는 동시에 그가 올린 물약을 삼켰다. 그것은 만일 그의 친구들이 자기를 죽이고 싶으면 죽여도 좋다는 동의와 결심의 표현이 아니었을까? 이 왕은 과감한 행동의 지고한 수호자이다. 하지만 그의 생애에 이 경우보다 더 단호하고, 여러 면에서 광채가 나는 아름다운 행동이 또 있었을지 모르겠다.

안전을 염려하는 척하며 왕공들에게 극히 세심한 경계심을 촉구하는 자들은 그들에게 몰락과 수치를 권면하는 것이다. 위험을 무릅쓰지 않고는 그 어떤 고귀한 일도 이룰 수 없다. 내가 아는 한 분[143]은 ^C 기질상 매우 용맹하고 대담한 사람이건만, 사람들이 매일같이 그의 운을 망가뜨리고 있다. ^B 측근들과 똘똘 뭉쳐 지내라는 둥, 옛 적들과 화해하라는 말은 듣지도 말고, 혼자 버티면서 어떤 약속을 하건 어떤 이용 가치가 있어 보이건 더 강한 사람과 손을 잡아서는 안 된다는 둥의 충고로 말이다. ^C 내가 아는 다른 한 분[144]은 그와는 정반대의 충고를 받아들임으로써 자기 운을 기대 이상으로 증진시켰다. 왕공들이 영광을 향한 그 맹렬한 추구에서 사용하는 과감성은 필요할 땐 갑옷을 입었을 때만이 아니라 평상

<hr>

143
내란에서 개신교파를 이끌던 앙리 드 나바르. 나중에 앙리 4세가 된다.
144
가톨릭파를 이끌던 앙리 드 기즈.

〔 244 〕

복을 걸치고 있을 때에도, 전장에서만이 아니라 집무실에서도, 팔을 휘두를 때뿐 아니라 팔을 내리고 있을 때에도 장하게 발휘된다. B 지나치게 예민하고 조심스러운 신중함은 고매한 일을 수행하는 데 치명적인 장애가 된다. C 스키피오는 시팍스[145]의 지지를 얻기 위해 자기 군대를 떠나, 이제 막 정복해서 안심할 수 없는 스페인도 버려둔 채 작은 배 두 척만 몰고 아프리카로 건너갔다. 적지에서, 믿을 만한지 알 수 없는 야만인 왕의 힘에 자기를 맡기기 위해 담보도 인질도 잡아 두지 않고, 오직 자기 자신의 담대함, 자기의 운, 자기의 고매한 희망이 약속하는 바만 믿고서 말이다. "우리가 보여 주는 신뢰는 십중팔구 신뢰로 돌아온다."(티투스 리비우스) B

명성을 구하는 야망의 삶에서는 그와는 반대로[146] 의심에 귀를 기울이지 말고 그것의 고삐를 죄어야 한다. 공포와 불신은 공격을 불러들인다. 우리 왕들 중 가장 의심이 많았던 왕[147]은 무엇보다 일부러 자기 생명과 자유를 적들의 손에 맡기는 방법으로 자신의 안전을 확보했다. 그들이 자기에게서 신뢰를 배우게 하려고, 완전한 신뢰를 보여 주었던 것이다. 카이사르는 자기를 치려고 무장 봉기한 군단에 오직 자기 얼굴의 권위와 자신만만한 연설로 맞섰다. 자기 자신과 운을 철저히 믿었기 때문에 폭동을 도발하며 반란을 일으킨 군대에 자기 운명을 내맡기는 것조차 전혀 두렵지

145
B. C. 3세기 말에 활동한 누미디아의 왕.
146
바로 위 B 문장에 나오는 '지나치게 예민하고 조심스러운 신중함'에 대한 반대를
뜻한다. 앞의 C를 첨가하기 전에 두 문장은 이어져 있었다.
147
루이 11세.

〔 245 〕

24장 같은 계획의 다양한 결과들

않았던 것이다.

> 언덕 위에 나타나 담대한 얼굴로 우뚝서니,
> 조금도 두려움 없는 그 모습, 두려움을 불러일으킬 만했다.
> 루카누스

B 하지만 사실 그처럼 강력한 자신감은 죽음 또는 종국에 닥칠 수 있는 최악의 사태를 상상해도 공포에 사로잡히지 않는 이들만이 완전히, 그리고 자연스럽게 보여 줄 수 있는 것이다. 여전히 불안하고 의심스러워 떨리는 모습으로 자신 있는 척해 봤자, 중차대한 화해를 이끌어 내는 데 아무 쓸모가 없기 때문이다. 오히려 순순히 자기를 맡기고 믿어 버리는 것이 남의 마음과 의도를 내 것으로 만드는 아주 좋은 방법이다. 어쩔 수 없는 강요에 의해서가 아니라 자유로이 그렇게 하고, 적어도 얼굴만이라도 의심을 벗어 버리고 순수하고도 분명한 신뢰를 보인다면 말이다.

어릴 때 격노한 민중의 폭동에 직면한 귀족을 본 일이 있다.[148] 그는 큰 도시를 다스리는 사람이었다. 그 소요를 초기에 진화하려고 그는 안전한 장소에서 나와 반란의 무리에게 갔다. 불행하게도 그는 거기서 비참하게 죽임을 당하고 말았다. 하지만 내가 보기에 그의 잘못은, 사람들이 통상 그를 떠올리며 비난하는 것처럼 안전한 곳에서 나온 것이라기보다는, 그가 순하고 유약한 방식을 택하여 이끌기보다는 따름으로써, 질타하기보다는 협조를 구

148

몽테뉴가 기엔 학교 학생이던 시절(1548), 보르도시에서 소금세 폭동이 일어났을 때 민중에게 살해된 모넹을 말한다. 그는 왕을 대리하는 사령관이었다.

〔 246 〕

함으로써 그들의 분노를 잠재우려 했다는 데 있는 것 같다. 나는 그가 자신의 신분과 맡은 일의 위엄에 걸맞게 안정감과 자신감 넘치는 군인다운 통솔력을 보이며 관대하면서도 엄격하게 처신했더라면 훨씬 성공적이었을 것이고, 적어도 보다 명예롭고 품위 있었을 것이라고 생각한다. 그처럼 동요된 괴물에게서 인정이나 자애만큼 기대하기 어려운 것도 없다. 차라리 존경과 두려움을 기대하는 편이 낫다. 또한 나는 그가 평상복 저고리에 무기도 없이 분별 없는 사람들의 격렬한 바다 한가운데로 뛰어들겠다는, 내 생각엔 무모하기보다는 오히려 용감한 결정을 했으면, 그 결정을 끝까지 고수하여 자기 역할을 완수했어야 했는데, 위험을 가까이서 보자 용기를 잃고 애초에 취했던 겸손하고 타협적인 태도를 겁에 질린 태도로 바꾼 점을 나무라고 싶다. 목소리와 눈에 공포와 후회를 가득 담고 말이다. 그는 토끼처럼 달아나 숨으려다 폭도들을 흥분시켰고, 자기에게로 달려들게 만들었다.

한번은 여러 군단을 무장한 상태로 집합시켜 총열병식[149]을 거행하는 문제로 토의를 벌인 일이 있다. 총열병식은 은밀히 복수를 실행할 수 있는 절호의 기회로, 그보다 더 안전하게 복수할 수 있는 기회도 없다. 군단을 사열해야 하는 주요하고도 필수적인 임무를 떠맡게 된 이들에겐 좋지 않은 일이 있을 거라는 악질적이며 공공연한 징조가 있었다. 그처럼 중차대하고 후환이 따르는 어려운 문제에서 당연히 예상할 수 있듯이 갖가지 충고가 나왔다. 내

149
몽테뉴의 보르도 시장 두 번째 임기 때 있었던 열병식. 그는 시장으로서 사열 임무를 맡았다. 이 일이 있기 얼마 전, 그가 왕의 대리인인 마티뇽 원수를 도와 보르도시의 트롱페 성에서 귀족 동맹 편의 바이야크를 축출했는데, 그에 따른 보복을 염려했던 것이다.

24장 같은 계획의 다양한 결과들

의견은 무엇보다 그런 염려를 하고 있다는 티를 전혀 내지 말고, 고개를 똑바로 들어 얼굴을 보여 주며 대열 가운데 섞이고, 순서를 생략하기는커녕(주로 생략하자는 의견이 많았지만) 오히려 대장들을 격려해서, 참관자들을 위해 화약을 아끼지 말고 멋진 축포를 신나게 쏘라고 병사들에게 명령하게 하자는 것이었다. 이것이 의심받던 군단들에 신임의 표시가 되어, 그때부터 서로간에 유익한 신뢰가 증진되었다.

ᴬ 율리우스 카이사르가 택한 길, 나는 그것이 우리가 택할 수 있는 가장 아름다운 길이라고 생각한다. 우선 그는 관용과 온화함으로 적들조차 자기를 사랑하게 하려고 애썼다. 음모가 발각되어도 그저 자기가 알고 있었다고 선언했을 뿐이다. 그렇게 한 뒤 신들과 운수의 가호에 자기를 맡긴 채, 두려움도 근심도 없이 자기에게 닥칠 일을 기다린다는 너무도 고매한 결심을 한 것이다. 살해될 때의 그의 상태가 분명 그러했다.

ᴮ 한 이방인이 돈만 많이 주면 자기가 시라쿠사의 참주 디오니시우스에게 그의 신하들이 그를 해치기 위해 획책할 음모를 확실히 알아낼 방법을 가르쳐 줄 수 있다고 사방에 떠들고 다녔다. 그것을 전해 들은 디오니시우스가 자기 목숨을 지키는 데 너무도 요긴한 그 기술을 알려 달라고 그를 불렀다. 그 이방인은 자기에게 1탈렌트¹⁵⁰를 하사하고, 기발한 비법을 배웠다고 자랑하는 것이 바로 비법이라고 했다. 디오니시우스는 멋진 책략이라고 생각해 그에게 600에퀴를 셈해 주었다. 미지인에게 그토록 큰돈을 준다는 것은 정말 유용한 가르침에 대한 보상이 아니고선 있을 법하

150
고대 그리스에서 1탈렌트는 금 20~27킬로그램에 해당한다.

지 않은 일이었다. 그런 생각이 그의 적들을 두려움에 묶어 두는 작용을 했다.

현명한 왕공은 자기의 목숨을 노리는 음모에 대해 그가 받은 첩보를 공표한다. 그가 모두 듣고 있으며, 어떤 일을 도모하건 그가 그 음모의 바람을 알아채지 못할 리 없다는 것을 믿게 하기 위해서이다. [C] 아테네 공작은 최근 피렌체에서 전권을 장악하며 많은 우행을 저질렀다. 하지만 가장 두드러진 우행은 그곳 민중이 그에 대항해 음모를 꾸미고 있다는 것을 음모자의 하나였던 마테오 디 모로조에게 처음 들었을 때 그를 죽여 버린 일이다. 그의 경고가 알려지지 못하게 하고, 또 자기 도시의 누군가가 자신의 정당한 통치에 불만을 품고 있다는 낌새를 알아채지 못하게 하려고 그렇게 한 것이다.

[A] 어느 로마인의 이야기를 읽은 것이 기억난다. 고위직에 있던 그는 삼두 거물의 압제를 피해 달아났는데, 여러 번 교묘한 꾀를 써서 자기를 추적하는 자들의 손아귀에서 벗어났다. 한번은 그를 체포할 임무를 받은 말 탄 자들 한 떼가 그가 숨어 웅크리고 있는 덤불 곁을 지나가면서도 그를 찾아내지 못했다. 그런데 바로 그 순간, 도처에서 자기를 쫓는 끈질기고 치밀한 추적에서 몸을 구하느라 이미 너무 오랫동안 감내해 온 고통과 난관을 돌이켜 보고, 그런 삶에서는 도저히 즐거움을 기대할 수 없으며, 그런 공포 속에서 사느니 단번에 한 걸음 뛰어넘는 것이 얼마나 나을지를 생각하고는, 스스로 그들을 불러 은신처를 드러내고, 자신과 그들에게서 더 긴 고통을 덜어 주고자 자진해서 그들의 잔인한 손에 자신을 맡겼다. 적의 손을 불러들이는 것, 그것은 좀 과한 선택이긴 하지만, 그래도 나는 약이라곤 없는 불행을 끊임없이 예상하는 열

24장 같은 계획의 다양한 결과들

병 상태에 머무르느니 그런 결정을 내리는 것이 훨씬 낫다고 생각한다. 하지만 대비책을 강구해 본들 전적으로 불안하고 불확실한 것인 만큼, 어떤 일이 닥치든 담대하게 받아들일 마음의 준비를 하고, 무슨 일이 닥칠지 알 수 없다는 것에서 얼마간 위로를 얻는 편이 낫다.

25장
현학에 관하여

^A 어린 시절에 나는 이탈리아 희극에서 늘 선생님이 조롱거리로 나오고, 우리 나라에서도 교사라는 별칭이 그다지 명예로운 의미를 갖지 않은 것을 보고 자주 화가 났다. 그분들이 이끌고 보호하도록 내가 제자로 맡겨진 이상, 최소한 그분들의 평판에 대해서는 마음을 쓰게 되지 않겠는가? 나는 판단력과 지식에서 탁월한 드문 인물들과 속인의 무리는 당연히 같을 수 없다는 점을 들어 선생님들을 옹호하려 들었다. 더군다나 양자는 완전히 반대편에 속하니 말이다. 그런데 그 점에서 나는 뭐가 뭔지 모르게 되어 버렸으니, 가장 빼어난 인사들이 선생들을 가장 경멸했기 때문이다. 그 증인이 바로 우리의 명민한 시인 뒤벨레이다.

하나 내가 제일 싫은 것은 현학적인 지식이다.

^B 이런 풍습은 오래된 것이다. 플루타르코스에 따르면 로마인들 사이에서는 '그리스 말(Grec)'과 '학생(Escolier)'이라는 단어가 비난과 경멸의 어조로 쓰였다고 한다.
^A 나중에 나이가 들어 가면서 나는 그런 태도에 일리가 있다고 여기게 되었으며, "가장 뛰어난 학자가 가장 위대한 현자는 아니

〔 251 〕

다."(라블레가 인용한 속담)라고 생각하게 되었다. 수많은 것을 알고 있는 부유한 영혼이 그 때문에 더 생기 있고 더 명석해지지 않는 것은 어찌 된 일이며, 거칠고 범속한 정신이 아무런 자기 계발 없이도 세상에서 가장 뛰어난 정신에서 나오는 말과 판단력을 자기 안에 갖출 수 있는 것은 또 무슨 이유인지 지금도 궁금하다.

B 강한 데다 크기도 한 남들의 두뇌를 그렇게 많이 담아 두려다 보면, (누군가에 대해 이야기하는 중에 우리 공주님 중 맏이 되는 이[151]가 내게 이런 말을 했다.) 정작 자기 것은 남들 것에 떼밀리고 짓눌려서 쪼그라들 수밖에 없다.

A 물을 너무 많이 주면 식물이 죽고 기름을 너무 많이 넣으면 등불이 꺼지듯이 정신의 활동도 너무 많이 공부하고 너무 많은 재료를 채워 넣으면 둔해지는 것이라고 말하고 싶기도 하다. 생각할거리가 너무 다양한 나머지 어찌할 바를 모르고 허우적거리는 정신이 뚫고 나올 힘을 잃은 채 그 짐에 눌려 허리가 굽고 웅크리게 된 형국이라고 말이다. 하지만 꼭 그렇지는 않은 것이 우리 영혼은 가득 채워질수록 더 확대되기 때문이다. 그리고 과거의 예를 보건대, 오히려 공공 영역을 담당한 유능한 사람들이나 위대한 장수들, 국사에 관여한 탁월한 조언자들은 대단한 지식인이기도 했다.

모든 공직에서 발을 빼고 있는 철학자들로 말하자면, 그들 역시 자기 시대의 거침없는 풍자 정신에 의해 이따금 조롱거리가 되곤 했다. C 그들의 견해나 행동거지가 다른 사람들에게는 우스꽝스러워 보인 것이다.

151
앙리 드 나바르의 누이인 카트린 드 부르봉 혹은 그의 아내인 마르그리트 드 발루아로 추정할 수 있다.

어떤 재판의 시비곡직이나 누군가의 행동에 대해 그들로 하여금 판단을 내리게 해 볼 텐가? 그들은 준비가 썩 잘 되어 있다. 그들은 지금도 여전히 생명이란 것이 있는지, 운동이라는 것이 있는지, 인간은 소와 다른 것인지, 무엇을 하는 것과 무엇을 겪는 것이 어떤 것인지, 법과 정의란 무슨 짐승인지까지 탐구하고 있다. 그들이 법관에 대해 혹은 법관을 향해 이야기할라치면? 그것은 건방지고 불손한 태도로 제멋대로이다. 자기네 왕이나 통치자를 찬양하는 소리가 들린다치면? 그들에게는 권력자가 일종의 양치기인 바, 양치기처럼 게으르고 양치기처럼 제 소유인 짐승의 고혈을 짜며 그 털을 깎아 갖는다. 그것도 양치기보다 훨씬 폭력적으로 말이다. 누군가 수만 평 땅을 가지고 있다 해서 당신이 그를 대단한 이로 보는가? 철학자들은 세상 전체를 자기 소유인 양 두 팔 안에 넣고 사는 데 익숙하므로, 그 정도쯤은 코웃음 친다. 조상이 7대나 부유했다고 당신 가문이 뽐낼 만하다고 으스대는가? 그들은 당신을 우습게 여길 것이다. 당신이 삼라만상의 보편성을 모르고, 우리 각자의 조상이란 수많은 부자와 가난한 자, 왕과 신하, 그리스인과 그 밖의 야만인들로 이루어져 있음을 당신이 모르기 때문이다. 그리고 당신이 헤라클레스의 쉰 번째 후손이라 하더라도 우연히 운수가 만들어 준 선물을 갖고 우쭐거린다며 당신을 허영에 찬 인간으로 볼 것이다.

그래서 보통 사람들은 철학자들이 기본적이고 평범한 일에 대해 무지한 데다 주제넘고 오만하다고 경멸했다. 그러나 플라톤의 저서에서 빌려 온 이와 같은 묘사는 우리 시대 철학자들과는 거리가 아주 멀다. [A] 옛사람들이 당대 철학자들을 시기한 것은 이들이 일반적인 세태보다 우월한 위치에 서서 공적인 활동을 경멸

〔 253 〕

하고, 고아하고 비범한 원칙들에서 비롯된 흉내 낼 수 없는 특별한 생활 방식을 택하고 있었기 때문이다. 그런데 요즘의 철학자라는 사람들은 일반적인 세태에 못 미치는 처신을 하고 공직을 감당할 능력도 없으며, 속인들과 다름없이 저열하고 천한 삶과 풍속을 유지하고 있다는 이유로 경멸의 대상이 되고 있다.

> 행동은 비루하고 언변만 철학자인 자들이 나는 싫다
> 파쿠비우스

^A 내가 말하고자 하는 것은, 옛 철학자들은 학문에서도 위대했지만 실천에서도 무엇 하나 빠짐없이 더 대단한 사람들이었다는 점이다. 사람들 이야기로 시라쿠사의 기하학자[152]는 자기 도시 방어에 자신이 깊히 숙고하던 것을 적용하려고 명상을 멈추더니, 순식간에 사람이 믿을 수 없을 만큼 무시무시하고 위력적인 무기를 작동시켰다. 하지만 그 자신은, 이렇게 손수 몸을 써서 만들게 된 것을 하찮게 여기며 그 일로 자기 학문의 위엄을 손상시켰다고 생각했다. 자기 발명품들은 자기 학문을 위한 수련의 일부이자 노리개 정도일 뿐이라고 여긴 것이다. 이처럼 어쩌다 사람들이 철학자들에게 행동에 나서도록 시험해 보면, 이들은 날개를 펼치며 너무 높이 솟아올라, 그들의 마음과 영혼이 사물에 대한 이해를 통해 놀라울 만큼 확장되고 풍성해졌음을 보여 주었다.

그러나 ^C 어떤 철학자들은 무능한 인간들이 정치 영역을 채우고 있는 것을 보고 공직에서 물러나기도 했다. 어떤 이가 크라테

152
아르키메데스.

스[153]에게 언제까지 철학을 해야 하느냐고 묻자 이런 답이 돌아왔다. "우리 군대를 지휘하는 자들이 더 이상 당나귀 몰이꾼이 아닐 때까지." 헤라클레이토스는 왕위를 동생에게 물려주었다. 신전 앞에서 어린애들과 놀며 시간을 보내고 있다고 그를 비난하는 에페소스인들에게 그는 이렇게 말했다. "당신들하고 어울려 국가를 다스리느니 이렇게 지내는 게 더 낫지 않은가?" ^A 또 어떤 이들은 출세나 세상사에 전혀 관심이 없어 법관의 자리나 왕좌마저 저급하고 비천하게 여긴다. ^C 엠페도클레스는 아그리젠토 사람들이 제안한 왕위를 거절했다. ^A 사람들이 집안일이나 돈 벌어 부자 되는 데만 정신을 쏟는다고 탈레스가 몇 차례 비판하자, 그들은 자기가 못 하니 공연히 여우가 하는 식으로[154] 탓하는 거라고 비난했다. 그는 심심풀이 삼아 자기가 직접 뛰어들면 어찌 될지 알아보고 싶은 생각이 들었다. 그래서 이번만은 자기 지식을 돈 벌고 이윤을 올리는 비루한 일에 쓰기로 하고 장사를 벌였는데, 일 년 만에 그가 축적한 부가 얼마나 엄청났던지, 그 분야에 가장 경험 많은 사람이 평생 걸려도 벌까 말까 한 액수였다.

　^C 아리스토텔레스가 전하는 바에 따르면, 탈레스나 아낙사고라스, 그 비슷한 이들은 보다 유용한 일에는 무심하기 때문에 지혜는 있어도 분별은 없다고 말하는 사람들이 있었다고 한다. 나는 지혜와 분별이란 이 두 단어가 어떻게 다른지 잘 구분하지 못하기

153

테베의 철학자로서 디오게네스의 제자였다.

154

『이솝 우화』의 「여우와 포도」 이야기를 가리킨다. 따 먹으려던 포도를 못 먹게 된 여우는 "저건 맛이 시어서 못 먹는 것일 거야."라고 중얼거리며 스스로를 위로한다.

〔 255 〕

도 하지만,[155] 구분해 봤자 우리 시대 철학자들에겐 전혀 변명이
되지 못한다. 그보다는 그들이 자기들에게 주어진 비루하고 궁핍
한 삶에 만족스러워하는 모습을 보면, 차라리 두 단어 모두를 사
용하게 될 성싶다. 그들에겐 지혜도 분별도 없다고 말이다.

 ᴬ 앞에 언급한 첫 번째 이야기는 여기서 그치겠지만, 내 보기
에 이 같은 병폐는 학문하는 방법이 잘못된 데서 비롯된다. 우리
가 교육받는 방식으로 볼 때, 학생이고 선생이고 더 많이 알게 되
어도 더 성숙해지지 않는 것은 이상한 일이 아니다. 사실 우리 부
모들의 정성과 비용은 우리 머리를 학식으로 채우기 위한 것일 뿐
이다. 판단력과 덕성에 관해서는 아무 소리가 없으니 말이다. ᶜ 길
을 지나는 행인을 두고 사람들에게 외쳐 보라. "오, 학자님이시
여!" 그리고 또 다른 행인에게 외쳐 보라. "오 선량한 사람이여!"
사람들이 눈길을 돌려 존경심을 표하는 것은 단연코 전자를 향해
서이다. 제삼의 외치는 이가 다시 나타나 이 사람들을 향해 "오,
이 돌대가리들아!" 하고 소리쳐야 할 일이다. ᴬ 우리는 주저 없이
이렇게 묻는다. "저 사람 그리스어나 라틴어를 아는가? 운문으로
글을 쓰는 시인인가, 혹은 산문으로 글을 쓰는가?" 중요한 것은 그
가 더 나아졌는가, 더 식견이 깊어졌는가인데 그 점은 뒷전인 것
이다. 누가 더 많이 알고 있는가를 물을 게 아니라 누가 더 참으로
알고 있는가를 물었어야 한다. 우리는 기억의 창고를 가득 채우려
고 애쓸 뿐, 이해력과 ᶜ 생각은 ᴬ 텅 빈 상태로 내버려 둔다. 마치
새들이 곡식을 찾아 나섰다가 맛보지도 않고 그대로 주둥이에 물

155
프랑스어 '지혜(sage)'와 '분별(prudent)'은 16세기에 비슷한 의미를 지녔는데
그중에서도 'prudent'은 지혜의 실용적인 측면과 더 관련된 단어이다.

〔 256 〕

고 와 새끼들 입에 물려 주듯, 우리네 선생님들도 여기저기 책에서 지식을 베껴 그저 자기네 입술 끝에 달고 올 뿐이며, 그것을 그저 뱉어 내 이내 바람에 흩날려 버리는 것이다.

C 이런 아둔함이 바로 내 경우에 얼마나 정확히 맞아떨어지는지 놀랍다. 이 책 대부분에서 내가 하는 것이 마찬가지 짓 아닌가? 나는 이 책 저 책에서 내 마음에 드는 글귀를 슬쩍 집어내곤 하는데, 그대로 간직하려는 것이 아니라, 사실 내겐 따로 둘 데가 없기도 하지만, 이 책에 옮겨 놓기 위해서이다. 그런데 정작 이런 글귀들은 여기 있어도 원래 자리에 있던 때처럼 내 글이 아니긴 마찬가지이다. 내 생각에 우리는 오직 지금 알고 있는 것으로 아는 것이지, 옛날 한때 알았던 것, 혹은 미래에 알게 될 것으로 아는 것이 아니다.

A 그런데 더욱 고약한 것은 선생들에게 배우는 학생이나 어린애들 역시 그런 지식을 양분과 자양으로 삼아 자라는 것이 아니라는 사실이다. 지식은 손에서 손으로 넘어가면서 그저 남들에게 내보이기 위한 자랑거리로, 말을 붙이고 이야기를 나누는 소재로나 삼는 것이어서, 세어 본 뒤 던져 버리는 것 외에는 아무런 가치도 쓸모도 없는 모형 주화나 같다. "그들은 남들과 말하는 법은 배웠지만, 자기 자신에게 말하는 법은 모른다."(키케로)

말이 아니라 키를 조종하는 것이 문제이다.
세네카

대자연은 자신이 이끄는 것에는 어느 것 하나 야만스러움이 없음을 보여 주기 위해, 가장 **빼어난** 예술 작품들과 견줄 만한 정

25장 현학에 관하여

신적인 작품들이 흔히 기예가 덜 발달한 나라들에서 나타나게 했다. 피리 부는 목동의 노래에서 따온 저 가스코뉴 지방 속담은 내가 하려는 이야기에 얼마나 딱 들어맞는 경우인가! "불어라 맘껏 불어라, 그래도 손가락은 올바르게 움직여야 하리."

ᴬ 우리는 키케로가 이렇게 말했다거나, 플라톤의 『도덕론』이 어떻다거나, 이게 바로 아리스토텔레스가 한 말이다라거나 하는 식의 이야기는 잘한다. 그러나 우리 자신은? 우리는 무슨 말을 하나? 우리가 내리는 판단은 무엇인가? 그리고 우리가 행하는 것은 무엇인가? 남의 말이야 앵무새라도 곧잘 할 테니 말이다.

남의 말이나 인용하는 식은 어느 부유한 로마인을 떠올리게 한다. 그는 막대한 비용을 지불하고 온갖 분야의 지식에 능통한 사람들을 애써 찾아 늘 자기 곁에 두는 데 정성을 기울였다. 친구들과 함께 있다가 이런저런 문제에 대해 이야기할 기회가 생기면 이 식자들이 나서서, 각자 자기 분야에 따라 한 사람은 이야기 전개를, 또 한 사람은 호메로스의 시를 그에게 귀띔해 주도록 하기 위함이었다. 그러면서도 그는 자기가 고용한 사람들이니 그들의 이런 지식도 온전히 자기 것이라고 생각했다. 자기 집 안에 꾸민 으리으리한 서가에 바로 자신의 능력이 들어 있다고 생각하는 사람들처럼 말이다.

ᶜ 내가 아는 어떤 사람은 이러저런 것에 대해 아느냐고 물으면 사전을 갖다 달라고 해서 그 부분을 보여 준다. 그 자리에서 사전을 찾아보고 가려움이 무엇인지, 등이 무엇인지를 먼저 공부하기 전에는 감히 등이 가렵다는 말도 하지 못할 것이다.

ᴬ 우리는 남들의 견해, 남들의 지식을 쌓아 두고만 있을 뿐, 그것으로 끝이다. 그것을 우리 것으로 만들어야 한다. 마치 불이

〔 258 〕

에세 1

필요해 옆집에 얻으러 간 사람이, 그 집의 불이 크고 볼 만하다 생각하며 빌려 올 생각은 않고 그 집에 눌러앉아 몸을 데우고 있는 것이 우리 경우와 비슷하다. 음식물로 배가 찼다고 한들 소화가 되지 않는다면, 그것이 우리 자신으로 바뀌지 않는다면 무슨 소용이겠는가? 그것이 우리를 더 크고 더 강하게 만들어 주지 않는다면? 경험 없이도 책을 통해 그토록 위대한 장수로 다듬어지고 만들어진 루쿨루스가 우리 식으로 책을 이용했다고들 생각하는가?

B 우리는 다른 사람의 팔에 몸을 너무 기대 걸는 나머지 자신이 가진 원래 힘을 다 없애 버린다. 죽음의 두려움으로부터 나를 지키고 싶다면? 세네카에게 의지한다. 나 자신이나 혹은 다른 사람을 위로해 주고 싶다면? 키케로에게서 빌려 온다. 내가 이런 경우를 위해 단련되었더라면, 내 안에서 그런 것들을 찾아낼 수 있었으리라. 나는 이런 식으로 남에게 매달려 구걸하는 능력이 달갑지 않다.

A 남의 지식으로 학자야 될 수 있다손쳐도, 우리 자신의 지혜가 아니면 지혜로울 수 없다.

> 현자라면서 자신을 위해서는 지혜롭지 못한 자가 나는 싫다.
> 에우리피데스

C 그래서 엔니우스도 이렇게 말했다. 현자가 그 자신을 이롭게 할 줄 모른다면 그 지혜는 허망한 것이라고.
키케로의 인용

> 만일 그가 탐욕과 허영에 찌들고

25장 현학에 관하여

에우가네이[156]의 어린 양보다도 물러터졌다면

유베날리스

C "지혜를 얻는 것만으로는 충분하지 않으니, 그 지혜에서 유익한 무엇을 얻어야 하기 때문이다."(키케로)

디오니시오스는 오디세우스의 고난에 대해 연구하려고 머리를 싸매면서도 정작 자기 불행은 모르는 문법학자들이나, 피리 가락은 잘 조율하면서 자신들의 품행은 잘 조절할 줄 모르는 음악가들, 그리고 정의에 대해 말하는 법을 공부할 뿐 그것을 실천하는 법은 배우지 못하는 웅변가들을 조롱했다.[157]

A 배움의 덕으로 우리 영혼이 더 민첩하게 움직이는 것이 아니라면, 우리 판단력이 더 건강해지는 것이 아니라면, 나는 차라리 내 학생이 정구라도 치며 시간을 보내는 게 더 나았으리라고 생각한다. 적어도 몸은 더 가뿐해졌을 테니 말이다. 십오륙 년을 공부한 뒤에 돌아오는 그를 보라. 갖다 쓰기에 그보다 더 적절치 않은 것도 없다. 얻은 것이라고는 라틴어와 그리스어 때문에 집 떠날 때보다 더욱 우쭐하고 오만해졌다는 것뿐이다. C 충만한 영혼으로 돌아왔어야 할 텐데, 부어오른 영혼으로 돌아온 것이다. 영혼을 살찌우는 대신 바람만 잔뜩 넣어 온 셈이다.

여기 이 선생들은. 그들과 사촌간이라 할 수 있는 궤변가들에 대해 플라톤이 말한 것처럼, 자기들이야말로 모든 인간들 중 인간

156
이탈리아 북부의 구릉 지대로서 이 지역 양털은 부드럽기로 유명하다.
157
몽테뉴가 시라쿠사의 참주 디오니시오스 이야기로 잘못 적고 있는 이 부분은 그가 인용한 견유학파 철학자 디오게네스 이야기이다.

〔 260 〕

에게 가장 유용한 인간인 듯 장담하면서도, 사람들이 맡겨 준 일을 목수나 석공이 하듯 더 낫게 만들어 놓지 않을 뿐만 아니라 오히려 망쳐 놓으며, 그러면서도 그 일로 보수를 받는 유일한 부류들이다.

프로타고라스는 제자들에게 자기 말대로 수업료를 내든가, 아니면 자신의 가르침을 통해 얻은 이익이 어느 정도라고 생각하는지를 신전에 가서 맹세하고 그에 따라 자기의 수고를 보상해 달라고 했다. 내 선생들도 그가 내세운 조건에 따라 보상을 받겠다며 나더러 경험한 대로 거짓 없이 증언해 보라 하면, 그들로서는 적잖이 실망할지 모른다.

A 우리 페리고르 지방 속어로는 이런 학자 나부랭이를 우스개로 '글멍청이(Lettreferits)'라고 하는데, 사람들 표현처럼 글한 테 망치질을 당한 듯, '글로-멍해진 자(lettre-ferus)'라는 뜻이다. 정말이지 이 사람들 대부분은 상식 이하로까지 내려간 듯 보인다. 농민이나 신발 제조공은 보다시피 단순하고 꾸밈없이 살아가며 아는 대로만 이야기한다. 그런데 자기들 두뇌 겉면에서 떠도는 지식으로 무장하고 자신을 드높이고 싶은 이 선생들은 갈피를 잡지 못한 채 끊임없이 허우적거리는 것이다. 그들 입에서는 멋진 말이 나오지만 그 말을 적절히 써먹는 것은 다른 사람의 몫이다. 그들은 갈레노스[158]는 잘 알지만 병자는 모른다. 그들은 당신 머리를 법률로 채워 놓고도, 정작 소송의 핵심은 여전히 파악하지 못하고 있다. 세상만사의 이론은 잘도 아는 것이 그들이지만, 그 이론을 실천에 옮길 사람이 누구일지는 나서서 찾아볼 일이다.

158
2세기경 그리스의 명의였던 그의 의학 저술은 르네상스 시대에 널리 읽혔다.

25장 현학에 관하여

우리 집에 온 내 친구가 이런 사람 하나를 상대한 적이 있는데, 친구는 심심풀이 삼아 여기저기서 따온 말들을 아무렇게나 갖다 붙여 종잡을 수 없는 횡설수설을 늘어놓으며 사이사이 이따금 논쟁에 적절한 단어를 집어넣었다. 그랬더니 논박에 답한답시고 그 바보는 종일을 쩔쩔매는 것이었다. 그런데 그는 이름 있는 학자님이고 ^B 멋진 가운까지 걸친 분이셨다.

> 오 그대, 고귀한 혈통들이여, 뒤통수에 눈이 없으니
> 등 뒤에서 그대 향해 찌푸린 얼굴을 조심할지어다.
> 페르시우스

^A 꽤 널리 퍼져 있는 이런 부류의 사람들을 가까이서 지켜보면, 그들 대부분 자기 자신도, 남도 이해하지 못한다는 것, 기억력은 충실하지만 판단력은 텅 비어 있다는 것을·나처럼 확인할 수 있을 것이다. 천성적으로 비상한 판단력을 가진 경우가 아니라면 말이다. 내가 본 아드리앵 튀르네브[159]가 그런 경우였는데 오직 문학만 공부한 그는, 내 생각에 그 분야에서 근 천년 이래 가장 위대한 이였으나, 학자 같은 구석이 전혀 없었다. 옷매무새나 궁정식으로 세련되었다고 할 수 없는 외적인 태도 빼고는 말이다. 하지만 그런 것은 아무것도 아니다. ^B 나는 뒤틀린 정신보다 허투루 입은 옷차림을 더 못 견뎌 하는 사람들이 싫다. 이들은 그가 어떤 사람인지를 알기 위해 절은 어떻게 하고, 행동거지는 어떤지, 장화는 어찌 신었는지를 유심히 본다. ^A 내면을 보면 튀르네브야말로 세상에서

159
16세기 프랑스의 인문학자. 많은 그리스 문학을 번역했다.

에세 1

가장 세련된 정신을 지닌 사람이었다. 나는 그를 일부러 그의 분야와 동떨어진 주제에 끌어들여 보곤 했다. 그는 모든 문제를 너무도 명료하게 꿰뚫어 보고 너무도 민첩하게 이해하며 참으로 타당한 결론을 끌어내기 때문에, 평생을 전쟁과 국정에만 전념한 사람처럼 보였다. 그런 이들은 훌륭하고 힘찬 천성을 지녔기에,

> B 거인 프로메테우스가 최상의 진흙,
> 각별한 솜씨로 그 가슴을 빚은 것인즉,
>
> 유베날리스

A 못된 교육에도 불구하고 이 천성이 유지되는 것이다. 그런데 교육은 우리를 망치지 않는 것으로 충분치 않다. 교육은 우리를 더 낫게 만들어야 한다.

이 나라 고등법원 일부에서는 법관을 임용할 때 후보자의 지식만을 검증한다. 다른 곳에서는 여기에 더해 어떤 소송에 대한 판결을 제시하면서 그들의 양식(良識)도 함께 시험해 본다. 내 보기에는 후자의 선발 방식이 훨씬 낫다. 두 가지가 다 필요한 것이고 병행해야 마땅하겠지만, 지식은 판단력보다 덜 중요하다고 할 수 있다. 판단력은 지식 없이도 작동하지만, 지식은 판단력이 없을 경우 무용지물이다. 그리스 시가 읊고 있듯이

> 정신이 깃들지 않는 지식은 헛것이다.
>
> 스토바이오스

분별력이 함께 가지 않으면 지식이 무슨 소용인가? 이 나라 사법

[263]

의 정의를 위해서 정말이지 이들 기구에 지식은 물론 이해력과 양심이 함께 갖춰지기를! ^C "우리는 인생을 위해서가 아니라 학교를 위해서 공부하는 꼴이다."(세네카) ^A 그런데 지식을 정신에 갖다 붙일 것이 아니라, 정신과 한 몸이 되게 만들어야 한다. 지식에 정신의 물을 뿌려 줄 것이 아니라 염료처럼 배어들게 해야 한다. 지식이 정신을 변화시키지 않고 그 불완전한 상태를 개선시키지 못한다면, 분명 그런 지식은 그냥 거기 내버려 두는 게 낫다. 지식은 위험한 양날의 칼이어서 다룰 줄 모르는 연약한 손에 들어가면 그주인을 방해하고 다치게 하니, ^C "그럴 바에야 배우지 않는 것이 더나으리라."(세네카)

^A 아마도 이런 연유로 우리 자신도, 또 신학에서도 여자에게 많은 학식을 요구하지 않는 것이리라. 장 5세의 아들인 브르타뉴 공작 프랑수아는 스코틀랜드 왕녀인 이사벨과의 혼담이 오갈 때 그녀가 글을 배우지 않고 단순하게 키워졌다는 사람들 말에, 그래서 그 여자가 더 좋다며, 여자는 남편 속옷과 겉옷만 구별할 줄 알면 충분히 배운 셈이라고 대꾸했다.

그러니 우리 조상들이 학문을 별로 존중하지 않았고, 오늘날도 우리 왕들의 주요 자문 회의에 어쩌다 주제로 오를 뿐인 것은 사람들이 떠드는 것처럼 그리 놀라운 일이 아니다. 오늘날에는 부자가 되는 것이 학문의 유일한 목표가 되어 버려, 법학이나 의학, 교수법, 심지어 신학도 잘만 공부하면 그 덕에 돈을 벌 수 있다는 생각을 사람들이 하기에 망정이지, 그렇지 않다면 지금도 옛날처럼 학문의 처지가 곤궁할 수밖에 없을 것이다. 학문이 우리에게 제대로 생각하는 법도, 제대로 행동하는 법도 가르쳐 주지 못한다면 그 무슨 낭패이겠는가? ^C "유식한 자들이 나타난 뒤부터 선한 사

〔 264 〕

에세 1

람을 찾기가 어려워졌다."(세네카)

선에 대한 지식이 없는 사람에게는 다른 어떤 지식도 해롭다.

내가 이 장 앞부분에서 찾고 있던 이유 역시 거기에 있지 않을까? 즉 프랑스에서의 학문 연구란 돈 버는 것 말고는 거의 다른 목적이 없어서, 천성적으로 돈 버는 것보다는 더 고상한 일에 종사하도록 세상에 태어난 이들 중 아주 적은 수만이 학문에 매진하는데 그것도 잠시일 뿐이어서(학문의 맛을 알기도 전에 책과는 전혀 무관한 직업으로 물러서니 말이다.), 대체로 학문에 전념할 사람들로는 그 길에서 생계를 해결하려는 가난한 집 출신들만 남게 된다는 것 말이다. 그런데 이 사람들의 마음은 천성적으로나 집안에서 보고 배운 바로나 가장 질 낮은 합금 같아서 그들이 맺는 학문의 열매는 엉뚱한 것이다. 왜냐하면 학문이란 자기 안에 아무런 빛도 지니지 못한 정신에 광명을 주는 것이 아니고, 장님의 눈을 뜨게 해 주는 것도 아니기 때문이다. 학문의 직분은 시력을 갖게 해 주는 것이 아니라 그가 가진 시력을 올바르게 이끌어 주는 것이며, 만일 두 발과 곧고 힘 있는 두 다리를 가지고 있다면 그가 걷는 속도를 조절해 주는 것이다.

학문이란 좋은 약이다. 하지만 약을 담은 용기에 독성이 있다면, 어떤 약도 변질되거나 부패하지 않고 그대로 버틸 만큼 강력하지는 않다. 어떤 사람은 시력은 좋으나 올바르게 바라볼 줄 모른다. 그래서 선한 것을 보고도 따르지 않고, 지식을 보고도 사용하지 않는다. 플라톤이 『국가』에서 내린 주요한 조처는 시민 각자에게 그 천성에 따라 직분을 주는 것이다. 대자연은 모든 것을 할 수 있고 또 모든 것을 행한다. 다리를 나는 이들은 육체를 쓰는 일에 종사하기가 적절하지 않고, 정신을 쓰는 일은 정신이 불구인

〔 265 〕

25장 현학에 관하여

자들에게 맞지 않다. 조잡하고 비루한 정신은 철학을 할 자격이 없다. 신발 꼴이 우스운 사람을 봤는데 그 사람이 신발 가게 주인이라고 하면 우리는 그거야 놀랄 일이 아니라고 말한다.[160] 이와 비슷하게 우리 경험에 따르면, 흔히 의사가 제 병을 제일 못 고치고, 신학자의 행실이 제일 나쁘며, 학자가 제일 능력없는 경우가 자주 보인다.

옛날 키오스의 아리스토가 철학자들이 청중에게 해를 끼친다고 한 말은 옳다. 왜냐하면 대다수 사람들의 정신은 그런 교육을 유익하게 선용할 줄 모르며, 이 교육은 좋은 영향을 주지 못할 경우 되레 나쁜 결과를 초래하기 때문이다. "아리스티포스의 학교에서는 탕자들이 나오고 제논의 학교에서는 독불장군들이 나왔다고 한다."(키케로)[161] A 크세노폰이 페르시아인들의 교육 방식이라며 전해 주는 이야기에 따르면, 다른 나라들에서 글을 가르치듯 페르시아에서는 아이들에게 덕성을 가르쳤다고 한다. C 플라톤에 따르면 왕위 계승자로 내정되어 있는 맏아들은 다음과 같이 교육을 받았다고 한다. 아이가 태어나면 여자들에게 보내는 것이 아니라 왕이 덕성을 보다 신임하는 최고위직 환관들에게 보내는데, 이들은 왕세자의 몸을 건강하고 아름답게 만드는 임무를 수행하며, 왕세자가 일곱 살이 지나면 말을 타고 사냥하는 법을 가르친다. 그러다 열네 살이 되면 그 나라에서 가장 지혜로운 자, 가장 의로운 자, 가장 절도 있는 자, 가장 용감한 자, 이렇게 네 사람의 손에 맡겨지는

160
자신을 돌아볼 줄 모르는 인간성에 대한 풍자로 해석되는 말들이다.

161
소크라테스의 제자였던 아리스티포스는 쾌락주의적 철학파를 세웠고, 제논은 금욕적인 스토아 학파의 지도자였다.

데 첫 번째 인물은 종교를 가르치고, 두 번째는 항상 진실해지는 법을, 세 번째는 정념을 다스리는 법을, 네 번째는 아무것도 두려워하지 않는 법을 가르친다.

A 저 탁월한 정치가 뤼쿠르고스의 정치 체제는 그 완벽함이 가히 경이로울 정도인데, 아이들 교육을 국가의 가장 중요한 과업으로 여겨 그토록 공을 들이면서도 학예의 신 뮤즈의 신전에서마저도 학문에 대해서는 거의 언급하지 않는다는 사실은 깊이 고려해 볼 만하다. 마치 이들 숭고한 정신을 가진 젊은이들은 덕성 이외의 어떤 명예도 경멸하며, 우리네 학과 선생들 대신 오직 용맹과 지혜, 정의를 가르칠 스승들만 그들 곁에 있게 해 주면 된다는 듯이 말이다. C 플라톤이 『법률』에서 모범으로 삼은 예이다. A 그들을 교육하는 방식은 사람들과 그들 자신의 행위를 어떻게 판단하는지를 묻고, 그들이 어떤 인물 혹은 어떤 사실을 칭찬하거나 비난하면 그에 대한 자기 견해를 논거를 들어 설명하게 하는 것이었다. 이렇게 하여 그들은 이해력을 예리하게 벼리는 동시에 무엇이 옳은지를 배울 수 있었다.

크세노폰을 보면, 최근에 배운 수업이 무엇이냐고 묻는 아스티아게스에게 키루스가 이렇게 말한다. "우리 학교의 키 큰 학생 하나가 자기 외투가 작다며 몸집이 더 작은 학생에게 자기 것을 주고 대신 그가 입고 있던 헐렁한 외투를 벗겨 갔는데, 선생님은 내게 두 사람이 이 때문에 다툰 것을 두고 판단을 해 보라고 했습니다. 나는 옷을 바꾸고 난 상태 그대로 두어야 한다고 판단했습니다. 두 사람 다 그렇게 해서 더 잘 맞는 옷을 걸치게 되었으니까요. 그러자 선생님은 내 판단이 틀렸다며 나는 옷이 맞는가 하는 문제만 생각했는데, 제일 먼저 고려할 것은 정의라고, 그리고 정

〔 267 〕

의는 누구도 자기 소유물을 두고 남으로부터 강요당하는 일이 없기를 요구한다고 지적했습니다." 그는 그 때문에 회초리를 맞았다고 했는데, 우리 동네에서는 그리스어 불규칙 동사 '나는 때린다'의 과거형을 잊었을 때 그런 식으로 얻어맞는다. 내 선생님이라면 아마 자기 학교도 그리스에 뒤지지 않는다는 점을 내게 납득시키려고 '포폄체'[162]로 멋진 연설을 늘어놓으리라.

저들은 지름길을 택하고자 했다. 학문이라는 것은 직접 전수되는 경우라도 지혜와 성실, 의연함만을 가르칠 수 있는 이상, 그들은 아이들이 곧바로 사실 자체에 마주치게 해 귀로 들은 바를 통해서가 아니라 실제 행동을 취하게 함으로써 가르치고, 훈계와 말만이 아니라 사례와 행적을 중심으로 인격을 형성하고 도야하려 한 것이다. 그래서 교육이 그저 머리에 새겨진 지식이 아니라 체질이요 행습이 되게 하려는 것이었다. 밖에서 얻어 온 획득물이 아니라 자연스레 체화된 것이 되게 말이다. 이 점과 관련하여, 아이들이 무엇을 배워야 한다고 생각하느냐는 질문에, 아게실라우스는 "어른이 되어 해야만 할 일에 대해서."라고 대답했다. 그 같은 교육이 그토록 찬탄할 만한 결과를 낳았다는 것은 놀랄 일이 아니다.

수사학자나 화가, 음악가를 찾으려면 그리스의 다른 도시 국가들을 찾아 나서지만, 입법자나 행정관, 군대의 장수를 찾기 위해서는 라케데모니아로 갔다고 한다. 아테네에서는 말 잘하는 법을 가르치고, 라케데모니아에서는 바르게 행동하는 법을 가르쳤

162
고대 수사학에서 구분하고 있는 세 가지 웅변 형식 중 하나. 선 혹은 악을
찬양하거나 비난하는 수사법으로서 강한 감정을 드러낸다.

에세 1

다. 전자는 궤변에서 벗어나는 법과 얼기설기 얽혀 현혹시키는 말들의 사기를 뒤집어엎는 법을 가르쳤고, 후자는 감각적 쾌락의 유혹에서 벗어나고 담대한 용기로 운명과 죽음의 위협을 물리치는 법을 가르쳤다. 아테네인들은 말을 쫓기에 분주했고 라케데모니아인들은 실제 사물들을 쫓기에 여념이 없었다. 한쪽에서는 끊임없이 혀를 훈련시키고, 다른 쪽에서는 줄곧 정신을 단련시키고 있었다. 그러니 안티파테르가 라케데모니아인들에게 볼모로 쉰 명의 아이들을 요구했을 때, 우리가 취했을 태도와는 반대로 그들은 차라리 그 두 배 되는 수의 어른들을 볼모로 내놓겠다고 했는데,[163] 이것은 놀라운 일이 아니다. 그 정도로 이들은 자기 나라식으로 교육받은 젊은이들이 줄어드는 것을 우려했던 것이다. 아게실라우스가 크세노폰에게 아이들을 스파르타로 보내 교육시켜 보라고 권한 것은 수사학이나 변증법이 아니라 (그의 말에 따르면) 가장 훌륭한 학문, 즉 복종하고 지휘하는 법에 관한 학문을 배우게 하기 위함이었다.

소크라테스가 그 특유의 방식으로 히피아스를 조롱하는 것을 보면 흥미롭다. 히피아스는 소크라테스에게 자신이 어떻게, 특히 시칠리아의 작은 마을을 돌아다니며 선생 노릇으로 막대한 돈을 벌 수 있었는지를 이야기하면서 스파르타에서는 한 푼도 벌지 못했노라고 말했다. 스파르타인들은 측량할 줄도 셈할 줄도 모르는 바보들이며 문법도 운율도 중시하지 않고 그저 왕위 승계의 역

163
플루타르코스가 『라코니아의 경구』에서 적고 있는 바에 따르면, "그들은 아이들을 내주려 하지 않았으니, 자기 나라의 규율 속에서 자라지 않으면 열악한 환경 속에서 장차 시민으로 성장하지 못할 것이었기 때문이다. 그들은 대신 상대가 원한다면 두 배의 여인과 노인을 주겠다고 했다."

〔 269 〕

사며 각국의 흥망성쇠 따위의 뒤죽박죽이 된 이야기나 알려고 든다고 했다. 이 이야기를 다 듣고 난 소크라테스는 하나하나 설득해 가는 과정을 통해, 그들 나라의 정치 체제가 탁월하고 그 주민들의 삶이 행복하고 덕성스러운 것을 그로 하여금 인정하지 않을 수 없게 만들었다. 그래서 그가 배워서 아는 학예(學藝)가 쓸모없는 것이라는 결론을 그 스스로 짐작해 보게 한 것이다.

　사례를 통해 보면 그런 상무(尙武)적인 국가나 그와 유사한 나라들에서 학문 탐구가 용기를 북돋고 굳세게하기보다는 무르게 하고 약화시킨다는 것을 가르쳐 준다. 현재 세계에서 가장 강력한 국가는 터키인들의 나라인데, 이들 역시 무예를 숭상하고 글을 천시하도록 교육받았다. 내 보기에 로마는 아는 것이 많아지기 전에 더 용맹스러웠다. 오늘날 가장 호전적인 나라들은 가장 조야하고 무지한 민족들이다. 스키타이인들, 파르티아인들, 티무르 제국이 그 증거이다. 고트족이 그리스를 침범했을 때 단 하나의 도서관도 불타지 않고 남을 수 있었던 것은, 그중 누군가가 이 도서관들을 온전히 남겨 두어야 적들이 군사 훈련을 멀리하고 집에 앉아 빈둥거리며 하는 일을 즐기게 되리라는 견해를 퍼뜨렸기 때문이다. 우리의 왕 샤를 8세가 칼집에서 칼도 꺼내지 않고 나폴리 왕국과 토스카나 지방 대부분의 주인이 되었을 때, 그를 수행한 귀족들은 이처럼 뜻하지 않은 손쉬운 정복은 이탈리아의 군주와 귀족들이 힘찬 전사가 되기보다는 영리한 식자가 되려고 애를 쓴 덕분이라고 생각했다.

26장
아이들의 교육에 관하여

드 귀르송 백작 부인, 디안 드 푸아 부인[164]에게

^A 아무리 옴투성이에 곱사등이라 해도 제 아들을 자기 자식이라고 인정하지 않는 아비는 본 적이 없습니다. 부정(父情)에 완전히 취해 버린 것이라면 모를까 제 자식의 결함을 알아보지 못해서는 아닙니다. 결함이 있어도 내 아들은 내 아들인 것이지요. 그처럼 나도 여기서 말하는 것들이, 어려서 학문의 겉껍데기만 핥아 본 터라 일반적이고 어렴풋한 모습밖에는 기억하지 못하는 사람의 잠꼬대에 지나지 않음을 누구보다 잘 압니다. 나는 프랑스식으로, 이것저것 조금씩은 알지만 철저하게 알지는 못합니다. 요컨대 나는 의학, 법률학, 그리고 수학의 네 분야 같은 것이 있으며, 그 학문들의 목표가 무엇인지는 대강 압니다. ^C 그리고 일반적으로 학문들이 우리 삶에 기여하기 위해 어떤 목표를 세우고 있는지도

164
몽테뉴는 1579년 3월, 디안 드 푸아와의 결혼 계약일에 드 귀르송 백작의 부모 대리인 자격으로 참석했다. 첫 아이를 기다리는 절친한 집안의 신부에게 쓴 이 편지는 초판의 서문 「독자에게」를 쓰기 직전 1579년 후반에 쓰인 것으로 추정된다.

〔 271 〕

알 것 같습니다. ^A 그러나 거기서 더 파고들고, 근대 학문이 ^C 군주로 떠받드는 ^A 아리스토텔레스를 공부하느라 손톱을 물어뜯고, 어떤 학문에 머리를 싸매고 집착하는 등의 일은 결코 해 본 적이 없고, ^C 그것들의 대략적인 윤곽이라도 그려 보일 재간은 없습니다. 학교에서 중급 정도에 속한다면 저보다 더 유식하다고 하지 못할 아이는 하나도 없습니다. 나로 말하자면 그들이 처음 배운 것에 관해 그들을 시험해 볼 방법도 없으니까요. 적어도 그들이 배운 내용을 바탕으로 해서는 말입니다. 만약 억지로라도 해 보라고 한다면, 서툴게나마 거기서 무언가 보편적인 범주에 속하는 주제를 끄집어내어 그 아이의 타고난 판단력을 시험해 볼 수밖에 없습니다. 그들의 학과가 내게 낯선만큼이나 그건 그들에게 낯선 학습일 겁니다.

나는 플루타르코스와 세네카 말고는 어떤 견실한 책과도 사귀어 본 적이 없습니다. 그들로부터는 다나이데스 자매들[165]처럼 퍼올려 끊임없이 채우고 쏟아 버립니다. 그중 몇 가지를 이 글에 붙이겠지만, 나 자신에게 담아 두는 것은 거의 없습니다.

^A 역사가 내 사냥감에 가깝다면, 시는 특별히 마음이 끌려 좋아합니다. 클레안테스[166]가 말하곤 했듯이, 나팔의 좁은 관 속에서 눌린 소리가 더 날카롭고 힘차게 나오는 것처럼 문장도 시의

165
그리스 신화에 나오는 쉰 명 자매들로, 아버지 다나오스와 영토 문제로 원수가 된 아이기프토스의 아들 쉰 명과 마지못해 결혼하게 되자 남편 린케우스를 살려 둔 맏딸만 빼고 아버지의 명령에 따라 첫날밤에 남편들을 단검으로 살해했다. 린케우스는 마흔아홉 명의 다나이데스를 모두 죽였고 지옥에 간 다나이데스는 구멍 뚫린 항아리에 계속 물을 채워야 하는 벌을 받았다.
166
고대 그리스 철학자(B. C. 331?~232?). 스토아 학파 제논의 제자이다.

〔 272 〕

음보와 율격에 압박을 받으면 훨씬 더 거세게 비상하면서 더욱 생생한 충격으로 감동을 주는 듯하기 때문입니다. 내가 타고난 능력으로 말하자면, 지금 여기서 그것을 시험해 보고 있지만, 힘에 부친 과제엔 눌려 휘어지는 게 느껴집니다. 내 생각과 판단력은 더듬고, 비틀거리고, 뒷걸음치고, 헛디디면서밖에는 전진하지 못합니다. 그리고 갈 수 있는 한 멀리 가 봐도 전혀 만족할 수가 없습니다. 아직도 그 너머의 나라가 보이는데, 구름 낀 듯 어둑한 시야 속에 있어 아무것도 분간할 수 없습니다. 그래서 머리에 떠오르는 것은 무엇이든 가리지 않고 말하기로 하고 나 나름의 자연스러운 방법만 사용하는데, 흔히 일어나듯 우연히 훌륭한 작가들에게서 내가 다루려고 했던 것과 같은 주제를 만나는 행운을 얻게 되면 (방금 플루타르코스의 저작에서 상상의 힘에 관한 그의 논설과 마주친 것처럼), 그런 이들에 비해 내가 얼마나 빈약하고, 허술하고, 둔중하고, 멍청한지를 깨닫고는 나 자신에게 연민과 경멸을 품게 됩니다.

그래도 자주 내 의견이 그들의 의견과 일치하는 영광을 누린다는 것, [C] "정말 맞는 말이야." 하면서 적어도 멀리서나마 그들의 뒤를 따르고 있다는 것이 기쁩니다. [A] 또 누구나 다 할 수 있는 것은 아닌 일로, 그들과 저 사이의 엄청난 차이를 알아볼 수 있다는 것도 기쁩니다. 그럼에도 그 비교로 드러난 내 결함을 회칠을 하거나 다시 꿰매 봉합하지 않고 내가 만들어 낸 그대로의 빈약하고 저급한 생각들이 흘러가게 내버려 둡니다. [C] 그런 인물들과 마주하며 나아가려면 허리가 여간 튼튼해야 하는 게 아닙니다. [A] 우리 세기의 지각 없는 작가들은 자기의 알맹이 없는 글에다 고대 작가의 구절들을 통째로 뿌려 넣고 영광을 얻으려 하지만, 실은 그 반

[273]

26장 아이들의 교육에 관하여

대가 되고 맙니다. 광채의 무한한 차이가 그들 자신의 문장에 너무나 창백하고, 흐리멍덩하고, 추한 얼굴을 부여해 거기서 얻는 것보다 잃는 것이 많으니 말입니다.

ᶜ 거기에 대해서는 두 가지 상반되는 견해가 있습니다. 철학자 크리시푸스는 자기 책에 다른 작가들의 구절뿐 아니라 아예 작품을 통째로 넣었는데, 한 책에는 에우리피데스의 「메데이아」를 넣었습니다. 그래서 아폴로도루스는 거기서 남의 글을 떼내어 버리면 흰 종이만 남을 거라고 말하곤 했습니다. 반대로 에피쿠로스는 그가 남긴 300권의 책에서 남의 글을 단 한 줄도 인용하지 않았습니다.

ᴬ 어느 날은 이런 문장에 부딪혔습니다. 그때까지 너무나 멋기 없고, 앙상하고, 내용도 의미도 없이 그저 프랑스 말일 뿐인 프랑스 말을 따분하게 따라가고 있었는데, 길고도 지루한 길 끝에서 갑자기 고매하고, 풍요롭고, 하늘을 찌를 듯 고양된 문장을 만난 것입니다. 만일 경사가 완만하고 오르막이 좀 길었더라면, 봐줄 수도 있었을 것입니다. 그런데 깎아지른 듯 너무 곧은 절벽이라, 처음 여섯 단어를 읽자마자 나는 내가 다른 세상에서 날고 있다는 것을 알았습니다. 거기서 보니 좀 전에 내가 있던 웅덩이가 너무 낮고 깊은 것을 발견하고 다시는 거기로 내려가고 싶은 마음이 없어져 버렸지요. 만일 그런 훌륭한 약탈품으로 내 글의 한 장을 짠다면, 아마도 그것으로 다른 장들의 치졸함이 들통나 버릴 것입니다.

ᶜ 나 자신도 저지르는 잘못을 두고 남을 비난하는 것은, 내가 자주 하듯, 남이 저지른 잘못을 가지고 나를 책망하는 것과 모순되는 것은 아닌 듯합니다. 어디서든 그런 것은 적발해 내어 숨을 곳을 내주지 말아야 합니다. 그렇기는 하지만 나는 내가 훔쳐온

〔 274 〕

에세 1

것들과 대등해지려고 하며, 그것들과 어깨를 나란히 하고 가려 하는 것이 얼마나 대담한 일인지 잘 압니다. 그것을 분별해 내려는 판관들의 눈을 속일 수 있으리라는 겁 없는 희망마저 품어보면서 말이죠. 하지만 나는 내 창의력과 힘을 이용하듯, 그것들을 내 글에 적용하는 방식에 의해 그렇게 해 보려 합니다. 또한 나는 저 옛 챔피언들과 일대일로 맞붙어 대대적으로 싸우려는 게 아닙니다. 반복적으로, 잘고 가벼운 타격을 가해 볼 따름입니다. 밀어붙이자는 게 아니라 더듬어 볼 뿐입니다. 그리고 사실, 내가 해 보려고 마음먹은 만큼 하지도 못합니다.

만일 그들과 한판 붙는다 해도, 나는 매우 정정당당한 사람일 겁니다. 왜냐하면 나는 그들의 가장 강한 부분밖에는 공격하지 않으니까요.

남 하는 것을 보고 그대로 하며, 자기 손가락 끝도 보이지 않을 만큼 남의 무기로 무장하고, 식자들이 평범한 주제를 가지고 쉬이 하듯 옛사람들의 생각을 따다가 여기저기 기워 붙이고 그 밑에서 어떻게 해 보겠다는 것, 그러고도 그것을 숨기고 자기 것인 양 하는 것은 우선 불의요 비열함입니다. 내놓을 만한 것이 아무것도 없으면서 남의 가치로 자기를 내세우려 하는 것이니까요. 또한 그것은 속임수를 써서 무지한 속인들의 박수를 얻은 것에 만족하며, 빌려다 박아 놓은 것을 경멸하는 지각 있는 사람들에게서는 악평을 초래하니 크나큰 어리석음입니다. 그들의 칭찬만이 의미 있는 것인데 말입니다.

나로서는 그보다 더 하기 싫은 일도 없습니다. 나는 나 자신에 대해 보다 잘 말하기 위해서가 아니면 남이 한 말을 하지 않습니다. 이것은 편저(編著)들로 출판되는 인용문들과는 아무 관련

26장 아이들의 교육에 관하여

이 없습니다. 나는 우리 시대에도 이런 유의 아주 재간 있는 편저들을 보았는데, 그중 하나는 옛 사람이 아닌 카필루푸스라는 이름 하에 나왔더군요. 이런 재간꾼들이 여기저기서 눈에 띕니다. 열심을 다해 현학적으로 짜깁기한 『정치론』에서 립시우스가 보여 주는 예처럼 말입니다.

A 그거야 어떻든, 그리고 이 글들이 아무리 시답잖더라도, 나는 감출 생각이 없습니다. 대머리에 반백인 제 초상화를 숨길 마음이 없는 것과 매한가지입니다. 화가는 완벽한 얼굴이 아니라 바로 내 얼굴을 그려 넣은 것이니까요. 왜냐하면 여기 쓰는 것들은 내 기분이요, 내 견해이기 때문입니다. 나는 이 글들을 내가 믿는 것들로서 내놓는 것이지, 믿어야 할 것들로서 내놓는 것이 아닙니다. 내 목표는 오직 나 자신을 드러내는 것입니다. 나를 변화시키는 새로운 것을 배우면, 내일의 그 '나'는 아마도 다른 나가 되어 있을 겁니다. 남을 가르치기엔 너무도 배운 바가 없다고 느끼는 만큼, 내겐 나를 믿게 할 권위도 없고 또 그것을 바라지도 않습니다.

그런데 앞 장[167]을 읽은 어떤 이가 어느 날 우리 집에 찾아와, 내가 아이들 교육에 관한 주제를 좀 더 개진해야 했다고 말하는 것이었습니다. 그런데 부인, 내게 이 주제를 다룰 만한 무슨 능력이 있다면, 이제 곧 부인에게서 멋지게 나와 보겠다고 으름장을 놓고 있는 그 작은 친구(부인은 너무도 후덕한 분이니 첫째는 아드님일 수밖에 없습니다.)에게 선물하는 것보다 더 잘 쓰일 수는 없을 겁니다. 오래전부터 받들어 왔던 사람으로서 부인과 관련된 모든 것에 영광과 선양이 있기를 바라 마지않아야 하는 의무 말고도,

167

25장 「현학에 관하여」

〔 276 〕

부인의 결혼에 너무도 깊이 관여했던 처지이니 그 결혼에서 비롯될 모든 위대성과 번영에 얼마간의 관심과 권한이 있으니까요. 하지만 사실 나는 인문학의 가장 크고 중요한 난제가 아이들을 기르고 교육하는 것을 다루는 분야에 있다고 생각하는 것 이외에는 아는 것이 없습니다.

^C 마치 농사에서 씨앗을 심기 전과 심을 때의 일은 일정하고 쉽지만, 심은 것이 생명을 갖게 된 뒤에는 그것을 키우는 데 천차만별의 방식과 어려움이 있는 것과 꼭 같이, 사람도 심는 데는 별 힘이 들지 않지만 태어난 뒤에 기르고 가르치는 데는, 노고와 걱정으로 가득한 갖가지 심려를 짊어지게 됩니다.

^A 어릴 때의 아이들 기질은 너무 여리고 흐릿해 잘 드러나지 않고, 그 싹수는 너무나 불확실하고 잘못 알기 쉬워서, 그것을 근거로 무슨 확실한 판단을 내리기가 쉽지 않습니다.

^B 키몬[168]이나 테미스토클레스,[169] 그리고 수많은 다른 이들을 보세요. 어릴 적엔 얼마나 딴판이었던지요. 곰, 개의 새끼들은 천성적인 성향을 드러내 보입니다. 하지만 인간은 금방 습관, 세론, 법도에 파묻혀 쉽사리 변하거나 자기를 감춥니다.

^A 그렇지만 타고난 성향을 고치기는 참으로 어렵습니다. 그렇기 때문에 길을 잘못 선택해 주고는 헛고생을 하거나 아이가 확고하게 딛고 설 수 없는 것에다 세워 보려고 많은 시간을 허비하는 일이 자주 일어나는 것입니다. 어쨌든 이런 어려움 가운데 내가

168
고대 아테네 장군(B. C. 515~449). 페르시아 전역에 공을 세워 이름을 떨쳤다.
169
고대 아테네 정치가, 군인(B. C. 524~459). 아테네의 해군력을 그리스 제일로 성장시켜, 페르시아와의 전쟁을 승리로 이끌었다.

〔 277 〕

제시하는 의견은, 아이들을 항상 가장 좋고 유익한 것들로 이끌되, 그들이 유년기에 보여 준 행동을 보고 내린 경솔한 짐작이나 예단에 큰 의미를 두지 말라는 것입니다. ^C 내가 보기엔 플라톤조차 『국가』에서 그런 것들에 너무 많은 권위를 부여한 듯합니다.

^A 부인, 학문은 훌륭한 장식이요, 놀라운 도움을 주는 연장입니다. 부인이 그렇듯 지극히 높은 지위의 인물로 성장할 사람들에게는 더욱 그러합니다. 사실 학문은 태생이 미천한 자의 손에서는 진정한 가치를 전혀 발휘하지 못합니다. 학문은 변증을 하거나 소송에서 변호를 하거나 한 줌의 환약을 처방하는 것보다는 전쟁을 지휘하고, 백성을 통치하며, 왕공 또는 외국의 우정을 얻는 데 그 방법을 빌려주는 것을 훨씬 자랑스러워합니다. 그런고로 부인, 직접 그 감미를 맛보셨고, 문필가 가문에 계신 부인(우리는 아직도 부인의 부군이신 백작과 선조이신 고(故) 푸아 백작들의 글을 간직하고 있으니까요. 그리고 숙부 되시는 캉달 공, 프랑수아께서는 다가올 세세(世世)에까지 당신 가문의 이러한 자질을 알릴 다른 글들을 날마다 내놓고 계시니까요.)께서 자제분들의 교육에서 이 분야를 잊으실 리 없음을 알기에, 이 주제에 대해, 보통 하는 식과는 정반대인 나 나름의 생각 한 가지만 말씀드리고 싶습니다. 이것이 이 문제에서 내가 당신을 위해 기여할 수 있는 전부입니다.

교육의 모든 결과는 어떤 선생을 선택하느냐에 달려 있고, 부인께서 아드님을 맡길 선생의 임무에는 다른 여러 중요한 부분이 있습니다만, 그에 관해서는 쓸 만한 제언을 할 수 없으니 언급하지 않겠습니다. 그리고 지금 내가 조언하려는 분야에서도 그 선생은 자기가 일리 있다고 생각하는 한에서만 내 의견을 받아들일 일입니다. 돈벌이를 위해서가 아니고(그렇게 비열한 목적은 뮤즈의

〔 278 〕

에세 1

은총과 호의에 걸맞지 않은 데다 남과 관련되고 남에게 의존하는 것이므로), 외적인 편익보다는 그 자체를 위해, 그리고 자기 자신을 풍요롭게 하고 내면을 치장하려는 목적으로 문예를 공부하는 양가의 자제라면, 나는 그를 학식 있는 인간보다는 능력 있는 인간으로 만들고 싶은 까닭에, 그의 지도자 역시 꽉 찬 머리보다는 잘 만들어진 머리를 지닌 자로 세심히 선택하길 바랍니다. 그 둘 다를 요구해야겠지만 학식보다는 특히 품성과 분별력을 더 많이 요구해야 합니다. 그리고 나는 그가 자기 임무를 새로운 방식으로 수행하기를 바랍니다.

　우리 선생들은 끊임없이 우리 귀에 외쳐 댑니다. 깔때기에 퍼붓듯이 말입니다. 우리가 할 일은 선생들이 한 말을 되풀이하는 것뿐입니다. 나는 그가 이런 것을 바로잡기 바라며, 처음부터 자기가 맡은 학생의 능력에 따라 우선 트랙에 올려놓고서,[170] 학생 스스로 사물들을 음미하고 선택하고 분별하게 했으면 합니다. 어떤 때는 길을 열어 보여 주고, 어떤 때는 학생 스스로 길을 열어보게 하면서 말이죠. 나는 선생 혼자 생각하고 말하는 것을 원치 않습니다. 선생도 학생이 자기 차례가 되어 말하는 것을 들어 주기 바랍니다. ^C 소크라테스는, 그리고 후에 아르케실라우스도 우선 제자들이 말하게 했습니다. 그런 다음에 자기들이 말했지요. "가르치는 자의 권위는 흔히 배우려는 자에게 해롭다."(키케로)

　학생을 앞세워 종종걸음 치게 해 보는 것이 좋습니다. 학생의 걸음걸이를 평가하고 학생의 기운에 맞추려면 자기 자세를 어느 정도까지 낮춰야 하는지 판단하기 위해서 말입니다. 이 비율을 맞

170
마필 상인이 말을 팔 때 말의 능력을 보여 주기 위해 하는 것처럼.

26장 아이들의 교육에 관하여

추지 않아 우리는 모든 것을 망칩니다. 그 비율을 찾아 아주 적절하게 조정하는 것, 그것은 내가 아는 가장 힘든 일 중 하나입니다. 그리고 학생의 유치한 걸음걸이에 맞도록 자기를 낮춰서 그 걸음을 인도하는 것은 고매하면서도 매우 강력한 정신만이 할 수 있는 일입니다. 나는 내리막길보다 오르막길을 더 안정되고 확고하게 걷습니다.

현재 우리가 하는 식대로, 능력도 기질도 그토록 다양한 아이들을 똑같은 학습과 똑같은 지도 방식으로 통솔하려는 선생들은 자기가 가르친 것에서 응분의 결실을 얻는 아이가 그 많은 학생들 중 두세 명에 불과해도 놀랄 것이 없습니다.

^{A} 선생은 학생에게 학과에서 몇 단어나 배웠는지만이 아니라, 그 의미와 본질을 알았는지 물어야 하고, 학생이 얻은 유익을 그의 기억력을 통해서가 아니라 생활의 실천을 보고 판단해야 합니다. 학생에게 방금 배운 것을 다양한 면모로 제시하게 하고, 그만큼 다양한 주제에 적용시켜 보게 해야 합니다. ^{C} 플라톤의 교육법[171]에 따라 수업 진도를 조절하면서, ^{A} 학생이 배운 것을 여전히 잘 간직하고 자기 것으로 만들었는지 알아보기 위해서 말입니다. 음식을 삼킨 그대로 토해 놓는 것은 제대로 소화시키지 못했다는 증거, 소화 불량의 증거입니다. 소화시키라고 주었는데, 그 상태와 형태를 변화시키지 못했다면, 위장이 자기 일을 하지 않은 것이지요.

^{B} 우리 영혼은 추종할 줄밖에 모릅니다. 남의 생각에 매이고

171

아마도 『국가』에서 철인 정치하에서의 교육법을 제시하는 부분을 말하는 듯하다. 플라톤은 거기서 "이 교육은 억압없이 시행될 것이다… 자유인은 노예로서 배워서는 안 되기 때문이다." "아이들 교육에 폭력을 사용해서는 안 되며 놀면서 배우게 해야 한다. 그럴 때 각자의 타고난 성향을 분간할 수 있을 것"이라고 쓰고 있다.

〔 280 〕

에세 1

구속되어 그들 가르침의 권위에 사로잡힌 노예가 되었기 때문입니다. 우리는 남이 묶어 놓은 끄나풀에 옴짝달싹 못하게 매여 자유로운 행보를 할 수 없게 되었습니다. 활력과 자유가 사그라져 버렸어요. ^C "그들은 항상 후견을 받고 있다."(세네카) ^B 피사에서 개인적으로 한 점잖은 분을 만났는데, 지독한 아리스토텔레스 신봉자인 그가 가장 보편적으로 내세우는 교리는 이런 것이었습니다. 어떤 탄탄한 사색, 어떤 진리이건 그것을 가려 내는 시금석과 법칙은 아리스토텔레스의 이론과 합치하느냐에 있다, 그 밖에는 모두 공상이요 헛소리이다, 아리스토텔레스는 모든 것을 보았고, 모든 것을 말했다. 너무 부당하게 확대 해석된 이런 주장 때문에, 그는 전에 참으로 곤혹스러운 처지로 오랫동안 로마에서 종교 재판을 받아야 했습니다.

^A 선생은 학생이 무엇이든 체에 받쳐 보게 해야 합니다. 그 무엇도 단순히 권위에 복종해서, 또는 남의 말을 믿고서 받아들이게 하지 말아야 합니다. 아리스토텔레스의 원칙이 학생의 원칙이 되어서는 안 됩니다. 스토아 학파이건 에피쿠로스학파이건 마찬가지입니다. 선생에게, 이런 다양한 사상들을 학생에게 제시하라 하십시오. 그중에서 택할 만하면 택할 것이요, 아니면 계속 의심하겠지요. ^C 바보들이나 늘, 뭐든 확실하고 확고합니다.

^A 앎뿐 아니라 의심하는 것도 나는 즐겁다.

단테

왜냐하면 학생이 자신의 판단으로 크세노폰이나 플라톤의 견해를 받아들이면 그것은 더 이상 크세노폰과 플라톤의 견해가 아니

26장 아이들의 교육에 관하여

라 학생의 견해가 될 테니까요. ^C 남의 뒤만 좇는 것은 아무것도
좇는 게 아닙니다. 그는 아무것도 발견하지 못할 것이요, 찾는 것
조차 아닙니다. "우리는 한 왕을 모시고 사는 게 아니다. 각자 자기
뜻대로 하게 하라."(세네카) 자기가 안다는 것이라도 알게 해야지요,
최소한. ^A 그들의 교훈을 배울 게 아니라 그들의 정신에 젖어들어
야 합니다. 그런 다음 원한다면 누구에게서 배웠는지는 과감하게
잊어버리되, 그것들을 자기 것으로 만들 줄 알게 해야 합니다. 진
리와 이성은 누구에게나 공통이요, 처음 말한 사람의 소유도, 나
중에 말한 사람의 소유도 아닙니다. ^C 내가 말해서 진리가 아닌 것
처럼 플라톤이 말해서 진리인 것도 아닙니다. 그와 나는 똑같이
그 진리를 이해하고 깨닫는 것입니다. ^A 벌은 이 꽃 저 꽃에서 꿀
을 따 오지만, 그것으로 순전히 제 것인 꿀을 만듭니다. 그 꿀은 이
제 백리향도 꽃박하도 아니죠. 그와 마찬가지로 학생은 다른 이에
게서 빌려온 조각들을 변형시키고 섞어서 완전히 자기 것인 작품,
즉 자신의 판단력을 만드는 것입니다. 가르침, 숙제, 공부의 목표
는 오직 자신의 판단력을 형성하는 데 있습니다.

　^C 학생이 도움받은 것들은 모두 숨기고, 그것들로 자기가 만
들어 낸 것만 내보이게 하십시오. 표절자나 차용자들은 남에게서
얻은 것이 아니라, 짜 맞춘 솜씨 또는 자기의 구매력을 자랑합니
다. 한 법관이 받는 보수(報酬)는 보이지 않고, 그들이 얻은 인맥
과 자식들에게 물려줄 명예는 보입니다. 아무도 자기 수입은 공개
하지 않지만, 그것으로 자기가 사들여 갖게 된 것은 누구나 내보
입니다.

　공부의 성과, 그것은 우리가 좀 더 나아지고 좀 더 현명해졌
다는 것입니다.

〔 282 〕

^A 에피카르무스가 말하기를, 보고 듣는 것도 오성이요, 모든 것을 유익하게 사용하고, 모든 것을 처리하고, 다스리고 지배하는 것도 오성이라고 했습니다. 다른 모든 것은 보지도 듣지도 못하며 영혼도 없다는 겁니다. 참으로 우리는 오성에게 스스로 활동할 수 있는 자유를 주지 않기 때문에 그것을 비굴하고 비겁하게 만듭니다. 한 번이라도 자기 학생에게 ^A 키케로의 이런저런 문장의 ^B 수사법이나 문법을 어떻게 생각하느냐고 물은 선생이 있습니까? ^A 마치 글자이며 음절이 말하고자 하는 바의 본질을 이루는 신탁이라도 되는 것처럼, 선생들은 그 문장들을 깃털까지 다 달린 통째로 우리 기억에 쑤셔 넣습니다. ^C 외우는 것이 아는 것은 아니지요. 외우는 것은 남이 준 것을 기억에 간수해 놓는 것일 뿐입니다. 무엇을 확실하게 알면, 우리는 그 주인을 쳐다보거나 책으로 눈을 돌리지 않고도 알아서 처리합니다. 순전히 책에만 의지한 능력이라니, 가련한 능력이로다! 그런 것은 장식으로나 쓰이지, 토대로 쓰이지 않기를 바랍니다. 플라톤의 견해에 따르면, 굳셈과 믿음과 성실성이 진정한 철학이요, 다른 것을 겨냥하는 나머지 모든 학문은 겉치레에 불과하니까요.

^A 나는 우리 시대의 명무용수 팔루엘이나 폼페오더러 우리를 제자리에서 움직이게 하지 않고 오직 자기들이 추는 것만 보게 해서 카프리올 춤을 가르쳐 보라고 하고 싶습니다. 선생들이 우리 오성을 움직이게 하지도 않고 오성을 가르치려 드는 것처럼 말입니다. ^C 혹은 훈련 없이 말, 창, 류트, 또는 목소리를 다루도록 가르치게 해 보고 싶습니다. 말하기도 판단하기도 훈련시키지 않고 잘 판단하고 잘 말하도록 가르치려는 이들처럼요.

^A 그런데 이 훈련에서는 우리 눈에 보이는 모든 것이 훌륭한

〔 283 〕

26장 아이들의 교육에 관하여

책이 됩니다. 시동의 짓궂은 장난, 하인의 바보 짓, 식탁에서의 한 마디, 이런 것 모두가 새로운 교육 자료가 됩니다.

이런 이유로 사람들과의 교제가 교육에 놀랄 만큼 적절하고, 다른 나라를 방문하는 것 역시 그렇습니다. 오늘날 우리 프랑스 귀족들 사이에 유행하고 있는 것처럼 산타 로톤다[172]의 규모가 몇 척(尺)이라든가, 시뇨라 리비아[173]의 바지가 얼마나 호사스러운가, 또는 다른 자들이 하는 것처럼 어떤 곳의 오래된 폐허에서 나온 네로의 얼굴 초상이 그 비슷한 다른 메달에 새겨진 것보다 얼마나 더 길고 얼마나 더 넓적한지 따위를 알아 오기 위해서가 아니라, 무엇보다 그 나라들의 사고나 생활 방식에 대한 지식을 얻어 오기 위함이요, 우리 머리를 남의 머리에 대고 문질러 가다듬기 위함입니다. 나는 학생을 아주 어릴 적부터 여행시키기 시작했으면 합니다. 그리고 먼저, 일석이조의 효과를 얻기 위해, 우리 말과 판이하게 달라서 어릴 때 익히지 않으면 혀가 적응할 수 없는 언어를 사용하는 이웃 나라부터 시작했으면 좋겠습니다.

그러니 누구나 수긍하는 견해로, 아이를 부모의 무릎 위에서 키우면 안 된다는 것입니다. 가장 현명한 부모조차 자연적인 애정 때문에 물러지고 느슨해지니까요. 그래서는 아이가 잘못을 저질러도 벌할 수가 없습니다. 또 아이는 거칠고 과감하게 키워야 하는데 그것을 두고 보질 못합니다. 부모들은 자식이 운동을 한 뒤 땀 흘리며 먼지를 뒤집어쓰고 돌아오는 것을 견디지 못합니다.

172
로마의 판테온. B. C. 27년에 아그리파가 창건했다.
173
로마의 궁정 무용수.

〔 284 〕

^C 더운 것을 마셔도, 찬 것을 마셔도, ^A 다루기 힘든 말을 타도, 거친 검술 선생에 맞서 검을 쥐고 있는 것도, 생전 처음 화승총을 든 것도 차마 보지 못합니다. 하지만 달리 방법이 없으니, 자식을 남자다운 남자로 만들려면 어렸을 때부터 봐줘서는 안 되고 의학이 명하는 규칙도 종종 어겨야 합니다.

^B 그를 야외에서, 불안 속에 살게 하라.
호라티우스

^C 아이의 정신을 굳세게 하는 것만으로는 부족합니다. 근육도 단련시켜야 합니다. 몸이 도와주지 않으면 정신이 받는 압박이 너무 크고, 혼자 양쪽을 다 돌보기엔 일이 너무 많습니다. 정신에 심히 의존하는 지나치게 무르고 예민한 육체를 데려가느라고 내 정신이 얼마나 힘이 드는지 나는 압니다. 그리고 책을 읽노라면, 내 스승들이 그들의 글에서, 오히려 피부가 두껍고 뼈가 단단한 덕택에 해냈을 것 같은 행위들을 기개와 용맹의 본보기로 평가하는 것을 자주 봅니다. 그런 신체를 타고난 남자, 여자, 아이들을 보았는데, 그들에겐 태형이 내게 손가락 한 번 튕기는 것만도 못해서, 매를 맞으면서도 눈썹 하나 까딱하지 않고 신음 소리 한 번 내지 않습니다. 육상 선수들이 철학자들처럼 인내심을 보이는 것은 마음보다는 근육의 힘 덕분입니다. 그런데 노고를 감당하는 단련은 고통을 감내하는 단련입니다. "노동은 고통에 맞설 굳은살을 준다."(키케로) 탈골, 복통, 불로 지지기의 고통을 견디고 토굴 감금, 고문의 쓰라림을 감당할 수 있도록 힘들고 괴로운 운동으로 아이를 단련시켜야 합니다. 요즘 같은 시대¹⁷⁴엔 악인과 마찬가지로 선인도

〔 285 〕

26장 아이들의 교육에 관하여

감금과 고문을 당할 수 있으니, 그런 일이 아이에게도 닥칠 수 있기 때문입니다. 바로 지금 우리가 경험하고 있는 바이지요. 법에 대항해 싸우는 자들은 죄다[175] 가장 훌륭한 사람들까지 채찍과 밧줄로 위협하니 말입니다.

A 또 하나, 아이에게 지상권을 가져야 할 선생의 권위가 부모의 존재 때문에 간섭을 받고 방해를 받습니다. 덧붙여 집안사람들이 아이를 받들어 모시는 것, 아이가 자기 집안의 부와 권세를 알아채는 것은, 내 생각엔, 그 연령의 아이를 훈육하는 데 적잖은 장애가 됩니다.

사람들과의 교제라는 이 학교에서 나는 이런 악덕을 자주 목격했습니다. 다른 이를 알려고 하기보단 우리를 알리려고만 하고, 새로운 것을 얻기보단 우리 것을 팔아먹기에 급급한 것을요. 침묵과 겸손은 관계를 맺는 데 매우 적합한 자질입니다. 아이가 충분한 능력을 갖게 되었을 때도 그 능력을 아끼고 조절할 수 있도록 길러서, 옆에서 누가 어리석고 허황된 소리를 하더라도 역정을 내지 않도록 훈련시켜야 합니다. 우리 구미에 맞지 않는다고 사사건건 부딪히는 것은 무례하고 불쾌한 행동이니까요. 자기 자신의 잘못을 고치는 것으로 만족할 뿐, 자기가 물리치는 일을 남이 한다고 비난하고 일반인의 습속을 반대하는 것처럼 보이게 하지는 말아야 합니다. "과시하거나 거만을 떨지 않고도 현명하게 처신할 수 있다."(세네카) 거만하게 간섭하거나 무례해 보이는 태도를 피하게, 남달라

보이려고 더 섬세한 척하고, 남의 잘못을 들추거나 새롭게 보여 이목을 끌려는 유치한 야심을 갖지 않게 하십시오. 예술적인 파격을 사용하는 것이 위대한 시인들에게나 합당한 것처럼, 관습을 초월하는 특권을 누리는 것은 위대하고 뛰어난 사람들에게나 허용되는 것입니다. "소크라테스나 아리스티포스가 어떤 일에서 일반적인 관습과 동떨어진 행동을 한 일이 있다고 해서, 나도 그렇게 할 수 있다고 생각해서는 안 된다. 그들은 위대하고 거룩한 자질 덕분에 그런 특권을 누리는 것이다."(키케로) ᴬ 싸워 볼 만한 고수를 만났을 때만 토론이든 논쟁이든 제기해 보되, 그럴 때도 도움이 되는 모든 수사법을 동원할 것이 아니라 가장 도움이 될 만한 것만 사용하도록 가르쳐야 합니다. 적절성을, 따라서 간명성을 애호하여 논거를 선택하고 끌어내는 데 세심해지도록 만드십시오. 무엇보다 진리 앞에서는 그것을 알아보는 즉시 항복하고 무기를 버릴 줄 알게 해야 합니다. 그 진리가 적수의 손에서 태어났건, 생각을 바꿈으로써 그 자신에게서 태어났건 말입니다. 우리의 학생은 정해진 대사를 읊기 위해 강단에 앉을 리 없기에 하는 말입니다. 어떤 주장을 옹호한다면, 오직 그가 그것에 동의하기 때문이어야 합니다. 또 그는 자기 실수를 돌이키고 인정하는 자유가 현금으로 팔리는 분야[176]에 종사하지도 않을 겁니다. "어떤 불가피한 상황도 강압적으로 지시된 생각을 옹호하라고 그에게 강요할 수 없다."(키케로)

아이의 선생이 나 같은 성향을 지녔다면, 그는 아이에게 군주의 지극히 충성되고 애정 어린 용감한 신하가 되겠다는 의지를 키워 줄 것입니다. 그러나 공적인 의무감과는 다른 이유로 왕에게

176
현실적 보상이 걸려 있어서 솔직해지기 어려운 궁정인, 변호사 같은 직업을 말한다.

26장 아이들의 교육에 관하여

집착하려 한다면 그 열망을 냉각시켜야 합니다. 그런 사적인 의리나 은혜로 인해 우리 자유를 침해하는 여러 불편함이 생길 뿐 아니라, 볼모로 잡히고 매수된 사람의 판단은 완전히 솔직하고 자유로울 수 없게 되거나, 아니면 경솔하다거나 배은망덕하다는 오명을 얻게 됩니다.

궁정인[177]은 많고 많은 신하들 중에서 자기를 뽑아서 먹이고 키워 주는 왕에게 오직 호의적으로 말하고 생각하겠다는 원칙과 의지밖엔 가질 수 없습니다. 그런 호의와 용도는 어느만큼은 당연하게도 그의 자유를 부패시키고 그를 현혹시킵니다. 그러니 우리는 늘 그런 사람들이 하는 말이 그 나라의 다른 언설들과는 사뭇 다르고, 국사에서 그다지 믿을 바가 못 되는 것을 보게 됩니다.

^A 아이의 양심과 미덕이 그가 하는 말에서 빛나게 하고 ^C 오직 이성만을 지침으로 삼게 하십시오. ^A 자신의 생각에서 잘못을 발견했을 때, 자기만 알아봤다 할지라도 그 잘못을 고백하는 것이 판단력과 진실됨의 증표요, 그것이 아이가 구해야 할 가장 중요한 자질이라는 것을 이해하게 해야 합니다. ^C 고집을 피우며 우기는 것은 저속한 정신에서 두드러지는 평범한 자질이라는 것, 열띠게 주장하는 중에도 자기를 돌아보고, 스스로 고치고, 옳지 않은 쪽을 버리는 것이 보기 드문, 강력하고 철학적인 자질임을 깨우치게 하십시오.

^A 여러 사람과 함께 있을 때는 사방을 두루 살펴야 한다는 것

177
구르네 편집판에는 '궁정인(courtisan)' 앞에 보르도본에 없는 '순전한(pur)'이 첨가되어 있었다. 궁정인 모두에 대한 평가로 보이지 않게 하기 위해 편집자가 덧붙인 것이 아닌가 생각된다.

〔288〕

을 알려 줘야 합니다. 상석은 대개 별 능력 없는 사람의 차지이고, 높은 지위를 가진 사람이 능력까지 갖춘 경우는 아주 드무니까요. 식탁의 상석에서 양탄자의 아름다움이나 말보와지 포도주[178]의 맛 따위를 논하는 동안 다른 쪽 끝에서 나오는 재치 있는 말들이 묻혀 버리는 걸 나는 많이 봤습니다.

양치기이건 석수장이건 과객이건, 그들 각자의 능력을 재어 봐야 합니다. 무엇이든 활용하고, 각 사람을 각자의 재주에 따라 써야 합니다. 모든 것이 살림에 소용되니까요. 타인의 약점, 어리석음마저도 아이에게 교훈을 줄 것입니다. 각자의 아취와 태도를 검토해 보면서 아이는 좋은 것은 갖고 싶고 나쁜 것은 경멸하는 마음을 품게 될 것입니다.

모든 것을 알아보려는 올바른 호기심을 아이의 정신에 불어 넣어 주어야 합니다. 건물, 샘, 사람, 옛 전투지, 카이사르나 샤를마뉴가 지나간 길 등 주변에 있는 특별한 것들은 다 보여 주세요.

어떤 땅이 얼음으로 굳어 있고, 어떤 땅이 더위로 먼지가 날리는지, 이탈리아로 항해하기에는 어떤 바람이 유리한지.

프로페르티우스

ᴬ 이 임금 저 임금의 습성, 방책, 결연 관계에 대해 알아보게 해야 합니다. 그런 것들을 배우는 것은 아주 재미있고 알아두면 아주 유용합니다.

이런 인간 탐구에, 특히 이제는 책들의 회고 속에만 살아 있

178
16세기에 유명하던 그리스산 포도주.

26장 아이들의 교육에 관하여

는 인물들을 포함시키기 바랍니다. 아이는 이야기들을 통해 지금보다 훌륭했던 세기의 위대한 영혼들에 대해 탐구해야 합니다. 어찌 보면 쓸모없는 공부입니다. 그러나 또 어찌 보면 이루 말할 수 없는 결실을 가져다주는 공부요, ^C 플라톤이 말했듯 라케데모이아인들이 그들 몫으로 간직했던 유일한 공부입니다. ^A 우리의 플루타르코스가 전해 주는 위인들의 생애를 읽으면, 이 분야에서 얻어내지 못할 것이 무엇이겠습니까? 하지만 우리 선생은 자기 임무의 목적이 어디에 있는지 기억해야 합니다. ^C 카르타고가 망한 날짜보다는 한니발과 스키피오의 성격을 파악하고, ^A 마르켈루스¹⁷⁹가 어디서 죽었는가가 아니라 그가 거기서 죽은 것이 어째서 그의 소임에 합당치 않은 일이었는지를 납득하게 해야 합니다. 역사의 이야기들을 가르쳐 주기보다 역사를 판단하는 법을 가르쳐야 합니다. ^C 내 생각에는 이것이 다른 무엇보다 우리 정신을 가장 다양한 방식으로 적용해 볼 수 있는 소재입니다. 나는 티투스 리비우스의 저서에서 다른 이는 읽지 못한 백 가지 사실을 읽었습니다. 플루타르코스는 내가 읽을 수 있었던 것 외에, 아마 저자가 넣은 것 외에도 백 가지나 더 읽었을 겁니다. 어떤 사람에게는 이런 독서가 순전히 문법에 관한 학습이겠지만, 다른 이에게는 우리 본성의 가장 난해한 부분이 스며 있는 철학적인 해부입니다.

　^A 플루타르코스의 저술에는 깊이 있게 전개되는 성찰이 많아 정말 알아 둘 만합니다. 내 생각에 그는 이런 일에 최고의 명장입

179

B. C. 268~208. 로마 공화정 시대의 군인, 정치가. 제2차 포에니 전쟁에서 로마군을 이끌었다. 정찰에 나섰다가 카르타고의 장군 한니발의 누미디아 기병에게 발각되어 전사했다.

〔 290 〕

니다. 하지만 그저 건드리기만 한 것도 수없이 많습니다. 그는 우리가 더 가고 싶다면 가야 할 곳을 단지 손가락으로 가리키기만 하거나, 어떤 때는 가장 강력한 말 한마디로 튕겨 주는 것으로 그칩니다. 그런 것들을 거기서 떼어 내 검품대 위에 펼쳐 봐야 합니다. ᴮ '농(non)'[180]이라는 한 음절을 발음하지 못해 아시아의 백성들이 한 사람의 노예가 되었다는 그의 말이 필시 라 보에시에게 『자발적 복종』[181]를 쓸 거리와 기회를 제공했던 것처럼 말입니다. ᴬ 한 인간의 삶에서 대수롭지 않은 행동, 또는 의미 없어 보이는 말 한마디를 가려 내는 플루타르코스를 보는 것, 그것 자체가 생각할 거리를 줍니다. 사고력 있는 사람들이 간결하게 쓰는 것만 그토록 좋아하는 것은 유감입니다. 아마도 그들의 명성에는 그것이 더 나을지 몰라도, 우리에게 주는 유익은 덜합니다. 플루타르코스는 우리가 그의 지식보다 판단력을 칭찬하기 바랍니다. 포만감을 주기보다 자기를 더 알고 싶어 하게 놓아두는 것을 더 좋아합니다. 그는 좋은 일에 대해서도 말이 너무 많을 수 있다는 것을 알고 있었고, 알렉산드리다스가 스파르타의 법관들 앞에서 좋은 말이지만 너무 길게 말한 자를 올바르게 나무랐다는 것을 알고 있었습니다. "오 이방인이여, 그대는 해야 할 말을, 하지 말아야 할 방식으로 말하는구려."라고 말입니다. ᶜ 체격이 빈약한 사람들은 옷에 털뭉치를 넣어 몸을 부풀리고, 내놓을 거리가 얄팍한 자는 말로 부풀립니다.

180
영어의 no에 해당하는 불어.
181
28장 「우정에 관하여」 참조.

26장 아이들의 교육에 관하여

^A 세상을 두루 접하면 인간을 이해하는 데 놀랄 만한 통찰력을 얻게 됩니다. 우리는 모두 우리끼리 엉겨붙고 들러붙어 있어, 시야가 우리네 코 길이로 짧아져 버렸습니다. 어떤 이가 소크라테스에게 어디 출신이냐고 물었습니다. 소크라테스는 "아테네"라고 대답하지 않고 "세상"이라고 답했습니다. 우리보다 높고도 너른 사고를 지닌 그는 세계를 자기 도시로 품고, 자기 발밑밖에는 보지 않는 우리와 달리 인류 전체에 자신의 앎과 교분과 애정을 주었습니다.

우리 마을의 포도밭이 얼면 우리 동네 사제는 그것을 인류에 대한 하느님의 분노라고 주장하며, 식인종들은 벌써 조갈증에 걸렸을 거라고 생각합니다. 우리의 내전을 보고서, 세상이 뒤엎어진다고, 심판의 날이 우리 목을 조르고 있다고 소리 지르지 않는 자가 있습니까? 이보다 더 나쁜 일도 많았던 것과, 우리의 난리통에도 우리 땅의 만 배나 되는 다른 세상에서는 여전히 즐겁게 살아가고 있다는 것은 생각해 보지도 않고 말이죠. ^B 나로 말하자면, 저토록 무도막심한데도 벌받지 않는 것을 보매 우리의 난리가 그렇게 순하고 무른 것이 감탄스럽습니다. ^A 머리에 우박을 맞은 자는 지구의 반이 폭풍과 뇌우 속에 있는 줄 압니다. 한 사부아인은 등신 같은 프랑스 왕이 자기 운을 잘 운용할 줄 알았더라면 사부아 공작의 집사쯤은 될 사람이었다고 말하곤 했지요. 그의 상상력으로는 자기 군주의 지위보다 더 높은 지위를 생각할 수 없었던 것입니다. ^C 우리는 모두 의식하지 못한 채 그런 오류에 빠져 있습니다. 엄청난 결과를 야기하고 편견을 낳는 오류이지요. ^A 그러나 그림에서처럼 우리 어머니인 자연을 그 장엄한 모습 전체로 그려 볼 수 있는 사람, 대자연의 얼굴에서 너무도 보편적이고 지속

적인 변화를 읽는 사람, 그 안에서 자기를, 아니 자기가 아니라 왕국 전체라도 아주 미세한 붓 끝으로 찍은 자국처럼 알아보는 사람, 그런 사람만이 사물을 그 사물이 지닌 정당한 크기에 따라 평가할 수 있습니다.

어떤 이들은 마치 유(類) 아래 있는 종(種)들처럼 이 거대한 세상을 여럿으로 나누어 분류합니다만, 이 거대한 세상이야말로 올바른 관점으로 우리를 알기 위해 들여다봐야 하는 거울입니다. 간단히 말해서, 나는 이 거대한 세상이 내 학생의 책이 되기를 바랍니다. 너무도 많은 기질, 종파, 의견, 생각, 법, 관습이 우리의 것들을 건전하게 평가하게끔 가르쳐 주고, 우리의 판단력에게 제 불완전성과 타고난 약점을 인정하도록 가르칩니다. 그것은 가벼운 학습이 아니지요. 많고 많은 정치적 동요와 국운의 변화들은 우리에게 우리가 겪는 일을 있을 수 없는 대단한 일로 여기지 말라고 가르칩니다. 망각에 묻힌 그 많은 이름, 그 많은 승리와 정복들은, 열 명의 궁수를 잡거나, 함락되었기 때문에 이름이 알려진 닭장 같은 곳을 점령한 것으로 우리 이름을 영원히 남기려는 희망을 우습게 만듭니다. 외국의 그 화려한 예식들이 보여 주는 오만과 자부심, 숱한 조신과 귀족들로 엄청나게 부풀린 왕권의 존엄은 우리 것의 광채를 눈도 깜짝하지 않고 감당할 수 있도록, 우리 시력을 강하고 굳세게 만듭니다. 우리보다 앞서 땅에 묻힌 수백만 사람들은 그토록 훌륭한 동반자들을 만나러 저 세상에 가는 것을 두려워하지 않도록 용기를 줍니다. 나머지도 모두 이와 같습니다.

C 퓌타고라스는 말하곤 했습니다. 우리네 인생은 올림픽 경기장에 운집한 거대한 무리와 비슷하다고요. 어떤 이들은 경기에서 영광을 얻으려고 신체를 단련하고, 어떤 이들은 돈을 벌기 위

〔 293 〕

26장 아이들의 교육에 관하여

해 팔 것을 가져옵니다. 또 최악은 아닌 사람들, 하나하나의 일이
어떻게 왜 일어나는지 보고, 다른 이들의 삶을 구경하는 것 말고
는 다른 목적이 없는 사람들도 있습니다. 그런 것들을 판단해 자
기 삶을 조절하려고 말입니다.

  ^A 위와 같은 예들에 철학의 가장 유익한 견해들 모두가 적절
하게 곁들여질 수 있을 겁니다. 그 견해들을 잣대 삼아 인간의 행
위를 재어 봐야 합니다. 이렇게 말해 주어야 합니다.

  ^B 원해도 좋은 것은 무엇인가,
  그토록 벌기 힘든 돈은 어디에 쓸 것인가,
  얼마만큼 조국과 가문에 헌신해야 하는가,
  신은 네가 어떠하길 바라시며,
  사람들 사이에서 네게 맡긴 역할은 무엇인가,
  우리는 누구이며, 왜 태어났는가.
  페르시우스

  ^A 이런 것들을 말해 줘야 합니다. 안다는 것은 무엇이요, 모른다는
것은 무엇인가, 공부의 목적은 무엇이어야 하는가, 용기, 절제, 정
의란 무엇인가, 야심과 탐욕, 봉사와 복종, 방종과 자유의 차이는
무엇인가, 참되고 견실한 만족은 어떤 특징으로 알 수 있는가, 어
느 정도까지 죽음, 고통, 수치를 두려워해야 하는가.

  ^B 어떤 고통을, 어떻게 피하거나 견딜 것인가.
  베르길리우스

〔 294 〕

에세 1

ᴬ 어떤 동기가 우리를 움직이는지, 우리 안에 있는 그처럼 다양한 충동의 원인은 무엇인지 말해 줘야 합니다. 아이의 오성을 촉촉히 적셔 줄 첫 번째 가르침은 아이의 행동과 감각을 조절해 주고, 자기 자신을 알게 함과 더불어 잘 죽고 잘 사는 법을 가르쳐 줄 수 있는 것이어야 한다고 생각되기 때문입니다. ᶜ 자유학과[182] 중에서는 우리를 자유롭게 만드는 것부터 시작합시다.

자유학과의 과목들은 다 우리 삶을 계발하고 활용하는 데 얼마간 유용합니다. 다른 모든 일들이 얼마간 그런 학습에 쓰일 수 있듯이 말이지요. 하지만 그중에서도, 직접 거기에 소용된다고 공인된 과목을 고릅시다.

만일 우리가 살기 위해 알아야 할 범위를 정확하고도 자연스런 지점에서 한정시킬 줄 안다면, 통용되고 있는 학문 중에 가장 높은 경지의 학문은 우리의 사용 범위 밖에 있음을 깨달을 겁니다. 그리고 소용되는 학문들에조차 쓸데없는 넓이와 깊이가 있고, 그런 것들은 내버려 두는 것이 나으며, 소크라테스의 가르침대로 쓸모가 없어지기 시작하는 그 지점까지만으로 우리 공부를 한정시키는 게 낫다는 것을 알게 될 것입니다.

ᴬ 감히 현명하라! 시작하라!
잘 사는 것을 미루는 자,
그는 강을 건너기 위해 물이 다 흘러가 버리기를 기다리는

182
les arts libéraux. 서양 고대로부터 중세 대학으로 이어진 교과 과정으로 언어를 가르치는 문법, 수사학, 논리학의 삼학과(trivium)와 수에 관계된 산술, 음악, 천문학, 기하학의 사학과(quadrivium)로 이루어졌다.

〔 295 〕

26장 아이들의 교육에 관하여

촌사람과 같다.
하지만 강은 흐르고 또 흘러
영원히 흐르리라.

호라티우스

우리 아이들에게

^{B} 물고기자리의 영향과 사자자리의 타오르는 표징.
또는 헤스페리아[183]의 파도 속에서 멱을 감는
염소자리의 영향은 어떠한가?

프로페르티우스

를 가르치며, ^{A} 별들이며 여덟 번째 천체의 움직임을 가르치는 것
은 너무 어리석은 일입니다. 자기 자신이나 자기 움직임에 대해서
도 아직 모르는데 말이지요.

황소자리 성단(星團)이 대체 내게 무엇이며,
목자자리 성좌(星座)가 다 무엇이냐?

아나크레온

^{C} 아낙시메네스[184]는 퓌타고라스에게 쓴 편지에서, "죽음과

183
'저녁의 나라', '서쪽 나라'라는 뜻으로, 고대 그리스와 로마의 시인이 각기 이탈리아,
스페인을 지칭한 명칭.
184
B. C. 585?-528? 고대 그리스 철학자.

〔 296 〕

굴종이 코앞에 있는데(그 무렵 페르시아의 왕들이 그의 나라에 쳐들어 오려고 준비 중이었으므로) 별들의 신비를 탐구하는 데 시간을 보낸다면 내 정신이 어떻게 된 거겠소?"라고 적었습니다. 모두들 이렇게 말해야 합니다. "야심과 탐욕과 만용과 미신으로 곤죽이 되고 그 밖에도 생명의 다른 적들을 내 안 가득 품고 있는데, 내가 세상을 뒤흔들 생각을 하겠는가?"

　ᴬ 아이를 더 현명하고 나은 사람으로 만드는 데 필요한 것들을 말해 주고 난 뒤에 논리학, 물리학, 기하학, 수사학이 무엇인지 말해 줘야 합니다. 아이가 어떤 학문을 선택하면, 이미 판단력이 형성되어 있으니 금방 습득할 것입니다. 수업은 때로는 대화로, 때로는 책을 통해 이루어질 것입니다. 때로는 선생이 자기 교육의 목적에 맞는 작가의 발췌문까지 제공해야 합니다. 때로는 그것의 골수와 골자를 꼭꼭 씹어서 주기도 해야 합니다. 만일 선생이 직접 책에 담긴 수많은 아름다운 사상들을 찾아낼 수 있을 만큼 책과 친하지 않다면, 선생이 의도한 효과를 위해, 필요할 때마다 그의 젖먹이에게 나누어 먹일 식량을 공급해 줄 문사(文士)를 하나 붙여 주십시오. 이런 학습이 가자[185]의 수업보다 훨씬 쉽고 자연스러우리라는 것을 누가 의심하겠습니까? 가자의 수업에는 매력이라곤 없고, 정신을 일깨우는 그 무엇도 없는, 까다롭고 재미없는 원칙과 허황되고 메마른 말들만 가득합니다. 우리의 수업에서는 물어뜯어야 할 곳, 씹어 먹어야 할 곳을 영혼이 알아냅니다. 이런 학습의 열매는 비할 데 없이 크고, 더 빨리 익을 것입니다.

185
테살로니카 태생으로 15세기에 이탈리아에 온 그리스어 문법 교사. 『그리스어 문법』의 저자.

26장 아이들의 교육에 관하여

우리 세기에 와서 일들이 돌아가는 꼴이 참으로 큰 문제입니다. 이해력 있는 사람들에게까지, ^{C} 일반 견해에서나 현실적으로나 ^{A} 철학이 아무 효용도 가치도 없는 공허하고 헛된 이름이 되어 버렸으니 말입니다. 철학의 대로(大路)들을 점령한 궤변벽이 그 원인이라고 생각합니다. 어린아이들이 접근할 수 없는, 퉁명스럽고, 찌푸리고, 무서운 얼굴로 철학을 묘사하는 것은 대단히 그릇된 일입니다. 누가 그것에 창백하고 소름 끼치는 가면을 씌운 걸까요? 철학보다 더 명랑하고, 쾌활하고, 경쾌한 것은 없습니다. 까불거린다고까지 말하고 싶을 지경입니다. 철학이 설교하는 것은 축제와 즐거운 시간에 대한 것뿐입니다. 우울하고 낙담한 얼굴은 그곳이 철학의 집이 아님을 말해 줍니다. 문법학자 데메트리우스는 델포이 신전에 무리 지어 앉아 있는 철학자들을 보고 말했습니다. "내가 잘못 본 것인지, 그리 태평하고 즐거운 모습들을 보니, 그대들 사이에 오가는 말은 그다지 대단한 사상은 아닌가 보구려." 이 말에 그들 중 메가라인인 헤라클레온이 답했습니다. "학문을 한답시고 이마에 주름을 만드는 것은 $\beta\acute{\alpha}\lambda\lambda\omega$(던지다) 동사의 미래형에 λ가 두 개인지 아닌지를 탐구하거나 비교급 $\chi\varepsilon\acute{\iota}\rho o\upsilon$와 $\beta\acute{\varepsilon}\lambda\tau\iota o\upsilon$, 최상급 $\chi\varepsilon\acute{\iota}\rho o\upsilon$ 및 $\beta\acute{\varepsilon}\lambda\tau\iota o\upsilon$는 어디서 파생되었는지를 탐구하는 자들의 일이오. 그러나 철학의 담화로 말하자면, 그걸 다루는 이들을 늘 즐겁고 유쾌하게 만든다오. 찌푸리고 침울하게 만드는 게 아니라."

^{B} 우리는 몸의 병에서 영혼의 감춰진 번민을 알아내니,
몸에서 기쁨 또한 알아낸다.
괴로움도 기쁨도 얼굴에 나타난다.

〔 298 〕

^A 철학이 깃든 영혼은 제 건강으로 몸까지 건강하게 만듭니다. 그런 영혼은 자기의 고요와 평안을 밖으로까지 빛나게 하고, 자기의 형태로 외적인 풍모를 빚어내어 결과적으로 우아한 자부심, 활동적이며 경쾌한 몸가짐과 만족스럽고도 양선(良善)한 태도로 무장시키기 마련입니다. ^C 지혜의 가장 현저한 특징은 지속적인 즐거움입니다. 지혜의 상태는 마치 달 위에 있는 것들의 상태와 같습니다. 항상 평온하지요. ^A '바로코(Baroco)'니, '바라립톤(Baralipton)'[186]이니 하는 것이 거기에 매인 종복들을 진흙 범벅과 검댕투성이로 만드는 것이지, 철학이 그렇게 하는 게 아닙니다. 저들은 철학을 그저 귓구멍으로 들었을 따름이지요. 어째서냐고요? 철학은 영혼에 이는 폭풍을 잠재우고, 굶주림이나 신열(身熱)에게 웃음을 가르치는 것을 일로 삼으니까요. 무슨 가상의 주전원(周轉圓)[187]이 아니라, 자연스럽고 손으로 만질 수 있는 이치를 통해서 말입니다. ^C 철학의 목적은 덕입니다. 그 덕은 학교에서 말하는 것처럼 가파르고, 울퉁불퉁하고, 접근하기 어려운 산 꼭대기에 박혀 있는 것이 아니에요. 덕에 다가가 본 사람들은 그와는 반대로, 덕이 비옥하고 꽃이 만발한 아름다운 평원에 살며, 거기서 자기 아래 있는 모든 것을 굽어보고 있다고 합니다. 가는 길을 알기

186
스콜라학파의 논리학에서 쓰는 인조어. 이 단어들의 모음이 삼단 논법의 형식들을 가리킨다.
187
그리스 천문학자 프톨레마이오스가 천구상에서 행성들의 역행과 순행을 설명하기 위해 제창한 행성의 운동 궤도.

26장 아이들의 교육에 관하여

만 하면, 그늘지고, 잔디가 깔려 있고, 재미있고도 달콤한 향기가 나는 길들과 마치 하늘의 궁륭인 양 편하고도 반반한 경사로를 통해 그곳에 도달할 수 있습니다. 이 지고한 덕, 아름답고 당당하고 사랑스럽고, 감미로우면서도 용감한 덕, 까다로움이나 불쾌감, 두려움, 억압과는 화해 불가능한 원수임을 공표한 이 덕을 자주 찾은 적이 없기에, 저들은 자기네 약점을 따라 그런 슬프고, 쌈꾼에다 침울하고, 찡그려 붙인 어리석은 이미지를 만들어 내서는 동떨어진 곳, 바위 위, 가시덤불 속에 사람들을 질겁하게 하는 귀신처럼 세워 놓는 것입니다.

자기 학생의 의지를, 덕을 향한 공경심만큼의 사랑, 또는 그보다 큰 사랑으로 채워 줘야 한다는 것을 아는 우리의 선생은 시인들도 비속한 감정을 따른다는 것을 말해 주고, 신들은 팔라스[188]의 방보다 비너스의 방으로 가는 길에서 더 많은 땀을 흘리게 했다는 사실을 확실히 알게 해 줄 것입니다. 그리고 학생의 혈기가 넘치기 시작하면, 얻고 싶은 애인감이 브라다만테일지 안젤리카[189]일지를 제시합니다. 남자 같은 것이 아니라 남성적인 자연스럽고 활달하고 고결한 아름다움을 연약하고 가식적이고 까다롭고 인공적인 아름다움에 대비시키고, 하나는 남자 복장에 빛나는 투구를 쓴 모습으로, 다른 하나는 진주로 장식한 모자를 쓴 계집애의 모습으로

188
아테네의 수호신 아테나의 별칭으로 학문과 예술을 보호하는 지혜의 여신이라는
측면을 강조할 때 부르는 이름이다.
189
아리오스트의 기사도 로망 『광란의 오를란도』에 나오는 두 여인. 처녀 전사인
브라다만테와 변덕스럽고 여성적인 안젤리카는 이어 묘사되는 것처럼 대비를
이룬다.

〔 300 〕

보여 주는 겁니다. 만일 학생이 프리기아의 계집애 같은 목동[190]
과는 아주 다르게 선택한다면, 선생은 그의 사랑조차 남자다운 것
으로 인정해 줄 것입니다. 선생은 학생에게 진정한 덕의 가치와 숭
고함은 그 실행이 용이하고 유용하고 즐거운 데 있고, 힘든 것과는
아주 거리가 멀어서, 어른이나 아이나, 세련된 자들이나 순진한 자
들이나 행할 수 있다는 새로운 가르침을 줄 것입니다. 절제는 덕의
도구이지 덕의 힘이 아닙니다.

    덕이 가장 총애하는 사람, 소크라테스는 힘이 드는 것은 기꺼
이 피하고 덕의 자연스럽고도 편안한 길에 자기를 맡겨 두었습니
다. 덕은 인간적인 쾌락의 유모입니다. 덕은 인간적인 쾌락을 정
당화함으로써 쾌락을 확실하고 순수하게 만듭니다. 쾌락을 조절
함으로써, 쾌락이 지닌 싱싱함과 풍미를 유지시킵니다. 덕은 자기
가 거부하는 쾌락을 잘라내 버림으로써, 남겨 준 쾌락에 더 예민
해지게 만듭니다. 게다가 덕은 천성이 원하는 쾌락은 무엇이나 풍
성하게, 물리도록까지는 아니더라도 (술꾼을 만취 전에 멈추게 하
고, 포식가를 소화불량 전에 멈추게 하고, 호색가를 대머리가 되기
전에 멈추게 하는 섭생을 쾌락의 적이라고 부르고자 하는 것이 아
니라면 말이지요.) 포만할 때까지 누리게 해 주지요. 보편적인 복을
누리지 못할 경우, 덕은 복에 초연해지거나 복 없이 지내며, 여느
복처럼 덧없이 굴러다니는 것이 아닌 자기만의 다른 복을 만들어
가집니다. 덕은 부유하고, 권세 있고, 박식할 줄도 알며, 사향내 나
는 침대에서 잠잘 줄도 압니다. 덕은 삶을 사랑합니다. 아름다움
을, 영광을, 건강을 사랑합니다. 그렇지만 덕의 고유하고 특별한

190
헬레나를 유혹하여 트로이 멸망의 화근이 되었던 트로이의 왕자 파리스를 가리킨다.

[301]

기능은 그런 복을 절도 있게 사용할 줄 안다는 것이요, 복을 잃어도 혼들림이 없다는 것입니다. 그것은 힘든 것보다 훨씬 더 고상한 과업으로, 덕의 이런 기능 없이는 인생의 모든 과정이 변질되고 혼탁해지고 일그러지니, 저 암초들과 가시덤불과 괴물들은 그런 인생에나 결부시켜 마땅합니다.

만일 학생이 매우 괴상한 기질을 지녀서, 선생의 말을 들을 때 아름다운 여행기나 현명한 말보다는 허황된 옛이야기 듣기를 더 좋아하고, 친구들을 청춘의 정열로 무장시키는 북소리에는 등 돌리고 사기꾼 노름으로 불러들이는 다른 소리를 따라간다면, 행여 정구장이나 무도회 같은 데서 상 타오는 것보다 흙먼지를 쓴채 전투에서 이기고 돌아오는 것을 더 신이 나고 값진 것으로 여기지 않는다면, 다른 약이 없을 듯하군요. 보는 눈이 없으면, 일찌감치 선생이 그의 목을 졸라 죽이든지, 아무리 공작의 아들이라도, 아버지의 능력을 보아서가 아니라 아이의 영혼이 지닌 능력에 따라 자리를 찾아 주라는 플라톤의 가르침대로, 어지간한 도시의 빵집 도제로나 보낼밖에요.[191]

A 철학은 우리에게 사는 법을 가르쳐 주는 학문이고, 다른 연령과 마찬가지로 유년기를 위한 가르침도 그 안에 있는데 왜 아이에게 그것을 알려 주지 않겠습니까?

B 진흙이 아직 말랑하고 축축하다, 어서어서 서두르자,
끊임없이 돌아가는 물레에서 형태를 빚자.

191
'보는 눈이……'부터 '……목을 졸라 죽이든지. ……빵집 도제로나 보낼 밖에요.'는 보르도본의 여백에 몽테뉴가 써 놓은 구절인데 1595년 구르네본에는 없는 부분이다.

^{A} 사람들은 우리가 살아 버린 후에야 사는 법을 가르칩니다. 수많은 학동이 아리스토텔레스를, 절제를 배우기도 전에 매독에 걸려버립니다. ^{C} 키케로는 두 사람 몫의 삶을 살더라도 한가롭게 서정 시인들을 연구하진 않겠다고 말했습니다. 이러니 저 궤변론 자들이 더욱더 한심한 무용지물로 보입니다. 우리의 학생은 훨씬 더 급합니다. 선생에게 배우는 것은 그의 생의 첫 십오 년 내지 십육 년뿐입니다. 나머지 시간은 활동해야 하지요. 이렇게 짧은 시간은 필수적인 교육에 할애합시다. ^{A} 우리 인생을 하등 나아지게 할 수 없는 변증법의 저 가시 돋친 교변(巧辯) 따위는 시간 낭비이니 치워 버리세요. 철학의 단순한 주제들을 취하고, 잘 골라서 적절히 다룰 줄 아셔야 합니다. 철학의 주제들이 보카치오의 이야기보다 이해하기 쉽습니다. 젖만 떼고 나면 어린아이라도 읽기 쓰기를 배우는 것보다 훨씬 더 잘할 수 있는 일입니다. 철학에는 인간의 노쇠뿐 아니라 탄생에 관한 가르침도 있습니다.

아리스토텔레스가, 삼단 논법을 구사하는 기술이나 기하학의 원리들 따위로 그의 위대한 제자[192]를 붙잡아 두기보다는, 용맹, 담력, 관대함, 절제, 두려움을 모르는 자신감을 키우는 훌륭한 가르침을 주는 데 주력했다고 본 플루타르코스의 견해에 (나도) 동의합니다. 그리고 아직 어린 제자를 그런 것들로 무장시켜 세계 제국을 정복하라고 보냈던 것입니다. 겨우 보병 3만, 말 4000필, 4만 2000에퀴를 가지고 말입니다. 플루타르코스에 따르면, 알렉

192
알렉산드로스.

산드로스는 다른 기술과 학문도 매우 존중하고, 그것의 뛰어남과 묘미도 칭송했다고 합니다. 그러나 재미는 느꼈을망정 실제로 해 보겠다는 욕망에 쉽사리 사로잡히지는 않았답니다.

B 젊은이와 노인들이여, 이제 확고한 행동 원칙을 세워,
가련한 백발의 나이에 지주로 삼아라.
페르시우스

C 에피쿠로스가 메니세우스에게 보내는 편지 서두에서 이런 말을 합니다. "가장 나이 어린 젊은이도 철학을 거부하지 말 일이 요, 가장 나이 먹은 늙은이도 철학에 물리지 말 일이다. 그렇게 하 지 않는 자는, 행복하게 살 때가 아직 오지 않았다거나, 이제는 더 이상 행복하게 살 때가 아니라고 말하는 것과 같다."

A 이 모든 교육을 위해, 나는 이 소년을 가둬 두는 걸 원치 않 습니다. 그 아이를 성마른 학교 선생의 우울한 기분에 맡겨 버리 는 것을 원치 않습니다. 다른 아이들처럼, 하루에 열너덧 시간을 짐꾼처럼 고문하듯 공부에 붙들어 놓아 그 아이의 정신을 망치는 걸 원치 않습니다. C 또 어떤 고독하고도 우울한 기질 때문에 아이 가 너무 무절제하게 책에 파묻혀 있는 것을 보았을 때, 아이의 그 런 성향을 더 북돋워 주는 것은 좋지 않습니다. 그러다간 사회 생 활에 적응할 수 없게 되고, 더 나은 일에서 등을 돌리게 됩니다. 게 다가 우리 시대에 학문에 대한 무분별한 탐욕으로 바보가 된 사람 들을 얼마나 많이 보았던지요? 카르네아데스는 학문에 미쳐 버려 머리를 자르고 손톱을 깎을 여유도 없었습니다. A 다른 아이들의 거칠고 상스러운 행동이 자제의 품위 있는 행동거지를 망치는 것

[304]

에세 1

도 원치 않습니다. 프랑스인의 지혜는 일찍 철들고 오래가지 않는다는 옛말이 있습니다. 사실 아직도 우리는 프랑스의 어린아이들만큼 착한 존재가 없음을 봅니다. 하지만 보통 그 애들은 사람들이 그들에게 품었던 기대를 저버리고 어른이 되면 아무런 특출한 점을 보이지 않습니다. 우리가 아이들을 보내고 있는 학교, 그 흔하게 널려 있는 학교들이 아이들을 그렇게 바보로 만든다고 지각 있는 사람들이 말하더군요.

우리 학생에게는 방안이나 정원이나, 식탁이나 잠자리나, 혼자이거나 함께이거나, 아침이나 저녁이나, 모든 시간이 똑같이 중요하고, 모든 장소가 교실이 될 것입니다. 판단력과 행습을 만들어주는 것으로서 그의 주요 학과가 될 철학은 모든 일에 섞여 들수 있는 특권을 가졌으니까요. 웅변가인 이소크라테스가 어느 잔치에서 웅변에 대해 말해 달라는 요청을 받고 "지금은 내가 할 줄아는 것을 할 때가 아니오. 그리고 지금 해야 할 것은 내가 할 줄을 모르오."라고 대답했는데, 누구나 일리가 있는 답이라고 생각합니다. 웃고, 맛난 음식을 먹으려고 모인 자리에서 장황한 연설이나 수사학 토론을 하는 것은 너무 심한 불협화음이 되니까요. 다른 모든 학문에 대해서도 같은 말을 할 수 있겠지요. 하지만 철학으로 말하자면, 인간과 인간의 의무나 능력을 다루는 대화에서 철학이 보여 주는 부드러운 친화성으로 볼 때, 잔치에서건 노름판에서건 거절당할 수 없다는 게 모든 현자들의 견해입니다. 그리고 플라톤이 그녀(철학)를 향연[193]에 초대하니, 우리는 그녀가 아무리 고매하고 유익한 주제를 다루어도, 때와 장소에 맞춰 얼마나 부드

193
플라톤의 대화편 중 『향연』을 말한다.

26장 아이들의 교육에 관하여

럽고 순한 방식으로 좌중의 흥을 돋우는지 보게 됩니다.

그것은 빈자에게나 부자에게나 똑같이 유용하다.
그것을 소홀히 하면, 젊은이건 노인이건 공히 후회하리라.
호라티우스

^A 그렇게 하면 분명 아이는 다른 아이들보다 덜 빈둥댈 겁니다. 회랑을 거닐 때처럼 걸으면, 지정된 길로 똑바로 가라고 할 때 보다 세 배 거리를 걸어도 지루하지 않듯, 우리의 학습은 우연한 만남처럼 시간이나 장소의 제약 없이 우리가 하는 모든 활동에 섞여 들어 스며드는지도 모르게 스며들 것입니다. 달리기, 격투, ^C 음악, ^A 춤, 사냥, 말과 무기 다루기 등 놀이와 운동조차 이 학습의 훌륭한 일부분입니다. 나는 외적인 예의범절, 사람들 사이에서의 몸가짐과 ^C 신체적 유연성도 ^A 영혼과 마찬가지로 다듬어지기를 바랍니다. 우리가 키우는 것은 정신만도 아니고 몸만도 아닙니다. 사람이지요. 사람을 둘로 나누어서는 안 됩니다. 그러니 플라톤이 말하듯, 하나 없이 다른 하나를 키워서는 안 됩니다. 한 축에 맨 두 마리 말처럼, 그 둘을 똑같이 인도해야 합니다. ^C 게다가 플라톤의 말을 들어 보면, 그는 신체 단련에 더 많은 시간과 더 많은 정성을 들이는 것 같고, 신체를 단련하면 정신까지 함께 단련되지 정신 훈련이 신체 단련에 득이 되지는 않는다고 생각하는 것 같지 않습니까?

^A 그뿐 아니라 우리의 교육은 지금 행해지는 교육과는 달리 엄격한 자애(慈愛)로 이끌어야 합니다. 사람들은 아이들을 글의 세계로 초대하는 대신, 실로 끔찍스럽고 잔인한 모습만 보여 줍

〔 306 〕

니다. 폭력과 강제는 치워 주세요. 내 생각에 좋은 천성을 그보다 더 심하게 퇴화시키고 멍청하게 만드는 것은 없습니다. 아이가 수치와 벌을 두려워하길 원하신다면, 그것에 단련되게 하지 마세요. 땀과 추위와 바람과 태양, 그리고 대수롭지 않게 여겨야 할 위험에 단련시키세요. 입는 것, 자는 것, 먹는 것, 마시는 것에서 부드럽고 맛있는 건 뭐든지 치워 버리세요. 모든 것에 익숙해지도록 길들이세요. 겉멋이 든 예쁘장한 소년이 아니라, ᶜ 풋풋하고 기운 찬 소년이 되게 하세요.

어렸을 때나, 성년이 되어서나, 늙어서나, 나는 늘 똑같이 생각하고 판단했습니다. 그런데 다른 무엇보다 대부분의 우리 학교들에서 하는 교육은 늘 마음에 들지 않았습니다. 학교들이 좀 관대해지려고만 했어도 아마 이다지도 해롭진 않았을 텐데요. 학교는 정말 청춘을 가두는 감옥입니다. 방탕해지기 전에 벌함으로써 청춘을 방탕해지게 만듭니다. 수업할 때 한번 가 보세요. 체벌을 받는 아이와 자기 분노에 취한 선생들의 고함밖에는 들리지 않습니다. 그처럼 여리고 겁먹은 영혼들을, 손에는 매를 들고 벌겋게 달아오른 무서운 얼굴로 이끌겠다니, 이것이 공부하고 싶게 만드는 방법이겠습니까? 부당하고 해로운 관습입니다. 뿐만 아니라 퀸틸리아누스가 적절하게 지적했듯이, 이런 강압적인 권위는 위험한 결과를 초래합니다. 특히 벌 주는 방법이 그렇습니다. 학교 교실은 피 묻은 버들가지 토막이 널려 있는 것보다는 꽃들과 나뭇잎들이 흩뿌려져 있는 것이 얼마나 더 온당한지요! 나라면 철학자 스페우시푸스가 자기 학교에서 그랬듯이, 학교에 기쁨, 환희 그리고 꽃의 여신과 우미(優美)의 삼미신을 그려 붙이게 할 것입니다. 아이들이 유익을 얻는 곳은 즐거워서 깡충거리는 곳이기도 해야

〔 307 〕

26장 아이들의 교육에 관하여

합니다. 아이들에게 유익한 음식에는 설탕을 섞고, 해로운 것에는 담즙을 섞어야 합니다.

플라톤이 그의 『법률』에서, 그의 도시 젊은이들의 쾌활함과 여가에 얼마나 세심한 주의를 기울이는지, 또 그들의 달리기, 놀이, 노래, 뛰어 오르기, 춤에 대해 얼마나 길게 이야기하는지 경탄할 만합니다. 고대에는 그것을 지도하고 가호하는 책임을 신에게 맡기기까지 했다고 그는 말합니다. 아폴론, 뮤즈, 미네르바에게 말입니다. 거기서 더 나아가 김나지움을 위한 수많은 원칙까지 제시합니다. 문학 공부에 대해서는 아주 조금밖에 언급하지 않고, 음악을 위해서 말고는 특별히 시(詩)를 권장하진 않습니다.

ᴬ 우리 행동이나 생활 방식에서 괴상하거나 특이한 것은 모두 소통과 교제의 적이고 ᶜ 또 흉측한 것으로 여겨 피해야 합니다. 그늘에서는 땀을 흘리고 양지에선 떨었던 알렉산드로스의 집사장 데모폰의 체질에 누군들 놀라지 않겠습니까? ᴬ 나는 화승총 사격보다 사과 향에 더 질겁해 도망치는 사람을 봤습니다. 어떤 자는 생쥐에 놀라고, 어떤 자는 크림을 보면 게워 내고, 또 다른 자는 깃털 이불을 뒤집는 것을 보고 구역질을 하더군요. 게르마니쿠스가 수탉을 보는 것도, 수탉의 울음소리를 듣는 것도 견디지 못했던 것처럼 말입니다. 아마도 거기에는 무슨 특이한 체질이 작용했을 수 있습니다. 하지만 내 생각에는 일찍 잡기만 하면 그런 괴벽은 없앨 수 있다고 봅니다. 나는 이 점에서 교육의 효과를 봐서, 얼마간 노력이 따라야 했던 것은 사실이나, 맥주를 제외하고 사람이 먹는 것은 무엇이든 가리지 않고 먹을 수 있게 되었습니다.

이런 까닭에 신체가 아직 유연할 때 모든 방식과 관습에 적응시켜야 하는 것이지요. 인간이 욕망과 의지를 통제할 수 있는 이

〔 308 〕

상, 젊은이를 과감하게 단련시켜 어느 나라 어느 사회에서나 잘 적응하고, 필요할 땐 무절제와 과도함까지도 견딜 수 있게 만들어야 합니다. ^C 우리의 젊은이가 시속(時俗)에 걸맞게 처신하게 하십시오. ^A 무엇이든 할 수 있으면서도, 좋은 일 하기만 좋아하게 만드십시오. 철학자들도 칼리스테네스가 끝까지 대작해 술을 마시려 하지 않았기 때문에 주군인 알렉산드로스의 총애를 잃은 것을 칭찬할 만하다고 여기지 않습니다. 우리의 젊은이는 자기 군주와 웃고, 장난치고, 방탕한 짓도 해야 합니다. 나는 그가 방탕에서조차 자기 동료들보다 기운차고 억세기를 바라며, 힘이 없거나 할 줄 몰라서가 아니라 할 생각이 없어서 악행에 끌리지 않기를 바랍니다. ^C "악행을 원치 않는 것과 할 줄 모르는 것 사이에는 큰 차이가 있다."(세네카)

^A 나는 프랑스의 귀인 어느 누구보다도 무절제와는 거리가 먼 한 귀인에게, 찬사가 될 일이라 여겨, 독일에 있으면서 왕의 일 때문에 만취한 적이 평생에 몇 번이나 되느냐고 물었습니다. 그분도 그 질문을 그렇게 받아들여, 세 번이라고 자세히 이야기해 주었습니다. 이런 능력이 없이 이 나라를 방문해야 했을 때 몹시 괴로워했던 분들을 나는 알고 있습니다. 건강을 해치는 법 없이 몹시 다양한 생활 방식에 너무나 쉽게 적응하는 알키비아데스의 경탄할 만한 천성을 나는 종종 크나큰 놀라움으로 주목했습니다. 그는 어떤 때는 사치와 화려함이 페르시아인을 능가하고, 어떤 때는 엄격하고 검소하기가 라케데모니아인 이상입니다. 이오니아에서 향락적인 만큼 스파르타에선 금욕적이었지요.

아리스티포스는 모든 관습, 모든 조건, 모든 상황에 적응

했다.

호라티우스

나는 내 학생을 그렇게 키우고 싶고,

> 홑청 두 폭 폐매 입고도 당당하며,
> 어떤 인생 역전에도 태연히 양쪽 다 우아하게 연기한다면,
> 나는 그를 존경하리라.

호라티우스

이것이 내가 가르칠 것들입니다.[194] C 그것을 알기만 하는 자보다 행하는 자가 이 가르침을 더 잘 이용하는 것입니다. 그를 보면 그의 말이 들리고, 그의 말을 들으면 그가 보이지요.

플라톤에서 누군가는 "제발 철학한다는 것이 잡다한 것을 가르치고 기술들을 다루는 게 아니기를!"이라고 말합니다. "기술 중에 가장 위대한 이 기술, 즉 잘 사는 기술을, 그들은 공부가 아니라 삶을 통해 습득했다."(키케로) 플리아시아인들의 군주 레온이 헤라클레이데스 폰티코스에게 무슨 학문, 무슨 기술을 업으로 삼고 있느냐고 묻자, "나는 기술도 학문도 모르오. 하지만 나는 철학자요."라고 말했습니다. 무식한 주제에 어떻게 철학에 끼어드느냐고 사람들이 디오게네스를 나무라곤 하자 그는 "그러니 더 적절하게

194

몽테뉴 생전에 출간된 판에는 "실천이 말과 함께 가야 한다는 교훈입니다. 결과가 함께하지 않는다면 훈계가 무슨 소용이겠습니까?"가 덧붙여져 있었으나 몽테뉴가 지우고 다른 구절을 수기로 첨가했다.

〔 310 〕

끼어드는 거요."라고 말했습니다. 헤게시아스가 어떤 책을 읽어 달라고 하자, 디오게네스가 답했습니다. "그대는 우습구려, 무화과는 그린 것이 아니라 진짜 천연 무화과를 집으면서, 왜 쓰인 것이 아닌 자연스러운, 진짜 행위들을 취하지 않소?"

우리의 아이는 배운 것을 읊조리기보다는 몸으로 행해야 합니다. 배운 것을 행동으로 복습해야 합니다. ^A 우리는 아이가 계획을 세울 때 사려 깊은지, 행동거지에 선의와 공정함이 있는지, ^C 말할 때 판단력과 우아함이 있는지, 병 중에도 원기가 있는지, 내기를 할 때 신중한지, 쾌락을 즐김에 절제가 있는지, ^A 육류건 생선이건 포도주 또는 물이건 아이의 입맛이 가리는 건 없는지, ^C 제 물건들을 관리하는 데 질서가 있는지, "자기가 받은 교육을 자랑거리가 아니라 자기 삶의 규율로 삼는 사람, 자기 자신에게 복종할 줄 알고, 자신의 원칙에 충실한 사람"(키케로)인지 봐야 합니다. 우리가 무슨 생각을 하는지 그대로 보여 주는 진정한 거울은 우리 삶의 모습입니다.

^A 왜 라케데모니아인들은 용맹한 행동의 강령을 글로 적어 젊은이들에게 읽으라고 주지 않느냐고 누가 묻자, 제욱시다모스는 "젊은이들이 말이 아니라 행동으로 익히기를 바라기 때문"이라고 대답했습니다. 십오륙 년이 지난 후에, 그동안 용맹을 몸으로 익힌 젊은이와, 같은 시간을 단지 말하는 걸 배우는 데 바친 우리의 라틴어 반 학생 하나를 비교해 보십시오. 세상은 수다 이외에는 아무것도 아니어서, 필요한 것보다 덜 말하기보다 오히려 더 붙여서 말하지 않는 자는 하나도 못 봤어요. 그런데도 우리는 우리 수명의 반을 필요 이상으로 떠드느라 낭비해 버립니다. 우리는 낱말들을 익혀서 문장으로 꿰매는 데 사오 년이나 붙들려 있습니

〔 311 〕

26장 아이들의 교육에 관하여

다. 또 그만큼의 세월을 그 문장들로 네다섯 부분[195] 확장된 큰 문
단들로 꿰어 맞추는 데, 그러고 나서 짧게 잡아 다시 또 오 년을 그
문단들을 교묘한 방식으로 신속하게 섞어 엮는 걸 배우는 데 보냅
니다. 이따위는 드러내 놓고 그런 일을 업으로 삼는 자들에게 맡
겨 둡시다.

어느 날, 오를레앙으로 가는 길에 클레리 이쪽 편 평원에서
서로 오십 보쯤 떨어져서 보르도 쪽으로 가고 있는 선생 둘을 만
났습니다. 더 멀리 그들 뒤로 한 무리의 사람들과 선두의 대장이
보이더군요. 그분은 작고하신 로슈푸코 공작이었지요. 내 하인 하
나가 앞에 오는 선생에게, 뒤에 오는 귀인이 누구냐고 물어봤습니
다. 뒤에 오는 무리를 보지 못한 그 선생은 자기 동료에 대해 묻는
줄 알고는 우습게도 이렇게 대답했습니다. "그 사람은 귀인이 아
니오. 문법학자라오. 그리고 나는 논리학자요."

그런데 우리는 여기서 반대로 문법학자나 논리학자가 아니라
귀인을 키워 내려는 것이니, 그들은 한가하게 시간을 낭비하라고
내버려 두십시다. 우리 제자가 알짜배기 경험들로 꽉 차 있다면,
말은 지나치리만치 잘 따라 나오게 되어 있습니다. 말이 잘 따라
나오려 하지 않으니까 질질 끄는 것이지요. 나는 질질 끌며 말하
는 자들이 잘 표현하지 못하는 것을 변명하며, 머리엔 여러 가지
좋은 생각이 꽉 차 있는데 유창하지 못해서 명료하게 내놓지 못하
는 척하는 걸 듣습니다. 그것은 기만입니다. 내가 그걸 뭐라고 생
각하는지 아세요? 그건, 그들이 머릿속에서 해결하지도 밝히지도
못해서 밖으로 내보이지도 못하는, 형태를 갖추지 못한 어렴풋한

195
서론, 제시, 확증, 반론 또는 결론.

[312]

에세 1

생각의 그림자랍니다. 아직 저 자신도 모르는 거지요. 그들이 말을 내놓을 때 더듬거리는 것을 보십시오. 그들의 작업이 출산 단계가 아니라 수태 단계에 있음을, 그 불완전한 재료를 핥고[196] 있을 뿐임을 아실 수 있습니다. 나로서는, 그리고 소크라테스도 그렇게 확언하고 있지만, 머릿속에 생생하고 명확한 생각을 품고 있으면 베르가모[197] 사투리로라도, 또는 벙어리라면 몸짓으로라도 그 생각을 표현할 것이라고 믿습니다.

> 뭔가를 확실히 알면, 말은 전혀 어렵잖게 따라 나온다.
> 호라티우스

어떤 이는 자기 산문에서 이렇게 시적으로 "사물들이 정신을 사로잡으면, 말은 폭포처럼 쏟아진다."(세네카)라고 했고, C 또 다른 이는 "사물들 자체가 말을 이끈다."(키케로)라고 했듯이 말입니다. A 아이는 탈격, 접속사, 실사도 모르고, 문법도 모릅니다. 아이의 하인도 마찬가지이고, 굴다리의 청어 장수 아낙네도 그렇지만, 부인이 원하시면 물리실 때까지 부인과 대화할 수 있을 것이고, 아마 프랑스에서 가장 뛰어난 문법 선생님들만큼이나 언어의 법칙에 구애받지 않을 겁니다. 아이는 수사학을 모르고, 서문으로 '공정한 독자'[198]의 호의를 갈취하는 법도 모르고, 알 필요도 없습니다. 사실

196
암곰이 형태를 주려고 갓 낳은 새끼들을 핥는 것에 비유한 것이다.
197
이탈리아에서 사투리가 가장 심한 곳이다.
198
당시 출간된 책들의 서문에 자주 등장하던 표현.

26장 아이들의 교육에 관하여

그 모든 번지르르한 채색은 단순하고 자연스러운 진리의 광채 앞에서는 쉽사리 사라져 버립니다. 타키투스에서 아페르[199]가 명백히 지적하듯이, 그런 입에 발린 말은 그보다 더 속이 꽉 찬 견실한 음식은 섭취할 수 없는 저속한 자를 속여 넘기는 수단일 뿐입니다.

사모스의 대사들이 스파르타의 왕 클레오메네스를 찾아왔습니다. 폭군 폴리크라테스와의 전쟁에 그를 끌어들이려고 근사하고 긴 연설을 준비해서 말이죠. 왕은 그들이 연설을 다 늘어놓도록 내버려 두고 나서 이렇게 대답했습니다. "그대들의 서두와 제시부로 말하자면 더 이상 생각이 나지 않고, 그렇다 보니 중간도 기억나지 않는다. 그대들의 결론에 관해서라면, 나는 아무것도 하고 싶지 않다." 내 생각엔 이런 것이 바로 훌륭한 답변이라는 것이고, 장광설쟁이들이 코가 납작해졌다는게 바로 이런 경우입니다.

B 또 이 사람은 어떻습니까? 아테네인들이 대공사를 감독할 사람을 둘 중에서 뽑아야 했습니다. 그중 선멋이 든 첫 번째 사람이 그 일에 관해 미리 생각해 온 멋진 연설로 자기를 소개해서 호의적인 평가를 얻어 냈습니다. 하지만 다른 한 사람은 단 세 마디로 그렇게 했지요. "아테네 분들, 저 사람이 말한 것을 제가 하겠습니다."

A 키케로의 웅변이 절정에 달했을 때, 많은 사람이 찬양해 마지않았습니다. 하지만 카토는 그저 웃으면서, "우리는 참 재미있는 집정관을 두었군."이라고 말했습니다. 앞에 나오거나 뒤에 붙었거나, 유익한 격언이나 멋진 문장은 언제 봐도 좋습니다. C 앞서

199
타키투스의 『웅변에 관하여』에서 타키투스의 대화 상대자로 나오는 1세기 로마의 웅변가.

〔 314 〕

에세 1

나온 것에나 뒤에 오는 것에나 어울리지 않아도, 그 자체로 좋은 것이지요. ^A 나는 좋은 운율이 좋은 시를 만든다고 생각하는 사람들 축에 들지 않습니다. 짧은 음절을 길게 만들고 싶다면 그렇게 하라고 하십시오. 그런 것은 아무래도 좋습니다. 거기 담긴 생각이 재미있고, 정신과 사고가 제 기능을 다하고 있다면, 나는 "훌륭한 시인이다. 그런데 작시(作詩)에는 서투르군."이라고 말해 주겠습니다.

> 시상(詩想)은 훌륭하다, 시행은 딱딱해도.
> 호라티우스

호라티우스는 자기 작품에서 꿰맨 부분과 운율을 모두 떼어 내 보라고 말했습니다.

> ^B 운율과 박자를 떼어 내고,
> 서두를 말미로, 말미를 서두로,
> 낱말의 순서를 바꿔 보라.
> 그래도 흩어진 조각들 안에서 시인을 발견하리라.
> 호라티우스

^A 그렇게 해도 그는 그다울 것이요, 분해된 조각들 자체도 아름다우리라는 것입니다. 희곡을 건네주기로 한 날이 다가오건만, 여전히 손도 대지 않고 있던 메난드로스를 사람들이 닦달하려 하자 그는 이렇게 답했습니다. "구성과 준비는 다 끝났습니다. 시행들만 꾸미면 됩니다." 마음속에 사건과 재료를 다 짜놓았으니 나

〔 315 〕

26장 아이들의 교육에 관하여

머지는 크게 신경 쓰지 않았던 것이지요. 롱사르와 뒤벨레[200]가 우리 프랑스 시에 명망을 부여한 이래, 아무리 대단찮은 신출내기라도 거의 그들만큼 낱말들을 부풀리고 운율을 배열하지 못하는 자는 보지 못했습니다. "의미는 별것 없고 소리만 요란하다."(세네카) ᴬ 보통 사람의 눈으로 보자면 이렇게 시인이 많았던 적이 없지요. 하지만 그들의 리듬을 재탕하는 것이 아주 쉬웠던 만큼이나, 롱사르의 풍부한 묘사나 뒤벨레의 미묘한 시상(詩想)을 흉내 낸다는 것은 까마득한 일입니다.

그런데 혹여 누군가가 "소시지를 먹으면 물 마시게 된다. 물을 마시면 갈증이 가신다. 그러므로 소시지는 갈증을 씻어 준다."는 따위의 삼단 논법의 공교한 궤변으로 압박하면, 어떻게 해야 할까요? ᶜ 비웃으라고 하십시오. 거기에 답하는 것보다는 비웃어 주는 것이 더 공교합니다.

아리스티포스에게서 이런 재미난 반격을 빌려 오라고 하십시오. "묶여 있어도 귀찮게 구는 것을 내가 왜 풀어주겠나?" 어떤 자가 클레안테스에게 변증법의 속임수를 쓰려 하자 크리시포스가 말했습니다. "그런 재주는 애들하고나 피우고, 어른의 진지한 사색을 그따위 것으로 방해하지 말게나." ᴬ 그런 어리석은 궤변, ᶜ "배배 꼬이고 교묘한 궤변"(키케로)ᴬ에 홀려 아이가 거짓말에 설득당한다면, 그것은 위험합니다. 그러나 만약 그것들이 아무 효력 없이 그저 웃게 만들 뿐이라면, 딱히 경계할 이유는 없다고 봅

200
롱사르(1524~1585), 뒤벨레(1522~1560)는 함께 '플레이아드'(7인의 시인 그룹)를 결성하고, 고대의 시풍을 본받아 프랑스 시와 프랑스어를 개혁하여 프랑스 근대시의 문을 열었다.

니다. 세상에는 멋진 말을 찾기 위해 자기 길에서 십 리나 돌아갈 만큼 어리석은 사람들, ^C "또는 사물들을 위해 낱말들을 선택하는 대신 주제에서 벗어나 자기 말에 어울리는 사물을 찾아내려는 사람들"(쿠인틸리아누스)이 있습니다. 또 다른 이는 말했습니다. "자기 마음에 드는 말을 집어넣기 위해, 다룰 생각이 없던 주제로 들어가는 자도 있다.""(세네카) 나는 훨씬 기꺼이 훌륭한 문장들을 내 논지에 맞게 비틀어 씁니다. 그것들을 빌려 오려고 내 논지의 가닥을 비틀기보다는 말입니다. 오히려 말이 봉사하고 따라와야지요. 프랑스 말이 못하면, 가스코뉴 말이라도 봉사하게 해야지요. 나는 말보다 말하려는 요지가 뚜렷해서 말에 대한 기억은 하나도 남지 않을 정도로 요지 자체가 듣는 이의 생각을 가득 채워 주길 바랍니다. 종이 위에서건 입술에서건 내가 좋아하는 말하기는 단순하고 자연스러운 말하기입니다. 즙 많고, 예리하며, 짧고도 압축된 말, ^C 지나치게 섬세하거나 화려하기보다는 열렬하고 투박한 말,

마음을 후려치는 표현만이 명문장이라 불리리니,
루카누스의 묘비명

^A 지루하기보다는 차라리 어렵고, 꾸밈과는 거리가 멀며, 불규칙하고, 분방하고, 과감한 말, 각 부분이 그 자체로 완전한 말, 현학적이거나 설교조이거나 변호사 투가 아니라, 차라리 수에토니우스가 율리우스 카이사르의 화법을 부르던 식으로 군인투의 화법말입니다. ^C 왜 그렇게 불렀는지는 모르겠습니다만.

^B 나는 전에 우리 나라 젊은이들이 옷차림에서 보이는 분방한 태도를 즐겨 따랐습니다. 망토를 스카프처럼 두르고, 케이프는

26장 아이들의 교육에 관하여

한쪽 어깨에 걸치고, 스타킹은 흘러내리는 것이, 외국에서 들어온 꾸밈을 경멸하고 기교에 무심한 어떤 자부심을 드러내지요. 그런데 그것을 말하는 방식에 적용하면 더 좋을 듯합니다. C 부자연스러운 꾸밈은 무엇이나 궁정인[201]에겐 적합하지 않습니다. 프랑스의 경쾌하고 자유분방한 분위기에서는 특히 그렇지요. 그런데 왕정국가에서는 모든 귀족을 궁정인식으로 키워야 합니다. 그러므로 우리는 소박함과 소탈함 쪽으로 약간 기우는 편이 낫습니다.

A 나는 이어 붙이고 꿰맨 자국이 보이는 언술을 좋아하지 않습니다. 아름다운 육체라면, 거기서 뼈와 핏줄을 셀 수 있어서는 안 되는 것과 매한가지이지요. C "진리를 말하기 위해 쓰이는 논설은 단순하고 기교를 부리지 말아야 한다."(세네카) "거짓으로 말하고자 하지 않는데, 말을 꾸미려 애쓰겠는가?"(세네카) 웅변 자체에 정신을 팔게 하는 웅변은 그것이 말하고자 하는 주제에 해를 끼칩니다.

옷차림에서 어떤 별나고 괴상한 방식으로 주목을 받으려는 것이 쩨쩨한 짓거리이듯, 언행에서도 새로운 표현이나 잘 모르는 낱말을 추구하는 것은 유치하고 현학적인 야망에서 비롯됩니다. 나는 파리의 시장 바닥에서 쓰이는 말들만 쓸 수 있으면 좋겠습니다! 문법학자 아리스토파네스는 이 점을 전혀 이해하지 못해, 에피쿠로스가 쓰는 낱말들의 소박함과, 오직 언어의 명징성만을 꾀했던 그의 웅변법을 비난했던 것입니다. 말을 흉내 내는 것은 너무 쉽기 때문에 온 국민이 대번에 따라 합니다. 판단이나 착상은

201
앞서 부정적으로 언급한 직책상의 궁정인이라기보다는 이탈리아의 발다사레 카스틸리오네가 쓴 『궁정인』이 말하는 상류 사회의 이상적 인간형을 상기시킨다. 1528년에 발간된 이 책은 전 유럽에서 큰 인기를 끌어 예절과 처세술의 교본이 되었다.

〔 318 〕

그렇게 빨리 되지 않습니다. 대부분의 독자들은 옷이 비슷한 것을 보고 몸도 같을 것이라고 생각하지만, 이는 매우 그릇된 생각입니다. 힘과 기력은 빌릴 수가 없습니다. 장신구나 외투는 빌릴 수 있지만요. 나와 자주 만나는 사람들 대부분이 내가 이『에세』에서 말하는 방식으로 말하지만, 같은 방식으로 생각하는지는 알 수 없습니다.

A (플라톤이 말하기를) 아테네 사람들은 특히 풍부하고 우아하게 말하려 애쓰고, 라케데모니아인은 짧게 말하는 데 주력하며, 크레타인들은 말보다는 풍요로운 착상에 마음을 쓰는데, 그중 가장 나은 것은 크레타인들이라고 합니다. 제논은 자기에겐 두 부류의 제자가 있다고 했습니다. 그 하나는 그가 '필로로고우스(φιλολ óɣouς)'라고 명명했는데, 사물들을 배우는 데 관심을 기울이는 자들로 그의 애제자들이고, 다른 쪽은 '로고필로우스(λoɣoφiλouς)'로 말밖엔 관심이 없는 자들이었습니다. 말을 잘하는 것이 멋지고 훌륭한 일이 아니라는 얘기가 아닙니다. 말을 실천하는 것만큼 좋은 것은 아니라는 것이지요. 그리고 나로서는 우리 인생을 몽땅 거기에 바치는 게 못마땅하다는 것이지요. 나로 말하자면 내 나라 말, 그리고 내가 훨씬 일상적으로 접촉하는 이웃 나라들의 말을 우선 잘 알고 싶습니다. 그리스어와 라틴어는 의심할 나위 없이 아름답고 훌륭한 장식품이긴 하지만, 우리는 그 말들을 너무 비싼 값에 삽니다. 여기서 통상적인 방법보다 싼 값으로 나 자신에게 실험되었던 방법을 말씀드리겠습니다. 원하는 사람은 써 볼 만한 것입니다.

선친께서는 사람이 쓸 수 있는 모든 수단을 써서 학식과 식견 있는 이들에게 가장 탁월한 교육 방식을 알아보고 나서, 당시 통

26장 아이들의 교육에 관하여

용되던 방식은 옳지 않다는 생각을 갖게 되었습니다. 그리고 고대인들은 아무 품도 안 들이고 배운 언어를 배우겠다고 우리는 너무 긴 세월을 보내야 하는 것이, 우리가 고대 그리스인이나 로마인들이 지녔던 위대한 영혼과 지식에 필적할 수 없는 단 하나의 이유라는 말을 들으셨지요. 나는 그것이 유일한 이유라고는 생각하지 않습니다만, 어쨌든 아버지께서 찾아내신 방책은 내가 아직 혀도 풀리지 않고 유모 손에 있을 때 한 독일인[202]에게 맡기는 것이었습니다. 그분은 후에 유명한 의사가 되어 프랑스에서 죽었는데, 라틴어에 능통하지만 우리말은 전혀 모르는 분이었습니다. 아버지께서 일부러 불러 온 그분은 보수도 많이 받았는데, 늘 나를 팔에 안고 지냈습니다. 부친께서는 그분뿐 아니라, 그분보다는 학식이 좀 낮은 사람 두 명도 고용해 저를 보살피고 그분을 돕게 했습니다. 그들은 나와 말할 땐 라틴어만 썼습니다. 집 안의 나머지 사람들로 말하자면, 아버지 자신도 어머니도, 하인도 하녀도 나와함께 있을 때는 나와 조잘대기 위해 각자가 배운 만큼의 라틴어단어들로만 말하는 것이 신성 불가침의 규칙이었습니다.

거기서 각자가 얻은 성과는 놀라웠습니다. 아버지와 어머니는 라틴어를 이해할 만큼 충분히 배워, 필요할 때 사용하는 데 모자람이 없는 실력을 갖추게 되었고, 나를 보살피는 데 가장 많이 매달렸던 집안 하인들도 마찬가지였습니다. 우리가 어찌나 라틴화되었던지 그런 분위기가 우리 주변 마을들에까지 넘쳐, 아직도 장인이나 연장을 라틴어 이름으로 부르는 습관이 남아 있습니다. 나로 말하자면 여섯 살이 넘도록 프랑스 말도, 페리고르 지방 말

202
호르스타누스. 나중에 기엔 학교에서도 가르쳤다.

도, 아라비아 말만큼이나 들어 본 일이 없습니다. 그리고 기술도 책도 문법도 교습도 회초리도 눈물도 없이, 우리 학교 선생님이 알던 것처럼 순전한 라틴어를 배웠습니다. 나는 거기에 뭘 섞거나 변질시킬 수가 없었으니까요. 학교에서 하는 방식으로 시험 삼아 과제를 주려 할 땐, 다른 학생들에겐 프랑스어로 주었지만 제게는 잘못된 라틴어로 된 것을 줘 고치게 해야 했습니다. 『데 코미티이스 로마노룸』을 쓴 니콜라 그루시, 아리스토텔레스를 주해한 기욤 게랑트, 스코틀랜드의 위대한 시인 조지 뷰캐넌, [C] 프랑스와 이탈리아가 당대의 가장 뛰어난 웅변가로 인정한 [B] 마르코 앙투안 뮈레와 [A] 나의 가정교사들은 내가 어린 시절에 이 언어를 너무 능숙하게 자유자재로 다뤄서 내게 말을 붙이기가 두려웠다고 자주 말하곤 했습니다. 나중에 작고하신 브리삭 원수를 수행할 때 뷰캐넌 선생을 만났는데, 앞으로 아이들 교육에 관한 책을 쓸 생각인데 내 경우를 예로 삼겠다고 말하더군요. 그분은 당시에 브리삭 백작, 후일 우리에게 그토록 용감하고 호방한 모습을 보여 준 바로 그 브리삭 백작[203]의 교육을 맡고 있었거든요.

그리스어로 말하자면 사실 전혀 모릅니다만, 아버지는 인위적 방법을 사용하되 새로운 수단, 즉 놀이와 운동의 방식으로 가르칠 생각을 하셨습니다. 체스 같은 놀이를 통해 대수와 기하를 가르치는 사람들처럼, 우리는 어미 변화를 공놀이하듯 주고받았습니다. 아버지는 다른 무엇보다 강요받지 않은 의욕으로 스스로 원해서 학문과 공부를 맛보게 하고, 엄격함이나 강요 없이 아주 온화하고 자유로운 상태에서 내 영혼을 키워 주라는 충고를 받아

203
1569년 스물여섯 살 나이에 뮈시당 전투에서 죽었다.

26장 아이들의 교육에 관하여

들였던 것입니다. 아버지는 이런 충고를 거의 맹목적으로 신봉하여, 어린애를 소스라치게 놀라 깨게 만들어 갑자기 폭력적으로 잠에서 떼어 내면(어린애들은 우리보다 훨씬 깊은 잠을 자니까요.) 그 연한 뇌수를 어지럽히는 것이라는 누군가의 말에, 나를 깨울 때는 악기 소리를 쓰라고까지 하셨습니다. 내게는 이런 일을 해 주는 사람이 없던 적이 하루도 없습니다.

이 예만으로도 나머지를 충분히 판단할 수 있을 테이고, 이다지도 좋으신 아버지의 조심성과 애정을 칭송하기에 충분할 것입니다. 이렇게 탁월한 교육에 값하는 어떤 결실도 거두지 못하셨지만, 결코 그분을 탓할 수는 없습니다. 그 원인은 두 가지입니다. 우선 밭이 척박하고 적당치 않았던 것이지요. 나는 건강도 온전하고 견고하며 천성 또한 부드러워서 다루기에는 좋았지만, 그런 중에도 워낙 둔하고 유약하고 흐리멍덩하여, 놀이를 하게 해보려 해도 게으름에서 떼어 낼 수는 없었습니다. 내가 보는 것은 잘 보았고, 이 둔중한 기질 아래 나이를 웃도는 대담한 생각과 견해를 키우고 있었습니다. 정신은 느리터분하여 사람들이 이끄는 데까지만 나아갔습니다. 이해는 느리고 생각은 허술하고, 무엇보다 믿을 수 없을 만큼 기억력이 부족했습니다. 이러니 아버지께서 쓸 만한 것을 전혀 끌어낼 수 없었다 한들 놀랄 것도 없습니다.

둘째로, 병을 고치겠다는 열렬한 욕망에 초조해진 사람들이 온갖 충고에 끌려 가듯, 아버지는 당신이 그처럼 온 마음을 기울이는 일에서 실패할지 모른다는 극도의 두려움을 품게 되어, 결국 두루미처럼 항상 앞서가는 자를 따라가는 일반적인 견해에 지고 말았고, 이탈리아에서 들여 온 첫 번째 교육법을 조언해 주던 이들도 더 이상 옆에 없었기 때문에 관례를 따르기로 하셨습니다.

〔 322 〕

아버지는 내 나이 여섯 살쯤 되었을 때 당시엔 매우 번창했고 프랑스 제일의 학교였던 기엔 학교에 보냈습니다. 거기서도 그분이 기울인 정성엔 더할 나위가 없었습니다. 내게 적절한 개인 교사를 골라 주는 일이건, 기타 모든 교육 상황에서나 말입니다. 아버지는 학교의 관행에 반해 여러가지 특별한 방법을 고수하셨습니다. 그러나 그 모든 것에도 불구하고 학교는 여전히 학교였지요. 내 라틴어는 즉각 퇴화했고, 이후 사용 습관을 잃으니 사용법도 완전히 잊어버리고 말았습니다. 내가 받은 신교육은 학교에 들어가자마자 단번에 최고 학급으로 월반하는 데만 쓰였을 뿐인 것이지요. 열세 살에 학업(이른바)을 완수하고 학교를 나왔는데, 사실을 말하자면 이제 와서 내놓을 만한 어떤 결실도 얻지 못했으니까요.

내가 처음 책에 취미를 갖게 된 것은 오비디우스의 『변신 이야기』에 나오는 이야기들에서 얻은 즐거움 때문이었습니다. 일고여덟 살 즈음에 그것들을 읽느라 다른 모든 재미를 잊었으니까요. 그 언어가 제 모어(母語)이기도 했고, 그것이 내가 아는 가장 쉬운 책이었으며, 소재가 그 나이에 가장 알맞은 것이기도 했습니다. 『호수의 랑슬로』나 B『아마디스』, A『보르도의 위옹』204 같은, 어린애들이 좋아하는 허접한 책들은 제목도 몰랐고 아직도 내용을 모릅니다. 그만큼 내가 받은 교육이 엄정했던 것입니다. 나는 책을 읽느라고, 주어진 다른 학과 공부에는 더욱 게을러졌습니다. 그 점에서, 이해심 있는 개인 교사와 공부를 한 것은 공교롭게도 나와 딱 맞아떨어진 것이지요. 그는 노련하게 나의 이 외도를

204
몽테뉴의 말과는 달리 어른용 책이었던 당대의 인기 서적들. 기사들의 공상적인 모험과 사랑을 다룬다.

〔 323 〕

눈감아 주었고 다른 일들에서도 그랬습니다. 나는 베르길리우스의『아이네이스』를, 그다음엔 테렌티우스[205]를, 그다음엔 플라우투스[206]를, 그리고 이탈리아의 희곡들을 단숨에 꿰었습니다. 언제나 달콤한 소재에 홀려서 말이지요. 만일 그가 이런 과정을 깨뜨릴 만큼 멍청했더라면, 나는 아마 우리 귀족들이 거의 모두 그렇듯이 학교에서 책에 대한 증오심밖에 얻지 못했을 것입니다. 그는 교묘하게 저를 지도했습니다. 보지 않는 체하며, 그런 책들을 오직 몰래 숨어서만 탐식하게 내버려 둬 나의 허기를 자극했던 것입니다. 그러면서 다른 정규 교과들의 숙제를 하도록 부드럽게 이끌었습니다. 나를 맡긴 사람에게서 아버지가 보고자한 가장 중요한 자질이 바로 선량함과 너그러운 성정이었으니까요. 내 천성 또한 무기력하고 게으른 것 이외엔 다른 결함이 없었습니다. 걱정거리는 내가 나쁜 짓을 하는 게 아니라 아무 짓도 하지 않는 것이었습니다. 아무도 내가 나쁜 놈이 될 거라고 내다보진 않았고, 쓸모없는 인간이 될 거라고 했습니다. 사람들은 내 기질에서 악의가 아니라 나태를 예견했지요.

   [C] 그 말대로 된 것 같군요. 내가 귀 따갑게 듣는 불평은 이런 것들입니다. "게으르다", "친구들이나 친족 간의 의무, 공적인 의무에 냉정하다", "너무 개인적이다". 가장 심한 비난은 "왜 뺏었느냐?", "왜 돈을 지불하지 않느냐?"가 아니라 "왜 빚을 탕감해 주지

<hr />

205
B. C. 195~159 로마 초기의 희극 작가. 단정한 문체와 철학적 주제 때문에 희극 작가라기보다는 인생 비평가로 평가된다. 몽테뉴도 쓰고 있는 "사람 수만큼 의견이 있다." "사람이라, 사람의 일은 모두 나와 관계 있다." 등의 명구를 남겼다.
206
B. C. 254?~184. 테렌티우스와 더불어 2대 로마 희극 작가.

〔 324 〕

않느냐?", "왜 주지 않느냐?"입니다.

사람들이 내게 바라는 것이 그런 과한 선행뿐이라는 것을 호의로 받아들여야겠지요. 하지만 자기들이 해야 할 일을 자기 자신에게 요구하는 것보다 훨씬 엄격하게, 내가 하지 않아도 되는 일을 요구하는 것은 공정하지 못합니다. 내게 과한 선행을 요구함으로써 그들은 그 행위에 담긴 선의와 내가 마땅히 받을 만한 감사를 지워 버리는 것이니까요. 내가 그런 선행의 혜택을 입은 바가 전혀 없음을 생각하면 내가 자발적으로 내 손으로 베푸는 선행은 더 무게가 나갈 텐데 말입니다. 내 재산이 내 것이면 내 것일수록 나는 더 자유롭게 쓸 수 있습니다. 아무튼 내가 내 행위를 요란하게 치장하는 사람이라면, 아마도 단번에 그런 비난들을 날려 버렸을 것입니다. 그랬으면 어떤 사람들에게는 가르쳐 줄 수 있었겠지요. 그들이 화가 난 것은 내가 충분히 베풀지 않아서가 아니라 더 많이 베풀지 않아서라는 것을.

[A] 그런 중에도 내 정신은 견실하게 반응하며 [C] 새로 알게 된 것들에 대해 확실하고도 또렷한 판단을 내렸고, [A] 아무에게도 털어놓지 않은 채 그것들을 혼자 속으로 이해했습니다. 무엇보다 내 정신은 억압과 폭력에 복종할 줄 몰랐다고 나는 진심으로 믿습니다.

[B] 자신감 있는 표정, 유연한 목소리와 동작으로 내가 맡은 배역들을 해 낸 어린 시절의 재능도 말할까요? 왜냐하면 철 이른 나이에,

> 겨우 열두 살에 이르렀을 때
> 베르길리우스

[325]

26장 아이들의 교육에 관하여

우리 기엔 학교에서 격조 있게 상연했던 뷰캐넌, 게랑트, 뮈레 등의 라틴어 비극에서 주요 인물들을 맡았었거든요. 여기서도 우리 교장 안드레아스 고베아누스는 그의 업무 모든 부분에서 그랬듯이 타의 추종을 불허하는 프랑스 최고의 교장이었습니다. 나는 숙달된 재주꾼으로 통했고요. 연극은 내가 양가의 어린아이에게도 기꺼이 권하는 수련입니다. 그리고 그 후, 고대인의 예를 따라, 우리 왕공들도 당당하게 칭송받으며 연기에 열중하는 것을 보았습니다.

    ^C 그리스에서는 귀족들이 연극을 업으로 삼는 것까지 용인되었습니다. "그는 자기 계획을 비극 배우 아리스톤에게 털어놓았다. 그는 태생도, 재력도 특출한 사람이었다. 그의 직업이 그의 지위를 더럽히지 않았으니, 그리스인들이 그런 종류의 직업을 신분 하락으로 여기지 않았기 때문이다."(티투스 리비우스)

    ^B 나는 항상 이런 놀이를 비난하는 사람들을 옹졸하다고, 환영받을 만한 배우들까지 우리의 점잖은 도시에 들어오는 것을 막아 그런 공공의 오락을 백성들에게서 앗아 가는 사람들을 부당하다고 비난했습니다. 좋은 정부는 엄숙한 종교 의식과 마찬가지로, 운동 경기나 연극에도 사람들을 모아 다시 결속시키려고 노력합니다. 그런 것들을 통해 유대와 우애가 두터워지니까요. 게다가 모두가 보는 앞에서, 관리의 입회 아래 이루어지는 이런 놀이보다 더 규율 있는 여흥거리를 백성들에게 제공할 수는 없을 겁니다. 그래서 나는 행정관이나 왕공들이 비용을 지불해, 아버지 같은 애정과 선의로, 가끔씩 백성에게 그런 여흥을 베푸는 것이 옳다고 봅니다. ^C 또한 인구가 많은 도시에는 그런 공연에 쓸 수 있는 지정된 장소가 있는 것이 합리적이라고 봅니다. 숨어서 하는 더 나

〔 326 〕

에세 1

쁜 짓거리로부터 사람들의 마음을 돌려놓는 한 방편이죠.

  A 내 이야기로 돌아와서, 어린아이의 교육에선 욕구와 열의를 북돋워 주는 것 만한 방법이 없습니다. 그러지 않으면 책을 잔뜩 짊어진 당나귀밖에 만들지 못합니다. 사람들은 매질을 해서 학문을 잔뜩 우겨 넣은 주머니를 아이들에게 주고 잘 간수하라고 합니다. 그러나 학문이 우리에게 유익을 주기 위해서는, 그것을 담아 두기만 해서는 안 되고 그것과 한 몸이 되어야 합니다.

27장
우리 능력으로 진실과 허위를
가리는 것은 미친 짓이다

^A 우리가 단순하고 무지해서 쉬 믿고 설득당하는 것이라고 생각하는 데에는 아마 이유가 없지 않을 것이다. 믿음이라는 것은 우리 정신에 새겨진 인상 같은 것이라고 예전에 배운 듯하기 때문이다. 우리 정신이 더 무르고 덜 강인할수록 거기에 무엇을 새겨 넣기가 더 쉽다고 말이다.

^C "저울에 추를 올리면 어쩔 수 없이 저울 눈이 기울듯이 정신도 증거 앞에선 별수 없이 고개를 숙인다."(키케로) 정신이 텅 비어 있고 평형추를 가지고 있지 않을 경우 최초의 설득이 갖는 무게에 더 쉽게 기우뚱하게 된다. ^A 바로 그 때문에 아이나 평민, 여자 혹은 병자 들이 남의 말에 혹해 넘어가기 쉬운 것이다. 그러나 다른 한편으로 우리 보기에 사실일 것 같지 않다고 해서 그것을 경멸하고 허위라고 매도하려고만 드는 것 역시 어리석은 오만이다. 이것은 자신에게는 보통 사람과 다른 어떤 능력이 있다고 생각하는 사람들이 흔히 빠지는 악덕이다. 나 역시 예전에 그런 어리석음에 빠지곤 해서, 귀신이 나온다느니 앞일을 예언한다느니, 마법이니 요술이니, 혹은 깨물어 볼 수 없는 이야기 따위는 곧이듣지 못했는데,

꿈이며 마법의 공포, 경이, 마녀들,

〔 328 〕

밤의 유령들과 테살리아의 이적(異跡)들[207]

호라티우스

따위를 들으면 그런 어리석은 짓에 넘어가는 한심한 민중이 가여웠다. 그런데 지금은 나 역시 적어도 그만큼 가련한 존재였다는 생각이 든다. 내가 가졌던 믿음을 넘어서는 어떤 일을 그 뒤 겪어서가 아니고, 또 그것은 내게 호기심이 없어서가 아니었다. 그런데 그런 일이 허위이고 불가능하다고 가차 없이 내치는 태도는, 신의 의지와 우리 어머니 대자연이 지닌 능력의 한계와 경계를 자기가 알고 있다고 우쭐대는 일임을 이성이 내게 가르쳐 준 것이다. 그리고 그 한계나 경계를 우리 능력이나 역량 아래 두려는 것보다 더 분명한 바보짓은 이 세상에 없다는 것도 배웠다. 우리 이성으로 헤아릴 수 없는 일은 모조리 초자연적인 일이나 기적이라고 부른다면, 얼마나 많은 초자연적인 일과 기적이 우리 앞에 끝없이 펼쳐지고 있는가? 지금 우리가 손 안에 쥐고 있는 대부분의 사물에 대해 알게 되기까지, 우리가 얼마나 짙은 구름 사이로 얼마나 더듬거리며 헤쳐 나왔는지를 생각해 보자. 필경 그것들에서 기이함을 떼 버린 것은 지식이 아니라 습관이요,

> [B] 하늘의 장려한 풍경에 지치고 물려서,
> 이제 아무도 두 눈을 들어 저 빛의 신전을
> 바라보려 하지 않는구나.

루크레티우스

207
테살리아는 마술사들로 유명한 도시였다.

27장 우리 능력으로 진실과 허위를 가리는 것은 미친 짓이다

^A 그런 것들을 우리에게 처음 보여 줬다면 다른 것들처럼, 아니면 그보다 더 믿을 수 없게 여겼으리라고 깨닫게 될 것이다.

> 이런 것들이 오늘 처음으로 사람들 앞에 솟아났다면,
> 갑자기 불쑥 그 모습을 드러냈다면,
> 이보다 더 경이로운 것이 어디 있겠느냐고들 할 것이며,
> 이런 것들이 있으리라고 어디 감히 생각이나 해 보았으랴
> 루크레티우스

강을 한 번도 본 적이 없는 사람이 처음으로 강을 보자, 그는 그것이 대양(大洋)인 줄 알았다. 우리 알기에 가장 큰 것들, 그것을 우리는 자연이 만들어 내는 그 종류의 극한치라고 판단한다.

> ^B 그래서 그리 넓지 않은 강물도
> 더 큰 강을 전에 보지 못한 이에게는 광대하니,
> 나무도 사람도 마찬가지이다. ^A 각각의 종류에서
> 제가 본 중에 제일 크다 싶으면 사람들은 거대하다 여긴다.
> 루크레티우스

^C "사물들이 눈에 익숙해지면 우리 정신도 그것에 익숙해진다. 늘 보는 것에 대해 사람들은 더 이상 놀라지 않으며 그것의 이유를 찾으려고도 하지 않는다."(키케로)

우리가 사물의 원인을 탐구하는 것은 그 크기보다는 새로움 때문이다.

^A 우리는 대자연의 저 무한한 능력을 더 깊이 존경하고, 우리

[330]

의 무지와 연약함을 더 깊이 의식하며 판단해야 한다. 그럴 리 없을 것 같은 일인데도 신뢰할 만한 사람들이 그렇다고 증언한 경우가 얼마나 많은가? 납득할 수 없다면 적어도 판단을 보류해 두기라도 해야 할 것이다. 그런 일이 불가능하다고 단정해 버리는 것은 가능성의 한계가 어디까지인지를 자기가 아노라 주장하는 섣부른 오만함이기 때문이다. ^C 섣불리 무엇을 믿지도 않고 아니라고 쉽사리 내치지도 않으면서 불가능과 생소함의 차이를 잘 이해한다면, 자연이 운행해 가는 질서에 거스르는 것과 사람들의 일반적인 견해를 거스르는 것의 차이를 제대로 이해한다면, 우리는 킬론[208]이 가르치는 저 '그 무엇도 과도하지 않게'라는 규칙을 지키는 셈이 될 것이다.

^A 프루아사르의 연대기를 보면, 베아른에 있던 푸아 백작이 카스티야 왕 후안의 쥐베로트 패전 소식을 전투 바로 다음 날 알았다고 되어 있는데, 알게 된 연유라고 내세우는 것을 보면 비웃을 수도 있는 이야기이다.[209] 그리고 우리 『연대기』[210]에 국왕 필리프 오귀스트가 ^B 망트에서 ^A 타계한 바로 그날 교황 호노리우스가 공식적인 장례식을 거행하게 하고 이탈리아 전역에서 추도식을 올리도록 했다고 쓰여 있는 것도 마찬가지이다. 왜냐하면 이런 이야기의 증인들이 지닌 권위가 어쩌면 우리가 갖는 의문을 제

208
소크라테스 이전 그리스 일곱 현자 중의 하나. "너 자신을 알라."는 그의 말이다.
209
프루아사르의 『연대기』에 따르면, 오르통이라는 이름의 유령이 방방곡곡의 소식을 다음 날이면 바로 백작에게 전해 주었다는 것이다.
210
니콜 질랑(Nicole Gillen)이 1223년에 작성한 연감을 말한다.

27장 우리 능력으로 진실과 허위를 가리는 것은 미친 짓이다

압할 만큼 충분히 높지 않기 때문이다. 그런데 어쩌랴? 만일 플루타르코스가 고대에 있었던 몇 가지 사례 말고도, 도미티아누스 황제 때 안토니우스가 독일 지역에서 당한 패전 소식이 거기서 며칠이 걸려야 도달할 수 있는 로마에서 당일로 공표되어 모든 사람에게 알려졌다는 사실을 자신이 분명히 아노라 이야기한다면, 만약 카이사르가 소문이 사실보다 앞서는 일이 자주 있다고 주장한다면? 이 단순한 사람들이 우리만 한 분별력이 없어서 어중이떠중이처럼 속아 넘어갔다고 말할 것인가? 플리니우스[211]가 판단력을 발휘하고자 하면, 그의 판단력보다 더 섬세하고 명쾌하며 빈틈없는 것이 있는가? 경솔함에서 더 멀리 떨어진 것이 있는가? 판단력보다는 덜 쳐 주고 싶긴 해도 그가 지닌 지식 역시 빼어난데, 그것은 놔두고라도, 과연 앞의 두 가지 자질 중 어떤 면에서라도 우리가 그를 능가하겠는가? 그러나 아무리 어린 학생일지언정 그가 거짓말하고 있다고 설복하면서, 자연 현상의 진행 과정에 대해 그에게 가르치려 들지 않을 이는 없다.

부셰의 책에서 일레르 성인의 유물과 관련된 기적에 대해 읽을 때 우리는 무슨 소리냐며 그냥 넘어간다. 그에 대한 신뢰가 책 내용을 반박할 자유를 우리에게서 박탈하기에는 충분하지 않기 때문이다. 하지만 비슷한 이야기 전체를 한꺼번에 묶어 내치는 것은 내가 보기에 심히 건방진 일이다. 저 위대한 아우구스티누스 성인은 밀라노에서 제르베즈 성인과 프로타시우스 성인의 유물을 만진 눈먼 어린아이가 시력을 회복하는 것을 보았다고 증언하

211
플리니우스(23-79)는 고대 로마의 박물학자, 정치인. 대백과전서인 『박물지』를
저술했다.

고 있다. 카르타고의 한 여자는 방금 영세를 받은 여인이 그어 준 성호 덕에 암이 나았으며, 자기가 잘 아는 헤스페리우스는 우리 주(主)의 무덤에서 떠 온 약간의 흙으로 집안에 씌어 있던 귀신들을 쫓아냈다. 그 뒤 이 흙을 교회로 옮겼는데 그 흙 덕에 중풍 환자가 바로 멀쩡해졌다고 한다. 한 행렬에 참가하고 있던 어떤 여자는 꽃다발을 에티엔 성인의 성골함에 갖다 댄 뒤 그 꽃다발에 두 눈을 비볐더니 오래전에 잃었던 시력이 회복되었다는 것이다. 그 밖의 몇 가지 기적도 그 자신이 직접 목격했다고 한다. 그는 둘 다 주교였던 아우렐리우스 성인과 막시미누스 성인을 자신의 증인으로 내세우는데, 우리가 그 두 분을 어찌 비난하겠는가? 무지와 단순함, 순진함 탓이라고 하겠는가, 아니면 사기와 협잡을 저질렀다고 하겠는가? 우리 시대 사람들 중에, 덕성과 신앙심, 지식과 판단력, 능력에 있어서 그들과 견줄 만하다고 나설 수 있을 만큼 뻔뻔한 자가 어디 있겠는가? ^C "그들은 아무런 논변 없이 권위 하나만으로 나를 설복시킬 만한 사람들이다."(키케로)

^A 이해할 수 없는 것을 경멸해 버리는 태도는 터무니없는 무모함일 뿐만 아니라, 위험하고도 심각한 오만이다. 당신의 그 훌륭한 이해력을 통해 진리와 허위의 경계를 확정지었는데, 막상 스스로 거부했던 것보다 훨씬 더 이상한 것들을 믿지 않을 수 없는 처지가 되면, 이제 그 경계를 포기할 수밖에 없기 때문이다. 그런데 지금 우리가 처해 있는 이 종교적인 혼돈 속에서 우리 양심에 더 많은 무질서를 가져온다고 여겨지는 점은 가톨릭 교도들이 자기네 신앙을 부분적으로 포기하는 것이다. 그들은 논쟁 중인 조항 중 일부를 적에게 넘겨주면서 스스로는 무척 온건하고 분별 있는 사람들이라고 여기는 듯하다. 그러나 양보하고 물러서기 시작하

〔 333 〕

27장 우리 능력으로 진실과 허위를 가리는 것은 미친 짓이다

는 것이 공격자에게 어떤 이점을 주는지, 그것이 공격자의 지속적인 진격을 얼마나 고무하는지 그들이 고려하지 않고 있다는 점을 넘어, 그들이 가장 사소한 것들로 고른 조항들이 종종 매우 중요하다. 우리 교회 조직의 권위에 전적으로 순종하든가, 아니면 전적으로 배척해야 할 일이다. 어느 정도로 복종할 것인가를 결정하는 것은 우리 몫이 아니다.

더욱이 내가 이렇게 말할 수 있는 것은 이전에 직접 해 본 적이 있기 때문이다. 마음대로 취사 선택할 수 있는 자유를 이용해, 나는 우리 교회가 지키라고 하는 것 중 몇 가지가 보다 공허하거나 더 이상하다고 여겨 소홀히 했다. 그러다 우연히 학식 있는 이들과 그 점에 대해 이야기하는 과정에서 그것이 매우 탄탄하고 중대한 근거를 가졌다는 사실과, 그것을 다른 것보다 더 소홀히 대하는 것은 오직 어리석음과 무지 때문임을 알게 되었다. 우리의 판단력 자체에마저 수많은 모순이 깃들어 있다고 느끼면서도, 왜 그것을 상기하지 않는 것일까? 어제까지 우리가 신앙의 요강들로 받들었던 얼마나 많은 것들이 오늘은 헛된 이야기로 여겨지는가? 오만과 호기심은 우리 마음의 두 가지 재앙이다. 후자는 우리에게 도처에 코를 내밀게 하고, 전자는 그 무엇도 미해결이나 미결정의 상태로 두지 못하게 한다.

에세 1

28장
우정에 관하여

^A 내가 데리고 있는 화가가 작업하는 것을 유심히 보다가 그를 따라 해 보고 싶은 생각이 들었다. 그는 벽면마다 그 한가운데 가장 좋은 자리를 골라 자기 재주를 다 쏟아부어 공들여 그린 그림을 배치한 다음, 다채롭고 기이하다는 것 외에는 아무 매력이 없는 환상적인 그림들로 주변의 빈 공간을 채운다. 사실 여기 있는 나의 이 글들도 기괴하고 괴물 같은 것이 아니면 무엇이란 말인가? 우연 말고는 아무 질서도 연결도 조화도 없이, 확실한 형태도 없이 제각각인 사지를 기워 붙인 기괴하고 괴물 같은 몸뚱이들 아닌가.

> 몸은 아름다운 여인인데, 물고기 꼬리로 끝난다.
>
> 호라티우스

화가의 2차 작업까지는 나도 잘 따라갈 수 있지만, 제일 중요한 다른 작업에는 힘이 달린다. 내 재주는 예술의 법칙에 따라 형태를 갖추고 잘 손질된 멋진 그림을 그려 보겠다고 벼를 만큼 출중하지 않기 때문이다. 나는 이 작업의 나머지 모두를 빛내 줄 작품을 에티엔 드 라 보에시에게 빌려 와야겠다는 생각이 들었다. 그것

[335]

은 그가 「자발적 복종」이라고 이름 붙인 논문이다. 그런데 그가 붙인 제목을 모르는 이들이 나중에 아주 적절하게 「반전제론(反專制論)」이라는 새 이름을 붙였다. 그는 소년기에,[212] 폭군에 대항하는 자유를 기리기 위해 시론 형식으로 이 글을 썼다. 이 글은 식자들의 손에서 손으로 돌아다녔고, 받아 마땅한 격찬을 받았다. 고매하고, 더할 나위 없이 완벽한 글이었으니까. 하지만 그가 쓸 수 있는 최상의 것에는 한참 못 미친다. 좀 더 나이 들어, 내가 그를 만났던 연배에, 그가 나처럼 머릿속에 떠오르는 생각을 글로 써 둘 생각을 했더라면, 매우 드물고 귀한 글들, 우리를 고대의 영광에 아주 근접하게 해 줄 글을 많이 남겼을 것이다. 자연이 베푸는 재능 중 이 분야에 관한 한 그에게 견줄 만한 사람을 나는 전혀 알지 못하니 말이다. 하지만 그가 남긴 것이라고는 이 논문(이것도 우연히 발견되었다. 그 자신도 자기 손에서 떠난 뒤로는 다시 보지 못했던 것 같다.)과 우리의 내란으로 유명해진 「1월 칙령에 관한 비망록」[213] 뿐이다. 그 글도 다른 데에서 적절한 자리를 찾을 수 있을 것이다. C 죽음을 이 사이에 문 채, 너무도 다정한 당부로, 유언 삼아 자기 서가와 글들을 모두 나에게 맡겨 주었건만, A 일전에 편찬한 그의 작품집[214] 이외에 그가 남긴 글 모두를 알리기 위해 내가 할 수 있

212
1580~1588년판에서는 "열여덟 살도 되지 않았을 때"라고 되어 있다.

213
문제의 칙령은 샤를 9세가 1562년 1월에 서명한 것으로, 개신교에 보다 많은 관용을 베풀기 위한 것이었다. 몽테뉴는 '시절이 좋지 않다'는 이유로 1571년 그가 출간한 라 보에시 전집에 이 비망록을 싣지 않았다. 이 글은 1917년 처음으로 학술지 『프랑스 문학사』에 실린다.

214
몽테뉴는 1571년에 『크세노폰의 동물원, 플루타르코스의 결혼의 계율, 그리고 고

는 일은 이뿐이다. 게다가 우리가 처음 교제하게 된 계기가 되었던 만큼 나는 이 논문에 특별한 빚을 지고 있다. 그를 만나기 오래전에 이 글을 보았고, 이 글을 통해 그의 이름을 알게 되었으며, 그리하여 우리가 서로 간에 하느님이 원하시는 한 키워 갈 우정, 분명 책에서도 읽기 어렵고 사람들 사이에서도 주고 받은 흔적을 찾아볼 수 없을 만큼 충만하고 완벽한 우정으로 나아가게 되었던 것이다. 그런 우정이 만들어지려면 너무도 많은 우연이 쌓여야 하는 것이니, 삼 세기에 한 번 이루어진다 해도 큰 행운이다.

자연은 무엇보다 서로 어울려 살도록 우리를 준비시킨 것 같다. ^C 훌륭한 입법가들은 정의보다 우정을 더 배려했다고 아리스토텔레스는 말한다.[215] ^A 그런데 어울려 살기의 정점이 바로 우정이다. 왜냐하면 ^C 일반적으로 쾌락이나 이익, 공적이거나 개인적인 필요가 만들어 내고 키우는 모든 사귐은 우정에 우정 자체가 아닌 다른 이유, 다른 목적과 이득을 섞느니만큼 덜 아름답고 덜 고상하며 우애도 덜 깊기 때문이다.

고대가 제시한 네 가지 사랑,[216] 즉 자연적인 사랑, 친교(親交)에 의한 사랑, 환대하고 보살피는 사랑, 성적인 사랑도 따로따로든 합쳐서든 우애에 부합하지 않는다.

^A 아버지에 대한 자식의 정은 존경에 가깝다. 우정은 허심탄

에티엔 드 라 보에시의 『프랑스어 시들』이라는 제목의 책을 출판했다.

215
『니코마코스 윤리학』 1장에서 언급된 내용이다.

216
라틴어의 philia를 몽테뉴는 amitié, 즉 '우정'으로 번역하고 있는데 우리 말에서 '우정'은 이어지는 모든 인간 관계에 적용하기 어색하므로 경우에 따라 '사랑' 또는 '우정'으로 번역한다.

〔 337 〕

28장 우정에 관하여

회한 대화로 자라는 것인데, 아버지와 아들의 지위는 너무도 다르기에 그런 접촉이 있을 수 없고, 그런 대화는 자칫 자연의 의무에 해를 끼칠 것이다. 도리에 어긋나게 무람없어질까 봐 아버지는 속마음을 모두 자식에게 털어놓을 수 없고, 우정의 가장 중요한 봉사 중 하나인 잘못을 일깨워 주고 바로잡는 일을 자식이 아버지에게 할 수도 없으니 말이다. 관습에 따라 자식이 아버지를 죽였던 나라도 있고, 아버지가 자식을 죽였던 나라도 있다. 언젠가 서로에게 질곡이 될 것을 피하기 위해서이니, 자연적으로도 하나가 쇠(衰)해야 다른 하나가 흥(興)하게 되어 있다. 아버지에서 아들로 이어지는 이 자연스러운 관계를 경멸한 철학자들도 있었는데 ^C 아리스티포스²¹⁷가 한 예이다. 바로 그 자신에게서 나왔으니 자식을 사랑해야만 한다고 사람들이 압박하자, 그는 침을 뱉으며 "이것도 내게서 나왔다"라고 말했다. 이나 벌레도 사람에게서 나온다면서. 또 어떤 자는 자기 형제와 화해시키려고 애쓰는 플루타르코스에게 이렇게 말했다. "같은 구멍에서 나왔다고 해서 그를 대단하게 생각지는 않네."

사실 형제라는 것은 아름다운 명칭이요 애정에 넘치는 명칭이다. 그래서 우리, 그와 나는 의형제를 맺었다. 하지만 재산을 공유하거나 나누어야 한다는 것, 그리고 하나가 부유해지면 다른 하나는 가난해진다는 사실이 뜻밖에도 형제간의 용접을 무르고 느슨하게 한다. 형제는 같은 골, 같은 길을 헤치며 뻗어 나아가야 하기 때문에 자주 부딪히고 충돌하지 않을 수 없다. 게다가 진정하고 완벽한 우정을 낳는 교류와 교제가 형제 사이에 꼭 있어야 할

<hr>

217
B. C. 4세기 그리스의 철학자. 소크라테스의 제자이다.

에세 1

까닭이 무엇인가? 아버지와 아들의 기질이 완전히 다를 수 있고 형제간도 그러하다. 이 사람은 내 아들, 내 친척이긴 하지만 거칠거나, 고약하거나, 바보이다. 나아가 그런 관계의 정이란 자연의 법칙과 의무가 우리에게 명하는 것인 만큼, 우리의 선택과 자발적인 자유의 몫이 적다. 그런데 우리의 자발적인 자유가 만들어 내는 것 중 애정이나 우정보다 더 완벽하게 자발적인 자유다운 것은 없다. 부자지간이나 형제간에 나눌 수 있는 모든 애정을 내가 경험하지 못해서 하는 말이 아니다. 부친은 세상에서 가장 좋은 아버지, 아주 고령에 이르기까지 비할 데 없이 자애로운 분이었고, 나는 대대로 우애로 유명하여 모범이 된 가문 출신이니 말이다.

> 나 자신도 내 형제들에게 아버지 같은 애정으로 알려졌다.
> 호라티우스

ᴬ 여자를 향한 애정이 우리의 선택에 의해 생긴다 해서 우정에 견주거나 우정과 같은 범주에 넣을 수는 없다. 고백컨대

> 사랑의 조바심에 달콤한 쓰라림을 넣은 여신은
> 우리를 잘 알고 있으니,
> 카툴루스

이 불이 우정보다 더 활기차고 뜨겁고 격렬하다. 하지만 그것은 분별없고 변덕스럽고 유동적이며 종잡을 수 없는 불이요, 발작을 일으켰다 수그러졌다 하게 되어 있는 열병 같은 불, 우리의 어느 한 구석만 태우는 불이다. 우정의 불은 고르게 전체적으로 데우는

28장 우정에 관하여

온기, 온화하지만 한결같고 지속적이며 고요한 온기이며, 쓰라림도 찌르는 듯함도 없는 완전한 다정함이요 광채이다. 게다가 이성(異性)을 향한 사랑의 불은 우리에게서 달아나는 것을 좇는 광포한 욕망이다.

> 덥건 춥건 산으로 골짜기로
> 토끼를 좇는 사냥꾼처럼.
> 일단 잡은 것은 거들떠보지 않고,
> 달아나는 것만 서둘러 좇는다.
>
> 아리오스토

사랑은 우정의 경계, 다시 말해 의기투합 상태에 이르면 그 즉시 맥이 빠지고 사그라진다. 쾌락은 사랑을 죽여 버린다. 목적이 육체에 있고 포만에 이르면 싫증 날 수밖에 없기 때문이다. 반면 우정은 원하는 만큼 향유할 수 있다. 우정은 정신적인 것이요 정신은 쓸수록 정련되는 것이므로, 즐길수록 고양되고 자라고 커지기만 한다. 이런 완벽한 우정의 지배를 받는 동안에도 한때 저 변덕스러운 정열들이 내 안에 한 자리를 차지한 적이 있다. 그런 감정을 시로 지나치게 많이 토로했던 그[218]에 대해선 말할 것도 없다. 이처럼 이 두 정념은 내 안에 들어와 서로를 알았지만 결코 비교될 수는 없었으니, 우정은 당당하고 드높은 비행으로 자기 길을 가면서 저 밑에서 제 길을 가는 사랑을 거만하게 내려다 보고 있었던 것이다.

218
라 보에시를 말한다.

〔 340 〕

결혼으로 말하자면, 들어갈 때만 자유로운 거래(의무와 강제로 지속되며 우리 의지와는 다른 것에 매여 있다.)일 뿐 아니라 통상 우정이 아닌 다른 목적을 위해 맺는 거래이다. 뿐만 아니라 결혼생활을 하다 보면, 우정과는 관계없는 수많은 매듭과 엉킴이 생겨 해결해야만 하는데, 그것들은 생생한 애정의 끈을 끊고 그 흐름을 방해하기에 충분한 것들이다. 우정에는 사업도 거래도 없고 오직 우정 자체만이 있을 뿐인데 말이다. 아울러 진실을 말하자면 여자들의 일반적 능력은 이런 거룩한 인연의 유모라고 할 수 있는 환담(歡談)과 소통에 적합하지 않다. 그리고 여자들의 영혼은 그토록 밀착되고 지속적인 인연의 포옹을 견딜 만큼 굳센 것 같지 않다. 물론 그 점만 빼면, 영혼만이 완벽한 즐거움을 누릴 뿐 아니라 육체까지도 결합의 일부를 이루는 자유롭고 자발적인 친교, ^C 자신을 모두 바쳐 몰입할 수 있는 친교를 맺을 수만 있다면, ^A 우정은 더욱 충만해 절정에 더욱 가까워질 것이다. 하지만 여성이 거기에 이르렀던 예는 아직 전무하고, ^C 고대의 학파들도 만장일치로 여성을 우정에서 배제한다.

^A 그리고 우리 풍속은 당연히 그리스에서 허용되었던 관계(동성애)를 극도로 혐오한다. ^C 게다가 그들의 관행에 따르자면, 반드시 연인들의 연령에 큰 차이가 있어야 했고 서로간에 베푸는 봉사도 필히 달라야 했으므로, 그 관계도 우리가 여기서 요구하는 완벽한 결합과 일치에 충분히 부합하지 않는다. "우정이라는 이 사랑은 대체 무엇인가? 왜 이 사랑은 추한 청년에게도 아름다운 노인에게도 주어지지 않는가?"(키케로) 이 사랑에 대한 아카데미²¹⁹의 묘

219
플라톤 학파.

사도 내 생각과 어긋나지 않으니 말이다. 그들 역시 내가 생각하듯 이렇게 말한다. 어린 청춘의 꽃송이를 향해 기울기 시작한 사람의 가슴에 비너스의 아들이 불어넣은 첫 열정은, 절도 없는 격정에서 나온 온갖 파렴치하고 광적인 열성까지 보일 수 있으나, 이 미치광이 같은 열정은 단지 신체의 발달 과정에 불과한 거짓 이미지인 외적인 아름다움에 근거할 뿐이라고 말이다. 정신은 아직 드러나지 않았고 이제 막 태어나고 있을 뿐 아직 자라기도 전이라 그 열정이 정신에 기초를 둘 수는 없었기 때문이다. 그 정열이 저열한 마음을 사로잡으면 재산, 선물, 고위직 승진의 특혜 등 사람들이 비난하는 종류의 저열한 거래가 그것을 추구하는 수단이 된다. 만일 그 열정이 보다 고상한 마음에 떨어지면, 그 수단도 고상해진다. 철학적인 교훈, 신을 공경하고 법을 지키며 국익을 위해 목숨을 바치게 하는 가르침, 용맹, 지혜, 정의의 모범 등이 그것이다. 사랑하는 자는 자기 육체의 아름다움은 이미 오래 전에 시들어 버렸으므로 정신적인 기품과 아름다움으로 스스로를 받아들여 줄 만하게 만들려 애쓰면서, 그런 정신적인 유대를 통해 보다 견고하고 지속적인 관계를 이루고자 한다. 이런 관계의 추구가 적절한 시기에 결실을 맺으면, (그들〔플라톤학파〕은 이런 추구에서 여유를 갖고 신중하게 처신할 것을 사랑하는 자에겐 전혀 요구하지 않고, 사랑받는 자에게는 엄격히 요구한다. 사랑받는 자는 알기 어렵고 찾아내기 까다로운 내적인 아름다움을 판별해야 하기 때문이다.) 사랑을 받는 자에게도 정신적인 아름다움을 매개로 한 정신적인 관계에 대한 갈망이 생긴다. 이 지점에서 이 정신적인 아름다움이 가장 중요해진다. 육체의 아름다움은 우연적이요 부차적이다. 사랑하는 자와는 정반대로 말이다. 바로 이 때문에 그들은 사랑받는 자를 더 높이 평가하고 신

〔 342 〕

에세 1

들 역시 그들을 더 귀애한다고 확언하면서 아이스퀼로스를 크게 나무란다. 이 극작가가 아킬레우스와 파트로클로스의 사랑에서, 그리스인들 중 가장 아름다웠고 청년기 중에서도 초창기요 수염도 나지 않은 풋풋한 시절의 아킬레우스에게 사랑하는 자의 역할을 맡겼다고 말이다.[220]

막연한 교감이 일어난 후, 그 교감의 보다 바람직한 측면이 발휘되어 우위를 차지하게 될 때, 그들은 개인이나 공공을 위해 매우 유익한 결실이 이루어졌다고 말한다. 이 교감을 관행으로 받아들인 나라는 강해지고 올바른 행동과 자유를 수호했는데, 이로운 결과를 남긴 하르모디우스와 아리스토게이톤[221]의 사랑이 그 예라는 것이다. 그래서 그들은 그 사랑의 정신적인 측면을 거룩하고 신성하다고 본다. 그들 생각으로는 오직 폭군의 폭력과 민중의 저속함만이 그 사랑의 적이다. 결국 아카데미의 논리에 힘입어 우리가 할 수 있는 말이란 고작 동성애가 우정으로 귀결되는 사랑이었다는 것뿐이고, 이는 사랑에 대한 스토아 철학자들의 정의와도 그리 다르지 않다. "사랑이란 아름다움에 끌려 우정을 맺고자 하는 갈망이다."(키케로)

보다 공정하고 평등한 사랑을 말하기 위해 내가 동의하는 표현으로 돌아와야겠다. "사람은 나이가 들어 품성이 형성되고 다져진 뒤에야 우정에 대해 온전히 평가할 수 있다."(키케로)

220
플라톤의 『향연』에서.
221
B. C. 6세기 아테네 시민으로 폭군 참주 히파르코스를 단도로 찔러 하르모피우스는 참살되고 아리스토게이톤은 고문을 당하는 중에 참주의 친구 모두를 자기들의 공모자로 거론했다.

〔 343 〕

28장 우정에 관하여

^A 그런데 우리가 보통 친구 또는 우정이라고 부르는 것은 우연히 또는 필요에 의해 마음이 맞아서 생긴 친숙함이나 친밀함에 지나지 않는다. 그러나 내가 말하는 우정에선 쌍방의 영혼이 완전히 섞여 서로의 안에 완전한 융합으로 용해되어, 두 영혼이 이어진 이음매조차 지워져 더 이상 보이지 않는다. 누가 나더러 왜 그를 사랑했는지 말하라고 조르면 ^C 나는 그것을 말로 표현할 수 없을 것 같다. "그가 그였기 때문에, 내가 나였기 때문에"라고 밖에는.²²²

^A 내가 무슨 말을 하건, 어떤 특별한 이유를 대건, 그것을 넘어서는, 설명할 수 없고 운명적인 무언가가 우리 우정의 매개자로 작용하고 있다. ^C 우리는 만나기도 전에 서로를 찾고 있었다. 둘 다 남을 통해 서로에 대해 들었기 때문인데, 남의 말이 불러일으킬 수 있는 합당한 효과보다 훨씬 큰 효과를 우리 마음에 남겼다. 하늘이 정한 인연 덕분이었다고 생각한다. 우리는 이름만 듣고 서로 얼싸안았으니 말이다. 그리하여 시내의 큰 축제 잔치에서 우연히 처음 만났을 때, 우리는 서로에게 완전히 사로잡히고, 서로 훤히 알고, 너무도 단단하게 하나로 맺어져서, 그때부터는 그 어떤 것도 우리만큼 가까운 것이 없었다. 그는 훌륭한 라틴어 사티로스²²³를 지어 출판했는데, 그 글에서 너무 급격하게 완벽에 도달한 우리 관계의 신속한 발전에 대해 변명 겸 설명을 하고 있다. 앞으로 이어 갈 시간이 많지 않고 너무 늦게 시작되어(우리는 둘 다 성인이었고 그가 나보다 몇 살 더 많았다.) 낭비할 시간이 없었으니, 예비적인 교

222
보르도본을 보면 이 문장은 한 번에 쓰지 않았다. '그가 그였기 때문에'를 먼저 쓰고, 나중에 '내가 나였기 때문에'를 덧붙였다.

223
satyre, 친근하고 허물없는 글.

〔 344 〕

제에 잔뜩 공을 들여야 하는 습관적이고 평범한 우정의 패턴을 따를 필요가 없었다. 우리 우정은 그 자체 말고는 따라야 할 이상적인 모델이 없고 오직 그 자체밖에는 견줄 만한 것이 없었다. ^A 특별한 어느 한 가지를 존경해서도 아니고 둘, 셋, 넷, 또는 천 가지 장점을 존경해서도 아니었다. 나의 모든 의향을 사로잡아 그의 의향으로 옮겨 가 그 안에 잠겨 사라지게 만든 것, ^C 또 그의 의향을 온통 사로잡아 허기진 듯, 경쟁하듯, 나의 의향으로 가져와 잠겨 소멸되게 만든 것은 그 모든 것의 혼합인, 나로서는 알 수 없는 어떤 정수(精髓)였다. 나는 참말로 '소멸되게'라고 말하는 것이다. 그의 것이건 나의 것이건 우리 각자에게 고유한 것은 아무것도 남겨 두지 않았으므로.

로마의 집정관들이 티베리우스 그락쿠스²²⁴에게 유죄 판결을 내린 뒤 그의 음모에 가담한 모든 자들을 소추할 때 라일리우스가 카이우스 블로시우스(그락쿠스와 가장 가까운 친구였던)를 심문하게 되었다. 그가 카이우스 블로시우스에게 그락쿠스를 얼마나 도우려 했느냐고 묻자 블로시우스는 이렇게 대답했다. "뭐든지." "뭐든지라니?" 하고 라일리우스가 추궁했다. "우리 신전에 불을 놓으라고 했어도?" 블로시우스가 대답했다. "그가 내게 그런 요구를 했을 리 없소." "하지만 만일 그랬다면?" 하고 라일리우스가 물었다. 블로시우스가 답했다. "그의 말을 따랐을 거요." 역사가 주장하는 바와 같이 그가 그락쿠스의 그토록 완벽한 친구였다

224
아우 가이유스 그락쿠스와 함께 부유한 대지주들이 불법적으로 획득한 토지를 환수해 민중에게 돌려주기 위해 토지 개혁을 실행하려다 살해된 B. C. 2세기의 로마의 정치가.

〔 345 〕

면 이 마지막 대담한 토로로 집정관들을 화나게 할 필요가 없었고, 그락쿠스의 의향에 대해 그가 지닌 확신에서 물러서지도 말았어야 할지 모른다. 하지만 어쨌든 그 답변을 도발적이라고 비난하는 이들은 우정의 신비를 완전히 이해할 수 없고, 그락쿠스에 대한 영향력으로나, 이해의 깊이로나, 사실이 그러하듯, 블로시우스가 친구의 의향을 자기 소매 주머니에 넣고 있었던 것을 짐작도 못한다. ᶜ 그들은 시민이기 전에 친구였고, 친구 이상의 친구, 조국의 친구니 적이니 하는 것보다 더한 친구였으며, 야망이나 투쟁의 동지 이상으로 친구였던 것이다. 그들은 서로를 완전히 신뢰했기에, 상대방이 지닌 의향의 고삐를 완전히 쥐고 있었다. 이 같은 결속이 덕의 안내와 이성의 인도를 받고 있었다고 가정한다면(그 둘이 아니고는 그들을 그렇게 묶어 줄 수 없다.), 블로시우스의 답변은 참으로 마땅한 것이었다. 둘의 행동이 서로 어긋난다면 내 척도로는 서로 친구도 아니요, 그들 자신에게도 친구가 아니다. 게다가 ᴬ 그 대답은 누가 내게 "너의 의지가 네게 네 딸을 죽이라고 명한다면 죽일 것인가?"라는 식으로 물으면 그럴 거라고 답할 내 대답보다 더 과장된 것도 아니다. 왜냐하면 그 대답은 결코 그런 행위를 하겠다는 동의의 증거가 아니기 때문이다. 나는 내 의지를 전혀 의심치 않거니와, 나와 하나가 된 친구의 의지도 의심치 않는다. 세상의 어떤 말도 내 친구의 의향과 판단에 대해 내가 지닌 확신으로부터 나를 떼어 낼 만큼 강력할 수 없다. 그의 어떤 행위가 어떤 모습으로 보이건, 나는 즉각 그 동기를 알아볼 것이다. 우리 영혼은 단단한 결합 속에 하나의 멍에로 묶였고 너무도 뜨거운 애정으로 서로를 주시하고 같은 애정으로 서로의 오장육부 저 밑바닥까지 다 알아보았기에, 그의 마음을 내 마음처럼 알았을 뿐만

〔 346 〕

아니라, 분명 나에 관한 일을 나 자신보다 더 기꺼이 그에게 의탁했을 것이다.

다른 평범한 우정을 이런 우정의 반열에 넣지 마라. 나는 평범한 우정도 남들만큼 많이 맺었고, 그런 유의 우정 중에서는 가장 완벽한 것도 경험했다. ^B 하지만 이 두 종류의 우정의 규칙을 혼동하지 말기 바란다. 평범한 우정에서는 손에 고삐를 쥐고 조심스럽고 신중하게 걸어야 한다. 그 관계는 전혀 경계할 필요가 없는 방식으로 묶여 있지 않은 것이다. "그를 사랑하라, 어느 날엔가는 그를 미워해야 할 것처럼. 그를 미워하라, 어느 날엔가는 그를 사랑해야 할 것처럼."이라고 킬론은 말하곤 했다. 이 계명은 저 지고하고 드높은 우정에서는 추악한 것이지만, 보통의, ^C 그리고 관례적인 우정을 실천하는 데는 건전한 것이다. 그런 우정의 자리에선 아리스토텔레스가 자주 입에 올렸던 말을 사용해야 한다. "오 나의 친구들이여, 친구라고는 하나도 없구나."

^A 이 고상한 관계에서는 다른 우정엔 양식이 되는 봉사와 베풂 따위는 고려의 대상조차 되지 못한다. 우리 두 사람의 의향이 너무도 빈틈없이 일치하기 때문이다. 스토아 철학자들이 뭐라고 말하든 간에, 내가 필요해서 나 자신을 도왔다고 나 자신에 대한 우정이 더 커지지 않는 것과 꼭 같이, 또 내가 내게 베푼 봉사에 전혀 감사하지 않는 것처럼, 친구 사이의 우정이 진정으로 완벽하다면 그 우정은 그런 의무의 감정을 잊게 만들고 '은혜', '의무', '고마움', '간청', '감사' 등과 같이 분리와 차이를 드러내는 단어를 미워해 그들 사이에서 추방해 버리게 만든다. 의지, 사고, 판단, 선행, 여자들, 아이들, 명예와 삶 등 모든 것을 실제로 함께하니 ^C 그들의 일치 상태란, 아리스토텔레스의 매우 적절한 정의에 따르면,

〔 347 〕

두 몸을 취한 한 영혼이기에 ᴬ 그들은 서로에게 무엇을 빌려준다든지 준다든지 할 수 없다. 바로 그 때문에 입법가들이 결혼에 이 신성한 관계와의 상상적인 유사성을 부여해 영광되게 만들 생각에서, 남편과 아내 사이의 증여를 금하는 것이다. 그렇게 함으로써 모든 것이 그들 두 사람에게 속하고, 분리해서 나눠 가질 것이 하나도 없게 하려고 말이다. 만일 내가 말하고 있는 우정에서 하나가 다른 하나에게 무엇을 준다면, 자기 짝에게 베푼 그 사람이 은혜를 입은 사람일 것이다. 왜냐하면 두 사람 모두 서로에게 잘 하려는 열망이 다른 무엇보다 크므로 그럴 동기와 기회를 준 사람이 아량을 베푼 셈이 되기 때문이다. 자기가 가장 열망하는 바를 친구가 자기에게 하도록 하여 기쁘게 해 줌으로써 말이다. ꟲ 철학자 디오게네스는 돈이 궁하면 친구에게 '달라'고 하지 않고 '돌려 달라'고 말하곤 했다. ᴬ 실제로 이런 일이 어떻게 실행되는지 보여 주기 위해 특별한 옛이야기 하나를 하겠다.

코린트인 에우다미다스에게는 두 친구, 시키온 사람 카리크세누스와 코린트 사람 아레테우스가 있었다. 에우다미다스 자신은 가난한 처지로 죽어 가고 두 친구는 부자였으므로, 그는 이렇게 유언을 남겼다. "아레테우스에게 내 어머니를 봉양하고 노후를 보살펴 드릴 권리를 물려준다. 카리크세누스에게는 내 딸을 결혼시키고 힘 닿는 한 많은 지참금을 줄 권리를 준다. 또한 둘 중 하나가 죽을 경우 살아남은 자에게 죽은 자의 몫을 넘기노라." 처음 그의 유서를 본 사람들은 비웃었다. 그러나 그의 뜻을 알게 된 상속자들은 비할 바 없는 기쁨으로 받아들였다. 그리고 둘 중 하나인 카리크세누스가 닷새 후 죽자 아레테우스에게 대습 상속의 기회가 열렸고, 그는 에우다미다스의 어머니를 정성을 다해 봉양했다.

〔 348 〕

에세 1

그리고 자기 소유의 재산 다섯 탈란트 중 두 탈란트 반은 자기 외동딸의 결혼을 위해 주고 두 탈란트 반은 에우다미다스의 딸에게 주어 한날 결혼식을 올리게 했다.

이 예는 한 가지, 친구가 하나가 아니라 여럿이었다는 상황만 제외한다면 모든 면에서 완벽하다. 내가 말하는 완전한 우정이란 공유할 수 없는 것이기 때문이다. 둘 다 상대방에게 자기를 완전히 내어 주므로 다른 이에게 나눠 줄 것이 아무것도 없다. 오히려 자기가 두 곱, 세 곱, 네 곱이 아닌 것이 애석하고, 영혼도 여러 개이고 의향도 많아서 그 모두를 친구에게 맡길 수 없는 것이 애석할 따름이다.

평범한 우정은 나눠 줄 수도 있다. 이 사람에게서는 미모를, 저 사람에게서는 유연한 몸가짐을, 또 다른 이에게서는 관대함을, 다른 이에게선 아버지 같은 정을, 또 다른 이에게서는 형제 같은 정을, 그리고 그 밖의 것들도 같은 식으로 사랑할 수 있다. 그러나 영혼을 사로잡아 절대적인 힘으로 지배하는 이 우정, 그것은 둘이 될 수 없다. ^C 만일 두 친구가 동시에 도움을 청하면 누구에게 달려갈 것인가? 그들이 당신에게 모순되는 요구를 해 온다면 누구의 요구를 우선시할 것인가? 한 친구가 함구해 달라며 털어놓은 것이 다른 친구에게는 유용한 정보라면 그 상황에서 어떻게 빠져나올 것인가? 유일한 우정, 다른 어떤 것보다 우선하는 우정은 그것 이외의 모든 의무를 지워 버린다. 나는 남에게 말하지 않겠다고 맹세한 비밀을, 맹세를 저버리는 일 없이 남이 아닌 그에게 털어놓을 수 있다. 그는 나이므로. 이렇게 자기가 둘이 되는 것은 더할 나위 없이 위대한 기적이다. 셋도 될 수 있다고 말하는 사람은 이 우정의 높이를 알지 못하는 것이다. 유일무이한 것이 아니고서는 그 무엇도 극치라 할 수 없다. 내가 두 친구 중 하나를 다른 하나와 똑같이 사랑하고 그들은 내가 그들을 사랑하는 것과 똑같이 그들 서로를 사랑하면서 동시에 나를 사랑할 수 있다고 생각하는 사람은 세상 만물 중에서 가장 단단히 결속된 유일무이한 것, 세상에서 단 하나도 찾아보기 힘든 것을 불려서 친구 조합으로 만들려는 것이다.

A 위 이야기의 나머지는 내가 말한 것에 잘 들어맞는다. 에우다미다스는 자기가 필요한 일에 친구들을 쓰는 것을 은혜와 호의로 베풀고 있으니 말이다. 그는 자기의 관대함을 이어받을 상속권을 친구들에게 남겨 준 것이니, 그의 관대함은 곧 자기에게 호의를 베풀 수 있는 수단을 그들 손에 쥐여 준 데 있다. 그러므로 분명 우정의 힘은 아레테우스의 행위보다 에우다미다스의 행위에서 훨씬 더 풍부하게 드러난다.

요컨대 이런 일들은 그런 우정을 맛보지 못한 사람에게는 상상조차 할 수 없는 것이며, C 그렇기에 나는 한 젊은 병사가 키루스 대왕에게 했던 대답에 찬탄을 금할 수 없다. 방금 경마 대회에서 승리한 그 병사에게 키루스는 그가 탔던 말을 얼마에 팔겠느냐고, 혹 왕국 하나와는 바꾸겠느냐고 물었다. 젊은 병사는 이렇게 대답했다. "절대로 안 됩니다, 폐하. 하지만 친구를 얻을 수 있다면 기꺼이 이놈을 내놓겠습니다. 만에 하나 친구 삼을 만한 인간을 발견한다면 말이죠."

'만에 하나 발견한다면'이라고 한 것은 잘 말한 것이다. 피상적인 친분을 맺기에 적합한 사람이야 쉽게 찾을 수 있을 테니까. 하지만 자기 가슴의 가장 밑바닥까지 다 내어 놓고 아무것도 남겨두지 말아야 하는 그런 우정에서는 분명 행동의 모든 동기가 완벽

〔 350 〕

에세 1

하게 투명하고 진실해야 한다.

어느 한 끄트머리만 묶여 있는 관계에서는 특별히 그 부분과 관련된 불완전함만 채워 주면 된다. 내 의사나 변호사가 무슨 종교를 믿느냐는 중요하지 않다. 그런 고려는 그들이 내게 베풀어야 하는 우정의 봉사와는 아무런 관련이 없다. 또한 집에서 나를 시중드는 사람들과 내가 맺는 관계에서도 내 입장은 마찬가지이다. 나는 하인이 정숙한가는 캐 보지 않는다. 그가 부지런한지만 알아본다. 노새 몰이꾼이 노름하는 것은 그가 멍청한 것만큼 우려하지 않으며, 요리사가 욕쟁이라도 그가 무지한 것만큼 걱정하지 않는다. 나는 세상에 대고 이래라저래라 가르칠 생각이 없고 (그건 다른 이들이 충분히 하고 있다.) 내가 세상에서 행하는 것만 말하려 한다.

이것이 내 식이니, 그대는 그대 생각대로 하시오.
테렌티우스

나는 식탁의 친교에는 진지함이 아니라 유쾌함을 결부시킨다. 침대에서는 착한 것보다 미모가 우선이다. 모여서 떠드는 자리에서는 잘난 체하는 자, 더 나아가 점잖 빼지 않는 자가 더 낫다. 다른 경우에도 이런 식이다.

A 막대기를 말 삼아 타고 어린 자식들과 놀다가 들킨 사람이 그 꼴을 본 사람에게, 저도 아비가 되면 마음속에 자연스레 생길 부정(父情) 덕에 공정한 판관이 되리라는 생각에서, 제발 본인이 아버지가 될 때까지는 아무 말 말아 달라고 당부하는 것과 꼭 같이, 나도 내가 하는 말을 경험해 본 사람들에게 말할 수 있으면 좋겠다. 하지만 이런 우정이 얼마나 통상적인 것과 거리가 멀고 얼마나 드

〔 351 〕

28장 우정에 관하여

문 것인지 알고 있으니, 그에 관한 좋은 판관을 찾을 수 있을 거라고 기대하지 않는다. 이 주제에 관한 고대의 논설들도 내가 지닌 감정에 비하면 헐렁해 보이니 말이다. 그리고 이 점에서는 실제가 철학의 교훈들을 능가한다.

> 내 정신이 멀쩡한 한, 다정한 친구에 비할 것은
> 아무것도 없다.
> 호라티우스

고대 시인 메난드로스는 친구의 그림자라도 만날 수 있었던 이는 행복하다고 말했다. 분명 옳은 말이다. 특히 그가 우정을 조금이나마 맛보고 한 말이라면 말이다. 사실 이 인물과 함께하며 감미로운 사귐을 누렸던 사 년간에 비하면, 평생을 하느님의 은혜로, 그런 친구를 잃은 것을 빼면 심한 고통을 면한 채 다른 욕심 없이 내게 주어진 분복에 만족해 지극히 마음 편히 살아왔지만, 나의 나머지 생애 전체가 한낱 연기에 지나지 않고 어두침침하고 지루한 밤에 지나지 않으니 말이다. 그를 잃은 날,

> 고통 없이는 돌이킬 수 없으면서,
> 또한 기리지 않을 수도 없는 그날,
> (오 신이여, 당신의 뜻이 그러하였으니!)
> 베리길리우스

그날 이후 나는 시름없이 연명했을 뿐이다. 내게 주어진 쾌락마저 나를 위로해 주기는커녕 그를 잃은 슬픔을 배가했다. 우리는 모든

〔 352 〕

것을 반반씩 나누었기에 내가 마치 그의 몫을 훔치는 것만 같다.

> 내 삶을 나누던 이가 이제 없으니,
> 나는 모든 즐거움을 끊기로 했다.
> 테렌티우스

나는 이미 어디서나 그의 반쪽으로 틀이 잡히고 너무도 그것에 익숙해져 버려, 이젠 반으로밖에는 존재하지 않는 것 같다.

> B 너무 이른 타격이 내 영혼의 반쪽을 내게서 앗아 갔으니,
> 남은 반쪽인 나, 무엇 때문에 여기 더 머무를 것인가,
> 덜 사랑스러운 반쪽으로 남아, 전체로 살지도 못하면서?
> 그날 우리 둘 다 죽은 것이거늘!
> 호라티우스

A 무슨 일을 하건 무슨 생각을 하건, 그가 그립지 않을 때가 없다. 내가 죽었다면 필경 그가 그랬을 것처럼. 그는 다른 능력이나 덕성에서도 그랬듯, 우정의 의무에서도 나를 무한히 능가했으니까.

> 그토록 소중한 사람을 애도하는데
> 왜 부끄러워하며 숨 죽일 것인가?
> 호라티우스

> 오 불행하구나, 나는, 내 형제여, 너를 잃었으니!

[353]

너와 더불어 내 모든 기쁨이 일시에 사라졌구나,

너의 다정한 우정을 먹고 자라던 기쁨들이.

너의 죽음과 함께 내 모든 행복은 부서졌다, 형제여,

너와 더불어 우리의 영혼 전부가 무덤에 묻혔다.

네가 죽고 난 후 내 가슴에서 쫓아 버렸다.

소중했던 공부도, 내 인생의 감미도 모두.

이제는 네게 말할 수 없다고?

네 목소리를 다시는 들을 수 없다고?

이제 영영 너를 볼 수 없다고?

생명보다 소중했던 너, 내 형제를?

그래도 나는 너를 영원히 사랑하리라.

카툴루스

하지만 이 열여섯 살 소년[225]의 말을 좀 들어 보자.

이후 이 작품이, 우리 정체(政體)을 개선시킬 수 있을 것인가
는 전혀 괘념치 않고 그것을 혼란시켜 뒤엎을 궁리만 하는 사람들
에 의해 나쁜 목적으로 빛을 보게 되었고, 또 그들이 자기네 생각
으로 빚은 글들과 섞어 버렸음을 알았기에, 나는 이 작품을 여기
에 넣으려던 당초의 생각을 바꾸게 되었다.[226] 그리고 저자의 사

225
1580~1588년판에는 '열여덟 살'로 되어 있다. 몽테뉴는 보르도본에 '열여덟
살'을 지우고 손으로 '열여섯 살'로 수정했다. 이 문장 뒤에 『자발적 복종』을 넣을
예정이었는데 이어지는 문단에서 밝히는 이유로 들어가지 않았다.
226
라 보에시의 『자발적 복종』은 처음에 개신교도들에 의해 1574년 『프랑스인들의

상이나 행동을 가까이서 볼 수 없었던 사람들이 저자를 그릇되게 기억하지 않도록, 나는 그들에게, 이 작품의 주제가 여러 책의 수많은 곳에서 곱씹힌 평범한 주제로서, 저자가 어린 시절에 단순히 연습 삼아 다뤄 본 것임을 고려하라고 충고하는 바이다. 그가 자기가 쓴 대로 믿었음은 추호도 의심할 수 없다. 그는 농을 할 때도 거짓말을 하지 않을 만큼 정직했으니 말이다. 나아가 그에게 선택권이 있었다면 사를라[227]보다는 베네치아[228]에서 태어나고 싶어 했을 것임을 알고 있다. 그것은 당연하다. 그러나 그에게는 그의 영혼에 새겨진 또 하나의 지고한 신조가 있었으니, 자기가 태어난 나라의 법을 경건하게 지키고 따르는 것이었다. 그보다 더 훌륭한 시민, 그보다 더 조국의 안녕에 전심을 기울이고, 그보다 더 자기 시대의 동요와 신풍조에 적대적이었던 이도 없다. 그는 그런 것들을 자극할 무엇을 제공하기보다는 오히려 불식시키는 데 자신의 식견을 사용했을 것이다. 그는 이 시대와는 다른 시대의 틀로 주조된 정신의 소유자였다.

이제 그 심각한 작품 대신, 그가 같은 나이에 쓴 보다 쾌활하고 밝은 다른 작품[229]을 싣는다.

조간』에 부분적으로 실렸고, 전문은 1576년에 『프랑크 국가 회상록』의 선동적인
비방문들 사이에 실렸다. 그러므로 이 글의 앞부분은 1576년 이전에, 뒷부분은
이후에 쓰였음을 추정할 수 있다.
227
라 보에시가 태어난 페리고르 지방의 도시. 몽테뉴 성에서 멀지 않다.
228
베네치아는 당시 자유민들로 이루어진 독립된 공화국이었다.
229
다음 장에 실으려 했던 스물아홉 편의 소네트를 말한다.

〔 355 〕

28장 우정에 관하여

29장
에티엔 드 라 보에시의 소네트
스물아홉 편

드 기상 백작댁 드 그라몽 부인께

A 부인, 여기 부인께 바치는 것은 내가 쓴 글이 전혀 아닙니다. 내 글이야 이미 당신의 것이기 때문에, 아니면 제 글에서는 당신께 드릴 만한 것을 전혀 찾지 못해서이지요. 하지만 이 시들이 어디에 그 모습을 보이건 부인의 이름이 그 앞에 있기를 바랐으니, 이는 지체 높으신 코리장드 당두앵[230]을 후원자로 갖는 영예 때문입니다. 이 선물을 부인께 드리는 것이 적절해 보이는 까닭은, 프랑스의 귀부인 중 당신보다 시를 더 잘 판단하고 적절하게 다루는 이를 찾기 어렵고, 자연이 부인께 부여한 수많은 아름다움의 하나인 그 풍성하고 멋진 음악적 재능으로, 부인이 읊는 것처럼 시를 싱싱하게 살아나게 하는 이가 어디에도 없기 때문입니다. 부인, 이 시들은 부인께서 소중히 여길 만한 가치가 있습니다. 가

230
'앙두앵가의 코리장드'라는 의미이며 '아름다운 코리장드'는 그라몽 부인의 별칭이었다. 그녀는 기상(혹은 기쉬) 백작의 아내로 스물여덟 살에 과부가 되었고, 앙리 4세가 즉위하기 전, 나바르 왕 시절에 그의 애인이자 조언자이자 후원자였다. 그녀의 조언 중 몇 가지는 몽테뉴의 것이었다고 한다. 『골족의 아마디스』의 여주인공 코리장드에 동질감을 느끼며 좋아했기 때문에 그 이름을 별명으로 갖게 되었다.

〔 356 〕

스코뉴 지방에서 태어난 것 중에 이보다 더 독창적이고 우아한 시도, 이보다 더 빼어난 손길에서 나왔음을 증거할 만한 시도 없다는 내 생각을 부인께서도 수긍하실 테니까요. 일찍이 내가 부인의 선친이신 드푸아 님의 이름 아래 출판했던 시들은 빼고 그 나머지만 갖게 되었다고 질투하실 일은 아닙니다. 여기 이 시들은 젊은 시절에 쓰여, 언제고 당신께 제가 직접 말씀드릴 작정이지만, 아름답고 고상한 열정으로 데워져 있는 까닭에 뭔지 모를 생생함과 들끓는 기운이 더하지요. 다른 시들은 나중에 청혼하던 무렵 자기 아내를 위해 쓴 것이어서 벌써 어딘지 결혼의 차가움이 느껴집니다. 나는 가볍고 자유분방한 주제를 다룰 때만큼 시가 재미나는 때는 없다고 생각하는 사람 중 하나입니다.

^C 이 시들은 다른 책에 실려 있다.[231]

---

[231]
생전판들에는 이 시들이 모두 실려 있었는데, 몽테뉴는 보르도본에 펜으로 줄을 그어 시들을 지우고 이 문장을 써 넣었다. 그가 말하는 '다른 책'은 발견되지 않았으나 이 시들은 1892년 보르도에서 발간된 라 보에시 작품집에 실렸다.

29장 에티엔 드 라 보에시의 소네트 스물아홉 편

30장
중용에 관하여

ᴬ 우리가 만지면 감염이라도 되는지, 우리는 그 자체로는 아름답고 선한 것들을 주물러서 부패시킨다. 우리가 너무 사납고 난폭한 욕망으로 덥석 달려들어 움켜쥐면, 덕조차 악덕이 된다. 지나침이 있다면 더 이상 덕이 아니니 덕에 지나침이란 결코 있을 수 없다고 말하는 자들은 말을 가지고 장난치는 것이다.

> 덕에 도달하기 위한 노력에서조차 너무 멀리 가면,
> 현자도 미치광이라 불릴 것이요,
> 정의로운 자도 부당한 자라 불릴 것이다.
>
> 호라티우스

이는 철학의 정묘한 고찰이다. 사람은 덕도 지나치게 사랑할 수 있고, 정의로운 행위에서도 과하게 행동할 수 있다. "필요 이상으로 현명하지 말고, 절제 있게 현명하여라."[232]라는 성서 구절은 그런 경향에 꼭 알맞는 말씀이다.

ᶜ 나는 한 귀인이 자기와 동류인 사람들 누구도 따를 수 없게

232
「로마서」, 13:3. 바오로의 이 말은 몽테뉴의 서재 천장에 라틴어로 새겨져 있다.

경건하다는 것을 과시하려 한 나머지 자기 종교의 평판에 먹칠을 하는 것을 보았다.

나는 온건하고 평범한 천성을 좋아한다. 선을 향한 것이라 해도 절도가 없으면 불쾌까지는 아니어도 놀랍고, 뭐라 불러야 좋을지 모르겠다. 제일 먼저 자기 아들의 은신처를 알리고 첫 번째 돌을 갖다 놓은 파우사니아스[233]의 어머니도, 젊음의 열정에 밀려 대오를 이탈해 적들을 향해 조금 앞으로 튀어 나가 잘 싸운 자기 아들을 죽인 폭군 포스투미우스도 공정했다기보다는 괴상하게 보인다. 그래서 그렇게 야만스럽고 큰 대가를 요구하는 덕은 권하고 싶지도, 따르고 싶지도 않다.

과녁을 넘어가는 화살은 과녁에 못 미친 화살과 마찬가지로 실패한 것이다. 그리고 내 눈은 갑자기 어둠을 굽어볼 때와 마찬가지로 강렬한 빛을 치켜 볼 때도 아프다. 플라톤에 나오는 칼리클레스는 극단적인 철학은 해롭다면서, 유익한 정도를 지나쳐 거기에 처박히지 말라고 충고한다. 철학은 절제 있게 취하면 즐겁고 유익한 것이나, 종국에는 사람을 외톨박이에 삐뚤어진 인간, 종교와 법을 멸시하고 사회적 관계와 인간적 쾌락을 적대시하며, 정치적 수완이 전무해서, 남은 고사하고 자기 자신도 구할 수 없는, 뺨을 맞아도 싼 인간으로 만든다는 것이다. 그의 말이 옳다. 사실 철학은 지나치면 우리의 타고난 자유를 구속하고, 성가신 까다로움으로 자연이 우리에게 그려 준 아름답고 편한 길에서 벗어나게 하

233
B.C. ?~B.C.470? 스파르타 아기스 왕가 출신의 무장. 정치적 음모를 감독관들에게 들켜 벌받게 된 그가 아테나 신전에 피신하자, 그의 어머니가 그 사실을 알리고 제일 먼저 은신처의 출입구를 막는 돌을 갖다 놓았다. 결국 그는 유폐된 채 아사했다.

30장 중용에 관하여

니 말이다.

ᴬ 우리가 우리의 아내에게 품는 애정은 지극히 합법적인 것이다. 하지만 종교의 가르침은 끊임없이 그것에 재갈을 물리고 억제한다. 혼인이 금지된 촌수 내에서 친척끼리의 결혼을 비난하는 것을 성 토마스의 글에서 언젠가 읽은 듯하다. 친척이기도 한 아내에게 품는 애정이 도가 지나칠 수 있기 때문이라는 것이 그 이유 중 하나였다. 남편의 애정이 마땅히 그래야 할 만큼 완전히 완벽하고, 거기에 친척에게 마땅히 품어야 할 애정까지 더해지면, 이 가중된 애정이 남편을 이성의 울타리 밖으로 몰아 갈 것은 의심할 나위가 없다는 것이다.

인간의 행동 양식을 규제하는 학문, 신학이나 철학 같은 학문은 모든 일에 관여한다. 아무리 사적이고 드러나지 않는 행위라도 이 학문의 심리(審理)와 재판에서 벗어날 수는 없다. ᶜ 이 학문의 자유를 비판하는 자들이야말로 매우 미숙한 자들이다. 그런 자들은 희롱하고 싶어질 만큼 몸의 여기저기를 다 드러내 보이면서 정작 의사에겐 창피해서 못 보이는 여자들과 같다. ᶜ 만일 아내에게 너무 열중해 있는 남편들이 있다면, ᴬ 신학과 철학의 견지에서 그들에게 가르쳐 주고 싶다. 만일 절제하지 않는다면 아내와의 관계에서 누리는 쾌락 자체가 비난받을 것이요, 불법적인 일에서처럼 방탕과 무절제에 빠질 위험이 있다는 것을 말이다. ᶜ 이 장난에서 첫 열기가 부추기는 뻔뻔스러운 애무는 아내에게 하면 점잖지 못할 뿐 아니라 해로운 것이 되기까지 한다. 아내들로 하여금 적어도 뻔뻔스러움은 다른 손을 통해 배우게 하라. 아내들은 우리의 욕구에 부응할 만큼은 늘 언제나 충분히 알고 있다. 나는 이 일에서 자연의 단순한 가르침에 속하는 것 이외의 짓을 해 본 일이 없다.

〔 360 〕

^A 결혼이란 경건하고 신성한 관계이다. 바로 그렇기 때문에 우리가 거기서 길러 내는 즐거움은 조심성 있고 진지하며 어떤 엄격함이 깃든 것이어야 한다. 그것은 어느 정도 진중하고 정성스러운 쾌락이어야 한다. 또한 그 쾌락의 주요 목표가 자손을 보는 데 있으므로, 아내의 나이가 너무 많거나 임신 중일 때처럼 그 열매를 기대할 수 없는 경우에는 동침해도 좋을지 의심하는 이들도 있다. ^C 플라톤에 따르면 그것은 살인 행위이다. ^B 어떤 나라들, ^C 특히 이슬람 국가에서는 ^B 임신한 여자와 관계하는 것을 혐오한다. 또한 여러 나라가 월경 중인 여자와 관계하는 것을 혐오한다. 제논비아는 임신을 위해서만 남편을 받아들이고 임신이 되면 줄곧 남편을 자유로이 뛰어 다니게 내버려 두었다가 임신 기간이 끝나면 다시 허락하곤 했다. 결혼의 진실하고 고상한 모범이다.

^C 다음의 이야기는 이 놀이가 몹시 부족해 이 방면의 쾌락에 굶주린 어떤 시인[234]에게서 플라톤이 빌려 온 것이다. 그의 이야기인즉, 어느 날 주피터는 아내를 급히 탐한 나머지 그녀가 침대로 올 때까지 참을 수 없어 마루에 쓰러뜨렸다. 그러고는 격렬한 쾌감 때문에 바로 직전에 자기의 천상 궁정에서 다른 신들과 함께 내린 중대한 결정들을 잊고 말았다. 그날의 쾌락이 그가 처음으로 부모 몰래 아내의 처녀성을 빼앗았을 때만큼이나 좋았다고 자랑하면서 말이다.

^A 페르시아의 왕들은 그들의 주연에 아내를 동반했다. 하지만 술기운에 후끈 달아올라 쾌락에 씌워 놓았던 굴레를 완전히 풀어줄 수밖에 없을 때는 자신의 무절제한 욕망에 끌어들이지 않으

---

[234]
호메로스. 이 이야기는 『일리아드』에 나온다.

30장 중용에 관하여

려고 아내를 처소로 돌려보낸 뒤 아내 대신 존중할 필요가 전혀 없는 여자들을 데려오게 했다.

 B 쾌락이라고 해서, 또 호의라고 해서 누구에게나 적절한 것은 아니다. 에파미논다스는 방탕한 소년 하나를 감옥에 가두라고 했다. 펠로피다스가 자기를 봐서 그 소년을 풀어 달라고 청했다. 그는 펠로피다스의 청은 거절하더니 같은 것을 청한 자기 첩의 말은 들어주었다. 장수가 아니라 첩에게나 합당한 호의라면서. C 페리클레스와 공동으로 집정관을 맡았던 소포클레스는 우연히 한 아름다운 소년이 지나가는 것을 보고 페리클레스에게 "오, 저 아이는 정말 아름답구나." 하고 말했다. "누구나 그렇다고 하겠구려." 하고 페리클레스가 말했다. "손뿐 아니라 눈도 순결해야 하는 집정관만 아니라면 말이오."

 A 아엘리우스 베루스 황제는 그가 마구잡이로 다른 여자들의 사랑에 몸을 맡긴다고 불평하는 아내에게, 결혼이란 명예롭고 위엄 있는 명칭이요, 장난스럽고 음탕한 색욕을 일컫는 말이 아닌 만큼 자기는 양심적인 동기에서 그렇게 한다고 답했다.

 C 우리의 옛 성직자들은 그들의 책에서, 음탕하고 무절제한 사랑에 응하고 싶지 않아 자기 남편을 거부한 한 여인을 언급하며 칭송하고 있다. A 요컨대 아무리 과도하고 무절제하게 추구해도 비난받지 않을 만큼 정당한 쾌락이란 없다는 얘기이다.

 하지만 진심으로 말해서, 인간이란 가련한 동물이 아닌가? 자신의 자연스러운 조건으로 딱 한 가지 온전하고 순수한 쾌락을 겨우 음미하는데, 이성으로 그것을 잘라 내 버리려고 애쓰기까지 하니 말이다. 인위적인 수단으로, 공부로, 자기의 비참함을 늘이지 않으면 충분히 초라하지 않은지,

〔 362 〕

^B 우리는 운명의 비참을 불리는 데 우리 재주를 썼다.

프로페르티우스

^C 인간의 지혜는 우리를 위해 부지런히, 고통을 색칠하고 단장해서 그것에 대한 감각을 무디게 만들려고 술책을 쓰는 것과 마찬가지로, 참으로 어리석게도 우리에게 속한 쾌락의 가짓수와 달콤함을 줄이는 데도 재간을 부린다. 내가 만일 철학 학파의 권위자였다면, 다른 길, 보다 자연스러운, 고로 참되고 편하고 거룩하다고 할 길을 택했을 것이다. 그리고 아마 그 길에 한계를 둘 수 있을 만큼 나 자신을 강하게 만들었을 것이다.

^A 우리의 정신을 고치는 의사이건 마음을 고치는 의사이건, 마치 서로 공모라도 한 듯 괴롭힘, 고통, 고생을 주는 것 말고는 육체나 정신의 병을 치료할 다른 방법도 약도 찾아내지 못하는 것에 대해서는 어떻게 말해야 할까? 밤샘 기도, 단식, 말총 속옷, 멀고 적막한 곳에서의 귀양살이, 종신 투옥, 채찍, 그리고 여타의 괴롭힘이 치료의 목적으로 도입되었다. 그것들이 진짜 고통, 찌르는 듯한 쓰라림을 지녀야 하며, ^B 그것도 갈리오라는 자에게 일어났던 것과 같은 결과가 생겨서는 안 된다는 조건을 달고 말이다. 갈리오는 레스보스섬으로 추방되었는데, 거기서 좋은 시간을 보내고 있고 고통을 주려던 처사가 오히려 그를 더 편하게 해주었다는 소식이 로마에 알려졌다. 그래서 그들은 생각을 바꿔 그를 아내 곁으로, 그의 집으로 다시 보내어 그 자리를 지키라고 명했다. 그가 느끼는 방식에 벌을 맞추려고 말이다. ^A 단식으로 기운이 펄펄 나고 기분이 좋아지며 고기보다 생선에 식욕이 더 돋는 사람이라면, 그런 것들이 유익한 처방이 될 수 없을 테니까. 다른 치료 분

〔 363 〕

야에서 약이 그것을 맛있게 즐겨 먹는 사람에게는 전혀 효과를 낼수 없는 것과 마찬가지로 말이다. 쓴맛과 고초가 그것들이 효과를 내는 데 필요한 조건이다. 대황도 아무렇지 않게 받아들이는 체질이라면 그 효용성이 떨어질 것이다. 우리 위를 고치려면 위를 괴롭히는 것이어야 한다. 이처럼 무릇 어떤 현상은 그것과 반대되는 것에 의해 치유된다는 통상적인 법칙이 여기서는 통하지 않는다. 여기서는 악이 악을 고치니 말이다.

  B 이런 관념은 오래된 또 다른 견해와 일맥상통하는데, 학살과 살인이 하늘이나 자연을 기쁘게 한다는 생각으로, 이는 모든 종교가 보편적으로 신봉한 견해가 그것이다. C 우리 조상들 시대에도 이슬람의 왕자인 아무라트는 이스트모스를 점령하고서 자기 아버지의 영혼을 위해 600명의 그리스 청년들을 죽였다. 그 피로 고인의 죄를 속죄하고자 한 것이다. B 그리고 우리 시대에 발견된, 우리 땅에 비해 순수한 처녀지인 신대륙에서는 그런 관행이 거의 도처에 퍼져 있다. 그들이 섬기는 우상들은 모두 인간의 피를 마시는데, 끔찍한 잔혹성의 다양한 예가 없지 않다. 그들은 남자들을 산채로 태우다가 반쯤 구워지면 화로에서 꺼내어 심장과 내장을 도려낸다. 다른 이들, 즉 여자들까지 산 채로 껍질을 벗겨서는 피가 뚝뚝 떨어지는 그 가죽으로 다른 사람들에게 씌울 옷이나 가면을 만든다. 의연함과 결의를 보여 주는 예도 없지 않다. 제물로 예정된 늙은이, 여자, 아이 할 것 없이 그 가련한 사람들은 희생에 앞서 며칠간 자기가 희생될 때 바칠 것을 마련하기 위해 동냥을 다니다가 관중과 함께 노래하고 춤추며 도살장으로 간다니 말이다.

  멕시코 왕의 대사들은 페르난도 코르테스[235]에게 자기네 주군의 위대함을 납득시키려고, 자기네 왕은 각자 10만 명의 전사를

〔 364 〕

동원할 수 있는 서른 명의 봉신을 두고 있고 하늘 아래 가장 아름답고 강력한 도시에서 지내고 있다고 말한 뒤, 그 왕이 신들에게 한 해에 5만 명씩 바친다고 덧붙였다. 사실 그 왕이 주변의 큰 민족들과 싸움을 벌이는 것은 나라의 젊은이들을 훈련시키기 위해서만이 아니라, 주로 그가 바치는 희생 제물의 수를 전쟁 포로들로 채우기 위해서라는 것이었다. 뿐만 아니라 어떤 부락에서는 코르테스를 환영하기 위해 쉰 명을 한꺼번에 희생 제물로 바쳤다.

이 이야기도 해야겠다. 그 민족들 중 어떤 민족은 코르테스에게 패배하자, 그를 만나 호의를 얻어 내려고 사신들을 파견했다. 그들은 그 임무를 위해 세 종류의 선물을 내놓았다. "나리, 여기 다섯 명의 노예가 있습니다. 당신이 살과 피를 먹는 사나운 신이면, 이들을 드십시오. 그러면 노예를 더 많이 데려오겠습니다. 당신이 온화한 신이면, 여기 향과 깃털이 있습니다. 당신이 인간이면 여기 있는 이 새들과 과일들을 받아 주십시오."

235
1485~1547. 아스텍 왕국을 멸망시키고 멕시코 총독을 지낸 스페인의 정복자.
아스텍 문명의 철저한 파괴와 잔인한 살상으로 악명을 남겼다.

30장 중용에 관하여

31장
식인종에 관하여

^A 이탈리아에 건너온 피루스 왕은 로마인들이 자기를 맞기 위해 미리 보낸 군대가 정연한 대오를 이룬 것을 보고, "이자들이 어느 야만족(그리스인들은 다른 모든 외국인을 이렇게 불렀다.)인지는 알 수가 없으나, 눈앞에 보이는 이 병사들의 대오는 조금도 야만스럽지가 않군."이라고 말했다. 플라미니우스가 그리스에 파견한 군대를 보고도 그리스인들은 같은 말을 했고, ^C 자기 왕국에 푸블리우스 술피시우스 갈바 휘하에 질서정연하게 배치된 로마 군 진영을 언덕 위에서 내려다보던 필리포스도 같은 말을 했다. ^A 그러니 속인들의 견해라는 것에 끌려가는 것을 경계하고, 다중의 생각이 아니라 이성의 사리(事理)로 그 견해들을 판단하지 않으면 안 되는 것이다.

나는 우리 시대에 와서야 발견되었고 빌게뇽이 상륙해 '남극의 프랑스'라는 별칭을 붙인 또 다른 세계에서[236] 십 년 혹은 십이 년을 보낸 적이 있는 사람을 오랫동안 데리고 있었다. 끝없이 광대한 이 나라의 발견은 고찰해 볼 만한 것 같다. 장차 또 다른 세

236

빌게뇽은 16세기 프랑스 군인이자 탐험가이며 개신교도들을 위한 정착지를 찾고자 탐험을 하다 브라질 땅에 상륙했다.

〔 366 〕

계가 출현하지 않으리라고 장담할 수가 없는 것이, 우리보다 훨씬 위대한 그 많은 사람들도 이런 세계가 있을 줄은 몰랐기 때문이다. 우리가 배보다 눈이 더 큰 것은 아닌지, 능력보다 호기심이 더 많은 것은 아닌지 염려스럽다. 우리는 모든 것을 껴안으려 하지만 가슴에 안기는 것은 바람뿐이다.[237]

플라톤이 소개하는 것이지만, 솔론이 이집트의 사이스시 사제들에게 들은 이야기에 따르면, 옛날 홍수가 있기 전 지브롤터 해협 바로 입구에 아틀란티스라는 이름의 거대한 섬이 있었는데 거기엔 아프리카와 아시아를 합한 것보다 더 많은 나라들이 있고, 그곳의 왕들은 그 섬만이 아니라 대륙 멀리까지 영역을 넓혀 옆으로는 아프리카의 이집트까지, 위로는 유럽의 토스카나까지 지배하다 아시아에도 건너가 지중해 연안의 모든 국가는 물론 흑해 연안의 나라들까지 다스리려 할 정도였다는 것이다. 그리고 그럴 목적으로 스페인, 골, 이탈리아를 지나 그리스에 이르렀는데 아테네인들에게 저지당했다고 한다. 그러나 그 뒤 얼마 안 되어 아테네인들과 그들, 그리고 그 섬까지 홍수에 휩쓸려 사라지고 말았다. 이 거대한 물의 재난이 지상의 생태를 기이할 만큼 바꿔놓았음 직한 일이다. 바다가 시칠리아를 이탈리아에서 떼어 내고,

> B 이 땅들은 하나의 대륙이었는데
> 격렬한 지진을 겪으며 둘로 나뉘게 되었다 하니.
> 베르길리우스

237
「전도서」, 8:17.

〔 367 〕

31장 식인종에 관하여

^A 키프로스섬을 시리아에서, 네그로폰테섬을 육지인 보이오티아에서 갈라 놓고, 다른 데서는 떨어져 있던 땅들 사이의 구렁을 진흙과 모래를 채워 합쳐 놓았다고 사람들이 생각하는 것처럼 말이다.

> 오랫동안 노 저어 다니던 볼모의 습지가
> 지금은 이웃 마을들 먹여 살리며
> 무거운 쟁기가 지나가도 끄떡 않네.
>
> 호라티우스

　하지만 바로 이 섬이 우리가 최근에 발견한 신세계일 가능성은 별로 없어 보인다. 이 섬은 스페인에 거의 닿아 있었는데, 6000킬로미터 이상 떨어진 곳까지 그렇게나 멀리 물러났다면 홍수의 결과라고는 믿기 어렵기 때문이다. 게다가 근자에 이루어진 항해를 통해, 신세계가 섬이 아니라 대륙으로서 한편으로는 동방의 인도와 이어지고,[238] 또 한편으로는 양 극지방 밑에 있는 땅들과 연결되어 있음이 거의 밝혀졌다. 혹 그 땅들과 떨어져 있다 하더라도 그 사이의 해협이나 간격이 너무나 협소해[239] 섬이라고 부르기에 합당치 않다.

　^B 이 거대한 땅덩어리에서는 우리 몸속에서와 마찬가지로 어떤 경우에는 자연스럽고 또 어떤 경우에는 격렬한 운동이 있었던 것 같다. 우리 시대에 우리 지방의 도르도뉴강이 강 흐름 우측 연

238
당시 이 점에 대해 오랫동안 논란이 이어졌다고 한다.
239
남쪽의 마젤란 해협과 북쪽의 베링 해협을 가리킨다.

〔 368 〕

안을 침식해 들어가, 이십 년 동안에 강폭을 얼마나 넓혔던지 여러 건물의 토대를 쓸어가 버린 것을 보면, 그것이 대단한 운동이라는 것을 알 수 있다. 이 같은 상태가 과거에도 계속 진행되었거나 미래까지 지속된다면, 세상의 모습은 완전히 바뀔 것이기 때문이다. 그러나 강들은 그 흐름이 여일하지 않아 때로는 한 방향으로 범람하고 때로는 다른 방향으로 흘러넘치며, 어떤 때는 지금 그대로의 흐름을 유지하기도 한다. 원인을 쉬 알 수 있는 급작스러운 범람에 대해 이야기하는 것이 아니다. 메도크 지방의 바닷가에 살고 있는 내 동생 아르사크 공은 바다가 토해 놓는 모래밭이 자기 땅을 묻어 버리는 것을 보고 있는 중이다. 몇몇 건물의 꼭대기는 지금도 보이지만 그의 농지와 영지는 보잘것없는 목초지로 변해 버렸다. 주민들에 의하면 얼마 전부터 바다가 줄곧 밀고 들어와 40리 정도의 땅이 사라져 버렸다는 것이다. 이 모래는 바다의 전위대 같은 것으로, 움직이는 모래가 만드는 거대한 더미가 바다 앞 5리쯤에 대오를 이루어 전진하면서 땅을 장악해 가고 있는 것을 우리는 보고 있다.

A 이 신대륙의 발견과 관련해 살펴볼 만한 고대의 증언은 전대 미문의 경이로운 일들을 적어 놓은 작은 책자에 나오는 이야기인 바, 확실하지는 않지만 아리스토텔레스가 적은 것이라 한다.[240] 그의 이야기에 따르면, 몇몇 카르타고인들이 지브롤터 해협 밖으로 나가 오랫동안 대서양을 항해하던 중 마침내 거대하고

240
신대륙에 대해 기록한 당대 사가들에 의하면 아리스토텔레스 혹은 테아프라테스가 쓴 것으로 알려졌으나 위작일 가능성이 있으며, 『경이로운 일들(Merveilles)』이라는 책 84장에 나오는 이야기이다.

31장 식인종에 관하여

풍요로운 섬을 만나게 되었는데, 숲으로 덮혀 있고 깊고 넓은 강이 적시고 있는 이 섬은 어느 육지와도 멀리 떨어져 있었다고 한다. 그들과 그들 이후의 다른 이들도 살기 좋고 기름진 이 섬에 이끌려 아내와 아이들을 데려와 살기 시작했다. 자기 나라의 주민이 점차 줄어드는 것을 본 카르타고의 지배층은 누구라도 이곳에 살러 가는 자는 사형에 처하겠노라 위협하면서 이주를 금지하고 이미 정착한 주민들마저 몰아냈는데, 기록에 의하면 시간이 갈수록 그쪽 이주민들의 수가 불어나 마침내 자기들마저 밀어내고 카르타고를 멸망시킬지도 모른다는 두려움 때문이었다는 것이다. 아리스토텔레스의 이 이야기도 다른 이야기[241]와 마찬가지로 우리가 알게 된 새로운 땅과는 일치하는 바가 없다.

내가 데리고 있던 이 사람은 단순하고 우직한 이로서 참된 증언을 하기에 적합한 성품을 지녔었다. 섬세한 사람들은 훨씬 세심하게 더 많은 사물을 눈여겨보지만, 주석을 곁들인다. 그리고 자기들의 해석을 그럴싸하게 만들어 사람들을 설득하려다 보니, 어쩔 수 없이 이야기를 은근히 왜곡하게 된다. 그들은 사물을 있는 그대로 재현하는 것이 아니라 구부려 보여 주며 자기들이 본 모습을 그 위에 가면처럼 덧씌워 내놓는다. 그리고 자기들의 판단을 믿을 만하게 만들고 사람들의 관심을 끌기 위해 소재에 무엇인가를 덧붙이고 늘려 빼며 확대시킨다. 그러니 지극히 충실한 성품의 사람이나, 꾸며 낸 이야기를 그럴싸하게 가공하지 않을 정도로 단순한 사람, 어떤 편견도 없는 사람이 필요한 것이다. 우리 집에 있던 사람이 바로 그러했다. 그런 점 말고도, 그는 여행 중 알았던 몇

241
아틀란티스 대륙에 관한 이야기를 말한다.

몇 선원이며 상인들을 데려와 여러 차례 나와 만나게 해 주었다. 그래서 나는 우주형상학자들이 거기에 대해 무슨 이야기를 하는 지 궁금해하지 않고, 그를 통해 알게 된 사실로 만족한다.[242]

우리에게는 자기가 직접 가 본 적 있는 지역에 대해 정확한 이야기를 해 줄 지지(地誌)학자들이 필요할 것 같다. 그러나 팔레스티나를 보았다는 것을 내세워 나머지 모든 세상의 소식마저 이야기해 주는 특권을 누리려 드는 게 그들이다. 누구나 자기가 아는 것을 자기가 아는 만큼만 쓰면 좋겠다. 이 문제만이 아니라 다른 모든 주제에서도 마찬가지이다. 어떤 사람이 강이나 우물의 특성에 관해서는 특별한 학식이나 경험이 있을 수 있지만 다른 것에 대해서는 보통 사람이 아는 정도밖에 모르는 것이 일반적이기 때문이다. 그런데도 이 한 줌밖에 안 되는 지식을 내세워 보려고 물리학 전체에 대해 저술하려 든다. 이 악덕으로부터 심대한 과오가 적잖이 생겨난다.

이제 다시 내 이야기로 돌아와 사람들이 전해 주는 바를 새겨 보니, 각자가 자기 관습이 아닌 것을 야만이라고 부르는 것이 아니라면, 이 신세계에는 아무것도 야만적이거나 원시적인 것이 없다고 생각된다. 사실 우리가 살고 있는 나라의 세론과 관습이 보여 주는 본보기와 생각 말고는 무엇이 진리와 이성의 근거가 되는지 우리가 알지 못하는 것 같기 때문이다. 우리가 사는 곳에만 항상 완벽한 종교, 완벽한 정치 체제, 삼라만상의 완벽하고 완성된 방식이 존재한다는 식이다. 그들은 야만적이니, 자연이 그 자체의

<hr>

242
우주형상학자들이 지구를 묘사한다면, 지질학자나 여행가들은 직접 찾아본 나라와
사람을 관찰하고 기록한다.

31장 식인종에 관하여

힘과 그 자체의 평상적인 과정을 통해 생산해 내는 과일들을 우리가 야생이라고 부르는 것과 마찬가지 의미에서 그러하다. 그런데 사실은 우리가 인공적으로 변질시키고 평상의 질서에서 벗어나게 만든 과실들이야말로 오히려 야만적이라고 불러야 할 일이 아닐까. 전자에는 진짜일 뿐만 아니라 훨씬 쓸모 있고 자연 그대로인 효능과 속성이 생생하고 힘차게 살아 있는 반면, 후자에는 우리의 부패한 취향을 만족시키려고 적당히 다듬느라 퇴화한 모습으로 남아 있다. ^C 참으로, 경작도 하지 않는 이들 나라에서 자란 갖가지 과일들은 우리의 것과 견주어 손색이 없을 만큼 그 풍미며 미묘한 맛이 우리 입맛에도 빼어나기 그지없다. ^A 우리의 위대하고 강력한 어머니 자연을 누르고 기예가 명예를 차지한다는 것은 당치 않다. 자연의 작품들에 깃든 아름다움과 풍요로움은 우리가 거기에 얼마나 많은 허튼수작을 부렸던지 완전히 질식되고 말았다. 하지만 그 순결함이 반짝거리는 곳에서는 어디서나 자연은 공허하고 얄팍한 우리의 기획을 놀랄 만큼 부끄럽게 만드니,

> ^B 담쟁이는 가꾸는 손길이 없을 때 더 잘 자라며,
> 산딸기나무는 인적 없는 동굴에서 가장 곱게 피어나고,
> 새들의 노래는 기교가 없어 더욱 달콤하기만 하네.
> 프로페르티우스

^A 우리가 아무리 애를 써 봐야 작디작은 새 한 마리가 지은 둥지마저 흉내 낼 수 없으니, 그 조직이며 아름다움, 적절한 쓰임새를 우리는 따라 할 수 없다. 미미한 거미가 잣는 거미줄 또한 이와 마찬가지이다. ^C 플라톤에 따르면 이 세상 모든 것은 자연 아니면

〔 372 〕

우연, 혹은 인간의 기예가 만들어 낸 것이다. 그런데 가장 위대하고 아름다운 것들은 자연이나 우연이 만든 것이요, 가장 미미하고 불완전한 것들을 기예가 만들었다.

A 그러므로 이들 신세계의 민족들은 인간 정신에 의해 형성된 것이 거의 없고 아직도 그들의 원초적인 천진성에 아주 가까이 머물러 있기 때문에 내게 그런 점에서 야만적으로 보인다. 그들을 다스리는 것은 여전히 자연의 법이며, 우리의 법에 의해 변질된 바가 매우 적다. 그들이 지닌 순결한 상태를 생각하면 나는 왜 이들이 좀 더 일찍, 그들의 진가를 우리 시대보다 더 잘 평가할 수 있었던 사람들이 살던 때에 알려지지 않았을까 하는 안타까운 마음이 든다. 뤼쿠르고스나 플라톤이 이들을 몰랐다는 것을 생각하면 언짢다.[243] 왜냐하면 우리가 경험으로 이들 민족에 대해 알게 된 사실들은, 황금 시대를 이상화하면서 시인들이 그려 본 온갖 그림이며, 인간이 행복해질 수 있는 상태를 꿈꾼 온갖 풍경은 물론, 철학이 구상하고 열망해 온 것 자체를 뛰어넘기 때문이다. 우리가 알게 된 그토록 순수하고 단순한 천진성을 고대인들은 상상도 못 했다. 그리고 인간 사회가 그토록 적은 기예와 최소 한의 인위적인 땜질로 유지될 수 있다고 믿을 수도 없었다. 나는 플라톤에게 말하리라. 그 나라는 어떤 종류의 거래도 없는 곳이라고. 어떤 문자도 알지 못하며 어떤 숫자도 깨우친 바 없고, 판관이라는 이름도 정치적 지배 계급도 없으며, 노예 제도도, 부유함과 빈곤

243
뤼쿠르고스는 스파르타의 입법자로서 아폴로신의 신탁에 따라 평등, 엄격한 풍속, 군사적 단련에 기초한 개혁을 추진했다. 플라톤은 『법률』과 『국가』에서 스스로 입법자 역할을 한다.

31장 식인종에 관하여

함이 습속이 된 바도 없다고. 어떤 계약도 없고, 어떤 상속도 재산 분할도 없다고. 유유자적한 것 말고는 일이라는 것이 없으며, 모두가 모두를 보살피는 것 말고는 따로 친족을 따지지도 않고, 옷도 없고, 농사도 없고, 쇠붙이도 없고, 포도주나 밀의 사용도 없다고. 거짓말, 배신, 위선, 탐욕, 시기, 중상, 용서를 의미하는 단어들 자체가 쓰인 적이 없다고. 그러면 플라톤은 자기가 상상했던 국가가 이 같은 완벽함에서 얼마나 동떨어져 있는지를 알리라. ^C "신들의 손에서 방금 튀어나온 인간들."(세네카)

  ^B 이것이 자연이 지어 준 최초의 법들이다.
베르길리우스

  ^A 또한 그들이 사는 곳은 쾌적하고 온화한 땅이어서, 내게 증언해 준 이들의 말에 따르면, 아픈 사람을 찾기가 힘들다는 것이다. 노쇠해진 탓에 몸을 덜덜 떨거나, 눈곱이 끼고, 이가 빠지고, 허리가 굽은 이도 본 적이 없다고 확언했다. 바다에 면해 살고 있는 그들은 육지 쪽으로는 크고 높은 산들로 둘러싸이고, 바다와 산 사이에는 천 리쯤 되는 땅이 있다. 생선과 육류가 대단히 풍성한데 우리네 것과는 전혀 다르게 생겼으며, 그냥 익혀 먹는 것 말고는 다른 조리법도 없다. 그곳에 처음 말을 가져간 사람은 이전에 몇 차례 찾아와 그들과 교역을 한 적이 있는 사람인데도 말을 타고 앉아 있는 모습이 너무나 공포를 일으킨 나머지 그들은 미처 알아보지 못하고 활을 쏴서 죽여 버렸다.
  주거용 건물은 아주 길고 200~300명을 능히 수용할 수 있는 규모로서, 커다란 나무의 껍질로 만들어졌는데 한쪽 끝은 땅에

〔 374 〕

박혀 있고 다른 끝은 서로를 버텨 주면서 꼭대기에서 만나는 것이, 지붕이 땅까지 내려와 측면 역할까지 하는 우리네 헛간과 비슷하다. 그곳의 나무는 얼마나 단단한지 물건을 자르는 데 쓰기도 하고 그것으로 칼을 만들거나 고기를 굽는 석쇠를 만들기도 한다. 무명천으로 만든 잠자리는 우리가 배에서 쓰는 해먹처럼 천장에 매달려 있고 각자 자기 것을 가지고 있다. 아내가 남편과 따로 떨어져 자기 때문이다.

그들은 해가 뜨면 일어나 곧바로 진종일을 대비한 식사를 하는데, 하루 한 끼밖에 먹지 않기 때문이다. 식사 중에는 아무것도 마시지 않는다. 수이다스[244]가 전하기를 식사 시간이 아닐 때만 마신다는 동방의 몇몇 민족들처럼 말이다. 하루에 몇 차례씩 많은 양을 실컷 마시는데, 그들의 음료는 나무 뿌리로 만든 것으로 우리가 마시는 연한 적포도주 빛깔이다. 미지근하게 마시는 이 음료는 이틀이나 사흘밖에 보존할 수 없다. 조금 맵고 술기운은 전혀 없으며 위장에 좋지만 습관이 되지 않은 사람은 설사를 하기도 한다. 마셔 버릇한 사람들에게는 아주 맛있는 음료이다. 그들은 빵 대신 설탕에 절인 고수 비슷한 하얀 음식을 먹는다. 나도 맛을 본 적이 있는데 달콤하면서 조금 싱겁다.

그들은 춤을 추며 하루를 보낸다. 젊은 축은 활을 들고 짐승을 사냥하러 간다. 일단의 여자들은 그동안에 음료를 데우는데, 이것은 여자들의 중요한 일과이다. 아침 식사를 시작하기 전, 노

244
고대 지중해 세계를 다룬 방대한 분량의 10세기 비잔틴의 백과사전.
『소우다(Souda)』라고도 불린다. 책명은 '요새', '성채'를 뜻하는 비잔틴 시대
그리스어에서 유래한 것으로 보이며, 이 책의 제목을 저자의 이름으로 오해해
'수이다스(Suidas)'라는 이름이 생겨났다.

31장 식인종에 관하여

인들 중 한 사람이 일어나 (길이가 백 보쯤 되는) 건물을 이 끝에서 저 끝까지 한 바퀴 돌면서 같은 말을 여러 차례 되풀이하며 설교를 한다. 그가 권하는 단 두 가지는 적 앞에서 용맹하고 아내에게 친절하라는 것이다. 그리고 후렴으로, 따뜻하고 맛좋은 음료를 준비해 주는 것이 바로 아내들이라고, 그 고마움을 한 번도 빠짐없이 환기시킨다. 다른 곳에도 드물지 않게 있지만 우리 집에서도 그 사람들의 침상이나 동아줄, 나무칼과 전투 때 팔목에 차는 나무 팔찌며 한쪽 끝이 뚫려 있어 춤출 때 그 소리로 박자를 맞추는 커다란 지팡이 등을 볼 수 있다. 그들은 어디에 난 체모든 다 깎아 버리는데, 면도기라고는 나무와 돌로 만든 것밖에 없으면서도 우리보다 더 깔끔하게 밀어 버린다. 그들은 영혼이 영생한다고 믿으며 신들이 상찬할 만한 영혼은 해가 솟는 쪽 하늘에 살고, 저주받은 영혼들은 해가 지는 쪽에 살게 된다고 믿는다.

그들에게는 일종의 사제나 예언자가 있는데, 이들은 산속에 살면서 사람들 앞에 모습을 보이는 경우가 드물다. 그들이 도착하는 날이면, 여러 마을의 사람들이 한데 모여 큰 잔치와 엄숙한 집회를 벌인다.(앞에 묘사한 헛간 같은 것이 각각 하나의 마을을 이루는데, 마을끼리 십 리쯤 떨어져 있다.) 이들 예언자는 대중에게 미덕을 행하고 의무를 다하라고 설교한다. 그런데 그들의 윤리학은 전쟁에서의 굳건한 용기와 아내에 대한 사랑, 두 가지 항목으로만 이루어져 있다. 이들은 장차 다가올 일을 예측하고 사람들이 하는 일들에서 어떤 결과가 벌어질지를 판단해 주며, 전쟁으로 끌어가기도 하고 전쟁을 단념시키기도 한다. 그러나 만약 그들이 제대로 예측지 못하거나, 예언과 다르게 일이 되어 가면 사람들에게 잡혀 몸이 갈기갈기 난도질당하고 가짜 예언자로 단죄당할 것을 각오해

에세 1

야 한다. 그래서 한 번 틀린 예언을 한 사람은 다시는 볼 수 없다.

^C 예언이란 하느님이 주신 선물이다. 바로 그래서 오용하는 행위는 처벌받아 마땅한 사기일 수밖에 없다. 스키타이 사람들은 점술가들이 잘못 예언했을 경우 그들의 손발에 쇠고랑을 채워 히스 나무를 가득 채운 수레 위에 눕히고, 소가 끌고 가는 동안 그 위에서 태워 죽였다. 인간 능력의 범위 안에 있는 일을 하는 자들은 최선을 다하기만 한다면 언제든 용서가 가능하다. 그러나 인간의 이해력을 벗어나는 비상한 능력을 자랑하면서 우리를 속이는 자들은 자기들이 한 약속과 다른 결과가 나타난다면, 뻔뻔스레 사기를 친 것에 대해 당연히 처벌받아야 하지 않겠는가?

^A 그들은 산 너머 내륙 깊숙이 살고 있는 종족들과 전쟁을 벌이기도 하는데, 끝을 우리네 창처럼 뾰족하게 만든 나무칼이나 활 말고는 다른 무기도 없이 모두 벌거벗은 몸으로 싸움에 나선다. 그들이 전쟁에서 보여 주는 용기는 경이롭다고 할 수 있을 정도로, 피투성이가 되어 죽기 전까지는 결코 싸움을 멈추는 일이 없다. 왜냐하면 패주나 공포가 무엇인지 모르기 때문이다. 각자 자기가 죽인 적의 머리를 전리품으로 가지고 돌아와 자기 처소의 입구에 걸어 놓는다. 포로에게는 자기들이 생각할 수 있는 온갖 편리를 오랫동안 제공한 뒤, 포로의 주인인 자가 친지를 모두 불러 모은다. 그는 포로의 팔 한쪽을 밧줄로 묶고, ^C 행여 공격당할 경우에 대비해 몇 걸음 떨어진 자리에서 그 줄 끝을 붙든 채 ^A 제일 친한 친구에게 포로의 다른 팔을 마찬가지 방식으로 붙들게 한다. 그리고 모든 사람이 모여 있는 자리에서 그들 둘이 칼을 내리쳐 포로를 죽인다. 그런 다음 불에 구워 모두가 함께 먹는데, 자리에 참석하지 못한 친구들에게는 따로 고기 덩어리를 보내 준다. 이것

〔 377 〕

31장 식인종에 관하여

은 흔히 생각하듯 옛날 스키타이인들처럼 식량으로 삼으려고 하는 것이 아니라, 극단적인 복수심을 보이기 위한 것이다. 이러한 사실의 증거로, 그들은 적들과 연합한 포르투갈인들이 자기들을 붙들었을 때 자기들이 하는 식과 달리 우선 포로를 허리까지 땅에 묻고 나머지 드러난 몸에 무수히 화살을 쏜 뒤 다시 목 매달아 죽이는 것을 보고, 다른 세계에서 온 이자들은 자기들 주위에 수많은 악행의 씨앗을 뿌렸고 온갖 종류의 사악함에서 자기들을 훨씬 능가하는 대단한 악한들이니, 근거 없이 이런 식으로 복수하는 것은 아닐 것이며, 그들의 방식이야말로 훨씬 혹독한 것이라고 생각해 자기네 옛 방식 대신 포르투갈인들을 따라 하기 시작했다는 것이다.

이런 행위의 야만적인 잔혹함을 지적하는 것에는 유감이 없다. 그러나 그들의 잘못은 잘 판단하면서 우리 자신의 잘못은 눈이 멀어 보지 못하는 걸 나는 한탄한다. 내 생각에는 죽은 자를 먹는 것보다 살아 있는 인간을 먹는 것이 더 야만스러우며, 아직 감각이 온전히 살아 있는 육체를 잡아 빼고 짓이기고 갈기갈기 찢고, 서서히 불에 태우고, 개와 돼지들이 물어 죽이게 하는 것이(이런 일을 우리는 책에서 읽었을 뿐만 아니라 바로 얼마 전 생생하게 보기도 했으며, 옛날 적들 사이에서가 아니라 이웃과 같은 동족 사이에서 벌어지는 것을 보았다. 더 개탄스러운 것은 경건함과 종교의 이름으로 이런 일이 벌어진다는 것이다.), 다 죽은 뒤에 불에 구워 먹는 것보다 더 야만적이다.

스토아 학파의 우두머리인 크리시푸스와 제논은 어떤 목적에서건 필요하면 우리 시신을 사용하고 또 음식으로 만드는 것에는 아무런 잘못이 없다고 생각했다. 카이사르가 알레지아시를 포위

에세 1

했을 때, 우리 조상들이 노인과 여자를 비롯해 전투에 쓸모가 없는 사람들의 시신을 이용해 이 포위 공격의 굶주림을 견뎌 내기로 결심했던 것처럼 말이다.

B 가스코뉴 사람들은 그 식량으로 그들의 생명을 연장했다고 한다.

유베날리스

A 그리고 의사들은 오늘날에도 외과용이건 내과용이건 가리지 않고 우리 건강에 필요하다 싶으면 온갖 용도로 사람의 시신을 사용한다. 그러나 오늘날 우리의 일상적인 악덕이 된 협잡과 배신, 폭정과 잔인성을 정당화하는 이리도 타락한 견해는 일찍이 있어 본 적이 없다.

그러니 우리가 그들을 이성의 규칙에 의거해 야만적이라고 말할 수는 있겠지만, 모든 야만성에 있어 그들을 능가하는 우리 자신과 비교해서는 그렇게 말할 수 없다.

그들의 전쟁은 지극히 고상하고 대범해 이 인간의 병폐가 지닐 수 있는 만큼의 변명거리와 미덕을 갖고 있다. 그들 사이에서 전쟁의 토대는 오직 용덕에 대한 질투뿐이다. 그들은 새로운 땅을 획득하려고 다투는 것이 아니다. 일하지 않고 수고하지 않아도 필요한 모든 것을 마련해 주는 자연의 풍요를 아직 누리고 있어, 영토를 넓힐 필요성을 모르기 때문이다. 그들은 아직도 그들의 본성이 요구하는 것 말고는 아무것도 욕망하지 않는 행복한 상태에 있다. 그 이상의 어떤 것도 그들에게는 쓸모가 없다.

그들은 나이가 같으면 누구나 형제라고 부르며, 나이가 아래

31장 식인종에 관하여

이면 우리 아이라고 하고 노인들은 누구에게나 아버지이다. 이들은 자기 재산 전부를 분할하지 않은 그대로 공동의 상속자들에게 남겨 주는데, 다른 어떤 자격도 아닌, 자연이 자기 피조물들을 이 세상에 만들어 놓을 때 그것들에 부여하는 그 순수한 자격으로 그렇게 한다.

이웃 부족들이 산을 넘어 공격해 와서 승리를 거두더라도, 승자의 전리품은 영광과, 용기와 덕성에서 여전히 우월하다는 것을 확인하는 것뿐이다. 패배자들의 재산을 가지고 달리 할 일이 없기에 그들은 자기 땅으로 되돌아가는데, 거기엔 그들이 필요로 하는 어떠한 것도 부족함이 없고, 자기의 조건을 행복하게 향유할 줄 알아 스스로에게 만족한다는 그 위대한 자질마저 모자람이 없다. 이쪽의 부족들 역시 마찬가지이다. 그들은 포로로 잡힌 자들에게 패배자라는 고백과 인정 말고는 어떤 석방 대가도 요구하지 않는다. 그러나 표정이나 말로써 불굴의 위대한 용기를 조금이라도 훼손하느니 차라리 죽기를 택하지 않은 자는 백년가야 단 한 명도 없다. 살려 달라는 말조차 마다하고 차라리 죽임을 당하고 먹히기를 기꺼이 원하지 않은 자는 한 명도 볼 수 없다. 그들은 포로를 한껏 자유롭게 해 준다. 그렇게 해서 삶의 소중함을 보다 절실히 느끼게 하려는 것이다. 그리고 이제 맞게 될 죽음이 어떠할지, 견뎌야 할 고통이 어떠하고, 고문을 위해 자기네가 어떤 준비를 하고 있는지, 사지가 찢겨 나가는 것과 그들의 몸뚱이를 놓고 벌어질 축제가 어떠할지에 대해 틈만 나면 이야기해 준다. 이 모든 것은 단 한 가지 목적, 즉 포로들의 입에서 약해진 혹은 풀 죽은 말 한마디를 끌어내거나 그들에게 도망가고 싶은 마음이 들게 하기 위해서이며, 그들을 겁먹게 만들고 그들의 꿋꿋함을 무너뜨리는 유리

[380]

한 고지에 올라서기 위해서이다. 제대로 생각한다면 진정한 승리란 이 한 가지에 달려 있기 때문이다.

> [C] 적의 영혼을 제압하여 그 스스로 패배를
> 시인하게 할 때만 진정한 승리가 있다.
>
> 클라우디아누스

예전에 몹시 호전적인 전사였던 헝가리인들은 적의 항복을 받아 내는 이상의 승리를 추구한 적이 없었다. 그들은 이 고백을 끌어낸 뒤에는 더 이상 위해를 가하거나 몸값을 요구하지 않은 채, 기껏해야, 다시는 자기들 상대로 무기를 들지 않겠다고 맹세하게 한 뒤 풀어 주었다.

[A] 우리는 적들보다 훨씬 유리한 고지에 있지만, 그것은 대부분 빌려 온 것일 뿐 우리 자신의 것이 아니다. 팔과 다리가 더 튼튼하다는 것은 짐꾼들의 장점이지 덕성의 장점은 아니다. 날렵함 역시 몸이 감당하는, 죽은 장점일 뿐이다. 적의 발이 어딘가에 걸려 비틀거리고 햇빛에 눈이 부셔 앞을 못 보는 것은 다 우연의 손길이 작용한 것이다. 칼싸움에 능하다는 것은 비겁하고 무가치한 인간에게도 가능한, 숙련과 지식의 문제 아닌가. 한 인간이 평가받고 가치가 매겨지는 것은 용기와 의지에 달려 있는 것이다. 그가 가진 진정한 명예도 바로 거기에 있다. 용감하다는 것은 팔과 다리의 꿋꿋함이 아니라 그가 지닌 마음과 영혼의 확고함을 가리킨다. 그것은 우리가 탄 말이나 우리가 가진 무기의 가치가 아니라 바로 우리 자신이 누구인가에 달려 있다. 쓰러져도 결코 용기가 꺾이지 않는 사람, [C] "그는 쓰러지면 무릎으로 버티며 싸운다."(세네

[381]

카) ᴬ 임박한 죽음의 위험 앞에서도 조금도 영혼이 흐트러지지 않는 자, 숨을 거두는 순간에도 단호하고 거만한 눈빛으로 적을 응시하는 자는 우리에 의해서가 아니라 운수에 의해 패배한 것일 뿐이다. 그는 살해됐을 뿐, 패배한 것이 아니다.

ᴮ 이따금 가장 용맹한 자들이 가장 불운한 경우가 있다.

ᶜ 그래서 승리 못지않은 당당한 패배도 있다. 살라미스와 플라타이아이, 미칼레, 시칠리아 전투에서는 일찍이 태양이 그 두 눈으로 목격한 가장 훌륭한 승리가 있었지만, 그 네 곳의 영광을²⁴⁵ 다 합해도 테르모필레 협로에서 궤멸당한 레오니다스 왕과 그 부하들의 영광에는 감히 견줄 수조차 없을 것이다.²⁴⁶

장렬히 패배하기 위해 분투한 명장 이스콜라스²⁴⁷보다, 더 위대하고 더 야심 찬 열망으로 승리를 얻기 위해 달려간 자가 일찍이 있었던가? 그가 자신의 파멸을 확실하게 준비한 것보다 더 영리하고 치밀하게 자기 안전을 확보한 사람이 일찍이 있었던가? 그가 맡은 임무는 아르카디아인들의 공격에 맞서 펠로폰네소스의 한 통로를 지키는 것이었다. 그런데 그것은 지형이나 중과부적의

245
첫 세 전투는 그리스인들이 페르시아인들을 상대로 싸운 것인데(B. C. 480~479), 라보에시는 『자발적 복종』에서 이를 '지배에 맞선 자유의' 승리라며 찬양하고 있다. 네번째 전투는 시라쿠사를 포위한 아테네인들에 맞서 스파르타인들이 벌인 전투(B. C. 414~413).

246
페르시아에 맞선 그리스가 패배한 전투(B. C. 480). 레오니다스 왕이 이끄는 3백여 명의 소수 병력이 최후까지 항전했다.

247
B. C. 369년 테베와 그 동맹군의 습격에 맞서 펠로폰네소스 협곡을 지키던 장수. 그의 죽음은 레오니다스의 최후와 비견된다.

〔 382 〕

형세로 보아 도저히 수행할 수 없는 임무였고, 그는 적과 맞설 경우 모두가 죽을 수밖에 없다는 결론을 내리게 되었다. 그렇다고 임무를 저버리는 것은 자신의 용기와 위대한 영혼에 걸맞지 않은 일이요, 스파르타의 이름에도 값하지 못하는 것이었다. 그는 결국 두 극단에서 중간의 길을 택했다. 휘하의 병사들 중에서 가장 젊고 날렵한 이들을 추려 내어 조국을 지키고 조국에 봉사하도록 되돌려 보낸 것이다. 그리고 잃어도 손실이 덜할 자들과 함께 이 통로를 지키기로 결심하고, 적들이 그 통로를 뚫더라도 자신들의 죽음으로 그 대가를 최대한 비싸게 치르게 하려고 했다. 그리고 결과는 그의 의도대로 되었다. 그와 그의 부하들은 사방에서 밀려오는 아르카디아인들에 의해 금방 포위된 상태에서 수많은 적을 쓰러뜨린 뒤 한 사람도 남김없이 무참하게 살해되었던 것이다. 승자들에게 돌아간 월계관 중에서 이들 패자에게 바쳐야 마땅하지 않을 것이 어디 있겠는가? 진정한 승리는 제대로 싸우는 데 있지, 안전하게 살아남는 데 있지 않다. 용덕의 명예는 두려움 없이 투쟁하는 데 있는 것이지 쓰러뜨려 이기는 데 있지 않다.

  A 우리 이야기로 되돌아와서, 어떤 대접을 해 주든 간에 이들 포로들은 항복하기는커녕 두세 달 갇혀 지내는 동안 오히려 즐거운 낯색을 잃지 않는다. 그들은 적을 향해 어서 자기들을 고통스러운 시련 앞에 세우라고 요구한다. 그들에게 대들기도 하고 욕설로 그들을 모욕하며 비겁하다고 몰아세우는가 하면, 자기들과 싸워 몇 차례나 졌는지를 상기시킨다. 어떤 포로가 불렀다는 노래 가사가 나한테 있는데, 거기에 이런 구절이 있다. "어서들 겁 없이 내게로 와 나를 먹으며 함께들 잔치 벌이렴, 너희가 먹는 것은 너희 애비 너희 조상이니, 그들이 내 몸의 양식이고 영양이었기 때

〔 383 〕

문이라. 이 근육과 이 살, 이 핏줄이 바로 너희 것인 줄 왜 모를까, 한심한 얼간이들. 너희 조상 팔다리가 거기 그대로 있는 줄 왜 모른단 말인가. 음식 맛 잘 살피면, 바로 너희 살 맛이 느껴지리라."

이 노랫말의 시상(詩想)에는 조금도 야만스러운 데가 없다. 이들 포로들이 죽어 가는 모습을, 그리고 처형당하는 순간에 일어난 일을 묘사하는 사람들은 포로가 자기를 죽이는 자들의 얼굴에 침을 뱉으며 수그러드는 기색이 전혀 없다고 전한다. 참으로 그들은 마지막 순간까지 말과 태도로 적에 맞서고 대들기를 멈추지 않는다. 아닌 게 아니라 우리랑 비교하면 정말 야만적인 사람들이다. 정말로 그들이 야만적이거나 아니면 우리가 야만적이거나 둘 중 하나일 것이기 때문이다. 그들과 우리의 존재 방식에는 놀랄 만한 거리가 있다.

그곳 남편들은 아내를 여럿 거느리는데, 용맹하다는 명성이 높으면 높을수록 더 많은 여자를 갖게 된다. 우리 쪽 여인네들은 남자들이 다른 여자의 우정과 호의를 받아들이지 못하도록 질투하는 데 비해, 그곳 여자들은 남편들에게 그런 일이 가능하도록 애를 쓴다는 것은 그들의 결혼 생활에서 주목할 만한 아름다운 점이다. 무엇보다 남편의 명성을 고려하는 여자들은 되도록 더 많은 여자들이 자기 남편 곁에 있게 하려고 마음을 쏟고 애를 쓴다. 그래야만 자기 남편이 진실로 용덕을 갖춘 자임이 증명되기 때문이다.

C 우리네 아내들은 기적 같은 일이라고 소리 지를 것이다. 그러나 그것은 기적이 아니다. 보다 높은 단계의 결혼이 가진 고유한 미덕인 것이다. 성경에서도 사라나, 레아, 라헬과 같은 야곱의 아내들은 예쁜 하녀들을 남편에게 보내지 않던가. 리비아는 자신을 희생하면서 아우구스투스의 욕구를 눈감아 주었고, 데이오타

[384]

루스 왕의 왕비였던 스트라토니케는 자기를 섬기던 젊고 아리따운 침모를 남편에게 주었을 뿐만 아니라 그 아이들을 정성스럽게 키워 아버지의 신분을 이어받을 수 있도록 돕기까지 했다.

A 이 모든 것이 신세계인들이 자기네 습속을 그저 맹목적으로 좇아 행하는 것이며, 생각도 판단도 없이, 그저 자기네 옛날 식 관습의 권위에 눌려 그러는 것일 뿐이라고 생각하거나, 그들의 머리가 너무 아둔하여 다른 행동을 취하지 못하는 것이라고 생각하는 일이 행여 없도록, 그들의 능력을 보여 주는 몇 가지 예를 들지 않을 수 없다. 앞서 소개한 호전적인 노래 말고도 또 다른 사랑 노래를 하나 아는데, 이렇게 시작한다. "꽃뱀아 멈춰 보렴, 멈추렴 꽃뱀아, 네 맵시 본을 떠서 내 누이 예쁜 띠 만들거든, 사랑하는 내 님께 드릴 수 있으려니, 그러면 언제나 알록달록 고운 너를 제일 예뻐하겠지. 다른 어떤 뱀들보다도." 이 도입부는 노래 전체의 후렴으로 쓰인다. 시라면 나도 어지간히 읽은 터라, 이 노래에 담긴 상상력은 조금도 야만스러운 데가 없을 뿐만 아니라 영락없이 아나크레온풍이라고 말할 수 있다. 게다가 그들의 언어는 어딘가 그리스어의 어미와 닮아 기분 좋은 울림을 가졌으며 부드럽기도 하다.

작고한 샤를 9세가 루앙에 계실 때, 그곳 사람 셋이 거기에 와 있었다. 바다 건너 우리 땅의 부패함을 알게 되었을 때 자신들의 평온과 행복이 어느 날 얼마나 비싼 대가를 치를 것인지도, 이처럼 우리와 관계를 맺음으로써 장차 자신들의 파멸이 찾아올 것이라는 것도 전혀 모른 채(그 파멸이 이미 상당히 진전되었으리라는 것이 나의 추측이지만), 안타깝게도 새로운 것을 보고자 하는 욕망에 속아 넘어가 자기네 온화한 하늘을 떠나 우리 땅을 보려고 찾아온 것이다. 왕은 그들과 오랫동안 면담을 했다. 사람들은 그들

31장 식인종에 관하여

에게 우리의 예법과 풍속도 보여 주고 전례 의식과 멋지게 배치된 도시도 구경시켰다. 그 뒤 누군가가 소감이 어떠냐고 물으면서 그들이 가장 경탄할 만하다고 생각하는 것이 무엇인지 알고 싶어 했다. 그들은 세 가지를 말했는데 유감스럽게도 나는 그중 세 번째 것은 잊어버렸다. 두 가지는 아직 기억에 남아 있는데, 첫 번째로 그들은 수염을 기르고 힘이 세며 무장을 한 많은 장대한 남자들이(아마 국왕 근위대인 스위스 용병들을 가리키는 말이었을 것이다.) 어린아이에게 공손히 복종하는데, 자기들 중 한 사람을 대장으로 뽑지 않는 것이 기이하다고 했다. 두 번째로 우리 중 어떤 이들은 온갖 좋은 것을 넘치도록 가진 데 반해 다른 반쪽들은(그들 말에는 서로를 '반쪽'이라고 부르는 화법이 있다.) 가난과 굶주림으로 피골이 상접한 채 부자들의 문 앞에서 구걸하는 모습을 목격했다며, 가난에 내몰린 반쪽이 왜 그런 불의를 견디는 것인지, 왜 다른 자들의 목을 거머쥐지 않는지, 아니면 그들 집에 불을 지르지 않는지 이상하다고 했다.

나는 그들 중 한 사람과 아주 길게 이야기를 나눌 기회가 있었다. 그러나 통역을 맡은 이가 너무 서툴러 내 의도와 생각을 거의 파악하지 못한 탓에 그 결과는 영 씁쓸했다. 나는 그에게(그들의 우두머리인 그를 우리 쪽 선원들은 왕이라고 불렀다.) 그의 높은 지위에 어떤 이점이 있느냐고 물었더니, 전쟁에서 맨앞에 서는 것이라고 했다. 얼마나 많은 병사를 거느리느냐고 묻자 널따랗게 트인 공간을 가리키는 것이 그 안에 들어갈 만큼의 수를 말하는 듯했는데 대략 4000 내지 5000명쯤 될 듯싶었다. 전쟁이 없을 땐 그가 가진 권위도 모두 사라지느냐는 물음에는, 자기가 다스리는 마을들을 방문할 때면 숲속의 잡목들을 쳐 내서 길을 내주기 때문

[386]

에 편안하게 길을 다닐 수 있는 특권을 계속 누린다고 답했다.

이 모든 것이 정말이지 가히 나쁘지 않다! 그런데 세상에, 그
들이 바지도 안 입고 있다니!

31장 식인종에 관하여

32장
신의 뜻을 함부로 판단하려 들지 마라

^A 협잡이 활동하기에 딱 알맞은 무대와 소재는 미지의 일들
이다. 우선은 생소함 자체가 믿음을 주기 때문이요, 나아가 우리
의 평범한 상식으로 따져 볼 수 없는 일들이라 반박할 수단도 없
기 때문이다. ^C 플라톤이 말하기를, 바로 그런 이유로 인간의 본성
보다 신의 본성을 말할 때 청중을 만족시키기가 더 쉽다고 했다.
청중의 무지가 멋지고 넓직한 멍석을 깔아 주니 마음대로 소재를
주무를 수 있기 때문이라는 것이다.

^A 이런 연유로 가장 모르는 것을 그 무엇보다 굳건하게 신봉
하며, 거짓말을 꾸며 대는 연금술사, 예언자, 점성술사, 손금쟁이,
의사, "그런 유의 모든 종자들"(호라티우스)을 누구보다 신임하는 일
이 일어난다. 감히 말하자면, 나는 거기에 늘 신의 뜻을 감찰하고
해석하는 한 무더기의 사람들을 기꺼이 더하고 싶다. 그들은 매사
에 이유를 찾았다며, 하느님의 거룩한 의지의 비밀 속에 그분이
하신 일의 이해 불가능한 동기가 있다고 주장하는데, 다양할 뿐
아니라 늘 서로 어긋나는 사건들이 아무리 그들을 이 구석에서 저
구석으로 튕겨 내도 지치지도 않고 자기 공을 좇으며²⁴⁸ 같은 연

248
당시 새로운 스포츠였던 실내 정구에 빗댄 비유이다.

〔 388 〕

필로 희게도 칠하고 검게도 칠한다.

ᴮ 인도의 어느 나라에는 이런 칭찬할 만한 계율이 있다. 어떤 충돌이나 전쟁에서 나쁜 일이 생기면, 마치 옳지 못한 짓이라도 한 듯 공개적으로 그들의 신인 태양에게 용서를 빈다. 그렇게 함으로써 자기네의 행이나 불행을 신의 뜻으로 돌리고 판단과 추론을 신에게 맡기는 것이다.

ᴬ 그리스도교도는 모든 것을 하느님이 주신 것으로 믿어 그분의 거룩하고 측량할 수 없는 지혜를 인정하며 받아들이면 되고, 그 일들이 어떤 꼴로 자기에게 주어졌건 간에 좋게 해석하는 것으로 족하다. 하지만 내가 늘 보는 바, 우리가 도모한 일들이 잘되고 번영하는 것을 가지고 우리 종교를 강화하고 지지하려 하는 관행은 나쁘다고 본다. 사건들을 가지고 정당화하지 않더라도 우리의 신앙은 다른 기반을 충분히 갖고 있다. 민중이 자기들 마음에 드는 그럴싸한 논법에 익숙해지면, 사건들이 반대로 돌아가고 불리해질 때에는 그들 신앙이 동요할 위험이 있으니 하는 말이다. 우리가 치르고 있는 종교 전쟁에서, 라 로슐라베유 전투249에서 이긴 것을 요란하게 기념하면서 그 행운은 자기네 당파에 대한 하느님의 명백한 승인이라고 선전하다가, 나중에 몽콩투르250와 자르나크에서 패하자 하느님의 부성적인 매와 벌이라 변명하게 된 자들처럼, 민중을 완전히 제 맘대로 조종할 수 있는 게 아니라면, 한 자루를 빻고 두 번 방앗삯을 받는 꼴이요, 같은 입으로 더운 입김

249
1569년 개신교도가 승리한 전투.
250
1569년 개신교도가 패배한 전투.

32장 신의 뜻을 함부로 판단하려 들지 마라

과 찬 입김을 내뿜는다는 느낌을 주기 십상이다. 그보다는 진실의 진정한 이유를 그들에게 말해 주는 편이 더 나을 것이다.

최근 몇 달 동안 오스트리아의 돈 후안이 이끈 군대가 터키와 싸워 이긴 전투[251]는 멋진 해전이었다. 하지만 지난날, 하느님은 매우 기꺼이 우리가 패배한 멋진 전투들도 보게 했다. 간단히 말해서, 하느님의 일에 손상을 입히지 않으면서 우리 잣대로 그것을 재기란 쉽지 않은 일이다. 그러니 이단 아리우스파의 우두머리였던 아리우스와 그 교파의 교황 레온[252]이 서로 다른 연대에, 똑같이 기이한 방식으로 죽은(두 사람 다 교리 논쟁을 하다가 배가 아파서 화장실에 갔다가 거기서 죽었다.) 까닭을 설명하면서, 그 장소 상황을 가지고 하느님의 복수라고 과장하려 하는 자는, 역시 변소에서 살해당한 헬리오가발루스[253] 황제의 죽음도 같은 예로 보탤 수 있으리라. 하지만 웬일인가? 이레나에우스[254]도 같은 운명을 맞이했으니.

[C] 하느님은, 선인이라면 이 세상의 행불행이 아닌 다른 것을

251
1571년 10월 스페인, 베네치아, 교황청 연합 함대가 터키와 싸워 이긴 레판토 해전.
252
몽테뉴는 이 이야기를 16세기 작품인 장 부셰의 『아키텐 연대기』에서 읽었다. 부셰는 아리우스와 그의 후계자인 레온이 각각 341년과 364년에, 몽테뉴가 서술한 대로, 놀라운 상황에서 죽었다고 쓰고 있다.
253
로마제국 23대(218~222)의 황제로 최초의 동방 출신 황제였다. 바알신 숭배를 강요하고 기행을 일삼다가 24대 황제 세베루스 알렉산드로스의 군대에 의해 살해되었다.
254
130~202. 소아시아 스머나 태생의 초대 기독교 학자.

〔 390 〕

희망해야 하고, 악인 또한 이 세상의 행불행이 아닌 다른 것을 두려워해야 함을 가르치시기 위해, 세상 일을 당신의 신비로운 뜻에 따라 조종하고 적용하여 우리가 어리석게 이용할 수 없게 하신다. 세상의 행불행을 인간적인 동기에 따라 이용하려는 자는 경박한 자이다. 그런 자들은 찌르기 1점을 얻으면 반드시 2점을 잃는다.[255] 성 아우구스티누스는 적수들에게 이 점을 멋지게 증명해 보였다.[256] 이것은 이성이라는 무기보다는 기억이라는 무기에 의해 결정되는 말싸움인 것이다. A 태양이 광선을 통해 우리에게 전달하는 빛에 만족해야만 한다. 태양 자체에서 보다 큰 빛을 잡겠다고 눈을 쳐드는 자는 그 자만심에 대한 벌로 시력을 잃더라도 놀라지 말라. C "사람들 중 누가 하느님의 의도를 알 수 있으며, 누가 주님이 원하시는 바를 헤아릴 수 있겠습니까?"(지혜서 9:13)

255
펜싱에 빗댄 비유.
256
『신국』1권에서 그는 복을 구하는 기도에 답하지 않으면 하느님의 능력 밖이라 여기고, 늘 들어주면 오로지 그때문에 하느님을 섬길 것이라고 한다.

32장 신의 뜻을 함부로 판단하려 들지 마라

33장
목숨 바쳐 속세의 쾌락을 피하다

ᴬ 내가 보니 옛사람들의 의견 대부분이 다음과 같은 점에서 일
치한다. 사는 것이 좋기보다는 힘들어질 때가 바로 죽을 때라는 것
이다. 그리고 고통과 불편함에 우리 생명을 매어 두는 것은, 오래된
격언들이 이야기하듯, 자연의 법칙 자체와 충돌한다는 것이다.

> 고통 없는 삶 아니면 행복한 죽음을.
> 사는 것이 고통일 때는 죽는 것이 좋은 일이다.
> 비참 속에 사느니 그만 사는 것이 낫지.
> 그리스 격언시

그러나 마치 이성의 힘만으로는 포기하도록 설득하기가 어렵
다는 듯이, 우리가 죽음에 대한 경멸을 강조함으로써 명예며 부,
고위관직 등 행운의 여신에게서 오는 선물과 호의에서 스스로를
멀어지게 하는 경우는, 누구에게 요구하는 것도 누군가 직접 실행
하는 것도 일찍이 본 적이 없었다. 그러다 나는 세네카를 읽게 되
었는데, 그는 그 글에서 황제의 측근으로서 권세가 대단하던 세
도가 루킬리우스더러 쾌락과 사치에 젖은 삶을 버리고 세속의 야
심에서 물러나 홀로 고요히 철학하는 삶으로 귀의하라고 충고하

〔 392 〕

고 있었다. 루킬리우스가 몇 가지 핑계를 대며 거절하자 세네카는 이렇게 말했다. "자네는 그런 식의 삶을 떠나든가 아니면 삶 자체를 완전히 떠나든가 해야겠지. 진실로 충고하건대 보다 순한 방법을 택해서 자네가 잘못 묶어놓은 매듭을 잘라버리느니 풀어보도록 하게. 만약 달리 풀 수가 없다면 잘라버려야겠지. 한 번 쓰러지는 것보다 줄곧 비틀거리기를 원할 만큼 비겁한 사람은 세상에 없다네." 이런 충고는 스토아 학파의 엄혹함에 어울린다고 생각할 수도 있었을 것이다. 그런데 더욱 이상한 것은 이 주제에 대해 에피쿠로스가 이도메네우스에게 썼던 내용을 세네카가 그대로 빌려왔다는 점이다.[257]

그리스도교적인 절제가 곁들여 있긴 해도, 우리 나라 사람들에게서도 비슷한 처신을 봤다고 생각한다. 이단 아리우스파의 유명한 적수였던 푸아티에 주교 일레르 성인은 시리아에 있을 때, 바다 건너편에 제 어미와 함께 남겨 두고 온 무남독녀 아브라가 교육도 잘 받고 부유하며 한창 아름다운 나이였던지라 그 나라의 여러 이름 높은 영주들이 청혼하러 쫓아다닌다는 말을 듣게 되었다. 그는 딸에게 편지를 쓰기를(우리가 알다시피), 사람들이 주겠다고 하는 그 모든 쾌락과 혜택에 대한 애착을 버리라며, 자기가 여행 중에 훨씬 대단하고 마땅한 짝을 찾았는데 전혀 다른 권세와 위엄을 지닌 신랑감으로서 헤아리기 어려운 가치를 지닌 옷과 보석을 줄 것이라고 했다. 그의 의도는 딸이 세상의 쾌락에 대한 욕

257
세네카의 서한집에는 다음의 구절이 나온다. "에피쿠로스가 이도메네우스에게 보낸 편지를 읽어 보면, '어쩔 수 없는 힘이 개입하여 은거할 기회를 뺏어 버리기 전에 온 힘을 다해, 한순간도 잃지 말고, 세상을 멀리 하라.'라고 권하고 있다."

33장 목숨 바쳐 속세의 쾌락을 피하다

구도 습관도 벗어 버리고 온전히 신과 합일하게 하려던 것이었다. 그런데 그렇게 하기 위한 가장 빠르고 확실한 방법은 딸의 죽음이라 여겨 그는 쉬지 않고 서원과 기도, 기원을 통해 자기 딸을 이 세상에서 떼어 내 하느님 당신께로 불러 가 달라고 빌었다. 그런데 소원대로 이루어졌다. 그가 돌아온 지 얼마 안 되어 그 딸이 죽었는데 이를 두고 그는 특별히 기쁜 내색을 보였던 것이다.

다른 철학자들이 보조적으로 취하는 방법에 그가 처음부터 의지했고 자기 무남독녀를 두고 그렇게 했다는 점에서, 이 경우는 다른 예들을 능가하는 것 같다. 내 말의 요점과는 무관하지만 이 이야기의 끝이 어찌 됐는지를 그냥 묻어 두고 싶지는 않다. 일레르 성인의 아내는 어떻게 남편의 계획과 의지에 따라 딸의 죽음이 이루어졌고, 이 세상에 있는 것보다 세상을 벗어남으로써 딸이 얼마나 행복해졌는지를 남편에게 전해 듣고서, 영원한 하늘의 복락을 간절히 염원한 나머지 남편더러 자기에게도 마찬가지로 해 달라고 집요하리만큼 요구했다. 그리고 두 사람이 함께 올리는 기도를 듣고서 얼마 안 있어 신이 그녀를 데려가니, 그것은 두 사람이 함께 그 무엇과도 견줄 수 없는 기쁨으로 받아들인 죽음이었던 것이다.

〔 394 〕

에세 1

ᴬ 종잡을 수 없이 흔들리는 운수의 불안정한 성질은 우리에게 갖가지 얼굴을 내밀게 마련이다. 다음 이야기보다 더 명백하게 정의로운 운수의 작용이 있을까? 발렌티노 공작²⁵⁸은 코르네토트의 추기경 아드리안을 독살하기로 마음먹었다. 그는 아버지인 교황 알렉산데르 6세와 함께 바티칸에 있는 추기경의 집에 가서 밤참을 먹기로 하고, 독을 탄 포도주 한 병을 미리 보내며 포도주 담당자에게 조심스레 보관하라고 일렀다. 아들보다 먼저 도착한 교황이 마실 것을 청하자, 포도주 담당자는 발렌티노 공작이 특별히 보낸 포도주가 그의 선의에서 온 것인 줄로만 알고 그것을 교황에게 주었다. 막 식사가 시작되려는 즈음에 도착한 공작 자신도, 자기 포도주에는 손대지 않았을 것이라고 철석같이 믿고서 그 포도주를 마셨다. 그 결과 아버지는 곧 죽었고, 아들은 오랫동안 병으로 시달린 후 그보다 더 나쁜 운명을 맞이하지 않을 수 없었다.

때로는 운수가 계획적으로 우리를 가지고 노는 것 같기도 하다. 방돔 대군의 기수였던 데스트레 경과 다스코 공작 진영의 수

258
체사레 보르자(Cesare Borgia, 1475/76~1507). 이탈리아의 전제군주이자 교황군
총사령관.

〔 395 〕

석 부관이었던 리크 경은 각기 당파는 달랐지만 둘 다 푼그젤 경의 여동생을 사모했는데(국경 부근의 이웃간에는 흔히 있는 일이듯), 리크 경이 이겨 사랑을 쟁취하게 되었다. 그런데 바로 결혼식 날, 설상가상으로 잠자리에 들기도 전에, 신랑은 자기 신부의 명예를 위해 한판 붙어야겠다는 생각이 들어 생토메르 근처의 교전지로 나갔다. 그 교전에서는 데스트레 경이 이겨 신랑이 그의 포로가 되었다. 게다가 그의 우위가 더 빛나게 하려고,

> 한 해 또는 두 해 겨울의 기나긴 밤들이
> 그들의 왕성한 사랑을 먹어치워 버리도록,
> 신랑의 품에서 떨어져 있을 수밖에 없게 된
> 　카툴루스

신부인 아씨가 몸소 예를 갖추어 포로를 돌려 달라고 간청하지 않을 수 없었다. 데스트레 경은 그 청을 들어주었다. 프랑스 귀족은 숙녀의 청을 결코 거절하는 법이 없으니까.

　ᶜ 이것은 예술적인 숙명 같지 않은가? 헬레나의 아들 콘스탄티누스가 콘스탄티노플 제국을 세웠는데, 수세기 후 다른 헬레나의 아들 콘스탄티누스가 그 제국을 끝장 냈으니.

　ᴬ 어떤 때는 운수가 우리의 기적들을 시샘하기도 한다. 우리는 클로비스 왕이 앙굴렘을 공략할 때 성벽이 신의 은총으로 저절로 무너졌다고 알고 있다. 또 부셰는 어떤 저자를 인용하여 다음과 같이 전한다. 한 도시를 공략 중이던 로베르 왕은 생테냥 축일을 기념하려고 오를레앙으로 가기 위해 진지를 빠져나갔다. 그가 참례한 미사가 어떤 시점에 이르렀을 때, 포위 중인 도시의 성곽들

〔 396 〕

에세 1

이 저절로 무너져 파괴되었다. 우리가 밀라노에서 벌인 전쟁에서는 그와는 정반대였다. 우리편에 서서 에론시를 공략하던 렌조 대장이 큰 성벽 밑자락에서 폭약을 터뜨리게 했는데, 순식간에 성벽이 땅 위로 솟아올랐다가 한 덩어리로 떨어져 어찌나 정확하게 제자리에 다시 박혔던지, 포위된 사람들이 전혀 피해를 입지 않았다.

때로 운수는 의사 노릇을 하기도 한다. 페레스의 참주 이아손은 흉부에 생긴 종양 때문에 의사들마저 자신을 포기하자, 죽어서라도 그 병에서 벗어나고 싶은 간절한 마음에 한 전투에서 적군의 무리 한가운데로 맹렬히 돌진했다. 거기서 그는 관통상을 입었는데, 어찌나 적절한 곳을 정통으로 찔렸던지 종양이 터져 치료되었다.

운수는 그림 그리는 기술에서 화가 프로토게네스보다 월등 뛰어나지 않았던가? 프로토게네스는 지쳐서 기진맥진한 개의 그림을 마쳤는데, 다른 부분은 모두 만족스러웠으나 거품과 침만은 뜻대로 표현할 수 없었다. 자기 작업에 화가 난 그는 모두 지워 버리려고 갖가지 도료로 범벅이 된 스펀지를 집어 들어 그림을 향해 던졌다. 그런데 운수가 그것을 개의 입이 있는 곳에 정확히 가져가 그의 기술로는 이룰 수 없었던 것을 완성시켰다.

때로는 운수가 우리의 계획을 주관하여 바로잡지 않는가? 자기 남편과 맞서 싸우는 아들을 돕기 위해 제일란트[259]에서 군대를 이끌고 자기 왕국으로 돌아와야 했던 영국 왕비 이자벨이 만일 계획했던 항구에 도착했다면 패배했을 것이다. 적들이 그곳에서 기다리고 있었으니 말이다. 하지만 운수가 그녀의 의도에 반해 그녀를 다른 곳으로 던졌고, 거기서 그녀는 무사히 상륙할 수 있었다.

259
네덜란드 남서쪽에 있는 주.

34장 운수는 가끔 이성과 보조를 맞춘다

그리고 개에게 돌을 던졌다가 계모를 맞혀 죽인 이 고대인은 다음과 같이 읊을 자격이 있지 않은가?

운수가 우리 자신보다 일을 더 잘 처리한다.

메난드로스

운수의 견해가 우리의 견해보다 낫다.[260]

ᶜ 이케테스는 시칠리아의 아드라나에 머물고 있던 티몰레온을 죽이기 위해 병사 두 명을 매수했다. 그들은 티몰레온이 제물을 바치는 순간을 거사의 시간으로 삼아 군중 속으로 파고들어 갔다. 그들이 서로 적당한 기회가 왔다는 신호를 주고받을 때, 제삼의 인물이 나타나 큰 칼을 휘둘러 그들 중 하나의 머리를 쳐 땅바닥에 뻗어 버리게 만들고는 도망쳤다. 살해된 자의 동료는 발각되어 죽게 되었다는 생각에, 모든 것을 말하겠다는 약속과 함께 보호를 청하며 제단으로 달려갔다. 그가 음모를 털어놓고 있을 때, 달아났던 제삼자가 붙들려 왔다. 민중은 그를 살인범으로 잡아 군중 사이로 밀고 당기면서 티몰레온과 회중의 최고위층들 앞으로 끌고 왔다. 거기서 그는 살려 달라고 외치며 자기는 아버지를 암살한 자를 정당하게 죽인 것이라고 말하고는, 그 자리에서 행운이 그를 위해 꼭 알맞게 제공해 준 증인들을 통해, 레온티노이에서 정말 그의 아버지가 그가 복수한 바로 그자에게 죽임을 당했음을 입증했다. 사람들은 그가 아버지의 원수를 갚으면서 시칠리아인 모두의 아버지를 죽음에서 구해 내는 행운을 얻었다며 10아티

260
몽테뉴가 위의 라틴어 시구를 다시 해석한 것.

〔 398 〕

카 미나에[261]의 상금을 주게 했다. 이 운수는 공정함에 있어서 인간의 지혜가 만든 규범을 능가한다.

B 마지막 예. 이제 말하려는 이야기에서는 운수가 명백하게 호의와 선의를 베풀며 놀라운 경건함을 보이고 있지 않은가? 이그나티우스 부자(父子)는 로마의 삼두 집정관들이 추방령을 내리자, 서로의 손에 목숨을 맡김으로써 폭군들의 잔인한 의도를 좌절시키자는 고결한 계획을 세웠다. 그들은 검을 쥐고 서로를 향해 달려들었다. 운수는 검의 끝을 꼿꼿이 세워 똑같이 치명적인 두 개의 타격을 입혔고 너무도 아름다운 이 사랑에 영예를 베풀어, 무기를 쥔 피투성이 손을 상처에서 떼어 내 서로를 부둥켜안을 수 있는 만큼의 힘을 그들에게 남겨 놓았다. 그 상태로 어찌나 굳세게 서로 끌어안고 있었던지 형리들은, 상처를 맞대고 서로의 피와 남은 생명을 정답게 들이마시며 그 고귀한 이음매로 영원히 얽혀 있는 부자의 몸은 그대로 둔 채, 그들의 머리만 한꺼번에 베어야 했다.

261
그리스의 화폐. 10아티카미나에는 은 4.5킬로그램에 해당한다고 한다.

34장 운수는 가끔 이성과 보조를 맞춘다

35장
우리네 살림살이의 결함에 관하여

^A 돌아가신 내 아버지는 오직 당신의 경험과 천성에만 의지한 분이었지만 판단이 분명하셨다. 어느 날 내게 이런 생각을 한 적이 있노라며 말씀하시기를, 도시에 특정 장소를 정해 놓고 무엇인가를 필요로 하는 사람이 와서 이 일을 전담하는 관리에게 자기 용건을 기록해 두게 하자는 것이었다. ^C 예컨대 나는 보석을 팔려고 한다거나, 나는 팔려고 내놓은 보석을 찾는다거나 하는 식이다. ^A 누군가는 파리로 가는 일행을 찾을 수도 있고, 어떤 이는 모종의 자질을 가진 하인을 찾을 수도 있다. 또 누구는 자기를 써 줄 사람을 찾고 누구는 일꾼을 찾는다. 이 사람은 저것을, 저 사람은 이것을 각자 필요에 따라 찾게 하는 것이다. 서로에게 이렇게 알리는 방법을 사용하면 사람들의 거래에 적잖은 편리함을 주리라 싶다. 왜냐하면 언제나 서로가 필요한 상황이 있게 마련인데 서로를 모르기에 지극히 곤란해지는 경우가 있기 때문이다.

나는 우리 시대에 대해 큰 수치를 느끼며, 탁월한 학식을 지녔던 두 사람이 먹을 것이 충분치 않아 우리 눈앞에서 그만 세상을 떴다는 이야기를 듣는다. 이탈리아의 렐리오 그리고리오 지랄디[262]와 독일의 세바스티엔 카스텔리온[263]이 그들이다. 만일 이 사실을 알기만 했어도 아주 좋은 조건으로 그들을 모셔 가려고 할

〔 400 〕

사람도 많았을 것이고 [C] 그들을 찾아가 직접 도움을 줬을 이들도 수천 명이었을 것이라고 [A] 믿는다. 세상이 그렇게까지 모조리 부패해 버린 것은 아니어서 어딘가에는 반드시, 불행 탓에 극한 상황에 처한 보기 드물게 탁월한 인재들을 궁핍에서 벗어나게 하고자, 조상에게 물려받은 유산을 운수가 허락하는 한 그들을 위해 쓰려고 진심으로 원하는 사람이 있게 마련이다. 그래서 그들의 판단력이 흐려졌다면 모를까 적어도 만족할 만한 상황으로까지는 형편을 바꿔 놓으리라.

  [C] 아버지는 집안 살림을 꾸리는 데 이런 방법도 도입했는데, 나로서는 칭송만 할 줄 알았지 전혀 따르지는 못하고 있다. 말하자면 자잘한 셈이며 지불한 내용, 공증인의 손을 거칠 필요가 없는 매매 계약 등이 적힌 집안 살림 목록의 기록은 집사가 맡고 있었는데 그것 말고도 아버지는 하인들 중 서기 일을 할 사람을 하나 골라 일기를 마련하게 한 뒤, 주목할 만한 일은 모두 적도록 해 하루하루 집안 역사의 비망록을 남기게 한 것이다. 시간이 지나 기억이 희미해질 무렵 들여다보면 몹시 흥미롭고, 어쩔 줄 몰라 쩔쩔맬 때 적절하게 우리를 구해 주는 일도 자주 있었다. 이러저런 일이 시작된 것은 언제이고 끝난 것은 언제인가? 어떤 분들이 수행자들을 거느리고 찾아왔었고 얼마나 머물렀는가? 여행 간 일, 집을 비운 일, 결혼, 초상, 그리고 기쁜 소식과 슬픈 소식들. 하인들의 교체며 이러저런 중요한 문제가 거기 기록돼 있다. 예전에는

262
1489-1552. 페라레의 인문학자, 시인. 몹시 곤궁하게 살았으며 그가 저술한 『이방 신들의 역사』를 몽테뉴가 소유하고 있었다.
263
1515-1563. 개신교 작가. 성서와 크세노폰 등의 역사서를 번역하기도 했다.

35장 우리네 살림살이의 결함에 관하여

행해지던 방식인데 내 보기에 누구든 자기 집에서 한번 시작해 봐
도 좋을 듯하다. 그 일을 소홀히 해 오다니 나는 바보 아닌가.

에세 1

36장
옷 입는 풍습에 관하여

^A 어디를 가려 하건 나는 항상 관습의 장벽을 뚫어야만 한다. 그만큼 관습은 우리가 가려는 길들을 세심하게 차단하고 있다. 이 추운 계절에 나는 생각해 보았다. 근래 발견된 나라들에서 벌거 벗고 다니는 것은 우리가 인도인이나 무어인들에 대해 말하듯이 더운 일기 때문에 어쩔 수 없이 채택된 방법일까, 아니면 인간 본연의 방식일까 하고 말이다. 성서의 말씀처럼 하늘 아래 모든 것이 같은 법칙을 따르는 만큼,²⁶⁴ 분별력 있는 사람들은, 자연법칙을 인위적인 변형으로부터 구분해 내야 하는 이런 종류의 고찰에서, 그 어떤 왜곡도 있을 수 없는 우주의 일반적인 질서에 의지하려는 경향이 있다. 그런데 모든 생물이 자기 존재를 유지하기 위해 꼭 필요한 만큼의 실과 바늘을 구비하고 있는데, 우리 인간만 불완전하고 모자란 상태로 외부의 도움 없이는 몸을 보존할 수 없는 상태로 만들어졌다는 것은 사실 믿을 수 없는 일이다. 그래서 나는 세월이 가하는 위해로부터 자기를 방어하기 위해 식물, 나무, 동물 및 모든 살아 있는 것들이 자연적으로 충분한 거죽을 갖추고

264
「전도서」, 9:3. 몽테뉴는 이 구절을 그의 서재 천장에 새겨 놓았다.
2권 12장 「레몽 스봉의 옹호」에서도 인용한다.

〔 403 〕

있는 것처럼,

> 그런 연유로 거의 모든 존재가
> 가죽, 뻣뻣한 털, 조가비, 굳은살, 껍질로 덮여 있는 것이니
> 루크레티우스

우리도 그러했으리라고 생각한다. 그런데 인위적인 빛으로 일광을 흐리는 사람들처럼 우리가 빌려 온 방편들로 우리 고유의 방편을 약화시킨 것이라고 말이다.

　불가능하지 않았던 것을 불가능하게 만드는 것이 바로 관습임은 쉬 알아볼 수 있다. 의복에 대해 아는 바가 전혀 없는 나라들 중 어떤 나라들은 우리의 하늘과 같은 하늘 아래[265] 자리 잡고 있기 때문이다. 게다가 우리 몸의 가장 연약한 부분은 우리가 노상 내놓고 다니는 부분이다. [C] 눈, 입, 코, 귀 등이 그렇다. 우리 농부들은 우리 선조들이 그랬듯이 가슴과 배꼽을 내놓고 있다. [A] 우리가 치마나 그리스식 반바지를 입어야만 하는 조건 아래 태어났다면, 자연이 계절의 풍파에 내맡길 부분들을 더 두꺼운 가죽으로 무장시켜 주지 않았을 리 없다. 손톱과 발바닥에 해 준 것처럼 말이다.

　[C] 이 말이 미덥지 않을 이유가 무엇인가? 내가 옷 입은 방식과 우리 나라 농민의 입성 사이에는, 이 농민과 자기 피부밖에 걸친 것이 없는 사람의 방식 사이의 거리보다 더 큰 거리가 있는 것

265
기후가 같은 곳이라는 뜻이다. 1595년판에는 "우리 하늘보다 더 혹독한 하늘
아래"라고 되어 있다.

〔 404 〕

같다.

얼마나 많은 사람들이, 특히 터키에서는 신심 때문에 벌거벗고 돌아다니는가!

^A 이름은 잊었지만 누군가가 한겨울에 속옷 바람을 하고서도 담비 털로 귀까지 감싼 사람처럼 활기찬 거지를 보고 물은 일이 있었다. 어떻게 그렇게 잘 참느냐고. 그 거지는 대답했다. "나리, 나리도 얼굴은 내놓고 계시잖아요. 나는 온몸이 얼굴인 거죠." 피렌체 공작의 광대에 대해 이탈리아인들이 한 이야기인 듯하다. 광대의 주인은 자기도 결코 견디기 힘든 추위를 그렇게 허술하게 입고 어떻게 견디느냐고 묻자 광대가 답했다. "저처럼 해보세요. 제가 가진 것을 모두 겹쳐 입은 것처럼 백작님 옷을 모두 껴입어 보세요. 그러면 저만큼 견디실 수 있을 거예요." 마시니사 왕은 파파 노인이 될 때까지 춥건, 폭풍이 불건, 비가 오건, 절대로 모자를 쓰지 않았다. ^C 세베루스 황제도 그랬다고 한다.

헤로도토스는 자기가 보았거니와 다른 이들도 확인한 것이라며, 이집트인들과 페르시아인들의 전투 때 죽은 자들을 보니 이집트인의 머리가 페르시아인의 머리보다 비교도 할 수 없게 단단하더라고 전한다. 페르시아인들은 어려서는 머리싸개를 씌우고 나중에는 터번으로 덮는 반면, 이집트인들은 어릴 때부터 머리털을 밀어 맨머리로 지내기 때문이라는 것이다.

^A 아게실라오스 왕도 노쇠해질 때까지 겨울에도 여름과 같은 복장으로 지내는 것을 철칙으로 삼았다. 수에토니우스가 말하기를, 카이사르는 늘 군대의 선두에서 거의 언제나 투구 없이 맨머리로 걸어서 행군했다고 한다. 뙤약볕이 쏟아지건 비가 오건 말이다. 한니발에 대해서도 같은 이야기가 전해진다.

〔 405 〕

36장 옷 입는 풍습에 관하여

그는 맨머리로, 억수같이 퍼붓는 빗줄기와
무너지는 하늘을 받아 내고 있었으니.

실리우스 이탈리쿠스

C 오랫동안 폐구 왕국[266]에서 살다가 돌아온 지 얼마 안 된
한 베네치아인은 그곳의 남녀들이 다른 곳은 다 가리고도 발만은
항상, 말을 탈 때조차 맨발이라고 쓰고 있다. 그런데 놀랍게도 플
라톤은 온몸의 건강을 위해 발과 머리에는 자연이 입혀 준 덮개
이외의 다른 덮개는 씌우지 말라는 충고를 하고 있다.

A 폴란드인들이 우리 왕 다음에 자기네 왕으로 삼은 이[267]는
사실 우리 세기에 가장 위대한 왕공 중 하나인데, 한 번도 장갑을 끼
지 않았고 겨울에도 날씨와 상관없이 실내에서는 늘 같은 보네[268]
만 썼다.

B 내가 단추나 리본을 여미지 않고 다니는 걸 견디지 못하는
것과 마찬가지로, 내 이웃에 사는 일꾼들은 단추를 채우면 결박을
당한 듯 갑갑할 것이다. 바로[269]는 신들 앞에서나 사법관 앞에서
모자를 벗고 있으라고 명령한 것은 존경심의 요구라기보다는 우
리의 건강을 위한 조치로, 악천후에 맞서 굳세지라는 뜻이라고 주

266
동인도의 비르마니. 13~18세기 몬족(族)이 일으킨 미얀마의 왕국.
267
에티엔 바토리(1533~1586). 앙리 3세가 프랑스 왕위를 계승하게 되어 폴란드를
떠난 후 그의 뒤를 이어 폴란드 왕이 되었다.
268
챙 없는 헝겊 모자.
269
B. C. 116~27. 고대 로마의 철학자, 저술가.

장했다.

^A 그런데 이왕 추위 이야기가 나왔고 프랑스인은 얼룩덜룩하게 차려입는 것을 좋아하니(나는 아니다. 나는 아버지를 본받아 검은색과 흰색만 입는 편이다.) 주제는 좀 다르지만 마르탱 뒤 벨레 원수가 해 준 이야기를 덧붙이자면, 뢱상부르 원정 때의 일인데 날씨가 어찌나 추웠던지 비축해 두었던 포도주가 꽁꽁 얼어붙어 도끼로 잘라 무게를 달아 병사들에게 나누어 주었고, 병사들은 그것을 바구니에 담아 갔다는 것이다. 오비디우스의 시도 거의 비슷하다.

> 꺼낸 술이 딱딱하게 단지 모양 그대로다.
> 마시라고 나눠 주는 것이 음료가 아니라 술 덩어리다.
> 오비디우스

^B 마에오티데스 호수[270]의 하구는 어찌나 꽁꽁 얼어붙는지, 미트리다테스의 부관은 발에 물 한 방울 안 묻히고 전투를 벌여 적군을 패주시킨 바로 그 자리에서 같은 적군을 여름에 해전으로 다시 한번 무찔렀다.

^C 플라첸티아[271] 근처에서 카르타고인들과 싸울 때 로마인들은 매우 불리한 상황을 견뎌야 했다. 그들은 추위 때문에 피가 얼어붙고 사지가 마비되었던 반면, 한니발은 병사들의 몸을 따뜻하

270
흑해 북쪽의 크리미아 반도 동북쪽에 있는 내해, 아조프해(海)를 가리킨다.
271
이탈리아 피아첸차의 고대명.

게 해 주기 위해 막사 곳곳에 불을 피우게 하고 대대별로 기름을
나눠 주게 했다. 기름을 발라 힘줄을 보다 유연하게 이완시키고
모공을 덮어 당시에 몰아치던 살을 에는 바람과 공기의 타격을 피
할 수 있게 한 것이다.

　그리스인들이 바빌론에서 퇴각하여 조국으로 돌아올 때 이겨
내야 했던 역경과 고통은 유명하다. 그중 한 가지 일화로, 그들은
아르메니아의 산간 지방에서 무서운 눈보라를 맞아 지역이며 길
에 대한 모든 정보를 잃고 말았다. 갑작스러운 폭풍에 포위된 채
그들은 마시지도 먹지도 못하고 하루 낮 하루 밤을 보냈는데, 짐
승들 대부분이 죽고 수많은 사람이 죽거나 눈보라와 설광(雪光)에
눈이 멀었다. 손발이 불구가 되거나, 감각은 아직 멀쩡한데 추위
로 뻣뻣하게 굳어 움직이지 못하는 자도 많았다.

　알렉산드로스는 겨울이면 얼지 말라고 과실나무를 땅에 묻는
나라를 보았다.

　B 입는 문제로 돌아가자면 멕시코의 왕은 하루에 네 번 옷을
바꿔 입었는데, 벗은 옷은 늘 적선하거나 상으로 내주고 한 번 입
었던 옷은 두 번 다시 걸치지 않았다. 마찬가지로 단지나 접시, 부
엌과 식탁의 용기들도 그의 앞에 결코 두 번 놓이는 법이 없었다.

37장
소(小) 카토²⁷²에 관하여

^A 나는 사람들이 흔히 하듯 나를 기준으로 다른 사람을 판단
하는 잘못은 범하지 않는다. 그 사람에게는 나와 다른 점들이 있
으리라 쉽게 이해하는 것이다. ^C 내 삶이 어떤 틀에 속해 있다고
느낀다고 해서, 남들이 다 그러는 것처럼 세상에 그것을 강요할
마음이 없으며, 살아가는 데는 서로 다른 수많은 방식이 있다고
생각하고 또 이해한다. 그리고 너나없이 모두가 하는 것과는 달리,
우리 사이의 닮은 점보다는 다른 점을 더 쉽게 받아들인다. 사람
들이 원하면 원하는 대로, 내 의향이나 내 원칙으로 남을 구속하
지 않으며, 그 사람을 다른 사람과 비교하는 것이 아니라 그저 그
자신으로 바라보고, 그 사람 고유의 모습에 맞게 옷을 입히는 정
도인 것이다. 나 자신이 절제하지 않는다고 해서 프란체스코파나
푀이양파 수도사들²⁷³의 금욕을 진심으로 인정하고 그들의 생활

272
마르쿠스 포르키우스 카토(B. C. 95~46). 같은 이름을 가진 증조부 대 카토와
구별해 소 카토라고 불리기도 한다. 스토아 철학의 신봉자이며 로마 공화정의
수호자로서 카이사르에게 끝까지 대항하다 자결함으로써 공화정 로마와 운명을
함께했다.
273
1574년에 만들어진 수도회로서 규율이 엄격한 것으로 유명하다.

〔 409 〕

방식을 높이 평가하기를 마다하지는 않는다. 나는 상상을 통해 쉽게 그들의 입장이 되어 보곤 한다. 그리고 나와 다르기 때문에 그만큼 더 그들을 사랑하고 존경한다. 사람들이 우리를 판단할 때는 각자 한 사람씩 따로 보고, 일반적인 틀에 맞춰 나를 재려 들지 말기를 진심으로 바란다.

A 내가 약하다는 사실이, 제대로 평가받아 마땅할 사람들의 힘과 활력에 대해 내가 가져야 할 견해를 변질시키지는 않는다. C "자기가 따라 할 수 있을 만한 것 빼고는 아무것도 칭찬하지 않는 사람들이 있다."(키케로) A 땅바닥 맨흙 위를 기어가면서도 나는 저기 구름 위까지, 따라갈 수 없을 만큼 높이 솟아 있는 몇몇 영웅적인 정신의 고매함을 알아본다. 행동은 그러지 못할 망정, 절도 있는 판단력을 견지하고 적어도 이 주요한 능력이 변질되지 않게 건사하는 것만도 내게는 대단한 일이다. 두 다리가 말을 듣지 않을 때는 선한 의지를 갖는 것으로도 상당한 일이다. 우리가 살고 있는 이 시대, 적어도 우리의 이 땅은 너무나 우중충하여 덕성의 실천은 고사하고 미덕을 상상하는 일마저 드문 지경이다. 그것은 기껏해야 학교에서나 떠드는 상투어일 뿐이다.

> 그들은 덕이 낱말에 불과하고
> 신성한 숲[274]이 잡목에 지나지 않는다 생각한다.
>
> 호라티우스

C "이해하지 못할지라도 마땅히 섬겨야 할 것이거늘."(키케로)

274
그리스, 로마에서 신을 섬기던 성스러운 숲을 뜻한다.

덕은 농 속에 걸어 두거나 장식용으로 귀 끝에 매달듯, 혀 끝에 달고 다니는 싸구려 장식품이 되었다.

^A 덕스러운 행동은 더 이상 식별되지 않는다. 덕의 얼굴을 하고 있는 행위들은 외양에도 불구하고 덕의 정수를 담고 있지 않다. 이익이나 영예, 두려움, 습관 혹은 다른 엉뚱한 이유들이 덕행을 하게 만들기 때문이다. 그런 연유로 우리가 행하는 정의나 용기, 너그러움 따위는 남이 보기에, 그리고 대중 앞에 드러나는 모습 때문에 그렇게 불릴 수는 있으나, 행하는 자 자신의 내면에서는 전혀 덕이 아니다. 의도했던 다른 목적, ^C 다른 동기가 ^A 있기 때문이다. 그런데 덕은 덕 자체에 의해, 그리고 오직 덕 자체를 위해 행해지는 것만 덕으로 인정한다.

^C 파우사니아스가 지휘하는 그리스군이 마르도니우스의 페르시아군을 이긴 포티다이아 대전에서 그리스군은 관례에 따라 전공을 나누게 되었는데, 가장 탁월한 용맹성은 스파르타인에게 돌아갔다. 용덕에 관한 탁월한 심판관이었던 이들 스파르타인들은 그날 전투에서 가장 잘 싸운 자의 영예를 누구에게 돌릴 것인지 정하려다, 아리스토데무스가 가장 용맹하게 몸을 돌보지 않고 싸웠다고 판단했다. 그럼에도 불구하고 그에게 이 상을 주지는 않았는데, 그의 용기는 테르모필레 전투에서 살아남았다는 비난을 씻고 싶은 욕망과, 과거의 오욕을 죽음으로 씻겠다는 갈망에서 비롯된 것이라는 이유에서였다.

우리의 판단력은 아직도 병들어 있고 타락한 풍속을 따라가고 있다. 우리 시대 재사(才士)라는 사람들 대부분이 저 옛날 아름답고 고결한 행적들을 천박하게 해석하고, 맹랑한 계기와 이유를 들이대며 그 영광을 흐려 놓으려고 재간을 부리는 것을 본다.

〔 411 〕

37장 소(小) 카토에 관하여

^B 대단한 솜씨로다! 더없이 뛰어나고 순결한 행동을 하나 이야기해 보라. 아마 쉰 가지쯤 되는 온갖 사악한 이유를 거기에 갖다 붙일 수 있으리라. 그렇게 덮어씌우려고만 든다면, 우리 속마음이 얼마나 가지각색의 모습으로 보일지는 하느님만이 아신다. ^C 이들 재사들이 하는 중상은 독살스럽다기보다 둔하고 거칠다.

그들이 위대한 이름들을 깎아내리는 데 들이는 것과 마찬가지의 수고, 마찬가지의 자유를, 나라면 기꺼이 그 이름들을 드높이는 작업에 보태겠다. 이 비범한 인물들은 현자들의 일치된 견해에 의해 세상의 모범으로 선발된 것인데, 나는 내 역량이 미치는 한 그들을 긍정적으로 해석해 그들의 명예를 회복시키는 데 주저하지 않을 것이다. 그러나 우리가 애써 궁리를 한다 해도 그들의 뛰어난 면모를 제대로 파악하기 어렵다는 사실을 염두에 두어야 한다. 이 세상에서 가능한 가장 아름다운 덕성을 묘사하는 일은 선한 이들이 맡아야 할 과업이다. 그리고 우리 마음이 온통 기울어 그토록 성스러운 양태의 삶을 흠모한다면, 그 일이 우리에게 어울리지 않을 것도 없다.

저들이 이와 반대로 행하는 것은 ^A 그들에게 악의가 있거나, 아니면 좀 전에 이야기한 것처럼 자기네 능력 안에 있는 것만 믿을 수 있다고 여기는 악덕 때문이다. 혹은, 내 생각에 제일 가능성 있는 경우이지만, 미덕의 광채를 본래의 순수함 속에서 볼 만큼 강하고 맑은 시선도, 그럴 수 있게 훈련된 눈길도 갖지 못해서이다.

플루타르코스가 전하는 바에 따르면, 자기 시대 어떤 사람들은 카토가 자살한 것을 카이사르에 대한 두려움 탓으로 돌린다는 것이다. 그에 대해 플루타르코스가 분노하는 것은 당연하다. 그러니 야심 때문에 그랬다고 이야기하는 사람들에 대해 그가 얼마

〔 412 〕

에세 1

나 더 분노했을지는 미루어 짐작할 수 있다. ^C 어리석은 인간들이
라니! 카토라면 영광이 아니라 설사 치욕을 당하더라도 아름답고
고결하고 의로운 행위를 마다하지 않았을 것이다. ^A 이 인물은 인
간의 덕성과 굳건함이 어디까지 이를 수 있는지를 보여 주기 위해
자연이 선택한 진정한 모범이었다.

　하지만 이야깃거리가 풍성할 이 주제는 내가 여기서 다룰 채
비가 되어 있지 않다. 단지 다섯 명의 로마 시인이 카토를 찬양하
여 쓴 시구를 서로 경쟁시켜 볼 참인데, ^C 이것은 카토를 위한 것
이지만 덤으로 시인들을 위한 것이기도 하다. 교육을 잘 받은 아
이라면 첫 두 시인의 시구는 다른 것에 비해 좀 지루하고, 세 번째
는 훨씬 활달하나 그 힘이 지나쳐 제풀에 꺾이고 말았다고 생각할
것이다. 그리고 거기서 한두 단계 더 높은 재능이 필요한 지점에
네 번째 시인이 있고, 그의 시에 이르면 아이는 경탄을 금치 못해
두 손을 모아 쥘 것이다. 마지막 시인은 다른 시인들과 좀 거리를
두고 최고의 지위에 있는데, 아이는 그 거리가 사람의 마음으로는
도저히 헤아릴 수 없는 정도라고 단언하며, 깜짝 놀라 얼어붙을
것이다.

　경이로운 것은 시를 판단하고 해석하는 사람보다 시인이 훨
씬 많다는 사실이다. 시를 이해하기보다 직접 쓰는 것이 더 쉬운
셈이다. 좀 낮은 수준에서는 시작법과 기교로 시를 판단할 수 있
다. 그러나 좋은 시, 최상의 시, 신묘한 시는 규칙이나 이성을 넘어
선다. 확고하고 차분한 시선으로 시의 아름다움을 분별하려는 사
람은 마치 번갯불의 찬란함을 볼 수 없듯 그것을 보지 못한다. 시
의 아름다움은 우리의 판단력을 움직이게 하는 것이 아니라 압도
하고 앗아 가 버린다. 그 아름다움 속으로 깊이 들어갈 수 있는 자

〔 413 〕

를 자극한 시적 열광은, 그가 시를 다루고 읊는 것을 듣는 제삼의 인물마저 후려친다. 마치 자석이 바늘을 끌어당길 뿐 아니라 그 바늘마저 자성을 띠게 하는 것과 마찬가지로 말이다. 이것은 극장에서 더 뚜렷하게 볼 수 있다. 시신(詩神)들의 성스러운 영감이 처음에는 시인을 뒤흔들어 분노와 고통, 증오 등 시인 자신도 모르게 시신들이 원하는 대로의 정념에 사로잡히게 하고는 이윽고 시인을 통해 배우를, 그리고 배우를 통해 마침내 관중 전체를 뒤흔들어 놓는 것이다. 그것은 자석에 줄지어 매달린 바늘과 같다. 내가 아주 어릴 적부터 시는 내 가슴을 파고들어 황홀하게 하는 힘을 가지고 있었다. 내 안에 천성으로 있던 이 생생한 감흥은 다양한 형식을 통해 여러 가지로 변주되었는데, 그 형식들은(각각이 항상 그 분야 최고의 것이었기 때문에) 어느 것이 더 뛰어나다거나 더 처진다고 할 수 없고 색채가 서로 달랐다. 처음에는 유쾌하고 기발한 유려함, 다음에는 날카롭고 격조 있는 오묘함, 그리고 마지막에는 성숙하고 한결같은 힘이었다. 오비디우스, 루카누스, 베르길리우스를 예로 들면 더 잘 이해될 것이다. 어떻든 여기 내가 언급한 시인들이 이제 경주장에 들어선다.

ᴬ 살아 있는 동안 카토는 카이사르보다 더 위대하였느니
마르시알리스

하고 한 사람이 말하면, 다른 이는

죽음을 이긴 카토는 언제나 불패로다.
마닐리우스

[414]

에세 1

라고 말한다. 또 다른 시인은 카이사르와 폼페이우스 사이의 내전을 두고서,

신들은 승자들의 명분을 택했지만 카토는 패자들의
대의를 택하였도다.
루카누스

하고 읊는다. 네 번째 시인은 카이사르에 대한 찬양을 나열하다가

온 우주가 무릎을 꿇었으나
불굴의 영혼, 카토는 아니었다.
호라티우스

라고 쓴다. 그리고 합창대의 지휘자격인 시인은 위대한 로마인들의 이름을 묘사 중에 열거한 뒤 이렇게 맺는다.

그리고 그들 모두에게 법을 불러 주는 카토가 있도다.
베르길리우스

37장 소(小) 카토에 관하여

38장
우리는 같은 일에 울기도 하고
웃기도 한다

    ^A 안티고누스가 자기에게 대항해 싸우다 막 죽임을 당한 숙적 피루스 왕의 머리를 바쳤다고 아들에게 지독하게 역정을 냈으며 그 머리를 보자 눈물을 철철 흘리기 시작했다거나, 로렌의 르네 백작이 방금 자기가 무찌른 부르고뉴의 샤를 백작의 죽음을 애석해하면서 그를 매장할 때 깊이 애도했다거나, 브르타뉴 공작령을 쟁탈하기 위한 오루아 전투에서 샤를 드 블루아를 꺾고 승자가 된 몽포르 백작이 적수의 시체를 보고 크게 슬퍼했다는 것을 역사책에서 만났을 때 곧장 이렇게 부르짖어서는 안 된다.

> 그처럼 영혼은 자기 격정을
> 때로는 즐거운 척, 때로는 침통한 척
> 반대 얼굴을 지어 보이며 숨기는구나.
>
> 페트라르카

    폼페이우스의 머리를 바치자 카이사르는 고약하고 불쾌한 광경을 본 듯 시선을 돌렸다고 역사책들은 말한다. 두 사람은 공공의 일을 함께 다루면서 너무도 오랫동안 교감하며 어울렸고, 운명을 함께하며 서로 돕고 동맹을 맺은 일이 부지기수였던 만큼 이런

〔 416 〕

태도를, 어떤 이가 다음과 같이 보았듯이 순전히 꾸며 낸 거짓이
라고 생각해선 안 된다.

> 이제부터는 안심하고
> 장인(丈人)[275]의 모습을 보여 줘도 좋겠다고 생각한 그는
> 억지 눈물을 흘리며 기쁜 가슴에서 신음 소리를 짜냈다.
> 루카누스

　왜냐하면 아무리 우리 행동의 대부분이 가면이요 겉치레인
것이 사실이고 가끔만 진실할 수 있어서,

> 상속자의 눈물은 가면 뒤의 웃음.
> 푸블리우스 시루스

이라 하더라도, 이런 일들을 판단할 때는 우리 마음이 얼마나 자
주 갖가지 감정으로 동요하는지 고려해야만 한다. 그리고 다양한
기질의 조합이 우리 몸에 들어 있지만 각자의 체질에 따라 가장
통상적으로 두드러지게 지배하는 것을 주된 기질이라고 사람들이
몸에 대해 말하듯, 다양한 정서가 우리 마음을 흔들어도 주도권을
쥐고 우리 마음에 머무는 하나가 있게 마련이다. 하지만 그 하나
의 우세도 완전하지는 않다. 우리 마음은 너무 빨리 움직이고 쉬
변하기 때문에 때때로 가장 약한 정서가 다시 자리를 점하고 갑작
스레 불거져 나오는 일이 없지 않은 것이다. 그런 까닭에 흔히 같

275
카이사르의 딸 율리아는 정적 폼페이우스의 네 번째 부인이었다.

38장　우리는 같은 일에 울기도 하고 웃기도 한다

은 일을 두고 울기도 하고 웃기도 하는 것은 비단 순진하게 본성을 따르는 아이들만이 아니다. 우리 중 누구도, 아무리 제가 원해서 떠나는 여행이라도 가족이나 친구들과 헤어질 때 마음이 흔들리지 않는다고 호언할 수 없다. 눈물까지는 흘리지 않는다 해도 적어도 침울하고 슬픈 얼굴로 등자에 발을 얹는 것이다. 또한 아무리 설레는 불길이 양갓집 규수의 가슴을 달아오르게 해도 그녀를 신랑에게 보내려면 어미의 목에서 강제로 떼어 내야 한다. 마음씨 좋은 신랑이 아무리 이렇게 말해도 말이다.

> 새색시들은 사랑의 여신을 미워하는 것일까,
> 아니면 신방 문턱에서
> 가짜 눈물을 홍수처럼 흘리며
> 제 부모의 기쁨을 조롱하는 것일까?
> 그 눈물이 진짜라면 내 손에 장을 지지리.
> 카툴루스

그러니 결코 살려 두고 싶지 않았던 자의 죽음을 슬퍼한다 해서 이상할 것은 없다.

B 하인을 야단칠 때, 나는 전력을 다해 진심으로 욕을 해 준다. 그것은 괜한 저주가 아니라 진심이다. 하지만 일단 김이 빠지고 난 뒤 만일 그가 내 도움을 원하면 기꺼이 그의 청을 들어줄 것이다. 그렇게 금세 다음 페이지로 넘어가는 것이다. C 내가 그를 바보, 송아지라고 부를 때 그에게 그 칭호를 영원히 꿰매 놓겠다는 것은 아니다. 또한 나중에 그를 신사라고 부른다 해서 내가 말을 바꾸는 것이라고도 생각하지 않는다. 어떤 자질도 우리를 완전

〔 418 〕

히 전반적으로 포괄하지 않는다. 혼잣말하는 것이 미치광이 짓만 아니라면, 아마도 내가 나 자신에게 "멍청이!"라고 호통치는 게 들리지 않는 날이 하루도 없을 것이다. 그렇다고 그것이 나 자신에 대한 정의라는 뜻은 아니다.

B 내가 아내에게 어떤 때는 차가운 얼굴을 보이고 어떤 때는 다정한 얼굴을 하는 것을 두고 그 두 얼굴 중 어느 하나는 가식일 것이라고 생각하는 자가 있다면 그는 바보이다. 네로는 어머니를 익사시키러 보내면서도 헤어질 때는 어머니의 작별 인사에 마음이 흔들리고 참담함과 연민을 느꼈다.

A 태양의 빛은 이어져 있는 하나의 덩어리가 아니라고 한다. 태양이 너무나 빽빽하게 끊임없이 새로운 광선을 연달아 쏘기 때문에 광선들 사이의 간격을 우리가 인지할 수 없다는 것이다.

> B 빛의 풍요로운 원천인 태양은
> 끊임없이 새로 태어나는 광명으로 하늘을 채우며
> 계속해서 빛을 쏘고 또 쏜다.
>
> 루크레티우스

그와 마찬가지로 우리 마음도 마음의 조각들을 각양각색으로, 그러나 눈치챌 수 없게 발사하는 것이다.

C 아르타바노스는 조카 크세르크세스의 안색이 순식간에 변하는 것을 포착하고 나무랐다. 크세르크세스는 그리스로 쳐들어가기 위해 헬레스폰토스 해협[276]을 통과하는 자기 군대의 엄청난

276
지금의 터키 서부, 마르마라해와 지중해를 연결하는 다르다넬스 해협으로, '그리스의

38장 우리는 같은 일에 울기도 하고 웃기도 한다

위용을 살펴보던 중이었다. 자기를 위해 싸워 줄 그토록 많은 사람들을 보고 처음엔 기쁨의 전율이 그를 사로잡았고, 그의 얼굴에 나타난 기꺼움과 환희가 그런 심정을 보여 주었다. 그러다 갑자기, 거의 동시에, 한 세기가 끝날 즈음이면 얼마나 많은 목숨이 사라졌을 것인가 하는 생각이 들자, 그는 이맛살을 찌푸리며 눈물이 핑 돌 지경으로 슬픔에 빠졌던 것이다.

[A] 단호한 결심으로 모욕에 대한 복수를 꾀하여 무엇에도 비할 수 없는 승리의 기쁨을 맛보고도 우리는 눈물을 흘린다. 복수한 것이 슬퍼서 우는 게 아니다. 아무것도 달라진 것은 없다. 하지만 우리 영혼이 그 일을 다른 눈으로 보고, 그 일의 다른 면을 떠올리는 것이다. 모든 것은 여러 각, 여러 면을 지니기 때문이다. 인척 관계, 오랜 친분, 우정은 우리의 상상력을 사로잡아 상황에 따라 일순간 휘저어 놓는다. 하지만 그런 감회는 어찌나 빨리 바뀌는지, 의식하기도 어려울 지경이다.

> [B] 그 무엇도 생각과 정신 활동의
> 전광석화 같은 속도에 필적할 수 없나니,
> 자연이 우리 눈에 보여 주는 것이 무엇이건,
> 순식간에 변하는 우리의 마음보다 빠르지는 못하다.
>
> 루크레티우스

[A] 이런 연유로, 이어지는 생각과 느낌들을 가지고 연관된 한 덩어리를 만들려는 것은 잘못이다. 그토록 고매한 심사숙고 끝에

문호'라는 뜻이다.

[420]

살해를 감행한 뒤 티몰레온[277]이 우는 것은 조국이 자유를 찾아서도, 폭군이 죽어서도·아니다. 그는 자기 형을 위해 우는 것이다. 한 가지 의무는 완수했으니, 이젠 다른 의무를 수행하게 그를 내버려 두자.

277
B. C. 5세기 그리스 정치가. 코린토의 권력을 유린하려는 형 티모파네스를 살해했다.

38장 우리는 같은 일에 울기도 하고 웃기도 한다

39장
홀로 있음에 관하여

^A 홀로 가는 삶과 활동적인 삶을 지루하게 비교하는 일은 이제 제쳐 두자. 우리는 우리 자신이 아니라 세상을 위해 태어났다며, 야망과 탐욕이 스스로를 포장하려고 늘어놓는 멋진 말에 대해서는, 지금 한참 세상에 나가 춤을 추는 자들에게나 과감하게 맡겨 두자. 그리고 그들더러 자기 양심과 씨름해 보라고 하자. 오히려 직위니 임무니 하는 세상일로 경황없다는 것이 그 일 자체를 위해서가 아니라 공적인 데서 자기 잇속을 채우기 위한 것은 아닌지 말이다. 우리 시대 사람들이 공적인 세계로 나아가려고 못된 방법을 동원하는 것을 보면 그 목적도 바르지 못한 것임을 훤히 알 수 있다. 야망을 향해서는 야망 자체가 우리에게 홀로이고자 하는 취향을 준다고 대답해 주자. 야망이 가장 피하려 드는 것이 어울려 사는 것 아닌가? 자유로운 운신만큼 야망이 강렬히 추구하는 것이 무엇인가? 어디서나 우리는 좋은 일을 할 수도 있고 못된 일을 할 수도 있다. 그러나 만약 비아스²⁷⁸의 말처럼 정말로 이 세상에 사악한 자들이 대다수라면, 그리고 전도서에서 말하는 것처

278
Bias. 고대 그리스의 7대 현인 중 한 사람. B. C. 6세기의 정치인이었던 그는
"인간은 대부분 악하다."라는 경구로 알려졌다.

럼 1000명의 인간 중 단 한 사람도 선한 이가 없다면,

> ^B 진실로 선한 사람은 드물다. 고작해야
> 테베의 성문 수만큼, 비옥한 나일강의 어귀 수만큼.
> 유베날리스

^A 군중 속의 감염은 매우 위험하다. 사악한 인간들을 모방하거나 증오해야 한다. 그 둘 다 위험하다. 저들의 수가 많으니 닮을 위험이 있고, 우리와 닮지 않았기 때문에 그중 많은 사람을 미워하게 될 위험도 있으니 말이다.

^C 출항하는 상인들은 한 배에 탈 사람 중에 방탕하거나 불경하거나 혹은 사악한 사람이 있는지 살펴본다. 그런 사람이 있으면 불길하다고 여겨서인데, 틀린 생각이 아니다.

그래서 비아스는 자기와 함께 큰 폭풍우를 겪게 된 사람들이 신들을 부르며 도움을 청하자 "조용히들 하시오, 당신들이 나와 함께 있는 것을 신들이 눈치채면 안 된단 말이오." 하고 우스갯소리를 했다.

보다 절박했던 경우로는 포르투갈의 마누엘 왕을 대신해 인도에 부왕 자격으로 가 있던 알부케르크의 일을 들 수 있다. 바다에서 태풍을 만나 곧 난파할 위기에 처한 그는 어깨에 어린 소년을 올려놓았다. 두 사람의 운명을 한데 합쳐 소년의 무구함을 보증 삼아 신의 호의를 얻어서 안전하게 살아남으려는 것이 그 유일한 목적이었다.

^A 현자는 어디서고 만족하며 살 수 없다거나 궁정의 무리 속에서도 홀로인 듯 살 수 없다는 것이 아니다. 그러나 만약 선택할

〔 423 〕

수 있다면 그런 무리를 보는 것도 피하리라고 현자는 말한다. 필요하다면 이 무리를 견디겠으나 자기 손에 달린 일이라면 홀로 있기를 선택하리라. 여전히 타인의 악덕과 부딪히며 살아야 한다면, 그것은 자신이 아직 충분히 악덕에서 벗어나지 못한 셈이라고 여기는 것이다.

B 카론다스[279]는 악한 자들과 어울린 증거가 있는 자를 악한 자로 벌했다.

C 인간만큼 상종하기 힘든 존재도, 상종하기 쉬운 존재도 없다. 전자는 악덕에 의해, 후자는 본성에 의해 그렇다. 안티스테네스[280]는 악인들과 어울린다고 자기를 비난하는 사람에게 의사는 병자들 사이에서도 잘 지낸다고 응수했는데, 내 보기에는 그리 만족스러운 답변이 아니다. 왜냐하면 의사는 환자의 건강을 회복시키는 일을 하지만, 끊임없이 병을 관찰하고 치료하다 거기 감염되어 자기 건강을 해치기도 하니 말이다.

A 그런데 내가 생각하기로, 홀로 있는 목적은 단 한 가지, 즉 더 한가롭고 자기 편한 대로 살고자 하는 것이다. 그러나 그곳으로 가는 길을 누구나 제대로 찾아가진 못한다. 자기는 일에서 손을 뗐다고 생각하지만 일의 종류만 바꾼 경우도 흔하다. 한 집안을 다스리는 것도 한 국가 전체를 다스리는 것만큼이나 골치가 아

279
B. C. 7세기경 그리스인들이 이탈리아 해안 지방에 식민 도시를 건설하던 1대 그리스(Magna Graecia) 시기에 시칠리아의 입법자였다.

280
B. C. 445경~365경. 견유학파의 창시자로서 소크라테스의 제자였고 스승의 임종을 지켰다. 청빈과 덕성을 강조하면서도 해학적 풍자에 능했으며 권력자의 불의를 보면 그를 향해 개처럼 짖었다고 한다. 별명이 '개(canine)'였으며 이 별명이 '견유학파(Cynics)'라는 이름의 기원이 되었다.

〔 424 〕

픈 법이다. 어디에 마음을 쓰건 마음은 거기에 온전히 매이는 것
이며, 별로 중요하지 않은 집안일이라고 해서 덜 성가신 것은 아
니다. 더욱이 궁정과 장터를 벗어났다고 해서 우리 삶의 주된 골
칫거리에서 해방된 것은 아니다.

> 근심을 떨치는 것은 이성과 지혜이지
> 트인 바다를 내다보는 별장이 아니다.
> 호라티우스

　다른 나라로 간다고 해서 야망과 탐욕, 우유부단함과 두려움,
색욕이 우리를 놔주지는 않는다.

> 기사를 따라 어두운 근심이 말궁둥이에 오른다.
> 호라티우스

　이런 것들은 흔히 수도원까지, 철학 교실까지 우리를 따라온
다. 사막도, 암벽 동굴도, 고행자의 말총 속옷도, 금식도 우리를 이
근심에서 떼어 놓지 못한다.

> 치명적인 화살이 옆구리에 박혔구나.
> 베르길리우스

　사람들이 누군가는 여행을 다녀와서도 나아진 게 전혀 없다
고 하자, 소크라테스는 이렇게 대답했다. "그 사람, 자기를 지고
다녀온 모양이지."

〔 425 〕

39장 홀로 있음에 관하여

무엇 때문에 우리는
다른 태양에 데워진 땅을 찾아 나서는 것일까.
제 나라를 떠난다고 자기 자신에서 도망갈 수 있으랴?
호라티우스

　자신을 짓누르는 무거운 짐에서 자신과 자신의 영혼을 먼저
풀어 주지 않으면, 움직일수록 더욱더 고통스러울 것이다. 마치
배 안에 쌓아 둔 짐을 잘 고정시켜 둬야만 귀찮을 일이 줄어드는
것처럼 말이다. 병자에게는 거처를 바꾸는 것이 유익하기보다는
오히려 해가 된다. 말뚝을 흔들고 움직이면 더 깊고 단단하게 박
히듯 병도 들쑤셔 놓으면 더 안으로 파고드는 법이다. 그러니 사
람들로부터 멀리 떨어지는 것으로는 충분하지 않다. 장소를 바꾸
는 것으로는 부족하고, 우리 내면에 깃든, 얼싸절싸 어울리려 드
는 성향을 벗어 버려야 한다. 우리를 격리시키고 그러고 나서 우
리 자신을 되찾아야 한다.

　　B 당신은 말하리라, 마침내 사슬을 끊어 버렸노라고.
　힘들게 매듭을 푼 개가 달아나고 있지만,
　목에 길게 남은 사슬 여전히 덜그럭거리네.
　페르시우스

　우리도 남은 사슬을 끌고 다닌다. 그것은 완전한 자유가 아니
며, 우리는 여전히 두고 온 것을 향해 시선을 돌리니, 머릿속은 그
생각으로 가득한 것이다.

〔 426 〕

우리 마음이 정화되지 않는다면, 얼마나 많은 투쟁과
위험을 소득 없이 겪게 될 것인가?
정념에 끝없이 휘둘리는 인간은 얼마나 많은 근심
얼마나 많은 두려움에 시달리랴?
오만과 방탕, 뻔뻔함은 얼마나 많은 재난을 가져오랴?
사치와 게으름은 또 얼마나?

루크레티우스

ᴬ 우리 병은 영혼 안에 자리 잡고 있는데, 영혼은 그 자신에게
서 도망칠 길이 없다.

병은 자신에게서 벗어날 수 없는 영혼에 있다.

호라티우스

그러므로 우리는 우리 영혼을 데려와 자신 안으로 물러나게
해야 한다. 그것이 바로 진정한 홀로 있음이며, 이것은 도시나 왕
들의 궁전 한복판에서도 능히 누릴 수 있는 것이다. 그러나 세상
과 떨어져 있을 때 훨씬 편히 즐길 수 있다.

그런데 남들과 어울리기를 그만두고 홀로 살아 보기로 한 이
상, 우리의 만족은 오직 우리 자신에게만 달려 있게 해 놓자. 우리
를 타인들과 묶어 놓는 모든 끈에서 풀어 주자. 정말로 혼자 살아
가는 힘, 그리고 마음 편하게 그런 방식을 고수해 갈 힘을 우리 자
신에게서 얻도록 하자.

철학자 스틸포[281]는 도시가 불타는 바람에 아내와 자식들, 전
재산을 잃고 몸만 겨우 빠져나왔다. 나라가 온통 폐허가 된 재난

〔 427 〕

39장 홀로 있음에 관하여

속에서도 겁에 질린 티가 없는 그의 얼굴을 보고 데메트리우스 폴리오르케테스가 잃어버린 것이 없느냐고 물었다. 그는 아무것도 없다며 신의 가호로 자기 것이라 할 만한 것은 하나도 잃지 않았다고 대답하는 것이었다. ^C 철학자 안티스테네스가 우스개처럼 말한 것이 바로 이것이다. 사람은 무릇, 배가 난파하면 자신과 함께 헤엄쳐 피신할 수 있는, 물에 뜨는 장비를 스스로 마련해 두어야 한다고 말이다.

^A 분명 생각이 깊은 인간은 자기 자신만 잃지 않으면 아무것도 잃은 것이 없는 셈이다. 야만족에게 놀라 시가 파괴됐을 때,[282] 그곳 주교였던 파울리누스는 모든 것을 잃고 포로가 되어 신에게 이렇게 기도했다. "주님, 제가 이 상실을 느끼지 못하게 지켜주소서. 제게 속하는 것을 그들이 아직 하나도 건드리지 않았음을 당신이 아십니다." 그를 부요하게 해 준 자산과 그를 선량하게만든 자원은 여전히 온전하게 남아 있었다. 이것이야말로 손상될 수 없는 보물을 지혜롭게 고르는 법, 우리 말고는 그곳이 어디인지 아무도 누설하지 못하며 누구도 찾아낼 수 없는 곳에 보물을 감추는 법이다. 할 수 있다면 아내를 갖고 자식을 갖고 재산과 특히 건강을 가질 일이다. 그러나 우리 행복이 그것에 달려 있다는 듯 거기

281
B. C. 4세기경 그리스 철학자. 디오게네스의 제자이자 스토아 학파 제논을 가르친 스승 중 하나. 회의주의자인 티몬티의 스승이기도 했다.

282
이탈리아 남부 도시 놀라가 알라릭 1세에 의해 유린됐을 당시 그곳 주교에 대해 언급하고 있는 것은 성 아우구스티누스의 『신국』이다. "자기 재산을 스스로 가난과 맞바꾼 부자였던 놀라의 주교는 이렇게 기도했다. '주여, 제가 금이나 은 때문에 고통스러워하지 않게 하소서. 당신은 나의 참 재산이 어디 있는지를 아시기 때문입니다.'"

〔 428 〕

에 너무 집착할 일은 아니다. 온전히 우리 것이고 온전히 자유로운 골방 하나를 자신에게 따로 마련해 두어야 한다. 그곳은 우리가 진정한 자유를 누릴 수 있는 공간, 주요한 은둔처이자 홀로 있을 공간이다. 이곳에서 우리는 다른 사람과는 어떤 접촉도 소통도 없이, 자신과 마주하는 일상적인 대화를 이어 가야 한다. 마치 아내도 아이들도 재산도 시종도 하인도 없는 듯 이야기하고 웃으면서, 어쩌다 그들을 잃게 된다 해도 그들 없이 사는 것이 새로운 일이 아니게끔 말이다. 우리는 자신을 향해 돌아볼 수 있는 영혼을 가졌다. 우리 마음은 자기와 벗할 수 있다. 자신을 상대로 공격하고 방어하고 받아들이고 내줄 것이 있으니, 홀로 있게 되면 지루한 게으름에 빠지지나 않을까 걱정하지는 말자.

> B 홀로 있는 가운데 그대가 그대 자신에게
> 하나의 세계가 되어라.
> 티불루스

C 안티스테네스는 덕이란 덕 그 자체에 대해 만족해한다고 말한다. 규칙도 말도 행동도 따로 필요로 하지 않는다고 말이다.

A 우리가 습관적으로 하는 천 가지 행위 중 단 하나도 우리 자신과 관련된 것은 없다. 수많은 화승총의 과녁이 되어, 무너진 저 성벽 꼭대기로 정신없이 광포하게 기어 올라가는 자가 보이는가. 상처투성이인 채 굶주려 창백하고 추위로 얼어붙었으면서도, 성문을 열어 주느니 아사하기로 작정하고 있는 자도 보라. 그들이 자기 자신을 위해 그런다고 생각하는가? 아마도 그들이 한 번도 본 적이 없고, 그들을 위해 손 하나 까딱 않으며, 그동안 한가롭게

쾌락을 맛보고 있을 누군가를 위해 그러고 있는 것이다.

자정이 넘어서야 서재를 나서는 저 지저분하고 콧물에 눈꼽까지 낀 자는 책들 틈바구니에서 어떻게 하면 자신이 더 선하고 더 행복하고 더 지혜로운 인간이 될지를 찾고 있으리라 생각하는가? 어림없는 소리. 그자는 그러다 그냥 죽거나, 아니면 플라우투스 시구의 운율이 어떤지, 어떤 라틴어 단어의 올바른 철자법이 무엇인지를 후세에 알려 주게 되거나 할 참이다. 건강과 휴식과 삶 전체를 기꺼이 내주고라도 명예와 영광을 얻으려 하지 않는 자가 누구인가? 그런데 정작 이런 것은 우리 사이에 유통되는 것 중에 가장 맹탕인 데다 쓰잘 데 없는 가짜 주화가 아닌가? 우리 자신의 죽음으로는 충분히 두렵지 않다니, 아내와 아이와 하인들의 죽음까지 짊어지자. 우리 일만으로는 충분히 고생스럽지 않다니, 이웃과 친구들의 일로 자신을 괴롭히고 골치를 앓자.

뭐라고? 자신보다 더 귀중한 무엇을 마음에 담고
귀하게 여긴다고?
테렌티우스

^C 팔팔하고 꽃피는 한창때를 세상에 바친 이들에게는 탈레스의 본을 따라 홀로 있는 게 더 온당하고 마땅해 보인다. ^A 남을 위해서는 충분히 살았으니, 이제 적어도 삶의 마지막 자락은 우리 자신을 위해 살아 보자. 생각과 계획을 우리 자신에게 그리고 우리의 안락함으로 데려오자. 은퇴 생활을 탄탄하게 꾸려 가기란 만만한 일이 아니다. 다른 일을 끌어들이지 않아도 그 자체만으로도 몹시 바쁘기 때문이다. 하느님이 우리에게 세상을 하직할 채비를

[430]

에세 1

하도록 여유를 주셨으니, 마지막을 준비하도록 하자. 가방을 꾸리자. 친구들에게 일찍 작별 인사를 하자. 우리를 다른 일에 매이게 하고 우리 자신에게서 멀어지게 하는 저 악착같은 덫에서 우리를 풀어 주자. 그렇게 억센 멍에는 풀어놓고 이제는 이런 것 저런 것을 사랑하되 오직 자신하고만 혼인할 일이다. 다시 말해 다른 것들이 우리 몫이 되게는 하되, 떼어 내면 우리 살갗이 벗겨지고 살점이 함께 떨어져 나갈 만큼 강하게 결합되거나 달라붙지는 말아야 한다. 세상에서 가장 큰 일은 자신을 자기 소유로 만들 줄 아는 일이다.

^{C} 이제 사회에 더 기여할 것이 없으니 사회와 엮인 끈을 풀어야 할 시간이다. 그리고 빌려줄 수 없는 사람은 빌리기를 삼가야 한다. 이제 우리에겐 힘이 달리니 그 힘이나마 한데 모아 우리 자신에게 집중하자. 우정의 봉사, 동료로서의 봉사를 자기 자신을 위해 해 줄 수 있는 사람은 그렇게 하라. 다른 사람들에게 쓸모없고 귀찮으며 짐만 되는 이 쇠락의 길에서 자신에게마저 귀찮고 쓸모없는 짐이 되지는 않도록 하라. 자신을 추어 주고 쓰다듬어 주며, 특히 자신의 이성과 자신의 양심을 존중하고 두려워하면서 자신을 잘 다스리도록 하라. 이성과 양심이 지켜보는 데서 헛발을 내딛고도 부끄러움을 모르는 일이 없도록 말이다. "자신을 충분히 존중하는 경우는 사실 드문 일이다."(쿠안틸리아누스)

소크라테스가 말하기를, 청년은 스스로를 갈고닦을 줄 알아야 하고, 장년은 좋은 행실을 하는 훈련을 해야 하며, 노년은 민간 일이건 군사 일이건 모든 업무에서 물러나 어떤 직책에도 얽매이지 않고 마음대로 살아야 한다고 했다.

물러남에 대한 ^{A} 이런 가르침이 다른 이들보다 더 적절하게

〔 431 〕

들어맞는 성향의 사람들이 있다. 이해력이 굼뜨고 어설프며 성정(性情)이나 의지가 섬약해서 누구 밑에서 일하기도, 직분을 맡기도 쉽지 않은 사람이 바로 그들로서, 나는 타고난 성향이나 소신으로도 그런 유형의 하나이다. 이런 이들이 오히려, 모든 일에 끼어들고 어디에나 관여하며 무엇이든 열심인 사람들, 사사건건 자신을 제공하고 선사하고 내주는 사람들보다는 더 그런 충고를 잘 받아들인다. 외부에서 주어진 우발적인 편익들이 마음에 든다면 이용해야겠지만, 그것을 우리 삶의 중요한 토대로 만들어선 안 된다. 토대일 수도 없거니와 이성도 자연도 그렇게 하는 것을 원하지 않는다. 무엇 때문에 자연의 법칙을 거슬러 가며 우리 행복을 다른 이의 힘에 좌우되게 할 것인가? 어떤 이들처럼 신앙심에서 혹은 어떤 철학자들처럼 이치를 따져서 또한 운명의 파란을 미리 느끼며, 우리 손에 쥐어진 안락함을 포기하고, 자기가 몸소 자기 시중을 든다거나 딱딱한 데서 자고, 자기 눈을 후벼 파고, 재산을 강물에 던지고, 고통을 일부러 자청하는 것은(어떤 자들은 현세의 고통을 통해 내세의 축복을 얻으려고, 또 어떤 이들은 제일 낮은 계단에 자리 잡음으로써 다시 아래로 굴러떨어지는 일이 없게 하려고 그러는데) 과도한 덕행이다. 더 억세고 더 강한 천성을 가진 이들이라면 자기들의 은둔처마저 영광스럽고 훌륭하게 만들라고 하자.

가난할 때면 나는
재산이 적은 걸 자랑하며
그 안전함을 뽐내고
소박한 생활에 만족할 줄 안다.
그러나 형편이 풀리면

〔 432 〕

좋은 땅에서 수입이 나오는 자라야
지혜롭고 행복하다고 단언한다.

호라티우스

그렇게 나중 일을 앞서 생각하지 않아도 나는 당장 할 일이 많다. 운명이 미소 짓는 동안 운명의 냉대에 대비하는 것으로 충분하며, 편안하게 지내는 동안은 불행이 다가오는 경우를 상상력이 미치는 데까지 가늠해 보는 것으로 충분하다. 우리가 마상 창 시합이나 무술 대회를 열고 평화가 한창인 때에 전투 연습을 하는 것처럼 말이다.

^C 나는 철학자 아르케실리우스가 형편이 허락하는 대로 금은 식기를 사용했다는 사실을 들어 그가 수양이 덜 됐다고 여기지는 않는다. 그런 것을 쓰지 않은 것보다 절도 있으면서도 마음 편히 사용했다는 점에서 나는 그를 더 높이 평가한다.

^A 나는 인간에게 꼭 필요한 것의 자연적 한계가 어디까지인지를 본다. 그리고 내 집 앞에 와서 구걸하는 불쌍한 이가 나보다 더 즐겁고 건강한 경우가 흔한 것을 보고, 그의 처지가 되는 상상을 통해 내 마음을 그 사람의 존재 방식에 맞춰 보려 한다. 다른 경우에 대해서도 같은 방식으로 생각해 보며, 비록 죽음과 가난, 천대와 질병이 내 발목까지 다가와 있다 해도, 나보다 못한 사람이 아무렇지 않게 견뎌 내는 것을 내가 두려워하지는 않으리라 쉽사리 마음을 다잡는다. 지적 능력이 떨어지는 자가 왕성한 자보다 더 잘할 리도 없고, 이성적 사유의 효과가 습관의 결과에 미치지 못할 리도 없다. 그리고 우연히 얻게 된 이 안락함이 얼마나 불안정한 것인가를 알고 있기 때문에, 그것을 마음껏 즐기는 순간에도

39장 홀로 있음에 관하여

나 자신에게 만족할 줄 알며 또 내게서 비롯되는 행복에도 만족할 줄 알게 해 달라고 비는 것이 내가 신에게 드리는 지고의 요청이다. 건강한 젊은이들이 행여 감기에 걸리면 먹으려고 가방에 알약들을 잔뜩 챙겨 가지고 다니는 것을 보게 된다. 치료약을 가지고 있다고 생각하면 감기가 그만큼 덜 무서워지는 것이다. 우리도 마땅히 그렇게 해야 하리라. 더 나아가 우리가 훨씬 심각한 병에 걸릴 수 있다 싶으면 아픈 부위를 마비시키고 잠재우는 약을 준비해 둬야 할 것이다. 은퇴 생활을 위해 우리가 선택하는 일은 힘이 들지도 지루하지도 않은 것이어야 한다. 그렇지 않을 경우, 휴식을 위해 거기까지 찾아온 것이 헛일이라 여겨질 수 있다. 이것은 각자의 특별한 취향에 달린 일이다. 내 취향은, 집안 살림과 전혀 어울리지 않는다. 살림을 좋아하는 사람들이라면 절제하면서 일을 꾸려 가야 한다.

> 일에 매이기보다는 일을 장악하려고 해야 한다.
> 호라티우스

더욱이, 살루스티우스[283]가 말하듯이, 살림살이는 노예들의 일이다. 그래도 그중 어떤 일들은 받아 줄 만하다. 키루스 대왕이 그랬다고 크세노폰이 전하는 것처럼, 정원을 가꾸는 일이 그렇다. 전심전력으로 일에 매달리는 사람들에게서 볼 수 있는 것처럼 긴장되고 근심투성이에 속되고 천박한 태도와, 다른 사람들에게서 보는 것처럼 만사를 될 대로 되라는 식으로 내버려 두는 저 바닥

283
B. C. 86~35. 로마 공화정 시대 역사가.

[434]

부터 극단적인 태만함 사이에 적절한 중용의 자리가 있을 것이다.

가축들이 데모크리투스의 밭과 수확물을 망치고 있는데,
그의 정신은 몸을 벗어나 멀리 허공을 바삐 헤멘다.

호라티우스

그런데 소(小) 플리니우스가 친구인 코르넬리우스 루푸스에
게 은거 생활에 대해 충고한 말을 한번 들어 보자. "지금 자네처럼
마음껏 완전한 은거 생활을 하는 동안, 살림이라는 비천한 일은
하인들에게 일임하고, 온전히 학문에 전념하여 그야말로 자네 것
이라 할 만한 무엇을 끌어내게." 그는 명성을 얻으라고 충고한 것
이다. 키케로와 비슷한 생각인 셈인데, 그 역시 공직에서 떠나 홀
로 있게 된 시간을 글 쓰는 데 바쳐서 영원한 생명을 얻고 싶다고
이야기하고 있다.

ᴮ 뭐라고? 네 머리에 든 지식을 남들이 몰라주면
네 지식은 아무것도 아니란 말인가?

페르시우스

ᶜ 세상에서 물러난다고 하니, 세상 너머를 바라보는 것이 일
리 있는 것같이 들린다. 하지만 그들은 반만 물러나는 것이다. 그
들은 자기들이 세상에 더 이상 없을 때를 대비하여 자기가 맡을
배역에 의상을 입힌다. 그러나 제 계획의 결실을 자기들이 더 이
상 존재하지 않을 세상에서 얻으려 하고 있으니 우스꽝스러운 모
순이다.

〔 435 〕

내세에 대한 신의 약속을 믿으며 그 확신으로 마음이 충만한 채 신심으로 은거를 찾는 이들의 생각은 훨씬 건강하고 조리가 있다. 그들이 눈앞에 마주하고 있는 신은 그 선함이나 능력에서 무한한 존재이다. 그러니 마음은 떠오르는 갖가지 욕구를 한껏 채워 줄 수 있는 것이다. 고통과 역경도 영원한 건강과 환희를 얻는 데 유익하게 쓰이며 죽음도 저 완전한 상태에 이르는 과정이니 기꺼울 뿐이다. 그들이 자신에게 부과하는 엄혹한 규율은 습관에 의해 곧 완화되고, 극기를 통해 억눌린 육욕도 이윽고 잠들게 된다. 육욕이란 것은 늘상 실행해야만 유지될 수 있기 때문이다. 사후의 행복한 영생이라는 유일한 목표에는 우리가 지상의 삶에 깃든 안락과 쾌락을 포기할 만한 가치가 당연히 있다. 이 열렬한 믿음과 희망으로 자신의 영혼을 실제 변함없이 타오르게 할 수 있는 사람은 다른 어떤 형태의 삶도 미치지 못할 감미롭고 은은한 삶을 은거 속에 구축하는 것이다.

^A 그러니 학문에 전념하라는 플리니우스의 충고는 그 목적도 방식도 내 마음에 들지 않는다. 그래 봐야 미열을 앓다 열병으로 옮아 가는 셈이다. 책에 빠져드는 것도 다른 일 못지않게 고통스럽고 건강을 해치는데, 건강이야말로 제일 중요하게 고려해야 할 대상이니 말이다. 독서가 주는 쾌락에 사로잡혀 혼미해지지는 말아야 한다. 똑같은 쾌락이 살림꾼을 망치고, 구두쇠, 호색한, 야심가를 망친다. 현인들은 욕망이 우리 자신을 배신하는 것을 조심하라고 거듭 가르친다. 그리고 완전한 진짜 쾌락과 더 많은 고통이 뒤섞인 잡동사니 쾌락을 식별하라고 일러 준다. 이집트인들이 필리스타스라고 불렀던 강도들처럼 대부분의 쾌락은 우리를 목 졸라 죽이기 위해 우리를 어르고 안아 준다는 것이 현인들의 말이다.

〔 436 〕

만일 취기에 앞서 두통이 온다면 우리가 과음하는 일은 없을 것이다. 그러나 쾌락은 우리를 속이기 위해 앞서 걸어오면서 자기 뒤에 따라오는 것이 무엇인지를 숨긴다. 책은 재미가 있다. 그러나 책을 자주 읽다가 결국 그 때문에 우리가 지닌 최상의 것인 쾌활함도 건강도 잃게 될 참이라면, 책을 덮도록 하자. 나로서는 독서의 결실이 이 같은 상실보다 더 귀하다고는 생각하지 않는 쪽이다.

　　몸이 어딘가 불편하여 쇠약해지고 있다고 오랫동안 느껴 온 사람들이 마침내 약의 도움에 의지하게 되면 일부러 몇 가지 생활 규범을 자신에게 부과해 결코 그것을 위반하지 않으려 하듯, 그저 그런 삶의 방식에 질리고 식상하여 은거하려고 하는 사람 역시 자기 생활을 이성의 규율에 맞게 하고 숙고와 성찰을 통해 삶에 명령을 내리고 정돈해야 할 것이다. 어떤 얼굴을 한 것이든 모든 종류의 노고와 작별하고 육체와 정신의 평온을 해치는 정념을 모두 멀리하며, [B] 자신의 기질에 가장 가까운 길을 선택해야 할 것이니,

　　　누구나 제게 맞는 길을 택할 줄 알게 하라.[284]
　　　프로페르티우스

　[A] 살림살이건 학문이건 사냥이건, 여타의 어떤 일에서건, 쾌락의 최대 한계까지 가 봐야 하되, 그 이상 고통이 섞여 들기 시작하는 데로 넘어가서는 안 된다. 일이나 업무는 그저 우리를 긴장시킬 정도로, 그리고 반대편의 극단이랄 수 있는 저 나른하고 졸린 게으름이 가져오는 불편함에서 우리를 지키기에 충분할 정도

　　　　　　　　　　　284
몽테뉴는 인용문을 제시하기 전에 번역을 먼저 제시했는데 이는 아주 드문 예이다.

로 마련해 두면 된다. 척박하고 까다로운 학문들도 있는데, 그 대부분은 다중을 위해 만들어진 것이다. 이런 학문은 세상을 위해 봉사하는 이들에게 맡겨 둬야 한다. 나로서는 기분을 북돋는 쉽고 재미있는 책이나, 내 삶과 내 죽음을 다스리는 방도에 대해 충고해 주고 위안을 주는 책들만 좋아한다.

> 건강에 좋은 숲을 고요히 거닐며,
> 지혜롭고 선한 이들이 관심 둘 만한
> 문제에 전념하며.
> 호라티우스

보다 지혜로운 이들은 강하고 기운찬 영혼을 가지고 있어 온전히 정신적인 휴식을 마련해 가질 수 있다. 내 영혼이야 평범한 것이니, 육신의 평온함을 통하여 나 자신을 지탱할 수 있게 거들어야 한다. 얼마 전부터는 나이 때문에, 내 입맛에 맞았던 재미는 이제 더는 볼 수 없게 되었으니, 대신 인생의 이 시절에 더 어울릴 법한, 아직 남아 있는 재미들을 맛보는 욕구를 훈련하고 날카롭게 만드는 중이다. 나이가 하나둘씩 우리 손아귀에서 빼앗아 가는 삶의 즐거움을 우리 이와 손톱으로 꼭 틀어쥐어야 한다.

> B 삶의 기쁨을 붙들자, 살아 있는 시간만이 우리 것이다.
> 어느 날 그대, 재와 그림자, 허망한 이름 하나에 지나지 않으리.
> 페르시우스

〔 438 〕

^A 그런데 플리니우스와 키케로가 우리에게 제시하는 영광이
라는 목표는 나의 셈과는 거리가 멀다. 은거와 가장 반대되는 성
향이 있다면 그것은 야심이다. 영광과 휴식은 한지붕 밑에 있을
수 없는 것들이다. 내 생각에 이런 사람들은 두 팔 두 다리만 세상
사람들 밖에 나가 있을 뿐, 그들의 마음과 생각은 그 어느 때보다
도 세상에 매여 있는 것이다.[285]

> ^B 늙은 양반이여, 그래 기껏 남들 귀 즐거우라고 그 고생을
> 한단 말인가?
> 페르시우스

^A 그들이 뒤로 물러선 것은 그저 더 멀리 뛰기 위한 것이고 더
힘찬 동작으로 무리 속에 더 맹렬히 뚫고 들어가기 위한 것이다.
그들이 쏘는 화살이 어떻게 간발의 차로 과녁을 비껴 가는지 볼
텐가? 그들을 가늠해 보기 위해 아주 다른 학파의 두 철학자 의견
을 평형추에 달아 보자.[286] 친구들에게 공직이나 국가 대사를 다
루는 일에서 물러나 은거하기를 권하기 위해 한 사람은 이도메네
우스에게, 또 한 사람은 루킬리우스에게 각기 편지를 썼다. "자네
는 지금까지 헤엄치며 둥둥 떠서 살아왔네. 이제 죽음을 맞기 위

285
『에세 2』 16장 「영광에 관하여」에서 몽테뉴는 키케로가 영광의 추구에 너무
몰두하여, 덕성에 대한 그의 갈망마저도 오직 그에 따르는 영예를 염두에 둔
것이라고 말하고 있다.
286
플리니우스와 키케로에 비교되는 두 철학자 에피쿠로스와 세네카를 말한다.
세네카는 그의 『서한집』에서 에피쿠로스의 편지를 인용하고 있다.

39장 홀로 있음에 관하여

해 항구로 돌아오게. 자네 삶의 나머지를 빛에 바쳤으니 이제는 그늘에 바치게. 자네가 하던 일의 열매를 포기하지 않으면 일에서 몸을 뺄 수가 없다네. 그러니 이름과 영광에 대한 관심을 모두 버리게. 자네 눈을 그토록 부시게 하는 자네 지난 행적의 광휘가 은신처까지 자네를 따라온다는 것은 너무 위험한 일일세. 다른 쾌락과 마찬가지로, 남들이 치켜 주는 데서 오는 쾌락도 버리게. 자네의 학식과 역량이야 걱정하지 말게. 자네가 그 덕택에 더 나은 인간이 된다면 그 효력이 없어지는 게 아닐 테니. 알아줄 사람이 별로 없을 일에 무엇 때문에 그리 공을 들이느냐는 사람들에게, 단 몇 사람이어도 충분하고, 단 한 사람이어도, 아니 한 사람도 없어도 내겐 충분하다고 했던 이를 생각하게. 그 사람의 말은 진실일세. 자네와 자네 벗 한 사람으로도 서로에게, 혹은 자네와 마주한 자네 자신으로도 무대는 충분한 걸세. 모든 사람이 자네에게 그저 한 사람이게 하고, 한 사람이 자네에게 모든 사람이 되게 하게나. 무위와 은둔에서 영광을 얻고자 하는 것은 비열한 야심일세. 자기 굴 입구에서 발자취를 지우는 짐승들처럼 처신해야 하네."

"세상이 자네에 대해 이야기해 주는 것이 자네가 추구할 바는 아닐세. 자네가 자네 자신에게 어떻게 말해야 할지를 궁리하게. 자네 내면으로 물러서게나. 그러나 우선은 자네를 내면에서 받아들일 수 있게 준비해야 하네. 자네 스스로를 다스리는 법을 모르면서 자신을 신뢰한다는 것은 어리석은 짓이야. 홀로 있을 때에도 사람들 속에 있을 때나 마찬가지로, 실패하는 길은 늘 열려 있지. 자기 자신 앞에서 감히 비틀거리지 않는 사람이 될 때까지, 그리고 자기 자신을 스스로 부끄러워할 줄 알고 공경할 줄 알게 될 때까지, ^C "그대 마음을 고결한 심상(心像)으로 가득 채워"(키케로)

[440]

에세 1

^A 자네 마음속에 늘 카토를, 포키온을, 아리스티데스를 떠올리게. 미친 자들도 그들 앞에서는 제 잘못을 숨기려 들 걸세. 그리고 그들로 하여금 자네의 모든 의도를 지켜보는 이들이 되게 하게. 제 길을 벗어난 상념이 떠오르면, 그들에 대한 공경심이 마음을 바로 잡아 줄 걸세. 그들은 자네가 자네 자신에게 만족하고, 무엇이든 스스로에게서만 빌려 오는 길 위에 머물게 해 줄 거야. 그리고 자네 영혼을 명료하고 한정된 상념들 속에 머무르게 하고 굳건하게 해 줄 테니, 그 안에서는 영혼이 스스로 즐거울 수 있을 걸세. 제대로 이해하면 할수록 더 즐길 수 있는 진정한 재산을 자네가 이해하게 되어, 목숨도 이름도 더 연장하고 싶은 생각이 들지 않고 스스로 만족하는 길 위에 머무르게 해 줄 것이네."

　플리니우스와 키케로의 것처럼 화려하고 수다스러운 철학이 아니라 진실하고 꾸밈없는 철학이 들려주는 충고란 바로 이런 것이다.

〔 441 〕

40장
키케로에 대한 고찰

A 이 두 쌍의 비교[287]에서 또 한 가지 주목할 점이 있다. 키케로와 소 플리니우스(내 생각으로는 삼촌인 대 플리니우스[288]와 닮은 데가 전혀 없는)의 글에서는 과하게 야심 찬 천성을 드러내는 증거가 무수히 쏟아져 나온다. 다른 무엇보다, 세상 사람들 모두가 알다시피, 그들은 자기 시대의 역사가들에게, 역사를 서술할 때 자기네를 잊지 말아 달라고 간청했다. 그런데 운명은 마치 심술이라도 부리듯, 그 허영에 찬 요청은 우리에게까지 전해지게 하고, 그들이 써 달라던 이야기들은 오래전에 소실되게 했다. 그러나 친구들에게 보내는 사적인 편지까지 이용해 가며, 수다와 객담을 무슨 영광스런 업적으로 남기려 했다는 것은 그만한 지위에 있는 인사들의 속마음치고는 비루하기 짝이 없다. 그중 어떤 편지들은 적절한 시기를 놓쳐 부치지 못한 것인데도, 밤잠 못 자고 애써 쓴 것이라 잃고 싶지 않다는 근사한 핑계와 더불어 출판까지 했던 것이다. 제 유모에게 배운 언어를 잘 다룬다는 평판을 듣겠다고

287
앞 장에서 비교한 키케로와 소(少) 플리니우스, 에피쿠로스와 세네카를 말한다.
288
B. C. 23~79. 로마 귀족, 학자, 『자연사』의 저자인 역사가. 조카인 소 플리니우스는 그의 양자가 되었다.

〔 442 〕

멋들어진 통신문을 정리하고 치장하는 데 소일하다니, 세계를 지배하는 대제국의 공공 업무를 관장하는 최고의 사법관인 로마 집정관에게 퍽이나 어울리는 일 아닌가? 그것으로 밥벌이를 하는 보잘것없는 교사라도 그보다 더 저열한 일을 할 수 있을까? 크세노폰과 카이사르는 설사 그들의 행적이 그들의 웅변을 압도하지 못했다 해도, 그런 편지들을 써 대지는 않았으리라고 나는 생각한다. 그들은 말이 아니라 행적으로 빛나기를 추구했다. 그리고 완벽하게 말 잘하는 능력이 위대한 인물에게 합당한 어떤 영광을 가져다줄 수 있다면, 분명 스키피오와 라엘리우스[289]는 자신들이 쓴 희곡의 영예와 그 모든 우아하고 매력적인 라틴어 문장들을 아프리카 노예[290]에게 넘겨주지 않았을 것이다. 왜냐하면 그 작품이 그들의 것임은 그 아름다움과 뛰어남이 충분히 입증하는 바요, 테렌티우스 자신도 인정했으니 말이다. B 누가 이런 믿음에서 나를 떼내려 한다면 몹시 불쾌할 것이다.

A 누군가를 그의 지위에 어울리지 않는 자질로 칭찬하고자 하는 것은, 그 자질이 아무리 다른 데서는 칭찬받을 만한 것일지라도 일종의 조롱이요 모욕이다. 그 자질이 그의 주요한 자질이 될 수 없는 경우에는 더욱 그렇다. 예를 들어 왕을 대단한 화가라든지, 우수한 건축가라든지, 나아가 훌륭한 사수, 또는 대단한 고리 채기 시합[291] 선수라고 칭찬하는 것처럼 말이다. 이런 칭찬은

289
B. C. 2세기경 로마의 군인, 정치가. 스토아 철학에 정통했다.
290
테렌티우스를 가리킨다.
291
말 탄 기사들이 나뭇가지에 매달린 고리를 낚아채며 달리는 경기.

왕의 고유한 자질, 즉 평화 시에나 전시에나 자기 백성들을 잘 이끄는 능력과 공정함 같은 자질들 다음으로, 한꺼번에 잔뜩 제시되지 않는 한 명예로운 것이 아니다. 바로 그런 식이어야 농사 기술이 키루스 대왕의 명예가 되고, 웅변과 철자법에 대한 식견이 샤를마뉴 대왕의 명예가 된다. ^C 좀 더 강력한 예로, 나는 우리 시대에 글쓰기에서 명성과 직분을 얻어 낸 사람들이, 글쓰기를 배웠다는 것을 부정하며, 일부러 문장을 틀리게 쓰고, 너무 흔하다 보니 우리 나라 사람들은 식자의 소양으로 여기지도 않는 자질²⁹²에 대해서는 무식한 척하는 것을 보았다. 더 나은 자질들로 자신을 내세우려고 말이다.

  ^B 데모스테네스의 동료들이 필리포스 왕에게 사신으로 갔다 와서, 그 왕이 잘생기고 말 잘하고 술을 잘 마신다고 칭송했다. 그러자 데모스테네스는 그런 칭찬은 왕보다는 여자, 변호사, 해면²⁹³에게 더 잘 어울릴 것이라고 말했다.

  그로 하여금 명령하게 하라. 저항하는 적들을 항복시키고
  쓰러트린 적에겐 관용을 베풀게 하라.
  호라티우스

사냥을 잘하거나 춤을 잘 추는 것은 그의 소임이 아니다.

292
형식의 우아함을 말한다.
293
술꾼을 뜻한다.

어떤 이는 송사에서 변론하고, 어떤 이는

컴퍼스로 하늘을 측량하고 빛나는 성좌를 묘사하리라.

그로 말하자면 백성을 통솔할 줄만 알면 된다.

베르길리우스

[A] 플루타르코스는 한층 더 나아가, 그런 부차적인 일들에 뛰어나 보이는 것은 보다 필수적이고 유용한 일에 바쳐야 마땅한 여가와 학습을 잘못 사용했다는 증거만 내보일 뿐이라고 하였다. 마찬가지로 마케도니아의 왕 필리포스는 아들인 저 위대한 알렉산드로스가 한 연회에서 가장 뛰어난 음악가들과 실력을 다투듯 노래 불렀다는 것을 듣고 그에게 말했다. "그렇게 노래를 잘하다니 부끄럽지 않은가?" 그리고 바로 그 필리포스에게, 그와 함께 음악에 관해 토론하던 한 음악가가 말했다. "폐하, 이런 일들에 대해 저보다 더 잘 아시는 것과 같은 큰 불행이 폐하께 닥치지 않기를 기원하옵니다."

[B] 왕이라면 웅변가가 다음과 같이 다그치며 모욕할 때 이피크라테스처럼 대답할 수 있어야 한다. "그래, 그대가 뭐라고 그토록 허세를 부리는가? 그대가 군인이길 한가? 사수이길 한가? 창수(槍手)이길 한가?" "나는 그중 무엇도 아니다. 하지만 나는 그들 모두에게 명령할 줄 아는 사람이다."

[A] 그리고 안티스테네스는 사람들이 이스메니아스[294]가 탁월한 플루트 연주자라고 칭송하는 것을 그가 별로 가치 없는 자라는 논거로 삼았다.

294
B. C. 4세기 테베의 정치가.

40장 키케로에 대한 고찰

^C 나는 잘 알고 있다. 누가 내『에세』의 문체를 들먹이면 나는 차라리 그가 입 다물어 주기를 바랄 것이다. 그것은 말솜씨를 칭찬하려는 것이기보다는 의미를 깎아내리려는 것이다. 보다 우회적이어서 더욱 신랄한 방식으로 말이다. 하지만 내가 잘못 알고 있는 게 아니라면, 나보다 더 건질 거리가 많은 소재를 제공한 이는 드물다. 잘 썼건 못 썼건 간에 어떤 작가도 자기 원고에 나보다 더 실속 있는 소재를 담거나, 혹은 적어도 더 무성하고 빽빽하게 뿌려 놓지 않았다. 더 많은 자료를 담기 위해 나는 머리 부분만 집어넣는다. 그 뒷이야기까지 하려고 집착하면 이 책을 몇 배나 더 두껍게 만들게 될 것이다. 해설을 붙이지 않은 이야기를 얼마나 많이 여기에 펼쳐 놓았는지, 조금만 능란하게 그것들을 까발려 보겠다고 맘먹은 자는 그걸 가지고 「에세」를 무한정 만들어 낼 수 있으리라.

그런 이야기들과, 인용문들이 항상 단순한 예시, 권위 있는 근거, 또는 장식의 역할만 하는 것은 아니다. 나는 그것들을 내가 거기서 끌어낸 용도로만 보지 않는다. 그것은 흔히 내가 다루는 주제를 넘어서는 훨씬 풍부하고 참신한 자료의 씨앗을 품고 있어, 더 이상 설명하려 하지 않는 나에게도, 내 방식을 알아차린 이들에게도, 좀 더 미묘한 음조를 주변에 퍼트린다.

말솜씨의 덕목으로 다시 돌아오자면 나는 잘못 말할 줄밖에 모르는 것과 잘 말하는 것밖에 모르는 것 사이에 별 차이가 있다고 생각하지 않는다. "문장의 인위적 꾸밈은 남자에게 어울리는 장식이 아니다."(세네카)

^A 현자들은 말한다. 지식으로 보자면 철학만이, 실천으로 보자면 덕성만이 모든 자질, 모든 신분에 보편적으로 합당하다고.

〔 446 〕

이미 말한 다른 두 철학자[295]에게도 비슷한 점이 있다. 그들도 친구들에게 보낸 편지에서 영원성을 약속하고 있으니 말이다. 하지만 논조가 다르다. 친구들에게 다음과 같이 쓴 것을 보면, 그들은 좋은 결과를 위해 타인의 허영에 맞춰 준 것이다. 그들은, 후대에 스스로를 알리고자 하는 마음과 명성을 얻고 싶은 마음 때문에 아직도 일처리에 매여 자기들이 권하는 은퇴와 고독을 두려워하는 것이라면, 그 점에 대해서는 걱정할 필요가 없다고 쓴 것이다. 자기들은 충분히 후세의 신용을 얻고 있으니, 공적 활동이 가져다줄 명성 못지않게, 자기들이 보내는 편지만으로도 그들을 유명하게 만들어 줄 것을 장담한다고 말이다. 게다가 이런 차이점 외에도, 그들의 편지는 오직 규칙적인 리듬에 맞도록 섬세하게 선별해 모아 놓은 낱말들로만 지탱되는 공허하고 메마른 편지들이 아니라, 아름다운 지혜의 말들로 가득 차 있어서 우리를 달변가가 아니라 더 현명한 자로 만들고, 잘 말하는 게 아니라 잘 행동하게 만든다.

사물에 대한 지혜가 아니라 말솜씨 자체를 샘나게 하는 웅변은 가소롭도다! 키케로의 웅변은 하도 완벽해서 그 자체가 글의 몸통이요 실체 구실을 한다고들 하지만 말이다.

이 문제에 관해 키케로의 성격을 손으로 만지듯 알 수 있도록 전해 내려오는 일화 하나를 덧붙이려 한다. 한번은 그가 청중 앞에서 연설하게 됐는데 유창하게 말할 준비를 하기에는 시간이 조금 촉박했다. 그때 그의 노예 중 하나인 에로스가 회합이 다음 날로 연기되었다고 알리러 왔다. 어찌나 마음이 놓였던지 그는 그

40장 키케로에 대한 고찰

기쁜 소식을 전했다는 이유로 그 노예에게 자유를 주었다.

  ^B 편지에 관해 한 가지 말하고 싶은 것은 내 친구들은 내가
편지를 꽤 쓸 수 있을 거라고 여긴다는 것이다. ^C 보낼 사람만 있
었다면 나도 기꺼이 편지 형식을 취해 내 수다를 펼쳐 보였을 것
이다. 그러려면 예전에 그랬듯이²⁹⁶ 나를 받쳐 주고 고양시키며
내 마음을 끄는 어떤 사귐이 있어야 했다. 다른 사람들처럼 허공
에 대고 말하는 것은 꿈에서 말고는 내 능력 밖의 일이기 때문이
다. 왜곡과 날조에 대해 불구대천의 원수로 선언한 사람으로서 가
상의 수신자들을 만들어 진지한 이야기를 하는 것도 그렇다. 만일
편지를 보낼 든든하고 친밀한 상대가 있었다면 일반 독자들의 다
양한 취향을 염두에 두는 지금의 나보다 훨씬 세심하고 허심탄회
했을 것이다. 필경 내 작업은 훨씬 성공적이었으리라.

  ^B 내 문체는 원래 친근하고 허물이 없지만, 워낙 내 식으로 독
특한지라 공적인 업무엔 적절치 않다. 내 문장은 너무 압축되고,
무질서하고, 퉁명스럽고 개인적이기 때문이다. 게다가 정중한 언
사의 미사여구밖에는 다른 내용이 없는 의례적인 편지들을 쓰는
재주가 내게는 없다. 애정과 봉사의 서약을 길게 늘어놓는 데는
소질도 취미도 없다. 그것을 그다지 믿지 않을 뿐만 아니라 내가
믿는 것 이상으로 무엇을 길게 말하는 것도 싫다. 그것은 현재의
행습과는 동떨어진 헛소리들이다. 그렇게 비열하고 비굴한 매춘
같은 예절 문구는 한 번도 본 적이 없으니 하는 말이다. 생명, 영
혼, 헌신, 경배, 농노, 종 따위의 단어가 그런 편지들에 너무 싸구
려로 흘러 다니다 보니, 보다 진실하고 존경 어린 감정을 전달하

<hr/>

296
라 보에시와의 관계를 말한다.

〔 448 〕

고 싶을 때 더 이상 그것을 표현할 방법을 찾지 못할 지경이다.

나는 아첨꾼으로 비치는 게 죽도록 싫다. 그렇다 보니 자연히 메마르고 직선적이고 퉁명스럽게 말하게 된다. 그래서 나를 달리 알지 못하는 사람은 약간 건방진 사람으로 여기기도 한다. ^C 내가 가장 덜 공대(恭待)하는 사람이 내가 가장 존경하는 사람이다. 그리고 마음이 아주 흥겨워서 활기차게 움직이는 자리에서는 격식 차리는 것을 잊고 만다. ^B 내가 의지하는 사람들에겐 퉁명스럽고 건방진 모습을 보이고, ^C 또 마음을 가장 많이 준 사람에겐 나를 가장 덜 드러낸다. ^B 그들은 내 심중을 읽어야만 할 것 같고, 내 말은 내 마음을 잘못 전달하는 것 같다.

^C 환영하고, 작별을 고하고, 고마워하고, 인사하고, 봉사를 제안하는 등 우리 예의범절이 요구하는 그 모든 정중한 말들에 나처럼 바보같이 언변이 서툰 사람을 나는 알지 못한다.

어쩌다 호의를 청하거나 추천서를 쓰지 않을 수 없었던 경우, 받는 이가 메마르고도 무뚝뚝한 글이라 여기지 않을 편지를 써 본 일이 한 번도 없다.

^B 이탈리아인들은 편지를 엄청나게 출판한다. 내가 가진 서한집만도 백여 권은 되는 듯하다. 그중에서 내 생각에는 안니발레 카로[297]의 것이 가장 훌륭하다. 만일 예전에 내 손이 진정으로 정열에 사로잡혀 있었을 때 여인들을 위해 내가 끼적거린 종이들이 아직 모두 남아 있다면, 혹 그런 광증에 빠진 한가한 청춘에게 보여 줄 만한 것도 몇 장 정도는 있을지 모르겠다.

297

1507~1566. 이탈리아 시인이자, 베르길리우스의 장편 서사시 『아이네이스』의 번역자이다.

40장 키케로에 대한 고찰

나는 항상 서둘러 편지를 쓴다. 도저히 참아 주지 못할 만큼의 악필이 되더라도 다른 사람의 손을 빌리느니 내 손으로 직접 쓰는 것을 좋아할 만큼 서두른다. 왜냐하면 내가 부르는 대로 빠르게 따라 쓸 만한 사람도 없고, 나는 정서(正書)도 하지 않기 때문이다. 나는 지체 높은 지인들까지 지우고 줄 긋고 여백도 없고 접지도 않은[298] 편지에 익숙해지도록 길들였다. 가장 힘들게 쓴 편지가 가장 가치 없는 편지들이다. 질질 끌며 쓰기 시작했다는 것은 벌써 내 마음이 거기에 없다는 신호이다. 나는 대개 계획 없이 시작한다. 첫 줄이 둘째 줄을 만든다. 오늘날의 편지는 내용보다는 장식과 인사치레가 더 길다. 편지 한 통을 써서 접고 봉하는 것보다는 차라리 두 통 쓰는 편이 좋아서 항상 그 일은 다른 이에게 맡겨 버린다. 마찬가지로 쓸 말을 다 쓰고 나면 편지 끝에 길고 지루한 연설이나 충성의 맹세나 기원 등을 덧붙이는 것은 기꺼이 다른 이에게 넘기고 싶다. 새로운 관행이 생겨나 그런 일을 덜어 주었으면 좋겠다. 또 작위나 직분 목록을 길게 붙이는 것도 면제해 주기를 간절히 바란다. 실수하지 않기 위해서 말이다. 나는 특히 법무와 재무를 맡은 사람들에게 쓸 땐 여러 차례 그것을 빼 버렸다. 직책이 어찌나 변화무쌍한지 각양각색의 존칭을 구별해 써넣기가 너무도 어려운데, 그런 관직은 비싼 값에 산 것들이라[299] 바꿔 쓰거나 빼먹으면 큰 결례일 수밖에 없다. 또 나는 우리가 출판하는 책의 겉장과 속표지에 그런 직함들을 집어 넣는 것도 똑같

298
당시에는 봉투 없이 편지를 접어서 부쳤다.
299
당시에는 왕이 사법관이나 재무관 같은 관직을 돈을 받고 팔았다.

〔 450 〕

에세 1

이 몰취미한 일이라고 생각한다.³⁰⁰

40장 키케로에 대한 고찰

41장
자신의 영광을 남과 나누지 않는
것에 관하여

^A 이 세상 사람들의 어리석음 가운데 가장 널리 퍼져 있는 것이 명성과 영광에 마음을 쓰는 것이다. 우리는 이것을 얻기 위해 재산이나 휴식, 목숨과 건강 같은 현실적이고 실질적인 재산을 포기할 정도이며, 그렇게 해서 아무런 몸도 실체도 없는 허깨비를, 순전히 말에 불과한 것을 쫓아다니는 것이다.

> 그 달콤한 목소리로 오만한 인간들을 매혹하는 명성,
> 그토록 아름다워 보이나 실은
> 메아리요, 꿈이며, 꿈의 그림자일 뿐인 것을
> 가볍디가벼운 바람결에도 흩어져 사라지고 만다.
>
> 타소

심지어 철학자들까지도 인간이 지닌 불합리한 기질 중 다른 무엇보다 이 기질을 쉬 떨쳐 버리지 못하고 미련을 갖는 것 같다.
^B 그것은 가장 고집 세고 다루기 어려운 것이다. ^C "명성은 미덕의 길로 한참 나아간 이들까지도 끊임없이 유혹하기 때문이다."(성 아우구스티누스) 이성이 그만큼 분명하게 그 허망함을 고발한 것이 없는데도, 이 기질은 우리 안에 싱싱한 뿌리를 내리고 있어서, 일찍

〔 452 〕

이 누구라도 마음에서 그것을 깨끗이 치워 버릴 수 있었던 이가 단한 사람이라도 있었을지 모르겠다. 그것을 부인하기 위해 별말을다 하고 별 이론을 다 세워 봐도, 그것은 그대의 이성을 거스르는어떤 내적 애착을 만들어 내니, 거기 맞설 힘이 별로 없는 것이다.

^A 키케로가 말하듯, 이 기질에 맞서 싸우는 자들마저 자기들이 쓰고 있는 책들 맨 앞에 제 이름을 달기를 바라고, 자기네가 영광을 경멸했다는 사실로 영광스러워지기를 바라기 때문이다.

다른 것은 무엇이나 거래를 할 수 있다. 벗이 필요로 하면 우리는 재산과 생명을 빌려준다. 그러나 자기 명예를 다른 사람과나누고, 자기 영광을 다른 이에게 선물하는 일은 좀처럼 보기 어렵다. 카툴루스 룩타티우스는 킴브리족과의 전쟁에서 적 앞에서도망가는 병사들을 멈춰 세우려고 갖은 애를 쓰다 자기가 직접 도망자들 틈에 끼어들어 겁쟁이 흉내를 냈다. 자기 부하들이 적군앞에서 도망치는 것이 아니라 장수를 따라가는 것처럼 보이게 하기 위해서였는데, 이는 자신의 명예를 포기하고 남의 수치를 가려주는 태도이다.

황제 카를 5세가 1537년 프로방스로 진입할 때, 안토니오 데레이바는 황제의 원정 계획이 확고한 것임을 알았다고 한다. 이원정이 황제에게 대단한 영광이 되리라고 생각하면서도 그는 정반대의 견해를 밝히면서 원정을 중단할 것을 권유했다. 원정 계획의 모든 영광과 명예가 자기 주군에게 돌아가게 하기 위해, 그리고 황제의 탁견과 예지력이 얼마나 뛰어나던지 모두가 반대하는데도 불구하고 이 같은 위업을 완수했다는 말이 나오게 하기 위해서였다. 이것은 자신을 희생해 황제를 명예롭게 한 것이다.

트라키아인 조문단이 브라시다스³⁰¹의 어머니 아르길레오니

41장 자신의 영광을 남과 나누지 않는 것에 관하여

스를 위로하며 아무도 그녀의 아들에 필적할 사람이 없었다고 추켜올리자, 그녀는 개인을 향한 이 특별한 찬사를 대중에게 돌리며 말했다. "그렇게 말씀하지 마십시오. 스파르타에는 내 아들보다 훨씬 위대하고 용맹한 시민이 많다는 것을 나는 압니다."

아직 한참 젊었던 영국의 황태자 웨일스 공은 크레시 전투에서 전위 부대를 지휘하고 있었는데, 그쪽에서 가장 맹렬한 접전이 이루어지던 참이었다. 황태자를 수행하던 귀족들은 상황이 만만치 않게 느껴지자 왕인 에드워드에게 자기네 쪽으로 와서 도와달라고 청했다. 왕이 아들의 상태를 묻자 살아 있으며 말을 타고 싸우는 중이라는 답이 돌아왔다. 그러자 왕이 말했다. "황태자가 그토록 오래 버티고 있는 전투에 내가 지금 가서 승리의 명예를 뺏어 온다면 황태자에게 잘못하는 일이다. 어떤 위험이 있을지라도, 그 전투는 온전히 황태자의 것이 되어야 한다." 왕은 자기가 접전지로 가려 하지도, 누구를 보내려 하지도 않았다. 자신이 도울 경우, 왕의 도움이 아니었으면 완전히 패했으리라면서 전공을 자기에게 돌리리라는 것을 알았던 것이다. ^C "사실 언제나 마지막 원군의 지원이 승리를 가져온 것처럼 보인다."(티투스 리비우스) ^B 로마에서는 여러 사람이 스키피오의 주요한 위업들은 ^C 부분적으로 ^B 라엘리우스의 덕이라고 평가했고, 일반적으로도 그렇게 말한다. 그렇지만 라엘리우스는 자기 명예는 전혀 개의치 않고 늘 스키피오의 위대성과 영광을 드높이고 보조하는 역할을 했다. 그리고 스파

301
펠로폰네소스 전쟁에 참가한 스파르타 장군. 그는 할키디키 반도 주민이 아테네인에 맞서 싸우게 만들었는데 암피폴리스에서 아테네의 클레온을 무찌르고 자신은 전사했다.(B. C. 422)

〔454〕

르타의 왕 테오폼푸스는, 어떻게 다스릴지를 잘 아는 왕이 있으니 나라가 왕의 두 발에 의지하고 있는 셈이라고 말하는 자에게 "그보다는 백성이 잘 따를 줄 알아서요."라고 말했다.

^C 대영주의 지위를 승계하는 부인들이 여자임에도 불구하고 귀족 관련 법정이 다루는 소송에 참여하고 의견을 개진할 권리를 가졌던 것처럼, 성직자가 된 대귀족도 성직이라는 직무에도 불구하고 전쟁이 나면 그들의 친구나 종복들뿐 아니라 그 자신도 직접 참전해 왕을 보좌해야 했다. 국왕 필리프 오귀스트와 함께 부빈 전투³⁰²에 나간 보베의 주교는 몸소 용감하게 싸우고 있었다. 그러나 폭력적인 이런 유혈 행위의 열매와 영광을 자신이 만져서는 안 될 것 같았다. 그날 그는 자기 손으로 적군 몇 명을 굴복시켰는데, 맨 처음 눈에 들어온 귀족에게 그들을 넘기며 목을 베든 포로로 잡든 마음대로 하라고 했다. 그리고 그는 살스베리 백작인 기욤도 마찬가지로 장 드 넬 공에게 넘겨주었다. 이 또한 비슷한 양심의 묘책이었는데, 그는 적을 때려눕히되 피를 흘리게 하고 싶진 않아서 몽둥이로만 싸웠다.³⁰³ 우리 시대에 어떤 이는 사제에게 손을 댔다는 비난을 국왕에게 듣자 완강하고 단호하게 부정했다. 그는 사실 사제를 쓰러뜨린 뒤 발로 밟았을 뿐이었던 것이다.

302
1214년 7월 27일의 전투. 프랑스의 승리로 끝난 이 전투를 통해 영국·프랑스 전쟁이 종결되며, 근대 프랑스가 만들어지는 과정에서 중요한 전투로 평가된다.
303
교회법은 교회가 피를 싫어하니 피 흘리게 하지 말라고 한다.

〔 455 〕

41장 자신의 영광을 남과 나누지 않는 것에 관하여

42장
우리들 사이의 불평등에 관하여

^A 플루타르코스가 어디선가 말하기를, 짐승들 사이에서는 사람과 사람 사이에서 발견하는 것만큼 현격한 차이를 전혀 발견할 수 없다고 했다. 그가 말하는 것은 영혼의 가치와 내적인 자질에 관한 것이다. 사실 내가 상상하는 에파미논다스는 내가 아는 어떤 이(상식 있는 사람을 말하는 것이다.)와도 너무나 거리가 멀어서, 나는 기꺼이 플루타르코스보다 한 걸음 더 나아가, 사람과 사람 사이에는 인간과 다른 동물들 사이보다 더 큰 차이가 있다고 말하련다.

^C 아! 한 인간에서 다른 인간까지는 얼마나 먼가!
테렌티우스

그리고 인간 정신의 등급은 여기에서 하늘까지를 발³⁰⁴로 나눈 것과 맞먹을 정도여서 거의 헤아릴 수 없을 정도이다.
^A 그런데 인간을 평가하는 기준을 생각해 볼 때, 우리 인간만 빼고 다른 모든 것이 오직 그 자체의 자질만으로 평가된다는 것은

304
길이의 단위. 한 발은 두 팔을 벌렸을 때 한쪽 손에서 다른 쪽 손까지의 거리.

〔 456 〕

놀라운 일이다. 우리는 말을 칭찬할 때 그 말이 힘차고 재주 좋고,

> [B] 그래서 빠르고도 가뿐하게
> 왁자한 군중의 갈채를 받으며
> 수없이 종려상을 얻었기에 칭찬하지
> 유베날리스

[A] 말이 걸친 마구를 칭찬하진 않는다. 우리가 사냥개를 칭찬하는 것은 빠르기 때문이지 목걸이 때문이 아니요, 새를 칭찬하는 것은 날개 때문이지 끈이나 방울 때문이 아니다. 왜 우리는 한 인간을 그처럼 그에게 고유한 것에 준해서만 평가하지 않는 것일까? 그는 많은 사람을 거느리며 멋진 궁전, 대단한 명망과 엄청난 수입을 가지고 있다. 그러나 이 모든 것은 그를 둘러싼 것이지, 그 자신 안에 있는 것이 아니다. 그대는 자루 속에 들어 있는 고양이를 사지는 않는다. 그대가 말을 두고 흥정한다면 말에서 마구들을 떼어 내고 알몸 상태로 살필 것이다. 혹 마구를 덮어 놓는다면, 예전에 왕공들에게 팔려고 내놓을 때 그랬듯이 덜 중요한 부분을 가려 놓을 것이다. 아름다운 털이나 넓적한 엉덩이 따위에 홀리지 않고, 가장 중요한 지체인 다리, 눈, 발을 중점적으로 살필 수 있도록 말이다.

> 왕들에겐 이런 습관이 있으니,
> 말을 살 땐 옷을 입혀 심사한다.
> 자주 일어나는 일이듯,
> 멋진 엉덩이 자그마한 머리통 도도한 목덜미에 홀려
> 외관은 훌륭하나 다리는 실하지 않은 놈을

〔 457 〕

42장 우리들 사이의 불평등에 관하여

사들일까 염려되기 때문이다.

호라티우스

어찌하여 인간을 평가할 땐 완전히 덮어씌우고 포장한 상태
에서 평가하는가? 그는 자기 것이라 할 수 없는 것들만 내보이고,
그의 가치를 진정으로 판단할 수 있게 하는 것들은 감춘다. 그대
가 알고자 하는 것은 검의 가치이지 칼집의 가치가 아니다. 칼집
을 벗겨 놓고 보면 1리아르[305]도 주고 싶지 않을지 모를 일이다.
그 자신을 평가해야지 장신구를 보고 평가해서는 안 된다. 한 고
대인[306]은 이렇게 재미있게 말한 바 있다. "당신 눈에 그가 왜 커
보이는지 아시오? 그의 신발 뒤축 높이까지 합산했기 때문이라
오." 받침대는 동상의 일부가 아니다. 죽마를 떼어 내고 그의 키를
재어라. 부귀와 영화는 내려놓고 속옷 차림으로 나오게 하라. 그
의 신체는 건강하고 경쾌하여 맡은 일에 적합한가? 그의 정신은
어떠한가? 아름답고 유능하며 모든 점에서 나무랄 데 없는가? 그
정신은 자기 것으로 풍부한가, 아니면 남에게 빌려 온 것으로 풍
부한가? 운이 좋아 얻은 것은 없는가? 눈을 부릅뜬 채로 자기를 향
해 뽑아 든 칼들을 기다릴 수 있는가? 입으로건 목으로건, 목숨이
어디로 빠져나가도 상관하지 않는가? 침착하고 공평하고 여유만
만한가? 이것이 우리가 봐야 할 점이요, 우리들 사이에 존재하는
천차만별을 판단할 지점이다.

305
1수(5상팀에 해당한다.)의 4분의 1에 해당하는 옛날 화폐 단위.
306
세네카.

〔 458 〕

현명하며 줏대 있는 자인가?

가난도 죽음도 족쇄도 그를 흔들 수 없을 만큼?

자기 정념에 저항하고, 출세와 영달을 멸시할 용기를 지녔
는가?

저 자신 안에 온전히 들어차 둥글고도 매끈하여

외부의 그 무엇도 굴러가지 못하게 할 수 없는 공처럼,

운수의 어떤 타격도 미치지 못하는가?

호라티우스

이런 인물은 왕국이나 공작령보다 500발이나 위에 있다. 그에게
는 저 자신이 자기의 왕국이다.

^C 현자는 스스로 자기의 행복을 짓는다.

플라우투스

^A 그가 더 이상 무엇을 바라랴.

우리는 보지 않는가,

자연이 우리에게 요구하는 것은,

고통 없는 신체와,

근심과 두려움을 벗어나

평안을 누리는 마음뿐임을.

루크레티우스

그를 우리 시대의 우중, 어리석고, 천하고, 비열하고, 불안정

〔 459 〕

한 우중, 온통 남에게 예속되어, 끊임없이 밀려오는 다양한 정념의 폭풍에 이리저리 휩쓸리며 한없이 떠다니는 우중과 비교해 보라. 그 둘은 하늘과 땅보다 더 멀다. 그런데도 눈먼 우리의 관습은 거기에 대해 거의, 또는 전혀 고려하지 않는다. 반면 농부와 왕, C 귀족과 상민, 사법관과 평민, 부자와 빈자를 고찰하면 A 즉각 그들 사이의 천양지차가 우리 눈앞에 떠오른다. 실은, 이렇게 말해도 좋다면, 입고 있는 잠방이가 다를 뿐이건만.

C 트라키아에서 왕은 백성들과 재미나지만 지나친 방식으로 구별되었다. 그는 백성들이 경배할 수 없는 별도의 종교, 자기만의 신을 갖고 있었는데, 그 신은 메르쿠리우스[307]였다. 백성들의 신인 마르스, 바쿠스, 디아나 같은 신들은 멸시했다.

그러나 이런 것들은 본질적인 차이를 만드는 것과는 아무 관계 없는 색칠에 불과하다. A 왜냐하면 무대 위에서는 공작이나 황제의 흉내를 내지만 잠시 후에는 원래 신분인 하인이나 가난한 좀도둑으로 돌아가는 배우들처럼, 사람들 앞에서는 그 호사스런 의식으로 그대의 눈을 부시게 만드는,

> B 황금 속에 박아 넣은 굵직한 최상품 에메랄드들이
> 그 몸에서 번쩍이고,
> 늘 아름다운 자색 의상을 휘감고,
> 비너스의 땀[308]을 뿌려 댔기 때문이니,

307
로마 신화에 나오는 상업의 신. 마르스는 전쟁의 신, 바쿠스는 술의 신, 디아나는 다산·순결·달의 여신이다.
308
향수를 말함.

〔 460 〕

^A 막 뒤에 가서 보라. 그도 하나의 보통 인간에 지나지 않고, 어쩌면 자기 신하 중 가장 보잘것없는 자보다 더 비루할 수도 있다. ^C "신하는 내적인 행복을 누린다. 왕은 표면적인 행복을 누릴 뿐이다."(세네카)

^A 비겁, 망설임, 야심, 불안, 시샘이 다른 이와 마찬가지로 그를 흔든다.

> 황실의 보물도 내쫓을 수 없고
> 집정관의 속간(束桿)도 가둬 둘 수 없다.
> 천장 모서리 금칠한 대리석판 주위를 아른대는
> 가혹한 번민과 근심을.
> 호라티우스

^B 자기 군대에 둘러싸여 있어도 근심과 두려움이 그의 목을 조른다.

> 실로 인간을 짓누르는 공포와 근심은
> 군대의 소란도 위협적인 검도 두려워하지 않는다.
> 그것들은 왕들과 권세가들 가운데 겁 없이 살면서
> 황금의 광채 따위 공경하지 않는다.
> 루크레티우스

^A 열병, 두통, 통풍이 우리보다 황제를 더 봐주는가? 늙음이

42장 우리들 사이의 불평등에 관하여

그의 어깨 위에 앉으면 근위대의 궁사가 쫓아 줄 것인가? 죽음에 대한 공포가 그를 얼어붙게 할 때 어전 시종 귀인들이 붙어 있다고 안심할 것인가? 그가 질투나 변덕에 사로잡힐 때, 우리가 모자를 벗고 인사를 드린들 그의 마음이 가라앉을 것인가? 황금과 진주를 주렁주렁 달아 잔뜩 부푼 침대의 휘장도 지독한 복통의 엄습을 다스리는 데는 아무 효험이 없다.

> 수놓은 자줏빛 이부자리에 누워 있다고
> 평민의 홑청 아래 누웠을 때보다
> 열병의 고열이 더 속히 내리지는 않는다.
> 루크레티우스

아첨꾼들은 알렉산드로스 대왕으로 하여금 그가 주피터의 아들이라고 믿게 했다. 어느 날 부상을 당한 알렉산드로스는 자기 상처에서 피가 흐르는 것을 보고 말했다. "아니, 이게 뭐란 말인가? 붉은 피, 순전히 인간의 피가 아닌가? 이건 호메로스가 신들의 상처에서 흘러내린다고 했던 그 피가 아닐세." 시인인 헤르모도로스는 안티고노스를 기리는 시에서 그를 태양의 아들이라고 불렀다. 그러나 안티고노스 자신은 반박했다. "내 방의 요강을 비우는 자는 내가 전혀 그렇지 않다는 것을 안다." 그는 그저 하나의 인간이다, 전적으로. 만일 그 스스로가 못나게 태어났다면, 천하를 호령하는 권력도 그를 달리 치장해 줄 수 없다.

> [B] 처녀들이 그를 차지하려 다투게 하고
> 그가 가는 걸음마다 장미가 피게 하라.

〔 462 〕

그런들 무엇 하나, 그가 천박하고 어리석은 자라면? 쾌락조차도,
행복도, 원기와 정신력 없이는 느낄 수 없다.

　이런 것들도 소유자의 마음에 따라 가치를 발한다.
　사용할 줄 아는 자에게는 선이요,
　잘 사용할 줄 모르는 자에게는 악이다.
　테렌티우스

　^A 복이 많아 지니게 된 재물도 아무리 실제 복일지언정 누릴
줄 아는 마음이 필요하다. 소유가 아니라 향유해야 우리는 행복해
진다.

　몸의 열이나 마음의 근심을 치료해 주는 것은
　집도 땅도 아니요, 청동이나 금덩어리도 아니다.
　얻은 재물을 만끽하려면 건강해야 한다.
　욕망이나 두려움으로 고통받는 사람에겐
　집도 재물도
　안질 환자에게 그림격이고, 통풍 환자에게 고약격이다.
　호라티우스

　그는 바보요, 그의 감각은 무디고 멍청하다. 그는 코감기 환
자가 그리스 포도주의 감미를 즐기지 못하듯, 또는 사람들이 얹어
준 마구의 호사를 말이 즐기지 못하듯 자기 재물을 즐기지 못하니,

〔 463 〕

42장 우리들 사이의 불평등에 관하여

^C 플라톤이 말한 대로 건강, 미모, 힘, 부, 그리고 복이라고 불리는 모든 것은 공히 부당한 자에게는 악이 되고 정당한 자에게는 선이 되며, 불행은 그 반대가 되는 것과 같다.

^A 게다가 바늘에 살짝 찔린 것만으로, 마음에 정념이 생긴 것만으로, 전 세계의 왕이 된 기쁨조차 잃기에 충분하니, 몸과 정신이 나쁜 상태에 있다면 이 모든 지극한 복이 무슨 소용 있나? 통풍의 첫 고통이 시작되면 그 순간부터 대감이건 상감이건 다 소용없다.

> 온통 은과 금을 뒤집어쓰고도
>
> 티불루스

^A 자기 궁정이나 위엄의 기억을 깡그리 잊어버리지 않는가? 화가 났다면, 대공이라는 지위가 얼굴이 붉으락푸르락해지고, 마치 미친 사람처럼 이를 득득 가는 것을 막아 주는가? 그런데 그가 능력 있고 잘난 사람이라면, 왕족이라서 그의 행복에 보탬이 될 것은 별로 없다.

> 그대의 위, 폐, 발이 양호하다면
> 왕들의 부 전부라도 그대의 행복에 보탤 것이 없으리라.
>
> 호라티우스

그는 그것이 환상이요 속임수라는 것을 안다. 그렇다. 아마도 그는 "왕홀의 무게를 아는 자는 그것이 땅바닥에 떨어져 있는 것을 봐도 주우려 하지 않을 것"이라고 한 셀레우코스 왕의 견해에 동의할 것이다. 셀레우코스는 좋은 왕에게 따르는 막중하고도

[464]

힘든 임무들을 생각하며 그렇게 말한 것이다. 우리 자신을 다스리는 일에도 그토록 많은 어려움이 따르니 남들을 다스려야만 한다는 것은 분명 작은 일이 아니다. 명령하는 일에 대해 말하자면, 매우 기분 좋은 일일 것 같지만, 인간이 지닌 판단력의 취약함과 새롭고 의심쩍은 일들 속에서 선택해야만 하는 어려움을 고려할 때, 이끌기보다는 따르는 것이 더 쉽고 쾌적하고, 이미 나 있는 길을 지켜 가며 자기 자신만 책임지면 된다는 것이 정신의 크나큰 평안이라는 의견에 강력히 찬동하는 바이다.

> B 그러므로 나라를 다스리는 임무를 맡으려 하기보다
> 고요히 복종하는 것이 훨씬 낫다.
> 루크레티우스

게다가 키루스 대왕은 자기가 통솔하는 자들보다 낫지 못한 자에겐 통솔할 권리가 없다고 늘 말하곤 했다.

A 그런데 크세노폰에 나오는 왕 히에론[309]은 그보다 더 심하게 말했다. 쾌락을 즐기는 데에도 왕들은 보통 시민들보다 나쁜 조건에 놓여 있는데, 쾌락을 얻기 편하고 쉽다는 점이 우리가 거기서 느끼는 짜릿하고 달콤한 맛을 앗아 가기 때문이라는 것이다.

> B 지나치게 고분고분 환대받은 사랑은
> 우리를 금방 싫증 나고 지치게 만든다.

309
B. C. 5세기 시라쿠사의 왕. 크세노폰은 히에론과 서정 시인 사모니데스의 대화로
된 소책자를 남겼다.

입에 맞는 떡도 지나치면 위장을 피곤하게 하듯.

오비디우스

^A 성가대 아이들이 노래 부르는 것에 큰 기쁨을 느끼리라고 생각할 수 있는가? 물리도록 부르는 탓에 오히려 지겹기만 할 것이다. 잔치, 무도회, 가면무도회, 시합은 그런 것을 자주 보지 못하거나 보기를 열망하는 사람들을 즐겁게 한다. 하지만 그런 것들을 일상적으로 하는 사람들에게는 시들하고 재미없는 것이 되어 버린다. 원 없이 여자를 즐길 수 있는 사내에게는 어떤 숙녀도 자극을 줄 수 없다. 갈증을 느낄 짬이 없는 사람은 마시는 데 즐거움을 느낄 수 없다. 광대들의 소극은 우리를 즐겁게 하지만 광대 자신에게는 고역이다. 그런 까닭에 가끔씩 변장을 하고 하층민의 방식으로 살아 보는 것이 왕공들에겐 즐거운 일이요 하나의 축제가 된다.

흔히 변화는 귀인들을 즐겁게 한다.
양탄자도 자줏빛 휘장도 없는
빈자의 지붕 밑 간소한 식사가
귀인들의 근심 어린 이마를 펴 주었다.

호라티우스

^C 풍요만큼 거북하고 싫증 나는 것도 없다. 저 터키의 대군주가 자기 하렘에 두고 있듯, 제 마음대로 할 수 있는 300명의 여인을 보면 어떤 욕망인들 사라지지 않을까? 그리고 그의 선조 중 하나로, 적어도 7000명의 매 사냥꾼을 거느리지 않고서는 들로 나가지 않았던 사람에겐 어떤 사냥 욕구와 취미가 남아 있었을까?

[466]

 ᴬ 그뿐 아니라 높은 신분의 광채는 가장 달콤한 쾌락을 누리는 데 적잖은 불편을 가져다주리라고 나는 생각한다. 그들은 너무 드러나 있고 너무 많은 시선의 표적이 된다.

ᴮ 게다가 왜인지는 모르겠으나, 사람들은 그들에겐 실수를 숨기고 감추라고 더 많이 요구한다. 우리에게는 단순한 실수인 것도 그들이 행하면, 백성들은 폭정이요 법의 무시요 멸시라고 판단하며, 그들이 악덕으로 기우는 성향에 더해 공공 법규를 어기고 발아래 깔아뭉개는 데 쾌감까지 느낀다고 여기는 까닭일 것이다. ᶜ 사실 플라톤은『고르기아스』에서 폭군을 정의하기를, 한 나라 내에서 제 맘에 드는 것은 뭐든 할 수 있는 자라고 했다. ᴮ 그리고 흔히 그 때문에[310] 악덕 그 자체보다 악덕이 드러나고 공표되는 것이 그들의 명예를 손상한다. 누구나 감시당하고 통제되는 것을 두려워한다. 그런데 왕공들은 태도나 사상에서까지 그런 일을 당한다. 국민 전체가 그것을 비판할 권리와 이유를 가지고 있다고 여기기 때문이다. 게다가 높고 빛나는 자리일수록 거기 묻은 얼룩이 더 커 보이고, 이마에 있는 점이나 무사마귀가 다른 데 난 칼자국보다 눈에 띄는 법이다.

ᴬ 이런 연유로 시인들은 주피터의 연애가 그 자신의 얼굴이 아닌 다른 얼굴 아래 행해진 것으로 상상하는 것이다. 그리고 주피터가 했다고 하는 수많은 사랑 행각 가운데, 자신의 위엄과 고귀함을 그대로 내보이면서 등장하는 것은 딱 한 번밖에 없는 것 같다.

어쨌든 히에론의 이야기로 돌아가자. 그는 또한 자기가 자기

310
앞의 B부분과 이어진다.

〔 467 〕

42장 우리들 사이의 불평등에 관하여

나라의 경계 안에 갇혀 죄수처럼 살면서 자유롭게 돌아다니지도 못하고 여행도 할 수 없으니 왕좌에 앉아 있는 것이 얼마나 거추장스러운지 모른다고, 무엇을 하건 성가신 군중에 둘러싸여 있다고 늘어놓는다. 사실 우리 왕들이 식탁에 혼자 앉아 수많은 말쟁이들과 알지도 못하는 구경꾼들에 포위되어 있는 것을 보면 나는 부럽기보다는 딱하다는 생각이 자주 들었다.

B 알폰소 왕[311]은 이 점에서 당나귀가 왕보다 낫다고 말했다. 당나귀 주인들은 당나귀가 제 마음대로 풀을 뜯게 내버려두는데, 왕은 자기 하인들에게서도 그런 자유를 얻을 수 없다는 것이다.

A 또 나는 스무 명이나 되는 참관인들에 둘러싸여 요강에 앉아 있는 것이 양식 있는 인간의 삶에 바람직한 안락함이라고 생각하는 공상에 빠져 본 일은 한 번도 없다. 또 1만 리브르의 수입이 있거나 카살레[312]를 함락시켰거나 시에나를 방어한 사람의 봉사가 마음씨 좋고 숙련된 하인에게 받는 봉사보다 더 편하고 기분 좋으리라고도 생각하지 않는다.

B 왕공들이 누리는 호강은 말하자면 상상적 호강이다. 지위의 매 단계가 나름대로 왕권 비슷한 모습을 보인다. 카이사르는 그의 시대에 프랑스에서 사법권을 가졌던 영주들을 모두 '새끼 왕(roitelet)'[313]이라고 불렀다. 사실 어떤 사람들은 '전하'라는 호칭

311
어느 왕인지 확실치 않다. 15세기 아라공의 왕 알폰소 5세로 추정한다.
312
이탈리아 포강 유역의 요새.
313
왕은 프랑스어로 roi이다. roitelet는 '굴뚝새'라는 뜻으로, 약소국의 군주를 경멸조로 칭하는 말이다.

〔 468 〕

만 빼면 왕들과 아주 흡사하다. 그리고 보라, 조정에서 멀리 떨어진 촌구석(이를테면 브르타뉴라고 해 두자.)에서 하인들의 시중을 받으며 틀어박혀 살아가는 영주의 시종들, 신하들, 관리들, 업무, 봉사, 의전을 보라. 또 그의 상상력이 어떻게 날아오르는지도 보라. 그보다 더 왕 같을 수는 없다. 그는 자기 주군인 프랑스 왕에 대한 말을 마치 페르시아 왕에 대해 듣듯 일 년에 한 번 정도 들을 뿐이요, 비서가 기록해 두고 있어서 먼 친척으로 알고 있을 따름이다. 사실 우리의 법은 충분히 자유로워서 프랑스 귀족에게 왕권의 무게가 미치는 것은 기껏해야 평생 두 번이 될까 말까 하다. 본질적이고 실제적인 주종 관계는 우리 중 그것에 적성이 있고 그런 봉사로 자기를 높이기를 좋아하는 사람들하고만 상관이 있다. 왜냐하면 자기 집 난롯가에 편히 있기를 좋아하고 분쟁도 송사도 없이 집안을 이끌어 갈 줄 아는 사람은 베네치아 공작만큼이나 자유롭기 때문이다. ^C "속박당한 사람은 몇 안 된다. 많은 이가 스스로 속박되려 안달한다."(세네카)

^A 그러나 히에론이 무엇보다 강조하는 것은 인생의 가장 완벽하고 달콤한 열매가 바로 우정인데, 자기는 어떤 우정도 어떤 상호적인 사귐도 누릴 수 없다는 것이다. 원하든 원치 않든 나를 위해 무엇이든 해야만 하는 사람에게서 애정이나 호의의 증거를 찾아낼 수 있겠는가? 그가 겸손하게 말하고 공손하게 절한다고 해서 그것을 의미 있게 여길 수 있나? 그럴 수밖에 없다는 걸 아는데? 우리를 두려워하는 이들에게서 받는 존중은 영광이 아니다. 그런 존경은 왕권에 바치는 것이지 내게 바치는 것이 아니다.

^B 왕권의 최대 이점은

〔 469 〕

42장 우리들 사이의 불평등에 관하여

신민이 군주의 행동을 견디는 데 더하여
칭송까지 해야 한다는 데 있다.

세네카

^A 고약한 왕이건 좋은 왕이건, 사람들이 미워하는 자건 사랑하는 자건, 똑같이 존중받는 것을 보지 않는가. 같은 모습, 같은 예절로 나의 선대도 섬김을 받았고, 나의 후계자도 그럴 것이다. 내 신하가 내게 무례하게 굴지 않는다고 해서 그것이 하등의 애정 표시일 수 없다. 왜 내가 그렇게 생각할 것인가? 무례하게 굴고 싶어도 그렇게 할 수 없는데. 아무도 우정 때문에 나를 따르는 것이 아니다. 그와 나 사이에 상호적인 교분과 대등성이 그토록 적은데, 그가 어디다 우정을 꿰매 붙일 것인가. 나의 높은 지위가 나를 사람들과의 관계 밖에 위치시킨다. 그들과 나 사이엔 너무도 큰 격차와 불균형이 있는 것이다. 그들은 예법과 관습 때문에 나를 따른다. 또는 자기들의 지체를 높여 보려고, 나라기보다는 차라리 나의 지체를 따른다. 그들이 내게 말하거나 행하는 모든 것이 가식에 지나지 않는다. 그들의 자유는 내가 그들에 대해 갖는 크나큰 권력에 의해 사방에서 재갈이 물려 있기 때문에, 나는 주위에서 덮어 씌운 것이나 가면을 쓴 것 외에는 아무것도 볼 수 없다.

어느 날 율리아누스 황제의 궁신들이 그의 공정함을 칭송하자 그는 말했다. "내가 달리 행동했을 때 나를 비난하고 책망할 수 있는 인사의 입에서 나온 것이라면 기꺼이 그대들의 칭송을 자랑삼으련만."

^B 왕공들이 누리는 진정한 안락은 모두 보통 정도의 지위에 있는 사람이 누리는 것이나 같다.(날개 달린 말을 타거나 천상의 음

〔 470 〕

에세 1

식을 먹는 것은 신들이나 할 수 있다.) 그들이 우리와 다른 잠을 자고 다른 식욕을 느끼는 게 결코 아니다. 그들의 검이 우리가 차고 있는 것보다 더 단단한 것은 아니다. 그들의 왕관은 해도 비도 가려 주지 못한다. 그토록 공경받고 그토록 영광스러운 왕관을 썼던 디오클레티아누스는 사적인 삶의 즐거움을 위해 물러나려고 왕관을 내려놓았다. 그런데 얼마 후 공적인 업무에 그가 꼭 필요해서 다시 돌아와 달라고 사람들이 찾아와 간청하자 대답했다. "만일 그대들이 내 집에 내 손으로 질서 있게 심어 놓은 아름다운 나무들과 내가 씨를 뿌린 탐스러운 멜론들을 보았다면 내게 그런 권유를 할 생각을 품지 못했을 게요."

철학자 아나카르시스의 견해에 따르면, 가장 바람직한 통치 상태는 다른 모든 것은 평등하고 오직 미덕에 따라, 그리고 악덕을 멀리하는 것에 따라 인간의 우열이 정해지는 상태일 것이다.

ᴬ 피로스 왕이 이탈리아로 원정을 떠날 계획을 세울 때, 그의 현명한 조언자 키네아스는 그 야심의 부질없음을 느끼게 해주고자 그에게 물었다. "아, 그렇습니까, 전하! 무슨 목적으로 그런 거창한 계획을 세우셨습니까?" 왕은 즉각 대답했다. "이탈리아의 주인이 되려고지." "그럼 그다음에는요?" "골 지방으로, 또 스페인으로 가야지." "그다음에는요?" "아프리카를 정복하러 갈 거야. 그리고 마침내 전 세계를 정복하고 나면 쉬면서 즐겁게 편안히 살아야지." 그러자 키네아스가 응수했다. "하느님 맙소사, 전하, 소원이 그러하다면 무엇 때문에 지금 당장 그렇게 살지 않으시는지 말씀해 주십시오. 왜 소원이라는 그 상태를 바로 이 순간부터 누리고, 그동안에 겪을 그 많은 수고와 위험을 덜려 하지 않으십니까?"

[471]

42장 우리들 사이의 불평등에 관하여

왜냐하면 그는 자기 욕망에 두어야 할 한계를 모르며,
참다운 기쁨이 어디서 끝나 시들기 시작하는지 모르기 때
문이다.
루크레티우스

이 주제에 기막히게 잘 들어맞는다고 생각되는 오랜 문구로
이 장을 마쳐야겠다. "각자의 성격이 각자의 운수를 만든다."(코르넬
리우스 네포스)

43장
사치 금지법에 관하여

^A 우리 법이³¹⁴ 식탁이나 옷에 미친 듯이 마구 헛돈을 쓰는 것을 규제하려 드는 방식은 그 목적과 배치되는 것으로 보인다. 제대로 된 방법이라면 황금과 비단이 허망하고 무용한 것이라 여겨 경멸하는 것을 가르쳐야 할 텐데 우리는 그 명예와 가치를 높여 주고 있으니, 사람들이 그것을 혐오하게 만들기에는 너무 미숙한 방법이라 하겠다. 왜냐하면 ^C 가자미 요리를 먹고 ^A 비로드와 금실로 된 옷을 입는 것은 왕공이나 할 수 있는 일로 일반인에겐 금한다고 하는 것은, 이런 것의 가치를 높여 주고 누구나 경쟁하듯 그렇게 하려는 마음을 부추기는 셈이 아닌가? 왕들이야말로 이런 유의 귀한 신분의 표시들을 단호히 멀리할 일이다. 다른 표시들도 충분히 많기 때문이다. 그런 과도함은 왕보다는 왕 아닌 다른 모든 이들에게 더 용서가 되는 일이다. 여러 나라의 예를 통해 우리와 우리의 지위를 외적으로 구분해 주는(한 나라 안에서는 이것이 마땅히 필요하다고 생각한다.) 더 나은 방법을 충분히 배울 수 있으니, 이 구

314

16세기 프랑스는 이탈리아의 영향으로 사치가 급속도로 퍼지고 있었고 의복의 유행도 예외적일 만큼 빠르게 바뀌는 중이어서 그에 따른 폐해를 막고자 갖가지 법령이 만들어졌다.

〔 473 〕

분을 위해 이렇게 분명한 타락과 해악을 키울 필요는 없다.

이렇게 사소한 일들에서 습관이 쉽사리 그리고 빠르게 그 권위의 뿌리를 내리는 것은 놀랍다. 앙리 2세를 애도하기 위해 우리가 궁에서 비단 나사(羅紗)를 두르고 다닌 것이 채 일 년이 될까 하는데 벌써 누구라도 비단을 시시하게 보게 되어, 누군가 그것을 걸친 것을 보면 궁정 밖 도시민인가 보다고 이내 낮춰 보게 되었으니 말이다. 그전에는 비단을 내과의나 외과의들만 입었다. 누구나 비슷하게 옷을 입고 다녔지만, 그래도 사람들의 지위를 명확하게 구분하는 방법은 따로 얼마든지 있었다.

B 우리 군대 안에서 영양 가죽과 천으로 만든 지저분한 상의가 얼마나 갑자기 칭송을 받고 우아하고 화려한 복장은 비난받고 경멸당하게 되었던가!

A 왕들부터 이런 낭비를 그만두게 하라. 그러면 칙령이나 포고령 없이도 한 달 안에 일은 끝난다. 우리 모두가 그 뒤를 따를 것이기 때문이다. 지금 하는 것과 반대로 법은 어릿광대와 화류계 여성을 제외한 모든 부류의 사람에게 진홍색과 금은 세공품의 사용을 금해야 할 것이다. 셀레우쿠스 왕은 비슷한 발상으로 로크리스[315] 사람들의 부패한 풍속을 바로잡았다. 그가 내린 포고령은 다음과 같았다. 자유민 여성은 술에 취했을 때 말고는 한 사람 이상의 하녀가 뒤따르게 해서는 안 되고, 공창(公娼)의 여자 말고는 누구도 야밤에 외출해서는 안 되며, 몸에 금장식을 걸쳐서도 안 되고, 수놓은 화려한 옷을 입어서도 안 된다. 포주를 제외한 남자는 밀레투스시에서 제조한 나사같이 세련된 옷을 입거나 손가락

315
고대 그리스 중부 지방, 동서로 분단되어 있었다.

〔 474 〕

에세 1

에 금반지를 끼고 다닐 수 없다. 이런 식으로 수치스러운 사람만 이 예외가 되게 함으로써 그는 시민들이 사치와 향락의 해악에 빠지지 않게 한 것이다.

   B 명예와 야심을 통해 사람들을 복종[316]으로 이끄는 것은 대단히 유익한 방법이다. 외적인 행위와 관련된 개혁을 추구하는 데 있어 우리 왕들은 무슨 일이든 할 수 있다. 그들이 보이는 경향이 법의 역할을 하기 때문이다. C "왕공들이 하는 행동은 어느 것이나 그들의 명령인 듯 보인다."(쿠인틸리아누스) B 프랑스는 어디서나 궁정의 규율을 규칙으로 삼는다. 우리의 치부를 그렇게 노골적으로 눈에 띄게 만드는 저 흉측한 급소 가리개는 궁정에서 먼저 걷어치우자. 우리를 전혀 딴사람으로 보이게 하고 무장하기에도 몹시 거북하게 상의를 둔하게 부풀리는 것이며 여자들처럼 머리를 길게 땋는 것, 예전에는 오직 왕공에게만 하던 의식인데 지금은 친구들에게 선물하는 것 무엇에나 입을 맞추고 그들과 인사할 때도 우리 손에 입 맞추게 하는 습속, 귀족이 방금 화장실에서나 나온 참인 듯 옆에 칼도 차지 않은 채 아무렇게나 단정치 못한 모습으로 공식 행사장에 나타나는 것도 그만둘 일이다. 우리 앞 세대의 방식에도 어긋나고 우리 왕국 귀족들 특유의 자유로움에도 어긋나게, 왕공들이 어디 있건 그들과 한자리에 있으면 멀리 떨어진 곳에서도 모자를 벗고 있어야 하는 것도 마찬가지이다. 왕들만이 아니라 다른 적잖은 수의 왕가 사람들 주위에 있을 때도 동일하게 처신해야 하는데, 왕에 손자뻘, 증손자뻘 되는 사람들이 우리에게 좀 많은가 말이다. 새로이 도입된 되지못한 비슷한 관행도 그렇다. 그

316
1595년판에는 '의무'가 첨가되었다. "(······) 의무와 복종으로 (······)"

런 것들은 즉시 비난받고 사라져야 한다. 그런 것들은 피상적인 과오이긴 하지만 그래도 좋지 않은 조짐들이다. 내벽의 칠과 표면에 금이 가는 것은 석벽 전체가 무너지고 있다는 경고이다.

^C 플라톤은 『법률』에서 젊은이들이 의복, 거동, 춤, 운동, 노래 등을 제멋대로 이랬다저랬다 바꾸게 내버려 두는 것이야말로 국가에 가장 해롭다고 보고 있다. 새로운 것을 뒤쫓고 새것을 만든 자들을 흠모하면서 자기 판단을 때로는 이 입장으로 때로는 저 입장으로 바꿔 감으로써 이로부터 풍속이 타락하고 모든 옛 제도가 무시되고 경멸당한다는 것이다. 어떤 일에서든, 물론 빤히 나쁜 일은 예외이지만, 변화는 우려스러운 것이다. 계절의 변화, 바람과 음식과 기분의 변화가 다 그렇다. 그리고 하느님이 어느 정도 장구한 세월을 견뎌 가게 허락해 줘 아무도 그 기원도 모르고, 바뀐 적이 있었는지도 모르는 경우 말고는, 어떤 법도 진실로 신뢰받고 있는 것이 아니다.

에세 1

44장
잠에 관하여

^A 이성은 우리에게 늘 한결같은 길을 가라고 명하지만, 그렇다고 항상 같은 걸음으로 가라고 하지는 않는다. 현자는 인간적인 정념들이 정도를 벗어나는 것을 허용해서는 안 되지만, 자신의 규범을 저버리지 않고도 얼마든지 정념이 걸음을 서두르거나 늦추도록 허용할 수 있으며, 뻣뻣하고 무감각한 거인상(巨人像)처럼 한자리에 붙박여 있지 않아도 된다. 아무리 덕의 화신이라 해도 적을 공격하러 갈 때는 저녁 먹으러 갈 때보다 심장 박동이 빨라질 것이다. 나아가 덕은 뜨거워지기도 하고 감동받아 움직이기도 해야 한다. 이런 까닭에 나는 때때로 위대한 인물들이 지극히 고귀한 계획과 그지없이 중요한 일에 임하면서 잠조차 줄이지 않을 만큼 완벽하게 평상적인 태도를 유지하는 것을 보고 매우 비범한 일로 새겨 두었다.

다레이오스와 격전을 벌이기로 되어 있던 날 아침 알렉산드로스 대왕은 너무 늦게까지 너무 깊이 잠에 빠져 있었기 때문에 전투 시간이 임박하자 그를 깨우기 위해 파르메니온이 방에 들어가 침대로 다가가며 두세 번이나 이름을 불러야 했다.

오토 황제는 자살하기로 결심한 바로 그날 밤, 집안일을 정리하고 신하들에게 돈을 나눠 주고 자살에 쓸 칼의 날을 갈아놓고 난

〔 477 〕

다음 친구들이 모두 안전하게 돌아갔는지 확인하는 것 외에는 남은 일이 없게 되자 어찌나 깊은 잠에 빠져 버렸던지 그의 코 고는 소리가 시종들에게까지 들렸다. 이 황제의 죽음은 저 위대한 카토[317]의 죽음과 여러모로 비슷한 점이 많았는데 이 점에서도 그랬다. 자살할 준비가 다 되어 있던 카토는 그가 돌려보낸 원로원 의원들이 우티카 항을 떠났다는 소식을 들을 때까지 기다리다가 어찌나 깊이 잠들었는지 옆방에서도 그의 숨소리가 들렸다는 것이다. 그리고 그가 항구로 보냈던 자가 그를 깨워, 폭풍 때문에 원로원 의원들이 예상대로 닻을 올릴 수 없었다고 알리자, 그는 다른 하인을 항구로 보내 놓고 다시 침대에 처박혀, 그 하인이 돌아와 원로원 의원들이 출항했다고 알려 줄 때까지 깊이 잠들어 버렸다.

또 호민관 메텔루스의 반란으로 위험에 빠졌던 카토가 그 엄청나고 위험한 풍파 속에서 보여 준 모습 역시 알렉산드로스의 행적에 견줄 만하다. 메텔루스는 카틸리나의 음모[318]가 있었을 때 폼페이우스를 그의 군대와 함께 로마로 불러들이는 칙령을 공표하려 했다. 오직 카토만이 그 칙령에 저항했고, 원로원에서 메텔루스와 카토 사이에 심한 말로 무서운 협박이 오갔다. 하지만 다음 날 그 계획은 공공 광장에서 실행되지 않을 수 없었다. 메텔루

317
소 카토를 말한다. 그는 로마의 내란에서 카이사르의 승리가 확실해지자 우티카에서 자살했다.

318
B. C. 63년 원로원 의원 카틸리나가 권력을 장악하기 위해 귀족의 일파를 제거하려 했던 음모. 권력 쟁탈을 위한 공화정 최초의 음모였으나 이미 폼페이우스, 카이사르, 크라수스의 일차 삼두정치가 시작된 시기였으므로, 공화정 말기 징후였다. 카토는 폼페이우스와 카이사르의 권력이 커지는 것을 막기 위해 메텔루스의 칙령에 반대한 것이다.

〔 478 〕

스는 민중의 호의, 폼페이우스의 편을 들고 있던 카이사르의 호의 뿐 아니라, 수많은 외국 노예들과 목숨 걸고 싸워 줄 검투사들까지 대동하고 올 것이었던 반면, 카토가 의지할 것은 오직 자신의 용기뿐이었다. 당연히 그의 친척들과 가솔, 많은 선량한 사람들이 크게 걱정했다. 몇몇은 카토를 겨냥한 위험 사태에 대비해 쉬지도 마시지도 먹지도 않고 함께 모여 밤을 지새웠다. 집에서는 그의 아내와 누이들까지 울기만 하면서 괴로워했다. 오히려 그가 모두를 격려했다. 그리고 여느 날처럼 밤참을 먹고 잠자리로 가서 아침까지 깊고 곤한 잠을 잤다. 함께 호민관직에 있던 동료 하나가 그 교전에 출정하기 위해 그를 깨우러 올 때까지 말이다. 나머지 행적을 통해 이 사람의 위대한 용기를 익히 알고 있는 우리는 그가 그럴 수 있었던 것은 너무도 드높이 고양된 그의 영혼이 그런 사건들을 초월해서 통상적인 일만큼이나 괘념치 않았기 때문이라고 확신을 가지고 판단할 수 있다.

섹스투스 폼페이우스와 싸워 이긴 시칠리아의 해전에서 아우구스투스는 전투에 나가야 할 순간에 너무도 깊은 잠에 빠지고 말았다. 그래서 그의 친구들은 전투 개시 명령을 내리도록 그를 깨워야만 했다. 이 일이 나중에 마르쿠스 안토니우스에게 그를 비난할 빌미를 주었다. 안토니우스는 그가 군대의 배치를 눈 뜨고 볼 용기조차 없어서 아그리파가 와서 적군을 물리쳤다는 소식을 전할 때까지는 감히 군사들 앞에 나서지도 못했던 것이라고 비난했던 것이다.

하지만 그보다 더 심했던 마리우스(술라와 싸우던 마지막 날, 그는 군대를 정렬하고 전투 명령과 신호를 내린 후 좀 쉬려고 나무 그늘에 누웠다가 너무 깊이 잠들어, 전투는 보지도 못한 채 부하들

44장 잠에 관하여

이 패주할 때에야 겨우 잠에서 깨어났다.)에 대해서는 극도의 과로와 수면 부족을 몸이 더 이상 견디지 못한 것이라고들 말한다.

　이런 일들을 고려해, 의사들은 잠이 우리 생명을 좌우할 만큼 필수적인 것인지 알아봐야 한다. 우리는 마케도니아의 페르세우스 왕이 포로가 되어 로마에 잡혀 갔을 때, 잠을 못 자게 해서 죽인 것을 잘 알고 있기 때문이다. 하지만 플리니우스는 자지 않고도 오래 산 사람들을 내세운다. ^C 헤로도토스를 읽어 보면 사람들이 반년은 자고 반년은 깨어 있는 나라들이 나온다. 그리고 현자에피메니데스의 생애를 기록한 사람들은 그가 오십칠 년간 계속해서 잠을 잤다고 한다.

〔 480 〕

45장
드뢰 전투에 관하여

프랑스가 벌인 드뢰 전투[319]에서는 희귀한 일이 많이도 일어
났다. 그러나 드 기즈 공을 별로 좋게 말하지 않는 사람들은 총사
령관인 대원수의 휘하 부대가 포화로 격파되는 동안, 그가 자기 부
대를 멈추게 하고 우물쭈물했던 것은 변명의 여지가 없다는 점을
강조한다. 적의 후미를 공격할 기회를 노려 그렇게 큰 피해를 당하
게 하지 말고 과감하게 적의 측면을 공격했어야 한다는 것이다. 그
러나 결과가 입증하는 것은 그만두고라도, 이 문제를 냉정하게 따
져 보려는 사람은 누구든 아마도 주저 없이 이렇게 고백하리라고
생각한다. 즉 장수뿐만 아니라 모든 병사의 목적과 표적은 전체 진
영의 승리여야 하며, 자신에게 어떤 이익이 딸려오든 어떤 특수한
사정이 있든, 이 점이 목표를 벗어나서는 안 된다고 말이다.
　　필로포이멘은 마카니다스[320]와 맞닥뜨리자 전초전을 시작하

319
종교 전쟁 개시 후 최초의 군사적 대접전이었던 드뢰 전투는 1562년 12월 19일에
벌어졌다. 초기에는 몽모랑시의 지휘로 가톨릭 군대가 승리했으나, 몽모랑시는
프랑수아 드 기즈 공에게 생포당한다.
320
필로포이멘은 B. C. 2세기의 아르카디아 출신 그리스 장군. 마카니다스는
라케데모니아의 참주였다.

〔 481 〕

려고 상당수의 궁수와 창수를 앞으로 보냈다. 적군은 이들을 쓰러 뜨린 뒤 승리의 여세를 몰아 전속력으로 추격하는 데 열중하다 필로포이멘의 부대 바로 곁을 지나게 되었다. 병사들은 안절부절못했지만 그는 자기 자리에서 움직일 생각도, 적 앞에 모습을 드러내 부하들을 구할 생각도 없었다. 그의 눈앞에서 부하들이 추격당하고 궤멸된 뒤 적이 그들 편 기병들과 완전히 유리된 것을 확인하고 난 후에야 그는 보병 부대에 명령을 내려 적을 공격하기 시작했다. 그들이 비록 스파르타 병사이긴 했지만, 자기들이 완승을 거두었다고 생각하며 막 흐트러지기 시작한 참에 공격을 가했기 때문에 필로포이멘은 그들을 쉽게 제압할 수 있었고, 이 일이 끝나고서야 마카니다스를 추격하기 시작했다. 이 경우는 드 기즈 공의 사례와 사촌 뻘이다.

 [B] 보이오티아인들을 상대로 벌인 치열한 전투에서(직접 참전했던 크세노폰은 자기가 본 중 최대의 격전이었다고 적고 있다.) 아게실라우스는 행운이 도와 저들 부대가 지나간 뒤 후미를 공격할 기회가 찾아온 것을 거절했다. 아무리 승리가 확실해 보여도 그것은 용기보다는 술책을 쓰는 것이라고 생각했던 것이다. 그는 자신의 용맹함을 보여 주기 위해 놀라우리만치 뜨거운 용기로 차라리 적과 정면으로 맞서는 쪽을 택했다. 하지만 이 과정에서 그는 일격을 당해 부상을 입자 결국 혼전에서 몸을 빼어, 처음에 거부했던 방식을 쓰지 않을 수 없었다. 그는 부하들에게 노도처럼 밀려오는 보이오티아인들에게 길을 열어 주게 했다. 그리고 그 길을 지나간 그들 무리가 모든 위험에서 벗어났다고 여겨 아무렇게나 무질서하게 행군하는 것을 보고, 그들을 추격해 측면을 공격하게 했다. 하지만 이 방법으로도 적을 완전한 궤멸 상태로 패주시킬

[482]

에세 1

수는 없었다. 그들은 줄곧 이를 드러내고 저항하며 조금씩 퇴각해 결국은 안전한 곳으로 빠져나간 것이다.

46장
이름에 관하여

^A 채소의 종류가 아무리 다양해도 모두 샐러드라는 이름 아래 모인다. 그와 같이 이름에 대한 고찰 아래 잡다한 항목들을 얼버무려 잡탕 하나를 만들어 보겠다.

각각의 나라에는 왜인지는 모르지만 좋지 않게 여겨지는 몇 가지 이름이 있다. 우리에게는 장, 기욤, 브누아가 그렇다. 마찬가지로 왕공들의 계보에도 숙명적으로 불우한 이름들이 있는 것 같다. 이집트의 프톨레마이오스, 영국의 헨리, 프랑스의 샤를, 플랑드르의 보두앵처럼 말이다. 우리의 옛 아키텐에서는 기욤이 그러한데, 기엔이라는 지명이 거기서 나왔다고 한다. 플라톤[321]에조차 그렇게 어색한 지명 유래가 없다면, 억지스러운 연관이라고 할 것이다.

대단치는 않으나 특이하고, 또 목격한 사람이 직접 쓴 것이니 기억할 만한 이야기가 있다. 영국 왕 헨리 2세의 아들인 노르망디 공작 헨리는 프랑스에서 연회를 베푸는데 귀족들을 모아 놓고 보니 그 수가 엄청나서, 심심풀이 삼아 이름이 비슷한 사람끼리 모

321
대화편 중 『크라틸로스』를 말한다. 여기서 참석자들은 언어의 문제를 다루면서 주로 어원에 관해 토론한다.

〔 484 〕

아 보았다. 기욤이란 사람들로 이루어진 첫 번째 그룹에는 그 이름으로 식탁에 앉은 기사가 110명이었다. 보잘것없는 귀족이나 시종들은 셈에 넣지 않고도 말이다.

B 참석자의 이름에 따라 테이블을 나누는 것은 게타[322] 황제가 음식 이름의 첫 글자에 따라 요리를 내오도록 정한 것만큼 재미있는 일이다. 게타 황제의 시종들은 예를 들어 M 자로 시작하는 요리들을 양고기(moton), 새끼 멧돼지(marcassin), 대구(merlus), 돌고래(marsoin) 등의 순서로 내왔다.

A 좋은 이름을 가지면 좋다는 말이 있다. 신용과 명성을 얻는다는 것이다. 사실 발음하기 쉽고 기억하기 좋은 아름다운 이름을 갖는 것은 아주 편리한 일이기도 하다. 왜냐하면 이름 덕에 왕들과 높은 분들이 우리를 더 쉽게 기억하고, 쉬이 잊기도 어렵기 때문이다. 또한 시중을 드는 사람들조차 혀에 가장 잘 붙는 이름을 가진 자를 더 자주 불러 일을 시키게 된다. 나는 앙리 2세가 가스코뉴 지방의 한 귀족의 이름을 한 번도 제대로 부르지 못하는 것을 보았다. 그리고 왕비의 명예 시녀 하나에겐 친히 가문명을 내려 줄 생각까지 했다. 그녀의 친가 성씨가 그에게는 너무 괴이쩍게 여겨진 것이다.

C 소크라테스는 자식들에게 좋은 이름을 주는 것을 아비의 마땅한 책임이라고 보았다.

A 푸아티에에 있는 노트르담[323] 대성당이 세워진 것은 한 방

<hr>

322
로마의 황제. 211년 형제인 카라칼라와 함께 공동 황제로 등극했으나 카라칼라의 지시에 의해 살해되었다.
323
'노트르담(Notre Dame)'은 '성모'를 뜻한다.

46장 이름에 관하여

탕한 젊은이의 일화로 거슬러 올라간다고 한다. 거기에 살던 젊은 이가 한 매춘부를 데려와 숨겨 두었는데 어쩌다 그녀의 이름을 묻게 되었다. 그녀의 이름은 마리[324]였고, 우리 구세주 모친의 그 거룩하고 성스러운 이름을 듣고 열렬한 신심과 존경심에 사로잡힌 그는 그녀를 즉시 쫓아 버렸을 뿐 아니라 남은 생애 내내 행실을 고치며 살았다는 것이다. 이 기적을 기념해 그가 살던 집터에 노트르담이라는 이름의 예배당이 세워졌고, 이후 그 예배당이 지금 우리가 보는 성당이 되었다. [C] 이름의 소리와 청각, 그리고 신심의 교정 작용이 즉각 영혼에 도달했던 것이다.

다음도 같은 종류의 이야기인데, 교정 작용이 육체적인 감각을 통해 스며든 예이다. 퓌타고라스는 젊은이들과 더불어 있다가, 잔치에서 흥분한 그들이 점잖은 집안의 정숙한 여인을 유린하려고 공모하는 낌새를 챘다. 그는 여(女) 악사에게 음조를 바꾸라고 명하여, 장중하고 엄격하고 무거운 음악을 통해 그들의 열기를 부드럽게 가라앉혀 잠들게 했다.

[A] 오늘날 우리의 개혁[325]을 후세는 꼼꼼하고 주도면밀한 것이었다고 평하지 않을까? 과오 및 악덕과 싸우고 세상을 신심, 겸손, 복종, 평화 등의 온갖 미덕으로 채우는 데 그치지 않고 우리의 낡은 세례명인 샤를, 루이, 프랑수아를 쳐부수고 세상을 므두셀라, 에제키엘, 말라키같이 신앙의 냄새를 물씬 풍기는 사람들로 우글거리게까지 했으니 말이다. 내 이웃에 사는 한 귀인은 우리 시대

324
마리아의 프랑스식 이름.
325
종교 개혁을 말한다.

〔486〕

와 비교해 옛날이 더 편리한 점이 많았다고 평가하며, 틈만 나면 그 시대 귀족 이름들이 지닌 자부심과 광채를 강조하곤 했다. 동 그뤼무당, 크드라강, 아주질랑 등[326] 그 이름들이 울리는 소리만 들어도 피에르, 기요, 미셸 따위와는 사뭇 달랐음이 느껴진다는 것이다.

나는 자크 아미요[327]가 프랑스어 강의록에서 프랑스식 운율을 주기 위해 얼룩덜룩하게 만들거나 바꾸지 않고 라틴어 이름들을 통째로 그대로 남겨 둔 것을 고맙게 생각한다. 처음에는 그것이 약간 생경하게 느껴졌지만 그가 번역한 플루타르코스의 권위 덕에 널리 통용되어 이제는 전혀 이상하지 않다. 나는 라틴어로 역사를 쓰는 사람들이 우리에게 우리 이름을 있는 그대로 남겨 주기를 원한다고 여러 번 토로한 바 있다. 왜냐하면 보드몽을 '발몬타누스'로 바꾸는 식으로, 우리 이름을 그리스식이나 로마식으로 치장하기 위해 변형시켜, 어느 나라 이야기인지 알 수 없고 그들에 대해 알던 것까지 날려 버리고 마니 말이다.

이 얘기로 우리 이야기를 마칠까 한다. 우리 프랑스에서 한 사람 한 사람을 그들 땅이나 영지 이름으로 부르는 것은 천박한 관행이요 나쁜 결과를 초래하는 것으로, 가문들에 관해 혼란과 무지를 야기하는 처사이다. 좋은 집안의 차남 이하 자식이 어떤 땅

326
16세기에 출간되어 인기를 끈 기사도 소설 『골의 아마디스(Amadis de Gaule)』의 주인공들 이름.

327
Jacques Amyot, 1513~1593. 그리스어, 라틴어 작품들의 번역으로 르네상스의 개화에 큰 영향을 끼친 인문학자. 그의 번역서 중, 특히 플루타르코스 번역은 몽테뉴에게 깊은 영향을 끼쳤으며 『에세 2』4장에서 몽테뉴는 그에 대해 지극한 감사와 찬사를 바친다.

[487]

의 이름으로 유명해지고 영광을 얻어 영지를 받았다면 그 땅의 이름을 포기하기란 솔직히 어렵다. 하지만 그가 죽은 지 십 년이 지나 다른 사람에게 그 땅이 넘어가 버리면, 이번에는 그 사람이 그와 똑같이 한다. 이럴 때 우리가 이 사람들에 대해 무엇을 알 수 있을지 짐작해 보라. 우리 왕가의 예만 봐도 충분하다. 왕가는 갈라지면 갈라지는 만큼의 성이 생겨난다. 그러는 동안 가계의 근원은 알 수 없게 되고 만다.

  B 이런 변경을 너무 방임하다 보니 오늘날에는 행운 덕에 매우 특별한 지위에 오른 사람 치고, 자기 아버지도 모르는 새로운 계보를 무례하게 갖다 붙이거나, 어떤 유명한 가계에 자기를 갖다 붙이지 않는 이를 한 사람도 보지 못했다. 그리고 운 좋게도 이름 없는 가문일수록 계보를 위조하기에 더 안성맞춤이다. 자기 딴에는 왕족에 속한다는 귀족들이 프랑스에 얼마나 많은가? 그렇지 않은 사람들보다 더 많은 것 같다.

  내 친구 하나가 아주 멋지게 말하지 않았던가? 여러 명의 귀족이 두 사람의 다툼에 끼어들어 논쟁하고 있었다. 사실 그 둘 중 하나는 평범한 귀족보다 작위가 높았고 혈연상 얼마간의 특권을 갖고 있었다. 이 특권 문제를 놓고 모두가 그 귀족과 동등해지려 애쓰면서 한 사람은 어떤 혈통을, 다른 사람은 또 다른 혈통을, 어떤 이는 이름의 유사함을, 어떤 이는 문장(紋章)의 유사함을, 다른 이는 가문의 케케묵은 문서를 들고 나왔다. 그들 중 가장 보잘것없는 자도 바다 건너 어느 나라 왕의 손자뻘이었다. 저녁 식사 시간이 되자 내 친구는 자리에 앉는 대신 지극히 공손하게 물러서서, 회중에게 자기가 만용을 부려 그때까지 그들과 어울려 지내왔던 것을 용서해 달라고 간청하면서, 이제 새로이 그들의 유서 깊은 신분을 알게 되었으니 작위에 따라 그들을 공대할 것이며 자기는 이렇게도 많은 왕공들 사이에 앉을 자격이 없다고 말했다. 이런 장난 끝에 그는 그들에게 욕을 퍼부었다. ^C "우리 아버지들이 만족했던 것에 만족들 하시오. ^B 우리의 실제 지위에 말이오. 그걸 잘 유지만 해도 족하오. 우리 조상의 지위와 신분을 부정하지 말고, 염치없이 조상이나 들먹이는 자를 오도하기 마련인 그따위 어리석은 공상은 치워 버립시다."

문장도 가문의 성(姓)만큼이나 확실하지 않다. 나는 금색 클로버가 뿌려진 청색 바탕에 정면에는 붉은색으로 장식된 사자 다리가 있는 문장을 차고 다닌다. 이 형상이 특별히 우리 집안에 머무를 무슨 특권을 지녔는가? 사위가 이것을 다른 가문으로 가져갈 것이다.³²⁸ 보잘것없는 사람이 사면 제 집안의 주요 문장으로 삼을 테지. 이보다 더 변화무쌍하고 혼란스러운 일이 일어나는 분야는 없다.

^A 그런데 이런 고찰을 하다 보니 어쩔 수 없이 다른 주제로 이끌리게 된다. 조금 더 가까이서 검토해 보자. 그리고 도대체 우리가 영광과 명성이란 것을 어떤 근거에 결부시키기에 그것 때문에 세상이 들썩이는지 생각해 보자. 그토록 큰 고통을 감수하며 얻으려 하는 그 명성이라는 것을 어디에 세울까? 결국 그것을 지니고 간수하는 것은 피에르 또는 기욤이요, 그것이 관여하는 것도 그 이름들이다. ^C 오, 필사의 존재를 통해, 그것도 눈 깜박할 시간에, 무한, 거대, 영원을 찬탈하려 하다니 희망이란 얼마나 용감무쌍한 힘인가! 자연이 우리에게 정말 재미난 장난감을 주었구나. ^A 그런

328
몽테뉴에게는 딸 하나밖에 없었다.

46장 이름에 관하여

데 모든 것을 말하고 행한 다음에는 그 피에르나 기욤이 대체 무엇인가. 하나의 소리, 또는 너무도 쉽게 바꿀 수 있는 서너 번의 펜 놀림 자국일 뿐인 것을. 나는 묻고 싶을 지경이다. 그리도 많은 승리가 누구와 관계된 것인가? 게스캥인가 글레스캥인가, 아니면 게아캥인가?[329] 시그마(Σ)가 티(T)에 맞서 싸운 루키아노스의 문법 소송에서보다 더 많은 근거가 나오리라.[330] 왜냐하면

> 그들이 싸우는 것은 보잘것없고 하찮은 대가를 위해서가
> 아니니,
> 베르길리우스

이것은 심각한 문제이기 때문이다. 저 유명한 총사령관이 겪은 그토록 많은 포위 공략, 전투, 부상, 옥살이, 그리고 프랑스 왕위를 위해 바친 봉사는 바로 이 철자들로 보상받아야 하니 말이다. 니콜라 드니조가 관심을 가진 것은 자기 이름의 철자들뿐이어서, 자기 이름의 조합 전체를 바꾸어 『알시누아의 이야기』[331]를 지어서, 시와 그림으로 이 이름에 영광을 바쳤다. 역사가 수에토니우스는 자기 이름의 의미만 좋아해서 아버지의 성인 레니스(Lenis)

329
백년 전쟁에서 유명세를 떨친 프랑스 사령관 베르트랑 뒤 게클랭의 이름이 여러
가지 비슷한 발음의 이름으로 잘못 알려진 것을 의미한다.
330
고대 로마의 그리스 풍자 작가 루키아노스의 『모음들의 소송』에 빗대어 비유하고
있다.
331
'알시누아(Alsinois)'는 시인 니콜라 드니조(Nicolas Denisot)의 이름 철자를
바꾸어 만든 필명이다.

〔 490 〕

를 빼 버리고 자기 글이 얻은 명성의 상속자로 트란킬루스(Tran-quillus)[332]를 남겼다. 바야르 대장[333]에겐 그가 피에르 테라이의 행적에서 빌려 온 명예 말고는 다른 명예가 없고, 앙투안 에스칼랭은 그토록 많은 항해와 바다와 육지에서 수행한 임무를 폴랭 대장과 라가르드 남작[334]에게 목전에서 도둑질당한 것을 누가 믿으랴.

다음으로 이 철자들은 수천 명을 지칭하는 동일한 펜 자국이다. 모든 민족을 통틀어 같은 이름, 같은 성을 가진 사람이 얼마일까? [C] 수많은 민족, 세기, 국가에는 또 얼마나 될까? 역사는 세 명의 소크라테스, 다섯 명의 플라톤, 여덟 명의 아리스토텔레스, 일곱 명의 크세노폰, 스무 명의 데메트리우스, 스무 명의 테오도레스를 알고 있다. 그러니 역사가 모르는 그 이름들은 얼마나 될지 생각해 보라. [A] 내 마부가 대 폼페이우스라는 이름을 갖지 못하도록 누가 말릴 것인가? 아무튼 그 영광된 소리나 그토록 칭송받은 펜 자국[335]을 이미 죽은 내 마부, 또는 이집트에서 머리가 잘린 다른 사람[336]에게 연결시키고, 그들과 합쳐서, 그들에게 그 혜택을 누리게 할 방법이 무엇이며, 무슨 수로 그렇게 하겠는가?

332
'레니스', '트란킬루스' 둘 다 '고요하다'는 뜻.
333
피에르 테라이(Pierre Terrail)가 바야르의 진짜 이름이다.
334
앙투안 에스칼랭은 나중에 '폴랭 대장' 또는 '라 가르드 남작'으로 불렸다.
335
소리, 펜 자국은 모두 '이름'을 가리킨다.
336
로마의 대 폼페이우스를 말한다.

〔 491 〕

46장 이름에 관하여

그것이 무덤 속 죽은 자의 재나 혼과 상관이 있다고 그대
는 생각하는가?

베르길리우스

C 으뜸 덕목[337]에서 인간들 중 쌍벽을 이루는 두 인물[338]이
무슨 감정을 느낄 것인가? 에파미논다스를 기리는 이 영광스런 구
절이 우리의 입에서 입으로 회자되고,

나의 높은 행적은 스파르타의 영광도 무색하게 만든다.[339]

키케로의 인용

다음 구절로 아프리카누스[340]를 칭송한다 한들?

해 뜨는 곳에서 마에오티스[341] 호숫가 갈대 평원에 이르기
까지
나의 위업에 필적할 만한 일을 한 자 아무도 없다.

337
용맹함.
338
뒤에 나오는 두 인물, 에파미논다스와 아프리카누스(스키피오)를 가리킨다.
339
에파미논다스의 동상 발치에 새겨진 그리스 어 사행시의 첫 줄을 번역한 것.
340
제2차 포에니 전쟁(B. C. 204~202) 중 로마 장군 스키피오가 한니발의 군대를
아프리카의 자마 전투에서 격파한 것을 기념하여 붙인 별칭이다.
341
현재의 우크라이나 남동부 내만인 아조프해.

[492]

　　살아남은 자들은 이런 달콤한 말로 스스로를 구슬리며, 동시에 이런 말들에 자극받아 선망과 욕망을 품고, 지각 없이 공상으로 자기 감정을 죽은 자에게 옮겨 놓는다. 그러고는 자기 희망에 속아 자기들도 그런 일을 할 수 있다고 착각하는 것이다. 글쎄올시다!

　^A 어쨌든,

　　그 희망이 예서는 로마 장군, 그리스 또는 야만인 장군을
　　움직이고,
　　제서는 그들을 수많은 시련 수많은 위험과 대면시키니.
　　이처럼 인간이란 덕보다는 영광에 목마른 게 사실이로다.

　　유베날리스

46장　이름에 관하여

47장
우리 판단의 불확실성에 관하여

^A 이 시가 말하는 게 바로 그것이지만,

> 이쪽으로건 저쪽으로건 말의 범위는 넓기도 하니,
> 호메로스

어떤 일에 대해서건 좋게나 나쁘게나 아무 말이건 할 수 있다. 예를 들어

> 한니발은 승리했다. 그러나 그는 결코 몰랐으니
> 자신의 승리를 어떻게 이용해야 할지를.
> 페트라르카

이 견해에 동의하면서 최근에 몽콩투르에서 우리에게 유리한 상황을 계속 밀어붙이지 못한 실수를 강조하고 싶은 이들이나, 혹은 스페인 국왕이 생캉탱에서 우리를 제압할 호기를 제대로 살릴 줄 몰랐다고 지적하고자 하는 이들은, 이 같은 실수가 행운에 도취된 마음 때문이라고 말할지 모른다. 성공의 시작에 벌써 양이 찬자는 그것을 소화하는 데 너무 몰두한 나머지 성공을 더 키우려는

〔 494 〕

에세 1

의욕을 잃어버린다고, 그것으로 그의 품이 꽉 차버려 더 잡을 능력이 없으니 운이 그런 복을 손에 쥐어 줄 가치가 없는 인물이라고 말이다. 쥐어 준들 무엇할 것인가? 그래 봤자 적이 다시 우뚝 설 수 있게 한다면? 적이 완전히 궤멸하여 겁에 질려 있는데도 추격하려 들지도 않았거나 추격할 줄도 몰랐던 터에, 대오를 재정비하고 기운을 회복한 데다 원한과 복수심으로 새로이 무장한 자들을 그가 다시 한번 공격하리라는 희망을 어떻게 가질 수 있겠는가?

운수가 모든 것을 이끌 때, 두려움에 모두 넋이 나갈 때.
루카누스

그런들 결국 그가 방금 잃어버린 것보다 더 나은 무엇을 기대할 수 있는가? 찌른 횟수가 많으면 이기는 펜싱하고는 다르다. 적이 두 발로 서 있는 한 언제든지 더욱 격렬하게 다시 시작해야 하기 때문이다. 전쟁에 마침표를 찍지 않은 승리는 승리가 아니다. 오리쿰시 근방의 전초전에서 열세에 몰렸던 카이사르는 폼페이우스의 부하들을 비난하며, 그들의 장수가 승리할 줄 아는 자였다면 자기가 패했을 판이라고 말했다. 그리고 자기 차례가 되자 아주 다른 방식으로 박차를 가해 폼페이우스를 바짝 추격했다.[342]
그러나 정반대로 말하지 못할 이유가 어디 있겠는가? 욕심에 한계를 두지 못하는 것은 만족을 모르는 다급한 생각 때문이며,

---

342
B. C. 48년 로마 내전 당시 카이사르는 수적 열세에도 불구하고 폼페이우스군에 대해 승기를 잡고서 곧이어 패배한 적 진영까지 추격해 들어가 섬멸전을 펼쳤다. 이후 폼페이우스는 이집트로 피신했다 살해된다.

47장 우리 판단의 불확실성에 관하여

신의 호의에는 미리 정해 둔 정도가 있는데 그것을 치워 버리려 하는 것은 그 호의를 남용하는 것이라는 것, 그리고 승리를 거두고 난 뒤에도 위험 속으로 뛰어드는 것은 그 승리마저 다시 한 번 운에 맡기는 셈이며, 전술 가운데 가장 위대한 지혜 하나는 적을 절망으로까지 몰아붙이지 않는 것이라고 말이다. 술라와 마리우스는 내전에서 마르시인[343]들을 패퇴시키고 난 뒤 아직 남아 있던 부대가 이판사판으로 맹수들처럼 다시 달려드는 것을 보며 굳이 그들과 싸울 필요가 없다고 생각했다. 드 푸아 경은 라벤나에서 거둔 승리를 공고히 하려고 너무 열을 내어 철두철미하게 몰아붙이다 그만 목숨을 잃는 바람에 승리에 오점을 남기게 되었다. 그렇지만 당기앵 경은 근래 일어난 이 일을 본보기로 기억하고 있던 덕에 체레솔레에서 비슷한 불운을 피할 수 있었다. 상대가 달리 도망갈 방도가 없어 무기를 들 수밖에 없도록 계속 공격하는 것은 위험한 일이다. 막다른 궁지란 포악한 선생이기 때문이다. ^C 궁지에 몰린 자를 자극하면 무섭게 물어뜯는 법.

> ^B 적의 목숨을 희롱하며 도발하다가는 승리의
> 대가를 비싸게 치른다.
> 루카누스

^C 그 때문에 파락스는 만티네이아 사람들을 상대로 한 전투에서 이기고 온 라케데모니아 왕에게 충고하기를, 그날 그 자리에서 한 사람도 다치지 않고 패주한 1천여 명 아르고스인들을 쫓아

343
이탈리아의 고대 부족 중 하나를 말한다.

〔 496 〕

가 싸우려 하지 말고 그냥 자유롭게 지나가도록 두라고 했다. 불운 때문에 날카로워져 분을 삭이고 있는 그들의 용기를 시험해 보려 하지 말라고 말이다. ^A 아키텐의 왕이었던 클로도미르는 승리를 거둔 뒤에도 패주하는 부르고뉴 왕 공드마르를 쫓아가 그가 머리를 돌리지 않을 수 없게 했다. 그러나 그 고집스러운 태도가 결국 승리의 열매를 빼앗아 갔으니, 그 자신이 살해되고 말았던 것이다.

마찬가지로 자기 병사들을 풍요롭고 호화롭게 무장시킬 것인가 아니면 꼭 필요한 만큼만 무장하게 할 것인가를 놓고 선택해야 한다면, 전자에 솔깃할 수도 있겠다. 세르토리우스, 필로포이멘, 브루투스, 카이사르 같은 이들이 여기 속하는데, 멋지게 차려 입은 자기 모습을 보는 것은 군인에게 명예와 영광을 더욱 갈구하게 자극하며, 재산이자 유산으로 남겨야 할 자기 무장을 지켜야 하므로 더욱 집요하게 전투에 임할 이유를 갖게 된다고 말이다. ^C 크세노폰에 따르면 바로 이런 이유에서 아시아인들은 전장에 아내와 첩을 데리고 다녔으며 보석이며 가장 귀한 재산까지 함께 가져갔다고 한다.

^A 그러나 다른 한편으로 병사에게는 자기를 지키려는 마음을 키워 주기보다 줄여 줘야 하며, 무장이 화려하면 위험을 무릅쓰는 것을 갑절로 두려워할 것이라고 말할 수도 있다. 더욱이 그런 값진 전리품은 승리에 대한 적의 갈증을 배가시킨다. 옛날에 삼니움인[344]들과 싸운 로마인들이 그것 때문에 용기백배했던 사실이 목

344
삼니움(Samnium)은 고대 로마 시대에 이탈리아 반도 아펜니노 산맥의 남부 지역을 가리키며, 그 지역 거주민인 삼니움인은 로마인에 패해 로마에 동화되었다.

[497]

격되었다. ^B 로마인들과 싸울 자기 군대에 온갖 종류의 군장을 화려하고 장엄하게 갖추게 한 안티오쿠스는 한니발에게 이 군대를 보여 주며 물었다. "로마인들이 이 군대에 만족하겠는가?" 그러자 한니발이 답했다. "그들이 만족할 것 같냐고요? 필경 그럴게요. 그 자들이 아무리 탐욕스럽다 해도 말이요."³⁴⁵ ^A 뤼쿠르고스는 군대에 군장을 화려하게 하는 것을 금했을 뿐만 아니라 패배한 적에게서 전리품을 챙기는 것도 못하게 했다. 그 자신의 말에 따르면, 그렇게 하여 자기 군대의 청빈과 검소가 전투 그 자체만큼 빛나게 하기 위해서였다.

성을 포위하거나 다른 상황에서 적에게 접근할 기회가 있을 때 우리는 병사들이 모든 수단을 동원해 적을 자극하고 조롱하고 모욕하도록 기꺼이 허용하는데, 그럴 만하다고 여겨지기도 한다. 왜냐하면 병사들에게, 자기들이 그렇게 심하게 모욕을 가한 적으로부터 자비나 화해를 기대할 수는 없다는 사실과, 그러니 승리 말고는 살아날 방도가 달리 없다는 것을 보여 줌으로써, 그들에게 자비나 강화에 대한 어떤 희망도 품지 못하게 하는 것은 작은 일이 아니기 때문이다. 그런데 이것이 비텔리우스에게는 고약한 결과를 가져왔다. 적군인 오토 황제의 군사들은 전쟁을 해본 지 오래되고 도시 생활의 달콤한 맛에 나약해져 그 수준이 형편없었다. 그런데 비텔리우스가 무기력하기 짝이 없는 자들, 방금 로마에 두고 온 여자들이며 축제 생각에 한숨이나 쉬고 있는 자들이라고 얼

345
시리아의 왕이었던 안티쿠스가 망명 중인 한니발을 맞았을 때의 일화로,
안티오쿠스는 자기 군대의 화려함을 말한 데 반해, 한니발은 그래 봐야 로마 군대의
더 좋은 먹잇감이 될 뿐이라는 아이러니를 표현하고 있다.

마나 심한 말로 약을 올렸던지 아무리 독려를 해도 반응이 없던 적군 병사들의 뱃속에 마침내 용기를 불어넣고 말았다. 이렇게 해서 그는 스스로 도저히 물리칠 수 없는 지점까지 적군을 끌어들였던 것이다. 아닌 게 아니라 골수에 사무치는 모욕은 자기 왕의 싸움을 위해서는 심드렁하던 자를, 자기 자신의 싸움을 위해 전혀 다른 식으로 맹렬히 떨쳐 나서게 만들기 쉽다.

한 군단에서 지휘자를 지키는 일이 얼마나 중요한지, 그리고 적이 노리는 것은 바로 지휘자의 머리로, 다른 모든 머리가 이 머리에 달려 있고 또 의지하는 형국이라는 점을 생각하면, 우리가 봤던 것처럼 적잖은 위대한 지휘자들이 혼전이 일어날 무렵 복장을 바꿔 변장하기로 결정했던 것을 미심쩍게 여겨서는 안 될 것 같다. 하지만 그렇게 함으로써 겪게 되는 불리한 점은 피하고자 하는 불리함보다 작지 않다. 부하들이 자기 장수를 몰라봄으로써 그의 존재와 본보기를 통해 용기를 얻을 가능성 역시 사라지기 때문이다. 그리고 익숙한 자기 우두머리의 휘장과 표지가 보이지 않으니 그가 죽었거나 승산 없는 싸움이라는 생각에 도주했나 보다고 여겨 기가 꺾일 수도 있는 것이다. 경험은 어떤 때는 전자를, 또 어떤 때는 후자를 옹호하고 있다. 이탈리아에서 피루스가 집정관 레비누스를 상대로 벌인 전투는 두 가지 관점 모두에서 생각하게 한다. 데모가클레스의 무장을 걸쳐 자기를 숨기고 대신 자기 것을 그에게 입힌 피루스 왕은 아닌 게 아니라 자기 목숨은 분명 건질 수 있었지만 하마터면 그날 전투에서 패하는 낭패를 겪을 뻔했다. [C] 알렉산드로스와 카이사르, 루쿨루스는 전투 때 독특하면서도 휘황한 색채의 화려한 복장과 무장으로 눈에 띄는 것을 좋아했다. 반면 아기스, 아게실라우스, 그리고 저 위대한 길리푸스는 눈

47장 우리 판단의 불확실성에 관하여

에 띄지 않는 복장에 우두머리의 표지 없이 출전하곤 했다.

ᴬ 파르살라 전투를 놓고 폼페이우스에게 가해지는 비판 중 하나는 그가 부대를 멈춰 놓고 적을 기다렸다는 것이다. "그렇게 하면 (여기서 내 것보다 훨씬 나은 플루타르코스의 문장을 훔쳐 와야겠다.) 내달리다 가하는 첫 일격의 격렬함이 약화되고, 소리치며 달려야 용기가 더욱 솟구쳐 양측이 서로 강하게 부딪칠 때 다른 무엇보다 더 맹렬함과 격동을 느끼게 되는 법인데 병사들의 그런 전의도 아울러 사라지기 때문이다. 그런 지시는 말하자면 병사들의 열기를 차갑게 식혀 얼어붙게 만든다." 이상이 폼페이우스 같은 태도를 두고 플루타르코스가 한 말이다. 그러나 만약 카이사르가 졌다면 다음과 같이 말하지 못할 사람이 어디 있겠는가? 즉 그와 반대로, 가장 강하고 빈틈없는 자세는 움직이지 않고 굳게 버티는 것이며, 필요할 때 쓰려고 힘을 자기 안에 꼭꼭 채워 넣고 아끼면서 행군을 멈추고 있는 자가, 계속 이동하며 뛰느라 벌써 숨이 절반은 차올라 헐떡거리게 된 상대보다 훨씬 유리하다고 말이다. 게다가 군대는 너무 여러 가지 서로 다른 부분으로 이루어진 몸체와 같아서, 극도로 격앙된 상태에서도 여전히 전투 대형을 바꾸거나 흐트러지지 않게 유지할 만큼 일사불란하게 움직이는 것은 불가능하며, 가장 민첩한 군인은 동료가 와서 도와주기 전에 이미 적과 드잡이를 하게 되는 것이다.

ᶜ 페르시아의 두 형제가 싸웠던 저 추한 전쟁[346]에서 키루스

346
페르시아 제국의 황제 아르타크세르크세스 2세가 왕권을 노린 동생 키루스와 벌인 쿠낙사 전투(B. C. 401년). 이 전투에서 키루스를 죽이고 그리스 용병들을 패주시켰다.

〔 500 〕

에세 1

편에 선 그리스인들을 지휘하던 라케데모니아인 클레아르쿠스는 공격을 서두르지 않고 천천히 부하들을 이끌어 갔다. 그러다 전방으로부터 50보 떨어진 지점에 이르러서부터 뛰게 했다. 짧은 거리인 까닭에 정연한 대오와 호흡을 유지하면서도 사람도 활도 창도 내달림의 탄력을 받게 하려 한 것이다. [A] 다른 이들은 이 문제를 해결하기 위해 자기 군대에 지시하기를, 적이 돌격해 오면 차분히 기다리고 적이 조용히 기다리면 그들을 향해 달려들라고 했다.

황제 카를 5세가 프로방스로 원정 왔을 때, 우리 왕 프랑수아 1세는 황제보다 먼저 이탈리아로 가서 그를 맞는가, 아니면 프랑스 영토 안에서 그를 맞아 싸우든가를 선택해야 했다. 왕은 왕국을 전쟁의 혼란으로부터 흠 없이 깨끗하게 보전해, 온전한 힘을 갖고서 필요할 때 계속해서 군대에 돈과 물자를 공급하는 것이 얼마나 유리한 일인지, 그리고 전쟁은 매번 정말이지 어쩔 수 없이 폐해를 입히기 마련인데, 우리의 자산에 주저 없이 그리할수도 없고, 더욱이 농민들은 우리 편이 한 짓이건 적이 한 짓이건 자기 재산이 그렇게 망가지는 것을 쉽게 참아내지 못해 결국은 나라 안에 반란이나 소요의 불이 붙게 된다는 점을 생각했다. 자국에서 허용될 수 없는 절도와 약탈이 병사가 전쟁의 역경을 버텨 나가는 데는 큰 몫을 하며, 봉급 말고는 다른 소득의 희망이 없는 사람은 바로 두 걸음 거리에 자기 아내와 가정이 있으니 그저 의무만 지키기가 쉽지 않다는 것, 식탁을 차린 자가 항상 비용도 지불한다는 것, 방어하는 것보다는 공격하는 것이 훨씬 유쾌한 일이라는 것도 생각했다. 또한 두려움이라는 정념만큼 쉽게 감염되는 것도 없고 그만큼 쉽게 신용을 얻고 그만큼 빨리 전파되는 것도 없는 이상, 이 나라의 내장 안에서 한 번이라도 패전을 겪으면 그 충격이

〔 501 〕

격렬해 몸 전체가 무너지는 것은 어렵지 않은 일이라는 것, 이 폭풍우가 자기네 성문 앞에서 몰아치는 소리를 듣게 되고, 숨을 헐떡이며 아직도 두려움에 떠는 자기 편 장수와 군인들을 맞아들인 도시들은 급박한 사태 속에서 뭔가 잘못된 행동을 취할 위험이 있다는 것을 생각했다. 그럼에도 불구하고 왕은 산 너머 이탈리아에 있던 휘하 군대를 불러와 적을 맞이하기로 결정했다.

왜냐하면 정반대로 생각할 수도 있었기 때문이다. 자기 땅에, 친구들 사이에 있으니 항상 온갖 편익을 풍족하게 누릴 수 있고, 강이며 통행로가 그의 것이니 물자며 돈이 호위대도 필요 없이 안전하게 도착할 것이다. 자기들에게 닥친 위험이 급박해질수록 봉신들은 더욱 충성할 것이며, 왕을 지켜 줄 그 많은 도시와 요새가 있으니 기회 봐 가며 전투를 유리한 쪽으로 주도해 갈 수도 있는 것이다. 또한 형세를 관망하고 싶으면 안전한 곳에서 편하게 적이 녹초가 되고 제풀에 무너지는 것을 볼 수도 있을 것이다. 적의 입장에서는 적대적인 나라 안에서, 앞이고 뒤고 옆이고 할 것 없이 도처에서 그들을 공격하지 않는 것이 없고, 병이 돌 때 군대를 쉬게 할 수도 원기를 회복시켜 줄 방법도 없으며, 부상자들을 안전하게 머무르게 해 줄 숙소도 마땅치 않다. 돈도 생필품도 창을 들이대야 구할 수 있고 편히 쉬거나 한숨 돌릴 여유도 없다. 어디인지 어느 지방인지도 전혀 모르니 매복과 기습에 대비할 길이 없다. 전투에 지게 되면 전사자의 유해를 거둘 방법도 없다. 이렇게 생각하건, 저렇게 생각하건 옳다는 근거가 될 사례는 없지 않았다.

스키피오는 이탈리아 영토를 지키며 적과 싸우는 것보다, 적의 아프리카 영토를 공격하러 가는 것이 낫다고 생각했다. 결과

〔 502 〕

에세 1

는 그의 승리였다. 반대로 한니발은 같은 전쟁에서 조국을 지키러 가기 위해 적국의 정복을 포기함으로써 자멸하고 말았다. 아테네인들은 시칠리아로 건너가기 위해 적을 자기네 땅에 그냥 두었다가 불행한 운명을 맞았다.[347] 그러나 시라쿠사 왕 아가토클레스는 제 땅의 전쟁은 그대로 두고 아프리카로 건너가 승리할 수 있었다. 이렇다 보니, 일과 결과는 대개, 특히 전쟁에서는 운에 달렸다고 우리가 늘 하는 말이 틀리지 않다. 운명의 여신은 이 시가 보여 주는 것처럼 우리의 이성이나 지혜에 자기 뜻을 맞추지도 굽히지도 않으니

> 흔히 잘못 택한 방책이 성공하고 혜안이 우리를 속인다.
> 운수는 반드시 도울 만한 대의를 돕는 것은 아니니,
> 가리는 바 없이 이편 저편을 떠돈다.
> 그것은 우리를 지배하고 다스리며
> 필멸의 존재들을 자기 법 아래 거느리는
> 더 높은 권능이 있기 때문이다.
>
> 마닐리우스

그런데 잘 생각해 보면 우리의 계획이나 결정도 그만큼 운명에 매여 있고, 운은 우리의 생각마저 자기의 혼돈과 불확실성 속으로 끌어들이는 것 같다.

　　C 플라톤의 저서에서 티마이오스는, 우리는 무모하고 경솔하

347

B. C. 415년 시라쿠사를 정벌하러 간 아테네인들은 우두머리 니키아스가 처형되고 항복하는 처지가 되었다.

〔 503 〕

게 추론한다고, 그것은 우리 이성도 우리 자신처럼 우연에 달려
있기 때문이라고 말한다.

에세 1

48장
군마(軍馬)에 관하여

ᴬ 이젠 내가 문법학자가 되었다. 일상생활을 통해서 밖에는 언어를 배운 바 없고, 형용사가 무엇이고 접속사가 무엇인지, 탈격이 무엇인지 모르는 내가 말이다. 로마인들은 필요할 때 원기왕성한 말을 타기 위해 '덱스트르(dextre)'348와 '를레(relais)'349와 연관되는 '푸날레스(funales)' 또는 '덱스트라리오스(dextrarios)'라고 부르는 말들을 가지고 있었다는 얘기를 들은 일이 있다. 우리가 군마를 '데스트리에(destrier)'라고 부르게 된 것도 여기서 유래한다. 그리고 우리의 기사도 소설들은 '동반하다'라는 뜻으로 '아콩파네(accompagner)' 대신 '아데스트레(adestrer)'라고 한다. 또 나란히 쌍을 이루어 고삐도 안장도 없이 전속력으로 달리도록 훈련시킨 말들을 '데술토리우스 에쿠오스(desultorios equos)'350라고 불렀는데, 로마의 귀족들은 완전 무장을 하고 질주하는 중에 이 말에서 저 말로 옮겨 타곤 했다. 누미디아의 기마병들은 치열

348
'오른쪽'이라는 뜻.
349
'파발', '경주'의 뜻이 있다.
350
곡예하는 말.

〔 505 〕

한 격전 중에 바꿔 탈 수 있는 제2의 말을 끌고 나갔다. ^C "우리 기사들이 이 말에서 저 말로 뛰어 옮겨 타는 것처럼, 그들도 말 두 필을 끌고 전장에 나와 흔히 격전 중에 완전무장한 채로 지친 말에서 쌩쌩한 말로 뛰어 옮겨 타곤 했다. 그만큼 그들은 능숙했고 그들의 말도 잘 길들여져 있었다."(티투스 리비우스)

주인을 구할 수 있도록 훈련되어, 빼어 든 칼을 보면 달려들고, 공격을 받으면 발길질을 하거나 무는 말들이 많다. 하지만 적들보다는 아군을 해치는 일이 더 잦다. 게다가 말들이 한번 흥분하면 우리 뜻대로 떼어 낼 수가 없어 저희끼리 싸우도록 내버려둘 수밖에 없다. 페르시아군의 대장 아르티비우스가 살라미스의 왕 오네실루스와 맞붙어 싸울 때 그런 식으로 조련된 말에 탔던 것은 그에게 큰 불행이었다. 그로 말미암아 죽음을 맞이했으니 말이다. 아르티비우스의 말이 오네실루스에게 격분해 뒷발로 섰을 때, 오네실루스의 시종이 언월도로 아르티비우스의 어깨 사이를 내리친 것이다.

이탈리아인들의 말에 의하면, 포르노바 전투 중에는 왕³⁵¹의 말이 왕에게 달려드는 적들을 마구 차고 밟아서 왕을 빼냈다고 한다. 그러지 않았다면 왕은 목숨을 잃었으리라는 것이다. 그 말이 사실이라면 대단한 행운이다.

맘루크³⁵² 인들은 자기네가 세계에서 제일 재주있는 군마들

351
샤를 8세.
352
이슬람교로 개종한 노예 부대 이름으로, 무슬림의 칼리파와 아이유브 왕조의 술탄을 위한 근위대로 활용되었다. 1250년 이집트 지역에서 정권을 탈취해 맘루크 왕조를 수립하기도 했다.

을 소유했다고 자랑한다. 그 말들은 천성과 습성으로 격전 중에도 어떤 신호나 명령을 받으면 창과 투창을 입으로 집어서 주인들에게 갖다 주며, 적을 알아보고 분간한다고 한다.

^A 카이사르와 대 폼페이우스는 다른 뛰어난 자질도 많이 지녔지만 무엇보다 대단히 훌륭한 기수였다고 한다. 젊은 시절 카이사르는 말의 맨등에 올라타 고삐도 없이 뒷짐을 진 채, 말이 마음껏 달리게 놓아 두었다고 한다. 자연은 이 사람과 알렉산드로스로 하여금 군사술에서 두 기적이 되게 했듯이, 그들을 비상한 방식으로 무장시키기 위해서도 애썼다고 말할 수 있으리라. 알렉산드로스의 말 부케팔로스가 황소 비슷한 머리를 가졌고 자기 주인 외에는 아무도 태우려 하지 않았으며 주인만이 길들일 수 있었고, 죽은 뒤엔 그 이름으로 도시가 세워진 것을 우리 모두가 알고 있으니 말이다. 카이사르 역시 앞발의 발가락이 사람 발처럼 갈라진 말을 가지고 있었는데, 카이사르 말고는 아무도 그 말을 탈 수도 다룰 수도 없었다. 카이사르는 말이 죽자 그 말의 동상을 만들어 비너스 신에게 바쳤다.

나는 말을 타면 내리고 싶지 않다. 건강할 때나 아플 때나 그 자세가 내게 가장 편하기 때문이다. ^C 플라톤은 건강을 위해 승마를 권했다. ^A 플리니우스도 승마가 위와 관절에 좋다고 했다. 이왕 얘기가 나왔으니 좀 더 해 보자.

크세노폰을 보면 말 가진 자가 걸어서 여행하는 것을 금하는 법이 나온다. 트로구스와 유스티누스[353]는 파르티아인들이 전쟁

353

트로구스는 최초의 갈로-로맹 역사가로 알렉산드로스가 정복한 나라들을 다룬 『필리포스사』를 썼다. 그의 책은 3세기경 로마 역사가 유스티누스의 축약본으로

뿐 아니라 거래, 교섭, 담화, 소풍 등 모든 공적, 사적인 일들을 말을 타고 하는 데 익숙했다고 한다. 그들 사이에서는 자유인과 노예의 가장 큰 차이점이 전자는 말을 타고 후자는 걷는 것으로 ^C 키루스 왕이 만든 제도라고 한다.

^A 로마 역사에는 다급한 상황에 처하면 기수들에게 하마를 명령했던 대장들의 예가 여럿 있다.(수에토니우스는 카이사르를 다룰때 특히 이 점을 지적한다.) 병사들에게서 달아날 수 있다는 모든 희망을 빼앗고 ^C 티투스 리비우스가 말한 대로, "의심할 여지없는 로마인들의 장기", 즉 보병전에서 그들이 기대하는 이점을 얻기 위해서였다.

로마인들이 새로 점령한 지역민들의 반란에 재갈을 물리기 위해 사용했던 첫 번째 방책은 무기와 말을 빼앗는 것이다. 그래서 우리는 카이사르가 "무기를 내놓고, 말을 끌어오고, 인질들을 데려오라."[354]라고 명령한 것을 자주 보게 된다. 터키 황제는 지금도 자기 지배 아래 있는 기독교인이나 유대인이 말을 소유하는 것을 허용하지 않는다.

^A 우리 선조는 특히 영국과의 전쟁 때, 엄숙한 전투나 회전(會戰)의 날에는 거의 어김없이 말을 타지 않았다. 명예와 생명같이 너무도 소중한 것을 그들 자신의 힘, 끓어오르는 용기와 팔팔한 사지 이외의 것에 걸지 않기 위해서였다. ^C 크세노폰에 나오는 크리산타스가 뭐라고 말하건, ^A 그대의 가치와 그대의 운은 그대의 말에 달려 있다. 말이 당한 부상과 죽음은 결과적으로 그대의

널리 알려졌다.
354
카이사르, 『갈리아 전기』 VII.

죽음을 끌어들인다. 말의 공포나 격앙이 그대를 비겁하게 또는 과감하게 만든다. 말이 고삐나 박차의 신호에 응하지 않으면 그대의 명예가 책임져야 한다. 이런 까닭에 나는 선조들의 전투가 기마전보다 훨씬 단호하고 격렬했다는 게 이상하게 여겨지지 않는다.

> [B] 그들은 물러섬과 동시에 달려들어 싸웠다.
> 정복자이건 패배자이건 누구도 도망칠 줄 몰랐다.
> 베르길리우스

[C] 선조들의 전투는 밀고 당기며 훨씬 오래 버티는 전투였음이 눈에 보인다. 오늘날엔 패주밖에 없다. "첫 함성과 첫 돌격이 전투를 결정짓는다."(티투스 리비우스) [A] 그리고 그처럼 큰 위험에 동참하라고 동원할 것은 우리가 최대한 잘 다룰 수 있는 것이라야 한다. 그래서 나는 가장 짧은 무기들, 우리가 가장 잘 책임질 수 있는 무기를 선택하라고 충고하겠다. 총에서 튀어 나가는 총알보다는 손에 쥔 검이 훨씬 믿음직해 보인다. 권총에는 화약, 부싯돌, 방아쇠의 톱니바퀴 등 여러 부분이 있어서 그중 가장 사소한 것이 그대의 운을 망칠 수 있다. [B] 총알을 실어 가는 것은 공기이니 별 확신 없이 발사한다.

> 저들은 바람에 향방을 맡기고 발사한다.
> 병사의 힘은 검이다.
> 용사의 나라에선 모두 검으로 싸운다.
> 루카누스

48장 군마(軍馬)에 관하여

^A 하지만 총에 대해서는 고대의 무기를 우리 시대의 무기와 비교할 때 더 자세히 말하련다. 이제는 모두들 익숙해졌지만 귀를 먹먹하게 하는 폭음을 제외하면, 나는 총이 그다지 효과 있는 무기 같아 보이지 않으며 언젠가는 이 무기를 사용하지 않게 되기를 바란다.

^C 그보다는 이탈리아인들이 불붙여서 발사했던 무기가 더 무서웠다. 그들은 투창 비슷한 것을 팔라리카(phalarica)라고 불렀는데, 끄트머리에 쇠 갈고리 세 개가 달려 있어서 무장한 사람의 몸 여기저기에 박히게 되어 있었다. 그것을 때로는 전장에서 손으로 던지고, 때로는 포위된 지역을 방어하기 위해 기계로 발사했다. 송진을 바르고 기름을 칠한 삼 부스러기로 감싼 손잡이는 날아가면서 불이 붙었고, 사람 몸이나 방패에 들러붙어 무기나 사지를 전혀 쓸 수 없게 만들었다. 그러나 백병전에서는 공격하는 편에도 방해가 되고, 불붙은 공들이 싸움터에 뿌려져 있으니 뒤엉켜 싸울 때엔 양편 모두에게 위험했을 것이다.

> 힘껏 쏘아 올린 팔라리카는 날카로운 소리를 내며
> 벼락처럼 떨어졌다.
> 베르길리우스

그들에게는 손에 익어서 능숙하게 다루게 된 다른 장치들도 있었다. 써 본 적 없는 우리에겐 도저히 믿기지 않는 무기들인데, 그것을 우리의 화약과 탄환 대신 사용했다. 그들은 아주 무거운 긴 창을 어찌나 힘차게 던졌는지 흔히 그것으로 두 개의 방패와 무장한 두 사람을 한 코에 꿰곤 했다. 투석기로 쏜 돌도 정확하게

[510]

멀리 날아갔다. "투석기를 써서 바다 위에서 둥근 조약돌들을 쏘아, 엄청난 원거리를 넘어 작은 고리를 관통시키는 훈련을 받아, 그들은 적의 머리를 맞힐 수 있었을 뿐 아니라 얼굴 위의 노리는 부위까지 명중시킬 수 있었다."(티투스 리비우스) 성벽을 부수는 기계들은 우리 것과 같은 굉음을 냈다. 포격을 맞아 성벽들이 무너지는 무시무시한 소리에, 공포와 공황이 포위된 자들의 마음을 덮쳤다."(티투스 리비우스) 우리의 사촌뻘인 아시아의 골인[355]들은 더 큰 용기로 일대일로 싸우도록 교육받았기에 이 기만적인 비행(飛行) 무기들을 혐오했다. "그들은 상처의 크기에 겁먹지 않는다. 깊기보다 넓은 상처를 영광으로 삼기까지 한다. 그런데 화살촉이나 투석기 돌이 살을 파고들어 피부에 가벼운 상처밖에 남기지 않으면, 그처럼 보잘것없는 부상 때문에 죽는다는 생각에 미치도록 분하고 수치스러워 땅 위를 데굴데굴 구른다."(티투스 리비우스) 화승총 사격과 매우 흡사한 그림이다.

1만 명의 그리스인들이 저 유명하고 긴 퇴각[356] 중에 맞닥뜨린 한 나라는 엄청나게 크고 강한 활과 긴 화살을 써서 비상한 방식으로 해를 입혔다. 화살이 어찌나 긴지 되잡아 투창처럼 다시 던져 방패나 무장한 사람을 여기저기 꿰뚫을 수 있을 정도였다. 크고 묵직한 화살들과 무시무시하게 큰 돌들을 아주 세차게 쏠 수 있도록 시라쿠사에서 디오니시우스가 고안해 낸 기계들은 우리 발명품들과 거의 흡사하다.

A 신학 박사인 피에르 폴 선생이 나귀를 타고 다니던 재미난

355
소아시아까지 진출한 켈트족. '우리의 사촌뻘'은 보르도본에 수기로 첨가.

356
36장 끝부분의 그리스인의 바빌론 퇴각과 37장 주석 346 참조. 그리스인 용병대는 3300킬로미터를 걸어서 퇴각했다.

48장 군마(軍馬)에 관하여

앉음새도 잊어서는 안 되겠다. 몽스트를레[357]는 그가 마치 여자처럼 나귀에 옆으로 걸터앉아 파리 시내를 돌아다니는 습관이 있었다고 전한다. 그는 또 다른 데서, 가스코뉴 사람들은 달리면서도 능숙하게 선회하는 무서운 말들을 갖고 있는데, 프랑스 사람, 피카르디 사람, 플랑드르 사람, 브라방 사람들은 그것을 대단한 기적으로 여겼다고 한다. "그들은 그런 것을 본 적이 없었기 때문이다." 이것은 그의 말이다.

카이사르는 스웨덴[358] 사람의 말에 대해 이렇게 말한다. "말타고 하는 교전에서 그들은 자주 말에서 내려 싸우는데, 그동안 제자리에서 꼼짝도 하지 않도록 말들을 길들여 놓았기 때문에 필요하면 즉시 다시 올라탄다. 그리고 그들 관습에 의하면 안장이나 덮개를 사용하는 것만큼 비열하고 비겁한 일은 없다. 그들은 그런 것을 사용하는 자들을 경멸하기 때문에 자기들의 수가 아주 적어도 그런 자들 다수를 공격하는 걸 두려워하지 않는다."라고 말한다.

B 고삐를 귀에다 걸쳐 놓고 막대기 하나만 가지고 마음대로 조종할 수 있게 훈련시킨 말을 보고 감탄한 적이 있는데, 안장도 굴레도 없이 말을 부리는 마실리아인[359]들에게 그런 일은 보통이었다.

357
15세기의 프랑스 연대기 작가로 프르와사르 연대기에 이어 썼다.
358
카이사르는 스웨덴을 몰랐다. 여기서 말하는 스웨덴 사람은 게르만족인 스바비아인을 몽테뉴가 잘못 알고 쓴 것이다.
359
북아프리카의 한 민족.

〔 512 〕

안장 없이 말을 타고, 재갈도 모르는 마실리아인들은
채찍으로 말을 부린다.

루카누스

^{C} 누미디아인들은 재갈 물리지 않은 말을 탄다.

베르길리우스

"재갈도 물리지 않은 그들의 말은 볼품이 없다. 경주할 때처럼
목은 뻣뻣하고 머리는 앞으로 나와 있다."(티투스 리비우스)

^{A} 스페인에서 방드[360] 혹은 샤르프[361] 기사단을 세운 알폰소
왕은 기사들에게 다른 여러 가지 규칙과 더불어, 암노새도 수노새
도 타서는 안 되고, 이를 어기는 자에겐 은화 1마르크[362]의 벌금
을 물게 하는 규칙을 만들었다. 이는 내가 방금 게바라[363]의 서간
집에서 알게 된 바인데 그 기사들을 '황금 기사'라고 부르는 사람
들은 나와는 전혀 다른 판단을 하고 있는 셈이다.

^{C} 『궁정인』[364]을 보면, 이전 시대 귀족에게는 말을 타는 것이

360
'띠', '허리띠'라는 뜻.
361
'스카프'라는 뜻.
362
244.5그램.
363
15세기 스페인 역사가, 카를로스 5세 황제의 전기 작가.
364
발다사레 카스틸리오네가 쓴 이상적인 궁정 신하를 위한 표준적
예법서(1518).(318쪽 주석 201 참조)

[513]

48장 군마(軍馬)에 관하여

수치였다고 한다. 반면 아비시니아인들은 신분이 높고 그들의 스승인 장 사제[365]에게 가까울수록 암노새를 타는 것을 영광으로 여겼다.

크세노폰은 아시리아인들이 항상 말들을 숙소에 묶어 놓았다고 말한다. 말들이 그만큼 반항적이고 거칠었던 것이다. 또한 말들을 끌어내어 마구와 장비를 갖춰 놓으려면 너무 시간이 걸리므로, 적의 공격을 받을 경우 시간을 끌다 손해를 보지 않기 위해, 그들은 야영지를 반드시 도랑이나 성벽으로 둘러치고서야 주둔하였다.

크세노폰이 섬기던 승마술의 대가 키루스는 말들을 친구처럼 대하면서, 땀이 나도록 운동을 시킨 다음에야 먹이를 주게 했다.

[B] 스키타이인들은 전쟁에서 식량이 달리면 말의 피를 뽑아 목을 축이고 양분을 얻었다.

> 말 피를 먹는 사르마티아인들도 오는구나,
>
> 마르시알리스

메텔루스에게 포위당한 크레타인들은 마실 것이 바닥나 말의 오줌을 마셔야만 했다.

[C] 터키 군대는 자기네가 우리 군대보다 얼마나 더 적은 비용으로 군대를 이끌고 유지하는지 증명하기 위해, 병사들이 맹물만 마시고 분말로 만든 염장 고기밖에는 먹지 않아, 각자 한 달치의

365
요한 사제, 중세 전설에서 동방의 강력한 기독교 국가의 제왕으로 믿어졌던 가상적 인물.

식량을 거뜬히 지니고 다닐 수 있을 뿐 아니라 타르타르인이나 모스크바 사람들처럼 자기 말의 피를 먹고 살 수 있고 그것을 염장할 수도 있다고 말한다.

^B 스페인인들이 신대륙에 들어갔을 때 처음 만난 그곳 인도[366]의 백성들은 사람뿐 아니라 말도 자기들보다 본성이 고귀한 신 아니면 동물일 거라고 생각했다. 어떤 이들은 정복당한 뒤 평화와 용서를 구하기 위해 금과 음식을 가져오면서, 말들에게도 그만큼 가져다주는 것을 잊지 않았다. 말 울음소리를 협상과 휴전의 언어로 삼아 인간에게 했던 것과 똑같이 긴 연설을 늘어놓으면서 말이다.

옛날 이쪽 인도[367]에서는 코끼리를 타는 것이 왕족만이 누리는 으뜸가는 명예였고, 두 번째는 말 네 필이 끄는 마차를 타는 것, 세 번째는 낙타를 타는 것이었다. 꼴찌이면서 가장 천한 등급은 말을 타거나 말 한 마리가 끄는 수레를 타는 것이었다.

^C 우리 시대 어떤 이는 그 지역에서 사람들이 작은 안장과 등자, 고삐를 걸친 소를 말처럼 타고 다니는 나라들을 보았는데, 자기도 해 보니 아주 편하더라고 쓰고 있다.

삼니움인들과 싸울 때 퀸투스 파비우스 막시무스 루틸리아누스는 자기 기병들이 두세 번의 공격으로도 적진을 뚫는 데 성공하지 못하는 것을 보고, 말의 굴레를 벗기고 온 힘을 다해 박차를 가하라고 명령했다. 그리하여 그 무엇도 제지할 수 없게 된 말들이

366
아메리카를 말함.
367
동인도.

48장 군마(軍馬)에 관하여

무기들이며 쓰러진 사람들 사이로 질주해 보병들에게 길을 터 주자, 보병들이 피비린내 나는 격파를 마무리했다.

퀸투스 풀비우스 플라쿠스도 켈티베리아인들과 맞서 싸울 때 똑같이 명령했다. "적들을 향해 굴레 풀린 말들을 달려 보내면 보다 맹렬한 충격을 가할 수 있을 것이다. 이는 로마 기병들이 자주 수행해 영광을 얻었던 성공적인 작전이다. 그렇게 굴레를 벗겨 놓았더니 말들이 적의 대열을 뚫고 들어갔다가 다시 걸음을 되돌려 적진을 횡단하며 적의 창을 모조리 꺾고 엄청난 살육을 감행하였다."(티투스 리비우스)

B 모스크바 공작은 예전에 타타르인들이 사절단을 보내오면, 그들 앞으로 걸어 나가 (그들에게는 감미로운 음료인) 말 젖을 한 잔 올리고, 그들이 마시다가 말갈기 위로 몇 방울을 떨어뜨리면 혀로 그것을 핥아 먹는 것으로 경의를 표해야 했다.

바이예지드[368]가 파병한 군대는 러시아에서 어찌나 극심한 눈 피해를 당했는지, 추위를 피해 살아남기 위해 많은 이들이 궁리 끝에 자기 말을 죽이고 배를 갈라 그 안에 들어앉아 몸을 녹였다.

C 티무르랑[369]의 반격을 받은 그 쓰라린 전투에서 바이예지드는 아라비아산 암말을 타고 전속력으로 도망쳤다. 만일 도중에 한 개울에서 말이 배가 부르도록 물을 마시게 내버려 두지만 않았더라면 그는 도망치는 데 성공했을 것이다. 물로 배를 채운 말이

368
오스만 제국의 황제들. 첫 번째 일화는 바이예지드 2세(1447~1512), 두 번째 일화는 바이예지드 1세(1360~1402)에 관한 것이다.
369
티무르 왕조의 제1대 황제(1336~1405). 옛 몽골 제국 영토의 대부분을 차지하는 대제국을 건설했다.

에세 1

어찌나 무기력해지고 맥이 빠졌던지 추격하던 이들에게 쉽게 잡히고 만 것이다. 오줌을 누이면 말이 나른해진다는 말은 많이들 한다. 하지만 물을 먹이면 오히려 원기를 회복해 강해질것으로 생각했는데 말이다.

크로이소스는 사르디스시를 지나다가 뱀들이 우글거리는 야생 방목지를 발견했다. 그의 군대의 말들이 그 뱀들로 포식을 했는데 헤로도토스는 그것이 그의 원정에 불길한 전조였다고 말한다.

[B] 우리는 갈기와 귀를 가진 말을 완전한 말이라고 부른다. 그렇지 못한 말들은 마필상의 진열대에 오르지 못한다. 라케데모니아인들은 시칠리아에서 아테네인들을 무찌르고 시라쿠사시로 성대하게 귀환하며 여러가지 허장성세를 부리던 중 패군의 말들의 갈기를 깎아 그 말들을 개선 행렬에 끌고 다녔다. 알렉산드로스는 다하에[370]라는 나라와 싸웠는데, 다하에인들은 말 한 마리에 두 명씩 올라타고 전쟁터에 나왔다. 하지만 격전 중에는 하나가 말에서 내렸다. 그리고 번갈아 한 번은 땅에서, 한 번은 말을 타고 싸웠다.

[C] 나는 말을 다루는 능력과 우아함에서 우리 나라를 능가하는 나라는 없다고 생각한다. 하지만 우리 어법에서 '훌륭한 기수'란 기술보다는 용기와 더 관계가 있는 것 같다. 내가 알기에 가장 확실하고 숙련된 솜씨로 말을 잘 다루던 기수는 앙리 2세를 섬겼던 카르나발레 경이다.

나는 고삐를 풀어 둔 채로 안장에 두 발로 올라서서 전속력으로 말을 달리고, 안장을 집어던졌다가 돌아오는 길에 집어 들어

<hr>

370

세 고대 종족의 연맹으로, 동이란어를 쓰고, 카스피해 동쪽에 살았다.

제자리에 잘 놓고 앉는 사람, 모자를 뛰어넘은 뒤 뒤로 화살을 쏘아 그 모자를 명중시키는 사람, 한 발은 등자에 한 발은 땅에 뻗치고서 원하는 것을 집어 올리는 사람, 그 밖에 생계 삼아 비슷한 곡예를 하는 사람들을 보았다. [B] 우리 시대엔 콘스탄티노플에서 두 사람이 한 마리의 말을 타고 가장 빠른 속도로 달리는 중에 번갈아 뛰어내렸다 올라탔다 하는 것을 본 사람도 있다. 그리고 이빨만으로 자기 말에 고삐를 매고 마구를 다는 사람도 있다. 또 두 마리 말에 양발을 하나씩 걸쳐 놓고 팔에는 한 사람을 올려 둔 채 전속력으로 달리는 자도 있다. 팔에 올라선 사람은 꼿꼿이 서서 달리는 중에 아주 정확하게 화살을 쏜다. 안장 위, 마구에 매어 둔 여러 언월도의 뾰족한 칼끝들 사이에 머리를 박고 물구나무를 선 채 달리는 자도 여럿 있다. 내가 어릴 적에 나폴리의 술모나 공작은 거친 말을 온갖 방법으로 다루면서 무릎과 발가락 밑에 스페인 동전을 끼워 두고 있었는데 동전들이 마치 못 박혀 있는 듯했다. [C] 자기의 앉음새가 얼마나 꼿꼿한지 보여 주고자 한 것이다.

〔 518 〕

49장
오래된 관습에 관하여

ᴬ 우리 나라 사람들이 완전한 모범과 규칙으로서 자기 고유의 관습과 풍속밖에 모르는 것은 있을 수 있는 일이다. 자기네 눈높이며 시야를 태어나면서부터 익숙해진 틀에 맞추려는 것은 단순히 속인들만이 아니라 거의 모든 사람이 범하는 잘못이기 때문이다. 프랑스인들이 파브리키우스나 라일리우스[371]를 보고서 그 복장이나 하는 투가 우리 식과 다르다며 그 표정이나 거동을 야만적이라 여기게 된다 해도 이상하게 생각하지 않겠다. 하지만 요즈음 풍속이 가진 권위에 너무 쉽게 넘어가 눈이 먼 나머지 관행이 그렇다 싶으면 다달이 견해도 생각도 바꾸고, 자기 자신에 대해서마저 그렇게 이리저리 달리 생각하는 그 유별난 경박스러움은 한심하다.

꼭 끼는 남성 상의의 이음매를 두 가슴 사이에 두었을 때는 대단한 이유를 대 가며 거기가 딱 맞는 자리라고 했다가, 몇 해 뒤 그 위치가 넓적다리까지 내려갔을 때는 예전 방식을 조롱하며 우

371

로마 공화정 때의 대표적 위인들. 대사로 파견된 파브리키우스(Caius Fabricus)는 곤궁했음에도 불구하고 피루스 왕의 매수 유혹을 거부했다. 빈한한 집안 출신이었던 라일리우스(Caius Laelius)는 스키피오와 오랜 벗으로서 그와 함께 이베리아와 카르타고 정벌을 수행했는데 늘 우정과 도리를 먼저 생각했다.

[519]

스꽝스럽고 봐줄 수가 없다는 식이다. 지금 옷 입는 방식은 즉각 예전 방식을 단죄하게 하는데, 그것도 대단한 확신을 가지고 온 나라가 기막히게 뜻을 모아 일치해 그렇게 하니, 일종의 광증이 이처럼 프랑스인의 분별력을 뒤흔들어 놓는 듯 보인다. 우리가 변심하는 꼴이 너무 급작스럽고 즉각적이어서 온 세상 양복장이들이 머리를 짜낸대도 최신 유행을 만들기에 충분치 않은 까닭에, 코웃음쳤던 옛 유행이 되돌아와 사랑받을 수밖에 없고, 그마저도 얼마 안 가 금방 다시 경멸의 대상이 되는 것이다. 같은 일을 두고 우리의 판단은 십오 년 내지 이십 년 동안 믿기 어려울 정도의 변덕과 경박함 속에서 서로 다를 뿐만 아니라 모순되기까지 하는 두 가지 혹은 세 가지의 견해를 취한다. ^C 우리 중 아무리 명민한 사람도 이 모순의 감언이설에 넘어가지 않는 자가 없으며, 저도 모르게 내면의 눈과 외면의 눈 모두 현혹되지 않는 사람이 없다.

^A 내가 기억하는 몇 가지 옛날 방식을 여기 쌓아 올려 보겠다. 어떤 것들은 우리 방식과 같고 또 어떤 것들은 다른데, 인간사의 끝없는 변화를 머리에 그려 봄으로써 우리 판단력을 보다 명료하고 확고히 하려는 것이다.

우리가 망토와 칼로 싸운다고 말하는 것은 이미 로마인들 사이에서 행해지던 일인데, 이에 대해 카이사르가 한 말이 있다. "그들은 망토로 왼팔을 감싸더니 칼을 뽑아 들었다."(카이사르) 그리고 지금도 여전히 존재하는 것이지만, 길 가는 행인을 불러 세워 누구인지 밝히게 해서 대답을 거부하면 모욕으로 받아들여 싸움을 거는 좋지 못한 풍습이 그때도 우리 나라에 있었다고 적고 있다.

옛사람들이 식사 전 매일 하던 목욕은 우리가 물로 손을 씻듯 일상적으로 하던 것인데, 처음에는 팔과 다리만 씻었다. 그런데

〔 520 〕

그 뒤 수세기 동안 대부분의 나라에서 행해진 습관은 완전히 벌거 벗고 향수를 섞은 물에 들어가 씻는 것이다 보니, 그냥 물에 몸을 씻는 것은 그 문화가 몹시 단순하다는 증거로 여기게 되었다. 제일 까다롭고 섬세한 축들은 매일 서너 번씩 온몸에 향수를 뿌렸다. 얼마 전부터 프랑스 여자들이 이마에 난 털을 뽑는 것처럼, 그들은 흔히 온몸의 털을 몽땅 뽑았다.

> 너는 가슴이며 다리, 팔에 난 털들을 뽑아내는구나.
> 마르시알리스

그런 일에 적당한 기름이 있긴 했지만.

> 그녀는 향유를 바르거나 마른 분가루를 칠한다.
> 마르시알리스

그들은 푹신한 잠자리를 좋아했고 딱딱한 매트리스에서 자는 것을 인내심의 증거로 여겼다. 또한 우리 시대 터키인들과 비슷한 자세로 침대에 누워 음식을 먹었다.

> 높은 침대에서 존엄한 아이네이스는 이렇게 말을 시작했다.
> 베르길리우스

소(少) 카토에 대해 사람들이 말하기를, 파르살루스 전투 이후에는 나라 사정의 불길한 상태를 애통해하며 항상 앉아서 식사를 하면서 보다 엄격한 생활 방식을 취했다고 한다.

〔 521 〕

49장 오래된 관습에 관하여

그들은 세도가에게 존경과 애정을 바치기 위해 그 손에 입을 맞췄고, 친구들끼리는 베네치아 사람들이 하듯 인사하며 서로 입을 맞췄다.

> 자네를 축하하며 다정한 말과 함께 입맞추리라.
>
> 오비디우스

C 또한 세도가에게 청할 일이 있거나 인사를 할 때는 그의 무릎을 만졌다. 그런데 크라테스의 형제인 철학자 파시클레스는 무릎이 아니라 고환에 손을 갖다 댔다. 그의 인사를 받던 세도가가 거칠게 물리치자 그가 말했다. "왜요? 이것 역시 무릎처럼 귀하의 몸 아닙니까?"

A 우리처럼 그들도 식사가 끝나갈 즈음에 과일을 먹었다. 그들은 뒤를 닦을 때(말을 쓸데없이 삼가는 것은 여자들에게나 맡길 일이다.) 스펀지를 썼는데, 그 때문에 라틴어에서는 '스폰기아(spongia)'가 외설스러운 단어이다. 이 스펀지는 막대기 끝에 달려 있었는데, 그 사실을 보여 주는 예화가 있다. 대중이 보는 앞에서 맹수들 밥이 되려고 끌려가던 자가 화장실에 좀 보내 달라고 했다. 그러고는 달리 목숨을 끊을 도리가 없어 이 막대와 스펀지를 자기 목에 밀어 넣어 질식하는 길을 택했다. 그들은 또한 몸을 섞고 난 뒤엔 향수 뿌린 양털로 음경을 닦았다.

> 나 네게 아무 짓도 않을 테야,
> 그러나 내 물건을 양털로 닦은 뒤에는…
>
> 마르시알리스

〔 522 〕

로마의 네거리에는 행인들이 지나가다 소변을 보라고 옹기며 작은 통들이 놓여 있었다.

> 종종 어린 아이들은 잠결에
> 길거리 물통이나 항아리 앞에서
> 제 옷을 걷어 올리고 있다 생각한다.
> 루크레티우스

그들은 식사 사이에 새참을 먹었다. 여름에는 포도주를 시원하게 하도록 눈을 가져다 파는 사람들이 있었다. 겨울에도 포도주가 충분히 차지 않다고 눈을 사용하는 이들도 있었다. 세력가들은 술잔 채워 주는 사람, 고기 썰어 주는 사람을 거느렸고 흥겹게 해 주는 광대들도 데리고 있었다. 겨울에는 식탁에 올려 놓은 온열 풍로 위에 따뜻한 고기 음식을 차리게 했다. ^C 나도 직접 봤는데 ^A 이동식 주방이 있어 식사 차리는 데 필요한 것 일체를 그 안에 신고 옮겨 다니게 했다.

> 부유한 향락주의자여 그 진수성찬은 당신들이나 드시게,
> 돌아다니는 음식이란 우리에게 걸리적거리거든.
> 마르시알리스

여름에는 아래쪽 큰방에서 그들은 발 아래 홈통을 두어 맑고 시원한 물이 흐르게 하고 살아 있는 고기를 가득 풀어놓았으며 손님들이 직접 손으로 골라 잡은 후 각자 입맛에 따라 요리를 해 오게 했다. 지금도 그렇지만 물고기는 특별한 대접을 받아서, 귀족

〔 523 〕

들은 생선 요리라면 나도 좀 안다고 나서곤 했다. 아닌 게 아니라 그 맛은, 적어도 내가 보기에는 짐승 고기보다 훨씬 낫다.

그러나 온갖 종류의 장엄함, 통음난무, 그리고 향락적인 착상과 안일함, 사치 따위에서 우리는 로마인들에 뒤질세라 정말이지 있는 힘을 다하고 있다. 우리 의지도 그들의 의지만큼이나 타락했기 때문이다. 그런데 우리의 역량은 우리 뜻을 이뤄 줄 수가 없다. 고결한 쪽으로도 혹은 이런 못된 쪽으로도 우리 힘은 그들과 겨룰 바가 못 된다. 어느 쪽이건 영혼의 활력에 좌우되는 법인데, 그들 영혼의 힘이 우리에 비해 상대하기 어려울 만큼 강했기 때문이다. 그리고 영혼이 허약할수록, 제대로 된 일이건 못된 일이건 해낼 힘이 그만큼 부족한 것이다.

그들에게는 상석이 가운데 자리였다. 글을 쓰거나 말을 할 때 앞에 나오느냐 뒤에 나오느냐 하는 순서는 아무런 의미가 없었는데, 그들이 쓴 글을 보면 확연히 알 수 있다. 그들은 '카이사르와 오피우스'라고 쓰는 만큼이나 주저 없이 '오피우스와 카이사르'라고도 하며, '나와 너'를 '너와 나'만큼이나 아무렇지 않게 썼다. 그래서 나는 전에 플루타르코스의 플라미니우스 전(傳) 불어판을[372] 읽다가, 아에톨리아인들과 로마인들이 함께 싸운 전투에서 승자의 영광을 놓고 벌인 시샘을 언급하는 플루타르코스가, 그리스 노래에서 아에톨리아인들이 로마인들보다 먼저 언급되는 것에 꽤 무게를 두는 듯한 대목을 특이하게 생각했던 것이다. 프랑스어로 옮기다 보니 모호해졌을지도 모르겠다.

부인들은 훈증탕 안에 있으면서 종종 남자들을 거기서 맞이

372
아미요의 번역본을 말한다.

했고, 바로 거기서 남자 하인들을 시켜 몸을 문지르고 기름을 바르게 하기도 했다.

> 뜨끈한 욕조물 속 벌거벗은 몸으로 네가 쉴 때
> 한 노예 검은 가죽 앞치마 사타구니에 두르고 네 명령을
> 기다린다.
> 마르시알리스

여자들은 땀이 흐르는 것을 막느라 모종의 분가루를 몸에 뿌렸다.

시도니우스 아폴리나리스에 따르면 옛날 골족 사람들은 앞머리를 길게 기르고 뒤통수는 바짝 깎고 다녔는데, 요즘 들어 나약하고 게으른 풍속 때문에 새로 유행하는 것이 이 모습이다.

로마인들은 배에 타자마자 뱃삯을 지불했다. 우리는 부두에 도착하고 나서 지불한다.

> 승객들에게 돈을 받고 노새를 묶어 두느라
> 한 시간이 다 갔다.
> 호라티우스

여자들은 침대에서 잘 때 벽 쪽으로 누웠다. 그 때문에 카이사르를 "니코메데스 왕 침대의 벽 쪽"이라고 부르는 것이다.[373]

373
수에토니우스가 쓴 『카이사르 전기』에 나오는 구절로, 소아시아 비티니아의 왕 니코메드와 카이사르가 연인 사이라는 소문을 암시하고 있다.

49장 오래된 관습에 관하여

^B 또한 로마인들은 술을 마시다가 한 박자 쉬어 가곤 했다. 술에 물을 타 세례를 베풀었으니,

> 어떤 젊은 노예가 속히 가서
> 이 팔레르니아 포도주를
> 주위에 흐르는 물로 식혀 주려나?
> 호라티우스

우리 나라 하인들의 저 건방진 태도는 거기에도 있었다.

> 오, 야누스여, 그대 등 뒤에서는 그 누구도
> 머리에 뿔을 세우는 짓도, 능숙한 손놀림으로
> 당나귀의 하얀 두 귀를 쫑긋 흉내 내는 짓도
> 또한 아풀리아의 목마른 개처럼 혀를 늘어뜨리는 짓도
> 하지 못하느니
> 페르시우스

아르고스와 로마의 여인들은 하얀 상복을 입었는데, 우리네 부인들도 전엔 그렇게 했다. 내 생각을 따른다면 이 풍속이 이어지는 것이 마땅했으리라.
^A 그렇지만 이 문제만 전적으로 다룬 책들도 있다.

[526]

50장
데모크리토스와 헤라클레이토스에
관하여

^A 판단력은 모든 일에 사용되는 도구이며 어디서나 관여한다. 그런 연유로 여기서 하고 있는 시험(essai)³⁷⁴들에서 나는 어떤 종류의 기회이든 다 이용한다. 전혀 이해하지 못하는 주제라도 나는 그것에조차, 멀찌감치서 여울의 얕은 곳을 가늠해 가며 내 판단력을 시험해 본다. 그러고 나서 내 키에는 너무 깊은 것으로 드러나면 물가에 머무른다. 그 너머로 건너갈 수 없음을 아는 것, 그것이 바로 판단력이 보여 주는 특징적 자질 중 하나요, 나아가 가장 자랑할 만한 자질이라고 할 수 있다. 때로 보잘것없고 하찮은 주제를 가지고도 나는 그것에 몸체를 부여할 수 있는 무엇, 그것을 받쳐 주고 지탱해 줄 무엇을 찾아보려 애쓴다. 때로는 그 자체로는 더 찾아낼 것이 없는 고상하고도 진부한 주제로 판단력을 산보시키기도 한다. 하도 다져진 길이어서 다른 사람의 발자취를 밟으며 걸을 수밖에 없어도 말이다. 그럴 때는 가장 나아 보이는 길을 선택하거나, 수많은 오솔길 중 이것 또는 저것이 가장 잘 고른 길이

374

에세(essai)는 '시험하다(essayer)'의 파생어이다. 몽테뉴는 이 장에서 처음으로 자기 작업의 목적을 지칭하여 essai라는 단어를 썼고, 이것을 작품의 제목으로 삼았다. 이로써 그는 흔히 우리가 '시론', '에세이'라 부르는 장르를 창조한 것이다.

〔 527 〕

었다고 말하는 것이 판단력의 활동이다.

　나는 우연히 주어진 논제를 취한다. 어떤 것이든 내게는 똑같이 좋다. 그리고 그것들을 끝까지 개진할 생각도 전혀 없다. ᶜ 왜냐하면 나는 어떤 것도 그 전부는 보지 못하기 때문이다. 우리에게 전부를 보여 주겠노라 약속하는 이들도 그렇게 하지 않는다. 각각의 사물이 지닌 수많은 지체와 얼굴 중에서 나는 하나만 취해 때로는 핥아 보기만 하고 때로는 스쳐 보며, 또 때로는 뼈까지 꼬집어 본다. 바늘로 찔러 본다. 가장 넓게가 아니라 할 수 있는 한 가장 깊이. 그리고 내가 가장 즐겨 하는 것은 익숙지 않은 관점으로 그것들을 포착하는 것이다. 내가 나를 좀 덜 안다면[375] 어떤 소재는 속속들이 다뤄 보겠다고 덤볐겠지만 말이다. 그저 여기서는 이 단어, 저기서는 저 단어, 저들의 저서에서 떼어 낸 편린들을 흩뿌리면서, 계획도 약속도 없이, 그것들을 가지고 뭔가 만들어 보겠다는 생각도 없이, 거기에 집착하지도 않고, 마음에 들 때는 달리 생각해 보려 하지도 않는다. 그러고는 다시 의심과 망설임, 그리고 무지라는 나의 주된 상태로 물러나 버린다.

　모든 움직임이 우리를 드러낸다. ᴬ 파르살루스 전투에서 명령하고 지휘하는 데서 드러나는 카이사르의 영혼은 심심풀이 내기나 사랑 놀음을 하는 데서도 드러난다. 경주로를 달릴 때뿐 아니라 걷는 모습, 심지어 마구간에서 쉬는 모습만 봐도 말을 판단할 수 있다.

　ᶜ 영혼의 기능 중에는 낮은 기능들이 있다. 그것까지 보지 못한 사람은 아직 영혼을 다 아는 게 아니다. 아마도 우리는 영혼이

375
1595년판에는 "그리고 내가 나의 무능력을 모른다면"을 덧붙이고 있다.

〔 528 〕

꾸밈없는 행보로 걸을 때 가장 잘 관찰할 수 있을 것이다. 정념의 바람은 높은 경지의 영혼에 더 가 닿는다. 또 영혼은 각각의 사안에 온전히 몰두해 전력을 기울이고, 결코 한 번에 하나 이상을 다루지 않는다. 그리고 그 일을 그 자체로서가 아니라 자기대로 취급한다.

따로 떼어 놓고 보면 하나하나의 사안이 고유의 무게, 척도, 조건을 가지고 있겠지만 우리 안에 들어오면 우리 영혼이 그것들에 자기가 이해하는 대로의 치수를 부여한다. 죽음은 키케로에겐 끔찍한 것이요, 카토에겐 바람직한 것이요, 소크라테스에겐 관심 밖의 일이었다. 건강, 양심, 권위, 학문, 부, 아름다움, 그리고 그 반대되는 것들은, 우리 마음의 입구에서 발가벗고, 영혼에게서 갈색, 초록색, 밝거나 어둡거나 날카롭거나 부드럽거나 깊거나 표면적인 새로운 의복과 빛깔을 받는다. 제 마음에도 들고 그것들을 받아들이는 각 영혼의 마음에도 드는 것으로 말이다. 왜냐하면 영혼들은 자기들의 스타일, 규칙, 표본 들을 공동으로 확정한 바가 없기 때문이다.

각각의 영혼은 자기 나라에서 왕이다. 그러니 더 이상 사안들의 외적인 성질을 가지고 우리를 변명하지 말자. 각 사안을 어떻게 받아들이느냐는 우리에게 달렸다. 우리의 행불행은 오직 우리에게 달렸다. 봉헌과 맹세는 운수가 아니라 우리 자신에게 바치자. 운수는 우리 행습에 대해 아무것도 할 수 없다. 반대로 우리의 행습이 운을 끌고 가며, 제 형태로 운을 주조한다.

왜 알렉산드로스를 식탁에서 한껏 지껄이고 마실 때 판단하지 않을 것인가? 혹 체스 게임을 하고 있을 때라면, 그의 정신의 어느 줄인들 이 멍청하고 유치한 놀이에 끌려 빠져 있지 않겠는

〔 529 〕

가? 별로 재미있지도 않고, 우리를 너무 몰두하게 만드는 데다 다른 좋은 일에 쓸 수도 있을 만한 주의력을 그런 것에 쏟는 것이 부끄러워, 나는 이 게임을 싫어하고 피한다. 그런데 알렉산드로스가 인도로 가는 영광의 원정을 지휘할 때도, (또 다른 이가) 인간 구원이 달린 성서의 한 구절[376]을 해명할 때도 이보다 더 몰두하지는 않았다. 우리 영혼이 이 우스꽝스러운 장난을 얼마나 부풀리고 확대하는지 보라. 그 모든 신경이 얼마나 긴장하는지, 누구나 이 놀음에서 자기 자신을 알고 또 자기를 직통으로 판단할 수 있는 기회를 영혼이 얼마나 넉넉하게 제공하는지 보라. 다른 어떤 상황에서도 나를 이보다 더 속속들이 보고 검사할 수 없다. 이 상황에서 어떤 정념이 우리를 시험하지 않던가? 분노, 앙심, 증오, 초조함 그리고 이기겠다는 맹렬한 야망. 이런 하찮은 놀이에서 남다르게 탁월하다는 것은 명망 있는 사람에겐 어울리지 않으니 차라리 지기를 바라는 게 납득할 만한 터에 말이다. 내가 이 예에서 말하는 것은 다른 모든 예에도 적용될 수 있다. 인간의 단편 하나하나, 활동 하나하나가 그를 폭로하고 지적한다.

   ^A 데모크리토스와 헤라클레이토스는 둘 다 철학자였다. 전자는 인간 조건을 허망하고 가소로운 것으로 여겨 사람들 앞에 나설 때면 언제나 비웃음을 머금은 얼굴을 하고 있었다. 같은 인간 조

376
'원정'과 '구절'로 번역한 단어는 둘 다 프랑스어로 passage이다. 몽테뉴는 이런 종류의 말장난을 즐길 뿐 아니라, 여기에는 역사를 바꿔 놓은 행위나, 엄청난 의미를 내포한 문장이나 모두 운동, 생성, 변화 중에 있는 사물의 한 단계요, 따라서 체스 놀이 중의 마음의 움직임도 그보다 연구 가치가 덜하지 않은 과정(passage)이라는 의미가 내포되어 있다. 『에세 3』 2장에서 그는 말한다. "나는 존재가 아니라 과정(passage)을 그린다."

〔 530 〕

건을 헤라클레이토스는 가엾이 여겨 동정하였고, 그 때문에 늘 슬픈 얼굴을 하고 눈에는 눈물이 글썽였다.

> B 집 밖에 발을 딛자마자,
> 하나는 웃고, 하나는 울었다.
> 유베날리스

A 나는 첫 번째 기질이 더 낫다고 본다. 웃는 것이 우는 것보다 즐겁기 때문이 아니라, 첫 번째가 우리를 더 하찮게 여기는 것이며 다른 쪽보다 명백히 우리를 규탄하는 것이기 때문이다. 우리가 받아 마땅한 대접을 생각하면 나는 우리가 아무리 경멸받아도 충분하지 않을 것 같다. 탄식과 동정에는 우리가 한탄하는 것에 대한 존중이 얼마간 섞여 있다. 반면 우리가 무엇을 비웃을 땐, 그것을 가치 없이 여기는 것이다. 나는 우리 불행이 우리의 허영만큼 크다고도, 우리의 악의가 우리의 어리석음만큼 크다고도 생각지 않는다. 우리는 악보다는 공허로 가득 차 있다. 우리는 비참하다기보다 저열하다. 그러므로 통을 굴리며 알렉산드로스 대왕을 콧등으로 경멸하고 우리를 파리 또는 바람이 잔뜩 든 오줌보로 여기면서 홀로 떠돌았던 디오게네스가, '인간을 증오하는 자'라는 별명을 가졌던 티몬보다 내 생각에는 훨씬 신랄하며 날카롭고, 따라서 훨씬 옳은 판관이었다. 왜냐하면 사람이 무엇을 미워하면 그것을 마음에 두게 되기 때문이다. 티몬은 우리가 불행해지기를 바라며, 우리를 망하게 하고 싶어 안달하고, 우리가 천성이 부패한 고약한 자여서 위험하기라도 한 것처럼 우리 곁에서 도망친다. 디오게네스는 우리를 너무도 하찮게 여겨 옆에 있어도 자기를 방해하

〔 531 〕

거나 변질시킬 수 없다고 보았고, 두려워서가 아니라 경멸하기 때문에 우리와 함께하는 것을 피한다. 그는 우리가 이롭게도 해롭게도 할 능력이 없는 존재라고 생각한다.

브루투스가 스타틸리우스에게 카이사르를 치는 음모에 동참할 것을 권유했을 때, 그가 한 대답도 같은 생각을 드러낸다. 그는 이 거사가 옳다고 여겼지만, 인간들은 그런 수고를 해 줄 가치가 눈곱만큼도 없다고 보았다. ^C 무언가를 해 줄 만한 가치가 있는 존재는 오직 현자뿐이고, 따라서 현자는 자기 자신을 위해서가 아니면 어떤 일도 할 의무가 없다고 말하곤 했던 헤게시아스의 가르침과, 또 현자가 나라의 이익을 위해 위험을 무릅씀으로써, 어리석은 자들을 위해 지혜를 위태롭게 하는 것은 부당하다고 했던 테오도로스의 교훈에 따른 것이다.

우리만의 특별한 조건은 우리가 웃을 줄 알면서 동시에 우스운 존재라는 것이다.

51장
말의 공허함에 관하여

ᴬ 지난 시대의 어떤 수사학자는 사소한 일을 대단해 보이게 하고 또 그렇게 여기게 만드는 것이 자기 직업이라고 말하곤 했다. ᴮ 작은 발에 큰 신을 신길 줄 아는 신발 장수 같은 말이다. ᴬ 스파르타에서라면 속임수로 그럴싸하게 꾸미는 직업이라고 채찍질을 당했을 것이다. ᴮ 스파르타 왕 아르키다모스는 투키디데스[377]에게 당신과 페리클레스가 싸우면 누가 더 세냐고 물었는데 아마도 그의 대답을 듣고는 놀라움을 금치 못했을 것이다. 투키디데스는 이렇게 말했다. "그것을 확인하기는 어려울 겁니다. 왜냐하면 격투를 벌여 내가 그를 땅에 쓰러뜨려도 그는 보고 있던 사람들을 설득해 자기가 쓰러진 적이 없다고 설복해 이긴 것으로 만드니까요." ᴬ 여인들에게 가면을 씌워 주고 분을 발라 주는 이들이 만들어 내는 해악은 이보다는 덜하다고 할 수 있다. 맨얼굴을 못 본다는 것이 별 손해는 아니기 때문이다. 그러나 앞에 말한 자들은 우리 눈이 아니라 판단력을 속이며 그렇게 하여 사물의 본질을 변질시키고 부패시키는 것을 업으로 삼는다. 라케데모니아처럼 규율

377

고대 아테네 귀족 세력의 우두머리로, 그리스 장군 페리클레스의 적수였다. 역사가 투키디데스와 다른 인물이다.

있고 정돈된 통치 상태로 유지된 국가에서는 웅변가들을 그다지 높이 평가하지 않았다.

ᶜ 아리스톤은 수사학을 '대중을 설득하는 학문'이라고 무난하게 정의한다. 소크라테스나 플라톤은 수사학을 속이고 아첨하는 기술이라고 했고, 일반적 정의에서는 그 점을 부정하는 사람들도 실제 가르침에서는 늘 그 점이 사실임을 보여 준다. 마호메트 교도들은 이 학문이 무용하다고 여겨 아이들에게 교육시키지 못하게 한다. 그리고 아테네인들은 자기네 도시에서 수사학이 대유행을 하여 해악을 끼치는 것을 보고, 그 주요 부분인 감정을 자극하는 대목과 서론과 결론 부분을 함께 삭제하도록 명령했다.[378]

ᴬ 수사학은 군중과 무질서한 대중을 조종하고 선동하기 위해 꾸며 낸 도구이며, 의약이 그렇듯 병든 국가에서만 쓰이는 연장이다. 아테네나 로데스, 로마와 같이 속인들, 무지한 자들, 그리고 만인이 만사를 결정해 온 나라나,[379] 정세가 늘 태풍 속에 있던 나라에는 웅변가들이 몰려들었다. 그리고 정말로 이런 나라에서는 웅변술의 도움 없이 큰 평판을 얻은 사람을 찾아보기 힘들다. 폼페이우스, 카이사르, 크라수스, 루쿨루스, 렌툴루스, 메텔루스는 모두 웅변술을 통해 한 계단씩 올라 마침내 저 대단한 권위에까지 오를 수 있었는데 무력보다 웅변술의 도움을 더 받았다. ᶜ 이것은 최상의 시절이 보여 준 풍속과는 반대되는 것이다. L. 볼룸니우스는 Q. 파비우스와 P. 데키우스를 집정관으로 뽑은 것을 찬양하며

378
서론, 결론은 일반적으로 청중의 감정적 동조를 자극하는 데 관심을 두었다고 한다.
379
민주정을 대중의 독재로 폄하하는 것은 플라톤에서 보뎅에 이르는 귀족정, 군주정 옹호자들의 전통적 시각이었다.

〔 534 〕

대중 앞에서 이렇게 말했으니 말이다. "이 사람들은 전쟁을 위해 태어난 이들로서, 행동할 자리에서는 위대하지만 수다를 떠는 싸움에는 서투르기 짝이 없다. 그러니 막중한 집정관 역할에 딱 맞는 사람들이다. 섬세하고 말 잘하고 지식 있는 자는 도시에 맞으니, 그들은 사법을 담당할 치안 관리역이 제격이다."

A 로마에서 웅변술이 번성한 것은 사태가 최악이던 때, 내전의 폭풍이 나라를 뒤흔들던 때였다. 가꾸지 않고 내버려 둔 밭에 제일 싱싱한 잡초가 자라나듯이 말이다. 그러니 한 사람의 왕에 의지하는 나라들은 다른 나라들에 비해 웅변술이 덜 필요할 것이다. 왜냐하면 대중에게서 나타나는 이 어리석음과 경박한 믿음, 이성의 힘으로 사실들을 달아 보고 진실을 가리는 대신 멋들어지고 달콤한 소리에 귀가 솔깃해서 조종당하고 속게 만드는 그 얕은 믿음은 한 사람에게서는 잘 발견되지 않으니 말이다. 한 개인을 좋은 교육과 충고로 이런 독(毒)의 영향에서 벗어나게 하는 일은 훨씬 용이하다. 마케도니아에서도 페르시아에서도 유명한 웅변가가 출현한 일은 없었다.

내가 이런 이야기를 한 것은, 고인이 된 카라파 추기경 옆에서 그가 타계할 때까지 급사장으로 일했던 이탈리아인과 이야기를 하고 난 참에 생각이 나서였다. 그에게 그의 직책이 무엇이었는지 이야기해 보라고 하자, 그는 신학상의 중대한 문제를 이야기하듯 먹거리 학문에 대해 심각하고 장엄한 표정을 지어 가며 한 말씀 늘어놓는 것이었다. 그는 내게 식욕의 다양한 양상을 열거했는데, 배가 비었을 때의 식욕과 두 번째, 세 번째 코스를 먹고 났을 때의 식욕이 다르다는 것이었다. 식욕을 그저 간단히 채워주는 방법과 식욕을 깨우고 자극하는 방법이 따로 있었다. 소스도 적절히

51장 말의 공허함에 관하여

배치해야 하는데 처음에는 일반적인 것을 쓰고 그다음에는 각 재료의 특성을 두드러지게 하고 그 풍미를 살리는 것을 쓴다. 철 따라 샐러드가 달라지며 어떤 것은 데워서, 또 어떤 것은 차갑게 내야 한다. 그리고 보기 좋으라고 음식을 장식하고 꾸미는 방법도 있었다. 그다음에는 음식을 내는 순서로 들어갔는데, 멋지고 중요한 고찰로 가득했다.

> B 토끼를 어떻게 썰고 닭을 어떻게 자르느냐를 분별함은
> 분명 보통 중요한 일이 아니다.
>
> 유베날리스

A 그리고 이 모든 것이 풍성하고 장중한 말들로 부풀려 있었다. 한 제국을 통치하는 법을 이야기할 때 쓰일 만한 그런 말들로 말이다. 듣다 보니 내가 좋아하는 작가가 떠올랐다.

> "이것은 너무 짜고, 저것은 탔다, 이것은 맛이 없다,
> 그래 이게 제맛이다, 다음 번에도 잊지 말고 이렇게 해라."
> 나는 내 얕은 지식이 닿는 만큼
> 마음 써서 그들에게 일러 준다.
> 데메아여, 나는 끝으로,
> 거울에 비추듯 접시에 제 모습을 비춰 보라고 권하며
> 그들이 할 일을 모두 일러 주지.
>
> 테렌티우스

그리스인들까지도 마케도니아에서 돌아오는 길에 아이밀리

〔 536 〕

우스 파울루스가 베푼 연회[380]의 질서와 짜임새를 아낌없이 칭찬
하긴 했었다. 그러나 내가 여기서 말하는 것은 실제가 아니라 말
에 대한 것이다.

　　다른 사람들도 나와 같은 경험을 하는지는 모르겠지만, 우리
나라 건축가들이 장식 벽 기둥이니 평방이니 처마돌림띠니 코린
트, 도리아 양식이니 하는 그 비슷한 자기들 전문 용어로 스스로
를 잔뜩 부풀리고 있으면 내 상상력은 즉각 아폴리돈 궁전[381]을
떠올리지 않을 수 없다. 그런데 실제로는 그것이 우리 집 부엌문
의 하찮은 부분들을 가리키는 것임을 알게 된다.

　　B 환유니 은유니 알레고리니 하며 문법에서 가르치는 이름들
을 들어 보라. 무슨 희귀하고 낯선 언어 형태를 의미하는 것 같지
않은가? 그런데 실은 당신 집 하녀가 재잘거리는 이야기와 관련되
는 것이다.

　　A 직무에 어떤 유사성이 있는 것도 아니고 그 권위며 권한이
훨씬 적은데도 불구하고 우리 나라의 관직을 로마인들이 쓰던 멋
진 이름으로 부르는 것 역시 이와 비슷한 사기이다. 고대에는 몇
백 년에 한두 사람에게 주어 기렸던 가장 영광스러운 칭호를 우리
가 보기에 괜찮은 사람 누구에게나 당치 않게 붙이는 것은, 언젠
가 우리 시대가 얼마나 어리석었는지 보여 주는 증거로 쓰이리라
생각한다. 플라톤은 만인이 동의하여 '신성한 이'라고 불릴 수 있
었고 누구도 그것을 시기하여 부정하려 들지 않았다. 대체로 우리

380
아이밀리우스 파울루스는 페르시아인들을 상대로 한 전쟁에서 이기고 나서
마케도니아에서 연회를 베풀었다.
381
15세기의 공상적인 기사도 소설 『골의 아마디스』에서 묘사된 상상의 궁전.

시대의 다른 어떤 민족보다 더 깨인 정신을 가졌고 더 온전한 판단력을 가졌다며, 나름대로 이유 있는 자부심을 가진 이탈리아인들이 아레티노[382]에게 같은 이름을 붙여 주었는데, 정말 기발하기는 하지만 너무 기교를 부리고 황당한 이야기를 부글거리듯 잔뜩 늘어놓는 것, 간단히 말해 어떤 것이 되었건 말재주 빼고는, 그가 자기 시대 보통 작가들보다 뛰어난 것이 무엇인지 나는 도무지 모르겠다. 저 고대의 신성함에 다가가기에는 어림없으니 말이다. 우리는 '위대한 이'라는 칭호도 보통 사람들의 위대성보다 나을 것이 하나도 없는 왕공들에게 그냥 붙여 주고 있다.

382
16세기 전반의 이탈리아 극작가.

52장
고대인의 검소함에 관하여

^A 아프리카에 나가 있던 로마 군단의 장군 아틸리우스 레굴루스는 카르타고 인들과 맞서 한창 영광과 승리를 구가하던 중, 자기 재산(다 해서 7아르팡³⁸³밖에 안 되는)을 관리하라고 혼자 남겨 둔 농장 일꾼이 농기구들까지 모두 훔쳐 달아났다고 공화국에 편지를 썼다. 그러면서 아내와 아이들이 그 때문에 고통 받을까 두려우니 돌아가 그 일을 처리할 수 있도록 휴가를 달라고 청했다. 원로원은 그의 재산을 관리할 사람으로 다른 이를 추천하고 도둑맞은 것을 보상해 주는 한편 그의 아내와 아이들이 공금으로 먹고살 수 있게 조처하였다.

대 카토는 스페인 집정관직에서 물러나 돌아올 때 그의 업무용 말을 팔았는데, 바다 건너 이탈리아로 다시 말을 데려오는 데드는 돈을 아끼기 위해서였다. 그리고 사르데냐 총독이었을 때는 걸어서 순회를 하고, 제복과 제물용 항아리를 운반하는 관리 한 사람 이외에는 다른 수행원을 두지 않았다. 또한 자기 짐은 거의 늘 자기 손으로 들었다. 10에퀴 이상 나가는 옷을 가져본 일이 없고, 하루치 양식 값으로 10수 이상을 주어 장을 보게 한 바가 없

³⁸³
로마 시대의 토지 척도로, 1에이커가 채 안 되는 작은 땅.

고, 그리고 시골에 있는 그의 집들 중에는 외벽에 초벽질을 하고 도료를 바른 집이 하나도 없다고 자랑하곤 했다.

스키피오 아이밀리아누스는 두 번 승리하고 두 번 집정관을 지낸 뒤 일곱 명의 하인만 데리고 외교 사절로 나갔다. 호메로스에겐 하인이 하나밖에 없었다고 한다. 플라톤에겐 셋, 스토아 학파의 수장이었던 제논에겐 하나도 없었다.

B 티베리우스 그라쿠스[384]가 나랏일로 파견되었을 때 지급된 돈은 일당 5수 반밖에 되지 않았다. 당시 그는 로마인 중 최고위직에 있었는데 말이다.

384
B. C. 2세기 로마의 정치가. 민중 편에 서서 개혁을 감행하다 살해되었다. 같은 정책으로 살해된 동생 가이우스 그라쿠스와 함께 그라쿠스 형제로서 로마 민중의 추앙을 받았다.

에세 1

53장
카이사르의 한마디

A 우리가 때로 우리 자신을 고찰하는 데 마음을 쓰고, 남들을 살피거나 우리 밖에 있는 사물들을 알려고 들이는 시간을 우리 자신을 탐색하는 데 쓴다면, 우리 존재라는 이 피륙이 얼마나 연약하고 결함 많은 조각들로 이루어진 것인지를 쉽게 알 수 있을 것이다. 우리가 그 무엇으로도 만족할 줄 모른다는 것, 바로 욕망 자체와 상상으로 인해 우리에게 필요한 것을 선택하는 일이 우리 능력 밖이라는 것은 우리의 불완전성에 대한 특별한 증거가 아니겠는가? 인간의 최고선을 찾기 위해 철학자들 사이에 줄곧 이어져 온 대단한 논쟁이 그 좋은 증거이다. 이 논쟁은 아무런 결론도 의견 일치도 없이 지금도 계속되고 있고 또 영원히 계속될 것이다.

> B 원하는 것이 우리 것이 되지 않는 한
> 다른 무엇보다 절실해 보인다.
> 얻고 나면 또 다른 무엇을 원하게 되며
> 똑같은 갈증으로 우리는 다시 목이 탄다.
> 루크레티우스

^A 무엇이 됐건 우리가 알고 있고 즐길 수 있는 것은 우리를 만족시키지 못한다고 느끼며, 현재의 것들이 우리를 조금도 채워 주지 못하니, 우리는 다른 미지의 것이 다가오기를 갈망하며 지낸다. 내 보기에는, 그것들이 우리를 만족시키기에 부족하다기보다는 우리가 그것을 붙드는 방식이 병적이고 혼란스럽다.

> ^B 그는³⁸⁵ 보았다, 인간은 삶에 필요한 거의 모든 것을 가지고 있음을
> 그는 또 보았다, 부와 명예와 명성이 가득하고
> 자식들의 좋은 평판이 자랑스러운 인간들을.
> 그러나 단 한 사람도 없었다,
> 내면 깊숙이 고뇌하지 않고
> 고통스러운 탄식으로 옥죄이지 않는 자는.
> 그래서 그는 알게 되었다, 문제는 그릇 자체라는 것을,
> 밖에서 넣어 주는 모든 좋은 것을
> 바로 이 그릇이 상하게 한다는 것을.
>
> 루크레티우스

^A 우리의 욕구는 우유부단하고 불확실하다. 그 무엇도 제대로 간직할 줄 모르고 제대로 향유할 줄 모른다. 인간은 이것이 사물들의 결함 때문이라고 여기고, 전혀 모르고 이해하지 못하는 것들로 자기를 채우고 먹이면서 자기 욕망과 희망을 그쪽으로 끌어가며 그것들을 대접하고 떠받든다. 카이사르가 말했듯이, "천성적

385
에피쿠로스를 말한다.

이고 일반적인 악덕으로 인해 우리는 보이지 않게 감춰진 미지의 것
들을 더 신뢰하고 또 더 두려워하게 되는 것이다."

53장 카이사르의 한마디

54장
쓸데없는 묘기(妙妓)에 관하여

^A 간혹 사람들이 칭찬받을 요량으로 부려 보는 경박하고 쓰잘 데 없는 교묘한 짓거리들이 있다. 모든 행이 같은 글자로 시작되는 작품을 쓰는 시인들처럼 말이다. 우리는 고대에 그리스인들이 시행들로 만들어 놓은 달걀, 공, 새의 날개, 도끼의 형상들을 보곤 하는데, 시행을 늘이고 줄여 이런저런 모양을 만들어 낸 것이다. 이런 것이 알파벳 글자들을 몇가지 방법으로 배열할 수 있는지 헤아리는 데 재미를 붙여, 믿을 수 없을 만큼 많은 방법을 찾아낸 자의 학문(기술)이었는데, 플루타르코스에서 그 수를 볼 수 있다.

한 번도 실수하지 않을 만큼 능숙하게 좁쌀을 던져 바늘 구멍을 통과하게 하는 기술을 습득한 사람을 소개받은 이가 있었다. 그 기술을 본 다음, 그처럼 희귀한 완벽함에 대한 상으로 무언가 선물을 달라는 요구를 받고서 그가 내놓은 의견을 나는 좋게 생각한다. 그는 아주 재미있게, 그리고 내 생각에는 매우 적절하게, "그처럼 훌륭한 기술을 계속 연마할 수 있도록 조 두세 말을 주어라."라고 명령한 것이다. 어떤 일이 선하지도 유용하지도 않은데 드물고 새롭다는 이유, 또는 어렵다는 이유만으로 대단하게 여기는 것은 우리 판단력의 허약함을 보여 주는 훌륭한 증거이다.

방금 내 집에서는 양 극단에서 공히 통용될 수 있는 것을 누

〔 544 〕

에세 1

가 더 많이 찾아낼 수 있는가 하는 내기를 하고 난 참이다. 이를테면 '시르(Sire)',[386] 이 말은 국가의 가장 높은 사람, 즉 왕에게 주어지는 칭호이고 상인 같은 평민에게도 주어질 수 있는데, 그 둘의 중간에 있는 이들에게는 전혀 해당되지 않는다. 귀족 부인들을 우리는 '담(Dame)'이라고 부르고 중간 계급을 '다무아젤(Damoiselle)'이라고 하는데, 가장 낮은 신분의 여자를 부를 때 역시 '담'이라고 한다.

B 탁자 위에 굴리는 주사위 놀이는 왕공들의 집과 선술집에서만 허용된다.

A 데모크리토스는 신들과 짐승들은 중간 층에 있는 인간보다 훨씬 날카로운 감각을 지녔다고 했다. 로마인들은 초상치르는 날과 명절날에 같은 복장을 했다. 극도의 공포와 극도로 끓어오른 용기는 둘 다 배를 아프게 해서 뒤를 보게 하는 게 확실하다.

C 나바르의 열두 번째 왕[387] 산초에게 붙은 '떠는 자(Tremblant)'[388]라는 별명은 두려움과 마찬가지로 대담함도 우리 사지를 격렬히 떨게 한다는 점을 일깨워 준다. 그를 무장시키던 사람들이 그의 살이 떨리는 것을 보고, 그가 맞닥뜨릴 위험은 대수롭지 않은 것이라는 말로 그를 안심시키려 했다. 그러자 그가 말했다. "그대들은 나를 잘못 알고 있다. 만일 내 용기가 저희를 어디로 데

386
'전하' 또는 '나리'라는 뜻의 프랑스어.
387
실은 열두 번째 왕 산초 가르시아의 아들 가르시아의 이야기인데 몽테뉴가 혼동한 것이다.
388
나바르 왕국의 열두 번째 왕이자, '떠는 자'라고 불렸던 이는 실은 산초가 아니라 가르시아 5세였다.

54장 쓸데없는 묘기(妙妓)에 관하여

려갈지 내 살들이 알면 아마 완전히 빳빳하게 얼어붙을 것이다."

^A 비너스 운동³⁸⁹에 대한 냉담과 혐오에서 비롯되는 발기부전은 과도한 열정과 지나치게 열렬한 갈망 때문에 야기되기도 한다. 극도의 냉기도 극도의 열기도 지지며 굽는다. 납덩이는 높은 열에 녹듯 겨울 혹한에도 녹아 흐른다고 아리스토텔레스는 말한다.³⁹⁰ ^C 욕망과 포만은 쾌락의 상왕국과 하왕국을 똑같이 고통으로 채운다.

^A 우둔함과 지혜는 인간사의 고통을 같은 정도로 느끼고 같은 정도로 참아 낸다. 지혜로운 이들은 불행을 억눌러 제어하고, 어리석은 자들은 불행을 모른다. 말하자면 어리석은 자들은 사건의 이쪽에 있고 현자는 저쪽에 있다. 현자는 사건들의 무게를 재고 그 성질을 고려해 있는 그대로 평가해 판단한 다음, 거침없는 용기의 힘으로 그것들을 뛰어넘는다. 그들은 강력하고 굳센 영혼을 가졌기에 사건들을 경멸하며 발로 짓이겨 버린다. 운명의 화살들은 그들 영혼에 부딪혀 보지만 아무 자국도 남길 수 없는 몸을 발견하고는 튕겨 나가 누그러져 버린다. 평범한 조건의 보통 인간은 이 두 극단 사이에 자리 잡는데, 그들은 불행을 알아보고 느끼지만 극복할 수는 없는 사람들이다. 유년과 노년은 뇌가 취약하다는 점에서 일치한다. 인색함과 낭비벽은 끌어당겨 손에 넣으려는 동일한 욕망에서 서로 만난다.

^B 무지에는 학식을 갖기 전의 ^C 초보적인 무지도 있지만 학식

389
성행위를 뜻한다.
390
아리스토텔레스는 "주석이 납보다 빨리 녹으며", "주석은 혹한일 때 추위로도 녹는다."라고 말했다. 몽테뉴는 자기가 인용한 것들을 확인하는 데 관심이 없었다.

[546]

을 얻은 뒤에 오는 박사님의 무지도 있다고 얼마든지 말할 수 있을 것 같다. 학식은 첫 번째 무지를 흐트러뜨려 부수는 것처럼 그렇게 또 다른 무지를 만들고 낳는다.

B 호기심이 적고 교육도 덜 받은 단순한 정신의 소유자들, 그런 이들이 존경과 복종의 마음으로 단순하게 믿으며 율법을 받드는 선한 그리스도인이 된다. 그리고 정신력도 능력도 어중간한 계층에서 그릇된 의견이 생겨난다. 그들은 그럴싸해 보이는 초보적인 의미를 추종하면서도, 짐짓 권위 있게, 우리가 옛 방식을 고수하는 것을 단순하고 우매한 것으로 해석한다. 배움이 없어 그런 일에 정통하지 못한 것으로 얕잡아 보면서 말이다. 보다 사려 깊고 통찰력 있는 위대한 사람들은 다른 종류의 훌륭한 신앙인이 되는데, 그들은 길고도 신심 깊은 탐구로 성서 안의 가장 심오하고 난해한 빛을 간파하고, 교회의 가르침에 깃든 신비롭고도 신성한 비밀을 감지한다. 하지만 우리는 두 번째를 통해 세 번째 단계에 이르는 사람들을 보기도 한다. 경이로운 결실과 확증을 가지고 기독교적인 지혜의 극치에 도달한 듯, 위로, 자비로운 행동, 달라진 생활 태도, 행실의 개선, 큰 겸손으로 자신의 승리를 향유하는 사람들 말이다. 그러나 나는 이 부류에 다음과 같은 이들, 즉 지난날 자기가 저지른 과오에 대한 의혹을 털어 내어 우리에게 자기들에 대한 확신을 심어 주려고, 극단적이고 조심성 없이 부당하게 우리 의향을 좌지우지하려 들고, 끊임없이 격렬한 비난으로 우리 생각에 먹칠을 하는 자들은 넣을 생각이 없다.

C 순박한 농부들은 올곧은 사람이요, 철학자들, 또는 우리 시대로 말하자면 강력하고 명징한 천품이라 불리는, 유용한 지식을 폭넓게 갖춘 사람들 역시 올곧은 인간이다. 중간치들, 배우지 못

[547]

54장 쓸데없는 묘기(妙妓)에 관하여

한 농부들의 자리를 경멸하면서 철학자의 자리에도 낄 수 없는 중
짜(두 안장 사이에 궁둥이를 걸치고 있는 자들, 나도 그렇고 다른 많
은 이들도 그렇듯이)들은 위험하고 무능하고 무례하다. 이런 자들
이 세상을 어지럽힌다. 그래서 나는 할 수 있는 한 전자의 자연스
런 자리로 물러나, 헛되이 거기서 벗어나려 해 본 적이 없다.

티없이 자연스러운 민중의 시가는 그 소박함과 우아함이 기
교적으로 완벽한 시가가 지닌 최고의 아름다움에 비견할 만하다.
가스코뉴의 목가들이나, 학문은커녕 글조차 없는 나라에서 전해
오는 노래들에서 보듯 말이다. 그 둘의 중간에서 멈춰 버린 평범
한 시는 명예도 가치도 없어 아무도 거들떠 보지 않는다.

^{A} 그런데 막혔던 머리가 뚫리자, 늘 그렇듯이, 나는 우리가,
실은 전혀 드문 일이 아닌 것을 가지고, 희귀한 예를 찾아내는 힘
든 내기로 여겼음을 깨달았다. 일단 상상력이 자극을 받으니까 그
런 예[391]를 한도 없이 찾아내는 것이었다. 그러니 그중에서 이 한
가지 예만 덧붙이련다. 이 나의 이 시험들(essais)이 평가받을 만
한 가치가 있다 해도, 내 생각엔 이 글들이 정신이 평범하고 속된
사람들의 마음에도 들지 않고, 독특하고 탁월한 이들의 마음에도
들지 않을 수 있다고 말이다. 전자는 충분히 이해하지 못할 것이
요, 후자는 너무 잘 알 테니까. 이 글들은 중간 지대에서나 겨우 명
맥을 유지할 것이다.

391
양극단이 공유하는 것의 예.

〔 548 〕

55장
냄새에 관하여

^A 알렉산드로스 대왕 같은 이들은 뭔가 희귀하고 이상한 체질 탓에 땀에서 기분 좋은 냄새가 났다고들 한다. 그 이유가 무엇인지를 플루타르코스나 다른 몇몇 사람들이 찾아보기도 했다. 그러나 보통 사람의 몸은 그와 달라서 우리 몸의 최적의 상태는 냄새가 나지 않는 것이다. 가장 깨끗한 숨결이라 할지라도 우리를 거북하게 하는 냄새가 없을 때보다 더 나을 것이 없으니, 아주 건강한 어린이들의 경우가 그렇다. 그래서 플라우투스는 이렇게 말했다.

여인의 가장 감미로운 내음은 아무 냄새가 안 나는 것.

여인의 제일가는 향기는 아무 향기도 없는 것이다. ^B 여인의 행실이 눈에 띄거나 소리가 나지 않을 때 가장 향기롭다고 하듯이. ^A 억지로 만들어 낸 좋은 향기를 쓰는 사람들을 수상쩍게 보는 데는 이유가 있다. 그쪽으로 무슨 타고난 결함이 있어 감추려 하는 것이려니 싶기 때문이다. 그래서 옛날 시인들은 '좋은 냄새가 난다는 건 악취가 난다는 것'이라는 멋진 구절을 남긴 것이다.

〔 549 〕

아무 냄새가 나지 않는다고 우리를 비웃다니, 코라키누스여,
나라면 향기 나는 쪽보다 냄새 없는 쪽이 좋으이.
마르시알리스

또 이런 구절도 있다.

포스투무스여, 항상 좋은 냄새를 풍기는 사람에게선
안 좋은 냄새가 난다네.
마르시알리스

^B 하지만 나는 좋은 냄새에 둘러싸이기를 좋아하며, 나쁜 냄
새는 지나칠 정도로 혐오해서 누구보다도 멀리서 그 냄새를 알아
차린다.

내 코는, 폴리푸스여, 고약한 냄새로
멧돼지 굴을 알아내는
개의 후각보다 더 예민하여
털 수북한 겨드랑이 밑
묵직한 염소 냄새를 찾아내는 데 둘도 없이 날카롭다네.
호라티우스

^C 가장 단순하고도 자연스러운 냄새가 내게는 제일 기분 좋
게 느껴진다. 그리고 향기롭게 하는 일은 주로 여성들의 관심사다.
가장 야만적인 지역에서도 스키타이족 여인들은 목욕 뒤 얼굴과
온몸에 그 땅에서 나는 어떤 향기로운 약을 뿌리고 바르는데, 남

〔 550 〕

자에게 다가가기 위해 이것을 벗겨 내면 그 피부가 매끈하고 향기로와진다.

B 어떤 종류의 냄새건 어쩌나 내게 착 달라붙고 내 피부는 또 얼마나 그것을 잘 흡수하는지 경이로울 정도이다. 자연이 인간을 세상에 내보낼 때 냄새를 코까지 가져올 도구는 챙겨 주지 않았다고 불평하는 사람은 틀렸다. 냄새는 스스로 오기 때문이다. 그런데 나는 특별하게도 내 무성한 턱수염이 그 역할을 해 준다. 장갑이나 손수건을 수염에 갖다 대면 하루 종일 그 냄새가 남아 있다. 수염 때문에 내가 어디 있다 오는지가 드러나고 만다. 젊은 시절 달콤하고 탐욕스러우며 끈적거리던 깊은 입맞춤은 수염에 달라붙어 몇 시간이고 머물러 있었다. 그럼에도 나는 서로 접촉해서 퍼지고, 오염된 공기 때문에 발생하는 전염병에 잘 걸리지 않는다. 우리 시대, 이 나라 도시나 군대에 여러 가지로 도는 전염병에도 나는 무사했다. C 소크라테스에 관해 읽어 보면 여러 차례 페스트가 아테네를 괴롭히는 동안 그는 한 번도 도시를 떠나지 않았는데, 그래도 오직 그만이 멀쩡하게 건강했다고 한다.

B 내 생각에는 의사들이 지금보다는 훨씬 더 다양하게 향기를 이용할 수 있을 것 같다. 향기로 내 몸이 달라지고 향기에 따라 내 정신에 달리 작용하는 것을 자주 경험하기 때문이다. 교회에서 향불과 향기를 쓴 지는 아주 오래되었고 모든 나라, 모든 종교에 두루 퍼져 있는데, 그 목적이 우리 마음을 기쁘게 하고 우리 감각을 깨우고 정화시킴으로써 우리를 명상에 더 적합하게 하기 위한 것이라는 견해를 내가 인정하는 것도 그 때문이다.

C 그 점에 대해 판단해 보기 위해 나도 낯선 향료를 요리 맛에 잘 어울리게 할 줄 아는 요리사들의 기술을 알 수 있으면 좋겠

〔 551 〕

다. 카를 황제와 회담하기 위해 우리 시대에 나폴리에 상륙한 적 있는 튀니지 왕의 식사 준비에서 사람들은 특히 그 점에 주목했다. 요리사들은 왕의 음식 속을 향기 나는 약초들로 채웠는데, 음식이 얼마나 호화로운지 공작 한 마리와 꿩 두 마리를 그런 식으로 맛을 내는 데 금화 100두카가 들어갈 정도였다. 그리고 고기를 자르자 식당만이 아니라 궁전의 모든 방과 이웃 집들까지 그윽한 냄새가 가득 차서 쉬 사라지지 않고 오래 머물러 있었다.

   B 내가 잠자리를 정할 때 제일 마음을 쓰는 것은 역하고 답답한 공기를 피하는 것이다. 베네치아나 파리 같은 아름다운 도시들을 좋아하긴 하지만, 한 도시는 늪지에서, 또 다른 도시는 진창에서 나는 독한 냄새 때문에 좋던 마음이 시들해진다.

에세 1

56장
기도에 관하여

ᴬ 학교에서 토론하기 위해 미심쩍은 문제들을 제시하는 사람들처럼, 진리를 세우기 위해서가 아니라 진리를 찾기 위해서, 나는 여기서 형태도 분명치 않고 해결도 안 되는 두서없는 생각들을 내놓는다. 그리고 내 행동이나 글뿐 아니라 내 생각까지, 그것들을 다스릴 책임이 있는 이들의 판단에 맡긴다. 동의와 마찬가지로 책망도 내게는 기쁘고 유용할 것이다. ᶜ 내가 무지하거나 부주의해서 말한 것이 '보편적이고 사도들로부터 이어오는 로마 교회'³⁹²(내가 그 안에서 태어났고 그 안에서 죽어 가고 있는)의 거룩한 가르침에 반하는 것으로 드러난다면 끔찍한 일이기 때문이다. ᴬ 그 때문에 나는 나에 대해 전권을 가진 그들의 검열 권위에 항상 순종하면서도 늘 이렇게 대담하게 모든 종류의 주제에 끼어드는 것이다. 여기서처럼 말이다.

내가 잘못 알고 있는지 모르지만, 하느님이 특별한 은혜로 당신의 입으로 한 자 한 자 우리에게 불러주시며 특정한 기도 방법

392
보편적은 catholique, 가톨릭을 번역한 것이다. 가톨릭의 사도신경에 들어 있던 이 단어를 개신교도들은 같은 뜻의 다른 단어 universelle로 바꿨다. 여기 교회를 수식하는 '보편적', '사도들로부터 이어오는', '로마'는 로마 가톨릭의 정통성, 유일성을 강조한 것으로 개신교는 부정한다.

을 명령하셨으니, 내 생각엔 늘 우리가 지금보다 더 일상적으로 그 기도[393]를 사용해야 할 것 같았다. 그리고 내 말이 옳다면, 식사 전후나 기상, 취침 등 기도를 섞는 것이 습관이 된 모든 특별한 행동에서 그리스도교인들이 ^C 오로지는 아니어도 적어도 ^A 늘 하는 기도가 주기도문이었으면 한다. 교회는 우리를 가르칠 목적에 따라 기도를 더 길게 하거나 다양하게 만들 수 있다. 언제나 본질이 같은, 동일한 것임을 내가 잘 알기에 하는 말이다. 하지만 민중이 끊임없이 입에 담는 기도로서의 특권은 주기도문에 줘야 했다. 주기도문에는 하느님께 드려야 할 모든 말이 담겨 있고 어떤 경우에나 아주 적합함이 명백하기 때문이다. ^C 주기도문은 내가 늘 하는 유일한 기도이며 문구를 변경하기보다는 반복해 올리는 유일한 기도이다. 그래서 그 기도만큼 잘 기억하는 기도도 없다.

^A 나는 지금, 우리가 어떤 마음을 품고 무엇을 꾀하든 하느님께 도움을 청하고, ^B 우리가 허약해서 그분 도움이 필요할 때면 상황이 옳은지 그른지 고려하지도 않은 채 아무 일에나 그분을 불러대며, 어떤 상태, 어떤 행동에서건, 그것이 아무리 사악한 행위일지라도 그분의 이름을 부르짖으며 그 권능에 호소하는 오류에 대해 생각하고 있다.

^A 그분은 물론 우리의 유일한 보호자이며 ^C 우리를 돕기 위해 무엇이든 하실 수 있다. ^A 하지만 아무리 그분이 그처럼 자애로운 부자(父子)의 결연으로 우리를 영광되게 하셔도, 그분은 선한 만큼, ^C 또 강력한 만큼 ^A 정의로우시다. ^C 하지만 그분은 당신의 능력보다 당신의 정의를 훨씬 자주 사용하며, ^A 우리의 요청 때문이

393
주기도문을 말한다.

〔 554 〕

에세 1

아니라 정의의 이치에 따라 우리에게 은혜를 베푸신다.

  ^C 플라톤은『법률』에서 신들에 관한 불경한 믿음 세 가지를 꼽는데, 신들이 전혀 없다고 믿는 것, 신들이 우리 일에 개입하지 않는다고 믿는 것, 우리가 기도, 봉헌, 희생을 바치면 우리가 바라는 건 아무것도 거절하지 않는다고 믿는 것이 그것이다. 그의 생각에 따르면, 첫 번째 오류는 한 사람이 어려서부터 늙기까지 결코 한결같이 지속되지 않는다. 나머지 둘은 끝까지 유지될 수 있다.

  ^A 그분의 정의와 권능은 불가분이다. 나쁜 동기로 그분의 힘을 간청해 봤자 소용없다. 적어도 그분께 기도하는 순간에는 깨끗한 마음을 갖고 사악한 정념은 버려야 한다. 그러지 않으면 우리스스로 그분에게 우리를 벌할 회초리를 드리는 셈이 된다. 용서를구해야만 할 분에게 불경과 증오로 가득한 감정을 바침으로써 우리는 우리 과오를 덮기는커녕 배가한다. 이것이 내가 남보다 더자주, 더 줄기차게 기도하는 사람을 보아도, 기도 전후의 행동이어떤 개심과 개선을 증명하지 않으면,

  ^B 만일 밤에 간음을 하려고,
  네가 네 머리에 골족의 두건을 쓴다면
  유베날리스

내가 쉽사리 칭송하지 않는 이유이다.

  ^C 그리고 혐오스러운 삶에 돈독한 신심을 섞는 인간의 행태가, 자기 본색에 맞게 어디서나 죄를 짓고 다니는 사람의 행태보다 어찌 보면 더 비난받아야 할 것 같다. 그래서 매일 우리의 교회는 어떤 현저한 악행을 고집스레 행하는 사람들에게는 공동체에

〔 555 〕

56장 기도에 관하여

들어올 수 있는 은총을 거부한다.

^A 우리는 관습 때문에, 그리고 습관이 되어서 기도한다. 또는 더 정확히 말하자면 기도문을 읽거나 발음한다. 그것은 결국 시늉에 지나지 않는다.

^B 그래서 식전 기도로 십자가를 세 번 긋고 식후 기도로도 그만큼 하면서 하루의 나머지 시간은 내내 미움과 탐욕과 불의로 보내는 것을 보면 불쾌해진다. ^C (그것이 내가 공경하는 예절, 끊임없이, 심지어 하품할 때도 바치는 예절이라 더더욱 그렇다.) ^B 마치 보상이나 협정 조약에 의거한 듯, 자기들 시간은 악행에 쓰고 하느님의 시간은 하느님께 바치는 식이다. 하나에서 다른 하나로 넘어갈 때 그 경계에서조차 어떤 단절도 변화도 느낄 수 없을 만큼 너무도 매끄럽게 그토록 상반되는 행동들이 이어지는 것을 보는 것은 참으로 기적 같은 일이다.

^C 죄와 판관을 찰떡같이 사이좋은 동반자로 같은 집에서 키우며 그토록 평안할 수 있다니 얼마나 놀라운 양심인가? 머리는 줄곧 음탕한 생각의 지배를 받으면서도, 하느님 앞에서는 그것을 몹시 추악한 것이라고 판단하는 사람이라면, 하느님께 무슨 말을 아뢸 것인가? 그는 뒤로 물러났다가 즉각 원상태로 돌아온다. 그가 주장하듯, 신성한 정의의 엄연한 현존이 그의 영혼을 후려치며 벌했다면, 그의 참회가 아무리 잠시였더라도 공포심 자체로 인해 그의 생각이 자꾸 참회로 다시 돌아가, 곧 그는 자기 안에 습관으로 깊이 자리 잡은 악들을 통제할 수 있게 될 것이다. 그런데 대체 무언가! 치명적인 죄인 줄 알면서 그 죄의 열매와 이익 위에 온 생애를 얹어 놓는 사람들은? 본질적으로 사악한데도 세상의 인정을 받는 직업과 일거리들을 우리는 얼마나 많이 보는가! 그리고 내게

〔 556 〕

에세 1

고백하기를, 직책상의 신용과 명예를 잃지 않으려고, 자기 생각엔 비난받아 마땅하며 자기 마음속 종교와 상반되는 종교를 표방하며 실천해 왔다고 말한 사람,[394] 그는 그런 생각을 어떻게 편안하게 마음속에 품고 있었을까? 이 문제에 대해 그들은 어떤 언어로 정의의 하느님과 대화할까? 그들의 회개는 눈에 보이고 손으로 만져지는 개선으로 드러나야 하느니만큼, 그들은 하느님에게나 우리에게나 그것을 입증할 도리가 없다. 속죄도 회개도 없이 용서를 구할 만큼 그들은 그렇게 뻔뻔한가? 나는 앞서 말한 부류[395]도 이 부류[396]와 마찬가지라고 생각한다. 하지만 이들의 완고함은 꺾기가 그리 쉽지 않다. 그들이 우리에게 꾸며 대는 논리의 모순과 변덕은 어찌나 순식간이고 강력한지, 내겐 기적같이 느껴진다. 그들은 우리에게 도저히 삭일 수 없는 자가당착 상태를 보여 준다.

지난 몇 년 동안 좀 두뇌가 명석한 사람이 가톨릭 신도임을 공언하면 거짓말을 하고 있다고 버릇 삼아 비난하고, 나아가 그를 영광스럽게라도 하려는 양 자기들 기준으로 판단하건대 그가 겉으로 무슨 말을 하건 속으로는 개혁 신앙을 가졌음에 틀림없다고 우기기까지 하는 자들의 망상은 얼마나 황당해 보이는지. 누구도 자기와 다른 견해를 가질 수 없을 거라고 믿을 만큼 자기 확신에 가득 차 있다니 딱한 병이다! 게다가 그런 지성적인 인물이, 얼마

<hr>

394
16세기 트리엔트 공의회에 프랑스 왕의 대사로 파견되었다가 뒤에 칼뱅파로 요란스럽게 전향한 법관 아르노 뒤 페리에로 추정된다.
395
위에서 말한 이중적인 가톨릭 신자들.
396
개종을 합리화하는 개신교도들을 말한다.

나 나아질지 나로서는 알지 못할 현세의 운수를 영원한 생명에 대한 희망이나 근심보다 중히 여기리라고 생각하다니 더욱 딱한 병이다. 이 점에 대해서는 그들이 나를 믿어도 좋다. 만에 하나라도 젊었을 때 내 마음이 조금이라도 유혹되었다면, 거기에는 최근 도모된 일[397]에 따르는 위험과 난관에 끌린 야심이 큰 몫을 했으리라는 것을 말이다.

   [A] 성령께서 다윗에게 불러 준 거룩하고 신성한 노래들[398]을 저속하고 대담하고 조심성 없이 사용하는 것을 교회가 금하는 데는 내 보기에 중대한 이유가 있다. 공경의 마음, 그리고 경의와 존경으로 가득 찬 조심성 없이 하느님을 우리 행동에 끌어들여서는 안 된다. 그 노랫말은 우리 허파를 단련시키고 귀를 즐겁게 하는 용도로만 쓰이기엔 너무도 신성한 것이다. 그것은 양심에서 우러나야 하는 것이지 말로만 읊조려선 안 된다. 상점 급사가 허황되고 경박한 잡생각을 하는 중에 그것을 흥얼거리며 놀게 허락하는 것은 옳지 않다.

   [B] 또 우리 신앙의 거룩한 신비들을 기록한 성서가 응접실이나 부엌을 돌아다니며 시달리게 하는 것도 당연히 옳지 않다. [C] 예전에는 신비였던 것이 지금은 재미요 오락이 되었다. [B] 그처럼 진지하고 거룩한 공부를 심심풀이로 소란스럽게 행해서는 안 된다. 그것은 미리 준비한 사려 깊은 행위여야 하며, 늘 우리 예배를 여는 첫머리, 즉 '마음을 드높이(sursum corda)'가 덧붙여져야 하고,

<hr>

397
종교 개혁.
398
「시편」의 노래들.

에세 1

특별한 조심성과 존경심을 증명하는 몸가짐도 함께해야 한다.

　^C 그것은 아무나 할 공부가 아니요, 하느님께서 부르신 사람, 거기에 몸바친 사람만이 해야 할 연구다. 고약한 자들이나 무식한 자들은 그 연구로 인해 더 나빠진다. 그것은 이야기하기 위한 이야기가 아니라 경배하고 두려워하고 사모해야 할 이야기이다. 그것을 민중의 언어로 옮겨 그들이 다룰 수 있는 것으로 만들겠다는 이들은 참으로 웃기는 자들이다! 민중이 성서에 쓰인 모든 것을 이해하지 못하는 게 단지 말만의 문제란 말인가? 이 이상 더 말해야 할까? 그렇게 조금이라도 그들을 가까이 끌어오려함으로써, 실은 더 멀어지게 하는 것이다. 남에게 자신을 온전히 맡기는 순수한 무지가 오만과 무모함만 키우는 허황되고 말 많은 학식보다 더 유익하고 높은 식견이었다.

　^B 또한 나는 그처럼 경건하고 중요한 말씀을 저마다 오만 가지 방언으로 퍼트리는 자유는 유용한 게 아니라 오히려 위험하다고 본다. 유대인이나 이슬람교도들, 그리고 여타 대다수 종교의 신도들은 자기네의 신비 체험을 담아낸 원래의 언어를 신봉하고 존경한다. 그것을 바꾸거나 변질시키는 것은 금지되어 있다. 거기엔 일리가 없지 않다. 바스크 지방³⁹⁹과 브르타뉴 지방⁴⁰⁰에 그 지방어로 번역한 것을 확증해 줄 만한 판관이 있다고 확신하는가?

399
바스크 지방에서는 드 리사라그(J. de Lissarrague)가 1571년에 신약 성서를 번역했다.

400
브르타뉴에서는 19세기가 되어서야 신구약 성서 번역본이 나왔지만, 1575년경 브르타뉴어로 된 여러 기도문이 파리에서 출판된 바 있고 그 안에 주기도문도 들어 있었다.

〔 559 〕

보편 교회[401]가 내리는 판결 중 이 일에 대한 것보다 더 뜨겁고 엄숙한 것은 없다. 설교하거나 말할 때의 해석은 모호하고 자유롭고 가변적이며 일부분에 관한 것이다. 그러나 글의 경우는 다르다.

 C 우리의 그리스 사학자 중 한 사람[402]은 그리스도교 신앙의 신비들이 유출되어 장바닥과 최하급 장인의 손에까지 들어갔고, 너나 할 것 없이 그것에 대해 제 생각대로 논쟁하고 말할 수 있게 되었다고 당대를 올바르게 비난한다. 그리고 이교도들이 소크라테스, 플라톤 등 위대한 현자들에게도 델포이 신전의 사제들에게 위임된 일에 대해 말하거나 알아보는 것을 금했음을 볼 때, 하느님의 은총으로 그 어떤 종교보다 순수한 신앙의 신비를 누리는 우리가, 무식한 민중의 입에서 그 신비가 더럽혀지도록 내버려 두는 것은 크나큰 수치일 것이라고 한 것도 옳은 말이다. 그는 또 과격한 귀족들이 신학 문제로 무기를 드는 것은 종교적 열의 때문이 아니라 분노 때문이라고 말한다. 종교적 열의는 질서 있고 온건하게 처신하면서 거룩한 이치와 정의를 따르지만, 인간적인 정념의 지배를 받으면 분노와 시샘으로 변해 밀과 포도 대신 가라지와 쐐기풀만 생산한다는 것이다.

 또 다른 역사가도 테오도시우스 황제에게 옳게 충고하기를, 논쟁은 교회의 분열을 잠재우는 게 아니라 일깨우고 이단을 활성

401
여기서 몽테뉴는 'universelle'을 쓰고 있는데, 'universelle'을 의미하는
그리스어에서 나온 catholique를 그대로 직역한 것이다.

402
비잔티움 출신 사학자 니케타스 코니아테스(Niketas Choniates, 1155~?1215)를
말한다. 몽테뉴는 이어지는 글에서 그의 글을 인용한 유스투스 립시우스의 『종교의
자유에 관하여』를 계속 원용하고 있다.

화시킨다고 말했다. 그렇기 때문에 모든 말싸움과 논리적 논증을 피하고 고대인들이 세워 놓은 신앙의 가르침과 틀을 단순하게 따라야 한다고 말이다. 그리고 안드로니쿠스 황제[403]는 그의 궁전에서 세도가 둘이 신앙 문제의 중요한 쟁점 중 한 가지를 가지고 로파디우스와 실랑이를 벌이는 것을 보고, 논쟁을 그치지 않는다면 강에 처넣겠다고 위협할 지경으로 그들을 꾸짖었다.

오늘날에는 교회의 법을 놓고 아이들과 여자들이 가장 나이 많고 경험 많은 이들을 좌지우지하고 있다. 플라톤의『법률』중 첫 번째 법령은 신성한 명령을 대신하는 시민법의 근거에 대해 여자와 아이들이 단지 알려고 하는 것조차 금하고 있는데 말이다. 원로들이 자기들끼리, 그리고 사법관과 더불어 의견을 나누는 것은 허용하면서도 그는 이렇게 덧붙인다. "젊은이들이나 이교도의 면전에서가 아니라면."

한 주교[404]는 이런 글을 남겼다. 세상의 반대편 끝에 고대인이 디오스코리드라고 부르던 섬이 하나 있는데 온갖 종류의 나무와 과일이 풍성하고 공기가 맑아 살기 좋은 곳이다. 그곳 주민은 그리스도교인인데, 그들의 제단과 교회는 십자가 장식 말고 다른 그림은 없다. 그들은 단식일과 축일을 엄격하게 지키며 사제들에게는 정확하게 십일조를 바치고 어찌나 정숙하게 사는지, 그들 중 누구라도 평생 한 여자밖에 모른다. 게다가 자기의 분복(分福)

403
1282부터 1328까지 제위한 비잔티움 제국의 황제.
404
『포르투칼의 엠마누엘 왕 이야기』의 저자인 오소리우스. 몽테뉴는 1580년에 프랑스어로 번역된 이 책 속의 일화를 소개하고 있는데, 섬 자체는 소말리아 근처 스코트라섬이지만 자연 환경에 대한 묘사는 공상적이다.

56장 기도에 관하여

에 너무도 만족해 바다 한가운데 살면서도 배를 이용할 줄 모르고, 너무 단순한 나머지 그토록 세심히 순종하는 종교의 낱말 하나도 이해하지 못한다. 이런 일은, 그토록 신실한 우상 숭배자인 이교도들이 자기네 신들에 대해 아는 것이라고는 오직 이름과 동상뿐임을 모르는 자에겐, 믿기지 않는 일이리라.

에우리피데스의 비극 『메날리포스』의 옛 도입부[405]는 이렇게 시작한다.

> 오 주피터여, 당신에 대해 내가 아는 것은
> 오직 당신의 이름뿐이니.
> 플루타르코스

B 또 나는 우리 시대의 어떤 글들에 대해, 순전히 인간적이며 철학적일 뿐 신학이 섞여 있지 않다고 불평하는 것을 보았다. 하지만 반대로 말한다 해도 과히 그르진 않으리라. 신성한 교리는 여왕이요 지배자로서 따로 자기 지위를 지키는 것이 낫다, 그것은 어디서나 주가 되어야지 보조적이거나 부대적인 것이 되어서는 안 된다, 또한 문법, 수사학, 논리적인 예문들은 연극, 대중적인 놀이, 구경거리의 대사들과 마찬가지로, 그처럼 거룩한 소재가 아닌 다른 데서 취하는 것이 더 적절하다, 신성한 이치는 인간적인 논설과 나란히 두고 볼 때가 아니라, 단독으로, 그것의 고유한 문체

405

플루타르코스가 『도덕론』에서 인용한 부분이다. 몽테뉴는 이 연극의 초연 때 이 부분이 관중의 항의를 받아 에우리피데스 자신이 고쳤다는 것에 대해서는 함구하고 있다.

〔 562 〕

상에서 검토할 때 더 경건한 존경심을 가지고 볼 수 있다, 신학자가 지나치게 인문학적인 글을 쓰는 과오가 인문학자가 지나치게 비신학으로 글을 쓰는 과오보다 더 흔하다고 말이다.

성 크리소스토모스[406]는 "철학은 쓸모없는 하녀[407]처럼 오래전에 신성한 학문에서 쫓겨났다. 그것은 천상 교리의 거룩한 보물을 모시는 지성소를, 지나치다 문간에서 힐끗 들여다볼 자격조차 없는 것으로 간주된다."라고 했다. 인간적인 화법은 훨씬 비천한 형식을 가졌으니 신성한 말씀의 위엄, 존엄, 권위를 차용해서는 안 된다고 말해도 일리가 있으리라.

나로 말하자면, 인간적인 화법이 ^C "인정받지 못한 어휘들로"(성 아우구스티누스) ^B 운수니 운명, 사건, 행불행, 제신(諸神), 그리고 그밖의 표현들을 제 식으로 말하게 내버려 둔다.

^C 나는 인간적인 소견, 나의 소견을 제시하는 것이다. 나는 그것을 의심하거나 이의를 제기할 수 없는 천상의 명령에 의해 확정되고 조정된 것으로서가 아니라, 단지 따로따로 고찰해 본 인간적인 상념들로, 믿음의 문제가 아니라 견해의 문제로 내놓는다. 하느님께 의거해서 내가 믿는 것이 아니라 나 자신에 의거하여 내가 생각하는 것을, 아이들이 자기들 나름으로 생각해 본 것(essais)을 내놓듯이, 가르치려는 것이 아니라 가르침을 받을 것으로서, 성직자의 방식이 아니라 평신도의 방식으로, 하지만 역시 매우 경건하게 말이다.

<hr />

406
349-407. 초기 기독교의 교부이자 제37대 콘스탄티노폴리스 대주교.
407
철학이 프랑스어에서 여성이기 때문에 하녀라고 부른것.

[563]

^B 그리고 당연히, 종교를 명백한 직업으로 삼는 사람 이외엔 누구도, 극히 신중하게가 아니면 아예 종교에 대해 쓰려 들지 말라는 명령에는 유용하고 정당한 면이 있다고 말할 수 있지 않은가? 아마 내게도 그 문제에 대해서는 입 다무는 것이 옳다고 하지 않겠는가?

^A 우리 편이 아닌 사람들⁴⁰⁸조차 그들 사이의 일상적인 대화에서 하느님의 이름을 쓰지 않는다고 들었다. 그들은 사람들이 하느님의 이름을 간투사나 감탄사처럼 쓰거나, 맹세나 비교를 위해 쓰는 것을 원치 않는다. 그 점에서는 그들이 옳다고 생각한다. 아무튼 우리의 교제와 모임에 하느님이 함께해 주시기를 청할 때는 진지하고 경건하게 해야 한다.

크세노폰에 기도를 더 드물게 해야 한다는 지적이 있었던 듯하다. 기도하는 데 필수적인, 단정하고 새로워진 깊은 신심의 상태로 우리 영혼을 그렇게 자주 되돌리기란 쉽지 않은 만큼 그렇다는 것이다. 영혼이 그런 상태에 있지 못하다면, 우리 기도는 헛될 뿐 아니라 악하기까지 하다는 것이다. 우리는 "우리가 우리에게 잘못한 사람들을 용서하는 것과 같이 우리를 용서하시고"⁴⁰⁹라고 한다. 복수심과 원한을 벗어 버린 영혼을 그분께 바친다는 것이 아니면, 그 말이 대체 무슨 뜻인가? 그럼에도 불구하고 우리는 하느님과 그분의 도움을 우리 잘못에 끌어들이고 ^C 불의에 초대한다.

408
위그노, 즉 프랑스의 개신교도들을 가리킨다.
409
주기도문의 일부.

^B 은밀하게만 청할 수 있는 것을 신들께 청하며.

페르시우스

^A 인색한 자는 남아도는 자기 보물의 헛된 보존을 위해 그분에게 기도한다. 야심가는 승리를 얻게 해 주고 야망을 이끌어 달라고 기도하고, 도둑은 자기의 고약한 계획을 실행하는 데 장애가 되는 위험과 어려움을 이겨 내게 해 달라고 그분의 도움을 빌리려하며, 행인의 목을 쉽게 딸 수 있게 해 주어 고맙다고 기도한다. 담장을 넘거나 폭파하려는 집의 발치에서 저들은 잔인성과 패악, 욕심으로 가득 찬 계획과 희망을 품고 기도한다.

^B 네가 주피터의 귀에 털어놓으려는 것을 스타이우스에게 말해 보라.

"오 주피터여! 오 맙소사, 이럴 수가 있나요!" 할 것이다.

그런데 주피터인들 그렇게 경악하지 않을 성싶은가?

페르시우스

^A 나바르의 왕비 마르그리트⁴¹⁰는 한 젊은 왕자에 대해 이야기한다. 이름은 말하지 않았지만 높은 지위로 보아 그가 누구⁴¹¹인지는 충분히 알 수 있다. 그가 파리의 한 변호사 부인과 동침하려고 약속 장소로 가는데, 그 길이 교회를 지나게 되어 있어 오가

410
마르그리트 드 나바르(1492~1549)는 프랑수아 1세의 누이로서 『엡타메롱』을 쓴 작가로 초기 르네상스 인문학자들의 후원자였다.
411
마르그리트 왕비의 오빠 프랑수아 달랑송. 나중에 프랑스 국왕 프랑수아 1세가 된다.

56장 기도에 관하여

는 도중에 기도를 드리지 않고는 그 거룩한 장소를 지나치는 법이 없었다는 것이다. 그대들이 판단해 보라. 그렇게 멋지고 달콤한 생각으로 가득 찬 그 영혼이 하느님의 은혜를 어디에 이용했을지! 그런데도 왕비는 그 이야기를 그의 각별한 신심의 증거로 내세우고 있다. 여자들이 신학 문제를 다루는 데 적합하지 않다는 증거는 이뿐이 아니다.

진정한 기도, 그리고 하느님과 우리의 경건한 화해는 기도하는 순간에도 사탄의 지배를 받는 불순한 영혼에게는 일어날 수 없는 일이다. 악한 행위를 하는 중에 도와달라고 하느님을 부르는 자는 자신을 도와달라고 경찰을 부르는 소매치기, 또는 거짓말에 대한 보증으로 하느님의 이름을 입에 담는 자들과 다를 바 없다.

^B 우리는 입속으로 사악한 기도를 중얼거린다.
루카누스

^A 하느님께 청하는 비밀스러운 청원을 감히 만천하에 공표할 수 있는 사람은 아주 적으니,

지성소에서 중얼거리고 속삭이는 대신
목소리를 높여 자기 소원을 크게 말하기란
누구에게나 어려운 일이다.
페르시우스

바로 그 때문에 퓌타고라스 학파는 서원을 공개적으로 말하고 모두가 듣게 하기를 원했던 것이다. 아래의 사람처럼 부적절하

〔 566 〕

에세 1

고 부당한 것을 신에게 청하지 못하게 하기 위하여.

> 큰 소리로 그는 외친다. "아폴론이여!"
> 그러고는 남이 들을까 두려워 입술만 달싹이며
> "아름다운 라베르나[412]여, 속임수를 알려 다오.
> 올바르고 점잖은 군자로 통할 수 있게 해 다오.
> 내 과오는 밤의 베일로 덮고 훔친 것들은 구름으로 감싸
> 다오."
>
> 호라티우스

ᶜ 신들은 오이디푸스의 비뚤어진 소원을 들어줌으로써 엄하게 벌했다. 그는 자기 자식들이 무력으로 왕권의 계승자를 결정짓게 해 달라고 기도했던 것이다.[413] 자기 말에 걸려든 자신과 마주하게 되었으니 참으로 가련한 자였다. 우리는 모든 일이 우리 뜻대로 되도록 청할 것이 아니라, 도리에 맞게 되도록 빌어야 한다.

ᴬ 우리는 사실 거룩하고 신성한 말을 요술이나 마술에 쓰는 사람들처럼 ᶜ 무슨 은어라도 되는 양 ᴬ 기도를 이용하는 것 같다. 그리고 기도의 효험이 문장 구성, 단어, 소리, 우리의 자세 등에 달려 있다고 치부하는 듯하다. 참회나 하느님과의 어떤 새로운 화해로 감동된 바도 없이, 사욕으로 가득 찬 마음을 지닌 채 그분께 가

412
로마의 도둑의 신.
413
오이디푸스는 자기가 부왕을 죽이고 친모와 결혼했음을 알고 왕위에서 물러나며 쌍둥이 아들 둘이 겨루어 그중 하나가 왕위를 계승하도록 명함으로써 아들들마저 골육상쟁 끝에 모두 죽게 하고 말았다.

56장 기도에 관하여

서, 기억이 우리 혀에 준비해 주는 말들을 늘어놓고 그것으로 우리 과오를 씻으려 하니 말이다.

하느님의 법보다 넉넉하고 온화하고 호의적인 것은 없다. 하느님의 법은 우리처럼 죄 많고 가증스러운 자를 당신에게로 부른다. 우리가 아무리 비열하고 더럽고 진흙투성이이며 또 앞으로도 그럴 수밖에 없는 존재일지라도, 하느님의 법은 두 팔 벌려 우리를 품에 받아들인다. 하지만 그런 만큼 더욱 그 보답으로 하느님의 법을 바른 눈으로 바라봐야 한다. 나아가 그 용서를 감사한 마음으로 받아들여야 한다. 그리고 적어도 하느님의 법에 호소하는 그 순간만이라도 과오를 미워하고, 그 법을 어기게 한 정념을 미워하는 마음을 지녀야 한다. ^C 플라톤은 말한다. 신들도, 선인(善人)도 악인의 선물은 받지 않는다고.

> ^A 재물을 바치는 손이 결백하기만 하다면,
> 과자 한 조각, 반짝이는 소금 한 덩이로도
> 호사스러운 희생물보다 더 확실하게
> 페나테스⁴¹⁴의 분노를 가라앉히리라.
>
> 호라티우스

414
가정이나 도시를 수호하는 로마의 신.

〔 568 〕

57장
나이에 관하여

^A 나는 사람들이 우리 수명을 정하려 드는 방식을 받아들일 수가 없다. 내 보기에 현인들은 일반적인 견해에 비해 수명을 아주 짧게 본다. 스스로 목숨을 끊으려 하자 자신을 막아서는 사람들에게 소 카토가 말했다. "무엇이라고? 내가 아직 삶을 버리기에 너무 이르다는 비난을 들어야 할 나이란 말인가?" 하지만 그의 나이 겨우 마흔여덟이었다. 그는 그 정도 나이에 이르는 사람 수가 극히 적다는 것을 생각해 그만하면 충분히 원숙해지고 늙었다고 여긴 것이다. 자연적 수명이라고들 하는 그 무슨 흐름인지 하는 것이 그보다는 몇 해 더 살게 해 주리라며 스스로 위로하는 자들은 그렇게 해 보라고 둘 일이지만, 누구라도 자연적으로 피할수 없게 되어 있어 그들이 믿고 싶어 하는 그 흐름이라는 것을 언제라도 중단시켜 버리는 저 수많은 사고를, 자기들만은 비켜 가는 특권이라도 누리고 있다는 말인가.

늙을 만큼 늙어 끝내 힘이 쇠진해 죽는다는 것이 가장 희귀하고 낯선 종류의 죽음인 터에, 우리 수명의 끝이 거기라고 여겨 그런 죽음을 기다리는 것은 웬 몽상이란 말인가? 우리는 늙어 죽는 것만을 자연스럽다고 말한다. 마치 누군가 추락해 목이 부러지거나 난파당해 익사한다거나 페스트에 걸리고 늑막염에 걸려 죽는

[569]

것을 보는 것은 자연에 반하는 일인 듯이 말이다. 또한 이 모든 불상사에 무방비로 노출되어 있는 것이 우리 대부분의 공통된 조건이 아닌 듯이 말이다. 이런 듣기 좋은 말로 우리 자신에게 아첨하지는 말자. 아마도 일반적이고 흔하며 보편적인 것을 자연스럽다고 불러야 하리라.

　　노쇠해 죽는 것은 희귀하고 특별하며 예외적인 일이라 다른 죽음보다 그만큼 덜 자연스럽다. 죽음치고는 마지막의 극단적인 종류에 속한다고 할 수 있다. 그 죽음이 우리 앞에 멀리 떨어져 있을수록 더 바라기 어렵다. 그것은 우리가 그 너머로 갈 수도 없고 넘어서는 안 된다고 자연의 법칙이 설정해 놓은 한계이다. 우리에게 그 지점까지의 삶을 허락한다면 그것은 자연이 주는 드문 혜택이다. 그것은 자연이 200~300년에 한 사람 정도에게 예외적 호의로 베푼 면제이다. 자연 자신이 그의 긴 도정에 뿌려 놓은 장애와 역경을 벗어날 수 있게 허락해 줌으로써 말이다.

　　그래서 내 생각에는 우리가 도달한 나이는 거기까지 온 사람이 별로 없는, 드문 경우라고 봐야 한다. 일반적으로는 사람들이 그 나이에 이르지 못하니, 그것은 우리가 한참 멀리 왔다는 신호이다. 그리고 우리 인생의 진짜 한도라고 할 수 있는 통상적인 한계를 지났으니, 아직도 갈 길이 상당하기를 바라서는 안 될 것이다. 세상 사람 모두가 거기 걸려 넘어지는 숱한 죽을 고비를 넘으며 왔으니, 우리를 살아 있게 붙들어 준 이런 놀랍고 예외적인 운명이 앞으로도 오래 계속되지는 않으리라는 것을 인정해야 한다.

　　법에마저 이런 잘못된 생각이 들어 있으니 그것은 법의 결함이다. 법에 따르면 스물다섯 살이 될 때까지는 자기 재산을 관리할 수 없게 되어 있다. 그런데 그 나이까지 목숨을 부지하기가 쉬

에세 1

운 일은 아니니 말이다. 아우구스투스는 옛 로마의 법령에서 오
년을 떼어 버리고, 법관이 되려는 자는 서른 살이면 족하다고 선
언했다. 세르비우스 툴리우스[415] 왕은 마흔일곱 살이 넘은 기사들
은 전쟁에 나가는 고역을 면제해 주었다. 아우구스투스는 그것을
다시 마흔다섯 살로 낮췄다. 쉰다섯이나 예순 살이 되기 전에 사
람들을 은퇴하게 하는 것은 내 보기에 명백한 이유가 있는 것 같
지 않다. 나는 공공 복리를 위해서는 사람들이 되도록 오래 직무
나 생업을 유지하는 것이 좋으리라고 생각한다. 문제는 오히려 반
대 방향에 있는데, 세상이 우리를 훨씬 일찍부터 일하도록 이끌지
않는다는 것이다. 열아홉 살에 온 세상의 심판관이 된 사람[416]이,
빗물받이 홈통을 어디에 달지 판별할 사람은 서른 살은 되어야 한
다고 보았다니!

내 생각에는 사람 나이 스물쯤이면 그 정신의 꽃망울이 터져
이미 미래의 모습을 드러내며, 앞으로 그가 할 수 있을 것 전체를
예고한다. 그 나이에 자신의 역량을 확실하게 보여 주지 못한 사
람 치고 나중에 그것을 입증한 경우는 한 사람도 없다. 타고난 자
질과 덕성은 그 힘과 아름다움을 이 나이에 보여 주거나, 아니면
결코 보여 주지 않는다.

B 돋아나면서 찌를 줄 모르는 가시는
앞으로도 찌르지 못할 것이다.

415
B. C. 578~534. 고대 왕정 로마의 여섯 번째 왕.
416
황제 아우구스투스를 말한다.

57장 나이에 관하여

이것은 도피네 지방 사람들이 하는 말이다.

^A 유형을 막론하고 내가 알게 된 인간의 모든 아름다운 행위 중에서 꼽아 본다면, 옛 시대나 오늘날에나 서른 살 이전에 행한 것이 그 나이 이후에 한 것보다 훨씬 많으리라 생각한다. ^C 그렇다, 심지어는 한 사람의 생애를 두고 봐도 그렇다. 한니발도 그렇고 그의 위대한 맞수인 스키피오를 두고 볼 때도 확실하게 그렇게 말할 수 있지 않을까? 그들은 생애의 족히 절반을 청춘 시절에 거둔 영광의 덕으로 살았다. 그 시절 이후, 그들은 다른 모든 인간과 비교해서는 위대한 인간이었지만 자기들 자신과 비교할 때는 전혀 그렇지 못했다.

^A 나를 보면, 그 나이 이후로는 몸도 마음도 불어나기보다는 작아졌고 나아가기보다는 뒷걸음쳤다. 시간을 잘 활용하는 사람은 나이와 함께 지혜도 경험도 더욱 풍부해질 수 있을 것이다. 그러나 싱싱함과 민첩함, 꿋꿋함 그리고 무엇보다 우리만의 것이라 할 수 있는 더 중요하고 본질적인 자질들은 시들고 약해진다.

> ^B 시간의 가차 없는 공격이 우리 몸을 후려치고
> 사지가 약해져 지탱할 힘을 잃게 되면
> 판단력은 비틀거리고 혀도 정신도 헤매게 된다.
> 루크레티우스

노쇠에 먼저 항복하는 것이 때로는 몸이기도 하고 때로는 마음이기도 하다. 위장이나 다리보다 머리가 먼저 쇠약해지는 사람을 나는 많이 보았다. 이것은 겪는 사람이 제대로 느끼지 못하는 데다 어렴풋이 모습을 드러내는 불행인 까닭에 더욱더 위험하다.

〔 572 〕

그래서 나는 차제에 ^A 법에 대해 좀 투덜거려야겠다. 너무 늦도록 우리를 일하게 내버려 두는 것에 대해서가 아니라, 너무 늦게서야 일하게 하는 점에 대해서 말이다. 우리 삶이 얼마나 무력한지, 그리고 얼마나 많은 일상적이고 자연스러운 암초에 노출되어 있는지를 생각한다면 인생의 너무 큰 몫을 출생이며 빈둥거리기, 수련 과정 따위에 할애해서는 안 될 것이다.

57장 나이에 관하여

에세 1

1판 1쇄 펴냄 2022년 6월 17일
1판 4쇄 펴냄 2022년 12월 27일

지은이 미셸 드 몽테뉴
옮긴이 심민화 최권행
발행인 박근섭 박상준
펴낸곳 ㈜민음사

출판등록 1966. 5. 19. (제 16-490호)
서울특별시 강남구 도산대로1길 62(신사동)
강남출판문화센터 5층(우편번호 06027)
대표전화 02-515-2000
팩시밀리 02-515-2007
www.minumsa.com

978 89 374 7224 4 04860
978 89 374 7223 7 세트

* 잘못 만들어진 책은 구입처에서 교환해 드립니다.